キム・オンス／著
加来順子／訳

野獣の血
Hot Blooded

扶桑社ミステリー
1650

뜨거운 피
HOT BLOODED
by Kim Un-su

Originally published in Korea by Munhakdongne Publishing Corp.
This Japanese edition is published by arrangement
with Munhakdongne Publishing Corp.
through KL Management in association with Japan UNI Agency, Inc.

This book is published with the support
of the Literature Translation Institute of Korea (LTI Korea).

野獣の血

登場人物

ヒス――――――――――クアムのやくざの中間幹部。万里荘ホテルの支配人
ソンおやじ――――――――クアムのやくざのボス。万里荘ホテルの社長
インスク――――――――ウォルロンのスナックのママ。元娼婦
アミ――――――――――インスクの息子
トダリ―――――――――ソンおやじの甥
タンカ―――――――――ヒスの弟分
ヒンガン――――――――アミの幼なじみ
ヤンドン――――――――酒卸の元締め。万里荘ホテルの前支配人
チョンベ――――――――ガス・電気の卸の元締め
ホジュン――――――――草場洞のポン引き
オク社長――――――――洗濯工場の雇われ社長
タルチャ――――――――料理人兼殺し屋
ヨンガン――――――――一匹狼の傭兵やくざ
ナム・ガジュ―――――――影島のやくざのボス
チョン・ダルホ――――――影島の分派のボス
チョルチン――――――――チョン・ダルホの右腕。ヒスの長年の友人
ク班長―――――――――風紀取締担当刑事
ホン街金――――――――闇金経営者

第一部

春

6

クアムの海

クアム（狗巌）界隈（かいわい）のやくざはスーツを着ない。

釜山（プサン）という世界有数の港町には埠頭（ふとう）に積まれたコンテナの数ほどやくざが揃（そろ）っていて、猫も杓子（しゃくし）もスーツを着る。つとに知られたように、やくざというのは、女房子供は飢えさせても自分のスーツはビシッとアイロンをかけて着込み、昼飯代がなくて一日じゅう腹ペコでも革靴を磨く金は残しておく情けない種族だからだ。だが、クアムのやくざは靴を磨くために食いはぐれることはない。そもそもスーツを持っておらず、スーツがないから革靴もないのである。

海沿いの海雲台（ヘウンデ）、広安里（クアンアルリ）、影島（ヨンド）、南浦洞（ナムポドン）、玩月洞（ワノルドン）、内陸部の西面（ソミョン）、温泉場（オンチョンジャン）と場所を問わず、やくざはみな葬式の弔問（ちょうもん）客よろしく黒いスーツを着て意味もなくゾロゾロつるんで歩く。密輸品を積んだロシアの船を待ちながら埠頭の労働者たちの錆（さ）びたドラム缶の横で暇を潰（つぶ）している甘川（カムチョン）港のやくざも、辺鄙（へんぴ）なテキサス通りで年配の娼婦（しょうふ）たちなんぞを食い物にする釜山駅のやくざもスーツを着て歩く。やることがまるでなくて堤防の上に釣竿(つりざお)をポンと仕掛けておき、太白(テベク)山脈から朝鮮海峡に至る洛東江(ナクトンガン)にプカプカ流れてくる真鴨(まがも)なんぞを眺め、日が暮れるとのそのそ繰り出してくる、あの遙(はる)か南端にある鳴旨(ミョンジ)のやくざまでも、夜になると立派なスーツを引っ張り出して着込み、街灯ばかりがぼんやりとともる畦道(あぜみち)をバツが悪そうに歩き回る。だが、クアムの海には、スーツを着てうろつくやくざは一人もいない。

　もちろんジャージも惜しいこの種族があえてスーツを着る理由は一つもないのだが、釜山界隈のあらゆるやくざが揃ってスーツを着て歩いているのに、クアムのやくざだけがスーツを着てはならぬ理由とは一体なんだろう。ある者は、女房子供がひもじい状況でスーツとは何事だ、クリーニング屋にスーツを預ける金があるなら幼い子供らのおかず代に充(あ)てる、といった生活に対する峻厳(しゅんげん)たる認識がクアムのやくざのあいだに広まっているからだ、と言う。またある者は、そもそもやくざの主な仕事はブラブラすることなのに、スーツを着てブラブラするのもせいぜい一日か二日で、こりゃあいったい人間のやることとか？　といった反省の態度が他の地域のやくざより早く芽生えたからだ、とも言う。この愚にもつかない見解をまとめてみると、クアムのやくざがスーツを着ないのは、飯代も稼げぬチンピラ稼業に対する峻厳たる洞察あるいは凄絶(せいぜつ)な自己反省を通じて実用性と生活力を重視する正しい風習が唯一クアムだけで先駆的に定着していた、ということになるが、実のところ、通りすがりの狂犬も嘲笑(あざわら)う話ではないか。

わりあい説得力があるのは〈スーツを着てヘマをするやくざのほうがジャージを着てヘマをするやくざより早く長くムショに入るらしい〉という迷信がクアムのやくざのあいだに広まっているからだ、というものだ。統計的にみると、その説には一理ある。確かにスーツを着てヘマをするやくざは、ジャージを着てヘマをするやくざより目立つし、情けなく見え、よって刑務所に行く確率が高い。

万里荘（マルリジャン）ホテルの社長かつクアムの暗黒街のボスであるソンおやじは、やくざの身なりについて、いち早く次のとおり長々と一席をぶったことがある。

「国が厳しうなると、国民のなかで一番大変なのは、わしらやくざや。まあ、それは当たり前として。そういう流れで、この五十年は、わしらにとっては、まったくしんどい時代やった。物騒なことが多いなんてもんやない。植民地に、内戦に、クーデター。つまり、国の主（あるじ）はなんべん変わったんや、いう話や。日本にロシア、アメリカ、そして軍人の奴ら。国がひっくり返って政権が変わるとなりゃあ、これはその、やくざは、とことんナメられるわけや。クソをたれた奴は絹の座布団に座らせて、屁（へ）をこいた奴ばかりが鞭（むち）でケツを打たれる。ちくしょう、いっつもわしらだけが捕まってぶん殴られとるやないか、いう話や。ところで、わしが倭政の頃からずうっと見とると、あー、ムショに真っ先にひっつかまるんは、みーんなスーツを着たやくざやな。植民地の頃、日本の巡査に真っ先に捕まったんも、アメリカ軍政の頃、憲兵に真っ先に捕まったんも、みんなスーツやし、それだけやない、朴正熙(パクチョンヒ)が政権を取って社会を一掃するときにドカッと捕まったんもスーツのやくざやし、全斗煥(チョンドゥファン)がクーデター起こしてムード転換にチンピラたちを引っ捕らえたときに真っ先にしょっ引かれたんも、全部スーツの奴らやないか。その、なんや、何年か前に盧泰愚(ノテウ)が〈犯罪との戦争〉だかなんだかをやる言うて、わしらの仲間までドカッと捕まえていきよったときも、警察署の前に並んどるんは、みんなスーツや。峨嵋洞(アミドン)のチルボクやけどな。あいつもスーツで粋がるんが大好きやった。だから会うたんび宥(なだ)めたもんや。なあチルボク、そんなしとったらあかん。やくざがスーツを着てええことなんかあらへん。粋がるんは一瞬で、ムショは一生やで。わしがあれほど言うたのに、頑として言うことを聞かんかったら、見てみい、他の奴らは捕まっても一年、長くても三年か四年やのに、チルボクだけ十五年やないか。あれは全部スーツのせいや。ジャージで捕まればただの雑犯やのに、スーツのポケットにサシミ包丁を入れて捕まれば暴力団で病的な社会のガンなんやで。まったく、やることもないやくざがどこぞの制服を着た高校生みたいに揃ってまっ黒いスーツを着て、こっちにゾロゾロ、あっちにゾロゾロ、つるんで歩いたら、サツの目につくに決まっとるやないか。お国のために身も心もお疲れのお上(かみ)たちが、まっ黒いスーツ着て群れてうろつくチンピラ野郎どもを見とったら、まったく、どんだけムカつくやろか、いう話や。いつも言うとるやろ。やくざはひたすらひっそり静かにしとるんが成熟した美しいあり方や、てな。やくざが粋がってどないする。有名になって評判になってなんになるんや？ やくざがスーツ着て新聞にデカデカと載ったら、行くとこはムショしかないんやで。それに、はっきり言うて、やるこというたらブラブラ（コンドゥル）することしかないやくざ（コンダル）にいったいなんでスーツが要るんや？」

やくざは黙ってひたすらひっそり静かに！

〈カオ〉が命のやくざの立場としては少々メンツが潰される話だが、長生きしたいならば、ソンおやじのこの演説を胸に深く刻みつける必要がある。生きていれば、いちいちもっともな卓見であることを思い知るだろう。とにかく彼は生き残ったのだから。十八でやくざの世界に入ってから五十年間、クアムの汚れた海で売春をし、密輸をし、窃盗（せっとう）をし、違法の賭場（とば）を営み、殺しを請け負ったが、ソンおやじは生き残った。切れ者の朴正熙の下でも生き残り、全斗煥の三清（サムチョン）教育隊（〈不良〉矯正部隊。民主化運動弾圧の意図があったと伝えられる）の狂風のなかでも生き残った。盧泰愚が犯罪との戦争を起こしたとき、全国のあらゆる組織暴力団のボスが一斉に検挙され、犯罪団体の結成あるいは犯団の首魁（しゅかい）というおどろおどろしい罪名で十年、十五年の刑を言い渡されたが、ソンおやじはそこからもすり抜けた。売春斡旋に無銭飲食という、ギャングのボスが宣告されるには多少こっぱずかしい罪名でたった八ヶ月を過ごしただけだ。

クアムの汚れた海で五十年間生き残った者として、ソンおやじは自分の右腕であり、万里荘ホテルの支配人ヒスにいつもこんなことを言った。

「あの頃わしと一緒にやくざの世界に入ったなかで今生きとる奴がどこにおる？　みんなくたばったやないか。ナイフに刺されてくたばり、斧を打ち込まれてくたばり、ムショで臭い飯にあたってくたばり。なんでか？　どいつも調子こいたからや。やくざが粋がって、カッコつけて、肩に力入れたら、こっそりあっさり殺られるんや。だからヒス、肝に銘じるんやで。やくざの仕事いうんは薄氷を踏むがごとし、や。薄い氷の上を歩くように、いつも用心に用心を重ねなあかん。要は、やくざとして生き残ろう思たら、ひたすらひっそり静かに過ごすしかない、いうことや。ホンマに上手いことやる奴はこっそり戴くもんやで。昔から〈上手いことやる奴は黙っているもの〉言うやろ？　それから、おまえが心配やからついでにもう一言いうと、あの若い連中にスミ入れるのはやめろ言うとけ。なんで身体にええこともない墨汁でくだらん絵を描いて喜んどるんや？　やくざやいうことをふれ回ってなんの得がある？　親にもろたきれいなモチモチの肌のまんま暮らせば、銭湯でも歓迎されるし、ああ、どんだけええことか」

万里荘ホテル

　犯罪との戦争の真っ最中だった一九九〇年十一月、若い地方検事はソンおやじを法廷に立たせ、万里荘ホテルについて次のように述べた。

「尊敬する裁判長殿、クアムの海で起こる全ての犯罪は万里荘ホテルから始まります。そしてこの者は、この三十年間、万里荘ホテルのオーナーでした」

　しかし、この覇気に満ちた若い検事は、万里荘ホテルから始まる数々の犯罪について、そのいかなる明快な証拠資料も提示できなかった。そのうちいくつかでも見つけ出したならば、ソンおやじを三十年間、いや、その気になりさえすれば三百年でも刑務所にぶち込んでおけたはずだ。だが、牛の毛ほど数多(あまた)ある罪状の中から見つけ出した唯一の証拠は、売春斡旋と無銭飲食だけだった。

　万里荘ホテルは、クアム海水浴場の中央に、砂浜に沿って二百メートル余りも占める半球形の二階建てである。万里荘、その名も幼稚きわまりないこのホテルは一九一三年、クアムの美しい海と生え揃った松林にひと目惚(めぼ)れした日本人がクアム遊園株式会社なるものを設立し、朝鮮初の海水浴場を造ったときに建てられたものだ。和式の木造建築だったものを朝鮮戦争直後に鉄筋とセメントで改補修し直したことを除けば、外観上は大きく変わったところはない。当時の実質的なオーナーは日本のヤクザだった。日韓併合以後、本格的に押し寄せてきた日本人が釜山に六万人も住んでいた奇妙な時代だった。つまり、このホテルは朝鮮の人々のためではなく、釜山に渡ってきた日本人の遊興のためにつくられたものだった。

　あの頃がクアムの海の全盛期だった、と人々は言う。日本人はクアムの絶壁と亀島（コブクソム）のあいだにケーブルカーを作り、海水浴場のど真ん中に三段の飛び込み台も作った。さらに海岸と岩の小島を繋（つな）ぐ吊り橋も作った。釜山一帯に電車一台なかった一九二〇年代を想像してみれば、ロープにぶら下がって海上を飛び回るがごときケーブルカーは、目を丸くさせる壮観だったであろう。夏の盛りには全国から三十万の人波が押し寄せた。刺身屋、遊郭、バラック街から流れてきた下水で糞尿（ふんにょう）まみれのこの汚れた海に足の踏み場はなく、少々名声を博したというお偉いさんたちも、繁忙期の万里荘ホテルを予約するなら、支配人に賄賂（わいろ）を献上しなくてはならないほどだった。

　万里荘ホテルを日本人の名義にすることにいささか込み入った問題が生じて据えられた雇われ社長が、まさにソンおやじの祖父ソン・ホンシクだった。小学校にも通えなかったものの、頭が切れてフットワークが軽かったから、ヤクザからの信頼が厚かった。そして一九四五年、日本が太平洋戦争で敗れ、日本人があたふたと本国に逃亡せざるを得なかったとき、ソン・ホンシクは万里荘ホテルをするりと飲み込んでしまった。当時、日本人に仕えていた多くの朝鮮人の手代が、混乱する情勢に乗じて日本人の事業や密かな個人財産をこっそり自分のものにしたように、である。

ソン・ホンシクはヤクザの下で学んだ先進的なノウハウをもって結構な大金を稼いだ。万里荘ホテルを効率的に経営しつつ、日本人が遺していった遊郭、酒場、賭場を手に入れて勢力を広げ、港に自分だけの密輸ルートも持っていた。釜山に臨時政府ができた朝鮮戦争の頃は、米軍のキャンプ・ハイアリアからくすねた戦略物資と救護物資によっても莫大（ばくだい）な利益を上げた。一九四五年から一九六〇年まで、ソン・ホンシクは全盛期を謳歌（おうか）した。万里荘ホテル付近の宿泊所には二百人余りのやくざが詰めていて、どこか軍隊を彷彿（ほうふつ）とさせた。〈昼の大統領は李承晩（イスンマン）、夜の大統領はソン・ホンシク〉という言葉まで広まるほどだった。

ところが一九六〇年二月十三日、ひとしきり勢力を振るっていたソン・ホンシクは、夜中の三時にいきなり踏み込んできた警察に連行された。地下の取調室で三日三晩殴られ、血まみれになって帰宅し、二日後に死んだ。どれほど殴られたのか、葬式のために遺体を清める際に、折れていない手足はなく、痣（あざ）のない箇所はなかったという。

ソン・ホンシクのこの突然の災厄は、李承晩政権のナンバーツーである李起鵬（イギブン）に睨（にら）まれた代償だった。お上が面倒をみてくれたおかげで大いに恩恵を被り、金も少しばかり稼いだならば、気を利かせて上納すべきものをそうしなかった。実際は上納してはいたのだが、李起鵬としてはソン・ホンシクの誠意に呆れた、というのが罪だった。当時、李起鵬は大統領選挙の準備中で利に敏かった。今も昔も、選挙というのはたいそう金のかかるビジネスである。だが、ソン・ホンシクを生き急がせたのは、彼がそういった事情を知らないほど気が利かなかったからではなく、むしろ察し過ぎるほど気が利いたからだった。彼の見立てでは、李承晩政権は疲弊しきっていてそろそろ終焉が見えており、いきおい李起鵬の権力も尽きつつあった。よって、まもなく壊れる古い部隊に無駄金を使わず新しい部隊につぎ込むべきだ、と考えた。そして、その素早い目利きゆえに彼の人生は一発で吹っ飛んだ。ソン・ホンシクが警察に連行されて死ぬほど殴られていた三日間、家族にできることは何もなかった。一生かけて築き上げた膨大な政財界の人脈も、巨大な権力の前では何の役にも立たなかった。ソン・ホンシクが死んでひと月後の一九六〇年三月十五日、李起鵬は選挙を操作して副大統領に当選した。さらにひと月後、四・一九革命（四月革命）によって自由党政権が崩壊すると、李起鵬とその家族は景武台（現在の青瓦台）の官舎の三十六号室に身を隠した。窮地に追い込まれると、陸軍少尉だった長男の李康石は、拳銃で父・李起鵬、母・朴瑪利亜、弟・李康旭を順に撃ってから自殺した。

祖父のあっけない死を目撃して以来、ソンおやじは、やくざが有名になって勢力を広げることが権力の前では取るに足りないことを、巨大な権力の前で暴れて調子に乗るやくざは角張った石ころと同じようにいつでも削られることを知った。やくざはただひっそり静かに過ごすのが成熟して美しいあり方である、というソンおやじのやくざ成熟論は、祖父の死から学んだ骨身に沁みる教訓と言えるだろう。

ソンおやじの父ソン・ジョンミンは、背が高くてがっしりした硬骨漢だった。酒を好み、友を愛し、義理を重んじ、金離れのいい典型的な慶尚道の海の男だった。知り合いに困りごとがあったり誰かに狼藉を働かれたりすると、まるで我がことのように乗り出して助けてやった。だが、この粋な男は、光復洞のど真ん中で米兵たちと言い争って取っ組み合いになり、ナイフに刺されて三十前の若いみそらで死んだ。ソン・ジョンミンがどんな理由で米兵と諍いを起こし、どんな理由でナイフに刺される羽目になって死んだのかは、見物人によって言うことが違う。米兵が韓国の女を街中でつけ回すのに誰も助けずぽかんと見ているだけなので、ソン・ジョンミンが勇ましくひとりで飛び込み、争ってそうなった、という説もあるし、実はその女が米兵の恋人で、二人が痴話喧嘩をしているのに、英語が解らないソン・ジョンミンがしゃしゃり出て止めようとしてあの憂き目に遭った、という説もあった。とにかく、その争いについて、民族の誇りを示した愛国的な死だった、とか、釜山男の真骨頂を見せた紳士的な死だった、とか、英語ができなくて起きた呆れた死だった、とか、命拾いだけでもしたいなら今からでも急いで英語を学ばねば、とか、実に様々に取り沙汰された。

だが、ソンおやじは父親の死についてごく簡潔に述べた。

「アホみたいに調子こいて死んだんや。やくざが無駄にクソ調子こくと、ああやって一発でくたばるんやで」

カッコウ倉庫

倉庫では大型の換気扇三台が回っていた。狭い路地を通って辛(かろ)うじて中まで入ってきたコンテナトラックから、ベトナムの男二人が中国産の粉唐辛子の袋を降ろし始めた。十五人の中年女が素早く駆け寄り、除雪作業用のプラスチックのスコップで国産の粉唐辛子と中国産の粉唐辛子を混ぜる。一瞬にして倉庫の中は辛い粉唐辛子の匂(にお)いでいっぱいになった。スレートとブロックで作られたこの二階建ては物流倉庫なので、作業には向いていない。建物の規模に比べて窓がとてつもなく小さく、それすら何ヶ所もない。冷暖房の設備も整っていないので、夏と冬に仕事をさせると労働者たちの不平が多かった。だが、港に近くて奥まったところにあるので、偽物の胡麻(ごま)油を作ったりカリフォルニアの大豆を国産と偽ったりするときに、ソンおやじはいつもこの倉庫を利用した。人々はこの倉庫を托卵(カッコウ)倉庫と呼んでいた。港から密輸で入った品物を臨時に保管することもあった。ウォッカやヨーロッパのワイン、ソニーやアイワといった日本の電子製品、中国の漢方薬材、ロシアの毛皮といった高価な品物もたまに扱ったが、たいていは大豆や荏胡麻、粉唐辛子、煮干しといった手間がかかって金にならないブツだった。ヒスはソンおやじの仕事のやり方が気に入らなかった。密輸というのは危険でなければ金にならない。危険であるほど大金が入ってくる。腹さえくれば金になるブツはゴロゴロころがっている。だが、ソンおやじにとっては、とにかく安全が最優先だった。麻薬や銃器の類いを扱わないのは当然として、税関で特別取締品目に挙がった品物は一切扱わない。もともと気の小さい老人だったが、数年前に一度、刑務所に入って以来ますます臆病になった。中国産の粉唐辛子や大豆粉の類いは生計型密輸と哀れまれ、引っかかってもせいぜい六ヶ月で済むが、麻薬や銃器類の類いは御家取り潰しになりかねない、と言うのである。

ヒスはハンカチで鼻を覆い、うんざりした表情で宙を舞う粉唐辛子と埃を見た。換気扇で排出できなかった粉が天井にぶつかっては床に落ちる。倉庫の中は粉唐辛子でいっぱいなのに、ソンおやじは辛くもないのか、ずっと満足げな顔で、混ぜられる粉唐辛子を見ていた。

「見い、今年は唐辛子が当たる言うたやろ？　値段がホンマによう上がった。少なくとも五倍はいただきや」ソンおやじが満ち足りた面持ちで言った。

「結構なことで。百姓を食いものにして悪いと思わんのですか？」ヒスが嫌味たらしく言った。

「ああ、悪いわ。だから国産のを混ぜるんやないか。言うたら、他の奴らは十パーセントぽっちやけど、わしらは二十パーセントも混ぜるんやで。あの馬山の連中のなかには五パーセントの奴もおるらしい。ええい、ドロボー野郎が。五パーセントとはなんや？　なんであんなに良心がないんか解らんわ。百姓はどうやって食っていけ言うんや」

ソンおやじの厚かましい言いぐさに呆れたのか、ヒスがプッと噴き出した。五パーセントだろうが十パーセントだろうが目くそ鼻くそだ。実は、国産の粉唐辛子を混ぜるのは許可証のためである。流通させるには国産品を買った証拠が必要だからだ。ソンおやじは国産の粉唐辛子に密輸した中国の粉唐辛子を大量に混ぜてから、帳簿を誤魔化して卸売商たちに売り飛ばす。笑っているヒスの顔に気分を害したのか、ソンおやじが詰るように訊いた。

「何を笑とるんや？」

「何をですか？」

「わしをバカにしとるんやろ？」

「バカにしとるわけやありまへん」

「よう言うわ。おまえはいつもオヤブンを無視するその態度を捨てなあかん。おまえがわしを無視するから、下の連中までわしを無視するんやないか」

ソンおやじは腰をかがめて粉唐辛子を一掴み掬い上げて擦り合わせると満足げに頷き、二階の事務所に上がっていった。ドアを開けると、管理人のデブがチャジャン麺を食べており、ソンおやじとヒスを見て、ぎょっとして慌てて立ち上がった。

「いつ、おいでで？」デブが口のまわりについた肉味噌を手の甲で拭いながら訊いた。

「何を食らってグウタラしとったら誰が出入りしたかもわからんのや？　ブツが来たときくらいはシャキッとせえ言うたやろ？」

ソンおやじが怒鳴りつけた。慌てたデブはテーブルに広げた料理をごそごそ片付けた。チャジャン麺の大盛りに酢豚、餃子、チャプチェに高粱酒も一瓶あった。壁の片面では、倉庫の正門と裏門、駐車場と出入り口を映すために新しく取り付けた監視カメラの画面だけが威勢よく作動していた。ソンおやじはテーブルの料理を見て舌打ちした。デブはソンおやじの顔色を窺いながら、その巨軀でひたすらぺこぺこした。

彼は〈サッタ〉と呼ばれている。体重が百三十キロもあるのに、なぜそんな軽いあだ名がついたのかは定かでない。おそらく寝床であまりにも早く出たからと女たちがつけたのだろう。サッタは太りすぎて、ちょっと動いただけでも汗をダラダラ流してへたばってしまう。図体はでかいのに人が好くて、喧嘩の腕もからきしだ。どうにものろまで、すぐに疲れ、根は優しい、なんというか、恰幅はいいのに、やくざとしてはあまり使えない奴と言うべきか。がたいだけはいいので、かつては険しい表情で酒場の前に立っているだけの見張り役をしていたが、何年か前に膝(ひざ)の関節を手術してからは、それさえもできなくなった。この世界に入ってかなり経(た)つが、いつも後輩のやくざに馬鹿(ばか)にされるのがおちだ。それでソンおやじがサッタに倉庫を任せたのである。もともと動くのが嫌いなのだから倉庫ならきちんと見張れるだろう、と考えたのだった。

「まったく、この間抜けが、犬ころだっておまえよか、ちゃんと番するわ」ソンおやじが言った。

「そんな、倉庫を一人で番するのに飯も食うし便所にも行くでしょう。毎日監視カメラばかり見ていられますか。いいから、終(しま)いまで食っちまえ」

ヒスがサッタを庇(かば)い、たいしたことじゃないと言わんばかりにその肩をぽんぽん叩(たた)いた。サッタは今度はヒスに向かってぺこぺこした。ソンおやじが不満げにサッタを見た。

「わしがその、飯も食うなと言うたか？　ふだんはフラフラしとってもブツが来たときくらいはピリッとせな」

「すんまへんでした」サッタが言った。

「あれはいつ終わる？」

「今日中に片付けなあかんでしょう」

「夜に積み込ませろ。ブツを長居させんでな」

「はい」

「双和茶（サンファチャ）でも淹（い）れてこい」

サッタがお茶を運びに事務所を出ると、ソンおやじはかぶりを振った。サッタが鉄階段を降りていく音がまるで鐘のように重々しく響いてきた。

「あいつはいっこもええとこなしや」

「そんなに言わんでください。あれなりに懸命に生きようとしとるのに身体がついていかんのでしょう」

ソンおやじがテーブルに乱雑に並べられた料理の皿を見て鼻で嗤（わら）った。

「こんなに食らってなんで身体がついていかんのや？　まったく、これが一人ぶんの飯か？　こんだけあったら、たいていの事務所では宴会かてやれるわ」

ヒスはソンおやじの話を聞き流しながら、サッタが飲んでいた高粱酒をグラスに注（つ）いで飲み、箸を割って、残ったチャプチェをつまんだ。ソンおやじは、チャプチェを食べるヒスを哀れむような顔で見た。

「まだ飯も食っとらんのか？」

「起き抜けにおやっさんに呼び出されて、飯を食う時間がどこにありますか？」

「だから夜には寝なあかん。夜な夜な賭場に通いつめとるから、昼間は病気のヒヨコみたいにヘロヘロなんやろ。昨日の晩も、またジホんとこでバカラやろ？」

「バカラはやっとりまへん」

「よう言うわ。ジホがおまえのおかげでますます繁盛や言うとったで」

ヒスは返事をせずにチャプチェをさらに何度かつまんで食べ、再びグラスに高粱酒を注いで飲んだ。すきっ腹で沁みるのか、顔を顰めた。

「今日、税関の連中と会うのは何時や？」

「六時です」

「話が済んだらさっさと別れろ。昔から国の仕事をやる奴らと女房の里は長居してえことはいっこもない」

「ク班長が来るのに、さっさと済ませられるわけがないでしょう」

「ク班長の野郎は何しに来るんや？」

「そら、ルームサロン（ホステス付きの個室クラブ）に行くいうから、タダ酒を飲みに来るんでしょう。勃ちもせんくせに、どうにも女好きですわ」

ソンおやじには意外な情報らしく、驚いた顔になった。

「ク班長は勃たんのか？」

「勃たんようになってだいぶ経つはずですよ？　女の子たちは、ク班長を相手するんはかなわん言うてます」

「見てくれは虎みたいに獰猛なくせに、なんで中身はクラゲになったんや？」

「たいていアレが勃たんと女から離れて競馬やらゴルフやら他の趣味を探すもんですけど、ク班長の野郎はまったく変わりもんですよ。なにがなんでも女ですわ」

「変わりもんは一人や二人やないで。人間いうもんは深いところを覗き込めばみんな変態野郎や」

ヒスがチャプチェを食べていた箸をテーブルにポンと放り投げると、時計を見て立ち上がった。

「行くんか？」

「ぼちぼち準備せなあかんです。シャワーに、服もざっと着替えて」

「そうか。難儀やな」

ヒスがぽかんとしてソンおやじをじっと見た。ソンおやじは状況を飲み込めないらしくヒスを見返した。

「なんや？」

「カネください」

「なんのカネや？　税関の連中にやるカネはもう家に送ってあるで」

「接待するんやったら現金がないとあかんでしょう。女の子のチップに手形を振り出しますか？」

「ああ、あの野郎、ちまちましたんは自腹で済ませりゃええのに」

ソンおやじはぶつくさ言いながら財布から百万ウォンの小切手を二枚取り出した。ヒスは受け取らずにげんなりした表情をした。ソンおやじが小切手をもう一枚取り出して三枚を差し出した。ヒスはようやく小切手を受け取って尻（しり）のポケットに突っ込み、ぺこりとお辞儀をして事務所を出た。サッタが双和茶を持って鉄階段を大儀そうに上がってきていた。たかだかお茶二杯を運ぶだけなのに、サッタの服は汗でびっしょりだ。

「ヒス兄貴、お帰りですか？」

「おう、用事があって先に行くわ」

「お茶を飲んでから行ってください。こう見えても身体にええもんがぎょうさん入ってまっせ」

「いや。おまえこそ飲んで身体をキチッと管理せえ」

ヒスが万里荘ホテルの駐車場に戻ったのは午後三時だった。約束の時間まで三時間ほどあった。ここ数日、ずっと仕事が重なってろくに眠れなかったせいか、口の中がざらざらする。カッコウ倉庫でチャプチェを少しつまんだほかは朝から何も食べられなかった。腹は空っぽで身体は疲れている。なのに、数時間後には、また酒の接待をしなくてはならない。しっかり腹に詰め込んでシャワーも浴び、下着も替えて少しでも目を閉じなければ、今夜、ク班長みたいな奴との、あのうんざりする接待を仕切れないだろう。ヒスは時計をちらりと見て、ハンドルを指でトントン叩きながら、どうするか暫く考えた。食事をしてシャワーを浴びて眠るには微妙な時間だ。ヒスはエンジンをかけて車を走らせ、ジホの賭場に向かった。

　賭場の地下に入る入口には大男一人が椅子に座って居眠りをしていた。ヒスが近寄っても起きる気配がない。ヒスは肩を揺すって起こした。大男が目を開けてヒスを見ると、すぐにお辞儀をした。

「いらっしゃいませ、兄貴」

「門を開けろ」

　大男がインターホンに向かって何か呟くと、ピーという音とともに分厚い鉄門が開いた。賭場へ降りる階段には上下に分かれる鉄門がある。警察のガサ入れがあったときに秘密のドアへ脱け出す時間を稼ぐために設えたものだ。溶断機で引っ剥がそうとしても、ゆうに二十分はかかるほど厚い。じっとりと暗いその階段を降りるたびに、ヒスは巨大な地下の共同墓地に入っていくような気分になる。階段を降りきってチャイムを押すと、男が鉄門に穿たれた小さな穴からヒスの顔を確認してドアを開けた。賭場は真っ昼間にもかかわらず、人の群れで足の踏み場がない。ヒスは周りを見回した。全てのテーブルが満員である。事務所の奥にいたジホが急いで飛び出してくると、丁重にお辞儀をした。

「ヒス兄貴、こんな時間にどうされましたか？」

「まあ、時間がちょっと空いてな」

「席をご用意しましょうか？」

どんな席を求めているのかジホがヒスの表情を窺った。大きく賭けたかったが、今日は手持ちがない。ヒスは百万ウォンのボードを指差した。ジホが近づいて一人の男の肩をポンと叩いた。男はうんざりした表情で振り向いた。ヒスが後ろに立っているのを見ると、しぶしぶ席から立ち上がった。ジホは掌で椅子をポンポン叩いて埃を払ってからヒスに勧めた。

ジホの賭場には一種類のゲームしかない。ポーカー、ルーレット、ブラックジャックといったものは扱わない。ここではみなバカラをやる。丁半のように単純で、犬並みのＩＱでも十秒あればルールが理解できる簡単なゲームだ。しかも一時間に百ゲーム以上もベッティングするほど回転が速い。極度の中毒性があって没入感が高いので、いったん始めると、この単純なゲームから脱け出せない。理論的には客とカジノの勝率は四十九対五十一でほぼイーブンだが、結局はいつもカジノが儲ける。一パーセント違いの不公平さが無限に繰り返され、ゲームのたびに手数料が少しずつふんだくられると、いつのまにか文無しになっているのだ。人々はバカラというゲームを理解して征服しようとするが、金を失うのはバカラが理解できないからではなく、手数料のせいである。

ジホは商売上手だった。人懐っこくて楽しいムードをつくる才能があった。それは、ジホの店で人生を台無しにした間抜けは数知れない、という意味である。クアムの老人たちはジホを気に入っていた。老人たちが気に入るやくざは喧嘩の強い奴ではなく、ジホのように気さくで客寄せが上手く、頭の回転が良くて商売上手な奴だった。

ヒスはポケットからソンおやじにもらった三百万ウォンと自腹の二百万ウォンを取り出し、五百万ウォンをチップに換えた。向かい側からホン街金がヒスの様子を気にくわないという顔つきで見つめている。ホン街金はいつものように賭け銭を貸し付けるテーブルについていた。彼のボディーガードの中国人チャンもいつものように無表情な顔でヒスを見つめている。ヒスは気づかないふりをした。ヒスはホン街金に借金があった。あれやこれやで、だいたい三億くらいになる。最近は利子もまるで返せていない。ホン街金は闇金（やみきん）のチンピラで、クアムでソンおやじの指示を受けず独自に動いていた。連れ歩く連中もクアムのやくざではない。金を取り立てる汚れ仕事の特性上、橋をひとつ渡ればみな従兄弟（いとこ）で又従兄弟であるこのクアムで地場のやくざを引き連れて事業をやるのは具合が悪いからだろう。それでも、クアムの賭場と市場、酒場で街金をやるのだからと、ホン街金は毎月、ソンおやじにかなりの金額を上納していた。ソンおやじはその見返りとして、ホン街金が金を返さないやくざたちにリンチを加えても知らぬふりをしてやった。金の問題は自分らで上手いこと解決しろというわけだ。なんというか、鰐と鰐鳥くらいの関係と言うべきか。

したがって、暴力団であれ殺し屋であれ、ホン街金の金を借りて返さない術はなかった。闇金のチンピラがたいていそうであるように、ホン街金はスルメから肉汁を搾り出す。やくざとしてのカオとかプライドみたいなものは、はなからゴミ箱にぶち込んで生まれてきた奴だった。主に酒場の女や博打狂いに金を貸していたが、専門は、回収が難しい不良債権を十パーセントか二十パーセントで買い取って姻戚の又従兄弟まで絞り上げて利子まで一銭も残らず取り立てる仕事である。つまり、あのえげつない闇金業者たちも両手両足を上げた不良債権を取り立てるのが専門だった。抜け目なく、汚く、しぶとく、卑しく、しかも奇抜でさえあったから、ホン街金に絞り上げられて借金を返したことのある者はみな青ざめた。そして外見と同じくらい残忍な奴でもあった。親にもらった手足をきちんと付けて棺桶に入りたければ、ホン街金のような奴の金を踏み倒すことを考えてはならない。ところがヒスは、ホン街金に三億も借りて利子も返していない。それでも堂々と賭場に出入りしている。まるで〈そうだ、賭ける金はあってもおまえに返す金はない。どうする?〉とホン街金を侮辱するように、これ見よがしに現金を持ち込んではチップに換えて賭けにつぎ込んでいるのである。

しかし、ヒスにはホン街金を侮辱する気はなかった。実のところ、ホン街金が何をやって飯を食っていようが何の興味もなかった。ヒスは賭けたいだけだ。そして三億にもなる金を働いて返すこともできない。数ヶ月前には、この賭場で三億二千まで儲けたことがあった。まるで憑かれたかのように、カードは捲られるたびにぴたりぴたりとヒスの味方になってくれた。賭博の神様がヒスの肩に暫し座ってくれたように幸運はとどまるところを知らず、立て続けに当たった。三億二千。あの瞬間にやめられさえしたならば、少なくとも借金はなかったはずだ。このろくでもない人生を洗ってやり直すことはできないだろうが、込み入って無駄に複雑な人生が少しは片付くかもしれなかったのだ。だが、いつもどおりヒスはやめられなかった。あの日の幸運は三億二千をピークに真っ逆さまに急降下した。ヒスは三億二千万ウォンを全て失い、ジホに借りた一億をさらにつぎ込んでからようやく席を立った。つまり、この賭場だけでホン街金に三億、ジホに一億の借金がある。実際にジホがヒスに返済を促すことは無理だから、ほどなくジホはヒスの借金をホン街金に安値で売り渡すだろう。とすれば、今、ホン街金に四億の借金があるわけだ。他の奴らだったら、とっくに手足が切り取られるのも数十回になるはずの金額だった。

休みなくカードが動いている。節制を失わないよう、ヒスは心のなかでカウントした。強弱弱・中強・弱弱、強弱弱・中強・弱弱、あらゆる賭け事がそうであるように、バカラは興奮したら金が飛ぶ。運が上向いてきたからと興奮してもいけないし、手が良くないからと短気を起こしてもいけない。自分だけのカウントとパターンでリズムに乗らねばならない。ヒスはゆっくりとベッティングをした。強弱弱・中強・弱弱、強弱弱・中強・弱弱。

一時間も経たずにヒスは所持金五百万ウォンを全て失った。ジホに賭け銭を借りようかと考え、時計を見て席を立った。

「もうお帰りですか?」ジホが訊いた。

「ああ。用事があってな」

ジホが周りを窺いながら内ポケットから札束を一つ取り出した。一万ウォン札で百万ほどありそうだった。

「なんや?」

「配給です。ヒス兄貴はクアムのエースやのに、財布にジャラ銭一つなくてどうします?」

「いらんわ、こいつ」

「取っといてください」

　ジホがヒスのポケットに無理やり札束をねじ込んだ。ヒスはまいったふりをして受け取り、内ポケットに入れた。

「気いつけてお帰りください」

「おう」

　ヒスが階段の入口に向かうと、チャンが立ちはだかった。中国の出身だが、まるで正体がわからない。噂（うわさ）もなく、どこを転々としていたのかもわからない。だが、ホン街金のような臆病者がこの中国人ひとりだけを連れて危険きわまりない夜道をよく歩いているところをみると、かなり腕が立つはずだ。

「シャッチョさん、話したい、言うてる」チャンが拙（つたな）い韓国語で言った。

　ヒスは時計を見てから素直にホン街金に近づいた。ホン街金はテーブルについてウイスキーを飲んでいた。ヒスはホン街金の向かいに座った。

「一杯やるか？」

　ホン街金がウイスキーの瓶を持ち上げた。ヒスは手を振った。

「なんのご用ですか？」

「なんのご用、やて。俺らの間でご用いうたら、カネの話の他に何がある？」

　金のことなら特に話すことはないのか、ヒスはぼんやりとホン街金を見た。二百回くらい観た映画を見返しているように、ヒスの顔には何の緊張感もなかった。ホン街金は呆れたのか、鼻で嗤った。

「カネを借りた奴がなんでそんなに堂々としとるんや？」

「泣いてみますか？」

「元金は返せなくとも、人の道義で利子くらいは払って賭けなあかんやろ。ヒス、おまえの顔だけ信じて担保もなしで貸してやったのに、こんな雑に扱われるんやったら、我慢強い俺も怒るで」

「飯くらいは食って暮らさなあかんでしょう。利子を払ったら煙草代も残らんです」

「よう言うわ。ついさっきも五百万すっとったな」

ヒスは時計を見て、飽き飽きしたように欠伸をした。

「まあ、一発当てたら、まとめてとっとと返しますよ。何百万かちまちま返しても、あの大金はいつまでも片付かんでしょう？」

「それはオランダやろ？　ひとりでダムを塞いだ腕の太い少年が出てくるやつ。おまえはあの話の教訓がわかるか？」

ヒスは、何の戯言かという表情でホン街金を見た。

「チョロチョロ漏れる水を止めんかったらダムもぶっ壊れる、いうことや。しかも、いっぺん壊れたら、腕で塞げるもんもブルドーザーでも塞げん、いう話やで」

馬鹿馬鹿しい話を聞いているのにうんざりしたのか、ヒスはホン街金の話を遮った。

「忙しいもんを引き止めてなんの説教ですか。ホン社長、バックレませんから、もうガミガミ言うんは堪忍してください」

プライドが傷ついたのか、ホン街金の顔が赤くなった。

「なんやと？　ガミガミ？　先輩に向かってなんちゅう口のききかたや」

「先輩、貴重なお言葉は有り難いですけど、今日は用事があってお先に失礼しますわ。骨になり肉になる尊いお話は今度伺います」

ヒスは立ち上がった。ホン街金は赤いままの顔でヒスを睨みつけた。

「なあヒス。おまえはソンおやじのケツの穴にしがみついておかなあかんで。万里荘を出たら、その翌月の利子はたぶん腎臓(じんぞう)か目玉みたいなもんで払わなあかんからな」

ヒスはくだらないという表情でふんと笑った。

「よう言うわ」

投げつけるように言ってヒスはつかつかと賭場の外に出た。外に出るまで、ホン街金の粘りつくように執拗(しつよう)な視線が自分の後ろ頭に突き刺さっているのがはっきり感じられた。

車を走らせて海辺に戻ってきたのは五時半だった。ヒスはカルビ焼の店に入り、予約した部屋を確かめた。まだク班長と税関の者たちは来ていない。店の社長がヒスのそばに来て、今日はとりわけ良い肉で、ひょっとして肉がお好きでない方がいるかもしれないと思って刺身も少し用意した、と喋り立てた。ヒスは礼を言った。社長は蠅のように手の甲を摩るとヒスの顔を窺った。そして、自分の娘がこのたび結婚するのだが、ひょっとして木目箪笥を安く買えるところを知っているか、とおそるおそる尋ねた。ヒスは、箪笥のことは何も知らない、とそっけなく答えた。社長は少しがっかりした表情をすると、こないだ見たところでは家電製品の密輸もやっているようだが、日本の象印の炊飯器を五つほど手に入れられるか、と訊いた。ヒスは冷ややかな顔で社長を見た。社長が決まり悪そうな表情で、娘が医者の家に嫁ぐので婚礼費用がばかにならず、炊飯器はなんと言っても日本の象印だから、婚家先の親戚に一つずつ贈ったらみな喜ぶのではないか、とくどくど言い訳した。ヒスが黙っていると、社長は暫く様子を見て、婚家先の家柄が立派なので娘の肩身が狭いかもしれないから、と言った。今は少し余裕があるが娘が幼い頃は金がなくて子供ながらひどく苦労した、と付け加えた。勉強もできたのに大学に通わせられる状況ではなくて商業高校に行かせたのが今でも心残りだ、とも。社長の愚痴を聞いていると、うんざりが満ち潮のように押し寄せてきて、ヒスは大きくため息をついた。そして、象印の炊飯器は自分が調べてみる、と言った。よかった、と言わんばかりに社長の顔が明るくなった。ヒスは時計を見た。あと二十分もある。ク班長は定刻に来る人間ではないから、実際の時間はもっとあるわけだ。急に疲れが押し寄せてきた。どこでもいいから横になって少しでも目を閉じたい。だが、店で待てば、社長のおしゃべりをずっと聞いていなくてはならないだろう。自分の娘はどれほど気立てが良いか、婿はどれほど出来た男かを延々と語るはずだ。もしかしたら、どうせ象印の炊飯器を手に入れるなら、ついでに米軍のPXでゼネラル・エレクトリックの冷蔵庫も頼まれるかもしれない。ヒスは立ち上がって浜辺に向かった。

四月なので海辺は閑散としていた。ヒスは煙草を咥えて火をつけた。そして、さしたる意味もなく、砂浜にいる人の数を数えた。七人だった。不倫であることが確実な中年の男女一組、学校をサボった高校生二人、そして日本人観光客とおぼしき中年女性が三人。この海辺だけで刺身屋が数十軒あり、百軒を超える酒場とカフェがあり、旅館とホテルにがら空きの客室が千四百ある。なのに、この広い海辺に遊びに来たのはたった七人だ。そろばんを弾くまでもない。このクアムの海で客がひしめくのは賭場だけだった。ヒスは吸っていた煙草を砂浜に投げ捨て、もう一本咥えた。

そのとき、海岸道路に沿ってギョンテのボクシングジムの子供らが列を作ってランニングをしているのが見えた。ギョンテは自転車にも乗らず、号令をかけながら子供らと一緒に走っている。ヒスは火をつけようとしていた煙草をケースに戻して立ち上がった。ギョンテがヒスに気づいて手を振った。ヒスも手を振り返した。走っていたギョンテがヒスの前で止まると、ジムの子供らもつられて一斉に立ち止まった。

「止まるな。続けて走れ！　グァンホが号令係や」ギョンテがきっぱりと言った。子供らが走り去ると、ギョンテはようやく激しく深呼吸をした。「ああ、かなわん。もうぴちぴちの子供らとは一緒に走れんわ」

「血清所の丘から走ってきたんか？」

苦しいのか、ギョンテは上体を屈めて両手を膝についたまま頷くだけだった。

「ひゃあ、それでも我らが東洋チャンピオン、キム・ギョンテ、さすがや。まだあのランニングを続けとるんやな。俺なんかもう、あの急な坂は歩いても登れる気がせんのに」

「何がさすがや。昔は続けて三回も廻れたのに、今は歯を食いしばって、あいつらの横でついていくのがやっとやで」

「しんどいならスクーターでも買えや」

「あかん。館長がスクーターに乗ったら子供らがバカにする。そしたら統率力が弱なって、言うことを聞かんようになる」

ギョンテの真剣な言いぐさにヒスが笑い出した。

「なんの。マーティン神父様は自転車に乗っても、俺らはちゃんと言うことを聞いたやろ」

「マーティン神父様と俺を比べたらあかんやろ。神父様のカリスマはハンパなかった。俺なんかにちょっとでも何がある？　だから気張って一緒に走るしかないんや」

ギョンテの言葉が可笑しくてではなく、その健やかな姿が好ましくてヒスは笑った。ギョンテは訳もわからず、つられて笑った。ヒスが子供の頃に暮らしていた母子園の男児はみなマーティン神父にボクシングを習った。イタリア出身で、若い頃にプロボクサーとして活躍したことのある硬骨漢だった。学校が終わると、血清所の丘から防波堤の灯台の端まで往復十二キロを走る。それからクアム聖堂の裏にある古い体育館でサンドバッグを打ち、縄跳びをし、フットワークをし、パンチングボールを叩き、スパーリングをする。ヒスはあの頃が好きだった。海辺を走るときに海から吹いてくるしょっぱい匂いと子供らの息づかい、狂ったように脈打つ心臓の鼓動が好きだった。サンドバッグをぶら下げた鉄の金具がきしむ音、床を打つ縄跳びの軽快な音、ステップを踏みながらパンチングボールを叩くときのタタッ、タタッ、と繰り返し聞こえる音が好きだった。振り返ってみると、ヒスの人生で情熱と誠意を尽くして何かを死ぬほど懸命にやったのは、あの頃のボクシングだけだった。

子供らがはしゃいでサンドバッグを叩くたびに、マーティン神父はあの特有の慈悲に満ちた顔でいつも愛を語った。宇宙の全てに愛が満ちていると、あの木と風のなかにも愛が満ちているのだと語った。神の意思とは我々が愛し合うことで、愛すること以外は何もない、と。サンドバッグを打ちながらも、縄跳びをしながらも、ずっとムカつく愛の説教だった。まあ、いちいちもっともな話だった。だが、マーティン神父の切なる願いとは異なり、彼にボクシングを習った母子園の子供らは健やかな身体に凛々しく育ってみなチンピラになった。そのうち何人かは刺されて死に、何人かは刑務所にいる。ヒスは十八でやくざの道に入ると同時にボクシングを辞めた。しかしギョンテはボクシングを続けた。メダルは獲れなかったもののオリンピックにも出場し、プロデビューして東洋チャンピオンのタイトルも獲った。

「神父様の具合はどうや?」ヒスが訊いた。

「あかん。神父様はヒス、おまえにえらい会いたがっとったで。いっぺん一緒に行かんか?」

「行かん。チンピラ野郎なんかに会うてどうする? あの火みたいな性格でますます怒らはるだけや」

わかった、という意味か、仕方ない、という意味か、ギョンテが頷いた。防波堤の端まで走っていったボクシングジムの子供らが灯台を廻って再び海辺に向かっていた。

「俺、行くで」

「ああ、じゃあな」

「ここで今日、なんか仕事があるみたいやな?」

「仕事なもんか、ろくでもねえ奴らの接待があるだけや」ヒスが指でカルビ焼の店を示しながら自嘲気味に答えた。

ギョンテは帽子を深く被ると、ヒスに向かってにっこり笑った。そして血清所の小高い丘に向かって走りだした。ヒスは煙草を再び口に咥え、海岸道路を走るギョンテの健やかな後ろ姿を見つめた。子供の頃はギョンテよりも速く、長く走れた。マーティン神父が最も愛情をかけてボクシングを教えたのもヒスだった。だが今、ギョンテと一緒に走ったら、百メートルも走れずに腹のものをすっかり吐いてしまうだろう、と思った。ヒスは煙草を咥え、遠くで号令に合わせて走っているボクシングジムの子供らと、端のほうにぼんやり立っている赤い灯台と、その上をいたずらに舞う数羽のカモメを眺めた。そして吸殻を砂浜に投げ捨て、税関の公務員たちとク班長がやってくる店へ、とぼとぼ歩いていった。

テラス

午前十時。万里荘ホテルのテラスに二人の男が座っている。一人はオーナーのソンおやじで、もう一人は支配人のヒスだ。ソンおやじは今日に限ってひどく機嫌が良さそうで、寝ているところを呼び出されたヒスはまだ眠りから覚めきってないらしくすこぶる機嫌が悪そうである。ヒスは壁にかかった大型の時計を見て欠伸をした。

「疲れたか？」

「話があるんやったら午後に呼んでください。夜が仕事のやくざに朝っぱらからなんの用ですか？」

ヒスがイライラしながら灰皿で煙草を揉(も)み消し、コーヒーを少し飲んだ。胸やけがするのか顔を顰めた。朝から寝ているところを起こして心苦しいソンおやじは、紅参茶(ホンサムチャ)をスプーンでゆっくりかき混ぜながらヒスの様子を窺った。

「すきっ腹になんでコーヒーや？　わしのように紅参茶みたいなもんを飲め。身体にええで」

「身体にええもんはおやっさんがたんと召し上がって長生きしてください」

「ええい、こいつ。愛情かけて面倒みてやっても愛想(あいそ)なしやな」

「愛情は結構ですんで、早う話してください。戻って寝なあかんのです」

「まあ、その、昨日、税関の人間たちと上手いこと話がついたか思てな」

「上手いこともなんもありますか。カネをふんだくったら終いやろ。はした金やあるまいし」

それはそうだというようにソンおやじが頷き、

「ブツの量は去年のままやろ？」と念を押した。

「危ないもんが紛れ込んでなければ量は合わせてくれるいうことで話がつきました」

「そら、危ないもんはあかん。おまえも若い連中を徹底的に取り締まって、へたにブツをねじ込まんようしっかり確認せえ。この危険だらけの状況でパアになるかもしれん」

「それから中国の粉唐辛子、あれはもうやめましょうや。なんぼにもならんものを、やくざたるもんがこっぱずかしくて混ぜてられますか」

「いんや。あれはかなりいける」

「おやっさんは座ってカネを数えとるだけやから、いけるでしょうよ。こっちは辛いのをコンテナに山ほど積み終わると、ホンマ死にそうですわ」

「こいつ、大げさな。それっぽちの手間もかけんで人様の財布からどうやってカネを取ってくるつもりや。ところで、昨日は何時まで飲んだんや？」

「今朝の五時です」

「話が済んだらとっとと別れたらええのに、なんでそんなに遅うまで飲んだんや？」

「誰が好きで一緒におりますか。ああ、あの気色悪い野郎どもが、タダ酒やいうて、ちっとも帰ろうとせん。焼肉屋行って、ルームサロン行って、キャバレー行って、それからバーに行って、ようやっと女の子たちとホテルにぶち込んだら、ク班長、あの野郎がべろべろに酔っ払って、女の子を殴るわ窓ガラスを割るわ、えらい騒ぎでしたわ」

「か弱い娘をなんで殴る？　ク班長、あいつは酔うと女を殴るんか？」

「アレが勃たんからやないですか？　女の子が二時間も心を込めても勃たんもんはしゃあないでしょう？　なのにク班長、あの野郎はえらい怒りよって、誠意が感じられん、とか言うて、とばっちりの女の子を引っ摑んで殴って、ようやっと引っ剝がしたら、パンツ一丁でホテルの廊下をころがりながら、若い頃はえらい苦労してやっと少し余裕ができたらアレが勃たん言うて、ひとりで泣いて喚(わめ)いて、ったく」

「アレが勃たんのを、なんで八つ当たりや？」

「まったくですわ」

「それでも税関の公務員は優等生みたいにおとなしそうやったけどなあ?」

ソンおやじの言葉にヒスがふんと嗤った。

「女の子らが言うに、その優等生どもに比べれば、ク班長はえらい紳士やそうです」

ソンおやじは笑いながら、やれやれと首を振った。

「この国はなんで勉強した奴ほど人間が出来とらんで、どいつも変態になるんやろか。学校でいったい何を教えとるんかわからんわ」

ソンおやじはカップを揺すって底に残った紅参の滓をズッと啜った。ヒスは再び煙草を咥えてホテルのコーヒーショップを見回した。老人四人が中央に陣取り、大声で喋りながらコムタンを食っている。あの歯抜けの老人たちがこのクアムの海の実質的なオーナーだ。ホテル、パチンコ、カラオケ、酒場、賭場、ルームサロン等々、クアムにある全ての遊興所はソンおやじとあの四人の老人たちが分け合っている。一人は国軍機務司令部出身で、別の一人は警察出身、また別の一人は街金、そのまた別の一人は導船士だ。今はみな引退して、明け方に散歩なんぞに行き、午後にゴルフなんぞを嗜む人生である。だが、ぐだぐだと死んだように静かに過ごしつつも、この海から上がる全ての利益から上納金をきっちり受け取る憎たらしい人間たちだ。テーブルには老人たちが一杯ずつペロリと平らげたコムタンの器とカクテギの皿が無造作に置かれている。ヒスが顔を顰めた。

「ちっ、朝っぱらからコーヒーショップでコムタン食うな言うたのに」

「客がおらんからや。さっさと食うて帰るやろ」

　ソンおやじが気まずそうな表情をした。

「いちおうホテルのコーヒーショップやのに、格が下がるあれはなんですか？　外国人が優雅にモーニングコーヒーを飲んどるのに、年寄り五人でカクテギをバリバリ噛んどって商売になりますか？　近頃の商売はみんな口コミやのに。あんな調子やから、うちは万里荘旅館や言われるんです」

「こいつ、朝からなんで人が飯を食うのにいちゃもんつけるんや？　おいこの野郎、自分のホテルでコムタンの一杯も好きに食えんのか？　気に入らんのやったら、おまえも建てたらええやろ。コムタンは絶対に食えんホテルを」

「わかりましたよ。まったく、屁理屈しか言わん。おやっさんのホテルですから、コムタンにどっぷり浸して食おうが混ぜて食おうが、まあ、好きにしたらええです」ヒスはギュッと煙草を揉み消した。「それはそうと、フシクの件、あれはどう落とし前をつけるつもりですか？」

　フシクの話が出ると、ソンおやじがぎくりとした。

「おいおい、すっかり片付いた話をなんで蒸し返すんや。言わんかったか？　フシクからもろたんは一枚や。それをそっくり、ホンマに封筒ごとそっくり、おまえに渡したんやで」

「おやっさん、昨日、電話で話しました。フシクが言うてましたで、おやっさんに確かに二枚渡した、て」

直にフシクと電話で話したと言われると、ソンおやじは気まずいのか、海のほうにそっと顔をそむけた。

「ああ！　あの口の軽い奴が、朝っぱらから恥かかせよって。工業ミシンであのアホたれのクチバシを縫い付けなあかん」ソンおやじが海に向かって呟いた。そして姑息に考えを巡らすと、ヒスのほうに向き直った。

「いや、フシクからいちおう二枚受け取ったんやけど、その、区庁とサツの面倒みとる、あいつの名前はなんやったかな？　そうや、ボノ、とにかくボノの野郎が、行事の当日にはサツの連中に油差さなあかんてゴネよるから、しゃあない、それで三千はやらんと、それからキムおやじ、おまえも知っとるやろ？　あのボケナス野郎。仲介料をやらんとヘソ曲げるやろ。しゃあない、それでざっと二千が飛んで」

「で、残りの五千は？」

「五千なんか、あっちこっち雑費がかかって、油代と、それからあっちこっち、それからなんや、遅れたやつ、それを返して、飯も食って」ソンおやじがごにょごにょと言葉を濁した。

「ったく、金持ちともあろうお方がなんちゅうザマですか。最近の若いもんは渡すもんを渡さんと仕事せんのですよ。昔とはちゃいますで」

「なら、どないせい言うんや？」

「全部よこせとは言いませんから、三千だけ乗せてください」

「三千？　こいつ、わしのどこに三千がある？」ソンおやじが目を剝(む)いた。

「ほな、自分もやりません。やたらしんどいだけで、なんも残らんわ」

「おまえもタンカの奴に八千で任せろ。そしたら少なくとも二千くらいは残るやろ」

「タンカみたいな抜け目のない奴が、こんなしちめんどくさい仕事を八千でやると思いますか？　やりませんよ」

ソンおやじが実にうんざりだと言わんばかりに大げさに身体をよじった。

「ええい、くそっ、この歳で、この老体を引きずって忠清道(チュンチョンド)まで飛んでって、ようやっと取ってきたオーダーやで。おまえに三千やったら、わしに何が残る？　ガソリン代にもならんわ」

「おやっさん、自分は今日、誕生日ですよ。朝にワカメスープも食うてません（韓国では誕生日をワカメスープで祝う）。少しは一緒に食うていきましょうよ」

「なんでや？　ミジャが作ってくれんかったんか？」

「ミジャの奴がいつ出ていったと思うてます？」

「なんや、あの娘とは少し続いたと思たら、また逃げたんか？」

「この歳でホテルに間借りしとる男になんの見込みがあってワカメスープまで作ってしがみつきますか？」

「おまえに甲斐性がなくてワカメスープが食えんのに、なんでわしのせいや」

「おやっさんがアホみたいに仕事ばっかさせてカネをよう渡さんからやないですか。青春をささげて忠誠を誓って何が残りますか？」

「アホぬかせ。おまえがカネをよう貯めんのがわしのせいか？　ひとが浮かれて肉を食いに行くときに草でも相伴にあずかろか思て這い出すから貯まらんのや。ジホんとこでバカラやっとらんで、毎月入るカネをこつこつ貯めとったら、カネがないはずがないやろ」

「草だか肉だか知りませんけど、もう三千くれんのやったら、やりません」

「ああ、ムカつくやっちゃ。二千！　それ以上はあかん」

「いつくれます？」

「ああ、やるわ。わしがおまえのカネを踏み倒すか？」ソンおやじが怒鳴った。

このくらいならよし、というようにヒスがそっと微笑みながら水を一口飲んだ。ソンおやじはカップを持ち上げ、底に何も残っていないのを見て、イライラしながら下ろした。

「それから、ヨンガンの野郎、話し合いでは合意できそうもないですな」

ヨンガンの話が出ると、ソンおやじは頭が痛いと言わんばかりに眉間（みけん）に皺（しわ）を寄せた。

「なんぼよこせ言うとるんや？」

「カネをよこせいうことやなくて、店を一つ出したいようです。夏にパラソルを二ダースと」

「日除（ひよ）けの小さいパラソル？」

「いえ。酒を出す大きいパラソル」

「大きいのを二ダースやったら、夏になんぼくらい稼ぐ？」

「梅雨が長引かんでカンカン照りやったら、だいたい三億です」

「完全にドロボーやなあ。電気代をちっとばかし払って居座る気やな。パラソルを何個かくれてやるんはたいしたことないけど、いったんヨンガンの野郎がここに乗り込んだら、自分の足では出ていかんやろ」

「居座ったら出ていくわけがないでしょう」

「ヨンガンが連れとるのはフィリピンの連中やろ？」

「フィリピンやなくて、東南アジア連合いうて、フィリピン、ベトナム、タイ、ミャンマーが混ざっとります」

「その派手な連合を引き連れて、なんでこの田舎町で騒ぎを起こすんや？」

「東南アジアの連中は行く当てがないんですわ。甘川はロシアの連中と組むし、中央洞は中国の連中と組むし、海雲台や広安里は日本の連中と組みますんで」

「おまえはヨンガンがここを乗っ取ろうとしていると思うか？」

ヒスは黙って頷いた。

「頭が痛いな」

「ことがデカくなる前に静かに始末しましょうか？」

ソンおやじがぎょっとして周りをきょろきょろ見回した。

「殺る、いうんか？」

ヒスは答えずにソンおやじの顔を見た。ソンおやじはかぶりを振りながら舌打ちした。

「おまえはいつからそんなに勇ましくなったんや？　人を殺る、いうんは遊びとちゃうで」

「殺るまではいかんで左から足首の一本でも切る、いうことです」

ソンおやじは暫く息を整えてじっと考えた。

「なあヒス。ヨンガンは半端な野郎やない。しかも東南アジアの連中と組んだら面倒や。あいつらは完全にムデッポウやないか」

「組んだらまずいでしょう。ヨンガンの野郎だけ飛ばして、東南アジア連合の連中は別に合意せな」

「ヨンガン抜きで合意できるんか？」

「カネさえやれば合意でけへんことありますか？　たいした血を分けた堅い絆でもあるまいし」

「東南アジア連合とかいう奴らは使えそうか？」

「使えます。仕事はべらぼうに上手いし、安いし、後腐れもないし」

「知っとる奴はおるんか？」

「タンいうベトナム人ですが、むかし何度か一緒にやったことがあります。話もよう通じるし、ベトナムで大学も出た賢い奴です」

「うちの連中と交ぜたらいろいろ言われるやろ。それでなくても仕事がないない騒いどるのに」

「食っていくためならしゃあないでしょう。うちの連中も少し気張らなあかんです。最近の若いもんはみんな腰抜けで、きついことはいっこもやろうとせんくせに、カネをもらうことばかり考えよります」

ソンおやじは話を切って暫く考え込んだ。

「ヒス」

「なんでしょう」

「汚い手ではメガネのレンズを触るもんやないで」

ソンおやじがひどく真剣な口調で言った。ヒスは首をかしげた。

「どういう意味ですか？」

「汚い手でレンズを触ったら汚れるやないか」

「だから、それはどういう意味か訊いとるやないですか」ヒスがうんざり気味に言った。

「意味もなんも」ソンおやじが海のほうにそっと顔を向けて呟いた。「メガネのレンズが汚れたら目も曇るし、また磨かなあかんから面倒やし、目が曇れば足も踏み外すし、まあ、そういうことや」

「ああ、ったく。真面目に話し合っとるときに、そんな気い抜けたこと言わんでください。何かまともなことを言ってくださいよ。つまり、どうするんですか？」

「少し様子を見よう。近頃みたいな物騒なときにことを起こすんはまずい。夏まではまだ少し間があるから、折を見てヨンガンの奴をぼちぼち宥めてみい」

「もう腹をくくっとるのに、宥めてヨンガンが聞くと思いますか？」

「昔からやくざの仕事は全部合意や。ヨンガンも人間やから、怖いこともあるやろ。あいつかて怖いはずや。揃って死ぬつもりでことを起こす奴はおらん。だから、できるだけ血を流さん方向でぼちぼち宥めてみい」

「逃げてばかりで上手くいきますか。おやっさんが諍いを避けてばかりやから、よその奴らがクアムはチョロい思てナメるんやないですか」

「やかましいわ。ええかっこしてドス抜いて今、生き残っとる奴がどこにおる？　ドスを抜いたら刺された奴も刺した奴も死ぬ。それにヒス、おまえはもう四十や。その歳で騒ぎを起こしてブタ箱にでも行ったら、それで人生終いやで」

　ヒスは少し考えてから黙って頷いた。言われたとおりに認めるという意味ではなかった。

「午後は何をするんや？　面子（メンツ）が一人足らんのやけど、用事がないんやったら、わしとゴルフにでも行こう。影島のナム・ガジュ会長も来るそうやで」

「あそこの爺（じい）さまたちから連れてってください。コムタン平らげて力が余っとるでしょう」

「あの爺さまたちを連れてっておもろいことあるもんか。それに会長がヒス、おまえに会いたいから連れて来い言うとったぞ」

「嘘（うそ）つかんでください」

「ホンマや。ナム会長はヒス、おまえを可愛がっとるやないか」

「行きませんよ。ゴルフには向いとりませんし。自分はナム会長がようしてくれると、不思議と落ち着かんのですわ」

するとソンおやじの顔のどこからか満足げな笑みが広がった。だが、そんな様子を見せたくないのか、ヒスを意味もなく叱りつけた。

「そんなふうに社会生活を送るもんやない。男は落ち着かんことも我慢せなあかん。ほかの奴らは会長に可愛がられたくて必死やのに」

「ああ、結構です。おやっさんに可愛がられて粉唐辛子をたんと混ぜて、今では可愛い言われると、くしゃみが出ますわ」

「こいつ、なんで立て板に水なんや。口ではおまえに敵わんな」

ソンおやじが再び滓も残っていないカップを意味もなく持ち上げ、啜って下ろした。ヒスがその様子を見て長い欠伸をした。

「もうお話はないですよね？　なければ戻ります」

「寝るんか？」

「寝ますよ」

「そうか、上がって少し休め。それはそうと、誕生日に飯も食えんでどうする。ホテルの厨房に言ってワカメスープを作らせるか？」

「自分ごときにワカメスープなんか」

ヒスは立ち上がった。

コムタン爺たちがコーヒーショップ中央のテーブルでくだらない冗談を言いながら居座っていた。軽く会釈をして通り過ぎようとするヒスをキムおやじが呼び止めた。

「おい、おい、ヒス」

ヒスが足を止めた。

「何か、おっしゃりたいことでもありますか？」

「近頃、倉庫で国産の粉唐辛子を二十パーセントも混ぜとるそうやけど、ホンマか？」

「ええ、そうですが？」

「なんでそんなに混ぜるんや。十パーセントでも充分やないか」

「そら、充分や。十パーセントなら殆(ほとん)ど国産と変わらん」

隣にいたパクおやじが歯をせせりながら話を引き取った。

「多いほど混ぜる作業が増えるやろ。そしたらおまえらは、あのスコップでどえらい難儀するやないか」

キムおやじの言葉にヒスが力なく笑った。

「スコップで混ぜる回数まで数えて心配が尽きませんなあ」

「わしらは歳くってなんもでけへんやろ。こんな心配でもちょいちょいしながら若い連中を手伝っとるんやで」キムおやじが満足げな顔で言った。

わかったというようにヒスは適当に頷いた。そしてコーヒーショップを出て、まっすぐ自分の部屋へ上がっていった。

間借り部屋

万里荘ホテル二四九号室。ホテルの一番端の部屋で、窓の横に非常階段があるので、いざとなれば逃げるのに都合がいい。逃げてみたところでどこにも行くあてはないのだろうが、それがヒスにある種の安堵感をくれた。ヒスはその部屋に家賃を払って暮らしている。十八歳で母子園を出てから一度も自分の家というものを持ったことがない。やくざたちのあいだに挟まってみすぼらしい旅人宿（素泊まりの宿）で共同生活をしたり、酒場の奥の小部屋で、あるいは娯楽室（ゲームセンター）や倉庫、営業場の事務所で眠ったりした。ときどき酒場の女と同棲し、たまに刑務所を出入りした。寄宿と野宿の人生、いつでも鞄ひとつ持てば未練なく逃げ出せるところでばかり暮らしてきた。人々はよくヒスに言った。旅人宿を経て、旅館暮らしを経て、今やホテルの部屋に落ち着いたのだから、そのくらいなら成功した人生じゃないのか、うちの女房はぐうたらで家の中が旅人宿より汚くて、顔でも洗おうかと思えば清潔なタオル一枚ない、ホテルは掃除やら洗濯やら適宜全部やってくれるのだからいいじゃないか、と。そんな言葉を聞くたびにヒスは笑うしかなかった。そんなことをほざけるのは、寄る辺なく流れ歩く人生について何も知らないからだ。

ドアを開けると、部屋の中は相変わらず酒の臭いが充満していた。テーブルの上には昨夜、ク班長の愚痴を聞くために明け方まで飲んだビールとウイスキーの瓶と食べ残しの乾き物と果物の皮が散らばっている。灰皿には吸殻が山盛りだ。それを見るなりウッと腹の中からむかむかするものがせりあがってきた。ロビーにいるマナを呼んで掃除をさせようかと思ったが、すぐに億劫になってやめた。化粧台には女が残していったストッキングの片方が丸められたまま置かれている。ストッキングを片方だけ穿いて帰った女は誰だったのだろう？ ヒスは昨夜、自分の部屋に入ってきた女が誰だったか思い浮かべてみた。思い出せなかった。ホテルのルームサロンにいるうちの一人だろう。何人か思い浮かべたが、誰なのか正確に思い出すことはなかった。呆れたようにヒスはフッと笑い、ストッキングをゴミ箱に捨てた。胸やけがひどくて、引き出しを開けて液状の胃腸薬と除酸剤を一錠飲んだ。そのそばに医者から一緒に飲むように言われたプロザックとザナックスがあった。ひとつは抗うつ剤で、もうひとつは抗不安剤だ。慢性胃腸炎で何年も病院に通ったが快方に向かわず、医者に精神科のカウンセリングを受けるよう勧められた。いくつかの検査と簡単な問診をした後、精神科の医者はドライな口調で、しかしきっぱりと言った。「うつ病です」ヒスの胃腸炎はバランスの悪い食習慣や酒・煙草のせいではなく、心理的な問題だと言うのだ。

「私は別に憂うつじゃないですが？」ヒスが言った。「無気力で、万事に意欲がなくて、全てにうんざりして億劫ですよね？　それがうつ病です」医者が言った。ヒスは医者の言葉を信じなかった。そんなものがうつ病ならば、ヒスの周りにいる殆どのやくざがうつ病に罹っていることになる。全てを億劫がり、汗を流したり身体を動かしたりすることをひどく嫌がるのがやくざというものだからだ。ともあれ、医者の勧めるうつ病の薬を飲んでからは、胃腸炎は好転した。部屋のベッドに横になって何時間も寝返りを打っても眠れなかったのが、よく眠れるようになった。ヒスはプロザック一錠とザナックス一錠を取り出して口に放り込み、水を一口飲んだ。化粧台の鏡の中に今や掛け値なく四十歳の男がいた。

四十！　チンピラ稼業をやるには歳をとりすぎた、とヒスは思った。だが、四十一も四十二もチンピラ稼業をやらざるを得ないだろう。十八でこの世界に入り、この歳になってもまだ家の一軒も持てない。結婚もできず、貯金もない。貯金どころか賭博の借金だけが山ほどある。この仕事を放りだして出ていって食っていけるだけのまともな技術もない。たとえ他に技術があったとしても、この歳でどこに行ってやり直すのか。四十、田舎のチンピラの中間幹部、万里荘ホテルの支配人、家の一軒も持たず、媚びを売りながらホテルの部屋で暮らし、部下に隠れてうつ病の薬を飲んでいる前科四犯の男。それがヒスの現在地だった。

「ヒス、しゃきっとせえ。おまえはもう四十や。どこかで刺される前に、ひと財産つくってこの暮らしから足を洗わなあかん」

鏡の中の男にヒスは語りかけた。だが、男はしゃきっとして人生を立て直すつもりがないのか、気のない表情だった。疲れが押し寄せてきて、ヒスはベッドに横になった。一晩じゅうつけっぱなしだったテレビには、大統領が記念植樹をする場面が映っている。眠れなかったせいか喉（のど）がカラカラだ。ヒスは灰皿で煙草を揉み消し、大統領夫妻が木を植える場面をぼんやり眺めた。丸々とした白い犬が二匹、スコップを動かす大統領の股（また）のあいだをうろちょろしていた。

ヒスが子供時代を過ごした母子園では、植木日（四月五日）にまとめて誕生会をした。五月生まれであれ十二月生まれであれ、母子園の子供らの誕生会は年に一度きりだった。区庁からやってきた人々が禿山（はげやま）に木を植え、何か大きな慈善を施すように誕生会を開いてくれたのである。十五人くらいの子供がいて、小さいケーキがあって、七本のロウソクがあった。なぜ七本なのかはわからない。五歳の子もいたし十一歳の子もいた。子供らの年齢を平均したのかもしれない。でなければケーキ屋がくれる分を挿しただけかもしれない。とにかくロウソクを挿し、みんな一緒にバースデーソングを歌い、一、二、三と号令に合わせて十五人の父なき子たちがその小さいケーキに向かって一斉にフーッとロウソクを吹き消すのだ。だから植木日がやってくると、いつも誕生日を思い出す。子供の頃、誰も個別に誕生日を祝ってくれなかったから、本当の誕生日についての記憶はない。歳に合わせてバースデーケーキにロウソクを挿したこともないし、朝にワカメスープをよそってもらって食べた記憶もない。ヒスは、大統領夫妻とその間をうろつく二匹の白い犬とクリスマスツリーのようにこぢんまりした木を見ながら眠りに落ちた。

目が覚めると午後四時だった。電話のベルがけたたましく鳴っている。ヒスはうんざりしながらベッドから起き上がった。電話をとると、何か大層なことでも起こったかのようにマナがまくしたてた。

「ヒス兄貴、大変です。タンカ兄貴がえらい怒って、ヒス兄貴はどこや、見つけたらぶっ殺す、言うて、今、サ、サシミ包丁を持って血だらけで、ロビーで怒鳴り散らして、お客様がびっくりして逃げて、どえらい騒ぎです」

スズメバチのようにブンブンいうマナの声を聞いているとげんなりするが、ヒスはじっと耐えた。どうせ言ったところで話がわからない奴だ。

「タンカが包丁を振り回して誰か怪我（けが）したんか？」

「いえ」

「なら、なんで血だらけなんや？」

「誰かが怪我したわけやなくて、タンカ兄貴が包丁を振り回して自分で自分をちょっと刺しました。その、血だらけいうほどでもなくてですね、血がちょびっと出ただけですわ」

再びげんなりしたが、今度もヒスは耐えた。医者から、血圧も高いし胃腸も良くないのだから怒ったりストレスを受けたりしてはいけないと言われたからだ。年配の医者は、男は四十代で身体の管理をどうするかによって残りの人生が変わるのだと言い、特に怒るのが身体に悪いと念を押した。「覚えておいてくださいよ。焼酎や煙草よりも悪いのがストレスです。一回怒るたびに血管がクシャッと萎(しぼ)んで寿命が一日縮むと考えればいいでしょう。わかりましたか？」ヒスは医者の言葉を思い浮かべ、寿命が一日でも縮むのを防ぐために深く息を吸い込んだ。

「マナ、つまらんことで大騒ぎするのはやめんか。こっちはえらい疲れとるんや」

「すんまへん、兄貴」

「ちょっとシャワー浴びるから、三十分したら会う言うてくれ。それからコーヒーを持ってこい。濃いやつを」

電話を切ろうとすると、マナの声が追いかけてきた。

「遅くまで飲んで腹も減っとられるでしょうに、ヘジャンクッ（酔い醒ましのスープ）でもお持ちしましょうか？　コーヒーよか良うないですか？　今朝、ピョンスのおかんが干し菜っ葉のヘジャンクッをこしらえてきたんですけど、そらあ、絶品で」何が嬉(うれ)しいのかマナが楽しげに言った。

「コーヒーだけでええ」

「それでも腹が減っとられるでしょう。ヘジャンクッがお嫌なら、目玉焼きとトーストか何かお持ちしましょうか？」

そのとき不意に、あれほど必死に耐えてきた癇癪(かんしゃく)が下腹の奥底から噴き出した。ヒスは電話に向かって怒鳴った。

「やいニワトリのドタマが、コーヒーだけでええ言うたやろ！　同じことを、ったく、なんべん言わせるんや」

「すんまへん、兄貴。コーヒー淹れてすぐお伺いします」パンパンに膨らんでいた風船から空気が抜けるように、たちまちシュンとした声でマナが答えた。

マナはホテルのロビーで働いている。今年で二十七だ。いつもどうでもいいことをやらかしたり、どうでもいいことをまくしたてたりするので、ハナマナ(してもしなくても)と呼ばれている。そのうち面倒になって、ただのマナになった。空気が読めず、どこでも中身のないことをまくしたてることさえ除けば、さほど悪い奴ではない。真面目で気立てのいい奴だ。仕事もきちんとこなすうえに正直すぎて、ホテルの金をくすねるとか、ホテルのルームサロンやカラオケに自分のところの女たちをねじ込もうとするウォルロンのポン引きたちからリベートを取ることもない。ただ、中身のないことを延々とまくしたてずにはいられない哀しい遺伝子をもっているだけである。

　シャワーを終えると、タンカはすでに部屋に上がり込んでいた。ワイシャツに血だらけとまではいかない血の滴がちょっぴり滲んでいる。息をつく間も与えずタンカがまくし立て始めた。

「兄貴ィ、これはホンマないわ。デカいのを一枚やる言うといて八千七百とはなんや、八千七百とは。それに、九千なら九千、一億なら一億いう具合に丸めるもんで、どういうハンパな計算したらブサイクな八千七百になるんや、あ？　千三百はどこでばっさりピンはねしたんや？　なんとか言うてみい」

「なあタンカ、少し静かに来れんか？　おまえはなんで来るたんび、やかましいんや」

「やかましゅうせんかったら兄貴は会うてくれるんか？　こういうんが起こるたんびに、俺は知らん言うて逃げるやないか」

「それは俺やない。上で先にピンはねされて来たんや。フシクがサッと区庁に少し食わせて、キムおやじの仲介料やらなんやらやる言うて、こっちに来たんがホンマに一枚や」ヒスがタオルで髪を拭きながら言った。

「兄貴、近頃のバス代がなんぼか知っとるか？　チャジャン麺がなんぼか知っとるんか？」

「チャジャン麺て、またなんの寝言や？」

「じれったいから言うたんや。八千七百で三十人集めて、あの忠清道の山奥まで出かけて力仕事をやるいうんが話になるか？」

「なんで話にならんのや。八千七百なら作業すっかり済ませて、おまえの頭なら三千はひねり出せるやろ」

「何が三千や。タンカ（単価。「利益」の意）が出んのや、タンカが。逆に俺のカネをつぎ込んでも全然足りんわ」

「なんでタンカが出んのや、日雇いやろ？　こっちで値切ってあっちで削れば、だいたい見積もりできるやろ。おまえは上手いことやるくせに大げさやな」

タンカはポケットから一枚の紙と電卓を取り出してテーブルに置いた。

「見てみい。俺が全部計算してきたで。ここから十ウォン玉一枚でも減らせるとこがあるか、兄貴が直に見いや」

ヒスは紙にざっと目を通した。項目が整理されて一目瞭然だった。

「ワゴンの借り賃が五百？　ええい、この野郎、五百なら新しいワゴンが買えるわ。

それに三十人になんで五台や？　十二人乗りやろ？　三台やったら全員乗せても六席は余るで」

「何言うとる。十二人乗りやったら幼稚園のガキどもを乗せてもギチギチやのに、あのオランウータンみてえな連中をワゴン三台にどうやって乗せるんや。道具は持って行かんのか？　鉄パイプは宅配で送るんか？　しかも大砲車（無断で占有・売買され名義人と実際の運転者が異なる中古車）やで。ナンバー替える代金も入っとるし。釜山から遠征してきたことをふれ回らんでもええやろ」

「これはなんや。飯代が一千万ウォン？　この良心のかけらもない野郎が、立ち退かせた住民を押しのけて村祭りでもするつもりか？」

「近頃はこういうしんどい仕事を終えたら、みんなルームサロンに寄るんですわ。その、俺らの頃みたいに焼酎に豚足ひとつ食うて済むと思っとるんですか」

「９３０＋１２００＋８００？　人件費の計算がなんでこんなに複雑なんや？」

「一人につき三十万ウォンで三十一人やから九百三十。峨嵋洞の中堅のカシラどもは子分を連れてくるから、それぞれ三百万ウォンはやらなあかんし、クアムの連中は二百万ウォンずつ」

「なんで三十や？　こないだまで二十やったのに」

「いまどき誰が二十でこないな仕事をやりますか？　土方の現場に行くほうがまし

や」

「峨嵋洞のカシラどもが三百よこせ言うたんか?」

「身内やないから三百はやらんと」

「イヌ畜生どもが、ワゴンの中でぐうたらするくせして三百か。ええい、俺は知らん」

ヒスが紙を床に投げつけた。タンカが落ちた紙を素早く拾うと電卓を叩き始めた。

「見てくださいよ。経費だけでぴったり一億でしょう。見たらわかるやろうけど、もう減らすもんはないやないですか。五千は追加でもらいたいとこやけど、三千だけでも乗せてくださいよ。でなきゃ、俺らもやる気にならん。聞いた話では、こういう仕事のオーダーは最低二枚以上で来るそうやけど」

「正直言うたら、俺に来たカネはぴったり九千や。おやっさんが一千万ウォンをピンはねして」

「おやっさんはこんな仕事もピンはねするんですか?」

「ご老体を引きずって忠清道まで行って取ってきたオーダーや言うて、一千万ウォン抜いたんやで。しゃあないやろ?」

「ようけカネ持っとるのに、ホンマかなわんなあ」

「なあタンカ、みっともなくて言わんつもりやったけど、正直言うたら、俺の手取りは三百万ウォンや。それで九千から三百引いて八千七百なんや。フシクの野郎に拝み倒されて、メンツのためにしぶしぶやるんやで。俺にもちっとも残らんのですよ。今回はすまんけど、このくらいで手を打とう。近頃、兄貴はホンマ苦しいんや」

「今回だけは手を打とう、手を打つとまた、今回だけは手を打とう。あかん。ったく、俺らはユニセフのボランティアか？　俺の子分ばっか苦労して、現場で痣（あざ）つくって、事故れば全部ひっかぶって。俺はやらん」

「ええい、この野郎、かわりに海水浴シーズンにパラソルをワンセットやる」

「ワンセット？　十二本？」

「八本」

「どこで？　吊り橋の方で？」

「場所はまた後で決めることにして。とにかく、それでやるんならやるし、やらんならやめろ。おまえがやらんのやったらトゥッコビ（ヒキガエル）の方に訊いてみるから」

「けっ、トゥッコビとは上等やな。あの野郎がまばたき以外にできることがあるんか？」

　タンカが考えをめぐらせ始めた。計算をしているはずだ。タンカなら八千七百でも二千は残せるだろうし、そこにボーナスとしてパラソルも付く。美味い話だ。暫くして計算が済んだのか、タンカが口を開いた。

「パラソルくれるんやったら、俺は丸鶏をやる。パラソルは面倒なだけで、夏は海産物もすぐに傷むし、梅雨も長引いたら材料代やらおばちゃんたちの人件費やらですっ飛ぶし。丸鶏が楽で一番や。でかい釜を一つ借りて油入れて揚げればええだけやから」

「丸鶏はもう満パイや」

「丸鶏が満パイのわけないやろ？　熱い砂浜で何万もの人の波が切々と丸鶏だけを待っとるで」

「みんな丸鶏食って満腹なら、なんで刺身を食う？　ホヤを食う？　刺身屋の商売人と防波堤の屋台がやいやいやかましいから、今回は丸鶏も数を合わせたんや」

「ええい、ちきしょう。パラソルは面倒やのに」

タンカがぶつぶつ言った。タンカがぶつぶつ言うということは、八千七百で請け負うという意味だ。ヒスがさりげなく口を開いた。

「それから鉄パイプはあかん。角材を持ってけ」

「おいおい、兄貴、角材は木だから安全や思いますやろ？　現場は違うんやなあ。鉄パイプのほうが安全なんやで。鉄パイプは持っとるだけでもビクビクしよるけど、木切れにはビビらんのや。ビビらんから食ってかかりよる。食ってかかられて事故らんわけないやろ？」

「それで、こないだは二人も頭をかち割ってきたんか？　あの治療代と示談金ですっからかんや。この野郎、今度も事故ったら、おまえも俺もホンマに苦労するだけで糞水をひっかぶるんやで。わかったか？」

「上手いことやりますよ。俺、やり手やないですか？　かわりにパラソルはええ場所くださいよ？」

「わかった」

「それから」

「それから、またなんや？」

「俺のブツ、ちゃんと取ってありますやろ？」

「今度はなんや？　おまえはひとのハコにブツをぶち込むの、やめんか。税関とすっかり話をつけたのに、そこに特別取締品ひとつねじ込んでバレたら、コンテナごと吹っ飛ぶんやで」

「そんなんちゃいますって」

「何がちゃうんや。また、こないだみたいに中国のロレックスを紛れ込ませたんとちゃうか？」

「今度は虎の骨」

タンカは何が満足なのかニヤリとした。

「なんに使うんや？」

「韓薬屋の連中が大喜びや。ホンマは塊のまま持ち込まんとカネにならんのやけど、危ないから涙をのんで粉にしたんやで。化粧品の瓶に入れたから絶対にバレん。探知犬も虎は怖くて近寄りもせんいう話や」

「いやはや、もう、なんでもやりよるなあ」

「兄貴ィ、ひとをあんまバカにしたらあかん。今は行商やけど、このタンカも一山でっかく当ててベンツを飛ばす日が来るで」

話は済んだとばかりに、タンカが上着のポケットから煙草を取り出して咥えた。ヒスも煙草入れを開けたが、煙草は切れていた。ヒスはまるで自分のもののようにタンカのポケットから煙草を取り出した。タンカは呆れた表情でヒスを見た。

タンカとは長い付き合いだ。母子園の頃からいつもヒスのそばにいる。才覚のある奴だ。サハラ砂漠で自動シャベルを売りつける奴と言うべきか。何でもすぐに学び、学んだものを素早く売って金にする。だが、さんざん飛び回っても、これまで大金を触ったことはない。摑めそうで結局は何も摑めない残念な人生の典型と言うべきか。

ヒスは窓を開けて煙草に火をつけた。窓の外から塩気をたっぷり含んだ海風が吹き込んできた。オフシーズンなのでクアムの海辺はがらんとしている。夏が来ればバカンスに来た人々でいっぱいになるだろう。クアムの人々が金を稼ぐのは夏だけだ。みながが避暑客を相手に夏の商売をして一山ずつまとまった金を摑む。売春をし、高値でふっかけ、詐欺を働く。ホテルや旅館の部屋は料金が十倍に上がり、酒や料理もまたしかりだ。サービスはお粗末で値段は高い。それでもさほど問題にならない。みながが一見の客で、バカンスの避暑地はどこでもそうと決まっているからだ。クアムの人々は夏に働き、それで一年を食いつなぐ。だが夏は短い。その金だけでは次の夏まで持たない。だから夏が終わると、あちこちのビリヤード場、喫茶店、旅館で賭場が開かれる。互いの肉を食いちぎり、争いながらクアムの人々はたちまち貧乏になる。

「タルチャ叔父貴は最近もナイフをやるんか？」ヒスが訊いた。

「達者やけど、歳くってもうやらん言うとったで？　かわりに息子の奴が引き継いだらしい」

「あの小ぎれいな顔した息子？　まだガキやないか」

「ガキやないで。こないだバナナの配給で戦争になって、温泉場がやかましかったときに、そこの中間幹部クラスが二人、死んだやろ？　あれがその息子の作品やて」

「それをなんで俺だけが知らんのや？」

「こういう高級な情報を誰でも知っとったら、俺みたいな奴はどうやって食っていくんや？」

「何言うとる。それに俺は〈誰でも〉か？　このイヌ畜生め」

「ところで、タルチャ兄貴がどうかしたか？」

「ヨンガンの野郎、少し痛めつけようかと」

「ヨンガンをなんでや？」

「足一本ちょいと載せたら、もう大っぴらに乗り込んでくる気や」

ただならぬ雰囲気を察したのか、タンカが真顔になった。

「どのくらい痛めつけるつもりや？」

「足首ひとつ切ろうか思てる」

「ヨンガンは手強(てごわ)いで」タンカが暫く息を整えてから口を開いた。「溶鋼(ヨンガン)だけに、足首ひとつ切ったからて引き下がる奴やない。ベトナム戦争の戦友だかなんだか傷痍(しょうい)軍人の集まりみたいな連中も厄介やし。それに、東南アジア連合の奴ら、あいつら、どえらい恐いもん知らずやで。火も水もおかまいなしや。なんもでけへんくせに気が優しいだけの俺らんとこの連中を引き連れてヨンガンと戦争はでけへんで」

「戦争なんか。ヨンガンだけを始末するんや」

「だから、ヨンガンは足首ひとつでは済まんし、やるんやったら完全に埋めなあかん。でないと兄貴は後が大変やで。俺がタルチャ叔父貴に最近も仕事しとるか、いっぺん訊いてみよか？」

「まだおやっさんが決めとらん」

「黙ってヨンガンにパラソルいくつかくれてやれや。この話がキムパプのどてっぱらが破れるみたいに漏れたら、兄貴も俺も人生終わりやで」

「パラソル何本かで済むんやったらやるわ。ヨンガンがそれで済むと思うか？」

「ヨンガンを始末したら、東南アジアの連中は俺らが引き取るんか？」

「もちろん」

「東南アジアと一緒くたにして、うちの連中が騒がんと思うか？」

「騒ぐやろなあ」ヒスが淡々と答えた。

騒いでも仕方ない、とヒスは思った。ヒスは東南アジアの連中を切実に必要としていた。自分の飯碗を守るには人が要るが、クアムの海にはポンコツしかいない。使える奴らは殆どしょっ引かれるか、稼げるところへ去っていた。もう忌々しい共同生活をしようというやくざも、せめて仲間同士で心を通わせてがっちりまとまっている連中もいない。骨惜しみするくせに計算ばかりが早い抜け目のない奴らばかりだ。ヒスが煙草を吸い切ると、ソファにある新聞をめくっていたタンカも立ち上がった。

「そうや！　アミが明日、出てくるんやて。聞きましたか？」

「ああ」

「みんな浮かれて、刑務所にアミを迎えに行く言うて、今、クアムの海はからっぽや。ひゃあ、さすがはアミ、あいつの人気はなかなか衰えんな。兄貴も行きますか？」

「おまえは？」

「俺は忙しくて無理や」

「俺もまだわからん」

「ほんなら、お疲れ。俺、帰りますわ」

「今回はろくに面倒みてやれんですまんな」

「パラソルの件は絶対でっせ」

「それから、タンカ」

「なんです？」

「煙草は置いてけ」

「ああ、ったく、少しは自分で買うたらええのに」

タンカが上着のポケットにある煙草をテーブルに置き、ぶつくさ言いながら部屋を出ていった。ヒスは再び煙草を咥えて海を眺めた。海というのはぼんやり眺めるのにいい場所だ。ヒスは海風に乗ってせわしなく散る煙草の煙を眺めながら呟いた。

「アミが出てくるんやなあ」

アミが収監されたのは一九八九年のことだった。ヒスは指で年数を数えた。きっかり四年での出所だ。アミは五年前、ウォルロンの縄張り問題で影島と戦争を起こした。

影島は釜山の組織暴力団の本拠地である。朝鮮戦争のときに避難してきたやくざたちが興して五十年近く釜山を支配してきた全国区規模の組織だ。釜山の組織暴力団は殆どが朝鮮戦争のときに急増した避難村である南富民、草場（チョジャン）、峨嵋、玩月、甘川、影島といった場所で誕生したが、その中でも影島が最も大きかった。数多ある組織がどのような名を掲げてどのような形態をしていようと、そのルーツを辿（たど）ればそれらの地名が出てくるはずだ。影島は港を支配し、朝鮮戦争とベトナム戦争の際に波が押し寄せるがごとく入ってきた米軍の軍需物資を売り捌（さば）きながら爆発的な成長を遂げた。港を通じてロシアのマフィアとパイプがあり、日本のヤクザとも繋がっている。言うなれば、影島は貧しいクアムなんぞとは比べものにならないほどスケールの大きな組織だった。

　釜山をやくざの街にしたのは港である。一九三〇年代の釜山の人口はせいぜい二十万に過ぎず、当時の釜山港という場所は港と呼ぶにはお粗末な入り江レベルだった。朝鮮の臆病な王たちが外国の文明を遮断すると同時に鎖国政策を展開したのに、大きな港なんぞ必要なわけがない。だが、朝鮮戦争が始まると、釜山の人口は急激に増えた。四百万人に迫るのに僅（わず）か三十年もかからなかった。戦争は物資を溢（あふ）れるほど作りだし、物資は大きな港を必要とし、港は多くの人を食わせた。今の釜山をつくったのは地場の者たちではなく、遙か北方の満州から追われて下ってきたあらゆる流れ者と避難民だった。彼らは強靭な生命力を持ち、あちこちから押し出されて自棄になり、自分の身ひとつ以外には何も持っていなかった。しかも背後に海があったせいで、もはや退く場所もない人々だった。

翻って、クアムは地場の者たちで成り立っている。どういうわけかクアムのやくざたちにとっては、釜山で生まれ育ったことが大層な自慢であり自負心の源泉だ。親父の親父がこの海で生まれてぶらぶらし、その親父の親父もこの海で生まれてぶらぶらしていたことが、である。温泉場、東莱、海雲台といった界隈のやくざたちは流れ者に縄張りをすっかり奪われたがクアムだけは依然として踏ん張っている、というのが自慢だ。実は、クアムの海がこれまで地場の者たちによって維持されているのは、温泉場や海雲台といった華やかな界隈とは違ってあまりにもみすぼらしくて、苦労して食いついたところで食えるものもない、という理由しかない。

アミと戦争を起こした張本人は残忍なことで有名なチョン・ダルホである。彼の率いるダルホ派は、名が異なるだけで事実上は影島から飛び出した直参だ。クアムのこのみすぼらしくて臆病な界隈で全国区規模の組織と真っ向から対峙したのはアミが初めてだった。アミが、影島と戦争するから助けてくれと言ったとき、ソンおやじはきっぱりと首を横に振った。ソンおやじはその争いに誰ひとり送り込まず、一銭も援助しなかった。影島と戦争を起こせば縁を切るとまで言った。しかしアミは、ソンおやじの言うことを聞かなかった。文房具屋で買ったアルミの野球バットとたった七人の友達を引き連れて影島に戦いを挑んだ。その無謀な戦いでアミの仲間の一人が刺されて死に、二人が半身不随になった。アミの組織はダルホ派に追われて外国と地方へ散り散りになった。アミ本人も、一年近くも警察の指名手配とダルホ派の追跡を逃れて隠れ歩かねばならなかった。結局、ソンおやじと影島のナム・ガジュ会長が仲裁に乗り出した。影島には数え切れぬほど多くの直参があったが、その全てを実質的に支配するボスは避難民だった創設者のナム・ガジュ会長である。合意の内容は当事者であるアミ抜きで、ソンおやじ、ナム・ガジュ会長、チョン・ダルホが集まって決めた。合意とは名ばかりで、事実上は一方的な降伏に近かった。アミの全ての縄張りをチョン・ダルホに引き渡し、治療代と示談金の名目で補償金を払う、という内容だった。チョン・ダルホが要求した補償金は、誰かが言ったように、運を変えられるほどの金額だった。ソンおやじが財布をはたいて補償金を差し出した。自分の財布から捨て金が出ていってあのケチおやじの腹は相当痛かっただろう、とクアムの人々は囁きあった。チョン・ダルホに補償金としてくれてやる金があるなら、争いが起こる前にやればよかったのに、起こってからくれてみたところで何の役にも立たないだろう、とも。だが、人々が何とほざこうとも、ソンおやじの決定は変わらなかったはずだ。あの臆病者のうえにしみったれのおやじは、決して影島のような大きな組織と戦争を起こす人間ではなかった。

チョン・ダルホと合意が済むと、すぐにヒスはアミを探した。アミが手配を逃れて隠れていたのは山あいの養豚場だった。アミはそこでブタを発情剤で交配させる仕事をしていた。雄雄しい蛾(ア)の眉(ミ)は力を失ってひどくやつれ、怯(おび)えていた。金もなく、ろくに行ける場所もない逃亡生活はつらい。ヒスも三度も経験している。それは淋(さび)しくて焦(じ)れったくて恐ろしくて先の見えない時間の果てしない繰り返しだった。ヒスは自首を勧めた。アミはおとなしく警察署に向かった。判事はこの図体ばかりが大きい二十歳の青年に四年の刑を宣告した。

母子園

明け方にアミが出所した。昨夜のうちにホテルの職員数名とクアムのやくざたちがワゴン車に分乗して刑務所に向かっている。だが、ヒスは迎えに行かなかった。ヒスが行かなくても、アミの熱烈な仲間が前夜から刑務所の前でクラクションを鳴らし、空の酒瓶を壁に投げつけて大騒ぎをしたはずだ。見るまでもない。ヒスはこの数年、出所する連中を迎えに行ったことがない。ソンおやじが出所したときでさえも行かなかった。ヒスは出所日の刑務所の前の風景が嫌だった。

このあたりの刑務所は囚人を明け方に送り出す。日付が変わるとすぐに出てくる奴らまでいる。いちおう刑期を終えると、たった数時間でも刑務所にいたくない、と駄々をこねる囚人が多いからだ。せいぜい数時間なのに、そういう奴らの暴れぶりは尋常ではない。だからこの界隈のやくざたちは、前日の夜に刑務所へ迎えに行く。明け方のじめじめした空気、酒の臭いをぷんぷんさせたくたびれた顔、待つこと以外にはやることなど何もないから、みな煙草を吸い続けるだけだ。誰かが刑務所から出てくる。苦労したのだから補償してやらねばならない。出てくる奴が中間幹部クラスだと悩みが深まる。暮らし向きは明らかだが、何をもって補償すべきか。結局それぞれのポケットから少しずつ集めねばならない。酒場を一軒そっくり引き渡さねばならないかもしれないし、繁盛しているマッサージルームや娯楽室を引き渡さねばならないかもしれない。下っ端の管理やら、あちこち食わせるやら、そうでなくても暮らしがカツカツなのに、ベルトの穴をもう一つ絞らねばならぬ状況だ。ちぇっ、二十年くらいたっぷりぶち込まれてから出てくりゃいいのに、もう出てくるってのはどういう了見だ。みなうんざりしている。だが、刑務所の時計の針はきっちり動き、鉄門もきっちり開かれ、誰かは服役を終えて出てくる。待っていたやくざたちが歓声をあげて大げさな抱擁（ほうよう）をする。酒瓶を割り、けたたましくクラクションを鳴らす。この大げさな歓迎は、老獪（ろうかい）な先輩たちから受け継いだ幼稚な芝居なのだろう。歓迎するのに金がかかるわけではないからだ。下っ端どもをゾロゾロ引き連れてクラクションを何度か鳴らし、壁に酒瓶を何本か投げつければ済むことだ。しかし、若いやくざはあっけなくこのような歓声に騙（だま）される。感動して泣く奴さえいる。そしてたちまち、自分が番号札を誤って引いた対価として無念の刑務所暮らしをしてきたことさえ忘れてしまう。笑わせやがる、とヒスは思った。こんなことに感動する奴ほど、義理があるだの本物の男だのといったでたらめな賞賛に肩をいからせる奴ほど、次に刑務所へ行く番号札行った。

を受け取る確率も高くなる。若き日のヒスもそんな雰囲気にのまれて四度も刑務所に

とにかくヒスは刑務所の正門で繰り広げられるあの全ての空騒ぎが嫌だった。煙草の煙、酒の臭い、徘徊、あの喧騒が嫌だった。黒いビニール袋に入った不潔で生ぬるい豆腐もうんざりだ。あの全てが、四度にもなる刑務所暮らしとそれにまつわる悪い記憶を一挙に思い出させた。ヒスはある厳しい看守と険悪だったのだが、そのしつこい悪縁ゆえに刑務所暮らしはどこまでも疲れるものだった。出所したらあの看守を殺してやろうと長いこと思っていた。だが、いざ出所してみると、刑務所にまつわることを思い浮かべるだけでも頭がズキズキして、それきりになってしまった。そいつにとってはすこぶる運のよいことである。

だが、アミが出所する日ならば、あのくそ忌々しい刑務所の前であっても、もう一度くらいは行ってみるつもりがあった。あれこれ理由を挙げるまでもなく、ヒスはアミにひどく会いたかった。アミが生まれたときから今まで、ヒスはいつも奴の傍らで見守ってきた。アミには父親がおらず、その母親であるインスクとヒスは同じ母子園育ちのうえに小学校の同窓生だった。ヒスはインスクにちょっとした負い目があった。父親の出番があるたびにインスクはそれにつけ込んで、それとなく脅したり、脅しが通じないと、ぎゃあぎゃあ喚いて懇願したりした。それでヒスは、いない父親に代わ

ってアミの小学校の入学式に行かねばならず、卒業式にも行かねばならなかった。いつぞやは中学校の担任が急に父親に会いたいと言うので、教務室に行ったこともあった。インスクが訪ねてきたとき、ヒスは当然に、学校の教務室ならごめんだときっぱり断った。だが、インスクが万里荘ホテルまでやってきて、胸を掻き毟り、床を叩きながら一時間も喚いたせいで、しぶしぶ学校に行かねばならなかった。

事件は要するに、アミが喧嘩をしたということだった。実際、喧嘩はアミが目を覚ましさえすればやらかすことだったから、今さらどうというものでもない。だが今回は、七人も病院に運ばれたのが問題で、そのうち二人は顎の関節が砕けて治療費が相当かかったのが問題だった。自分より学年が二つも上である三年生の先輩たちを殴って厳重なる校則に傷をつけたのも問題で、その先輩たちがご丁寧にも毎年、賞状とトロフィーをどっさりもたらして学校の名声を高めていた柔道部だったから、今度の全国体育大会には卓球部のレギュラーでも呼び出して頭数を揃えない限り参加すらできなくなったというのも深刻な問題だった。だが、これらの問題を一挙に沈黙させた問題中の問題は、その柔道部員七人のうちの一人が、よりによって財団の理事長の孫ということだった。まあ、財団の理事長の孫だと額に貼り付けて歩いているわけではないので、人は選んで殴れとアミを叱ることもできない。とにかく、ここまでくると、収拾するにはすでに一線を越えるも遥かに越えてしまったのである。インスクは方々からかき集めてきた札束を差し出しながら、足りなければもっと集めてくるから、どうかアミが学校だけは通えるようにしてくれ、とヒスに懇願した。「これは俺に頼んでどうにかなることやないで」とヒスは言った。だが、インスクの大きな鈴のような瞳（ひとみ）が憂いと悲しみに満ちていたので、ヒスはしぶしぶ新聞紙で不格好にくるんだ札束を持って、そのいけ好かない教務室に行かねばならなかった。

　割り箸のように痩（や）せこけて金縁メガネをかけた担任はヒスより年下に見えた。ヒスは、申し訳ない、と頭を下げた。担任は頭ごなしに、こいつは二百回生まれ変わったとしても真人間になる奴じゃない、と言った。苦労して育てたところで結局やくざなんかになるのは明らかだとか、学校に行かせると他の生徒に迷惑ばかりかけるからとっとと工事現場みたいなところにでもやって技術を学ばせたほうがいいとか、言いたい放題だった。こいつは先輩も先生も大人も区別できないが、こういう人間のことを孔子様もひどく嘆いて、ケダモノと変わらないからイヌ畜生と称したではないか、自分は倫理を担当しているが、倫理というものは人間に役に立つものであって、こいつのようなケダモノにいったい何の役に立つのか、まったく倫理の教師として限界と懐疑を感じる、といった類いの的外れなことをグチグチ言った。アミはヒスと担任のあいだで罪人のように座っていた。そんなふうにしょんぼりしているアミを見たのは、ヒスの人生でその時が最初で最後だった。ヒスは担任が机をバンバン叩くたびに、ひたすら頭を下げて、申し訳ないという言葉をリフレインのように繰り返した。そして、二度とこんなことが起こらないようこいつの脚をへし折ってでもよくよく言い聞かせる、と懇願するように言った。しかし担任はヒスの言い分を聞いて、ふん、と笑うと「こいつにそれが通じると思いますか？　正直、イヌやブタも鞭で打てば言うことをききます。ですが、こいつにはそういうのが通じんのですよ。ケダモノにも及ばないという言葉は意味もなくあるわけじゃありません。まさにこういう奴を指していう言葉なんです。ですから、カラスやニワトリの雛に教えても、いやいや、コガネムシやミミズに教えても、こいつよりはずっと見込みがあるでしょうな」と言った。担任の演説は終わる気配がなかった。学校の先生に向かって言うべき言葉ではないが、まったく口の減らない野郎だった。一時間までは何とか聞いてやれたが、一時間が過ぎるとヒスの我慢もそろそろ底をついた。担任が、理事長の決断もきっぱりしたもので教務会議でもすでに退学を決定した、と話した時でさえ、ヒスはひたすら頭を下げながら、申し訳ないと言った。ところが、父親のいないガキどもは結局みんなこのザマこの体たらくだ、という言葉に爆発してしまった。ヒスは急に怒りがこみ上げてきて、父親がいないガキと知りながら何故わざわざ、いるはずのない父親を学校に来るよう言ったのか、と怒鳴った。ヒスが机をドンッと叩くと、担任はヘビのように目を細めてねめあげ、ブルッと震えながらヒスを睨みつけると、こいつはここがどこだと思って大声を出すのか、と傍らにいる他の教師たちに聞こえよがしにいっそう大声を上げた。ヒスは教師を指差しながら、なんだと？　二百回生まれ変わっても真人間になれない？　黙って聞いてりゃ、それがまだチン毛もろくに生えていない子供に先生というおひとが言うことか、育ち盛りの子供同士が喧嘩することくらいあるだろうに、理事長のところのガキはチンポに金の輪でも巻いて生まれたのか、なんだ、そんなに尊くてたいした奴だからって、拳骨で何発か殴られたくらいで相手を退学までさせるのか、とギャンギャン喚き散らした。すると担任はいきなりヒスの喉元を摑み、なんだと？　理事長のところのガキ？　こいつは比べようがないからって、あのケダモノみたいな奴と大事な大事な理事長のところのお坊ちゃまを比べるのか、と罵声を浴びせ始めた。担任がヒスの胸ぐらをギュッと摑んで左右に揺さぶるとシャツのボタンがいくつかバラバラはじけ飛んだ。酒場の女のように長く伸ばした爪でどれほど強く摑んだのか、首から血も出た。ヒスはあまりにも腹が立って、担任を床に振り落とした。痩せっぽちの担任は、うわあ、と言って床をゴロゴロ転がると、キャビネットのどこかにスポッと嵌まった。

状況がどうであれ最後まで我慢すべきだった、とヒスは思った。だが、先に罵ったのは教師だし、血が出るほど喉元を摑んだのも教師で、自分の過ちといえば、両手で首を摑んでアンコウのように食らいついてぶら下がる教師を自分の身体から引き剝がしたことの他に何がある？とも思った。そして、ええい、ちきしょう、知らん、そのくらいなら精一杯やったのだ、とも思った。ともかく、それによってアミの短い学生生活は終わった。インスクはその後四年間、ヒスにひと言も声をかけなかった。

教務室の騒動があってから一週間ほどして、アミが万里荘ホテルを訪ねてきた。バーの隅で新聞を読んでいるヒスにのそりのそりと近づくと、その大きな図体に似合わず、便意を催した仔犬（こいぬ）のように長いこともじもじしながら立っていた。

「なんや？　またなんかやらかしたんか？」ヒスが訊いた。

アミが首を振った。

「なら？」

「おっちゃん」

「俺は忙しいんやから、ぐずぐずせんと早よ（は）言え」

「これからは親父と呼んでもええですか？」

あっけにとられてヒスがアミを正面から見た。

「がっつり飯食らってなんの寝言や？　おまえと俺は一滴も血が繋がっとらんのに親父て、何を素っ頓狂（すっとんきょう）なことを言うとるんや？」

「おっちゃんには息子がおらんし、僕は親父がおらんやないですか？」

「で？」

「息子ひとり生んでこんだけ育てるのに粉乳代だけでもえらいかかるのに、おっちゃんにはタダで息子ができて、僕はタダで親父ができて、こんなにええ商売がありますか？」

「おい、この頭が空っぽの野郎が、ガキ育てるのにかかるのは粉乳代だけか？　あれこれカネがどんだけかかると思てるんや？　しかも、おまえは普通の奴やない。おまえのお袋がおまえのためにつぎ込んだ示談金だけでも今ごろ家一軒買えただろうよ」

　自分でも何か恥ずかしいのか、アミは天井を見上げてから床を見下ろし、運動靴のつま先でそろそろと踏みつけた。アミの運動靴は古くて汚れていた。親指の部分はすり減って破れ、紐もほどけていた。

「だらしないやっちゃなあ、おまえはなんで靴紐をズルズル引きずって踏んで歩くんや？　そんなややから、おまえの人生もいつもほどけた紐みたいなんやで」

「気ぃつくたんび結ぶんですけど、またすぐほどけるんですわ」アミが下手な言い訳をした。

　ヒスが新聞を畳んで椅子から立ち上がると、アミは頭でも一発叩かれると思ったのかビクッとした。ヒスはかがみ込んで靴紐を摑んだ。

「見てみい、指を入れて、こうやって結び目をきっちり作ればほどけんやろ。こう、ぎゅっと！」

アミはヒスが結んでくれた靴紐を暫く見つめていた。きちんと結べたというのかどうだというのか、さしたる理由もなく頷いた。さらに長いこともじもじしてから、ようやく口を開いた。

「カネをせびったりしませんから、僕の親父になってください。タダで息子ができるなら、悪い商売やないでしょう？」

聞いてみると、さほど悪い商売でもない気がして、実は学校の件で負い目もあって、ヒスはひどく面倒そうな表情で手を振りながら言った。

「わかった。わかったから、もう失せろ。仕事せなあかん」

アミはペコンとお辞儀をすると、ほっぺにキャンディーでも一摑み入れたように嬉しそうに駆けていった。考えてみると十年以上も前のことだ。おそらくヒスとアミのどちらにとっても今よりはずっと良い頃だったはずだ。やくざではない、何か多少は健全できちんとした仕事をして生きていくこともできた頃だった。まあ、理屈としてはそうだという話だ。あの頃に戻れたとしても、今とさほど代わり映えのしない人生だっただろう。自分たちのように拗れきった奴らの人生は何をやってもドブに落ちただろう、とヒスは思った。とにかく、その日以降、アミはヒスの息子になった。まるで冗談のように。

インスクがアミを産んだのは十七歳のときだった。当時、インスクは玩月洞の娼婦だった。娼婦が子供を孕むことも、誰の種かもわからないその子供をあえて産むこともおかしなことだ。しかし十七歳のインスクは意地を通し、風俗街の小部屋に産婆を呼んで子供を産んだ。

インスクとヒスは、父のない子供とその母が寄り合って暮らす母子園というところで一緒に育った。クアムの母子園は、朝鮮戦争の直後に増えた戦争未亡人のために宣教師たちが建てたが、ヒスが子供の頃は、戦争未亡人よりも、歳をとって病気になり行く当てのない娼婦のほうが多かった。女と子供しかいなかったが、泥棒も入らず、やくざが痛めつけることもない場所だった。盗みとる物も巻き上げる何かもない貧しい界隈だったからだ。

母子園は、学校の教室のごとくひとつ屋根の下に十世帯が長い廊下を挟んでびっしりくっついている構造になっていた。そういった建物が六棟ほどあったから、満室になると、六十世帯ほどが住んでいたことになる。米軍の部隊から放出されたレンガで造った外壁はペンキも塗られておらず、成人した男がいなくて、すぐには修理できないので、スレート葺きの屋根のあちこちからは雨漏りがした。それぞれの家には台所と小窓のある小さな部屋が一つずつあったが、家族が三人でも十人でも全ての家のサイズと構造は同じだった。家と家のあいだの壁はひどく薄くて、夜に寝ていると、隣家の少年がこっそり自慰をする音まで聞こえるほどだった。

　家とはいっても台所と部屋だけだったから、それ以外は全て共用の施設を利用した。共用の便所、共用の風呂場、共用の洗面場、共用の洗濯場、共用の井戸、唯一テレビがあった共用の休憩室、そこは何でも共用だった。ボイラーも共用で、練炭も共用だった。洗濯板、石鹸、洗面器までも共用だった。だから、老いた娼婦がどういうわけか運よく男を一人くわえてこようものなら、母子園の子供たちは彼を共用の父親として使わねばならない状況だった。実際、ごくたまにそういう男がいた。風俗街の奥の部屋に籠もって酒浸りのヒモとは違い、山の中腹にあるこの母子園まで女についてきた男たちは、たいてい優しくて真面目だった。足の悪いムンのおっちゃんとわし鼻のチョンのおっちゃんがそうだった。ムンのおっちゃんは大工で、チョンのおっちゃんはカラオケやステージ付きのキャバレーで公演をするマジシャンだった。ムンのおっちゃんはとてもまめな人で、ひとときも休むことがなかった。雨が降ったり工事現場に仕事がなかったりして休みの日には、足を引き摺りながら母子園をあちこち歩き回って休みなく何かを直した。ポンプを直し、折れたテーブルの脚を作り直し、手摺りを直した。母子園の女たちが何かと煩わせても、ムンのおっちゃんは嫌がることがなかった。この寡黙な男はマッコリ一杯でも屋根を直してくれ、蒸かしたさつまいも二、三本でも台所の配管を修理してくれた。ムンのおっちゃんが母子園にいるあいだ、一緒に暮らしていたベジミルおばちゃんは、まるで女王のように威張っていた。朝、列に並ばなくても共用の便所を最初に利用し、井戸や風呂場を使うときもしかりだった。それでも誰も文句を言わなかった。

チョンのおっちゃんは、退屈する子供らのために時々マジックを見せてくれた。母子園のちびっ子たちの前だからといって手を抜くことはなかった。公演をするときには、キャバレーでやるときと同じマジシャンの正装で顔にメーキャップを施し、黒くて背の高いシルクハットを被った。シルクハットからは本当にハトが飛び立ち、手から消えたコインが子供らの尻から大きな風船になって出てきたりもした。最後のハイライトはいつも、片目にキャンディーを一粒入れると反対側の〈片目のジャック〉の黒い眼帯から数十個のキャンディーが溢れ出すマジックだった。子供らは喜んで、床に落ちるキャンディーを拾ってポケットに突っ込み、口にも入れた。チョンのおっちゃんのマジックは偽物だったかもしれないが、キャンディーはみな本物だった。あんなに面白かったマジックが終わった虚(むな)しさのなかでピチャピチャ舐(な)めるそのキャンディーは長い間ただただ甘かった。

しかし老いた娼婦の良き日々は続かないものだ。ある日、ムンのおっちゃんは工事現場で足を踏み外して地面に落ち、腰の骨が折れた状態で母子園に戻ってきた。ムンのおっちゃんは母子園のためにあれほど多くのことをしてくれたのに、母子園の人々が死にゆくムンのおっちゃんのためにできることは一つもなかった。ムンのおっちゃんは一週間ウンウン苦しそうに唸り続け、月曜の朝に死んだ。チョンのおっちゃんは来るとも行くとも言わずに、ある日、母子園を去った。そして数年後にカントン市場（富平市場。朝鮮戦争で米軍の缶詰が大量に流入した）でやくざに刺されて死んだ。おそらく薬物を売ったか密輸品をくすねたのがバレたのだろう。

インスクが母子園にやってきたのは十三歳のときだった。ヒスはインスクを初めて見た瞬間から彼女に恋をした。きょうだい七人を連れて母子園にやってきたときから、実に悲惨としか言いようのない汲取り式の便所の前で茫然自失の表情をしているときから、しかしすぐに断固たる表情でバケツに水を汲んでトイレの大掃除をしてきょうだいひとりひとりに用を足させているときから、ヒスはインスクに恋をしていた。正直、ヒスはそれまでテレビ以外では、あれほどきれいな子を見たことがなかった。あれほどきれいな子が洛東江以南（朝鮮戦争で北朝鮮側が最も南下したときの韓国）で一番汚い汲取り式の便器を前にきびきびと雑巾がけができるということがとても信じられなかった。

インスクの母親はヌタウナギの皮を剝ぐ仕事をしていた。笑わせることに、当時は、ヌタウナギは身を捨てて皮だけを剝ぎ取り、財布やベルトを作る工場に売っていた。

もちろん稼ぎはかばかしくなかったが、残ったヌタウナギの身を焼いて食べることもできたし、海辺にずらりと並んだ立ち飲み屋に売ることもできたから、母子園の多くの女がその仕事をした。女性の賃金がとてつもなく安い時代だった。母子園の母親たちは昼夜ともに働かねばならなかった。他の母親たちのようにインスクの母親もいつも家にいなかったから、きょうだいの面倒をみるのはインスクの役目だった。食事の支度をして食べさせ、洗濯をし、ときどき母親のやるヌタウナギの皮を剝ぐ仕事を手伝った。ヌタウナギは皮を剝がれた後も生き続け、血の水に濡(ぬ)れて身をくねらす赤い身はぞっとするものだった。インスクはそのヌタウナギをゴム手袋も嵌めていない素手でバケツに突っ込んだ。インスクはわずか十三歳だった。

ヒスも十三歳だった。インスクの尻を見ようとして、母子園の友達とベニヤ板でできた女子トイレの壁にドライバーで穴を開け、その臭いトイレの壁の前にしゃがみこんでインスクを待った。母親の財布から金をくすねて煙草を買い、天馬山(チョンマサン)の子供らや海水浴場の子供らとビー玉遊びをして得た金で、国際市場の路地に日本のポルノ漫画を買いに通った。忠武洞(チュンムドン)の大型スーパーでチョコレート一箱を盗んで捕まり、警官に引っ張られてきたとき、ヒスの母親は「なんで、チンピラみたいなとこは父親に頭からつま先までそっくりなんや」とわんわん泣いた。

そのときインスクは七人のきょうだいの面倒を見なくてはならない大人で、ヒスはまだ子供だった。インスクが大人でヒスは子供だったから、インスクはヒスを一瞥さえせず、ひと言も声をかけなかった。母子園の地べたでビー玉遊びなんかをしていると、インスクはヌタウナギの皮が入ったバケツを運びながら、情けないと言わんばかりに男児たちを見た。だが、インスクがあれほど冷ややかだったのは、母子園の男児たちが情けないからだけではなかったはずだ。分別のないガキどもと遊んでやるには、十三歳のインスクはあまりにも忙しかった。

オク社長は左利きだ

白地浦(ペクチポ)の、とある養殖場の隅に五十代の男が血まみれになったまま押し込まれていた。洗濯工場のオク社長だ。殴られすぎてパンパンに腫(は)れた顔で両手をぎゅっと組んだまま、何かをずっと呟いている。じっと聞いてみるとこんな言葉だ。

「主よ、すんまへんでした。この罪多き人間をお赦(ゆる)しくだされ。この罪びと、今日、死んで天国に行ったら、博打も必ずやめますし、ヒロポンも絶対にやりまへん。ホンマです。主よ、天国ではきっと新しい人間になります」

オク社長の心を込めた祈りは何時間も続いている。我慢しきれなくなったトダリ(メイタガレイ)は椅子から立ち上がると、オク社長の腹を靴で二、三回蹴(け)った。

「ああ、この野郎。一日中ぶつぶつ、ぶつぶつ、ちきしょう、やかましくてかなわんわ」

蹴られたオク社長はアッと声をあげて床を転げながらも、ぎゅっと組んだ両手をほどかず祈り続けた。

「主よ、試練の中で、ようやっとこの罪びと、主に出会いました。ウッウッ、この罪びと、今日、死んで天国に行きますゆえ、どうかわしを知らんと言わんでください。この憐れなオク・ミョングクを抱き止めてくださいましたら、もう絶対に博打はせんし、ウッウッ、ヒロポンも絶対にせんし、必ずや天国で新しい人間になって、必ずや天国の新たな働きびとになって、ウッウッ」

　床を転げながら祈るオク社長を見ていたトダリが、呆れたのか笑い出した。

「オク社長、心配あらへん。天国にはパチンコはありまへんで。天国がラスベガスかなんかと思てまっか？　それにオク社長みたいなお方まで天国に行きよったら、地獄には人が全然おらへん。そしたら地獄の営業はどないします？」

　そのとき、ドアが開いてソンおやじとヒスが入ってきた。ヒスは、ぐしゃぐしゃにされたオク社長の顔を見て顔を顰めた。ソンおやじがオク社長に近づくと、オク社長は断崖から垂れてきた綱を掴むようにソンおやじの脚にしがみついた。

「主よ、いや、おやっさん、助けてくれ」

　ソンおやじはオク社長の顔を眺め回して呆れたのか、ため息をついた。

「いやはや、ぼた餅みたいに潰しよってからに」

　ソンおやじはトダリに向かって舌打ちすると、再びオク社長を見た。

「えらい痛いなあ？　オク社長」

えらい痛いと言いたげに、オク社長はそのさなかでもなりふり構わず頷いた。ソンおやじがトダリをどやしつけた。

「このアホんだらが、なんでやたら殴りつける?」

「訊いとることに答えんからやないですか」トダリが悔しそうに言った。

「仕事は会話でじゅんじゅん解決していかなあかんのに、いきなり棒切れで解決したら、この民主主義の社会はどないなるんや?」

「ヤク中の博打狂いとまともな会話ができますか? こういう輩はフグの干物みたいにぐちゃぐちゃ叩いてヘロヘロにしてからでないと会話でけへんし、まるで会話にならん。まだ殴られ足らんですよ。ほら、目が生きとりますやろ」

まだ殴られ足りない、という言葉に、ソンおやじの脚をぎゅっと掴んでいたオク社長がビクッとした。ソンおやじはオク社長を憐れみの眼差(まなざ)しで見た。

「いんや、オク社長はそんなおひとやない。殴らんでも、ちゃあんと聞き分けのあるおひとや。そやろ? オク社長」

オク社長がぼんやりとソンおやじを見ると素早く頷いた。ソンおやじはヒスを見た。

「ヒス、おまえがゆっくり話をしてみい。オク社長かて事情があるやろ。わしは急ぎの約束があって行かなあかんから、おまえが上手いこと後始末して来い」

「何が事情や」そばでトダリが不満げに言った。

ソンおやじが出ていこうとすると、ぎょっとしたオク社長が再び脚にしがみついた。

「おやっさん、行ったらあきまへん。おやっさんが行ったら、わしはこの場で死にます。助けてくだされ、おやっさん。昔はえらい可愛がってくれたやないですか？」オク社長が涙声で言った。

「そんな、わしらは全斗煥ですか？　なんでオク社長を殺りますか？　わしらは人をやたら殺るような、そんな極悪非道な人間やありまへん。心配せんでください」

ソンおやじはオク社長の肩をポンポンと叩き、上手く片付けてこい、とヒスに目配せをして出ていった。ヒスはソンおやじに続いた。

「殺りますか、生かしますか？　どう片付けるか言うてから帰ってもらわんと」ヒスは立ち去ろうとするソンおやじの頭の後ろに近づいて言った。

ソンおやじはひどく癪に障るように顔を顰めた。

「オク社長とわしは四十年の付き合いやで。これしきのことで、なんで殺るんや」

「これしきのこと、て。こっちを裏切ってヨンガンの野郎と組みよったのに」

「オク社長は人がええからや。上手いこと宥めて、書類と債務のことだけ聞き出せ」

ソンおやじは煩わしくて込み入ったことから逃げるように、車に乗ってサーッと行ってしまった。ヒスは土埃が白く舞い上がる舗装されていない道路を見た。それから養殖場の方に身体を向け、すぐに戻る気になれなかったのか、煙草を取り出して咥えた。面倒なことになった。

ヨンガンが東南アジア連合をひき連れてオク社長の洗濯工場を接収したのは数日前のことだった。オク社長はヨンガンに賭博の借金があり、ヨンガンはその借金をかたに洗濯工場を接収したのである。借金というのは宙に舞う金だから、事実上、ヨンガンはタダで洗濯工場を手に入れたのも同然だった。問題は、洗濯工場がオク社長の所有物ではなかったことである。洗濯工場はクアムにあるホテル、賭場、ルームサロン、ナイトクラブといった殆どの営業場がそうであるように、ソンおやじと毎朝ホテルのコーヒーショップでコムタンを食らう老人たちの所有物だ。彼らは常にオク社長のような雇われ社長を置いて法的な責任と税金から逃れつつ、裏で実質的な利益は根こそぎ召し上げる。オク社長がヨンガンの借金に追われ、挙げ句に洗濯工場をこっそり差し出してソウルに逃げたとき、ソンおやじは人を放った。プロたちがオク社長を見つけるのに三日もかからなかった。

ソンおやじが「おそらく別の賭場におるやろ」と言ったとき、ヒスは「捕まれば死ぬのに、まさか?」と反問した。ソンおやじは笑いながら言った。「おまえは仏教でいうとこの輪廻(りんね)がわかるか? あれは前世でブタに生まれて次は人間に生まれて、とかいうんとちゃうで。人間は愚かやから一度アホをやらかせば死ぬまでアホばかり繰り返す、いう意味や」はたしてオク社長は賭場にいた。数本の電話で簡単に見つかるそこに、である。人間は愚かだ。そして窮地に追い込まれるとますます愚かになる。

オク社長の洗濯工場は、クアムの海にあるラブホテル、遊興施設、食堂といったところにおしぼりを納品し、シーツ、テーブルクロス、布団の類いを洗濯するところだった。クアムの海にある全てのクラブが事実上ソンおやじの手にあったため、オク社長の洗濯工場は独占事業も同然だった。営業活動も要らないし、競業者もいない。ただせっせと洗濯機を回して汚れたシーツとタオルを洗って乾かし、アイロンをかけて送り返しさえすれば、勝手に金が入ってくる仕事だった。大金にはならないものの安定していて、手間に比べてかなり割のいい事業とでも言うべきか。だが、洗濯工場の実質的な用途はマネーロンダリングだった。取引先も多く、帳簿も複雑なので、クアムの海で動く黒い資金を洗うのに都合がよかった。

ヨンガンは、警察と官庁の目にしごく健全にうつる事業だし、もともと東南アジアの労働者が多く働いている場所だから、自分の仲間との区別を曖昧にしやすい、と考えたのかもしれない。就業ビザを取得したり延長したりするのも容易だろうし、ルームサロン、カラオケ、ラブホテル、ナイトクラブといったところにおしぼりやナプキンの類いを配達しつつ、本業である麻薬をスムーズに供給できると考えたのかもしれない。だがそれも、あくまでソンおやじと予め合意ができている場合にのみ可能なことだ。クアムの全ての遊興施設がソンおやじの手中にあるのに、洗濯工場をヨンガンが接収したからといって、ことが上手く運ぶわけがない。他の洗濯工場に取引先を変えてしまえばそれまでのことで、いざとなれば機械を何台か運び込んで新しく洗濯工場をつくっても済むことだ。

だから、ヨンガンがなぜこれほど無茶をしてオク社長の洗濯工場に執着したのか、ヒスには理解できないことだった。キャバレーやナイトクラブでもない、洗濯工場なんぞに、である。ヨンガンが洗濯工場をきちんと回すためには、取引先を替えられないようにクアムの全ての業者を脅さねばならない。そうすれば、どの店もクアムのやくざとヨンガンの仲間との間で揉めるだろうし、いちいち争いになるだろう。街中で争いが起これば警察が介入する。そうなると、ヨンガンの一味であれクアムの仲間であれ誰であれ、何人かは刑務所に行かねばならないだろう。残るものがまるでない商売だ。まさかソンおやじと、このクアムの海で戦争でも起こそうというのか？　たかだかおしぼりをいくつか手に入れるために？　あり得ない、とヒスは思った。

ヒスは再び養殖場の中に戻った。水槽の近くでオク社長が血まみれになったまま蹲(うずくま)り、相変わらず何かを呟いている。ヒスが複雑な心境でオク社長のめちゃめちゃになった顔を見て、トダリのほうを向いた。気持ちとしては、トダリの顔かどこかに一発ぶちかましてやりたかったが、できない相談だ。このいかれポンチはソンおやじの甥(おい)で、子供のいないソンおやじに遺された唯一の血縁である。ヒスはトダリを隅に連れて行った。すると、トダリが連れ歩いているごろつきのテンチョルがぶらぶらとヒスに近寄ってきた。本名はカンチョルだが、トウモロコシの茎(くき)のように背ばかり高くてまるで鋼鉄(カンチョル)のように頑丈には見えないため、人々は彼をテンチョルと呼ぶ。

「捕まえとくだけでええ言うたのに、なんでいらん騒ぎを起こすんや？」ヒスが静かに訊いた。

「ヒス兄貴は多方面にお忙しい方やから、自分がちいっとでもお役に立てるかと思いまして」トダリがへらへら笑いながら答えた。

「まったく、クソいまいましいくらい役に立つわ。オク社長に今さら失(な)くすもんがあるか？　あれは今がどん詰まりや。あの状態で外に出て訴えて、検察に訊かれたら、おまえはうんともすんとも言えんで、暴行に監禁で三年くらいブタ箱でくすぶるんやで。それをダシにまた検察はあっちこっち虫メガネを向けるやろうし。なあトダリ、この危なくてかなわんときに、頼むからおとなしくしてようや」

言いたいことは山ほどあったが、ヒスは口をつぐんだ。どうせ言ったところで口が疲れるだけだ。

「話が済んだら、すぐ埋めるんとちゃうんですか？　自分はそのつもりで気楽に殴ったんやけど」トダリが首をかしげながら訊いた。

ヒスがトダリを冷ややかに睨みつけた。

「俺らはチンピラか？　どこのやくざにもルールがあるやろ。十年前までは兄貴、兄貴いうて丁重に扱ったひとやのに、歳とって力が無うなったからて、あんな手荒にしてええと思っとるんか？」

「ええい、すんまへんでした。もう怒らんでくださいよ」

冷ややかな気配を察したのか、トダリがヒスの肩を揉みながら揺すった。だからといってトダリがヒスを怖れているわけではない。トダリは煙草を一本取り出してヒスに渡し、自分も煙草を咥えた。ヒスはしぶしぶ受け取って口に咥えた。そばにいたテンチョルがポケットからジッポーを取り出して蓋を開けた。先にトダリの煙草に火をつけ、その後にヒスの煙草に火をつけた。呆れたのか、ヒスがテンチョルを見てフッと笑った。

「誰が殴ったんや？」ヒスが訊いた。

「人を殴るんはしんどいですなあ。だからこいつと協力して一緒に殴ったんでさあ。俺も少し、こいつも少し」トダリがテンチョルの方を向いた。「回数は俺のほうが多いけど、パワーはおまえのほうがあるなあ？」トダリが笑いながら言うと、テンチョルがニヤニヤしながら頷いた。ヒスはニヤニヤしているテンチョルを睨みつけた。

「ニヤけるか？　ちきしょう、これで笑えるんか？」

ヒスの言葉に、テンチョルの顔から一瞬で笑みが消えた。

「状況が解らんのか？」

ヒスがテンチョルにつかつか歩み寄ると、鼻にボスッ、と拳骨を食らわせた。一発で背の高いテンチョルが風で倒れる葦のように後ろに大きく撓って前に戻ってきた。鼻から鼻血がだらりと流れると、すぐにイチゴのように赤くなった。トダリがヒスの腕に力いっぱいしがみついた。

「ヒス兄貴、堪忍してください。うちのテンチョルは笑うたんやなくて、ガキの頃に腸チフスがひどくて元々ああいう表情なんや。なんかしまりなくて、ちいと足りんように見えて」

気持ちとしてはもう何発か殴ってオク社長の顔のようにしてやりたかったが、トダリが腕にぎゅっとしがみついているので我慢した。ヒスは、もういい、というように頷いた。トダリが腕を放した。

「オク社長に身体を洗うよう言うて事務所に連れてこい。おまえも血を拭け。この野郎、新鮮な魚を育てる衛生的な養殖場で血まみれとは何ごとや」

ヒスがテンチョルに向かって言った。

「はい」テンチョルが鼻から流れる血を手の甲で拭いながら答えた。

コンテナを転用した養殖場の事務所には誰もいなかった。作業員たちが防水服を脱ぎもせずに所構わず座るからなのか、ソファは魚の生臭さにまみれている。ヒスはおそるおそる座ったものの、臭いがひどくて再び立ち上がった。ズボンに魚の鱗がびっしり付いている気分になる。外の水道ではテンチョルがぼんやりと立っており、その横でオク社長が独特なのろのろしたやり方で顔を洗っていた。

二十年前のオク社長は、やくざというよりは事業家に近い。工学部を出たエンジニアで、建設設備方面で小さいながらもきちんとした自前の会社を持っていた。実はオク社長は、やくざというよりはソンおやじの最も重要なビジネスパートナーだった。やくざと手を結びさえしなかったら、大変でも少しずつ成長して巨大な建設会社の会長になることもできたはずだ。だが、オク社長はやくざと手を結んだ。やくざと手を結ぶと都合のよいことが多い。ライバルを脅して容易に落札することもできるし、官庁からクアムに下りる受注を独占することもできる。何をどうしようと全てが順調に回っていた頃だった。だが、甘くて容易なものには全て毒があるものだ。ブタに腹いっぱい食わせるのはブタが可愛いからではないように、やくざがオク社長を腹いっぱいにするのも同じことだった。オク社長の事業が上手くいけばいくほど、それを吸い取ろうと飛びつく奴らは増えた。自分の身体にへばりつくヒルたちを振り落とすには、オク社長は純真すぎた。オク社長は賭博と麻薬を始め、それからは果てしない没落の連続だった。

テンチョルがオク社長を事務所に連れてきた。ヒスはテンチョルに出ていくよう手で合図した。テンチョルがドアを閉めると、ヒスはオク社長に煙草を一本差し出した。オク社長は親指と人差し指しかない手で煙草を受け取った。ヒスは火をつけてやった。

オク社長の右手にはは指が二本しかない。賭博をやめると誓って自ら切った指が一本、いかさま賭博で他人に切られた指が二本だ。指三本は切ったが、賭博は切れなかった。

「つまり、登記とその他の書類はもうヨンガンにすっかり引き渡した、いう話ですね？」ヒスが訊いた。

オク社長が囚人のように頷いた。

「博打の借金は全部でなんぼやったんですか？」

「十億。元金が五億で残りは利子やて、ちくしょう」

「つまり、ヨンガンが洗濯工場を手に入れた金額がぴったり十億いうわけですね？」

オク社長は答えられず口ごもった。

「ああ、ったく、正確な金額が判らんと、ヨンガンを宥めるもショーブをかけるもなんもでけへんやないですか？　ヨンガンに工場をあのままくれてやりますか？」

「正確には十億五千や」

「五千とはまたなんです？」

「ヨンガンがご苦労やったいうて五千万ウォンくれたんや」

「なんのご苦労で？」

「自分とこのハウスでごっつう賭けて工場をふっ飛ばしてくれた、いうて」

「それはホンマえらいご苦労でしたな」ヒスはげんなりした。「で、そのカネを持ってソウルに行って、また博打ですか？」

オク社長は黙ってうなだれた。

「なんぼ残っとるんです？」

「もう一本だけ吸うわ」

オク社長が机の上にあるケースから煙草を取り出して口に咥え、火をつけた。そして、振り返って自分の背後にある空のドラム缶とセメント袋を淡々と眺めた。かつて釜山の海のごろつきは、誰かを殺すとドラム缶に死体を入れた。そこにセメントを詰め、固まると船を出して、水深百メートルほどの沖に捨てるのである。そのくらいの深さになると、たいていの装備では引き揚げることもできないからだ。今は、そんなことはしない。作業が面倒なので多くの人が必要になり、人が増えれば漏れる穴も増えるからだ。しかも密輸の取締りに乗り出した海岸警備隊に運悪く引っかかりでもした日には、それほど頭の痛いこともないのである。

「あのドラム缶は俺を入れるために置いてあるんか？」

オク社長が空のドラム缶をチラリと見た。その言葉にヒスがふんと笑った。

「オク社長、あれは費用がかかります。ああいうドラム缶は、世間の誰にも知られんようにこっそり静かに送らなあかんVIP用でっせ。オク社長のどこがそんなクラスですか？　オク社長くらいやったら、堂々とどてっ腹を刺してクアムの四つ角のど真ん中に寝かせてやらんと面目が立ちませんわ。そうせな他の業者たちがビビってヨンガンと小細工せんようにならん」

「まあ、雇われ社長が店をふっ飛ばして平気で歩いとったら示しがつかんわな」オク社長が淡々と言った。

「事情がよう解っとるお方が、なんでここまでおおごとにしますか？　仮に博打の借金ができたとしても、こっちに相談せな。急ぐからいうて、いきなりヨンガンと片を付けて済みますか？」

「わしがアホやった。ずっと追いつめられとってなあ。なるようになればええ、いう気になって……なあヒス、助けてくれとは言わん。どうせ助かったところで、また博打やし、ヒロポンに手を出すやろうし。俺はな、なんぼ考えても、まともな人間にはなれん奴や」

オク社長が煙草を長々と一息で吸い込んだ。

「だがな、俺みたいな奴を殺したら、ヒス、おまえも面倒なだけで残るもんはないやろ」

「で？」

「俺がヨンガンの野郎を刺して一緒に死ぬわ」

オク社長が目に力を込めた。ヒスはどういうことか理解できかねるように首をかしげた。

「かわりにヒス、おまえがうちの子供らに毎月二百万ウォンだけ送ってくれ。そしたら、親父がおらんでもどうにか暮らせるやろ」オク社長の目からぶわっと涙が溢れた。「可哀想な子供ら、わしが博打に狂ったせいで母親も逃げてもうて、実はこの何年間、家に生活費いうもんは何万ウォンも持って帰れんかった。親父のくせに子供らがどうやって暮らしてるんか、いっこもわからん。わしは人間か？ 生きて何ができる？ 死なあかん。わしが死なんと家族が生きられん。わしがくたばれば母親も戻ってくるやろ」

オク社長は暫くめそめそしていた。オク社長の訴えを聞いているうちに鼻白み、ヒスも煙草を咥えて火をつけ、窓の外を見た。漁夫たちが囲い網の中にスコップで餌を撒いている。養殖場の網の中で数千匹のクロソイが餌を食おうとバタバタと水面の上に飛び出す。日光に反射する鱗が砂金のようにきらめいている。生きるのだと、とにかく何とかして生きるのだと、ピチピチ跳ねるものたちはいつでもあんなふうに瑞々しくきらめく。

「そうしようや。なあヒス、ヨンガンはわしが必ず殺ってやる」

ヒスは暫く考え込んだ。オク社長はヨンガンを刺せないだろう。このヤク中の博打狂いの言葉を信じることはできない。彼はただ、この状況を免れるために出任せを言っているのだ。だが、万に一でもオク社長がヨンガンを刺して一緒に自爆してくれるなら、これほど好都合なこともない。

「おっちゃん、ヨンガンはそんなチョロい奴やありまへんで」

「いんや、ヨンガンは前から、自分には洗濯の技術がないから給料とって働け言うとった。わしがあそこで働けば、いつでもチャンスはあるやろ？　ヨンガンのどてっ腹に鉄板が巻いてあるわけでなし、サシミ包丁で力いっぱい突き刺せば、あれしき刺せんことないやろ」

「おっちゃんは手も震えとるし指も二本だけやのに、その手で力いっぱいよう刺せますなあ」

馬鹿馬鹿しいというようにヒスがかぶりを振った。切羽詰まったオク社長は急に、指が二本しかない右手をぶんぶん振りながら左手をぐっと握った。

「この手？　この手のことやろ？　大丈夫や。わしは左利きやで。右手は花札やるだけの役に立たん手や。ホンマやで」

ウォッカ

　正午の日差しが垂直にヒスの頭のてっぺんに突き刺さっていた。ヒスは船先に腰かけ、日差しを浴びてきらめく波をぼんやりと眺めていた。血まみれのオク社長をテヨン・テソン兄弟が番をしている小島、パムソムにかくまって戻るところだった。古くて小さい船だから、波に合わせて不規則に揺れる。往復四時間もかかる長旅のうえに、旧式のエンジンから排出される特有のツンとしたディーゼルの臭いで、ヒスは出発前に食べたクロダイの刺身を海に全て吐いた。船先にしがみついて嘔吐(おうと)するあいだ、テヨンはそんなヒスの様子が面白いと言わんばかりに舵輪(だりん)を摑んで笑った。

「兄貴、遠洋漁船にも乗ったことがあるいうひとがなんで船酔いしますか?」

「おまえの船がちっさいからや。でかい船は平気や」ヒスは負け惜しみを言った。

　船着場に着くと、テヨンはロープで船を固定するかわりに、鉤(かぎ)のついた長い竹竿を取り出して船を寄せた。ヒスはすばやく船から降りた。

「すぐ戻るんか?」

「戻らなあかんでしょう」

「難儀やったな。オク社長、あんまり苛めんといてな。話を聞けば憐れな人間や」

「話を聞けば誰でも憐れでしょう。憐れでない奴がどこにおりますか？　自分かて憐れですわ」

テヨンの言葉にヒスが頷いた。

「そやなあ、おまえも憐れやし俺も憐れやし、みんな憐れや」

　テヨンがにっこり笑うと舵を切り、再び遠い海へとその小さくて古い船を操った。ヒスはテヨンが防波堤を通り抜けるまで見送ってから駐車場に向かった。昼前に飲んだ酒のせいか、揺れる船に長いこと乗っていたせいか、陸地を歩いているのに目眩に襲われた。


　駐車場では、どういうわけかマナのかわりにタンカが待っていた。運転席のドアを半分ほど開けたまま、顔に新聞紙を被せて眠っている。ヒスが掌でタンカの顔をベシッと叩いた。タンカの顔からビリッと新聞紙の破れる音がした。タンカが驚いてガバッと起き上がった。

「ええい、ちくしょう、顔を叩くんか」

「ここで何しとる？」

タンカが首をゆっくりグルリと回すと長い欠伸をした。

「何って、兄貴を待っとったんやろ」

「ここにおるのがなんでわかった?」

「トダリが言うとったで。兄貴はオク社長を始末しにパムソムに行った、てな」

こともなげにタンカが肩をすくめた。〈始末〉という言葉に、ヒスが額に皺を寄せた。

「トダリの野郎はペラペラ口が軽くてかなわんな」

「ええい、俺にまで内緒にすることないやろ? 兄貴は俺が信じられんのか?」

「おまえは絶対に信じられへん。カネさえやれば全部ペラペラ喋る奴やのに」

言ってしまってから、言いすぎたと思った。心外だったのか、タンカの顔が強張(こわば)った。

「冗談や、冗談」

ヒスはタンカの背中をポンと叩いて宥めた。強張っていたタンカの表情が少しほぐれた。タンカは拗れた感情をその場でほぐしてやらないと尾を引く奴である。なんというか、根に持つタイプと言うべきか。

「兄貴にそんな言われたらホンマさみしいわ。母子園の頃からどんだけ長いこと過ごしたと思とるんや。親父もおらん母子園から来たいうて、さんざんバカにされながらこの世界で一緒に踏ん張ってきて延々二十年やで。兄貴の周りで俺以外に、ぶっちゃけ信じられる奴はひとりもおらんわ」

「わかった、わかった。母子園の話はもうええ」ヒスはタンカの話を遮った。タンカが口をとがらせた。「こういうんは耳が少ないほどええ。バレたらゾロゾロみんな引っかかるもんを何人も知っとってええことあらへん」

「で、オク社長は始末したんか？」

「とりあえず島にぶち込んどいた。殺ったところで残るもんもあらへんしな。いかさま賭博に絡めてヨンガンを訴えるつもりやったのに、トダリがボコボコにしよって、どうにもならん」

「とにかくトダリの奴、仕事のやり方がなあ」

「ところで、ここまでなんの用や？」

「酒問屋で兄貴が会いたい言うとる」

「ヤンドン（バケツ）兄貴がどうした？」

「知らん。とにかくヒス兄貴を連れてこい言われてな。急ぎやて」

「また、なんかしょうもないことをやらかすんとちゃうか？　行かん」

「行ってみようや。聞いて損はないやろ。ひょっとしてカネになる話をひとつあてがってくれるかもしれんやないか。それに、呼ばれて行かんかったら、あの兄貴の性格で黙っとるわけないやろ」

確かに黙っている人間ではなかった。ヤンドンは猿のように短気で、思いつくとすぐに行動に移さねば気が済まない。どっと疲れが押し寄せてきた。四月の日差しが船着場の汚れた水面を熱く照らしている。漁夫たちが修繕(しゅうぜん)のために地面に広げてある網から魚の生臭さが陽炎(かげろう)に乗ってぷうんと漂ってくる。ヒスはホテルの部屋に戻って二日間くらいぐっすり眠りたい心境だった。だが、ヤンドンが呼んでいるというのに顔を出さないわけにもいかない。ヒスは暫く迷ってから車に乗り込んだ。タンカはヤンドンの酒類蔵置所に向かった。

ヤンドンのあだ名は〈永遠の二番手〉である。本人はこのあだ名をひどく嫌っていたので、誰かが酒の席で二番手と呼んで冗談でも言った日には、容赦なくテーブルがひっくり返ったものだった。だが、ヤンドンがどんな癇癪を起こそうとも、クアムの海はいつまでも二番手として記憶するだろう。十年余り前に酒類事業を引き継いで独立するまで二十五年もソンおやじのコブンを務めていたのだから、もしかしたら当然のことかもしれない。ヤンドンはソンおやじの下で運転手から始めて、ボディーガード、秘書を経て万里荘ホテルの支配人の地位まで上りつめた。体格がよくて頭の回転が早く、気性の激しい人間である。ヒスが万里荘ホテルの支配人になったときに引継ぎをしてくれたのもヤンドンだった。レストランやら客室、バー、カラオケ等々、今の万里荘ホテルの運営システムは、どれもヤンドンが作ったといっても過言ではない。

クアムの人々は、ヤンドンとソンおやじが二十五年も足並みを揃えてきたことにいつも驚いていた。二人の性格があまりにも違うからだ。ソンおやじが宥めすかしながらゆっくり片付けるタイプならば、ヤンドンは少し無茶だと思うほど手荒に片付けるタイプである。ソンおやじがすっかり訊いてから刺すタイプならば、ヤンドンはとりあえず刺してから訊くくらいの違いと言うべきか。ソンおやじが不足気味に仕事をする性格ならば、ヤンドンは余分に仕事をする人間であり、ソンおやじがケチくさく財布を開くならば、ヤンドンは太っ腹だ。ソンおやじが臆病で争いごとより妥協を好むならば、ヤンドンは刺身包丁を持って速戦即決で片付けた。

十八歳のヒスがこの荒くれた未知のやくざの世界に入ったときに温かく接してくれた唯一の人間がヤンドンだった。何のつてもない母子園出身のやくざに仕事を分けてくれたのも、事業から生じた利益を公平に分けてくれたのもヤンドンだけだった。考えてみれば、自分の手下も食わせるに足りないところへ、つてのない母子園出身まで面倒をみてやるいわれはまるでなかった。だが、ヤンドンはそうした。クアムの他の中間幹部たちのように接待費やら上納金やらといって二重に金を毟り取ることもなかったし、いくばくかの飲み代を握らせて仕事をさせて報酬を独り占めするさもしいこともしなかった。それが正しいと考えたからではなく、やくざたるもの、力のない母子園出身の子供らから巻き上げるのは恥だと考えたからだ。ヤンドンにとってやくざはカオである。やくざはカオが傷ついたらその日限りで足を洗うべきだ、と口癖のように言った。一途で、怒ると後先を考えない炎のような性格ゆえに苦手とする者も多かったが、ヒスはいつもヤンドンが好きだった。大柄で人相が悪くて無粋な外貌とは異なり、情に厚くて後腐れがない。とにかく、ヤンドンがいなかったら、ヒスは今でも賭場の隅で他人の札束なんぞを数えていたかもしれない。

　ヒスとタンカが酒類蔵置所に到着すると、ヤンドンの部下たちはトラックから荷下ろしをしている最中だった。ランニングシャツ姿で酒を運んでいたやくざ数人がヒスとタンカを見て、おざなりにお辞儀をした。

「あ、あ、あの挨拶を見い。兄貴、俺らの威光はこんなもんやで」タンカが声をひそめて言った。

　ヒスはさほど気にならなかった。どのみちヤンドンの下にいる連中とクアムの連中は派閥が異なり、事業で交わることもない。丁重に挨拶されるいわれはなかった。ヒスは大股でさっさと倉庫に入っていった。奥のほうはすでに酒が満杯だ。ビールと焼酎のケースが天井まで危なっかしく積みあがっている。さらに、壁の一面には相当な量のウォッカが積んであった。四月なのに、もう夏がぐっと近づいた感じがする。クアムの海の夏は、違法に入手した無申告の酒の饗宴だ。ヤンドンはクアムの全てのルームサロン、団欒酒店（カラオケ付きルームサロン）、カラオケ、刺身屋、焼酎居酒屋、屋台、はては、おでんを売る立ち飲み屋や海辺のパラソルまで一手に酒を供給していた。近頃は、どこから手に入れたのか、ウォッカをどっさり密輸し、クアムの海を越えてウォルロンと水産センターの手前まで徐々に勢力を広げつつある。クアムの海に供給するぶんには誰も干渉するはずもないが、他所の縄張りでは決まって揉めた。自分の飯碗に匙を突っ込まれて喜ぶ奴はいないだろう。酒の供給をめぐって他所の縄張りのやくざと大なり小なり諍いが何度かあったが、ヤンドンは気にも留めていないらしかった。

　事務所の入り口に着くと、タンカがもじもじした。

「入らんのか？」

「俺はここにおりますわ。ヒス兄貴だけにどうしても話したいことがあるみたいやし」

　ヒスはタンカを見た。何かを隠しているときにいつもそうであるように、眉をぐっと寄せてヒスの視線を避けている。自分の知らない何かがあり、タンカとヤンドンはすでに合意しているのだろう、とヒスは推測した。

「なら、ここで待ってろ」

　タンカが頷いた。ヒスが事務所に入ると、ヤンドンはパイプに火をつけていた。ヒスが九十度のお辞儀をした。ヤンドンはこういう丁重なお辞儀を好む。ヤンドンはパイプを口に咥え、大げさな身振りで腕を広げるとヒスに抱きついた。

「ヒス、よう来たな。なんでこないになかなか顔を見れんのや？　えらい会いたかったで」

ヒスはヤンドンの腕からそっと抜け出した。男同士で抱き合って大騒ぎする、こういう類いのオーバーアクションに、ヒスはいつも鳥肌が立った。

「パイプはどうしましたか？」

ヤンドンが咥えていたパイプを手にすると、バツの悪そうな表情になった。

「禁煙してみよか思てな」

「紙巻きよりマシですか？」

「これは口先でふかすもんやから、吸い込まんで少しはマシか思て始めたんやけど、一回吸うたら掃除せなあかんわ、火はしょっちゅう消えるわ、一気に吸い込むこともでけへんわ、ホンマ根性悪うなるで」

ヤンドンが先に座ると、ヒスを手招きした。

「立っとらんで座れ」

「倉庫を見ましたけど、ようけ集まりましたなあ。今年の夏は余裕で越せますな」

「焼酎、ビールを腐るほど集めたところでカネにならん。小金を触ろう思たら洋酒がないとな」

「港の倉庫にシーバスが二十箱入ってきましたけど、それでもお送りしましょうか？」

「今どきシーバスなんか誰が飲むんや？」

どこかでシーバスリーガルの瓶で頭を殴られでもしたのか、ヤンドンが怒鳴った。

「なんでですか？　もうシーバスは人気ありませんか？」

「売れなさすぎて、倉庫に残ったシーバスでヘビ酒でも漬けてみよか思てるところや」

ヤンドンの臆面のなさにヒスが笑った。

「近頃はウォッカや。値段は手頃やし、味はすっきりしとるし、飲んだ後は悪酔いせんやろ。しかも俺らが飲んどる焼酎と似とるから喜ばれる。中国の連中も喜ぶし、東南アジアの連中も喜ぶし。もうバランタインやシーバス、そういう時代は過ぎた。シノギはウォッカばかり欲しがるのに、物量が足らんから、どえらい騒ぎや」

「そうなんですか？」

本当はさして興味もないくせにヒスは驚いたふりをした。ヤンドンはパイプを深く吸うとゆっくり吐き出した。

「それでなんやけど、今度、ウォッカを試しに仕入れてみい。ヒス、おまえはロシアの連中にコネがあるそうやな？」

「コネて、なんのコネですか？　すれ違うときに黙礼するだけでっせ」

「やくざが黙礼したら兄弟と変わらん」

「どのくらい入り用ですか？」

「五缶くらいやってみよかと」

「五缶？　ナメとりますか？」

〈ナメる〉という言葉にヤンドンの顔がさっと強張った。だが、すぐに表情を柔らげるとヒスに再び話しかけた。

「こいつ、なんやその言い方は。兄貴がこう土下座して話しとるのにナメとるとは。それに、話し合う隙もなくバッサリ切り捨てる言いぐさ、その癖を直さなあかん。そうきっぱり切り捨ててもうたら、後輩の前でおとなしくしとる俺のメンツはどうなる？」

「すんまへん。でも、正直むつかしいですわ。コンテナに何箱か紛れ込ませるんは愛嬌で済みますけど、一缶いっぱい持ち込んでバレたら、税関の連中も粘れません。それを五缶もどうやって通しますか？」

「おい、おい、そんなにビビってどうやって稼ぐんや。こないだは朝鮮族を五百人もコンテナに乗せてきて、北朝鮮の連中まで足の踏み場もないくらい押し込んで入港させたそうやで。人間かてそんだけ連れてくるのに、腹さえくれれば、ウォッカ五缶の何がむつかしいんや？　ホンマはでけへんことないけど、おやっさんが気になるからやろ？」

「なら、給料もろてる身で気にせんでおれますか？」

「なんやこいつ、男は主体的に生きなあかんやろ。俺が万里荘の支配人として働いとった頃は、おやじが何を言うても、俺がやることは上手いこと押し通したで。それでも、おやじはなんも言えんかった。それに、言うたら、豆を運ぼうが銃を運ぼうが、どのみち危ないのは一緒やのに、いっつも中国の粉唐辛子なんか混ぜとって、いつカネを触るんや？」

確かに、というようにヒスも頷いた。中国の粉唐辛子は考えただけでもうんざりする仕事だ。だが、ソンおやじはコンテナ五台分にもなる酒を港に引き入れる人間ではない。ヒスはふと、ヤンドンがクアムとウォルロン、そして忠武洞の一部に供給している膨大な量のウォッカをどこから仕入れているのか気になった。クアムでくすねたブツではない。クアムの港に入ってくる全てのブツは実質的にヒスが管理しているから、知らないはずがない。かといって、北港に入ってくるブツでもないだろう。北港のブツは影島のナム・ガジュ会長が管理している。影島がウォルロン、忠武洞、南浦洞の酒類業者たちとライバル関係にあるヤンドンにウォッカを供給するわけがない。

「見たとこウォッカがようけありますけど、あれはどこから運んでくるんですか?」

ヒスがさりげなく訊いた。

「まあ、いろいろとな。俺もこの業界だけで三十年以上やけど、あれくらいの穴ひとつないわけないやろ」ヤンドンがヒスの視線をそっと外した。

「今のブツでは足りまへんか? 自分の見立てでは、あれだけ売っても充分や思いますが」

「近くの何ヶ所かにねじ込むぶんには問題ないんやけど、この際、少し広げてみよか思てな。シノギいうんは打って出るときは出なあかんのやけど、今がちょうどそのタイミングや。けど、タマがスカスカで出られんのや」

ヒスはおざなりに頷いた。

「ヒス、手間賃はたんまりやる。それに万一、バレても俺がみんなひっかぶるから、おまえはなんも心配することあらへん」

ヤンドンの言うとおりだ。豆を運ぼうが銃を運ぼうが、どのみちこっそり運んでくるものは全て危ない。しかもヤンドンが全てをかぶるならば、ヒスとしては損をすることは一つもない、というわけだ。

「なら、ヤン課長をけしかけてみてください。そしたらロシアの連中のほうは自分がなんとかしてみますわ」

「パク課長ちゃうんか？」

「パク課長は近ごろ腹が満タンで、ちっとばかし危ないだけでもやろうとせんのです。自分が電話を入れておきますんで、ヤン課長の方をつついてみてください」

「まあ、パク課長は長いことやりよったしなあ。知らんけど、どっかにビルをいくつも隠しとるんやろな」

「ところで、今のに五缶を乗せるとかなりの量ですけど、全部捌けますか？」

「おいおい、捌けんものを注文せんわ。テーブルはズラーッと並んどるから心配いらん」

ヒスが時計をちらりと見た。

「話は済みましたね？」

「いや、別に折り入って話がある。今日は忙しいんか？　一杯やらんか？」

「次ではあきまへんか？　午後に用事があるんですわ」

ヒスは再び時計をちらりと見ながら大げさに忙しいふりをした。

「ホテルの仕事がようけあるみたいやな」

ヤンドンは残念そうな表情をした。

「カネにもならんただの雑用ですわ。おやっさんの性格、ようご存じやないですか？　カネにもならんちまちましたもんをごっそり引っ張ってきて、ごちゃごちゃ言うて煩わせるんを」

「おう、よう知っとるわ。あのケチ臭い性格がどっかに行くか？　俺も昔おやじの下で働いとったときに、その、なんや、パチもんの胡麻油、あれを搾る言われてビビッたわ。やくざに胡麻油て、ちくしょう、とんでもねえ話や。胡麻油なんか搾るオヤブンの下から、どうやって大物のやくざが出るんや。いつも言うとるけど、やくざはカオやで。やくざからはやくざの匂いがせなあかんのに、食いもんの匂いがしたらお終いや」

ヒスは頷きながら適当に相槌を打ってやった。

「酒は飲めんでも話を聞く時間はありますよって、お話があるんやったら、ざっくばらんにどうぞ」

「そんならコーヒーでも飲んでいけ」

ヤンドンはインターホンで経理を呼んだ。経理の娘がコーヒーを持ってきてテーブルの上に置いた。ヤンドンが娘の尻を穴が開くほど見ると顔を顰めた。

「なあミス・キム、ズボンは穿くな言うたやろ？　女はなんやかや言うてもスカートやで」

「社長がしょっちゅうスカートに手を入れるからですよ」娘が睨みつけながらそっけなく言った。

コーヒーを置いて出ていく娘の尻はピチピチしている。ヤンドンが尻を見ながら舌なめずりをした。

「いやあ、そのお歳でも燃える情熱は相変わらずですなあ」ヒスがからかうように言った。

ヤンドンが手を振った。

「いいや。歳がよってシモには元気がないし、精が舌に上ってきて口ばっかや。俺らの歳になるとチンコでは浮気でけへんから、いつもクチバシで浮気するんやで」

ヤンドンはパイプを吸うと、煙をぷかぷか吐き出しながらヒスの様子を窺った。そして、事務所の外に誰がいるか窓からじっくり確かめてからブラインドを下ろした。席に戻ってきたヤンドンがヒスのそばにぴたりと近づいて顔を突き出した。ヒスはヤンドンの真剣な顔がプレッシャーなのか、そっと鉢植えのほうを向いた。

「なあヒス、俺は近頃でっかい画をひとつ描いとる」

「なんかうまい話がありますか？」

「俺の知り合いにキム社長いう機械の商売をやっとる奴がおる。在日なんやけど、日本でカラオケの機械も扱うし、パチンコの機械も扱う奴や。他の連中が観光ホテルを一軒独占するのにドスで刺しあって騒いどるときに、そうっとパチンコとカラオケの機械だけを売って何百億も手に入れやがった。そいつが言うてたで。もう韓国で観光ホテルのパチンコの時代は終わった、てな。規制も厳しいし、許可を取るのも大変やし、パチンコひとつ出すためにホテルを建てよう思たら、えらい難儀や。建築法も複雑やし、地元のやくざとシマ争いもせなあかんし、公務員たちにごっつう上納せなあかんし、こっちで毟られあっちで毟られしたら、なんも残らん。そいつが言うに、これからは成人娯楽室の時代やて」

「子供らが小銭入れてやる電子娯楽室ですか？」

「現金をやりとりせんだけで、商品券でふんだくるから、実際はパチンコとたいして変わらん。観光ホテルは大工事やけど、成人娯楽室は許可も簡単やし、ビリヤード屋くらいの店舗ひとつあれば済むから、作るのも簡単や。上手いこといかんようなら、放って逃げて、別の場所でまた作ってもええ。近頃はソウルでも大田(テジョン)でも雨後の筍(たけのこ)みたいにできとる。それでこの際、俺が成人娯楽室に機械を入れてみよか思てる。日本で流行(はや)っとる最新式をな」

「つまり、娯楽室の経営はせんで機械だけ入れる、いう話ですか？」

「娯楽室を経営しよう思たら人手も要るし、地元の輩どもとシマ争いせなあかんし、公務員に猫いらずを食わさなあかんし、面倒や。俺らは機械だけ納めて商品券の割引でもしたらええ」

「機械は日本から持ち込むんですか？」

「日本の奴らに機械代をやったら何が残る？　キム社長と工場をひとつ物色しとるところや。キム社長が抱えとる技術者は腕がええから日本の機械とそっくりや。それでやけど、ヒス、その工場と営業の責任者をやる気はないか？」

ヒスは煙草を咥えた。ヤンドンがマッチを擦ってヒスの煙草に火をつけ、消えた自分のパイプにも火をつけた。そそられる提案だ。最初にカラオケが雨後の筍のようにできたときに日本から機械を輸入して売って数十億を儲けたという奴のことは、ヒスも聞いたことがある。娯楽室を経営するのは面倒だが、機械と商品券だけを取り扱うのは美味しいところだけをいただく商売だ。

「成人娯楽室に客を全部とられたら、パチンコで食っとる奴らが黙っとらんと思いますが。あいつらは全国区やのに踏ん張れますか？」

「自分らは苦労して許可とって営業しとるのに気分がええわけはないな」

「騒々しくなりまっせ」

「ちっとは騒々しくなるやろうけど、俺らはどないする。もう昔みたいにナイトクラブひとつ手に入れるのにドスを振り回しあうようなでかい戦争はない。今、釜山のどこにやくざがおる？　趙承植とかいうあのクソ検事の野郎がごっそり捕まえていったやないか。あのおっさんがどえらい暴れよってからに、めぼしいボスは残っとらん。捕まらんかったボスはみんな隠れとるし。釜山はいま無人状態や」

「ですから要するに、角刈りが三人集まっとるだけでもしょっ引かれる殺伐としたときにことを起こそう、いう話やないですか?」

「こないだ趙承植が釜山を引き揚げた。どういうことや?」

「捕まえるべき奴は全部捕まえた、いうことですか?」

「そうや。それから、犯罪との戦争だかなんだかいうショーも終わった、いうことや。もう国民も暴力団を叩き潰すニュースにあきあきしとるやろ。しかも、ごろつきのカネを受け取らん政治家やワイルに食いつかん公務員がどこにおる? お互い窮屈なんや。今がタイミングやで。それに、やくざもナワバリ戦争みたいなもんはやめなあかん。これからはシマやなくてアイテムの争いや」

　ヒスは頷いた。確かにヤンドンの話には説得力があった。金の匂いがする仕事だし、この界隈の状況もヤンドンの言うとおりだ。犯罪との戦争以来、釜山のボスは殆ど捕まっていき、ある組織はごっそり捕まってすっかり空中分解したところもある。残ったやくざたちも怖気づき、すっかり身を縮めている有様だ。ことを起こすなら今が最もいいタイミングである。だが、世のことというのは、たいてい思いどおりにならないものだ。たとえ思いどおりになったとしても、ヤンドンの言うとおりに格好よくすっきり達成できるはずはない。成人娯楽室を作って金を稼ぐやくざがいれば損をするやくざもいる。自分の飯碗を奪われて黙っている奴はいない。大きな戦争はないとしても、結局は何度か刃傷沙汰になるだろうし、何人かは手配を逃れて外国に逃げるか刑務所に行くだろう。ヒスはふと、自分の歳を考えた。若い頃のように敏捷でもない。がむしゃらな若い連中が刺身包丁を持ってどっと押し寄せてきたら、まともに逃げられるのかさえもおぼつかない。しかも、この歳で刺されて半身不随になるか、誰かを刺して刑務所に行くことになれば、それで人生は終わるのだ。

「ハンパなことやないですな」

「むろんハンパなことやない。釜山一帯を乗っ取るんやからな」

「万里荘は辞めるんですかね？」ヒスがそれとなく訊いた。

「辞めなあかんやろなあ。意外とやることが多いで」

ヤンドンの顔は、自信満々でもあり、悲壮でもあった。その自信満々さの裏にある、ある種のコンプレックスがヒスを不安にさせた。正直なところ、ヒスには釜山一帯を乗っ取る気も、莫大な金を貯めたり大きな組織のオヤブンになりたいという欲もない。そんな巨大なものを夢見るほどのエネルギーはとっくの昔に消えてしまったらしい。日々に耐えることだけでも精一杯だった。

「兄貴がこうして面倒をみてくださるんはホンマに有り難いことです。小さい頃からいつもそうでしたなあ。けど、今回のことは、時間をかけて考えてみんとあかんようです。ホテルでやり残したこともありますし、今すぐ足抜けしたら、おやっさんがえらい困るでしょう」

ヒスがそっと身を引いた。ヤンドンの顔に失望がありありと浮かんだ。口に咥えたパイプから激しく煙が立ちのぼった。

「おまえ、今年でいくつや？」

「四十です」

「若くはないな、そやろ？」

「まあ、そうですね」

ヤンドンがパイプを長く吸い込みながら少し間をおいた。

「ヤン弁護士、知っとるな？」

「ソンおやじの弁護士ですか？」

「こないだヤン弁護士に会うたんやけど、おやっさんがブタ箱から出てきた後、なんか不安になったんだか、遺言状を整理しようとしたそうや。ヤン弁護士が言うに、遺言状にはヒス、おまえの名前は一文字もなかったそうやで。ヒス、おまえはこれまでホテルの仕事を引き受けてえらい苦労したから、ソンおやじがホテルの半分でもくれると思うやろうけど、とんでもない話や。おまえは良くて飲み屋の一軒か二軒やで。俺はあの爺さんのケチ臭い性格をよう知っとる。あの爺さんの下で二十五年働いてやって受け取ったんは、せいぜい野っぱらに事務所いうてもコンテナひとつの、この倉庫だけや。あんとき、万里荘から追い出されてストーブひとつないコンテナの事務所に座って、やっと俺がそれまでどんなふうに生きてきたかわかったわ。やくざの義理？　忠誠？　名誉？　イヌにくれてやれ。それは、くそったれのオヤブンたちがひとりで全部かっくらうために叩きつける、ただの戯れ言や。ざっくばらんに言うたら、おやじが万里荘で気取って座って何しとる？　手についた蜜を舐めること以外になんもないやろ？　みんな俺らみたいな奴らがブタ箱にしょっ引かれて刺されてジタバタしてこのクアムの海が回っとるんやないか。俺らはあらゆることをやって、さんざん文句言われて、ブタ箱行って、身体が動かんようになって、みんなそうやって暮らしとるのに、あのおやじは、のほほんと座って地域社会の維持で尊敬されるし、区長や国会議員に会ってテープカットなんぞしとるし」

　ヤンドンの長話はいつも聞いてきた内容なので、ヒスは形ばかり頷いた。

「トダリが近頃、えらい調子づいとるやろ？　あの野郎はもう気づいとんのや。ソンおやじが死んだら万里荘は誰のもんになる？　ソン家は並の家系か？　このクアムの海で八十年食い荒らしてきた一族やで。おやじが死んだら、ソン家の血筋いうたらトダリ、あのハエ野郎の他におるか？　トダリが万里荘ホテルの主人になったら、ヒス、その場でバカをみるんやで」

「それならそれで、その、どないしますか？　トダリを沈めますか？」

「まったく、この腑抜けが、おまえを連れて何ができるんや」

ヤンドンは不機嫌になってパイプを吸った。だが、火が消えていたので、スースー吸う音しか聞こえない。ヤンドンはパイプを床に放り投げた。

「ええい、ちきしょう、このパイプいう野郎はムカついて吸うてられんわ」

ヒスが床に落ちたパイプを拾って再びテーブルに載せた。

「ヒス、おまえは家の一軒も持っとるか？」

「持っとりません」

「車は何に乗っとる？」

「エスペロ（九〇年代に大宇自動車が生産していた準中型車）です」

「ほれ見い。万里荘の支配人いうたらクアムのエースやないか？　毎日クソなんぞ垂れちらかしとるトダリもベンツやのにヒス、おまえがエスペロとはなんや、エスペロとは」

「エスペロも悪くないです」

「悪くないだと、チンカス野郎が」

ヤンドンが袖についた煙草の灰を払った。

「一本よこせ」

ヒスが煙草を渡した。ヤンドンが火をつけて長々と煙を吐き出した。

「クアムの人間は、本音言うたら、おやっさんにえらい不満や。自分は食えるから危ないことはいっこもやろうとせんくせに、上前はきっちりハネるやろ。それに、クアムの海は自分のもんか？　浜辺と砂粒と海水は自分のもんなんか？　そんだけかっくらったら充分やのに、なんで子々孫々ガツガツしよるんや。金日成(キムイルソン)か？　金正日(キムジョンイル)か？　他のもんは要らん。俺らが流した血の償いは、手下をどっさり集めてカネをがっぽり稼いで、そのカネで悠々と暮らすことだけや。そしたら、万里荘を乗っ取るなんざ訳もない。あのひ弱なおやじは箒(ほうき)で叩いても捕まるやろ」

一瞬、ヒスの顔が強張った。ヤンドンはヒスの表情に気づいたのか、口をつぐんだ。

「自分がヤンドン兄貴のこと好いとるの、わかってますやろ？」

「おうよ」

「ですから、今日の話は聞かんかったことにします」

ヒスが立ち上がった。ヤンドンは困り顔になった。

「なあヒス、ソンおやじの墓に一緒に入るんやなかったら、今このタイミングに乗らなあかんで。おやじはもう望むもんがないひとや。昔っから望むもんがない奴とは組んだらあかん言われとる。俺がなんでこの歳でこのザマこの体たらくで暮らしとるかわかるか？　若い頃にソンおやじのコネに頼ったからや」

ヤンドンは灰皿で煙草を揉み消した。すっかり腹を立てた顔だった。ヒスは気にせず、ヤンドンに九十度の丁重なお辞儀をして事務所を出た。倉庫の隅でタンカが尻のピチピチした経理の娘にくだらない冗談を言っていた。ヒスは車のドアを開けて助手席に座った。タンカが慌てて駆け寄ると運転席に座った。話が上手くまとまったかどうか探ろうとするように、そろそろと顔を寄せてヒスの様子を窺った。

「なにしとんのや？」

「へ？」

「エンジンかけろ。帰らんのか？」

タンカはエンジンをかけて車を出発させた。暫くヒスは何も言わずに窓の外を眺めていた。真昼間だから、山道に沿っている海岸道路には車があまりいない。

「ヤンドン兄貴と話がつきましたか？」タンカがヒスの顔をちらりと見ながら訊いた。ヒスは窓から海を眺め、暫くしてから口を開いた。

「なあタンカ、迂闊（うかつ）な行動は慎め。ソンおやじはそんなヤワな人間やない。ヤンドン兄貴の話だけ信じて下手に先走ったら、寿命を待たんで刺されて死ぬかもしれんで」

タンカは何も言えず、ずっと前ばかりを見ていた。日差しのせいか、ヒスの視線を避けるタンカの顔は赤かった。

昼酒

ソンおやじとトダリは万里荘ホテルのテラスに座っていた。四月なので過ごしやすい。海辺沿いに日本人が植えていった桜が満開だ。うららかな陽射しの下で風に乗って散り乱れる花びらと、その隙間から透けて見えるクアムの美しい海をのんびり眺められるシーズンはひどく短い。春たけなわとなり、戦争のような夏が訪れるまでの、ほんのいっときである。

ヒスはテラスに向かった。ソンおやじは紅参茶を、トダリは昼間からウォッカを飲んでいた。すでに一瓶の半分も空けたらしく、顔が赤い。そのウォッカはヤンドンが釜山界隈で卸している安物ではない。ヒスが甘川湾でロシアの船員たちと長いこと揉めてようやく手に入れたものだ。ロシアでもかなりの高級品として通るウォッカだから、何本も仕入れられなかった。それを汗一滴流さなかったトダリの野郎が金も払わず昼間から飲んでいやがるのだ。

ソンおやじにはスミという名の妹がいた。華奢(きゃしゃ)で背が高くて、風が吹けばカラカラに乾いた落ち葉のようにさあっと飛んでいってしまいそうな女だった。この世にただひとり遺された肉親だったから、ソンおやじはその妹を溺愛した。父親が若くして光復洞で米兵に刺されて死んでから、妹をまるで娘のごとく世話してきた。彼女と結婚した男はチェ先生という十五も年上のダンサーで、他のどんな男とも比較を許さないほど生粋のチンピラだった。好色のうえにペテン師だったから、いつもあれやこれやの醜聞にまみれていた。酒を飲んでいないときは女を王妃のように大切にするが、酔うと囚人のように殴る妙な性癖があり、何人かの女は日々殴られながらもこの男を愛した。スミもそういう女のうちの一人だった。実に神秘的な才能だとクアムの男たちは噂した。

　まともな状況であれば、スミとチェ先生は決して結婚できなかっただろう。ソンおやじはこんなチンピラをたったひとりの妹の夫として認める人間ではない。だがチェ先生は、まずスミの腹に子供を仕込んでから結婚の許しを受けに来た。その腹に図々しく居座っていたのがトダリである。トダリのためにソンおやじはしぶしぶ結婚を許した。スミは幼い頃から身体が弱かったが、トダリを産んでからはますます弱くなり、すっかり痩せ細った身体からは乳も出なかった。ある日の夜、スミは酒に酔ったチェ先生の鞭を避けて家を飛び出し、雨にひどく打たれて肺炎になって死んだ。死んだ彼女の手首と胸にはいくつもの痣があった。

スミの葬儀が済んでひと月後から、チェ先生の姿はどこにもなかった。ソンおやじを避けて日本に逃げたという話もあったし、フィリピンに社交ダンスの学校をつくったという話もあったが、全て根拠のない噂だった。その後、チェ先生を自分の目で見たという者は一人もいない。もしもソンおやじがチェ先生を殺したのであれば、事業と関連のない唯一の請負殺人だろう、とヒスは思った。

ヒスがテラスに腰を下ろすと、マナがやってきた。

「兄貴、グラスをもう一つお持ちしましょうか？」マナがテーブルの上にあるウォッカを見ながら訊いた。

「チンピラか？　真っ昼間からなんの酒や。コーヒーでも持ってこい。濃いやつを」

真っ昼間から酒を飲んでいたトダリが面白くなさそうにヒスを見た。

「オク社長はどないした？」ソンおやじが訊いた。

「パムソムに置いてきました。このお方が念入りに殴ったんで、痣がすっかり消えるまでにひと月はたっぷりかかりますなあ」ヒスがトダリを見ながら答えた。

「パムソムにはテソンの他に誰がおる？」

「兄のテヨンが一緒におります」

「あのアホの兄弟は今でも死体を始末する仕事をしとるのか？　昔は潰して養殖場の

ヒラメの餌にしとったけど」

「仕事が来れば断わらんでしょうけど、近頃はそんな仕事もありませんな」

「まあ、近頃は道端で刺してほったらかしやからな」ソンおやじが頷いた。「あの兄弟とパムソムで一緒に暮らすんやったら、オク社長はちぃと難儀やろうな？」

「ちょっとはビビりよるでしょう」ヒスが笑いながら言った。

「つまり、痣が抜け切ったらオク社長を助ける、いうことでっか？　ヨンガンに店を引き渡した雇われ社長を野放しにして、このクァムでけじめがつきまっか？」酔ったトダリが赤ら顔で言った。

「何がけじめや。けじめが飯を食わせてくれるんか？　そんなにけじめつけたいんやったら、どこの女にでも言い寄るおまえのチンコにでも少しはけじめをつけい！」ソンおやじがトダリを怒鳴りつけた。

「ええい、伯父さんは、地域社会のけじめを正すえらい真面目な話をしとるのに、なんでそこにチンコの話が出てきますのや。とにかく会話にエチケットがないわ」トダリがぼやいた。

「おまえの口からけじめの話が出て呆れてしゃあないからや」ソンおやじがトダリに向かって嫌味を言い、紅参茶を一口飲んだ。「ところで、ヨンガンはどんな腹で工場を接収したんや？」

「ヨンガンの腹はわかりませんな。洗濯工場を接収して何をどうするつもりか」ヒスが言った。

「オク社長はなんぼで引き渡したんや？」

「ぴったり十億五千だそうですわ」

「十億？　あのどアホが、博打でえらい損こいたんやな。ああ、どんだけ真面目に花札をめくったら十億もふっ飛ばせるんやろか。まったく、解らんわ。その真面目さでかわりにおしぼりをめくっとったら数億は稼げたのに。ところで、十億ではヨンガンと合意もでけへんな？」

「合意ができてもカネはやれんでしょう。博打のかたにぶんどられたのに、なんでそこに現金を上乗せしますか？　ヨンガンにそんなカネをやるくらいやったら、機械を買って洗濯屋を新しく作ったほうがましです」

「新しく作るて、洗濯の機械はタダか？　中古でも一台三千万ウォンはするで」

「いざとなれば、オク社長と詐欺に遭った奴を何人か立てて訴えるのも手です。博打の借金なんぞは法的に認められんでしょうし、ク刑事とサバサバして（「サバを読む」と同義。裏取引でうやむやにすること）違法の博打、強迫、暴行と絡めれば、ヨンガンの野郎を一年くらいはブタ箱にぶち込めるでしょう」

ソンおやじが考え込んだ。暫くして首を振った。

「いんや。こんなことに巡査の野郎どもを引きずり込んだら、頭が痛いだけで、ええことはひとつもあらへん。えらい鈍くさくて、あいつらが動き出したら、書類だけで五百枚や。その紙切れを埋めるために捜査されて、往復して、弁護士呼んで、裁判になって、そのあいだに洗濯工場が動かせんまま宙に浮いたら、なんも残らん。ヨンガンは一人で死ぬような奴でもないやろうし。ぶちこんでも何ヶ月かしたら這い出してくるやろうし、そんときはどうやって抑え込むつもりや」

そのとき、ウォッカをあおっていたトダリがだしぬけに叫んだ。

「ったく、何をそんなごちゃごちゃ考えますか？　オク社長も殺って、ヨンガンも殺って、すっきりすればええやろ。俺らにカネがないんか？　力がないんか？　何が怖くて小細工しとるんや？　元気に遊んどるもんばっかりやのに、そいつらにやらせてシマイすればええんや」

ソンおやじは手にしていた扇子でトダリの口をパシッ！　パシッ！　パシッ！　と三発叩いた。

「そのクチバシ、そのいらんクチバシを閉じんか？」ソンおやじはもう一発叩こうとして可哀想になったのか手を止めた。「こいつ、青銅器時代のチンピラか？　ヨンガンを刺したら、行ってもうた洗濯工場の登記が戻ってくるんか？　この、鯖(さば)の餌にも使えん野郎が」

「えーい、ちきしょう、口を叩くんか、ものを食う口を」

トダリはムッとしたのか、床にカーッと唾を吐いた。

「だからそのいらんクチバシは、なんか食うとき以外は閉じとけ」ソンおやじが言った。

「とりあえず自分がヨンガンにいっぺん会ってみます。あれこれ手はありますよって」ヒスが言った。

　ソンおやじが頷いた。

「いつ会うつもりや？」

「今週中には会わなあかんでしょう。夏のシーズンが来る前には片付けな」

「そうか、ちょい面倒でも、ヒス、おまえがぼちぼち宥めて上手いこと片付けてみぃ。あんまケチケチせんと、やれるもんは、その、やってまえ。やかましいよかマシや」

「ほな、自分は帰ります」

　ヒスが立ち上がろうとすると、ソンおやじがヒスの腕を摑んだ。

「飯食うてからにしろ。タルチャが牛を手に入れた言うから、今日、ええとこを切ってもろた。厨房に預けたから、そろそろ出てくるはずや。うちの厨房長のステッキはなかなかやろ」

「ステーキ！　ステッキやなくてステーキ！　ステッキてなんや、田舎くせえ」トダリが嫌味たらしく言った。

ソンおやじは扇子でトダリの唇をピシッと叩いた。

「クチバシは食うとき以外は閉じとけ言うたやろ？」

トダリはクアムで何の仕事もしていない。することといえば、徒歩でも三十分あればどこにでも行けるこの狭いクアムでわざわざ中古のベンツを乗り回して、タダ酒を飲み、賭博をし、女遊びをすることだけである。それが全てだ。ヒスとしては、トダリが何の仕事もしないことはむしろ幸いである。何かをやれば必ずトラブルを起こし、片手鍬で防げるものを鋤で防ぐ羽目になる特別な才能をもった奴だ。しかも、トダリがやらかしたトラブルを片付けるのはいつもヒスの役目である。まともそうな面構えで勉強して専門学校まで出たのに、やることはいつも間が抜けている。なんというか、片方の脳が空っぽな奴みたいとでも言うべきか。実際、トダリは一年にたったの五分も考えるということをしなかった。

ソンおやじの甥ということで、みなトダリの前ではへいこらしているが、クアムの海にトダリを怖れる者はいない。汚い犬の糞を避けるように、酒をくれと言えば酒をやり、金をくれと言えば金をやるだけだ。少なくともクアムの海では、トダリは安全である。にもかかわらず、わざわざ他所の縄張りに出かけて問題を起こした。他所の組のボスの女にまとわりついて揉めたり、賭場で通らぬいちゃもんをつけて素性のわからぬやくざたちにぶん殴られたりするのがおちだ。そのたびにソンおやじは「あいつの生まれつきのチンピラ根性は親父のチェ譲りの汚れた血のせいや。うちの家系にはあんな卑しい遺伝子はあらへん。一家に一人間違って引っ張り込んだら、勇ましいシェパードかて雑種を産むんや」と嘆いた。

トダリを見ているのがどうにも落ち着かなくて席を立ちたかったが、肉のためにヒスは参ったふりをして座っていた。正直に言えば、タルチャのところから持ってきた肉が食べたかった。タルチャの肉はいつも旨く、ソンおやじが特別に頼んだ肉はさらに旨い。

「ところで、チュ・アミが出所したそうやけど、おまえのとこには来たか？」ソンおやじがナイフで肉を切りながら訊いた。

「まだ来とりません。ブタ箱から昨日出たばかりで、酒も飲むし、女にも会ってからでしょう」

「酒を飲むにしても、挨拶は済ませてからにせなあかんのに、とにかく礼儀がなっとらん」ソンおやじが肉を頬張ったまま咀嚼しながら言った。

「アミの苗字はチュですか？」トダリが会話に割り込んだ。

「うん、チュや」ソンおやじが答えた。

「ああ、そうでっか？　アミの苗字はチュか。いつも名前だけで呼ぶから苗字は知らんかったなあ。親父は誰やろ？　ここらへんには、チュいう奴はおらんけどなあ？」

トダリが首をひねりながら独りごちた。

トダリが喋っても誰も相手をしない。

「少しは減刑されたんか？」ソンおやじが訊いた。

「いえ。四年間きっちり勤めて出てきました」ヒスが答えた。

「大儀やったな。あの性格ではしんどかったやろ。あれこれカネが要るやろうから、ヒス、おまえがとりあえず何百か面倒みてやれ。カネがないと、下らんことでまた事故りよる」

「自分のカネで面倒みるんですか？」

「えーい、みみっちいやっちゃ。ヒューマニズムを実践しようというときに、ひとのカネも自分のカネもあるかいな」

「カネが惜しいんとちゃいますよ。おやっさんが自分を忘れんで手ずから面倒みてくれたと知ったら、うちの涙もろいアミはえらい感動しよりますで」

「ははあ、こいつ、口は達者やな。わかった。わしがきっちり精算したる。後で部屋に取りに来い」

「ところでアミ、あいつは百九十センチに百二十キロもあるでっかいブタやのに、喧嘩するときはビュンビュン飛ぶそうですな？」トダリが再び会話に割り込んできた。

「ビュンビュン飛ぶだけやないで。あの図体でどんだけすばしっこいか、まるでモモンガや」

「あのブタがそんなにすばしっこいですか？」

「なんの。倭政の頃からやくざ暮らし五十年で抜きん出たやくざは全部見たけど、アミみたいなどえらい奴は聞いたこともあらへん。あんとき、あの、ウォルロンに、あいつ、誰やったかな？　名前が思い出せん。ほら、おるやろ、工兵シャベルに赤いロープ結んで肩に下げて歩いとる、ちんけなポン引き野郎が」

「ホジュンですか？」

「そう、そいつや、ホジュン。ホジュンの仲間がアミのお袋が働いとる飲み屋で暴れてボコボコにされたやろ。あんとき、メリノール病院の救急室に運ばれた奴だけで十三人とか言うとった。とにかく、アミが怒ってキッと睨んだときは逃げるしかないんや。下手に前をうろうろしとったら、人でも物でもこっぱみじんやで」

「かすったら即死、避けられた思たら全治六週間や」

ヒスが笑いながらソンおやじの話を引き取った。

トダリが後ろを向いて、ぼさっと立っているテンチョルを見た。

「こいつと喧嘩したらどうなりますかね？　うちのテンチョルは、こう見えても高校までボクシングの選手やったし、全国体育大会で銅メダルも獲ったそうでっせ」

ソンおやじとヒスはテンチョルを上から下までざっと眺めて、同時に噴き出した。

「あいつは子供の頃に腸チフスに罹ってひ弱なんやろ?」ヒスがテンチョルをちらっと見ると、再び口を開いた。「あんな野郎は百人いっぺんに飛びかかってもアミにはかなわんで」

「そや、人がどないしてケモノと戦うんや。そんな戦いはそもそも人権蹂躙（じゅうりん）やで」ソンおやじが言った。

「おいテンチョル、こっちに来てみい」トダリがテンチョルを呼んだ。

後ろに立っていたテンチョルがテーブルのほうへずんずん歩いてきた。プライドがひどく傷ついた表情だ。

「おまえ、背丈はなんぼや?」トダリが訊いた。

「百八十七です」

「体重は?」

「六十九キロです」

「背丈は似たようなもんやけど、体重が少し足らんな。おまえ、アミに会うたことないやろ?」

「会うたことはありませんけど、噂は聞いたことがあります」

「おまえがここに来る前にブタ箱に行った、ここらへんの伝説のやくざもんや。歳はおまえよか一つか二つ下やけど、体重はおまえの二倍や。百二十キロやそうやけど、どうや、喧嘩したら勝てそうか？　もし道具を使わんで拳骨でアミを倒したら、それ一発でこのクアムの海ですぐに伝説になれるで。どうや？　男としてひとつ伝説になってみる根性はあるか？」

テンチョルは照れくさそうな表情をした。

「お袋から、どっかで拳骨自慢はするな、て念を押されたんで、我慢してきましたけども」

「なら、ずっと我慢しとれ」ヒスがテンチョルの話を遮った。

「自分はどこでも拳骨で負けたことはありません」ひどくプライドが傷ついた表情でテンチョルは最後まで話し切った。

「百二十キロもあるアミにか？」トダリが目を見開いて訊いた。

「体重があるとトロくて闘えません。アホな奴らがデブになるんで、本当に喧嘩が強い奴は、自分みたいに身体が引きしまって軽くないとあかんのです」

「おまえがアミに勝つやと？」トダリが訊いた。

「自分の経験上もそうですし、科学的な統計をみてもそうですし、おおかた自分が勝つんやないでしょうか」

「ぷははは、聞いてみたら、こいつ、えらいおもろいやっちゃな」

テンチョルの言葉に、ソンおやじは噛んでいた肉が口の外に飛び出るくらい大声で腹を抱えて笑った。ヒスとトダリもつられて笑った。テンチョルだけが顔を赤くしたまま、訳もわからず立っていた。暫く笑っていたソンおやじがテンチョルに向かって言った。

「テンチョル、お袋さんは元気でおられるか？」

「はい、元気でおります」

「うんと稼いで孝行したいやろ？」

「はい、したいです」

「全部おまえを思って言うんやから、わしの話を肝に銘じておけ。お袋さんに孝行したかったら、アミの前をうろつくな。そもそも命がなかったら、孝行もなんもでけへんやろ？」

テンチョルは何も言わない。

「こいつ、なんで黙っとる？　わかったか？」

テンチョルは黙って頷いた。

「絶対に！　断じて！　アミの前をうろつくな。わかったな？　あ？」ソンおやじが念を押すように訊いた。

「はい」テンチョルがしぶしぶ答えた。

「肉、少し食うか？」ソンおやじが訊いた。

「いえ」

「なら、あっちに行っとれ。大人同士の話があるよって」

テンチョルが隅の方に行くと、ソンおやじがトダリを見た。

「おまえはなんでいらん刺激をするんや？」

「おもろいやないですか」トダリがニヤニヤしながら言った。


昼酒はやめようと思ったが、肉を食べているうちに飲みたくなって、ヒスはウォッカを何杯か飲んだ。飲むとさらに飲みたくなって、もう一本注文した。すると、近頃は酒を全く飲んでいなかったソンおやじも加わってウォッカをあおり始めた。酒が入ると、ソンおやじは良き時代について長口上を始めた。当時は金が有り余っていて、自分のポケットから流れ出した金だけでもクアムの海が活気に溢れていたとか、女たちがわんさと寄ってきて夜な夜な励んで終いには唐辛子（ペニス）がくたびれて小便も出なかったとか、他愛もない話だった。ヤンドンの話によると、肝臓が悪くて今日明日の身らしいが、ソンおやじの飲みっぷりを見ると、あと五十年はピンピンしていそうである。ソンおやじが、今日はべらぼうに気分がいいからとウォッカをさらにもう一本追加した。まだ太陽が真上にあるのに三本も空になった。四本目を注文した頃には、ソンおやじも酔い、ヒスも酔い、トダリはべろべろに酔っ払っていた。

「肉も旨いし、こうして一緒に飲むとええなあ」ソンおやじが言った。

「ええ、肉、旨いですなあ」ヒスが言った。

「ちょくちょくこうやって飲もうな。わしの家族いうたら、ヒス、おまえとトダリの野郎しかおらん」

ヒスはソンおやじをじっと見た。どういう意味だろう？　酔って赤くなったおやじの顔は今日に限ってとりわけ穏やかに見える。ヒスはずっと前からソンおやじの思惑が気になっていた。ソンおやじは、自分が死んだらトダリがどこかで刺されるのではないかと心配している。実際、ソンおやじが死んだら、トダリは誰からであれ刺されるのは明らかだ。だから、このたわけに万里荘ホテルを直に譲ってやることもできない。トダリのようなうつけが運営できるホテルではない。数え切れない多くのコネクションで絡まり合っている複雑な場所であり、常に警察に目をつけられている危険な場所だ。他所のやくざ、ロシア、中国、日本、東南アジア等々の外国の組織暴力団、密輸人、麻薬売り、ポン引き、臓器売買、ペテン師、バクチ打ち、ナイフ使い、退職した刑事等々、数え切れない多くの人々がこのクアムの海で虎視眈々とチャンスを狙っている。そして金になる仕事にはいつでも鰐の歯のような罠が潜んでいる。縺れき能だ。

ったクアムの複雑な利害関係のなかでトダリのようないらちが生き残るのはほぼ不可能だ。

ソンおやじの亡き後、トダリが万里荘のオーナーの座に就き、今のようにヒスが支配人として忠誠を尽くし続けてくれるならば、ソンおやじにとってこれほど良いことはないだろう。だが、どんなお人好しがそんなことをするだろう。しかもトダリのような間抜けの下で。ソンおやじも、それが無理であることはわかっており、たびたび言った。「ヒス、この万里荘ホテルの半分はおまえのもんやと思え。トダリと二人で心を一つにすれば、なんでもでけへんことないやろ」だが実際、こんなものは何の力もない言葉に過ぎない。ソンおやじがヒスに万里荘ホテルを譲る理由はひとつもなかった。ヤンドンの言うとおりかもしれない。万里荘ホテルはソン一族が八十年守ってきたところであり、ヒスなんぞは血の一滴も混じっていない他人だからだ。ソンおやじにとってヒスは、単なる仕事ができて聞き分けのよいやくざなのだろう。ヒスはそれが悲しかった。遺言状に分け前が載っていないからではなく、あのろくでなしはあらゆる愚行を働いてもおやじの血族であり、自分はいくら頑張って働いてもこのクアムの海をうろつくやくざの一人に過ぎないことが悲しかった。

ヒスは煙草に火をつけ、テラスから砂浜を眺めた。砂浜は四月の陽射しに満ちている。陽射しを浴びた砂粒が一つ一つきらめいて海辺は美しい。今は絶好のシーズンだ。

血の匂いがしない静かな海を見られるのは、ほんのいっときだからだ。

ひどく酔ったトダリが呂律の回らない口で唐突に言った。

「ところでヒス兄貴、アミはインスクの息子ですよねえ？」

インスクの話が出るとヒスの顔が強張った。ヒスは答えずにグラスを持ってウォッカを空けた。

「おまえがなんでインスクを知っとんのや？　おまえよか年上やろ？」ヒスのかわりにソンおやじがトダリの質問を引き取った。

「またまた、クアムの海でインスクを知らんかったらスパイでっせ。インスクの奴はえらい有名なキンチャクやないですか？　クアムの三大キンチャク」

「何を言うとる。おまえはキンチャクが何か知っとるんか？」ソンおやじが馬鹿にしたように言った。

「そんな、知っとりますがな、キンチャク。名器やないですか、名器。クレオパトラ、楊貴妃、西施、上の唇がきれいで、下の唇はもっときれいなやつ。ギュウギュウ締め付けるやつ。自分もだいぶ食ったことありまっせ、キンチャク」

トダリの言葉にヒスが顔を歪めた。ソンおやじはヒスの表情を窺うと、トダリをそれとなく窘めた。

「もうやめい。昨日、アミがブタ箱から出たばかりやのに、わしらが陰でそのお袋の悪口なんぞ言うとったら、どんな気分になる？」

「別にええやないですか。アミがそばにおるわけやないし。その場におらんかったら、お国の悪口かて言うやないですか。それに、飲んで自分の自慢を五つと他の奴の悪口を五つ言わんかったら、飲んだ気がせんでしょう」トダリが呂律の回らない口で言った。

ヒスはウォッカをなみなみと注いでグラスを空けた。そして立て続けにもう一杯飲んだ。ソンおやじはそんなヒスをぼんやり見ていた。トダリは酔って、ずっと喋り続けている。

「けど、インスクの奴を食ってみたら、そんなにたいしたキン、、、チャク、、、やなかったなあ。顔はべっぴんやけど、下は思ったより貧相や。まあ、並以上やけど、超絶品のキンチャクいうにはちょっと微妙やし。キンチャクは締めるより、なんちゅうか、ブラックホールみたいに吸い込む感じがないとあかんのに、それがちょっと弱いなあ」

ヒスは再びグラスにウォッカを注いで空けた。

「この野郎、やめい言うたやろ」ソンおやじが冷ややかな声で言った。

「ええい、伯父さんはなんでいつも俺にばっか顰めっ面ですか？　別にええやないですか、ただの売女やのに。飲んだ野郎どもはみんなオンナの話をするやないですか。ああ！　ああ！　そうや、そうや。インスクはガキの頃のヒス兄貴の初恋やったな？　うっかりしとったわ。ああ！　初恋。あの大事で甘くて、ヒャー、もうやめなあかんな。すんまへん、ヒス兄貴。初恋は大事ですから。俺らが守って差し上げな」

ヒスが立ち上がってウォッカの瓶を掴み、トダリの頭へ振り下ろさんばかりに高く持ち上げた。座っていたソンおやじが驚いてヒスの腕を掴んだ。七十代の老人の力とは信じられないほど強い握力だった。

「ヒス、殴らんでくれ。うちのトダリは子供の頃にお袋も親父も亡くして苦労してきたんや。殴らんでくれ、ヒス」ソンおやじが殆ど涙声になって言った。

泥酔したトダリはヒスに頭を突き出して喚き続けている。

「殴ってみい。おら、おら、殴れもせんくせに。雑巾みたいなオンナなんか追っかけとるイカレ野郎の分際で、どえらいカッコつけやがって。何様が俺をバカにするんや？　イヌ畜生めが」

辻褄の合わないくだを巻くトダリの口から涎が垂れた。ウォッカの瓶を掴んでいるヒスの手がわなわなと震えた。後ろに立っていたテンチョルが駆け寄ると、片方の手でヒスの腕を掴んで後ろにひねり、もう片方の手で首を掴んだ。ヒスは無理やり振り向き、戸惑った表情でテンチョルの顔を見た。これ以上は自分も黙っていないぞと言わんばかりのきっぱりとした表情だ。その瞬間、ヒスが身体を捩って腕を引き抜き、テンチ靴でテンチョルの左膝の内側を強く蹴った。バキッと骨の折れる音がすると、テンチヨルはその場にへたりこんだ。ヒスは持っていたウォッカの瓶をテンチョルの頭に振り下ろした。瓶が割れて、テンチョルの額とヒスの手から同時に赤い血が流れ出た。ソンおやじは一歩退いたままトダリをしっかり抱きしめている。すっかりできあがったトダリは何が起きたのかもわからないらしく、ソンおやじの腕の中で相変わらずだらないことを喚き散らしていた。

「なんで俺にだけ因縁つけるんや。ちきしょう、寝たのは俺だけか？ クアムの海でインスクと寝たことがない奴がどこにおる？ みんな寝たで。マンアも寝たし、チョルキも寝たし、タンカも寝たし、伯父さんかて寝たのに。ちきしょう、みんな寝たんや。インスクがどんだけ有名な雑巾や思とるんや」

ソンおやじがトダリの頬をひっぱたいた。

「何ぬかす。わしは寝とらんぞ」

ヒスの掌から流れ落ちた血がテラスの床にポタポタたれていた。テンチョルは自分の流した血にまみれたままもがいている。床から反射した四月の陽射しがテラスの天幕を照らしていた。それを見ているうちに、ヒスは突然、悲しみと夢うつつのようなものに襲われた。ぼんやりと自分の手を見て、刺さったガラスの破片を抜いて床に捨てた。ホールにいたマナが騒ぎに驚いて急いで駆けつけた。

「ヒス兄貴、手から血がどくどく出とります。早く止血をせなあきまへん」マナが仰々しく言った。

「俺は大丈夫や。こいつを先に病院にやれ」ヒスが床に倒れているテンチョルを見ながら言った。

「ヒス、おまえも早う病院に行って、とりあえず手当てせえ。えらい血が出とるぞ」ソンおやじが言った。

「会長、おやっさん、申し訳ありません。酔っ払いまして」

ヒスがソンおやじに向かって丁重に頭を下げた。

「かまへん、かまへん。みんな飲んどるやないか。酔っ払えば騒ぐし喧嘩もする。人が生きるいうんはそういうもんや。気にせんでええ」

ソンおやじが手を振った。

「少し風に当たってきますわ」

「寄り道せんで、まずは病院や。これ以上飲んだら、ホンマに身体壊すで」

わかったというようにヒスが再び頭を下げた。踵(きびす)を返そうとするヒスの肩をソンおやじがそっと摑んだ。

「それからヒス、こんな状況で言うことやないけど、今はっきりさせておかなあかん気がするから、ひとこと言うとくわ」

「なんでしょう?」

ソンおやじがひどく真剣な顔でヒスを見た。
「わしはホンマに、インスクとは寝とらん」
ヒスはプッと噴き出した。そして、わかった、というように適当に頷いた。何か言い足りないのか、ソンおやじが気まずそうな表情をした。

ヒスは万里荘ホテルを出て、砂浜をとぼとぼ横切って波打ち際まで行った。風が錆びた飛び込み台をかすめて金属を引っ掻く音を立てている。ヒスは自分の靴を濡らしている波をぼんやり見てから血のついた手と顔を海水で洗った。塩気のせいでガラスの切り傷からひどく沁みる鋭い痛みがのぼってきた。

おそらくそうなのだろう、自分が知っているクアムの全ての男たちがインスクと寝たのだろう、とヒスは思った。あれほど鼻っ柱の強かったインスクが娼婦になったとき、自分を除くクアムの全ての男たちが、しめた、と快哉を叫んだはずだ、と。

猫も杓子も、老いも若きも、クアムの全ての男たちが一度は寝たその女をヒスは愛していた。酔うとたまに、今でも愛しているのか、と自問してみる。愛してなんかいない、それは何の戯言か、誰がそんな雑巾みたいな女を愛するものか、とヒスの中で誰かが力なく答えた。

防波堤

ヒスは海辺に沿って歩き始めた。クアムの海の端には防波堤があり、防波堤の先には赤い灯台がある。灯台に辿り着いてそれ以上進めなくなると、ヒスは灯台を取り囲むテトラポットの上に登って海の遠くを眺めた。コンテナをどっさり積んだ船舶が太平洋に向かって出発するところだった。二十代の頃、ヒスはクアムを離れたことがあった。三度目の出所でやくざ稼業にほとほと嫌気がさしていた頃だった。クアムの海の全てが息苦しく、その息苦しさに耐えられなかった。チャガルチ市場で船員証を発行してもらい、あてもなく遠洋漁船に乗った。だが、海はヒスが考えていたものとはまるで違っていた。何ヶ月も島ひとつ見えない広大な海は、痛快というより退屈だった。息苦しさは少しも解消されなかった。船員の生活は、刑務所とやくざの暮らしを半分ずつ混ぜたようなものだった。海では刑務所に閉じ込められた囚人のように働き、港に寄ればやくざのように金を使った。船を降りると、ヒスはべろべろに酔って、港の歓楽街で外国のやくざと喧嘩をしたり年増の娼婦の乳をまさぐりながら眠ったりした。再び船に乗ると、必死で網を引いた。船長が魚群を見つけられない退屈な時間には、船先につくねんと立ってぼんやり海を眺めた。二年が経ち、ヒスは再びクアムに戻ってきた。ソンおやじは笑いながら訊いた。「行ってみたら、他所もたいしたことないやろ?」ヒスが頷いた。「ええ、たいしたことないですなあ」そうしてヒスは再びやくざになった。人を殴り、脅し、ときには知りもしない誰かを刃物で刺さねばならない生活に舞い戻った。

　ヒスはズボンのチャックを下げ、果てまで行ってみたところでたいしたこともない海に向かって小便を飛ばした。あのでっかい太平洋に糞（くそ）でも食らわせる勢いで飛ばしたつもりが勢いよく飛ばず、テトラポットの隙間に力なくチョロチョロと落ちた。テトラポットの下から罵声が聞こえてきた。

「どこのボケナス野郎がなんも考えんで、どこにでもションベンたれよるんや」

　三十代初めの大男がテトラポットの下からヌッと顔を突き出した。逆光が眩（まぶ）しいのか、男は掌でひさしを作ってヒスの顔をじっくり見ようとしていた。そして、額にかかった小便を手の甲で拭いながらヒスに向かって叫んだ。

「てめえ、そこにそのまんまじっと立っとけ。顔はしっかり見たで」

　頭に小便を引っかけられてカンカンになった男は息巻いてテトラポットによじ登り始めた。いざとなれば足の一本でもへし折らんばかりの勢いだった。

「このボケカス野郎、あばら何本か脊髄から飛び出さねえと、しっかり便器におとなしくチンコをあてがえねえのか、ああ？……おっと、ヒス兄貴やないですか？」

威勢のよかった男は、小便をたれたのがヒスと判って、そそくさと九十度に腰を折って恭しくお辞儀をした。ヒスは男を見た。見覚えのある顔だが、名前が思い出せなかった。

「そんなに飛んだか？」ヒスはチャックを上げながら訊いた。

「いえいえ。大丈夫です」

男はたいしたことないと言わんばかりに、顔についた小便を手で拭い、さらにその手をシャツになすりつけた。

「で、誰や？」

「パドゥクです。チョルサク兄貴の下におる」

「ああ！　干物の」

ようやく思い出したようにヒスが頷いた。

「チョルサクはムショやろ？　いつ出てくるんや？」

「三年くらって、あとなんぼも残っとりません」

「いらん判事どもが。フィリピンから干物をちょっとばかし密輸したくらいで、なんで死罪みてえに三年もくらわしやがったんや」

「自分も一緒に入れば少しは減刑されたんですけど、ガン首そろえて入ってもしゃあない、一人のほうがええ、言われて」

「なら、あんとき、チョルサクが全部ひっかぶったんか？」

「へえ」

「チョルサクの奴、でっかいネズミみたいな顔しやがって義理堅いなあ。なら、干物はおまえが管理しとるんか？」

　パドゥクは咄嗟(とっさ)に答えられず、曖昧な表情になった。その表情から何か妙な気配が感じられた。察しのいいヒスは再び訊いた。

「チョルサクの干物はおまえが管理しとるんか、え？」

「チョンべが管理しとります」パドゥクがしぶしぶ答えた。

「チョンベ？　チョルサクの干物をなんでチョンべが管理するんや？　チョンべの野郎は青果もやっとるし、屋台に引くガスと電気もやっとるのに。ドヤドヤ(ティンカティンカ)地べた(タン)を泳ぎ回ってカネになることは独り占めやな」

　ヒスの問いにパドゥクは答えられず、もじもじしている。

「で、てめえはいちいち二度言わせるんやな。チョルサクの干物をなんでチョンべが管理しとるか訊いとるやろが」

　ヒスが頭の一発も叩かんばかりに手を振り上げた。パドゥクはぎょっとしてヒスを見た。

「トダリ兄貴がチョンベに干物を渡せ言うたので」

「トダリ？　トダリになんの権限があって他所の祭祀（チェサ）（主に法事を指す）に柿よこせ梨（なし）よこせ言うんや？」

「自分の手に負えんせいで他所の業者がナメて度々いちゃもんつけるから、チョルサク兄貴が出所するまできちんと管理して返す、言われて」

「ぬかしやがって。てめえのチンコでもきちんと管理しろ言うとけ。いつからや？」

「チョルサク兄貴がブタ箱に行ってふた月くらいです」

「なんで今まで言わんかったんや？」

「クアムでトダリ兄貴がやれ言うたらやるだけで、えげつない思ても、自分らになんの力がありますか？」

いきなりプライドをばっさり傷つけられたヒスはパドゥクの向こう脛（ずね）を蹴った。パドゥクがアッと声をあげて地面に倒れた。

「どういう意味や。トダリが上で俺は下いうことか？」

「ちゃいます。おやっさんやヒス兄貴の耳に入れたらおまえらみんなぶっ殺すて、どえらい脅されまして。チョルサク兄貴もおらんとこに自分らだけではどうにもならんでしょう」パドゥクが両手で向こう脛を懸命にさすりながら言った。

確かに、自分にもどうにもできないトダリをパドゥクに何の力があって止められるのか、とヒスは思った。ヒスは煙草を取り出して口に咥えた。向こう脛をさすっていたパドゥクが素早く立ち上がってヒスの煙草に火をつけた。パドゥクがヒスの手をじっと見た。

「ヒス兄貴、えらい怪我されとりますなあ。病院に行かなあきまへん」

「大丈夫や」

ヒスは自分の手を見て、たいしたことないというように手を振った。

「いえ。深い傷ですわ。ちょっと待っとってください」

パドゥクは防波堤に停めたトラックに向かって懸命に走っていくと運転席の後ろから救急箱を取り出し、また懸命に走ってきた。救急箱から消毒薬を取り出してヒスをじっと見た。

「薬を塗らなあきまへん」

ヒスは手を差し出した。パドゥクはオキシドールをふりかけ、ヨードチンキを塗った。ヒスが顔を顰めた。

「痛いですか？」

「痛いことない」

パドゥクは包帯を取り出すと、小さなハサミで慎重に切った。見た目と違って細やかなところがある奴だ。ヒスの手に包帯を丁寧に巻いて絆創膏でしっかり固定した。ヒスは煙草をもう一本取り出してパドゥクに渡そうとした。パドゥクは二回ほど遠慮してから受け取った。今度はヒスが火をつけてやった。

「なら、どうやって暮らしとるんや？」

「干物の配達は今でも自分がやっとります。足らん分は明け方の魚市場で雑用して埋め合わせしとります」

「やくざがなんで土方や？」

ヒスはカッとなった。パドゥクは決まり悪いのか頭を掻いた。

「少しはカネになるんか？」

「ひとりで食うぶんには差し支えありませんけど、チョルサク兄貴の差入れに、姐さんの生活費も渡さなあかんので、さすがにちょっとしんどいですわ」

「チョルサクんとこは子供が三人やったな？」

「はい。姐さんが苦労してはります」

「なら、なんでここで釣りなんかしとるんや？　養う家族もようけおるのに、市場に行って気張って冷凍の魚でも運ばなあかんやろ」ヒスが嫌味たらしく言った。

「行ってみたんですが、今日は仕事がない言われまして」

うんざりしたのか、ヒスが煙草を海に投げ捨てた。パドゥクは吸っていた煙草を靴の踵で丁寧に消してから、吸殻を上着のポケットに入れた。暫くヒスは黙って海を見ていた。どうしていいかわからず横で落ち着きなく立っていたパドゥクがつられて海を見た。

クアムでは実質的に全てが独占である。酒も独占だし果物も独占で、干物も独占だ。はてはガス、活魚タンクに入れる酸素、おしぼり、貸リヤカー、楊枝や割り箸といったものさえ独占である。中間幹部クラスのやくざは酒や果物といった独占事業を一つずつぶんどり、自分の下にいる連中を使って生計を立てている。金になる仕事もあるし、苦労のわりに金にならない仕事もある。世の中のあらゆることがそうであるように、良い奴もいれば悪い奴もいるし、ブツブツ言う奴もいればチョンべの奴のようにウハウハな奴もいるものだ。しかし、同じ業種に二人の供給者がいる仕事はない。酒であれ、果物であれ、乾き物であれ、おしぼりであれ、はては楊枝であれ、クアムの全ての事業所は一ヶ所から供給される品物を受け取る。独占は利潤と平和を保障してくれる。競争があれば、もっと安くてもっと良い果物を客に出せるだろう。もっと安くてもっと良い酒と肴を出すほうが観光で食っているクアムの海のためにも良いはずだ。だが、競争は絶えず些細な紛争をつくり、些細な紛争は積もって結局は刃傷沙汰を生む。それは、熟れきった果物を高い値段で供して客から罵られるよりもずっと深刻な問題だ。誰かが刺されたら警察が介入し、帳簿が暴かれて、脱税した品物と密輸品が一挙に明るみに出る。困ることは一つや二つではないのだ。

チョルサクの干物屋は事業所に棒ダラ、キングクリップ、ピーナッツやスルメといったものを供給していた。手間はないが、手取りもあまりない事業だ。干物から上がる金なんぞはトダリの一晩の賭け金にもならないだろう。短気で切削機のようなチョルサクが刑務所から出てきたら一悶着あるのは明らかだ。にもかかわらず、それを手に入れるためにこの愚策を弄するトダリの頭の中がヒスは気になった。だが、それよりも深刻な問題は、そういった情報が少し前からヒスに入ってこなくなっていることだ。やくざは耳が塞がった時から危うくなる。路地裏のあらゆる情報を握っていなければ背後から刺される。しかもヒスは一応クアムの海の支配人ではないか。

「チョンべの野郎からシメなあかんな」ヒスは海に向かって呟いた。

パドゥクはそばで暫くもじもじしてから重い口を開いた。

「ヒス兄貴、干物の件は聞かんかったことにしてください。チョルサク兄貴がブタ箱から出てきたら、そんときに手を打とう思いますんで。今ついたら、トダリ兄貴の性格だと……」

ヒスがパドゥクを睨みつけた。パドゥクは終いまで話せずに再びヒスの顔色を窺った。

「それまでどうやって食いつなぐつもりや？」

「今まで持ちこたえましたから、どうにかなるでしょう」

つつけば、チョンベから干物を奪うことはできるだろう。ソンおやじにこのことを知らせれば、トダリを面罵し、政治的な手札を一枚握れるかもしれない。だがパドゥクは、その争いの狭間で噂も立たずに血まみれになるだろう。ヒスはパドゥクの顔をじっと見た。碁石のように丸くて、図体ばかりがでかいガキのようだ。こいつは道を誤った。チンピラになるには優しすぎる。優しいチンピラをいったいどこに使うのか。ヒスは尻のポケットから財布を取り出した。財布の中には一昨日に青果商から集金した小切手があった。ヒスは財布から十万ウォンの小切手三枚を出してパドゥクに差し出した。

「取っとけ。今日は日当も入らんかったんやろ」

「いえ。カネならあります」

パドゥクが何度も手を振った。

「しのごの言わんで取っとけ。おまえのどこにカネがある?」

「大事に使います」

パドゥクは金を受け取り、十万ウォンは上着のポケットに入れ、二十万ウォンは丁寧に財布に入れた。そのしぐさが滑稽で、ヒスが訊いた。

「なんぼにもならんカネを分けて保管するんか?」

「これは他に使うところがありまして」

おそらく、別にした金はチョルサクの家に持っていこうとしているのだろう。ヒスはげんなりした表情でパドゥクを見た。

「小切手、よこしてみい」

きょとんとした顔でパドゥクがヒスを見た。

「渡したカネを返せ、いうことですか?」

「ああ」

パドゥクはたちまち憮然(ぶぜん)とした表情になり、上着から十万ウォンを、財布から二十万ウォンを出して、しぶしぶヒスに差し出した。ヒスは小切手を受け取って財布に入れた。そして、百万ウォンの小切手三枚を出しかけて一枚は戻し、二枚だけをパドゥクに渡した。パドゥクは小切手を受け取り、それが百万ウォン券と知ると、びっくりした表情になった。

「いやその、こんな大金を」

「取っとけ。チョルサクにはちょいと借りがある」

「子供らは久々に肉が食えますなあ。おおきに」

パドゥクが深々と何度もお辞儀をした。バツが悪くなったヒスは、もうやめろというように手を振った。

「ほな、帰るわ」

「はい、兄貴、気いつけてお帰りください」

ヒスは三十メートルくらい歩いて防波堤の途中で立ち止まった。日が暮れつつあった。屋台の営業を始めようとする中年女たちが防波堤にゾロゾロやってくる。来るときには気づかなかったが、帰りの防波堤は長かった。ホテルには戻れないと思うと、これといって行くあてもない。なぜかひどく淋しい気分になった。ヒスは後ろをふり返った。パドゥクは釣竿を畳んで鞄を片付けている。「おい、パドゥク」ヒスが大声で呼んだ。パドゥクはヒスの声を聞いて驚くと、矢のように駆けてきた。

「お呼びですか？」パドゥクが息を切らせながら言った。

「車、持ってきとるやろ？」

「車はありますけど、干物を運ぶトラックでっせ」

「トラックは車ちゃうんか？」

「どこか行かれますか？」

考えてみると、これといって行くところがない。ヒスは防波堤の下にある屋台をぼんやり見つめた。中年女たちがテントを広げてバケツに水を汲み、食材を洗っていた。

「おまえ、今日、俺と一杯やるか？」ヒスが沈んだ声で言った。

パドゥクの干物を運ぶトラックからはひどい臭いがした。干した魚から出る独特の埃っぽくて塩辛い臭いだ。ヒスは車の窓を開けた。

「えらい臭いますやろ?」パドゥクがハンドルを回しながら訊いた。

「そやな。何がこんなに臭うんやろ」

「どれも生活の臭いとちゃいますか?」

ヒスに少し気を許したのか、パドゥクが軽口を叩いた。その表情が可愛らしくて、ヒスはフッと笑った。もしかしたらそうかもしれない。生活というのは誰でも汚らしい臭いを漂わせるもので、サウジアラビアのお姫様とて暮らしぶりをじっくり覗けば汚らしいだろう、とヒスは思った。

「ヒス兄貴、ところで、どこに行きます?」

「ウォルロンに行こう」

「なんでまたウォルロンですか?」

「クアムで飲めば、みんな知った顔やから挨拶せなあかんし、相席になって面倒や。店の主人はいつも泣き言しか言わんし」

「ウォルロンも最近は景気が良うないんで、店はどこも泣きっ面ですわ」

「近頃はどいつもこいつも、死ぬ死ぬ言いよるからなあ」

「それでも、ウォルロンは女の子で商売しますから、他所より打撃がでかいらしいですわ。景気がこんなに良うないのに、女の子をはべらして飲める状況やないでしょう。下手したら、あそこの前にあるうどんの屋台のほうがルームサロンよか売上がええとか言うやないですか」

「ウォルロンにもおまえがブツを入れとるんか?」

「全部やないですけど、甘田洞(カムジョンドン)のパクと半分ずつ入れとります。どこか行きつけの店はありますか?」

「ない。おまえがよう知っとるところに行ってみい」

パドゥクが暫く考え込むと、言いにくそうに口を開いた。

「兄貴の好みがわからんよって、どこにお連れしたらええのか見当がつかんのです」

「どこでもええ。酒を食らうのに好みなんかあるか?」

「女の子は物足らんでもアフターに行けるとこと、若くて綺麗でもアフターに行かん店があります」

「ウォルロンでもアフターに行かん娘がおるんか?」

「最近の流行ですわ。女の子たちとお喋りしながら静かに飲むだけの」

「アフターに行かんのやったら、なんで食っていくんや?」

「マダムが飲み代から少しずつ渡します。実入りは少なめでも仕事がきれいやから、女子大生もアルバイトでぎょうさん来ます。女の子のクオリティが高いから、ひとりで静かに飲みたいおっさんどもがよう来ますわ」

「それで儲かるんか？」

「綺麗で行儀のええ娘たちで上手いこと回せば、ルームサロンよかずっとましでっせ。回転も速いし、迷惑な奴らも少ないし」

「インスクもそこで店をやっとるやろ？」ヒスがついでのようにぽつりと訊いてみた。

「インスク叔母さんですか？　ええ、やっとります。あの店もアフターに行かんそうですわ」

「何言うとる。インスクみたいなクソ雑巾がアフターに行かんわけないやろ。あいつはカネさえやれば必ず行くオンナや」ヒスが自棄気味に言った。

「ちゃいまっせ。インスク叔母さんは、店を始めてからはアフターに行きまへん。だいぶ経ちましたで。こないだトダリ兄貴が、叔母さんをモノにしちゃる言うて、酒食らって大騒ぎしましたけど、叔母さんが相手にするわけないやないですか？　調子こいて、横っ面を張られて追い出されましたわ」

「トダリが？」

「もちろんですわ。殆ど殴り合いの喧嘩でしたけど、わあ！　インスク叔母さん、肝っ玉がハンパないですなあ。トダリ兄貴は鼻の両穴から鼻血が出とりましたわ」

「トダリが鼻血を出した？」

「配達のときにこの目で見ました」

「なら、トダリはインスクを食えんかったんやな」ヒスは急に愉しくなって訊いた。

「当たり前ですわ。インスクがトダリ兄貴を食うんやったらともかく、トダリ兄貴はどんなに気張ってもインスク叔母さんがトダリ兄貴を食えません。対対で勝負しても鼻血が出るもんを、ホテルの部屋に二人まとめてぶち込んだところで何か起きますか？ それに、なんぼ酔っ払っとっても、トダリ兄貴は喧嘩が弱すぎですわ。女相手に情けない。しかも、やくざを名乗って鼻の両穴から鼻血が出ますか」

パドゥクの言いぐさにヒスが爆笑した。

「トダリの野郎は鼻血まで出してじっとしてたんか？」

「じっとせんでどうします？ アミがもうすぐブタ箱から出てくるのに、調子こいたら死にまっせ。しかもあの店にはヒンガンいうナイフ使いがおって、アミの右腕です。がたいは小さくても、えらい恐ろしい奴だそうで。若いのに力抜いてドスを使いこなしとるそうで、同業者のあいだでも評判になっとります。ヒンガンがあの店で用心棒をやっとるおかげで、たいていの奴らはあそこで暴れられません。こないだ配達に行ったら、どこかの男が二人、店から追い出されたんだか、看板を蹴りながら文句を言うとりました。ええい、ちきしょう、えらい健全な店やわ、こんなふざけた飲み屋は〈ふともも〉なんちゅうヤリクリ（曖昧の意。日本語が転じた言い回し）な看板をかけんとか、善良な消費者が惑わされんよう健全業者として区庁にしっかり通報するとかせなあかん、とか言うてましたわ。ですから、どんだけ健全かわかりますやろ」

「インスクの店の名前が〈ふともも〉なんか?」

「ええ、正直ですやろ?」

「やりよるなあ」

「お連れしましょうか?」

「行ってみよか」

ふともも

インスクの店の名は本当に〈ふともも〉だった。ヒスは看板にあっけにとられて噴き出した。その名前に呆れたというよりは、インスクの真っ直ぐな性格をそのまま表わしているような気がしたからだ。最後にインスクに会ったのは五年前である。アミが揉めごとを起こす直前だったはずだ。あのとき、インスクはヒスを訪ねてきた。アミが危険なことをしでかしそうだから何とか止めてほしい、といった用件だった。中学生の時にアミの退学を止められなかったように、その時もヒスにできることはあまりなかった。アミは二十歳になっており、身長百九十センチに体重百二十キロにもなる巨漢だった。すでに自分の子分を引き連れてウォルロンとクアムをうろつくやくざになっていた。アミはウォルロンの縄張りをめぐって影島の大きな組織と戦おうとしていた。誰が見ても話にならない戦いだった。ヒスはアミを引き留めた。やくざの世界は合意だ。野球のバットで誰かを殴り倒したところで、他人のナイトクラブが自分のものになるわけではない。だが、アミは言うことを聞かなかった。二十歳は誰の言うことも聞かないものである。

　アミが刑務所に行ってからは、インスクがヒスを訪ねることはなかった。ヒスもあえてインスクを訪ねなかった。実のところ、アミがいなければ、ヒスとインスクは会う口実がなかった。インスクはクアムの男ならば誰でも知っている有名な娼婦で、ヒスはええ格好しいとカオで食っていかねばならないやくざである。ヒスとインスクは常に友人でも恋人でもなんでもない曖昧な仲だった。ちょうどそのあたりで二人は長いこと留まっている。だから橋渡し役のアミが抜けてしまってから二人がよそよそしくなったのは、もしかしたら当然のことかもしれない。

　パドゥクは駐車違反の標語が貼られた路地の隅にトラックを巧みに停めた。そして素早く荷台に上り、暫く箱を漁(あさ)ると何かを取り出した。

「それはなんや？」ヒスが訊いた。

「あてです」

「この店にはあてがないんか？」

「これはホンマもんの加徳島(カドクト)タラを干した特A級の干ダラでっせ。こういうとこは、みんなパチもんを使うんですわ」干ダラを胸にぎゅっと抱いてパドゥクが言った。

「なんでそんなことを知っとるんや？」

「ここのブツは自分が入れとるやないですか」

「調子ええなあ。店にはパチもん入れて、おまえはホンマもん食うて」

「これは元値が高くて、入れてやる言うても店が使わんのです」

パドゥクはドアを開けると、まるで自分の店のように案内した。まだ営業が始まっていないのか、店の中は真っ暗だ。薄明かりの下で、二十代初めの女が一人で馬蹄形の木のカウンターを布巾で拭いている。童顔で痩せこけており、移動するたびに脚をひどく引き摺っていた。女は拭き掃除の手を止め、店に入ってきたヒスとパドゥクを睨みつけるようにじっと見て言った。

「まだ開けとりませんけど」

「なら、今から開けろ」パドゥクが命令するように言った。

女は不愉快そうな顔をした。だが、パドゥクは気にもとめずにズカズカ歩いていくと、中央の一番大きな席にヒスを案内した。

「ヒス兄貴、こちらにどうぞ」

ヒスは及び腰で席についた。

「雰囲気、悪うないでしょう？」

ヒスは店内を見回した。内装は米松材で、これといった装飾品もなく、すっきりしている。その手の店がたいていそうであるように、密室になるようカーテンが下がっていた。

「うん、こういう雰囲気も悪うないな」

パドゥクが指でテーブルをトントン叩いて女を呼んだ。女は怒った顔で近づいてきた。

「見たことない娘さんやけど、新入りか？」

女は相変わらずむっつりした表情をするだけで、何も答えない。

「ここに上等のウイスキーを一本と、厨房のおばちゃんに頼んでこの干ダラをガスでサッと炙(あぶ)って持ってこい。絶対にじっくり焼いたらあかん。火に掠(かす)めるくらいにサッとな」

パドゥクが胸に抱えた干ダラをポンと投げるように渡した。勢いで受け取った女はパドゥクをじっと見つめた。

「営業は八時からです。おいでになるんやったら、そんとき改めて、今は出てってください。掃除中です」

女の言い方は冷たくてつっけんどんだった。パドゥクが呆れたように女を見た。

「おまえ、いま俺に出てけ言うたんか？」

「ええ、出てってください」

「おまえはここに来て間もないから俺が誰だかわからんようやけど、後で社長にボコボコにされんよう、さっさとセッティングせんかい」

「あんた誰なん？」女が癪に障ったように言った。

「なんやと？　あんた誰なん？　このイカレ女が。誰に向かってタメ口ききよるんや」

「あんたが先やないの」女は一歩も引かない。

「このおなごが、一発張り飛ばしたろか」

パドゥクは席から立ち上がると、女の頬を叩かんばかりに手を上げた。女は瞬きもせずに、手にした干ダラをパドゥクの顔に力いっぱい投げつけた。干ダラを包んだビニール袋がパドゥクの頬に当たって〈バシッ〉と軽快な音を立てた。

「どうや。叩いてみい、ほら」

女がパドゥクの顔に向かって自分の頭を突き出した。いざ女に頭を突き出されると、パドゥクはどうしていいかわからない。

「うわあ、かなわん。ったく、こんなどえらいおなごがおるんか」

骨ばかりなのに、たいした肝の据わりようだった。まるで子供の頃のインスクを見ているようで、ヒスはクスッと笑って立ち上がった。

「後でまた来よう」

「いんや、ヒス兄貴。座っといてください。自分はまず、このおなごの根性から叩き直しますわ」パドゥクが興奮して言った。

「出よう言うとるやろ！」ヒスがきっぱりと言った。

その瞬間、パドゥクが動きを止めた。女も怯えてヒスを見た。ヒスは女を睨みつけながらパドゥクを指差した。

「おまえはこいつが誰かホンマにわからんのか？」

女は緊張しきった表情でかぶりを振った。

「この店に干物を配達しとる奴やないか。気づいてくれんかったら、配達人はさみしいで」ヒスがにっこりしながら言った。

女は相変わらず何のことかわからないように、ぽかんとした表情でヒスを見ている。何が可笑しいのか、ヒスはくっくっと笑いながらドアのほうへゆっくり歩いていった。パドゥクは上気した顔でヒスについて行こうとして、うっかりしたと引き返すと、床に落ちている特A級の加徳島産干ダラを拾った。そして、気が収まらないのか、再び女を睨みつけた。ヒスがふり返ってパドゥクを呼んだ。ようやく、仕方ないというように、パドゥクがぶつぶつ言いながら出ていった。

「おまえ、今日はヒス兄貴のおかげで運がよかったと思え。ああ、カオが丸潰れや」

店を出ると薄暗くなっていた。ヒスは時計を見た。午後七時だった。

「別のところにお連れしましょうか？」パドゥクがヒスの顔色を窺いながら訊いた。

「おまえはもう仕事に戻れ」

「なんででっか。気い悪くされましたか？　他の店に行きましょう。あっちにガツンと顔の利く店があります。今度はホンマでっせ」

パドゥクの言葉にヒスがフッと笑った。

「いや。今日はおまえのおかげでごっつうええ気分や。昼間っからしこたま飲んで急に疲れが出たからや」

「ええい、あの気い強いおなごのせいで恥かきましたわ」

何が恥ずかしいのか、パドゥクはぶつぶつ言っている。

「それと、いつでも構わんから万里荘に寄れ。魚市場やない他の仕事を見繕(みつくろ)ってみるわ」

パドゥクは言葉を失って小さく頷いた。ヒスは励ますようにパドゥクの肩をポンポンと叩き、大通りに向かって歩きだした。

「家までお送りしまっせ」背後からパドゥクが大声で言った。

「いらん。おまえの車は臭いわ。久々にここらへんを歩きながら酔い醒(さ)ましてタクシーで帰る」

しきりに残念がるパドゥクに手を振り、ヒスは歩道に沿って歩き始めた。パドゥクは立ち去りがたくて暫くその場に立っていた。ヒスは歩き続けた。ウォルロンの通りを当てもなくぶらぶらするのは久しぶりだ。子供の頃、この通りで母子園の友達とつるんで酒を飲み、喧嘩をした。やくざ稼業を始めたのもヒスを初めて刑務所に送ったのもこの通りだった。そしてインスクが娼婦を始めたのもこの通りだった。ふと、あの頃に遊んだ大勢の友達はみなどこに行ったのだろう、とヒスは思った。誰かは死に、誰かは指名手配から逃れ、誰かはこのうんざりする場所を離れて別の場所へ行った。どこであれ離れてよかったのだ。この通りの人生なんぞは決まりきっている。残っているのは馬鹿か怪我人、そして臆病者だけだ。

暫く歩いてから、ヒスは何か思いついたのか、引き返してインスクの店の前まで戻った。看板にはまだ灯り（あか）がついていない。ヒスはあたりを見回した。道を挟んだ向かい側に喫茶店がある。ヒスは横断歩道を渡って二階の喫茶店に入り、インスクの店が見える窓際の席に座った。煙草を取り出して咥えて通りを眺めた。闇が降りて、看板に一つ二つと灯りがともり始めた。

この通りはウォルロンと呼ばれている。〈月を弄ぶ（ウォルロン）〉という意味だ。大通りをひとつ挟んだ向かい側には玩月洞がある。まあ、似たような意味だ。やはり月を玩び、月に馴染（なじ）み、月を慰みものにする。そして微かに月を愛するという意味もある。名前だけを聞くと優雅で風情（ふぜい）に満ちているが、実際には、月を裂き、月を殴り、月を苛（さいな）み、月を泣かす界隈に近い。

玩月洞は風俗街で、ウォルロンには酒場が集まっていた。大概がいわゆるそういう店だ。ウォルロンの大半の店は玩月洞から引退した年増の娼婦たちが営んでいる。バックにオーナーがいて、女は単なる看板として据えられているところもあるし、女が自ら店を構える場合もある。ネオンサインが派手で若い娘たちを何十人もシフトさせる大きなルームサロンもあり、〈薄紅〉〈水仙花〉〈コスモス〉といった儚くて哀しげな看板を掲げ、行き場のない年増の娼婦たちがビールや安いつまみを商うほそぼそとした店もある。馬蹄形カウンターのあるカラオケ、ステージのあるカラオケ、ストリップダンサーが踊る劇場式、キャバレー式、密閉された小さな仕切りのカーテン式、甘田洞式のポプラマチ、料亭風、女装した男たちがホストをしているゲイバー等々、女を抱えて札ビラをはたいて酒を飲むあらゆる種類の店がウォルロンにあった。飲み代はたいていぼったくりで、客が酔って正体をなくそうものなら、ぼったくりのうえに飲んでもいない酒の代金を乗せてふっかけることも多かった。だから、店に入る時は上機嫌だが、勘定をするカウンターの前では、いつも大なり小なり揉めごとがあった。

当然のことながら、ウォルロンに事業所を持つ者たちの後ろにはやくざがいた。大きな組織が管理する事業所もあるし、やくざ三、四人で娘を十五人ほど抱えて複数の事業所を管理する小さな組織もある。引退した老いぼれやくざがマダムと手を組んでひっそり営む店もあるし、やくざとは関わりがないものの警察や法曹界に太いパイプのある者が営む店もある。元特捜班のトップが営む店もあり、店やホテルから呼び出しがあるたびに娘たちを差し向けるヒモ男がほそぼそとやっている店を引き取って営むこともある。一匹狼のヒモ男はたいてい流れのナイフ使いで、手を出せば差しちがえる覚悟があると言わんばかりにしつこかった。

妙なことに、どんなに大きな組織もウォルロンをそっくり手に入れることはできなかった。絡まりあい縺れあったウォルロンの勢力関係図は常に複雑で曖昧である。大きな組織がウォルロンを掌握できないのは、単に複雑だからというだけではない。大きな組織が組員たちに武装させてウォルロンを一掃するなら、女たちをたぶらかすヒモ男たちに何ができよう。だが、いくらウォルロンが欲しくても、流す血に比べると得るものは少ない。ソンおやじが三代にわたってクアムの海を牛耳っているのも似たような理由だった。大きな組織が腹をくくって飛びかかれば、クアムを手に入れられないわけがない。だが、クアムの海は大きな組織にとって鶏ガラのような場所だ。見ていると唾液が出るが、いざ食おうとすると食うのも大変で、食ってみたところで食えるところもない。見てくれがガリガリの田舎やくざとて、誰かが自分の飯の種を召し上げに来たら、狂った悪党に豹変する。老いぼれの雑犬であっても、口に咥えている骨を取り上げるのは容易なことではないのだ。しかも、そんな大きな戦争で検察の標的にでもなれば、頑丈な組織もバラバラにされるのが明らかだ。簡単に言って、クアムの海を手に入れるのは割に合わないのである。単にそれだけの理由だった。ソンおやじはそれをよく解っていた。クアムを常に薄汚く少し魅力に欠けるように見せ、複雑な人間関係でがんじがらめにして、誰もたやすくゲームをひっくり返せないようにした。それが、元特捜の刑事や地方検事の義兄弟が何ら努力せずに店を営める理由だった。

クアムとウォルロンのやくざはとりわけ折り合いが悪かった。ムードはクアムの海で出して酒はウォルロンで飲むからでもあるし、女の子で商売をして外車を乗り回すウォルロンの奴らが憎らしいからでもある。ウォルロンのやくざはたいてい女を食いものにするチンピラだった。何かにつけて女を殴り、腹より臍のほうが大きな街金を使って女を自分の事業所に長いあいだ縛りつけ、使い倒すと上乗せして別の事業所に売り飛ばす。いつぞやは、ジャバラというポン引きが自分の事務所で刺された。うちの女の子が一人で三千万ウォンを稼いだだの、四千万ウォンの売上があっただのと自慢をしていた奴だった。娼婦が一人で三千万ウォンを売り上げようとすれば、ざっと計算しても、一日に十五人の男を休みなく相手しなければならない。フィリピンから持ち込んだ生理を止める薬を服用するので、休日もない。ジャバラはあくどいポン引きで、脅すのに都合のいい女にばかり金を貸す、えげつない街金業者だった。正直なところ、刺されてもおつりがくる奴だった。ジャバラを刺したのはウォルロンでピキ、（客引き）をしていた十代の二人だった。金自慢をして回っていたのだから、刺されて当然かもしれない。二人は警察に、遊ぶ金が欲しかったと供述した。彼らが盗んでいった金は、その日に集金した九百万ウォンが全てだった。ところが、警察がジャバラの事務所を捜索し、そこのクローゼットから発見した秘密金庫には、現金で九億あった。本当は十三億あったのだが、警察がくすねたのだ、という噂もあった。その金はそっくり国庫に没収された。ジャバラのところの娘たちは、その金は自分たちが血と汗を流して稼いだのだから自分たちのものだ、と警察に訴えた。警察は当然に女たちの話を無視した。女たちは弁護士を雇って告訴した。犯罪との戦争が盛り上がっていた一九九一年のことだ。裁判所は、ただでさえ忙しい時期に何の戯言か、と告訴そのものを棄却した。力のないウォルロンの娘たちは三々五々集まって、この事件について喋り立てた。祖国が身体を売ったというのか、売ったのは自分たちだ、祖国が、ちくしょう、何をしてくれたというのか、こうしてみると祖国という奴はジャバラよりひどいポン引きだ、と娘たちは言った。ある娘は、芸は熊（くま）が見せて金はワンの旦那（だんな）が持って行く（「犬骨折って鷹の餌食」の意）と愚痴った。その隣の娘は、ちくしょう、ワンの旦那はウハウハだ、と言った。

ウォルロンはそういう通りだった。女たちの涙と淋しさを売って金を稼ぐ通りだ。

この通りで女たちはあまりにも易々と淋しくなり、淋しいからヒモ男に頼る。そしてヒモ男たちは女を通りに売る。通りで女たちは再び淋しくなって再びクズのような男たちに頼り、男たちは淋しい女を通りに売り、女たちは通りで再び淋しくなり……ウォルロンはそういう通りだった。

ヒスは喫茶店の窓辺からウォルロンの通りを眺めているうちにうっかり眠ってしまった。目を覚ましたのは夜の十時頃だった。人差し指と中指のあいだにフィルターの手前まで燃え尽きた吸い殻が挟まっている。ヒスは吸い殻を灰皿に放り込んで窓の外を見た。インスクの店の看板に灯りがついていた。ヒスはレジでコーヒー代を払い、横断歩道を渡って店に入った。パドゥクに楯突いた痩せぎすの娘は、きれいに化粧をしてカウンターに座っていた。

「いらっしゃい……ませ」娘はヒスを見て少し驚いた。

「掃除は終わりましたな？」

さほど面白くない冗談だったのか、女は笑わずにヒスをまじまじと見た。ウエイターがやってきて、おひとり様かと訊いた。そうだと答えると、ウエイターは店の隅にヒスを案内した。カウンターの方を振り返ると、娘はどこかに急いで電話をしている。

十分経ってもヒスの席には誰も来なかった。ウエイターは、ひとりで座っているヒスをぼんやり見つつも注文を取りには来ない。暫くして小柄で鋭い目つきの男がやってきて丁重にお辞儀をした。

「誰や？」

「ヒンガンです。アミの友達ですわ」

色白で強そうな男にヒスが頷いた。

「一度お見えになったそうで？」

「さっきは早く来すぎてな」

「すんまへんでした。この娘が、店にまとわりつくチンピラかと思って失礼したようで。たまにそういう奴らがおりまして。自分らは全国区やなんや言うて、タダ酒を飲んだり金をせびったりするチンピラ野郎どもが」

「難儀やな」

「たまのことですわ。たいていは、たいしたことない奴らです」

ヒスが再び頷いた。

「一杯やりにお越しですか？」

「ああ」

「なら、今日は自分がご馳走いたします」

「なんでや、カネがなさそうに見えるか？」

「そうやなくて、今日、うちが失礼したこともありますし、自分が子供の頃にコムタンをよう奢ってくれたやないですか」

「俺が？」まるで思い出せないという顔でヒスが聞き返した。

「肉のスープを食わな背が伸びん言うて、ハルメコムタンに帳面をぶら下げてくれました。食いたいときにいつでもサインするだけでええ、て。アミと自分らの仲間はハルメの店であの高いコムタンをたらふく食えました」

「おまえは肉のスープをそんなに食うて、なんで背が伸びんかったんや」ヒスが笑いながら訊いた。

ヒスに言われてヒンガンが頭を掻いた。

「ホンマですわ。アミは水だけでも豆もやしみたいにぐんぐん伸びたのに、自分はコムタンも食うたし牛乳もがぶがぶ飲んだのに、あの養分が全部どこに行ったんかわかりまへん。牛乳飲んだら背が伸びるいう話、あれ、みんな嘘っぱちですわ」

「アミはムショから出てきてなんでまだ顔を見せんのや？　おまえは会ったんか？」

「一週間前にインスク叔母さんと一緒にムショの前で会いました」

「で、どこに行ったんや？」

「釜山にはおらんで、江原道のどっかに女を捜しに行きました」

「逃げられたんか？」

「そうやなくて、ちょっと込み入った事情がありまして。女さえ見つかれば、すぐに戻ってくると思います」ヒンガンが言葉を濁した。

「事故りに行ったんとちゃうやろな？」

「ちゃいます。ブタ箱から出てきたばかりで用心せなあかんでしょう」

ヒスが再び頷いた。

「インスクはおるんか？」

「別のテーブルにおりますけど、お呼びしましょうか？」

「おう」

ヒンガンは立ち上がると、恭しくお辞儀をして席を外した。ウエイターが氷と水、果物と乾き物の盛り合わせを持ってきてテーブルに並べた。ヒスは干ダラを指でつまんで灯りにかざし、これがパドゥクの言うパチもんの干ダラか、と思った。そのとき、足を引き摺りながら娘が酒を運んできてヒスの隣に座ると、栓を開けてグラスに注いだ。ヒスはグラスを摑んだ。

「さっきはすんまへんでした」

「何がすまんのや。開店もしとらんのに無理に入ってきた奴が悪いやろ」

「姉さんが来るまで、私がお話のお相手をしましょうか？」

娘はさっきとは違って愛嬌のある笑顔になった。

「いや。向こうで仕事せえ。俺はおまえが怖いわ」ヒスが笑いながら言った。

娘はつられて笑うと席を立った。ヒスは煙草を咥えて火をつけた。インスクを待つあいだに胸がときめくのを感じた。母子園で初めてインスクを見たときも今も変わらない。変わらないことが嬉しくもあり、不思議でもあり、悲しくもあった。人の気配がして振り向くと、インスクがヒスを見つめていた。

「ヒス、来たんやね？」

五年ぶりに会ったというのに、まるで昨日会って別れて今日再会したような言い方だった。ヒスを見つめるインスクの顔は明るかった。さあ入っておいでと言わんばかりにドアを開け放ってくれるような顔だった。あらゆる気まずさを一挙に吹っ飛ばすその顔が有り難かった。

「今日はなんだかおまえに会いたくてな」ヒスがとぼけた。

「永遠に会えんみたいに連絡もよこさんかったのに、どうしたん？」

「何言うとる。俺が連絡せんかったか。おまえが俺を無視したんやろ」

「男のくせして苦しい言い訳やね。あんたがうちを無視したんやないの。うちみたいな女が誰かを無視できるご身分なん？」インスクが軽やかな声で言った。

そうか？　とヒスは首をひねった。ずいぶん前のことなので、はっきりと思い出せない。ヒスはインスクを見た。相変わらずきれいな顔だ。相変わらず贅肉（ぜいにく）ひとつなくすらりとして透き通った肌をしている。十三歳でこの女に恋をした。十五歳で付き合った。特別に付き合ったと言えるようなことはなかった。当時、インスクは母親と一緒に白地浦の砂利(じゃり)浜近くで屋台を営んでいて、ヒスは手伝いをしていた。オートバイで酒のケースとつまみを届け、氷と練炭を運んだ。そして、海風に揺れるカーバイドの灯りの下でヌタウナギや練り物の下ごしらえをするインスクを夜遅くまで眺めたものだった。営業が終わると、インスクと一緒に屋台を牽いて母子園の丘まで上った。海岸に置きっぱなしでも誰も手をつけないであろう古い屋台だったが、インスクはわざわざ母子園まで牽いて帰った。ヒスはインスクと一緒にその重い屋台を押したり牽いたりしながら上った、あの坂道が好きだった。あの急勾配(きゅうこうばい)の危ない上り坂が永遠に続いたらいい、と十五歳のヒスは思った。

「何をそんなに見とるん?」インスクが訊いた。

「久々に見たらべっぴんやな、思て」

「ホンマ?　まあ、うちにはようわからんけど、金喜愛(キムヒエ)（韓国を代表する女優）に似とるてよう言われるわ」

ヒスが急にパッと立ち上がった。インスクが驚いた表情でヒスを見た。

「どうしたん?」

「ムカついたから帰る」

インスクが笑いながらそっとヒスの腕を摑んで座らせ、酒瓶を持ってヒスのグラスに注いだ。ヒスはグラスを持って少し飲んだ。

「うちにも一杯ちょうだい」インスクが言った。

「おまえはようけ飲まなあかんのやから、ここではやめとけ」

「それでも、あんたが久しぶりに来たんやから、一杯やらな」

ヒスが酒瓶を持ってインスクのグラスに酒を注いだ。インスクはヒスのグラスに軽く当てて一気に飲み干した。

「それでなくとも、あんたにいっぺん会おう思てたんやけど」

インスクがグラスをテーブルの上にしとやかに載せた。

「なんでや？」

「アミのことで」

「アミ？」

「もうやくざはやめなあかんやろ。こんなん続けてたら、また刑務所行きか刺されるか二つに一つやないの。この界隈で悪さできんよう手を回してほしいんや」

「アミが俺の話なんか聞くか？」

「あんたが話せば少しは聞くやないの。親父、親父、言うて、よう懐いて」

「何が親父や。ところで、ずっと気になっとったんやけど、アミはなんでチュや？

親父がホンマにチュ氏なんか？」

ヒスの質問にインスクは暫く躊躇い、自分のグラスに酒を注いで半分ほど飲んだ。

「うちが勝手につけたんや」

「なんでよりによってチュや？　他の苗字もなんぼでもあるやろ」

「クアムのチンピラ野郎を全部見回してもチュ氏はおらんのよ。それで」

いまひとつ理解ができないようにヒスが首をひねった。

「とにかくアミに話してくれん？」念を押すようにインスクが再び訊いた。

「なんて？」

「クアムやウォルロンあたりでやくざの真似事したらぶっ殺す、言うてや」

「アミはもう、俺らがあれこれ言える歳やないで。それに、やくざをやめたらどうやって食っていくんや。勉強もしとらんし、かといって技術があるわけやなし」

「習ったらええやん。若くて丈夫やのに、何が心配なん？」

「いちおう言うてはみるけど、あんまり期待すな。いっぺんやくざの飯を食うたら、他の仕事はまどろっこしくて、やっとられんで。離れてみたところで、すぐに戻って来るし。アミが出てくるのだけを待っとった連中がどんだけおるか、容易にはいかんで」

インスクは黙ってグラスの残りを空けた。海千山千を経験しつくした女だから、それが言うほど容易くないことくらいは解っているはずだ。そのとき、スーツを着た痩せぎすの男が、インスクとヒスが座っているテーブルを長いこと不機嫌な眼差しでじっと見ていた。あまりにも露骨に睨まれるので、ヒスも男を睨み返した。インスクも振り向いて男を見た。

「マダム、お上がお待ちです」男が言った。

「はい、すぐ行きます」インスクが答えた。

男は、気に食わんという表情で自分の席に戻っていった。

「あいつ、誰や？」

「気にせんといて。区長の秘書や」

「煮干しみてえのが睨みつけやがって。くたばりたいんか」

「性格も煮干しそっくりや。みみっちくて」インスクが口をとがらせた。「別のあてを持ってこよか？」

「腹が減っとるんやけど、なんか腹の足しになるもんはないか？」

「ご飯、用意しよか？」

「飲み屋で飯なんぞ。腹の足しになればなんでもええ」

「ええやん、うちの店やもの。待っとって」

インスクは席を立って厨房に入った。ヒスは残った酒を空けた。昼に肉を何枚かつまんだほかには一日中ろくに食べていなかったから、強い酒が胃に入るとしくしく痛んだ。ヒスは煙草を取り出して咥え、火をつけた。そのとき、さっきの痩せぎすが再び現れた。

「おい、おまえ、こっちに出てこい」男が頭ごなしにぞんざいな口をきいた。ヒスが顔を上げて男をじっと見た。「出てこい言うとるやろ」男が再び言った。

呆れてか、ヒスは男に向かって鼻で嗤った。

「おまえ、なんや？　一戦交えようってのか？」

ヒスの脅すような口調に驚いたのか、男がビクッとした。

「お上が、ちょっと会いたいて言うとられる」少し穏やかな声になった。

お上？　首をかしげながらヒスは立ち上がった。男はカーテンで遮られたテーブルを示した。ヒスは黙ってついていった。

「挨拶せえ。区長様や」

区長だという偉そうな顔で座っている男がヒスを見た。六十歳くらいとおぼしきでっぷりした男で、なまっちろくて広い顔に脂がギトギト浮いた典型的なペテン師のようだ。ヒスは丁重にお辞儀をした。区長が指をクイクイと動かしてヒスを呼んだ。ヒスが近づくと、区長は、もっと近くに来い、というように指を動かし続ける。さらに近づくと、区長はいきなりヒスの頬を容赦なく引っぱたいた。気が済まなかったのか、さらに続けて三回も引っぱたいてから、おしぼりで手を拭き、グラスのビールを一気に飲み干した。

「こいつは何をしとる野郎や?」

「あの、クアムの万里荘ホテルをご存じですやろ。そこの支配人ですわ」

「チンピラ野郎か」

区長は、とろんとした目つきでヒスを見ながら、今度はウイスキーを飲んだ。

「なんで引っぱたかれたか解るか?」区長が訊いた。

解らないというようにヒスがおそるおそる首を振った。

「この野郎、まだ目が覚めんのか。なんで引っぱたかれたか解らんやと?」

ヒスが黙って立っていると、痩せぎすがじれったいと言わんばかりに口を挟んだ。

「公務でお忙しい区長様が千金に値する時間を割いてここに来たのに、おまえがマダムを三十分も引き留めてどないする? 区長様は国のために秒を争って働いておられるお方や。そういうお方がわざわざここに来たのに、おまえがマダムと和気藹々と談笑しとるザマを見ながら待たなあかんのか? 区長様が時間を無駄にすればそれだけ国政の運営に差し支えるのが、なんで解らんのや」

ヒスはようやくどういうことか解ったように薄ら笑いを浮かべた。

「申し訳ありません」

「そんだけ歳くったら気を利かせなあかんのに、おなごでもあるまいし、男がそんなに気い利かんでどうやって食うていくんや？」瘦せぎすが勢い込んで言った。

「申し訳ありません。上の方がいらしているとは気づきませんでした」

「解ったならええ。そこそこ飲んだら家に帰れ」区長が言った。

ヒスが躊躇った。

「飲みかけの酒があるので、それだけ飲んで帰ります」老いぼれ区長は、口では解らん野郎だな、という表情でヒスを見た。「かわりに、自分が上等の酒を一本ご馳走させていただきます」

ヒスが続けて言った。

「いらんわ。チンピラ野郎の酒は飲まん」

だが、ヒスは区長の言葉を無視して、ホールに向かって大声でヒンガンを呼んだ。

ヒンガンが駆けつけてヒスにサッと頭を下げた。

「何か御用でしょうか？」

「この店で一番上等の酒はなんや？」

ヒンガンが素早く雰囲気を察して、暫し考えを巡らせた。

「亡くなられた朴正熙大統領が好んで召し上がった酒があります。ローヤルサルートが」

「何を言うとる。閣下が好まれた酒はシーバスリーガルやないんか？」

区長が知ったかぶりをした。ヒンガンがすぐに頭を下げた。

「はい、そうです。シーバスリーガルの二十一年ものを特別にロイヤルサルートと呼びます」

ヒンガンのきっぱりした言葉に区長はたじたじとなった。

「まあ、閣下が平凡なシーバスリーガルを飲まれたはずないわな」

「閣下が召し上がった酒、いかがでございますか？　区長様も閣下も民衆の世話でお疲れでしょう」

朴正熙が好んで飲んだ酒、と言うと、まんざらでもないのか、区長が満足げな表情になった。

「二十一年ものいうたら、二十一年寝かせたいうことやな？　二十一年いうたら、ハンパな歳月やない。わしが政界に入った年と不思議と一致するなあ」

区長が突然、感傷に浸って反対側の天井を見つめた。

「閣下が召し上がった酒、それを一本と、それから、尊いお方がいらしたのに、このあてはなんや？　セッティングをやり直して、勘定は俺によこせ」

ヒスがやたらと仰々しい動作でヒンガンに指示した。ヒンガンは頭をぺこぺこ下げながら調子を合わせた。区長は機嫌を直したのか、ぐっと和らいだ表情でヒスを見た。

「こいつの太っ腹なところは、そう悪い奴やないな」区長が痩せぎすに言った。

「ええ、そうですね」痩せぎすが事務的に答えた。

「おまえ、ここに来てわしの酒を受けろ」

ヒスが近づくと、区長は自分の飲んでいたグラスにウイスキーを注いだ。ヒスがグラスを一気に空け、区長に酒を注ぎ返した。区長が偉そうな態度で酒を受けた。

「万里荘の支配人やと？」

「はい」

「あそこのソンおやじとわしは昔から昵懇（じっこん）の仲や」

「はい、存じております」

「まあ、何か困ったことがあれば訪ねてこい」

「お言葉だけでも有り難いです。上の方を些末（さまつ）なことで煩わせるのは筋やないと思いまして、今までろくにご挨拶も差し上げませんでした。申し訳ありません」

「かまへん。わしは礼儀知らずが嫌いなだけで、身の程をわきまえて訪ねてくる後輩どもにはいつも手厚くしとる。そやろ？」区長が痩せぎすを見ながら訊いた。

「もちろんでございます」痩せぎすがやはり事務的に答えた。

「さあ、もう戻れ」区長がヒスに言った。

「これで失礼いたします。お楽しみくださいませ」

ヒスが服を整えて席を立ち、深々とお辞儀をした。

「しくじるんやないで。閣下は犯罪をひどくお嫌いになる。わかるな?」区長が訓戒をたれるように言った。

「肝に銘じます」ヒスが恭しく答えた。

ヒスがカーテンを閉めて外に出るとインスクが待っていた。インスクは悲しげな顔でヒスを見つめた。たいしたことない、というようにヒスが力なく笑った。インスクがヒスの頰を撫でた。

「腫れとる。あんたは女みたいな肌やから、頰なんか引っぱたかれたらあかんのに」

インスクの手は温かかった。もしかしたら、頰を叩かれて顔が腫れていたからかもしれない。インスクの手を握った。そして、その手の甲にそっと頰を擦りつけた。インスクは恥じらう少女のようにそうっと手を引っ込めた。

「ご飯用意しといたから、食べて」インスクが言った。

カーテンの中では区長が誰かを罵倒している。

「もう行け」

どういう意味なのか、インスクが顔を左にちょっとかしげてウインクをしてからルームに入った。ヒスは暫くカーテンの前に立っていた。

「マダム、どこに行っとったんや。待ちくたびれて死ぬところやったで」区長が大げさに言った。インスクが大きな声でカラカラ笑いながら「急に下痢しちゃって。ああ、恥ずかしい」とはしゃいでみせた。区長がインスクに一杯やれと勧める声が聞こえた。ヒスはゆっくりとその場を離れ、元のテーブルに戻った。そこにインスクが用意した食事があった。味噌汁（テンジャンクッ）と焼いたイシモチのきちんとした膳だ。スプーンを持とうとすると、ルームから老いぼれ区長の笑い声が聞こえてきた。インスクの笑い声も一緒だ。笑い声は絶えなかった。ヒスは持っていたスプーンを置いた。あの笑い声はインスクの天性に近いものだ。ヒスはインスクが本気で泣くのを一度も見たことがない。冬の日、インスクの母親が母子園の凍った階段で足を滑らせて亡くなったときも、葬儀場に行く金がなくて母子園の共用の台所でひどく粗末な葬儀をしたときも、インスクは泣かなかった。みかじめ料を払わないからとチンピラたちが屋台を壊したときも、インスクは泣かなかった。インスクは部屋に蹲って数日のあいだ何かを考え、玩月洞にとぼとぼ歩いていって娼婦になった。インスクが十七歳のときのことだった。十七歳の少女が風俗街に自分の足で歩いていって娼婦になるのは異常なことである。だが、この界隈ではよくあることだ。ヒスも十七歳で、インスクも十七歳だった。そのときヒスは、逃げよう、と言った。インスクは静かに、しかしきっぱりと首を振った。実際、行くあても、これといった手立てもなかったから、それは単なる十七歳の少年の出任せに過ぎなかったはずだ。

ヒスは、インスクが娼婦になって初めて座っていたピンクのショーウインドウの中を永遠に忘れられないだろう。初めて化粧をしたインスクは、まるで鳥かごに閉じ込められたバービー人形のようで、ひどく悲しげに見えた。ヒスはこそこそと向かい側の電柱の裏に隠れてインスクを見ていた。一人の男がインスクを連れて上に行き、二十分ほどして再び出てきた。別の男が待ってましたとばかりにインスクを連れて上に行き、再び出てきた。その夜、十五人ほどの男がインスクを連れて上に行った。ヒスは電柱の下で身体をぶるぶる震わせながら、ずっと泣いていた。だが、そのときもインスクは泣かなかった。

カーテンが張られたルームから相変わらず笑い声が聞こえてくる。インスクの笑い声と、老いぼれ男の笑い声と、狡くてみみっちい男の笑い声。

「何がそんなに楽しいんや？」ヒスが呟いた。

ヒスはビールのコップにウイスキーをなみなみと注いだ後、ゆっくり飲んだ。もう一度なみなみと注いで飲んだ。空になったグラスをぼんやり眺めてから席を立った。ヒスが少しも箸をつけなかった料理は、テーブルの上で低い照明の灯りを受けて、まるでレストランのショーケースに並べられたレプリカのように見えた。ヒスはひどくふらついて上手く身体を支えられなかった。よろめきながらレジの前に立つと、ヒンガンが駆けつけてきた。ヒンガンは飲み代を受け取るまいと粘ったが、ヒスは意地になって自分と老いぼれ区長のぶんを払った。そして、ヒンガンの肩を叩きながら、ご馳走さん、また会おうや、と言って店を出た。

通りに出ると、ヒスは急に激しい空腹に襲われた。疲れとか酔いといったものではなく、空腹だった。通りにひとり取り残されると、不思議なことにいつも空腹に襲われる。刑務所に入る前日、でなければ刑務所から出て騒々しい歓迎式を終えてひとり取り残されたとき、ヒスは不思議なことに空腹を感じた。

酒場の看板が賑(にぎ)やかなウォルロンの歩道に屋台が並んでいた。ヒスは屋台に入った。老婆が串(くし)に練り物を刺していた。ヒスはうどんを注文した。老婆が麺を取り出して茹(ゆ)で、その上に茹で卵、葱(ねぎ)、海老(えび)、海苔(のり)などを載せて丁寧に出汁(だし)をかけた。出汁の鍋(なべ)から煮干しとカツオブシの匂いがする。ヒスは湯気がもうもうと立つどんぶりを暫く見つめてから、まるで何日も食べていないようにがつがつと平らげた。

「何をそんなに慌てて食べなさるかね？　口の中を火傷(やけど)するよ」老婆が訊いた。

「腹が減っとるんですよ。腹がどえらい減っとるんですわ」ヒスがくだを巻いた。

老婆がにっこりした。

「もう一杯つくりますかの？」

ヒスが頷いた。

「焼酎も一本ください」ヒスが言った。

「だいぶ飲んどるようやけど」

「お婆さんはうちのお袋とよう似てますわ」

「そうですか？　そう言ってくれて有り難いですねえ」

「何が有り難いもんですか。うちのお袋はダンスにのめり込んで、息子を放り出して他所の男と逃げたのに。息子の飯もつくらんで夜逃げしました。その後は、死んだんか生きとるんか、連絡一本よこさん。だから俺は毎日腹が減っとるんや。お袋が飯をつくってくれんから」

屋台の老婆は黙ってヒスの前にうどんと焼酎を置いた。ヒスは紙コップに焼酎を注いで飲んだ。そして、温かい湯気がもうもうと立つうどんを汁まで残さず平らげた。

「なんぼですか？」

「うどん二杯で六千ウォンに焼酎は三千ウォン、合わせて九千ウォンです」

「うどんが三千ウォンですか？」ヒスが詰るように訊いた。

「ええ」

「なんでそんなに安いですか？　こんなに苦労しとるのに」ヒスが怒鳴りつけた。

酔っ払いの相手に慣れているからか、老婆はさほど驚いた様子はなかった。相変わらず笑みを浮かべてヒスを見ているだけだった。ヒスは財布から三万ウォンを出して老婆に差し出した。老婆が怪訝（けげん）そうにヒスをじっと見ると、テーブルに二万ウォンを置いた。さらにエプロンのポケットから千ウォンを取り出してヒスに差し出した。ヒスは二万ウォンを畳んで老婆にもう一度差し出した。

「いいや、受け取ってください。あのゴミみたいな飲み屋はパチもんの干ダラ一匹で五万ウォンもふんだくるのに、この旨いうどんに三千ウォンて、話になりますか？三万ウォンはもらわな」

老婆は金を受け取らず、ヒスをぼんやり見つめていた。その表情は憐れみに近かった。ヒスはふらふらしながら屋台の前に立っていた。自分が吐いた言葉が自分でも理解できないのか、それとも話にもならないことをほざいているのが自分でも情けないのか、深いため息をついた。

「お婆さん、大声出してすんまへんでした。えらい酔ったみたいですわ。すんまへんでした」

「大丈夫ですよ。暴れたわけでもないのに」

「いんや。すんまへんでした。それから、お婆さんはうちのお袋にホンマよう似とります」

ヒスは老婆に頭を下げて謝った。そして二万ウォンをテーブルに置いたまま、どんぶりの横にある半分ほど残った焼酎の瓶を摑み、道端の花壇に向かってふらふらと歩いていった。

人造の大理石でできた花壇にしゃがみ込んで、ヒスは焼酎をひと口飲んだ。六角柱の看板が道路の真ん中を占領したままぐるぐる回っていた。《若い娘がスタンバイ》《真心こめておもてなし》《ふともも》《ホットなサービス、チップ不要》。ぐるぐる回る看板を長いこと見ていて、ヒスは目眩に襲われた。パムソムを行き来して眠る時間もなく、真っ昼間から飲んだウォッカのせいか、どうにも身体のバランスがとれなかった。耳の中では耳鳴りのようにインスクの笑い声が響いている。あの女はなぜ笑っているんだ？　このろくでもない生活の何がそんなに楽しくて笑っているんだ？

「楽しいか？　楽しいんか？」

ヒスはひとりくだを巻いた。残った焼酎を最後の一滴まで飲み干し、ぐるぐる回る看板めがけて空き瓶を投げつけた。バキッと看板の中の蛍光灯が割れる音がした。ヒスは下水道の排水溝に頭を突っ込み、朝から食べたものを全部吐いた。充血した目でウォルロンの通りをぼんやりと眺め、自分の嘔吐物の上にしゃがみ込んだまま眠りに落ちた。

インスクの部屋

ヒスが目を覚ましたのは明け方だった。窓の外はまだ暗かったが、薄いカーテンの隙間から青い光が差し込んでいた。微かにフリージアの匂いがする。モーテルでふり撒く安物の芳香剤などではない、本物の花の匂いだ。ヒスは起き上がって部屋の中を見回した。家具といえばシングルベッド、化粧台と机を兼ねているらしいライティングデスク、開き戸のタンス一つしかない。だがヒスはすぐに、ここがインスクの奥の間であることに気づいた。潔癖症のような几帳面(きちょうめん)さ、それは幼い頃からインスクが持っていたある種の遺伝子のようなものだった。ヒスはベッドの枕元(まくらもと)に置かれているやかんから水を注いで飲んだ。昨日飲んだ酒のせいで胸やけがしてくる。ヒスは隣の浴室にあるトイレで小便をした。便器のカバーに小便が飛ぶと、ヒスは盗みが見つかったかのようにトイレットペーパーで慌ててカバーを拭った。浴室の鏡に一人の男が男物のパジャマを着て映っていた。花柄のどうにも冴(さ)えないパジャマだ。さほど古くもないが新品でもない。そういえば、眠っているあいだに下着も替えられていた。ヒスはパジャマのズボンを広げて下着を確かめてみた。きれいに洗濯されているが、やはり新品ではなかった。かつてインスクと一緒に暮らしていたどこかの野郎が着ていたものだと思うと、急にむかっ腹が立った。誰かがこの部屋でインスクと眠り、セックスをし、ヒスが着ているパジャマを着て便器に小便をたれたという事実に改めて嫉(しっ)妬(と)した。なぜ、何の資格があって嫉妬しているのかわからなかった。

ヒスは便器の水を流して顔を洗った。歯ブラシが一つ置かれていたが、それもどこかの野郎が使っていたかもしれないと思い、歯は磨かなかった。部屋に戻ると、煙草が無性に吸いたくなった。ところがヒスが着ていた服は見当たらない。おそらくインスクが洗濯機に放り込んだのだろう。

ヒスはそろそろとライティングデスクの引出しを開けた。引出しの中には化粧品がいくつかとアミの写真が入った額縁があった。写真の中のアミは海岸の絶壁の岩間でクロダイを摑んではしゃいでいた。たしか十歳くらいだ。その写真を撮ってやったのはヒスだった。釣りを教えてやったのも釣り針にミミズを付けてやったのもヒスだった。インスクの誕生日だったかアミの誕生日だったか、あるいはこどもの日だったか、とにかくそういう特別な日だったはずだ。あの日、インスクとアミとヒスはバスケットに食糧をどっさり詰め、シートを脇(わき)に抱えて白地浦に出かけた。大きな岩にシートを敷き、日除けを張り、肉を焼き、釣った魚を刺身にまでした。まるで春のピクニックに来た平凡な家族のようだった。あの日は楽しかった。インスクと諍いもせず、酒に酔ってくだを巻くこともなかった。ヒスはクロソイとアイナメを数匹釣り、アミは初めての釣りにもかかわらずクロダイを釣った。なんと十歳の子供がクロダイとは。日が暮れる頃、インスクは海に向かって静かに歌を歌った。海も赤く、酒に酔ったインスクの顔も赤かった。インスクの歌は下手くそだった。インスクの歌を聴いたのはその時が初めてだった。

帰り道でインスクはヒスと腕を組み、自分と一緒に暮らすのはどうかと訊いた。冗談のように軽く言ったが、インスクの眼差しは真剣だった。しかしヒスはその場で、何をとんでもないことを、とカッとなった。ひどく決まり悪かったのか、インスクの顔が赤くなった。そこまで言わなくてもよかったのに、なぜあんな酷い言い方をしたのかわからない。インスクにプロポーズされたとき、ヒスの心の奥から劣等感と屈辱感のようなものがこみ上げてきた。当時はその感情の正体さえわからなかった。

長いあいだ、その後の長い長い時間のあいだ、あのときインスクと一緒に暮らせばよかったとヒスは思った。今のように通りをうろついて金をばらまいたりもしなかっただろうから、少しは貯金できたかもしれないし、淋しくてうんざりする旅館で暮らしたり、酔って適当な女と寝ては最悪の気分で朝を迎える投げやりな生活をしたりもしなかっただろう。人並みに退勤して帰宅し、食堂のかわりに自宅で食事をし、落花生の殻を剝きながらビールを啜り、テレビのニュースに登場する政治家を心ゆくまで罵るような生活をしていただろう。今よりも少し臆病だっただろうし、刑務所に行くような危険きわまりないことも控えたはずだ。アミも学校に通い続け、大学には行けずとも技術のようなものを学び、刑務所のかわりに工場のようなところに通ったかもしれない。どんなことでもきちんとやるインスクだから、食堂だろうが洋服屋だろうが、家族三人が暮らすぶんには何の問題もなかったはずだ。

なのに、ヒスは腹を立てて断わった。腹を立てるまでのことではなかったとヒスは長いあいだ考えた。二十七歳の、しかもやくざだ。インスクと寝た多くの男たちがクアムの海をうろついていた。陰でひそひそ噂するだろうし、嘲笑うだろう。考えてみると、それが全てだ。それがどうだというのだ？　やくざというのは、みな酒場の女かダンサー、あるいはそういう類いの女たちと暮らしている。カタギの女がやくざなんかと暮らすものか。陰で喋って喋って喋りたおして倦んでいくだろう。俺もインスク、あのオンナと寝たけどえらい退屈だったぞ、といった噂だ。みなそうやって暮らしている。だがヒスは、みながしている暮らしに堪えられなかった。インスクを思い浮かべれば必ず屈辱感がこみ上げ続け、それを赦すことも認めることもできなかった。

ヒスは奥の間のドアを開けてそろそろと居間に出た。居間にインスクはいなかった。ヒスはソファテーブルに置かれている煙草入れから煙草を一本取り出してベランダの戸を開けた。庭の端に立って煙草に火をつけ、険しい稜線の坂道に沿ってほぼ頂上まで続いている家々を眺めた。朝早く出勤するいくつかの家の電灯が点いている。山五六五番地。高い場所だ。朝鮮戦争のときに避難民が押し寄せてきて頂上までバラック村をつくった界隈である。ソウルが奪還されて避難民が去った後は、貧乏人と犯罪者が押し寄せてきて暮らした。ベニヤを引っ剝がしてセメントのブロックを積み、トタン屋根を取っ払ってスレートを載せながら、この危険きわまりない界隈はそれなりに進化してきたわけだ。車が通れる道路もないので、山道の公営駐車場に車を停めて、さらに二百メートルあまりを歩いて上らねばならない。店をやって少しは貯金もできただろうに、インスクがなぜ今でもこんなに高い場所に住んでいるのかわからなかった。ふと、昨夜、酔いつぶれたヒスを背負ってここまで上ってきたとしたら、誰かが相当苦労しただろう、と思った。

ヒスは吸い殻を地面に投げ捨てて家の中に戻った。そのとき、インスクが明け方の市場で買い込んだものをどっさり持って玄関に入ろうとしていた。

「起きたんやね？」

「うん、どうやってここまで来たんか思い出せんわ」ヒスは気まずそうに答えた。

「なんでろくに動けんほど飲んだん？　十代でもあるまいし。ヒンガンがあんたを背負ってここまで上るのに難儀したわ」

そうだったのか、とヒスは頷いた。

「胸やけするやろ？　ちょっと待っとき。シジミ汁つくったげる」

インスクは台所に入り、素早い手さばきで料理を始めた。三口あるガスコンロにフライパンと鍋二つを載せて、いっぺんに汁物もつくり、卵焼きもつくり、野菜も茹でた。そのあいだに焼魚用のオーブンでニシンも焼いた。即席ラーメンひとつ作るのにも、袋の中の粉末スープが見つからなかったり、火を消すタイミングを逃して麺がのびたりするヒスには、インスクのそんな姿がひどく珍しくさえあった。黙って立っているのが気まずくて、ヒスは居間を見回した。

「テレビもないんか？」

「夜に働いとるから観んし」

「夜に観られんなら、昼に観ればええやろ」

「真っ昼間にテレビなんか観とったら、アホな女みたいやん。なんだか一生懸命に働いとる人たちに罪つくりな気もするし」

「真っ昼間にテレビを観るのが罪やったら、俺はとっくに死刑やな」

インスクが冷蔵庫から出したキムチをまな板に載せて切りながら、ヒスの話が可笑しいというようにプッと噴き出した。

「あんたも昼間にぼさっとテレビ観とったらあかんよ。死刑になるのが嫌やったら」

「俺らみたいに夜の仕事をしとるもんが、昼間にテレビも観んかったら何するんや？」

「お天道様がギラギラしとる真っ昼間に、やることがないわけないやん。やくざに生まれたからやくざなんやなくて、やくざみたいに暮らすからやくざになるんやで」

インスクの言うことが真っ当すぎてヒスは頷いた。インスクに向かってだしぬけに敬礼をした。

「はい、承知しました！　今後は真面目に暮らします！」

「食べて」

台所のテーブルに料理が並んでいた。小口切りのニラを載せたシジミ汁、切り目を入れてオーブンでこんがり焼いたニシン、ぽってりした卵焼き、胡麻油と擂（す）り胡麻で和えた明太子、さっと茹でたオタカラコウ、タチウオの塩辛。明け方の五時に食べるには豪勢なご馳走だ。ヒスは腹がひどく減っていた。同時に、昨日飲んだ酒のせいで胃がもたれている。インスクが圧力釜から炊きたての飯を茶碗いっぱいによそってヒスの前に置いた。照りのある白飯だ。ヒスは箸で少し食べた。これほどつやのある香ばしい飯を食べるのは久しぶりだった。ふだん行く食堂では、いったいどんな米を使っているのだろう。おそらく倉庫で三年くらい寝かせても売り捌けず叩き売られるか、船底で世界を三周くらいした後に残った米じゃないだろうか？　とヒスは思った。

「アホちゃう？　ひとりで食べるのにこんな手間かけるわけないやん」

「なら、俺のために、このどえらいご馳走を用意したんやな？」ヒスは満足げな顔で訊いた。

「そうや」インスクがすまして答えた。

「ウヒヒ」ヒスが少年のように笑った。

ほんのひととき、母子園時代に戻った感じだった。あのときもインスクはたびたび食事を用意してくれた。ヒスのために特別に用意するのではなく、七人のきょうだいに食べさせるぶんを用意しながら、ヒスのスプーンをひとつ余分に置いてくれたのだ。だが、その食事が有り難かった。まともな調味料も調理道具もろくに揃っていない母子園のあの雑然とした共用の厨房でも、インスクはいつも立派な食事をこしらえたものだ。どんな金で米を買い、どこから食材を仕入れてくるのかわからなかったが、インスクは食事どきにきょうだいたちを飢えさせることはなかった。タチウオを油で焼き、イガイを蒸し、ヌタウナギの皮を剝いてブツ切りにしてコチュジャンと野菜を入れて炒めて食べられるものをつくったものだ。ダンスに夢中で、たったひとりの息子に食事もさせずに出歩いていたヒスの母親に比べれば、インスクはずっと大人だった。

「一緒に食おう。ひとりで食うのはさみしいわ」

インスクは茶碗に飯をほんの少しだけよそってテーブルについた。ヒスはふだんより少し速いスピードで食事をした。シジミ汁を一口飲み、ニシンをひとつまみ食べ、明太子も少し食べ、オタカラコウに飯を載せ、その上に卵焼き一切れとタチウオの塩辛を入れてくるんで食べてみたりした。ご馳走に対するヒスの大げさなジェスチャーにインスクはさほど反応しなかった。食事をするヒスの姿を何となしに見ているだけだった。

「美味しい？」

「毎日、食堂の飯ばっかで、こんなちゃんとした飯を食うとホンマ旨いな」

「わあ、そばにご飯つくってくれる女ひとりおらんの？」

「おらん。付き合うたところで飲み屋の女やのに、あいつらにまともな飯がつくれると思うか？　カップラーメンにお湯もろくに注げんオンナどもや」

「うちも飲み屋のオンナやで」

「その、そういう意味やなくて」

「わかっとる」

うっかり吐いた言葉は縺れるものだ。インスクもヒスもそんな縺れをさほど気にしなかった。そういったものを気にするには、暮らしはあまりにも厳しく、雑然としていて複雑だった。ヒスは飯を平らげ、残りのシジミ汁も飲み干した。

「ご飯、もっとあげようか？」

「いや」

テーブルの上におかずが残っていた。食べかけの焼きニシン、卵焼きが数切れ、三、四切れの明太子。母子園時代には、いつもこんな状態で食事を始めた。七人のきょうだいに食べさせた後の残り物でインスクとヒスが食事をするのである。インスクが末っ子に食べさせ、ヒスが六番目に食べさせた。インスクはテーブルを片付けようとニシンの載った皿を持ち上げた。ヒスはインスクの手を掴んだ。

「置いとけ」

「まだ食べるん？」

「いや、これをあてに一杯やろかと。勿体ないやろ」

インスクが持ち上げた皿をテーブルに戻した。

「ええ日本酒があるけど、出そうか？」

「おお」

インスクが居間の飾り棚から日本酒を出してきた。トックリと猪口も出した。トックリに酒を移してヒスの猪口に注いでやった。ヒスは酒の匂いを嗅いだだけでも吐くかと思ったが、飲んでみたら不思議と胃がすっきりして香りも甘かった。

「ああ！　旨いな」ヒスが呻った。

「誰かが日本に行ってお土産(みやげ)にくれたんや。えらい高いやつやで」

インスクが肩をそびやかして威張った。ヒスは箸をとって、残ったニシンと卵焼きを少しずつ食べ、猪口を空けた。インスクが再び酒を注いでやった。

「ファランやったかな？　母子園におる頃、俺が膝に乗せて毎日飯を食わせてやったのは」

「六番目？」

「ああ。あいつは最近どうしとる？　可愛かったなあ」

「大邱(テグ)で看護師しとる」

「おまえが食わせとった末っ子は？」

「油造船に乗っとる。機関士や」

「みんな立派になったなあ。よかった。よう連絡するんか？」

「自分らの暮らしだけでもしんどいのに、連絡なんか。うちも忙しいし」

インスクの顔には恨みと悲しみが半分ずつ入り混じったような妙な気配が漂っていた。あれほど苦労して育てたのに、きょうだいたちはインスクを恥じた。インスクはあまりにも有名な娼婦で、この狭い界隈の穢(けが)らわしい噂の源だったからだ。それをつらいと思うのは、きょうだいたちが悪いわけではないだろう。彼らにも生活があり、夫と妻がいて、子供らがいて、友人がいて、職場の同僚がいるからだ。実のところ、きょうだいたちが恥じているのは、インスクではなくクアムの海なのかもしれない。クアムの海と母子園は、彼らに薄汚くて貧しかった思い出しか与えるものがないだろうから。だからインスクのきょうだいたちは、みな釜山を去った。誰かはソウルに行き、誰かは大邱に行き、誰かはさらに遠く船に乗って外国へ去った。

インスクは猪口に日本酒を少し注いで飲んだが、肴は食べなかった。ヒスはトックリに入った日本酒を飲み干し、テーブルに載ったおかずも平らげた。ひどくもたれたが、むりやり全部食べた。なぜかそうしたかった。

ヒスが庭で煙草を吸って戻ってくると、インスクはそのあいだにテーブルをすっかり片付け、果物を剝いていた。ヒスは居間の床で横向きに寝そべった。長いこと我が家だったように、なぜかインスクと一緒にいると安らぐ。インスクが林檎を一切れ差し出した。ヒスは受け取って口に入れて咀嚼した。

「耳垢取ってや」

「自分で取り」

「耳垢は他人が取ってくれんと力が出んのやで」

「どういう理屈や?」

ぶつぶつ言いながらも、インスクは引出しから耳搔きを持ってきた。子供の頃、母子園でもインスクは、たびたびヒスの耳垢を取ってくれた。ヒスはインスクの膝を枕に寝そべった。インスクがそうっとヒスの耳を撫でた。何か温かいものが、母親からも感じたことがなかった温かいものが耳を伝って脳の中まで入ってくる気がした。ヒスは首をちょっとひねってインスクの下腹に顔を埋めた。インスクはじっとしていた。まるで外科医が危険きわまりない心臓手術の執刀をするように、耳垢を取ることに集中している。インスクのスカートから、あるいはショーツから赤ん坊のお襁褓のようなふんわりした匂いがする。ヒスは掌をインスクの尻にそっと当てた。インスクはじっとしていた。ヒスはインスクの尻をそっと掴んだ。

「今のうちにやめとき」インスクが淡々と言った。

ヒスがビクッとして手を離した。だが、何秒も経たずに再びインスクの尻に手を当てた。インスクは掴んでいたヒスの耳を強く引っ張った。

「い、い、痛え」

「だからやめとき言うたやろ」

　左耳が終わったから反対側を向けというように、インスクがヒスの頬をトントン叩いた。ヒスが身体を捩って右耳を差し出した。インスクが耳掻きをフーフー吹くと、再びヒスの耳垢を取り始めた。インスクの温かい指が宥めるようにヒスの耳の縁を撫でおろしている。インスクの指はニシンの生臭い匂いがした。顔を埋めているインスクのふとももからは赤ん坊のお襁褓の匂いがする。ずっと昔、母子園時代のインスクい。

の身体からも同じ匂いがした。赤いヌタウナギの生臭い匂いと、赤ん坊のお襁褓の匂
「俺の唐辛子がカチカチや」ヒスがインスクのふとももに顔を埋めたまま言った。

「で、どうせい言うん？」

「一発やろうや」

「嫌や」

「なんでや？　みんな寝たのに、俺だけおまえと寝られんかった」

「悔しい？」

「うん」

「悔しいなら、うちが玩月洞で働いとるときに来ればよかったのに、なんで来んかったん？　マンアも来たし、チョルキも来たし、あんたが仲良かった友達はみんな来たのに」

ヒスがバッと上体を起こしてインスクの顔を睨みつけた。

「そういうことやない」

インスクが少し驚いた顔でヒスをじっと見た。

「ムカついてかなわん」

ヒスは再びインスクのふとももに顔を埋めた。複雑な考えは浮かばなかった。かつ

てのように嫉妬と怒りも生まれなかった。ただ、インスクの膝を枕に寝そべっているこの時間がひどく現実離れしているように感じられた。日光で干した綿布団の中にすっぽり倒れ込むようだった。インスクが再びヒスの耳を触り、耳掻きで耳垢を取った。

「一緒に暮らすか？」ヒスが訊いた。

インスクの手が一瞬止まった。だが、インスクは何も言わなかった。インスクが再び耳掻きでヒスの耳を掻いた。もう耳垢もなさそうなのに、ずっとヒスの耳を掻いていた。

「全部取れたで。もう起き」インスクが柔らかい声で言った。

「このまま、ちょっとだけ、このままでいようや。ちょっとだけ」

ヒスはベランダの窓から差し込む日差しが次第に居間の方へ伸びていくのをぼんやりと見つめた。大きなアロカシアの葉が日差しを待っていた。そうしてヒスはインスクの膝の上で眠りに落ちた。眠りたくなかったのに、インスクの膝を枕に永遠に寝そべっていたかったのに、あっけなく眠ってしまった。

ヒスが目を覚ましたのは午後四時だった。店に出たのか、インスクはいなかった。居間の片面のハンガーには、きれいに洗ってアイロンをかけたヒスの服が掛かっており、テーブルには、食事がしつらえてあった。ヒスは飯釜から飯をよそってテーブルについた。朝はあんなに旨かったのに、砂粒を嚙んでいるように味気ない。おかずも食べずに飯を嚙んでいて、ふと、強烈なさみしさのようなものが内側からこみ上げてきた。ヒスは二匙ほど食べてスプーンを置き、残った飯を飯釜に戻した。そして、テーブルにきちんとしつらえた料理を長いこと眺め下ろしてからインスクの家を出た。

洗濯工場

午後遅く万里荘ホテルに出勤すると、どういうわけか、入口にはクアムのやくざが三十人もわんさと集まっていた。犯罪との戦争があってからこの何年かに一度もそんなに多くの人員が集まったことはなかった。なのに、まるで戦争でも起こそうとするかのごとく数十人のやくざがホテルの花壇の隅に三々五々集まってざわざわしながら煙草を吸っている。ヒスが中に入ろうとすると、やくざたちは一斉にお辞儀をした。

「なんの騒ぎや?」

ヒスに訊かれて何人かが気まずそうな表情をするだけで、誰も答えない。おそらく自分たちも何のために集まったのか解っていないのだろう。ヒスはホテルの中を見回した。いつもとは違ってロビーが散らかっている。コーヒーショップの入口のガラス窓は割れており、ヤシの木が植えられていた大きな植木鉢も粉々になり、床は割れた植木鉢と土で汚れていた。マナが急いで駆け寄ってきた。

「ヒス兄貴、なんで今頃お出でですか?　連絡もつかんし」

「これはどういうことや？」

「今、とんでもない騒ぎですわ。ヨンガンとこの連中が押しかけてきて、すっかりめちゃくちゃにして行きました。キム部長は殴られて病院に運ばれました」

「ヨンガンとこの連中が？」

「キム部長が洗濯物を返品したんです。ベッドのシーツとテーブルクロスがあかん言うて。それから一時間くらいやったかな？　いきなり東南アジアの連中がワゴンに乗ってどっと踏み込んできて、こんなにして行きました」

理解ができないようにヒスが首をひねった。

「つまり、シーツとクロス何枚かのせいでヨンガンがこの騒ぎを起こしていった、いうことか？」

「そうです。確かにキム部長の言い方はちょっときつかったですよ。もういっぺんこんな洗い方したらシノギを替える、て脅しましたし、少し悪態もつきましたし。でも、そんなことで戦争をしようて飛びかかるとしたら、これはホンマにおかしなことですよ」

「キム部長の怪我は酷いんか？」

「鉄パイプで顔を殴られて鼻が陥没しました」

「おやっさんは？」

「社長室です」

ヒスは二階の社長室に上がっていった。ドアの前で、テンチョルが片足にギプスをして松葉杖をついたまま立っている。ヒスを見ると、ぎょっとして丁重にお辞儀をした。ヒスはギプスをしたテンチョルの脚を見た。

「大丈夫か？」

「大丈夫です」

「昨日は飲みすぎて悪いことしたな」

「いえ。自分がわきまえもせんで調子に乗りました」

ヒスがテンチョルの肩を掌で軽く叩いた。何が決まり悪いのか、テンチョルはペコペコ頭を下げた。ドアを開けると、ソンおやじがトダリと頭を寄せ合って何かを相談しており、ヒスを見るなり席からパッと立ち上がった。

「どこに行っとったんや？　どこに行っても連絡はつかなあかんやろ。早よこっち来い。今、その、戦争状態やで」ソンおやじが喚き散らした。

「オーバーなこと言わんでください。何が戦争ですか」

「鉄パイプ持って万里荘に乗り込んできたのに、これが戦争でなかったらなんや？」

「少し商売させろ言うて駄々こねとるんでしょう。たいしたことありません」ヒスが腰かけながら言った。

「いんや。今回は当たりが少し強いところがなんか臭うで」

「自分が今からヨンガンに会ってみます」

「今、行くんか？」

「瓶が割れたんなら、早よ塞がなあかんでしょう」

「連中に集まるよう言うたから、連れてけ」

「牧童ですか？」

「牧童て、どういう意味や？」

「その、これっぽっちのことで牛の群れをゾロゾロ連れて行きますか。カ、カオが潰れますわ」

「カオは少々潰れても、人の命が大事やろ。カ、カオが大事なんか。こんなときほど、後ろで兵隊がしっかり踏ん張っとらんと、話が上手いこと進まんのやで」

「話し合いに来たもんを、まさか刺したりせんでしょう」

「いんや。ヒス、夢見が悪い。昨日の晩、夢で子豚を一匹タダで手に入れて、それを抱いて、ええ気分で丘を越えたら、急に虎が現れて、あのでっかい前足の爪でわしの子豚を取り上げたんや。驚きすぎて、すっかり目が覚めたわ。それからすぐにこれが起きたんやで」

「本物の虎ですか？　山猫か野良猫みたいなもんとちゃいますか？　もともと虎は霊

獣やから、夢にあんまり出てこんのやけど」

そばにいたトダリが空気も読まずにくだらないことを言った。ソンおやじは一瞬血が上ったのか、バッと手を挙げた。トダリの横っ面でも一発張ろうかという勢いだったが、あまりにも呆れたのか、首を振って舌打ちするだけだった。

「チッチッ、これはいつ人間になるんや。一千万年も経てば人間みたいなもんになるんか」

「ひとりでそっと行ってきますわ」ヒスが落ち着いて言った。

「用心せえ。面倒起こさんで。ヨンガンにやれるもんはやって、ぼちぼち宥めてみい」

「この騒ぎを起こしたのに、洗濯工場をそっくりくれてやるんですか？」

トダリはびっくりした顔だった。だが、ソンおやじはトダリを一瞥すると、返事もせずにヒスに言った。

「洗濯工場もやるし、パラソルもよこせ言うなら、いくつかくれてやれ。なんぼでもないやろ。もうすぐ夏やないか。この厳しいご時世にことが起これば、わしらにも残るもんはいっこもないで」

「こんなにあっさり引き下がったら、ヨンガンの奴に見くびられるんとちゃいますか？」ヒスが言った。

「シノギはプライドでやるもんやない。夏を越して少し暇になったら、ク刑事と話して、ムショにぶち込むか別に仕掛けるかしよう。今はタイミングが良うない。ヨンガンの腹もわからんし」

横にいたトダリが癇癪を起こした。

「ああ！　ちくしょう、えらいカオ潰しよって。東南アジアの奴らを何人か引き連れて暴れる奴に、なんちゅうザマや。雑犬かて自分のシマでは八割（元のことわざは「半分」）食って帰るのにホームでこっぱずかしいわ」

ソンおやじがトダリの頭を後ろから引っぱたいた。

「カオが飯を食わせてくれるんか？　この虎と猫の区別もつかん鈍くさい奴が」

あまりに痛かったのか、トダリは自分の頭を抱えて悪態をついた。ソンおやじがヒスのほうを向いた。

「ヒス、わしの話を肝に銘じろ。今は特別取締中や。警察はえらいピリピリしとるいうことや。だから今は一息おいて、後で仕切り直そう」

言いたいことはよくわかった、というようにヒスが頷いて立ち上がった。トダリはひどく不満げな表情でヒスを睨みつけていた。

ヨンガンがクアムに戻ってきたのは十五年ぶりのことだった。十五年前のヨンガンは、ナイフ使いで、酒屋で、運び屋で、しかもポン引きだった。しかもベトナム戦争から戻ってきた下士官だった。いっぷう変わったことに、ヨンガンはひとりで仕事をする。それほど多くの事業をやりながらも群れない。気持ちを分かち合うたった一人の手下もいない。仕事があるたびに利益に応じて集まっては散るやくざが数人いるだけだ。ヨンガンはひとりで仕事をし、ひとりで戦い、ひとりで懐に入れる。なぜそれほどひとりにこだわるのか解せないことだった。

ひとりで動くやくざは危険である。やくざとは本来ハイエナのようなものだ。ひとりで上手くやれる奴も、ひとりで強い奴もいない。やくざがやたら人々を脅して粋がっているのは、基本的に群れているからだ。実は、やくざほど臆病な輩もいない。背後に仲間がいなければ、怖くて何もできない。ライオンが草原の王者になったのは、強いからではなく群れをつくっているからだ。群れから追い出された雄ライオンが野犬に追い回されながらウサギやリスを捕って食うように、群れないやくざはいつでもあっさり他の奴らの餌食(えじき)になる。

だが、ヨンガンはいつでも一匹狼だった。それでいて、クアムの主であるソンおやじに税金を払うこともなく、地元の中間幹部たちを先輩扱いすることもなかった。たびたび酒の席で、いっぺんヨンガンを懲らしめるべきではないかという話題が出たが、ヨンガンはつつがなく何年もクアムでやりたいように生きてきた。さして欲をかかず、他の中間幹部たちと重なる事業には手を出さない。しかも、ヨンガンは他所から流れ着いたやくざではなく、クアムで生まれて育った純粋な血統だ。タンカやヒスのように父親がなく母子園で育ったやくざとは違い、そのくだらない血統は、橋ひとつ渡ればみな叔父で従兄弟のこの海で生き延びるのにおおいに役立った。それでも同じ釜の飯を食った家族なのに少々生意気だからといって半殺しにしていいのか、とまあ、こんな具合だった。だが、本当は恐ろしかったのだ。十五年前のヨンガンは、いつでも死ぬ用意ができているかのごとく常に毒気を孕んでいた。ベトナム戦争でベトコン百人の首を獲ってきたという噂も広まっていた。そんなやくざの性根を正すのは容易なことではない。自分の事業に被害を与えるわけでもないのに、性根を正してやるという理由だけでヨンガンのような強者に刃物を構える奴は、このクアムにはいなかった。

ヒスがヨンガンに出会ったのは十八歳のときだった。やくざの世界に初めて足を踏み入れた頃だ。これといって与えられた仕事もなかったので、煙草代なんぞをもらいながら万里荘ホテルと港を行き来して使い走りなんぞをやっていた頃だった。ビリヤード場で、海辺のパラソルの椅子で、あるいは玩月洞の裏道で、たびたびヨンガンに出くわした。ヒスは初めて会ったときからヨンガンが気に入った。ゆったりした足取りも、どんな先輩にも挨拶しない糞度胸も、そして、相手が刃物を持って飛びかかっても平然とした顔をしている様子も気に入った。実際は、平然としているというよりは面倒そうな顔に近かった。相手は興奮してやみくもに刃物を振り回すのに、ヨンガンはまったく面倒でかなわんという表情で伸びをしてから、相手が完全に気を失うまで殴るのである。興奮したわけでも怒ったわけでもない、あれほど無表情に相手の顔が潰れるまで殴り続ける、ということがヒスには驚きだった。

　ビリヤード場でヒスに初めて箱回しの原理を教えてくれたのもヨンガンだった。ヒスが打った球がキス(チョン)（手玉と的玉あるいは的玉同士がぶつかること）になってうんざりしていると、ヨンガンが通りすがりに声をかけた。「いつもチョンになるやろ？　なんでかわかるか？」わからない、とヒスは答えた。ヨンガンはビリヤード台に球を並べ直すと、ヒスのキューを構えて球を打った。ヨンガンの言うとおり、球はその場で正確にキスになった。「この球は、こうやって打てばいつもチョンになる球や。いつもチョンになる角度やのに、イカレどもはなんべんやられても、おんなじように打つんやで」ヨンガンはそう言ってビリヤード台の上に球を並べ直すと、キューを構えてそっと球を打った。球がギリギリでキスを免れ、赤玉に正確に当たった。「チョンになることさえわかっとれば、よける方法なんぞ何千とある。自分の球を速めに進めるか、でなかったら遅めに進めるか、他の球が来んようにするか」そう言うと、ヨンガンはヒスにキューを返した。受け取ったヒスに「気張るんやなくて、考えながら生きるんやで」と言って、賭け球が行われる台へ悠々と歩いていった。

その後、たびたびビリヤード場でヨンガンに出会った。たいがいは誰にも声をかけなかったが、ヒスにだけは冗談をとばした。ヒスはヨンガンのこまごました使い走りをしたり、たまにウォルロンに配達する仕事をしたりもした。そのたびにヨンガンは大なり小なり必ず金をくれた。夏が終わり、大田(テジョン)から下りてきた賭け球のプロとの大きなゲームが行われたときに、ヒスがカバンモチをしたこともあった。ヨンガンは夏に稼いだ金をそのゲームに全てつぎ込んだ。三千万ウォンを超える大金だった。ヨンガンはクアムで一番ビリヤードが上手かったが、大田のゲーマーほどではなかった。鞄から最後の札束が出ていくと、ヨンガンはキューを置いて手をパッパッと払い、相手に向かって「こいつ、俺よりもワルやな」とずけずけ言った。空っぽの鞄を持ってビリヤード場を出て、あの荒んだ明け方の街角に立ったときも、ヨンガンはご苦労と言って十万ウォンの小切手一枚をヒスにくれた。

数年後、ヨンガンは別の大きな組織の連中と争った。争いはまるで些細な言いがかりで始まったかのようだったが、実は、ウォルロンにあったヨンガンの事業所を狙っていたのである。大きな組織が被害を覚悟して飛びかかれば、防ぐ手立てはない。一匹狼の限界と言うべきか。クアムの老人たちはヨンガンを助けなかった。対岸の火事を見物するようにじっとしていただけだった。自分の縄張りに入られて刃傷沙汰を起こされるのは少々プライドが傷ついたが、プライドが飯を食わせてくれるわけではないからだ。その争いでヨンガンは二人を刺し殺した。指名手配されると、ヨンガンは密航船に乗ってフィリピンに逃亡した。

ヒスが到着すると、洗濯工場の前には東南アジアの男たちがわんさと集まっていた。男たちは猛々しく、眼光は野犬のように鋭い。何人かはジャングルナイフを握っており、腰に銃を隠している者もいた。ヒスがドアに向かって歩いていくと、男二人が立ちはだかった。ヒスが両手を挙げながら周囲を見回した。そのとき、以前から面識のあるベトナム出身のタンが男たちを押しのけて声をかけた。

「おお、ヒス、どうした?」

「ここはジャングルか? 洗濯屋の前でなんのジャングルナイフや?」

タンがジャングルナイフを握っている男をじっと見ると、自分でも決まりが悪いのか、ニッと笑った。タンはベトナムの男にしては背が高く、すらりとしている。顔に異国的なところがあるが、おそらくフランスかイギリスのほうの混血だろう。タンとは食材の密輸のために何度か一緒に仕事をしたことがあった。頭の回転がよく、リーダーシップがあった。英語、ロシア語、韓国語に等しく長け、故国で大学まで出たインテリである。

「おまえの頭目に会えるか?」ヒスが訊いた。

　タンは顔を顰めた。

「ヨンガンは俺のボスじゃない。同業者だ」タンはプライドを傷つけられたように、つっけんどんに答えた。

　ヒスと付き合いのあるベトナム人はたいていプライドが高い。タンと酒を飲んだときに、何かの話の最後に、すまなかった、祖国を代表しておまえたちの国に謝る、とヒスが冗談めかして言ったことがあった。韓国がベトナム戦争に参戦してベトナム人を殺したことに対する謝罪だった。タンは怪訝そうな表情で聞き返した。「我々が勝った戦争なのに、なぜおまえたちがすまながるのだ？　それは勝った奴が負けた奴に言うことだ。おまえたちが負けて俺たちが勝ったのだ。フランスでもアメリカでも我々は戦争で負けたことはない。それに、我々はそんなことはもうすっかり忘れた。なぜか？　我々が勝った戦争だからだ」タンは少し酔っていたが、堂々と誇らしげな声ではっきり言った。あのときヒスは思った。そうか、勝った奴らは赦すことも忘れることもできるのだな。やられてばかりいる国だけが忘れることも赦すこともできないのだな、と。

「なら、おまえの同業者に会わせてくれ」

「朝の件か？」

「まあ、いろいろとな」

タンは頷くと、ヒスを中へ案内した。オク社長の洗濯工場にある大型の洗濯機は、十台のうち五台だけが稼働していた。ソンおやじの指示でいくつかの事業所が洗濯物の取引先を変えたので、物量が減ったのは明らかだった。どんなミスをしたのか、工場の隅で、フィリピンの男が二人がかりで一人の男を角材で殴っていた。殴られている男は顔と身体が血まみれになったまま、身体を丸めてぶるぶる震えている。一番端にある大型の乾燥機は、故障したのか、工具店街からやってきたエンジニアが分解して修理していた。そばで責め立てる男たちのせいか、エンジニアの指先が震えていた。タン工場を通って事務所に着くと、タンが先にドアを開けて入り、すぐに出てきた。タンはヒスに、入れ、というように手でドアを指した。ヒスはお礼の印として軽く頷いた。ヨンガンは事務所にひとりだった。ヒスが入っていくと、ソファに座っていたヨンガンは、まるで故郷の旧友にでも会ったかのように嬉しそうな表情になった。

「ついに来たな。あんなに必死に呼んでも来んかったのに」

ヨンガンが手を差し出して握手を求めた。ヒスは仕方なくヨンガンの手を握った。ヨンガンは大柄で顔と腕がゴリラのように毛深い。北方系の骨太な筋骨なので掌が分厚いが、特に力を込めはしなかった。ヨンガンはヒスの背後を見回して怪訝そうな顔をした。

「ひとりで来たんか?」

ヒスが頷いた。

「ああ、こっぱずかしい。俺らはクアムのやくざが揃って押しかけてくる思て、えらいビビッとったわ。ドアの前で戦闘準備しとる連中を見たやろ？　殴られるおひとはこんなジェントルにお出ましやのに、俺らだけ道具持ってえらい騒ぎやったな。恥ずかしいわ。年が寄ったら少し臆病になってな」ヨンガンが喋り立てた。

「臆病なくせに、なんでふざけた真似をしますか？」

言い方がきつかったのか、ヨンガンが片目を細めてヒスを見た。

「臆病でもしゃあないやろ。食ってくためには、しんどくても勇気を出さな」

ヨンガンは〈勇気〉のところで、おどけて拳をぐっと握った。そして、その大きな図体に似合わず蝿のように手を擦り合わせると、ヒスに席を勧めた。昔と比べて何かが少し変わったようだった。良く言えば少し社交的になり、悪く言えば少し堅苦しくなったと言うべきか。一方では野生動物のようであり、また一方では剃刀のようだった、かつての面影は見いだせなかった。

「立っとらんで座れ」

ヨンガンが席を勧めた。ヒスはソファに座った。

「何か飲むか？」

「結構です。すぐに立ちますんで」

ヒスは事務所の中を見回した。オク社長がいた頃と大きく変わったものはなさそうだった。ドアの外からは、ずっとフィリピンの男の悲鳴が聞こえてくる。気になるのか、ヒスはドアの方に顔を向けた。ヨンガンが席を立つとドアを開けて、角材を持ったフィリピンの男たちに現地の言葉で何かを叫んだ。おそらくフィリピンの罵倒語だろう。男たちは殴るのをやめ、同時に悲鳴もやんだ。悲鳴がやむと、ため息のようにごく小さな呻き声がドアの隙間から入り込んできた。ヨンガンは席に戻って座った。

「大事な客が来たのに気ぃ利かんやっちゃ。うちの連中は逞しくて勇ましいんやけど、頭が回らん。洗濯機と乾燥機の区別がつかん。乾燥機に洗剤をぶちこんでもうて、機械をダメにしよったんや。ツーいうたらカーやないとあかんのに、これは洗濯機で、これは乾燥機で、これはゴミ箱や、言うて、いちいち教えなあかんから、まったくイライラする。これやから多国籍企業はしんどいわ」

「何がお望みですか?」ヒスは単刀直入に訊いた。

ヨンガンはびっくりした顔でヒスを見た。

「わあ、ヒス、えらい変わったなあ。熱血やな。昔はおとなしいだけの少年やったのに」

おとなしいという言葉と、少年という言葉にヒスが眉を顰めた。

「そや、男はそうでないと。おとなしい男をいったいどこで使うんや」

「くだらん話はよして本題に入ってください」

「俺が言うたら、おまえに聞いてくれる力はあるんか?」

ヨンガンが妙な表情になった。そこはかとなくヒスを馬鹿にしている感じだ。

「聞けるようやったら聞いて差し上げるしかないでしょう? こんなに勇ましくいてはるのに」

ヨンガンはキャメルを取り出してヒスに差し出した。ヒスは受け取らずに自分のポケットから国産の煙草を出して咥えた。ヨンガンがライターを持ち上げた。ヒスはちょっと迷って、素直にライターに煙草をかざした。

「まあ、たいしたことやない。一緒に食うていこう、いう話や」

「今も勝手によう食らってはるでしょうに」

ヨンガンは目を細めてヒスを見ながら煙草の煙を長く吐き出した。

「ええい、お互いに礼儀をわきまえて話し合おうや。十五年ぶりに故郷に戻った先輩に、後輩がその口の利き方はなんや」

「歳くって先輩扱いされたかったら、振る舞いをわきまえてください。そしたら自分もきちんと先輩扱いしますわ」

「わかった。俺は外国暮らしが長くて、国内の事情がようわからん。さあ、なら、俺がどう振る舞えばええのか言うてみい」

「洗濯工場は差し上げます。夏にパラソルもいくつか差し上げますし。とにかくクアムの海はこっちのシマですので、税金は二十パーセント。そのくらいで手を打ちましょう」

「税金はオーケー、パラソルも助かる。だが、洗濯工場はオク社長から真っ当に買い取ったのに、そっちに許しを求めるいわれは一切ないやろ」

「洗濯工場はオク社長のもんとちゃいます。しかも、博打のかたにふんだくったやないですか」

「チンコでふんだくろうがふんだくろうが、この法治主義の社会では登記を持っとる奴が主（あるじ）やろ？　あとは区庁に行ってハンコをいくつか押すだけでええ」

「そのハンコ、おそらく押すのは難しいでしょうな」

「なんでや？　もうオク社長を殺っちまったんか？」ヨンガンがさして驚きもない顔で訊いた。

「死んだも同然ですわ。自分らが捕まえて殺りますんで」

「おおごとにするもんやないで。誰かを殺ったからて登記がどっかに行くか？」

「ヨンガン兄貴」

「なんや？」

「昔はえらいカッコ良かったのに、時の流れは止められませんな」

「カッコ悪うなったか？」

「ヨンガン兄貴は工場ひとつ食うために、こんなブサイクな真似をするおひとやないでしょう？」

「ブサイク？」

ヨンガンはニヤリとすると、靴下についている毛玉をつまんで床に投げ捨てた。そしてフィリピンの男が殴られていたドアの外をだしぬけに一瞥した。

「あいつがなんであんなにぶん殴られとるか、わかるか？」

「乾燥機と洗濯機の区別がつかんからでは？」

「ちゃうわ。俺らはそんなチマチマしとらん。あいつが洗剤や思てぶち込んだんは、実は洗剤やない。ほら、孔子様も言わはったやないか。白いもんがみんな洗剤とは限らん、て」

「孔子様はそんなことも言わはりましたか？」

「元々いろいろ言わはったお方やからな」ヨンガンが笑いながら言った。「あいつが乾燥機でお釈迦にしよったもんは、時価で一億くらいする。だけど俺らは角材でなんべんか殴って終いや。一人前にしたれ、いう単なる教育の次元でな。なんでか？　ポン粉いうんは、もともと原価はそんなにせんからや」

「で？」

「タイ産、ミャンマー産、ベトナム産、ブツはぎょうさんある。安くて質もええ。つくる技術者もみんなベテランや。百倍、千倍に膨らます商売やから、間で少しロスが出ても、人生そんなもんや、いうて大目にみる」

「で？」

「で、この美しいブツを売る手立てがないんやなあ」

「それで洗濯工場に居座って、クアムでブツを売るためにこの騒ぎを起こしとるんですか？」

「調達も俺らがやるし、配達も俺らがやる。売るのも俺らがやる。サツに引っかかったら、ムショにも俺らが行く。ソンおやじやヒス、おまえにクソが飛ぶことは一切ない。おまえは楽しくクッ（ムーダン（巫女）による祭祀。供え物をして村や家の安泰・病気の治癒などを祈禱する）でも見物しながら、俺らが配る旨い餅でも食うとればええ」

「なんもせんでカネさえ受け取ればええ、と？」

「なんもせんでええわけやない。クアムの海はもうおまえががっつり握っとるんやろ」

「クアムの海を握っとるのはソンおやじです」

「ええい、また謙遜(けんそん)してからに。みんなクアムいうたらヒスがエースや言うとったで。その話を聞いて、やっぱりや、て頷いたわ。実は、前からおまえはでっかくなると思っとった。子供の頃から、クアムの根っからのチンピラどもとは匂いが違ったやないか。だから可愛がったんやしな」

可愛がったという言葉にヒスは再び眉を顰めた。こいつの言い方にはとても適応できなかった。

「何が言いたいんですか？」

ヨンガンが暫く息を整えた。

「ブツを少し捌かせてほしい。もっと分け前が欲しいんやったら、港も少し使いたい。ルートはいくつかあるけど、どれも風呂敷商売で量がパッとせん」

「クスリが入るルートはありません。せいぜいウイスキー何箱かとか、中国の粉唐辛子が何袋か入ってくるだけや」

「ええい、とぼけよって、やり手どもが。調べはついとるで。そっちの門のほうが釜山港よりずっと大きいそうやな。ラーメンの箱くらいのを二回だけ入れさせてくれたらええ。それ以上は欲をかかん」

「ラーメン一箱ぶんを港に入れる？」

「時価で八百億ウォンくらいや。前頭葉にビビッとくるやろ？」

ヨンガンの言葉に呆れたのか、ヒスが鼻で嗤った。

「そんなどえらいもんが入ってきてバレたら自分らは全滅です。仮に入ってきたとして、そんな量をどこで捌くつもりですか？」

「おっと、心配せんでええ。食えん肉は茹でんやろ？」

「自分に決められることやないです。夏を越してから話しましょう」

「もう船は出たのに、どうやって夏を越すんや」

「ですから、天気を見ながら船を出さな。やたら船を出せば大海原で錨を失くしてお陀仏になる、いうんを習わんかったですか？」

ヨンガンは腰を反らしてソファに寄りかかった。ヒスを暫く睨みつけると、天井に向かって煙草の煙をゆっくりと吐き出し、灰皿で吸い殻を揉み消した。

「実際、許しを求めるだの なんだの言うことでもないもんを、誰かさんたちが、この海は自分らの海や、言い張るから、俺もそれなりに礼を尽くそうとしとるんやで。言うて、この海のどこに主がおる？ おやっさんに言うとけ。やってくれへんのやったら、このヨンガンが勝手に道をぶち抜く、てな。チンコ勃ててぶち抜けんことあるか」

「十五年ぶりに戻ってこの界隈がチョロく見えますか？」

「十五年ぶりに戻って懐かしいわ。十五年前も今もちっとも変わらん。老いぼれおやじは相変わらず大将やし、チンピラみたいに浜辺で群れるわ、ビリヤード屋で遊んどる連中も一緒や。ところで、クアムに戦争できる連中が少しはおるんか？ 俺らは家族の手に五千ドル握らせれば人も刺せる連中が列を作っとる。そいつらがみんないなくなったら、またコンテナに積んでくればええ。アジアは広くて人は多いからな。どうや、待機者リストから二百人くらい選んで渡してやろか？」

ヨンガンはヒスを見ていた。自信満々な顔だった。虚勢ではなく、本当に自信満々な顔だった。そういう顔がある。長いあいだに多くを失い過ぎて、失うことを恐れない顔。どん底まで下りたことがあり、そのどん底から這い上がってきたことのある顔だ。ごろつきとはそういう奴らの仕事である。子もなく妻もなく親もない、守るべきものが何もない奴らの仕事だ。今日すぐ死んでもたいしたことはないという構えの奴ら、もろともとことん落ちたらどちらがより大きな怪我をするのかと常に脅す、そういう顔である。しかし考えてみると、ヒスにも失うものはなかった。

「お話はようわかりました。おやっさんと相談してお返事します」

ヒスは席から立ち上がった。

「返事はなるべく早うくれや。俺らは待つのが苦手でな」

ヨンガンはにっこりした。

洗濯工場から万里荘ホテルに戻ると、入口には相変わらずクアムのやくざたちがわんさと集まってざわざわしていた。ヒスは顔を顰めた。ガラス屋から来た職人二人が、割れた正門のガラス窓を交換している。ヒスはロビーにいるマナを手招きした。

「あいつら、みんな帰せ」

「おやっさんは、安全上の理由でここを絶対に守れ言われましたけど」マナが口ごもった。

「充分に安全やから帰せ言うとるんや」

ヒスが癇癪を起こした。マナは頷き、集まったやくざたちの方に向かった。ヒスはコーヒーショップに入ってカウンターに座った。バーテンダーが近づいてきた。一杯飲みたかったが、昨日の飲み過ぎで胸やけがする。

「スカッとする酒をくれ」

バーテンダーが首をかしげた。

「スカッとする酒、ですか?」

「そういうんはないんか?」

「トマトジュースにウォッカを少し入れましょうか?」

「それ、いけそうやな」

暫くしてバーテンダーがウォッカ入りのトマトジュースを持ってきた。ヒスは少し飲んでみた。いけるのか、バーテンダーに向かって頷いた。バーテンダーはほっとした表情で戻っていった。ヒスは煙草を取り出して火をつけ、コーヒーショップを眺めた。一日中、ゴリラのようなやくざたちが正門の前をうろついていたせいか、どのテーブルにも客がいなかった。

「商売あがったりや」ヒスがぼやいた。

マナがコーヒーショップに入ってきて、ヒスの座っている席に来た。

「全部帰したか？」

「はい、みんな帰りました。ところで、ヨンガンと話はつきましたか？」

マナが好奇心いっぱいの顔で訊いた。ヒスが呆れた表情でマナを見た。

「それをおまえに報告せなあかんのか？」

「そうやなくて、自分も状況を知っておかんと、ホテルの全般的な管理ができませんし、それに……」

マナはヒスの冷ややかな表情を見て話をやめた。

「なあマナ、俺は今日、むっちゃ疲れとるんや。だから、そのツラを全般的にぶっ潰されたくなかったら、少し口を閉じとけ」

「はい、兄貴」マナがふて腐れた表情で言った。

ヒスはジュースを少し飲んだ。そのとき、フィリピンの男が一人、コーヒーショップに入ってきた。半袖のシャツに帽子を深く被っており、怯えたように身体を思い切り丸めている。よく見ると、ヨンガンの洗濯工場で、角材で殴られていた奴だ。男は全身血まみれのまま、とぼとぼ歩いてくると、何も言わずに中央にあるテーブルについた。ヒスは怪訝そうな眼差しで男を見た。

「あの汚らしい野郎はなんや？」マナが立ち上がって言った。

ヒスは行ってみるようマナに目配せをした。マナは男のいるテーブルに行った。男は帽子を被ったまま深く俯いていた。マナが声をかけたが、男は聞こえたふうもない。丸めた身体をぶるぶる震わせている。マナはヒスを一瞥して肩をすくめた。そして手を上げて男の頭をポンと叩いた。

「おい、立て。ここで何するつもりや？」

男は答えない。

「韓国語が解らんのか？」マナが再び訊いた。

すると、男は深く俯いていた頭をもたげてマナを睨みつけ、ポケットからクシャクシャになった一万ウォン札を三枚取り出した。さらにテーブルの上にあるナプキン一枚とバターナイフを手元に引き寄せた。男のすることに呆れたのか、マナはげらげら笑い出した。テーブルの一万ウォン札をつまみ上げると、まるで偽札かどうかを確かめるように蛍光灯にかざした。

「なんや？　これでなんか飲むんか？　なんにするんや？」

男は押し黙っている。マナは男の肩をポンポン叩いた。相変わらず反応がないと、マナは顔を確かめるように男の帽子を剝いだ。すると、いきなり男がバターナイフでマナの腹をめった刺しにし始めた。バターナイフはまるでミシン針のごとく素早くマナの腹を突き刺しては抜ける。四、五回ほど刺されたマナはバランスを崩してつんのめって倒れた。だが男はやめず、今度はマナの脇を刺し続けた。驚いたヒスは男に駆け寄って顔を蹴り上げ、腕をひねってバターナイフを取り上げ、床に投げ捨てた。さらに拳で男の首を強く殴った。男はウッと声を上げて床に倒れた。ヒスは倒れた男の顔を容赦なく蹴った。男が気絶しても蹴るのをやめなかった。バーテンダーとウエイターが駆けつけてヒスを止めた。男の顔は血だらけになっていた。だがそれはヒスに蹴られたからなのか、最初からそんなふうだったのか区別がつかなかった。マナの腹と脇からも血がだらだら流れている。マナがぐったりして呻き声をあげた。ヒスはテーブルにあるナプキンを何枚か摑んでマナの腹を押さえ、挙げ句にテーブルクロスを引き寄せて止血した。

「救急を呼べ。いや、おまえが俺の車に乗せてまっすぐ病院に行け。急げ」ヒスはバーテンダーに車のキーを渡しながら急いで言った。

バーテンダーはマナを背負ってコーヒーショップを抜け出した。男は気絶したまま床に横たわっている。

「こいつはどうしますか？」

病院に送りこむことも、警察に通報することもできない。ヒスは困った顔で煙草を咥えた。

「タンカを呼べ」

タンカが万里荘ホテルに戻ってきたのは二時間が経った後だった。二時間でフィリピンの男をマッサージ室の隠し部屋に押し込み、韓医院を営むファンおやじを呼んで治療させた。病院に寄ってマナの容態を尋ね、警察に通報しないよう手を回した。ヒスはク班長に、まだどういうことかよくわからないから万が一にも警察が介入することのないようにしてほしいと電話した。

カウンターにつき、ようやく一息ついているときにタンカが入ってきた。

「なんの騒ぎや。玉蓮（オンニョン）喫茶のミス・パクとモチ搗き（オメコ）しとったのに」タンカが座りながら文句を言った。

「みんな片付けたか？」

「だいたい止めるもんは止めた」

「フィリピンの奴は？」

「命に別条ない。それでも、ごっつう殴られたから、少し大儀やろうな。ところで、兄貴があんなボコボコにしたんか？」

「ヨンガンが先に潰した奴をよこしたんや。俺が洗濯工場に行ったときは、もう気絶寸前やった」

ヒスは酒瓶を持ってタンカに注ぎ、自分のグラスにも注いだ。

「ク班長を呼んじまおうか？」ヒスが訊いた。

「サツを呼んだらあかん。今は兄貴がおっかぶせられるお誂え（あつらえ）の状況や。あそこの署に行って説明するんも微妙やろ。ここまでは自分が殴ってここからはヨンガンが殴った言うわけにもいかんし。しかも、いっこも証拠がないのに、何に絡めてヨンガンをぶち込むつもりや」

「確かに、刺すつもりの奴がドスも持って来んかったなあ」

「なんで刺したんや？」

「テーブルのバターナイフで」

「ヨンガンのクソったれ、ゴリラみてえな顔しやがって、やることは狐（きつね）やな」

タンカがやれやれと首を振るとグラスを空けた。

「俺の見立てでは、ヨンガンはやっぱ糞兵（トンピョン）やな」

「糞兵？」ヒスが首をかしげた。

「糞兵を知らんのか？　カネもろて他所のシマに入って、糞をぶちまける奴らを糞兵いうんやで。梁山（ヤンサン）の連中が新都市を接収するときも糞兵を使ったそうや。あんときニユータウンの商圏はがっちり地元の連中が握っとったのに、順天（スンチョン）のチンピラどもが入ってきて一戦交えたそうやないか。で、その地元のやくざが、五十六人やったかな？　とにかくカシラからしんがりまで、そっくりしょっ引かれたんや。全員しょっ引かれたら何がある？　空っぽのシマを梁山の連中が血一滴流さず接収や。言葉どおり無血入城したわけやな。ヨンガンが今やっとるんが、まさに糞兵いうことや。ヨンガンの裏に誰かがおる。なんぼ考えてみても、裏に誰かがおらんかったら、ベトナム戦争でベトコン百人殺したいうても、ああはやれんで」

「裏に誰がおると思う？」

「影島の連中かもしれんし。ソウルのほうの連中かもしれんし。日本の連中かもしれんし」

「万里荘なんぞを食うためにソウルの連中が下りてくるか？」

「そんなんわからんやろ。とにかく、こういうんはホンマ頭が痛いわ。ヨンガンを捕まえて後ろから虎なんかでも這い出してみい。そんときは、どえらいことになるで」

ヒスは暫く考え込んだ。頭があまりにも混乱していた。あまりにも霞（かす）んで混乱していて、虎でも猫でも何でも這い出したほうがいっそ気は楽だと思った。

仕掛け網

ヒスが目を覚ましたのは午後だった。様々なことが重なって明け方まで眠れず、朝になってようやく寝入った。ヒスは起き上がってベッドの端に腰かけた。コンディションが良くない。頭はくらくらするし、ひどく胸やけがする。胃酸がみぞおちの下の方を剃刀で少しずつ削いでいくようだ。このしつこい胃腸の病はヒスの専売特許のようなものだった。やくざになってヒスは胃腸を痛めた。船乗りだった頃にも、刑務所に閉じ込められているあいだにもなかったことだ。暴飲に煙草の吸い過ぎ、不規則な食事、睡眠不足、ストレス。じっさい胃腸が無事な方がおかしい。ヒスはぼんやりした目つきで部屋を見回した。古いホテルの部屋が醸し出す特有の黴臭さが鼻をついた。ヒスは窓を開けて、ひとまず煙草を咥えた。水の一杯も飲んでいない空きっ腹だ。二口も吸えずにトイレに駆け込んで嘔吐した。嘔吐物がプカプカ浮いている便器を眺めているうちにふと、うんざりだ、と思った。

（この部屋もうんざりやし、やくざもうんざりや）

ずっと前からヒスはこの部屋にうんざりしていた。安っぽいホテルは、まるでヒスの人生のように汚らしく臭うくすんだ場所だった。何より寂しい場所だった。考えてみると、母子園を出て以来、ヒスはただの一度も家というものを持ったことがない。みすぼらしい宿泊所でやくざ暮らしを始め、それ以降は刑務所や汚れた船室、安宿で間借り暮らしをした。四十になった今もホテルで暮らしている。人々は、部屋のドアを開ければすぐに出勤できて通勤に捨てる時間がなくていいと羨んだ。だがヒスは、勤務を終えて家に帰る職員たちがいつも羨ましかった。ヒスは、浴室で使い捨ての歯ブラシで歯を磨き、使い捨ての髭剃りで髭を剃り、公衆トイレでも使わなそうな安物の石鹸で頭を洗ってシャワーを浴びた。

社長室に入ると、ソンおやじはひとりで碁を打っていた。テレビでは徐奉洙九段の対局を再現していた。ソンおやじは徐奉洙が好きだった。たいていのプロ棋士のように日本に留学したこともなければ、良い師匠の門下で学んだこともない。道端で囲碁を学んだ。不動産屋の爺さん、野菜売り、いかさま師を問わず碁を打ち、その全てから学んだ。そして頂上まで上りつめた。考えてみると、ソンおやじが徐奉洙を好むのはアイロニカルなことである。富裕な家庭に生まれて大学に通い、祖父から事業に関する全てを学んだからだ。徐奉洙を好むべきなのはヒスの方だ。ヒスは道端で育ち、道端で全てを学んだ。だが、ヒスは囲碁に何の関心もなかった。徐奉洙だろうが曺薫鉉（チョフンヒョン）だろうが、誰が頂上にいて誰が道端にいようが何の関心もなかった。

「ひとりで打って楽しいですか？　これはその、ひとりで卓球をやるのと似たようなもんとちゃいますか？」ヒスがソファに座りながら訊いた。

「楽しいで。負けたからいうて文句たれる奴もおらんし、勝ったからいうて威張りくさる奴もおらんし」

ソンおやじは碁盤の上に石を載せた。いつからかソンおやじはひとりで打つ碁を好むようになった。コムタン爺たちが一局やろうと言うと、あれこれ理由をつけて逃げた。そうして部屋に戻り、ひとりで碁を打った。ひとりで白石を打ち、またひとりで黒石を打つ。それの何がいったいそんなに面白いのだろう？　ソンおやじが黒石を持ち上げて首をひねると碁笥（ごけ）に戻した。

「昨日、海のルームサロンにもヨンガンとこの連中が押しかけてきて、たっぷり引っかき回していったそうや。ヨンガンの野郎、また襲ってくるやろな？」

「この雰囲気だと騒ぎを続けそうです」

「ああ、あの野郎、なんで血ぃ付けた連中ばかり送り込んで暴れるんやろ。何が欲しいんや？」

「クアムの海でヤクを少々売らせてほしいそうです。港も一、二回開けてほしい、と」

「量はどのくらいや？」

「ラーメンの箱二つ」

「それを受け取って、ここで商売するやと？」

「ソウルに卸すそうです。税金は払う言うとりました。二十億くらいになりますな」

ソンおやじが驚いたように口をにゅっと突き出した。

「ヨンガンの野郎、大きく出たな」

「うちが何か損することありますか？　バレても向こうが被るし、ムショにも向こうが行くのに、クッでも見物しながら餅でも食えばええことやないですか？」

ヒスはソンおやじの顔色を窺った。ソンおやじは碁盤を暫く見つめると、さっき打ちかけた黒石を一つ打った。

「なあヒス」

「はっきり言うてください。いちいちもったいぶらんで」

「ヤク売りはやくざ同士でも馬鹿にして仲間から外す。なんでかわかるか？」

ヒスは答えずに黙っていた。

「それは、外側だけに砂糖が塗ってあって、中には毒が入っとる食い物だからや。最初は少しカネになると思うが、ちょっと経ってみい。下の奴らが一人二人とヤクに酔っぱらって事故り始めるわ、シマの人間関係が荒れるわ、ちょっと売れる思たら、あっちこっちしがみつく奴らまでおる。こぼれてくカネはハンパないで。しかも、ことが起きたら収拾つかん。サツや公務員も自力ではヒロポンの事件を止められん。クスリは専門チームが別におる。そういう野郎どもは上から直に下りてくる。それに、ヤク売りは、サツにしょっ引かれたら義理もクソも何もない。自分らが生き残るために行き当たりばったり吐いてまう。ヒロポンをラーメン二箱ぶん捌いたら大騒ぎになるに決まっとるのに、あのデカい塊を追えば、わしらが門を開けてやったことがすぐにバレる。港の商売がパアになるんが問題やない。わしらはそのまんま、ここで地面に墓を掘らなあかん。この歳になってムショで人生終わらす必要あるか？　そらあ、ヤク売りは言うやろ。一発大きく当てて高跳びしたらええ、てな。だが、ブツをばらまいてカネを回収するんも、仮に回収できたところでその大金を持って高飛びするんも、そう容易なことやない。ヤクは流れ者や人生どん詰まりの奴らだけがやることや。雑犯なんぞは外国のどこかに暫く身を隠して戻れば済むけど、ヤク売りはそんなもんもない。クスリはインターポールが最後まで追っかける。おまえもよう知っとるやないか。どんな奴らか」

「自分はよう知りません」

「何を？」

「インターポール。会うたことないんで」

「ああ、こいつ、せっかく真面目に人生の忠告をしとるのに、混ぜっ返しよって。ともかくヤクは絶対にあかん。他の奴らならともかく、ヨンガンの野郎をどうやって信じる？　ヒス、おまえもやたら色気出すんやないで。それに食いついたら、派手な宴会の次の日に下痢で全滅や」

しぶしぶヒスが頷いた。

「なんや？　惜しいんか？」

「惜しいですよ。二十億でっせ。おやっさんの下で中国の粉唐辛子なんか混ぜとって、いつそんなカネが触れますか？」

「カネが要るんやったら言え。わしが貸してやる」

「ああ、結構ですわ。おやっさんのカネを使うくらいやったら、ホン社長に借りるほうがましや」

ソンおやじは急にカッとなると、持っていた碁石を碁笥にイライラしながら投げ込んだ。

「ああ、こいつ、言い方があるやろ。おまえとわしが生きてきた義理人情があるのに、まったく、わしはあの人間の底辺みたいなホン街金にも及ばんのか。おまえはいつもわしを犬のフンみたいに汚らわしそうな目で見るとこあるけど、わしはそんな人間ちゃうで」

「なら、無利子で貸してくれますか？」

ヒスが畳み掛けると、ソンおやじは即答できずに口ごもった。

「ええい、だからて、やたらめったら無利子にしよう言うたらあかんやろ。わしが言いたいんは、どこまでも合理的な線で合意しようということや。ホン社長はちっとも合理的やないから」

「結構です。自分はこのまま合理的やないホン社長のカネを使いますわ。いつもちょっとばかし貸して、それをいいことにあれこれさせよってからに」

「わかった、わかった。ところで、なんでカネが要るんや？　またバカラやるつもりやろ？」

「インスクと所帯を持つからです」

ヒスは冗談のように言葉を吐いた。自分が吐いた言葉に自分でも少し驚いた。それは元から心の底にあった言葉なのか、単にふざけて吐いた言葉なのか、ヒス自身も混乱した。ソンおやじが首をひねった。

「インスク？　なんでよりによってインスクや？」

「なんでですか。おやっさんはインスクと絶対に寝とらんそうやないですか？」

「そうや、わしは絶対に寝とらん」

「インスクに訊きますで」

「訊いたらええ」

ソンおやじは潔白だと言わんばかりに目を剝いた。そして、そばにある湯飲みの蓋を少し開けてお茶を啜った。

「インスクと所帯を持つんは、よくよく考えてのことか？」

「もう考えんことにしました」

「なあヒス、おまえの気持ちは解らんでもないけど、そういう恋はしまっといたほうがええ。インスクて、いつの話や。ケツの穴に付いたもんは、そのまま隠しとくもんやで。惜しい思て掘ったところで、出てくるのはクソだけや」

「何を言いよります。インスクのどこがケツの穴ですか？」

「おまえとインスクの仲がケツの穴や言うとるんや。この二十年ずっとそうやなかったか？　お互いに惚れたいうてジタバタしてみたところで、所詮はケツの穴の中や」

「自分のことは自分で決めます。自分はアホですか？」ヒスが怒鳴った。

「おまえはアホや。なんで今さらインスクや？　今するんやったら、なんで二十年のあいだにせえへんかったんや」

返す言葉がなくてヒスは暫く呆然と座っていた。おやじの言うとおりだ。この恋はケツの穴だろう。悪臭のする汚くて醜悪な恋、あらゆる劣等感と恥辱に囚われた恋だ。

この先もそうだろう。後輩たちは酒の席でヒスとインスクのことを喋り立てるはずだ。玩月洞でインスクが娼婦をしていた頃について、自分が身体を交えたインスクの肌について、自分の性器を吸い上げたインスクの舌と唇について。ヒスはそういったことを思い浮かべるたびに腹の奥底から怒りが湧き上がる。そして、その怒りは結局インスクへと戻っていく。だからこの恋はケツの穴に違いない。生きようとあがくほど傷つけあう恋なのだ。

ソンおやじが再び湯飲みを持ち上げてお茶を啜った。

「オク社長の痣は、おおかた取れたんやろ？」

ソンおやじがさりげなく問いかけた。

「オク社長がどうかしましたか？」

「今までの義理人情もあって、できれば生かしてやりたいけど、状況がそうもいかんでな」

「ヨンガンと絡めるつもりですか？」ヒスが驚いて訊いた。

「それ以外に何ができる？」

「ヨンガンが怖くて、おめおめとこっちの人間を殺るいうことやないですか？　こうやって一歩ずつ引き下がったら、この業界で守れるものはなんもありまへんで」

「なら今、ジャングルナイフに拳銃までひっさげてわしらと戦争しようと虎視眈々と狙っとるのに、そこにドタマを差し出すつもりか？　おまえが差し出すか？」ソンおやじが切れ味の鋭い刃のような表情で言った。

ヒスはひどく疲れた顔になった。ソンおやじの言うとおりだ。戦争しようと狙いを定めている奴らにドタマを差し出すことはできない。それはヨンガンを利するだけだ。実際、戦争を起こそうとしても、ろくな兵力もない状況である。

「自分が始末するんですか？」

「なら、誰が始末するんや？」

「トダリにさせてください。オク社長をあんなにしたんはトダリやのに、そのクソをなんで自分が片付けなあかんのですか？」

「トダリみたいないらちに、こんな危なくてかなわんことを始末できるわけないやろ」

「だから、危なくてかなわんことは、なんでいつも自分が始末するんですか！」ヒスが声を張り上げた。

ソンおやじは怪訝そうな顔でヒスを見た。こいつは今日に限って何故こんなに荒れているのか、何か悪いもんでも食ったのか、と測りかねているようだった。ソンおやじとヒスのあいだに暫く気まずい静寂が流れた。姑息な計算をするときにいつもそうしてきたように、ソンおやじは指で自分の膝をトントン叩いた。ソンおやじの頭の中でそろばんが弾かれる音がヒスに聞こえてくるようだった。暫くしてソンおやじが再び口を開いた。

「インスクと所帯を持つんやろ？」

「それが何か？」

「所帯を持つんやったらカネが要るやろ？　そのカネとこの件でチャラにしよう」

ソンおやじは碁盤に顔を戻し、無心に白石を載せた。ヒスはソンおやじのすることがひどく憎たらしくて、碁盤でもひっくり返したい心境だった。インスクと所帯を持つというのは冗談だ。だが、金にはいつも窮していた。

「誰を連れて行きますか？」

「タルチャを連れて行け」ソンおやじが碁盤から目を離さずに言った。

パムソム

明け方にヒスはパムソムへ向かう船に乗り込んだ。ヤマハの六気筒エンジンを搭載した小さな船だ。タルチャが船を操縦している。海風になびくタルチャの髪は白い。もう六十五歳だ。ナイフ使いをするには歳をとりすぎていた。それでも信用できる奴はタルチャしかいないとソンおやじは言った。悲しいことに、クアムの海で使える者はみな老いていた。使えるナイフ使いも、使えるやくざも、使える密輸商や仲買も、みな老いていた。彼らが信用できないということではない。長いあいだ共に働き、警察に脅されたり他の縄張りのやくざに誘われたりして裏切ったこともない。信用できないのは人ではなく、老いそのものだった。

老いた娼婦のように、老いたやくざも行くあてがない。やくざが老いれば臆病になり、臆病になれば仕事を選(え)り好みするようになる。だが、やくざは汚い職業だ。この世界で手を汚さずに丸呑(まるの)みできるきれいな仕事なんぞはもとからない。やくざが仕事を選り好みするようになれば、その瞬間から糞蝿が群がる。糞蝿たちは牛糞に卵を産み、卵から孵った蝿が牛糞を食い、最後には牛を捕らえて食う。笑い話のようだが本当のことだ。この世界は面倒で汚い仕事をする奴らが主である。そして、面倒で汚い仕事をするのは、おおかた失うものがない奴らだ。一歩退けば二歩踏み込んでくる。そんな奴らが老いたやくざなんぞを怖がるわけがない。誰も老いたやくざを怖がらない。だからヨンガンのような奴らが許しもなくクアムの海でのさばるのだ。十年前だったら想像もできないことだった。

舵輪にロックをかけ、タルチャは焼酎を一口飲むとヒスに瓶を渡した。明け方からつまみなしで飲むのは気が進まなかったが、ヒスは瓶を受け取って一口飲んで返した。タルチャはもう一口飲んで蓋を閉め、舵輪のロックを解除した。明け方の海を眺めるタルチャの顔は赤かった。

「まだですか？」

「もうすぐや」

「身体は大丈夫ですか？」

「なんでや？　いざ仕事を任せてみたら信用でけへんようになったんか？」

「身体のお加減はどうなのかお伺いしただけです」

「良うない。年を取るとあっちこっち故障してガタがくるもんや。ほら、言うやないか。農薬を食っては生きても歳を食っては生きられん、てな」

タルチャは焼酎の蓋を開け、再び少し飲んでから閉めた。瓶の中の酒が波に合わせて危うげにちゃぷちゃぷと揺れた。歳をとったせいか、それともたくさん飲んだせいか、タルチャの手がほんのわずか震えていた。ヒスはタルチャが刃物を使うところを一度も見たことがない。おそらく他の奴らもないだろう。ただ刺された死体があり、その死体からぼうぼうと生い茂る噂があるだけだった。

日が昇る頃に、ようやく船はパムソム付近に辿り着いた。パムソムは岩壁と暗礁に囲まれていて、船を着ける場所がない。囲い網の養殖場に発泡スチロールと竹で雑然と繋げた危なっかしい船着場が唯一、船を着けられる場所だ。テヨン・テソン兄弟が船着場に来ていた。タルチャは船を桟橋に着けてロープを投げた。テヨンがロープを摑んで船を引っ張った。弟のテソンが素早く駆けよってロープを杭に結びつけて固定した。船が船着場に届くと、テヨンが近寄ってヒスに手を差し出した。ヒスはテヨンの手を摑んで船から降りた。

「ヒス兄貴、ようお会いしますなあ」テヨンが言った。

人に会うことが滅多にない兄弟としては、オク社長を預けてから数日でまた来たのだから、よく会うということになるのだろう。タルチャが船から降りると、テヨンが丁重に挨拶をした。タルチャは挨拶を返しもせずに淡々とした表情で杭に近づくと、ロープがきちんと繋がれているか確かめた。タルチャはこの養殖場で死体を始末した。ソンおやじの話によると、死体は二種類しかない。浮かぶべき死体と、決して浮かんではならない死体。後者はここで始末された。どのように始末されるのかは、正確にはわからない。おそらく擂り潰して養殖場のヒラメの餌になるのだろう。それを知ってから、ヒスは決してヒラメを食べない。

「オク社長は元気か?」ヒスが訊いた。

「どこからあんなクズ野郎を連れてきたんですか? やる仕事よか食うほうが多いやないですか。自分らは大損ですわ」テヨンが答えた。

「仕事がでけへんのか?」

「酒をかっくらえば朝は起きもせんし、網をちょっと曳(ひ)いた思うたら、指が二本しかなくてしんどい言いよるし。見とると頭がおかしくなりそうですわ」

「飲ませなければええやろ」

「この寂しい島で酒も飲ませんかったら、あんまり非人間的やないですか」

　確かに、というようにヒスが頷いた。弟のテソンは島に人が来るのが嬉しくてたまらないのか、バケツを持って意味もなくあちこち走り回っていた。テヨンとテソンはファン氏の息子である。ファン氏は清道(チョンド)の人で、たいへん有名な相撲取りで体格が良かった。クアムの海では腕っぷしの強さでそこそこ知られ、性格もさばさばしていて人望があった。相撲取りの父親に似て、二人の息子も体格が良い。だが、人格は受け継がれなかったのか、テヨンとテソンは暇さえあればトラブルを起こし、ファン氏が生涯かけて築き上げた人望に泥を塗った。博打に女遊びに喧嘩で家の中が平穏な日はなかった。ある日、馬山のナイトクラブで派手な喧嘩があって人が死んだ。運が悪かった。弟のテソンが瓶で殴り、そのまま死なせてしまったのである。テソンは生まれつき少々知恵が足りない。警察がテソンを指名手配したとき、ファン氏はあんぽんたんのテソンを連れて密かにソンおやじを訪ねた。

「テヨンは、あれは元からしっかりしとるから、人生の勉強や思てムショにやれるけど、次男のテソンは見てのとおり、頭ばっかでかくなって中身が半分しか入っとらんでしょう。ムショにやったら、いらんことして殴られて死にますわ」

ソンおやじは暫く考えてからテソンに訊いた。

「おまえ、ムショに行って毎日ぶん殴られるか？　それとも公訴時効が過ぎるまで島に籠もるか？」

話の意味を半分でも理解したのかどうかわからないが、テソンは何かをじっくり考え、暫くしてから口を開いた。

「パムソムでもテレビが映りますか？」

「そらあ、映るとも。アンテナを長ーく伸ばせば日本の番組も映るで」

テソンは喜んで、パムソムにいる、と言った。それが八年前のことだ。公訴時効の満了まであと七年残っている。パムソムにはクアムの老人たちが所有する合法的な養殖場があった。テソンは養殖場の作業員たちが出荷シーズンにだけ使う小屋で、ひとりで過ごしていた。島に作業員たちが入ってくると、洞穴にこっそり隠れた。それでも兄だからと、一年の半分はテヨンが一緒にいてくれた。

ヒスとタルチャが小屋に入ると、オク社長はヒョウ柄の赤い毛布を身体にぐるぐる巻いて眠っていた。ベニヤ板でできた小屋の床には食べ残した刺身とラーメンの袋が散らばっており、空の酒瓶もあちこちに転がっている。テヨンはオク社長を揺さぶった。

「嫌や、俺は魚が嫌いや。俺は豚肉が好きなんや」

オク社長は目を覚まさず寝言を言った。朝なのに酔いが覚めていない状態だ。いびきをかくオク社長の口はひどく酒臭い。

「かなわんなあ」テヨンが言った。

「なんでこのザマや?」ヒスが訊いた。

「知りまへん。毎日こうですわ」

うんざりしたのか、テヨンが今度はオク社長の尻を思い切り蹴飛ばした。オク社長が目を開けて周りを見回した。暫くぼんやりとヒスとタルチャを交互に見ると、急に、あの世の使いにでも遭ったようにぎょっとした表情になった。

「タルチャ叔父貴がここまでなんの用ですか？　わしを殺しに来たんですか？」

タルチャは何も言わず、オク社長をじっと見た。

「起きて身体を洗ってきてください。大事な話があります」ヒスが言った。

オク社長が毛布をぐるぐる巻きにしたまま、這うように近づいてヒスの足首を摑んだ。

「ヒス、助けてくれ。わしはここでうんと反省した。仕事もうんと頑張った。ここのテヨンに訊いてみい。わしがあんまり一生懸命働いたから、養殖場の生産量が倍になったそうや」

まさか？　という表情でヒスがテヨンを見た。呆れたのか、テヨンはゲラゲラ笑い出した。

「ったく、殺しませんよ。しょうもないこと言うとらんで、身体を洗って飯でも食いましょう。臭うてかなわんわ」ヒスがうんざりしてみせた。

オク社長は毛布を剝ぐと、ぐずぐずと起き上がり、尻をぼりぼり搔いた。オク社長が着ている古い股引はあまりにも汚くて、最初はどんな色だったのか想像もつかない。尻の方には穴まで開いていて、そこから汚れたパンツまで覗いている。洗濯工場の社長ともあろう者が、どうすればあんなに不潔でいられるのだろう。オク社長は立ち上がろうとして目眩がしたのか、再びその場にへたり込んだ。呆れてヒスが舌打ちした。

「かなわんなあ」

「まだ目が覚めとらんからや。近頃は昼も夜も働いて充分な睡眠がとれんから、足に力が入らん」

「おっさんのせいで俺らがえらい苦労しとるのに、ひとが聞いたら、俺らがおっさんをホンマに苦労させとる思うやろなあ」テヨンが口を挟んだ。

オク社長は煙草を咥えると、隅に蹲ったままで様子を窺った。タルチャは持参した大型のアイスボックスをテーブルに載せた。蓋を開けて用意してきた食材を一つ二つと取り出した。

「刺身でも少し切りましょうか？」テヨンが訊いた。

「ケダモノか？　朝っぱらから生もんか？」ヒスが答えた。

「切れ。ここまで来たんやから、活きのええやつで一杯やらな」タルチャが口を挟んだ。

タルチャの言葉にヒスはしぶしぶ頷いた。

「なら、ヒラメは抜け」

「ええい、ヒス兄貴、そんなヒラメとちゃいますよ。近頃はどれも健全な餌を食わせて育ったヒラメでっせ」

テヨンがひどく不本意そうな顔でヒスを見た。

「それでも抜け」

テヨンが、わかったというように頷くと、小屋の木戸を半分ほど開け、外にいる弟に向かって叫んだ。

「テソン、刺身切るで」

何がそんなに嬉しいのか、相変わらずひどく楽しげなテソンは、小屋の中に入ってくると、バッと玉網を摑んで出ていった。そのあいだにタルチャはアイスボックスの中からザブトン、ハラミ、カルビ、ロース、ヒレ等々、部位ごとにきちんと切り分けられた牛肉をテーブルに一つずつ載せた。オク社長は目を丸くして近づいてくると、テーブルとアイスボックスにある肉をじっと見た。

「これはいったいなんでっか？」

「この近くで料理してくれいう依頼があって、そこに寄って残った食材を持ってきたんや。ヒスが、ここのオク社長とテヨン、テソンが苦労しとるから肉でも食わせよう、言うてな」タルチャが優しい声で言った。

「ホンマか？　わしを殺しに来たんやなくて？」オク社長がヒスに向かって訊いた。

「殺す奴の何が可愛くてこんな高い肉を食わせますか？　タルチャ叔父貴が屋形船に出張したんで、ヨンガンの登記のことでおっちゃんと相談することもあって、いろいろ兼ねて来ました。だから身体を洗ってきてください。飯食って、話もできるように」ヒスが穏やかな顔で言った。

オク社長は少し安心した表情になり、手拭いを首に巻いて浴室に入っていった。顔に水でも少し塗ってこいと言ったつもりだったのに、本格的にシャワーを浴びている。鼻歌がドアの外に漏れてきた。ヒスはやれやれと首を振った。

「まるで反省する気配がありまへんな」

「人間いうんは、もともと反省なんてもんはせんのや」タルチャが笑いながら応じた。

タルチャが外に出て炭に火をおこしてきた。上等の白炭なのか、いい匂いだ。テヨンは刺身を切り、テソンは島の菜園で育てたサンチュ、唐辛子、荏胡麻の葉、セリといったものを摘んで洗ってきた。テーブルに食材が揃うと、なんとも豪華な膳になった。ヒスは刺身の皿をじっくり調べた。削いだ魚がきれいに並べられていて、どれがどれだか判らない。

「ヒラメは入っとらんやろな?」ヒスが冗談めかして訊いた。

「イシダイ、イシガレイ、クロダイ、まあ、そういうんです。みんな天然物でっせ。テソンが暇なときに釣りました」テヨンが答えた。

「俺が釣った」隣にいたテソンが初めて口をきいた。

「食わんのですか?」テヨンが訊いた。

「オク社長が出てきたら一緒に食おう」ヒスが答えた。

テソンはテーブルに載せた牛肉をぼんやり眺め、待ちきれなかったのか、焼いてもいない生のザブトンをいきなり一切れつまんで食った。

「旨いか？」タルチャが笑いながら訊いた。

「旨い」テソンが答えた。

タルチャは包丁でとんびの部位をちょっぴり切り取ってテソンに差し出した。テソンはさっと口で受け取った。タルチャが牛刺をさらに何切れか切り取ってヒスとテヨンに差し出したが、ヒスもテヨンも首を振った。理解できないと言わんばかりに、タルチャは肉を手でつまんで口に入れた。残った肉はテソンがぺろりと平らげた。オク社長はまだシャワー中だ。浴室の壁に付いているボイラーが湯を沸かすためにごうごうと派手な音を立てながら動いている。

「ただでさえ油も足らんのに、ひとりでガンガン焚きよって」

テヨンは不機嫌になった。ヒスが三本目の煙草を吸い終わった頃に、ようやくオク社長は手拭いで頭を拭きながら出てきた。テヨンが完全に怒った顔でオク社長を睨みつけたが、オク社長は化粧水に乳液を塗り、髪に櫛まで入れてからようやく席についた。タルチャが扇いで火をおこしてから炭火の上に金網を載せた。牛肉を四切れ載せて、さらに勢いよく扇いだ。焼けるまで何秒もかからなかった。タルチャは牛肉を箸でつまむと、銘々皿に一切れずつ載せた。

「ハラミや。粗塩をつけて食うと旨いで」

ヒスとテソン、そしてオク社長がタルチャの載せてくれた肉を口に入れた。

ここ数年に食べたあらゆる肉の中で断トツに旨かった。

「ひゃあ、こうやってタルチャ叔父貴が焼いてくれる肉を食うとると、むかし叔父貴の屋形船に乗ったことを思い出しますなあ？」オク社長がうきうきと言った。

「オク社長がわしの船に乗ったことがあったかな？」

「おおかた二十年以上経ちましたな。あんとき、区庁の設備課長と消防署長にワイルを食わせる、いうてソンおやじとわしが一緒に乗りましたで。玩月洞から女の子を四人呼んで」

「オク社長がタルチャ叔父貴の屋形船に乗ったことあるんですか？ 俺も乗ったことないのに？」テヨンがびっくりして訊いた。

「おまえとわしが同じレベルか？」オク社長がカッとなった。

「それでも、二十年前やったら、判事か検事、郡守、将軍くらいにはならんと乗れんかったのではないですか？」ヒスが訊いた。

「そらぁ、あたりきや。いくら羽振りがええ言うても、屋形船ではタルチャ叔父貴のタチ船（日本語の「立ち飲み」に由来する）が断トツやった。わしは今でこそ博打に手を染めてこのザマこの体たらくやけど、あの頃はわしも上手くいっとった。クアムの海の配管設備工事はわしがガッツリ握っとったやないか。あの頃は万里荘ホテルの持分も十パーセントも持っとった。クアムにあるでっかい建物で、わしが手がけとらんもんはなかった」

「そうでしたか」ヒスが適当に相槌を打った。

「あんとき新参の消防署長が、消防法がどうの、スプリンクラーがどうの、言うてえらいしつこく粘ってな。わしが作ったもんはどれも違法やから全部引っ剝がして作り直さなあかんほざきよったんや。夏が始まるのに、建物を引っ剝がして修理してもうたら、どうやって商売するんや。やるんやったら夏を越してからにするよう頼んだのに、まるで通じん。それで、しゃあない、おやっさんとわしが、そいつを宥めるためにタルチャ叔父貴の船に乗ったわけや」

「ああ！　あんときか」

タルチャはようやく思い出したように頷いた。

「覚えとりますやろ。あんとき、あの頑固な消防署長が、始めは食い物に口もつけんし酒も飲まんし、女の子に一瞥もせんで、しゃんと座っとるんや。だが、わしらのタルチャ叔父貴の腕前で食わずにおれるか？　炭火の上で牛肉がだんだん焼けてくるわ、まな板では鯨肉がスッスッ切られるわ、隣では牛肉一切れ、マグロ一切れ、鯨肉一切れ、モグモグ食うとるから、かなわんのや。消防署長は我慢して我慢して、しゃあないふりして牛肉を一切れ食うたんやで？　知っとるやろうけど、それが普通の肉か？　それからは暴走する機関車みたいに止まらんのや。すっかり酔っぱらって、船の後ろで女の子の脚を持って、立ってモチ搗こうとして海に落ちて、玉網で引き上げる騒ぎになって」

「そうやった、そうやった」

タルチャが頷きながら相槌を打った。

「屋形船はそんなにおもろいもんですか？」テヨンが好奇心いっぱいの顔で訊いた。

「あたりきや。海の上の仙人遊びいうんは、まさにあのタチ船や。昔は日本の高官や皇室の人たちだけが乗れた。海の真ん中にぷかぷか浮いて、波と月の光、旨い酒で旨い料理を食いながら、女の子のぬくいおっぱいに手を載せてさらりと詩を詠めば、この世にこれ以上の道楽はないで」

「そんなにええ雰囲気やのに、なんで詩なんか詠むんや。女の子とモチ搗(つ)かな」

屋形船に乗ったことがなくて悔しいのか、テヨンが口を尖(とが)らせた。

「まったく、おまえに風流の何がわかる？　月もぽっかり、波もぽっかり、つられて女の子の尻もぽっかり。タチ船は、近頃の連中みたいに、ちっさい部屋の隅に押し込められて女の子の胸なんか揉んどるルームサロンとは、まるっきりレベルが違うんやで」

オク社長は二本しか指のない右手に煙草を挟んで火をつけた。一杯飲んで良き時代を回想しているのか、目のふちが濡れていた。

「あの頃はホンマに良かったのに。こん畜生の博打さえやらんかったら」

タルチャがほどよく温まった炭の上でアワビとタイラギの貝柱を二切れずつ焼いた。炭火を扇いで手早く焼き上げるタルチャの姿には心がこもっていた。オク社長の皿にアワビと貝柱を一切れずつ載せた。オク社長は話に夢中で、食べかけの牛肉の上にはまだ血がたっぷり浮いていた。

「一杯やれ」

タルチャはオク社長に自分の猪口を差し出した。オク社長は恭しく受け取った。タルチャが酒を注ぐと、オク社長は一気に飲んで素早くタルチャに猪口を返した。

「鯨肉、一切れやるか？」

「鯨肉もありますか？ ひゃあ、今日はホンマに運のええ日やなあ」

「ホンマに運がええですな」ヒスが笑いながら言った。

タルチャがアイスボックスから油紙に包んだ鯨肉を出してオク社長の前で切った。オク社長は箸をせわしく動かしながら鯨肉を食い、立て続けに酒を飲んだ。朝から空きっ腹に飲んだからか、それとも前日の酒が抜けきらないからか、オク社長の顔にたちまち酔いが浮かんだ。

「ところで、おっちゃん、ホンマに左利きですか?」ヒスが冗談めかして訊いた。

「左利き? なんの話や?」

「そうやと思たわ。あの話を信じた俺がアホやった」ヒスが笑いながら言った。

オク社長は質問の意味が解らないようにヒスを見た。

「前に言うたやないですか。ヨンガンを刺して一緒に死ぬ、て。あんとき、指が二本しかないのに刺せるんか訊いたら、おっちゃんは、自分は左利きや、言うといて」

「ああ! あれか。あんときは慌てて出任せを言うたんや。左利きやったら何か困るんか」オク社長が決まり悪そうな顔になった。「それに、そんなことできるかいな。ヨンガンがわしみたいな奴に刺される間抜けやあるまいし」

「タヌキみたいな真似しよって」

「面目ないわ」

ヒスは笑った。タルチャも笑った。するとオク社長もつられて笑った。ヒスはタルチャに暫く席を外すよう目配せをした。オク社長が酔い潰れる前にヨンガンの件を片付けるべきだと思ったからだ。タルチャは包丁を置き、テヨンとテソンを連れて出ていった。もりもり肉を食べていたテソンは事情が解らず不満そうだった。戸が閉まると、ヒスは煙草を咥えてオク社長をじっと見た。

「今から話すことをよう聞いてください。おっちゃんの命がかかっとることです」

雰囲気が変わったことを察したのか、オク社長の顔から笑みが消えた。

「ヨンガンが暴れてしゃあないんで、このさいブタ箱にぶち込もうと思っとります。サツを呼ぶには証拠が要るんで、少しばかり手伝ってもらえませんかね？」

「手伝えることがあるんやったら目いっぱい手伝うけど、わしに手伝えることがあるんか？」

「ヨンガンのヤクと帳簿がどこにあるのか知ってますやろ？」

一瞬、オク社長の目が泳いだ。

「知らん。わしなんかが、なんでそんなことを知っとんのや」

「巷（ちまた）の噂では、ヨンガンの金庫をおっちゃんが取り付けたそうですけど、ただの噂みたいですなあ？　洗濯工場を売り飛ばして受け取った五千万ウォンがその代金や言うとりましたけど」

ヒスの言葉にオク社長がぎくりとした。言葉が出ずに躊躇っている。

「言いなはれ。でないと命拾いできませんで。どうせサツに吐くんやったら、うちに付いたほうがマシやないですか？　そうすれば、適当に抜くもんは抜いて入れるもんは入れるでしょう」

「ヨンガンさえ捕まれば、わしは助けてくれるんか？」

「おっちゃんを殺ってみたところで何が残りますか？　自分らは残るもんがなければ

人殺しはしませんよ。ご存じやないですか？」

オク社長は大きく深呼吸をした。

「わしは金庫を取り付けてやっただけや。中に何が入っとるかは知らん」

オク社長が間を空けた。待つのにうんざりしたのか、ヒスは下唇を噛んだ。

「ヨンガンがムショから出てきたら、後始末をどうするつもりや？　サツの手を借りるとか、ヒス、おまえが若い連中を送り込んで仕掛けた方がすんなりいくんとちゃうか？」

「こっちに向かって、かかってこい言わんばかりに罠を仕掛けて踏ん張っとるのに、どうやって仕掛けるんですか？」

オク社長は困った顔になった。

「ヨンガンが出てきたら、わしは死ぬに決まっとる」

「ヤクが一袋出ただけでも十年は下ります。せいぜい目の前に落ちとることをきちんと片付けましょうや。今のオク社長は、十年後に刺される心配までできるご身分ちゃうやないですか？」

「まあ、それはヒス、おまえの言うとおりや。今のわしは老後の計画まで立てられる立場やないな」

「ヨンガンが捕まったら、おっちゃんも賭博罪で二月(ふたつき)か三月(みつき)のムショ暮らしは覚悟せなあかんでしょう。出所したら、心を入れ替えて洗濯工場でもやり直してください。ヨンガンがぶち込まれたら頭の痛い借金も消えるし、ええ機会やないですか？　この際、おっちゃんの人生も少しきれいに洗ってみなはれ。子供らが可哀想やないんですか」

「可哀想や。これからはちゃんとやる。そうや、うん、ちゃんとやらな」

オク社長は鯨肉を食って酒を飲んだ。

「金庫はどこにありますか？」

ヒスが促した。オク社長は観念したように口を開いた。

「洗濯工場に行くと、七番の洗濯機がいつも故障しとる。その裏のモーターボックスを開けると金庫がある。暗証番号は３５４７８８やけど、今は変わったかもしれん」

満足そうにヒスが頷いた。だがオク社長は、話してしまってから心配になったのか、顔が真っ青になった。ヒスが戸を開けてタルチャを呼んだ。もりもり食べていたところをいきなり追い出されたテヨンとテソンがぶうぶう言いながら入ってくると、再びガツガツと肉を食べた。タルチャは再び炭火の上に肉を載せた。宴会は続いた。食べるだけ食べたテヨンとテソンが用事を済ませに養殖場へ出ていった後も酒盛りは続いた。重いものをすっかり吐き出してかえってすっきりしたのか、それとも吐き出してさらに怖くなったのか、オク社長は酒をあおり続けた。

「今日はええなあ。今日はホンマにええ。あてもええし、酒もええし、人もええし」

オク社長は酔って呟いた。

ヒスはオク社長の隣でずっと酒を注がれていた。タルチャのアイスボックスからは次から次へと食材が出てくる。

「なあヒス、わしはおまえがホンマに気に入っとる。おまえみたいな息子が一人おったら、どんだけ頼もしいやろなあ。だからソンおやじは恵まれとるんや。宴会に行くと、いつもヒス、おまえを自分の息子みたいに自慢するんやで」

「いつも叱られとるばかりで、自慢なんか」

「いんや。えらい自慢しとる。正直言うたら、わしにもおまえみたいな息子がおったら、ちっとも心配いらんやろうなあ。頼れるし、仕事はできるし、性格はええし。しかもおまえは母子園で親父がおらんで育ったのに、ひねくれたとこがなくてジェントルや。だからヒス、ホンマに気に入っとるんやで」

「そうですか？」

「そうや」

オク社長は再び酒を飲んだ。ヒスはオク社長の空いた猪口に酒を注いでやった。

「だからヒス、おまえも早う結婚せえ。昔は女房子供がおらんやくざが怖かったけど、近頃は違う。やくざも女房子供が後ろにおってこそ節制できるそうやないか。生き残ろう思たら、なんというても節制できなあかん」

「おっちゃんは女房子供が揃っとるのに、なんでそんなに節制でけへんのですか？」

ヒスが冗談めかして訊いた。

「ホンマや。あかん奴は何をやってもあかんみたいやなあ」

オク社長は再び酒を飲んだ。ヒスはオク社長の空いた猪口に再び酒を注いでやった。

正午になるとオク社長はすっかり酔っぱらっていた。「今日は気分がごっつうええ。ホンマにええわ」と何度も呟きながら突っ伏した。口から涎が垂れて木のテーブルを濡らした。本当に気分がいいのか、オク社長は突っ伏したまま笑っている。いびきをかき始めると、タルチャが立ち上がって外に出て、船から大きな鞄と五メートルほどのロープを出してきた。

「出とけ」タルチャが言った。

「ここにいたらあきまへんか？」ヒスが言った。

「わしはどっちでも構わん」

出ていきたかったが、なぜか卑怯（ひきょう）な気がして、ヒスはその場にじっとしていた。中にいようと外にいようと、この件が外部に漏れたら、どのみち責を免れるのは難しい。タルチャが得体の知れない笑みを浮かべた。その表情はまるで、ヒスの腹のうちをすっかり見透かしているようだった。タルチャは革の手袋を嵌めてテーブルに乗ると、天井の梁にロープを引っ掛けた。テーブルから降りるとオク社長の首にロープを掛けた。ロープがくすぐったいのか、オク社長が二本しかない指で首の周りを掻いた。酔っていてもそちら側の手を使うところをみると、オク社長は確かに右利きだとヒスは思った。ふと、この状況でそんなことの何が大事なのかとも思った。タルチャが大きく深呼吸をすると、ロープを力いっぱい引っ張った。その瞬間、オク社長の身体が天井へ飛び上がった。オク社長はゲホゲホいいながら首に掛けられたロープをほどこうともがいた。タルチャの手袋からロープが滑ってギリギリと音がした。オク社長の足は踏み場を求めて猛烈にあがいた。しかし地上には、もはや彼の足の踏み場はない。息絶えるまでの何分にもならない時間がひどく長く感じられた。暫くしてオク社長の動きが止まった。肛門が開いたのか、オク社長のズボンを伝って大便が流れ落ちた。饐えたような悪臭がズボンの裾に沿って立ちのぼってきた。タルチャはロープを緩めて息を整えると、鞄から黒いビニール袋を出して広げた。

「持て」

ヒスとタルチャはオク社長を持ち上げてジッパー付きの黒いビニール袋に入れた。タルチャはオク社長の首にロープを掛けたまま、残りのロープをまとめてビニール袋に入れた。そしてジッパーを上げた。

霧

パムソムからの帰りに濃い霧がかかった。ヒスは船縁(ふなべり)にしゃがみ込んで二度も嘔吐した。この時分、クアムの海にはいつも霧がかかる。霧は性病にかかった性器から出そうなムカムカする妙な臭いがした。誰かはこの海を横切る古いケーブルカーがクアムのランドマークだと言ったが、実はクアムの海の象徴は、塩気と腐った水の生臭さをたっぷり含む、この汚い霧だった。この臭いは誰でもぎょっとするほど強烈で明瞭(めいりょう)だ。初めて来た観光客たちは鼻をつまみ、商売人たちはこの臭いのせいで三流の観光地になると不平を言い募った。クアムの有志数名がこの臭いの元を見つけて消そうとした。だが、この妙な臭いが正確にどこから出るのか見つけることさえできなかった。誰かは腐った海藻(かいそう)から出る臭いだと言い、誰かは浄化槽も通さずむやみに捨てられた下水が海に流れ込んだ臭いだとも言った。また誰かは防波堤ができてから水が巡らなくなって死んだ魚と貝が腐敗するときの臭いだと言い、さらには、海にこっそり投げ入れた数多くの死体が一斉に腐った臭いだと言ったりもした。ある牧師はしきりに、これは疑いなく罪の臭いだと説教の時間に叫んだ。懺悔せよ、自らの腕を切り取り、自らの目玉を刳り抜く残酷な懺悔なくしてこの臭いは消えない、と声を張り上げた。おそらく牧師の言うことは正しい。これは明らかに罪の臭いであり、クアムの海から永遠に消えることはないだろう、とヒスは思った。あれほど声を張り上げていた牧師さえ、少年たちに猥褻な行為をした疑いで刑務所にしょっ引かれているのがこのクアムなのだから。

オク社長の死体は日が昇る頃に、区庁の清掃人によって発見された。ヨンガンの賭場のすぐ向かいにある二階建ての建物だった。濃い霧がかかっていて、最初は、鉄塔にぶら下がっているのは大きな鳥だと思ったそうだ。開いた肛門から腸内の大便がすっかり流れ出たのか、臭いに耐性のある清掃人も鼻を覆った。死体が発見されて十分も経たずに、ク班長の率いる特捜班の刑事たちがヨンガンの賭場を押さえた。夜通し花札をしていた者たちが、とばっちりでまとめてしょっ引かれた。賭場からは、街金の帳簿と借用書、身体放棄の覚書が見つかった。さらに麻薬も一袋見つかった。まるで逃げる暇もなく、ヨンガンは事務所の簡易ベッドで、パンツ姿で逮捕された。実はこのハプニングはイカサマ賭博のようなものだったから、当然のごとく逃げる暇はなかったはずだ。ヨンガンは抵抗もせずに、おとなしく警察に捕まった。海千山千を経験し尽くしたベテランらしく帳簿がどこから出て麻薬がどこから出たのか一瞬で把握したようで、手錠を差し出す警察に、笑いながら「ズボンくらい穿かせてくださいよ」と言った。ヨンガンはゆっくりとズボンを穿き、靴下まで履いてから手錠に向かって手を差し出した。

午前十時になるとク班長から電話がかかってきた。

「調べは済んだ。証拠も充分やし」

「刑はどのくらいになりそうですか?」ヒスが訊いた。

「俺らにそこまではわからんやろ。それでも、違法賭場に、違法貸付に、ヤクも少し出てきたから、少なくとも五年はいくやろ? 博打の借金で死人まで出たんやから、すんなり出てくるのは難しいやろなあ」

「朝っぱらから手間かけさせて、すんまへんでした」

「悪い奴らを捕まえるんは警察の本業やろ?」

「車のトランクを探るとドリンクボックスがあります。ゆっくり召し上がりなはれ。急いで食うと胃もたれしますで」

「心配いらん。俺らは食い物の前で冷静な人間や」

電話を切って、ヒスは机の下にある金庫の扉を開けた。その中に洗濯工場から持ち出したヨンガンの鞄があった。今日の明け方、警察が押さえる前にヒスがこっそり持ち出したものだ。鞄はオク社長の言ったとおり、七番の機械の裏にあるモーターボックスの中に隠されていた。その中には精製されたヒロポン十キロがあった。ヒスが期待していた現金入りの鞄はなかった。ヒスは机の上で開けた鞄をぼんやりと見つめた。ふと、この麻薬を売ったらいくらぐらい手に入るのだろうと思った。意外と多くないだろう。抜け目のない業者たちがこんな面倒くさくて捌くのに困るブツに大金をよこすはずがない。それでも運良く十億くらい手に入ったならば、後も振り返らずに、このうんざりするクアムの海を未練なく立ち去れるだろう。だが、ヒスはすぐにかぶりを振った。これほど大量の麻薬を誰にも知られずに捌くのは不可能だ。危険な取引をひとりでやることもできないから、数人と手分けしなくてはならないだろうし、中継ぎの業者にも手数料の名目でいくらか分けてやらねばならない。麻薬が出回ればすぐに噂になるだろうし、ソンおやじの耳に入るだろう。そうなればヒスは死んだも同然だ。おやじは麻薬を商って自分を危険に晒す部下を許すような人間ではない。

ヒスはク刑事やソンおやじに鞄のことを話さなかった。このボリュームならばヨンガンを刑務所に十年くらいは余裕でぶち込んでおくこともできたはずだ。だが、話さなかった。最初からそうするつもりではなかったのに、どういうわけか話すタイミングを逸した気がする。今さら鞄を差し出せば、なおさら変な誤解を招くだろう。ヒスは鞄を金庫に戻して扉を閉め、すぐにソンおやじの事務所へ行った。

眠れなかったのか、ソンおやじの両目は赤く充血していた。

「ついさっき、ク班長から電話がありました。すっかり片付いたようです」ヒスが言った。

よかった、というようにソンおやじが頷いた。

「難儀やったな」

「目が真っ赤ですな」

「一睡もでけへんかった。歳をとると、もう、こういうんはしんどいなあ。しかもオク社長とわしは兄貴、弟いうて四十年の仲やったやろ。映画やあるまいし、この歳でここまでせなあかんのか、とも思うしなあ。気持ちが落ち着かんから、久々に煙草も吸ったわ」

ガラスの灰皿に吸い殻が一つあった。一口か二口ほど吸っただろうか？ テーブルの脇にある屑入れには、まっさらの箱が捨てられていた。十年前に血圧が原因で倒れて以来、ソンおやじは煙草をやめた。完全にやめるのはつらいのか、もどかしいことが起こるたびに、こっそり吸うのである。そしてすぐに後悔して、残った煙草を屑入れに捨てる。そんなことが無限に繰り返された。ヒスは屑入れから煙草を拾った。

「なんで拾うんや？ わしが二度と吸わんために思い切って捨てたもんやで」

「そのムカつく思い切りはいったい何百回目ですか。吸うもんにくれたらええのに、まっさらのをなんで捨てるんですか？　おしぼり一枚もケチるお方が」

ソンおやじは無表情で自分の捨てた煙草を見ると頷いた。ヒスは煙草を自分のポケットにスッと入れた。

「オク社長の子供は二人やな？」

「はい」

「いくつや？」

「男の子は小学生で、女の子は中学生です」

「育ち盛りやのにホンマ気の毒やなあ」

ヒスは思わず顔を顰めた。ソンおやじのセンチメンタルな言いぐさに、その芝居がかったジェスチャーにムッとしたからだ。こういうことがあるたびに、手に血一滴ついていないくせに、このくそったれな状況が痛ましいと言わんばかりにひとりで人間くさい表情をするのがいつも忌々しかった。ソンおやじはやくざ人生を通してずっとボス役を担っているくせに、自ら人を刺したことがなかった。死にゆく者の身体から伝わる振動も、刃先から押し寄せる血生臭さも、破れた腸から溢れ出す吐きそうな糞の臭いも嗅いだことがないはずだ。だから、その憐れみは脆くて狡いとヒスは思った。ソンおやじは引出しを開けると、封筒を二つ取り出してヒスの前に置いた。

「大きいのはおまえので、小さいのはオク社長の子供らに持って行ってやれ」

「いまカネを持って行ったら噂になりませんかね？」

「洗濯工場の持分を処分したもんに何を言われることがある。父親の葬儀でも出そう思たら、少しはカネがないとあかんやろ」

ヒスは封筒を開けてみた。オク社長の家族に渡す封筒に三千万ウォンが、ヒスの封筒には七千万ウォンが入っていた。ヒスは封筒を見て怪訝そうな顔になった。七千万ウォンとは、いったいどういう計算だろう？　ソンおやじの計算はいつも曖昧で困る。普通はこういう仕事に五千万ウォンをくれる。タルチャに五千、ヒスに五千、ク班長に三千、そして口止め料としてパムソムのテヨンに一千万ウォンをやった。ク班長とテヨンには、すでに渡してある。だから封筒の中に入っている金は、タルチャと二人で分けるには少なく、独り占めするには多い。

「なんや、おまえの計算と合わんのか？」

「ここからタルチャ叔父貴のぶんを抜くんですか？」

「いんや。タルチャのは別に払ってやる」

「なら、なんで分厚いんですか？　ケチなおやっさんが」

「インスクと所帯を持つんやろ？　だから、ちいと余計に入れた。伝貰（チョンセ）（入居時にまとまった保証金を預けて退去時に全額返金を受ける賃貸物件）の足しにでもせえ。よくよく考えてみたら、おまえの言い分が正しい気もする。惚れるいうんは容易なことやない。おまえはもう若くもないし。好きやったら一緒に暮らすだけや。娼婦がなんや、アバタがなんや。陰で言いよることなんぞ気にすることあない。人間はみんな似たり寄ったりや。きれいなだけの野郎もおらんし、汚れとるだけのオンナもおらん。人間はみんな洗って使うもんや」

「そんなふうに言わんといてください。インスクは雑巾ですか？　洗って使うような」ヒスがムッとした。

ソンおやじが呆れたような顔でヒスを見た。

「こいつは止めても騒ぐし、勧めても騒ぐし。わしはどっちの拍子(チャンダン)に合わせて踊ればええんや？」

「ですから、その、頼んますから、知らんふりして静かにしとってください。音頭(カラッ)が出たらすぐに踊ろうとせんで」

「ええい、この野郎。わしはおまえがコケそうで心配やから言うとるんやで。男があかんようになるんは八割がた女のせいや。おまえの歳でコケたら、そのままくたばるんやで」

「ったく、自分はガキですか？　もうクソか屁くらいは区別できる歳ですわ」

ソンおやじがヒスをぼんやり眺め、舌打ちしながら、やれやれと首を振った。いつもの癖で灰皿の吸いさしを摑んで火をつけようとして、ヒスをチラッと見ると、何かに驚いたように手を離した。その仕草が滑稽でヒスがプッと笑った。

「おやっさん、それはやめたことになりまへんで。外で言いふらさんでくださいよ」

「何を言う。わしはきっちりやめたで」

もういいと言わんばかりにヒスが手を振った。

「他にお話はないですね？」

「戻って寝るんか？」

「今日は事務所におります。まだもう少し状況を見守らなあかんやないですか？」

ソンおやじが頷いた。ヒスは触っていた封筒を内ポケットに入れて立ち上がった。

「大切に使います」

「おう」

久々にヒスへ恩を売れて気分がいいのか、ソンおやじの顔は満足げだった。

ヒスが支配人室に戻ると、ドアの前にはどういうわけかトダリが立っていた。その顔は暗く、何かに追われているように焦っているようだ。

「朝っぱらからどうしたんや？」

トダリは答えず、おざなりに頭を少し下げただけだった。

「入れ」

ヒスは支配人室のドアを開けて中に入った。だがトダリはついて来ず、廊下にぼさっと立ったままヒスをじっと見ている。

「こんなことがあるんやったら、そっと耳打ちでもしてくれなあかんのとちゃいますか？」

いつもとは違ってトダリの声が沈んでいる。

「なんのことや？」

「なんのことや、て。今朝サツがどっと押し入って大騒ぎやったのに、なんのことや、でっか？」

「あれは俺らとはなんの関係もないことや。おまえは気にせんでええ」

「ああ、ちくしょう、なんでなんの関係もないんや？　関係あるやろが」

トダリがいきなりぞんざいに叫んだ。その激高ぶりがすんなり飲み込めないのか、ヒスは首をひねった。道路でサイレンがけたたましく鳴った。サイレンというのはどれも似たり寄ったりで、パトカーなのか消防車なのか救急車なのか区別がつかない。サイレンが遠ざかると、ヒスとトダリの間に暫し気まずい沈黙が流れた。トダリはひどく悔しそうな顔でヒスを睨みつけている。

「おまえのシノギでもないのに、ヨンガンの賭場にサツが踏み込もうが踏み込むまいが、おまえになんの関係があるんや？」

「そんな、いちおう俺はこのホテルの常務やのに、こんな重大なことをロビーでマナから聞かなあかんのですか？　こういうんは当然、自分に先に教えてくれるべきでしょう」

急にむかっ腹が立ったのか、ヒスはトダリの顔に向かって拳をさっと振り上げた。

「で、このクソ野郎が、何様が俺に向かって報告せいとか報告すなとか言うんや。ドタマかち割ったろか」

ヒスの脅すような身ぶりにぎょっとしたのか、トダリは怯えて縮み上がった。ヒスは上げた手を下ろし、トダリの顔を暫く睨んでいた。まったくもって、神が願いを三つ叶えてくれるならば、こいつの顔を嫌というほど殴るのを一番に、地面に埋めるのを二番に挙げたい心境だった。

「なあトダリ、おまえも生活がしんどいやろ？」ヒスが猫なで声で訊いた。しんどいのかどうなのか、トダリが怯えきった顔で頷いた。

「俺も近頃はギリギリや。だからトダリ、お互い憐れや思て暮らそうや」

トダリは、わかったというように目をしばたいた。ヒスは机に戻って腰かけた。言いたいことが残っているのか、トダリは帰らず、ドアの隙間に足を一歩だけ突っ込んだまま、中途半端な姿勢で立っている。

「ヨンガンが絡んどるのは確かですよね？」

　ヒスは答えずにトダリを睨みつけた。トダリはスッとヒスの視線を避けた。

「オク社長があんなことになって恐くなったからですわ。こないだ自分がどえらいぶん殴ったやないですか」

「おまえが絡むことはない。サツが訪ねてくることもないし。それから、おそらくヨンガンが出てくるんは厳しいやろな」

　トダリは下唇を噛んで頷いた。その瞬間、ある種の困惑がトダリの顔を掠めたことにヒスは気づいた。

「帰りますわ。お休みなさい」

　トダリは肩を落として踵を返し、とぼとぼ歩いていった。ヒスは指で机の隅をトントン叩いた。ヨンガンとトダリ、この似合わない組み合わせの間にヒスの知らない何かがあった。それは何だろう？　だが、この二人の間にありそうな大きな取引や陰謀は一つも浮かばなかった。ヨンガンと何か大きな取引をするには、トダリは愚かすぎる。しかもソンおやじの同意を得ずにトダリがクアムの海でやれることは殆どない。ルームサロンでタダ酒を飲んだり、チョンベの事業に便乗してちょいちょいピンはねしたりするのが全てだ。よく考えてみると、ヒスも同じである。ヒスもまた、このクアムの海でソンおやじに隠れてやれることは何もない。おやじの耳は四方に開かれており、この街には秘密がなかった。ヒスはメモ用紙に、トダリとヨンガン、と書き、鉛筆で丸をいくつか書いた。だが、これといった考えが浮かばないと、面倒だと言わんばかりにメモ用紙を丸めてゴミ箱にポイッと投げ入れた。

ヒスはポケットから封筒を取り出して机に載せた。黄色い封筒はソンおやじが危険な類いの仕事を済ませたときにだけ使う封筒だ。薄い障子紙のように中身が透けるかどうかのこの黄色い封筒には、ごく細いうっすらとした青い実線が入っている。その封筒を見るたびに、ヒスはなぜか剃刀に切られた静脈のように、その実線が危なげに感じられた。その実線は暗に、沈黙と秘密について脅しているようだった。ヒスは封筒を開け、中から小切手を取り出した。ヒスのぶんとして七千万ウォン、そして死んだオク社長には三千万ウォン。ヒスが知っているところでは、オク社長の洗濯工場の持分は五千万ウォンだ。博打ですった金の方が遙かに多いが、事業が潰れて命で償った場合は、最初に投資した元金は返してやるのがこの界隈の慣わしである。おそらくソンおやじは、オク社長の持分から二千万ウォンを抜いてヒスのぶんに上乗せしたのだろう。死人に口なしだからだ。ヒスがインスクと所帯を持つと言ったから、それで恩に着せているのだ。七千万ウォンでどうやって身を立てろというのか。せいぜい築三十年以上のマンションか、トイレが外にある昔の連立住宅（アパート）くらいだろう。トダリが結婚したときの散財ぶりを思いだして、急にむかっ腹が立ってきた。ソンおやじはトダリにクアムの海が一望できる四十坪のマンションを買ってやり、結婚祝いとしてべンツも買ってやった。ハワイに一ヶ月の新婚旅行にも行かせた。トダリは、今どき誰がハワイなんかに行くのかとか、ベンツが中古だから音が大きいとか不平を言った。ヒスが結婚するというのに、おやじが差し出した金はたった七千万ウォンだ。おやじの下でなんと二十年、万里荘の支配人だけで十年目である。ソンおやじの仕事を片付けて刑務所に四回入り、他所の組のナイフ使いたちから逃れて二回も密航船に乗った。地場のやくざたちとあれこれ衝突して七回も刺され、集中治療室で大手術を受けたことも二回あった。しかも今回のことが外部に漏れたら、結局ひっかぶるのは完全にヒスの役目だろう。何年か後に出所するヨンガンの後始末もヒスの役目だ。そんなヒスが結婚するというのに、たった七千万ウォンだ。それも自分の懐から十ウォン玉一枚出すことなく、オク社長を始末した報酬にどさくさに上乗せしたものである。

いつかソンおやじに忠告されたことがある。ヒスは下の組員たちに情けをかけすぎるというのだ。「なあヒス、犬は腹が減って飼い主に噛みつくんやない。腹がくちくて噛みつくんや。腹いっぱい食わせたからて犬どもが忠誠を尽くすわけやないで」曰(いわ)く、犬というのは常に飢えていてこそ飼い主だけを見るようになるのだそうだ。だからソンおやじにとってヒスは、飢え死にしない程度に食わせればよいだけの犬なのである。ヤンドンの言うとおり、万里荘ホテルはいらちのトダリに譲られるだろう。ヒスはソンおやじの後継者ではない。後継者の手には血を塗らない。だから、こういうことが起こるたびに手に血をべったり塗ってきたヒスがいつか捨てられるのは自明のことだ。実際、考えてみれば当然のことだった。ときがくれば、ヤンドンのように安っぽい事業をひとつ譲り受けるか、儲からない飲み屋をいくつかもらって追い出されるだろう。もしかしたら、オク社長のように嵌められて、声も噂もなくクアムの海の底に沈むかもしれない。はなから後継者なんぞには関心もなかった。万里荘ホテルのオーナーになりたいとも思わない。この片田舎のチンピラのボスになるために精を出すのも恥ずかしいし、毎度、警察と公務員と地場の有志たちのケツの穴を舐めてやるのも面倒なことだ。母子園の頃からずっとヒスはクアムの全てが嫌だった。だが、この界隈にいるやくざたちのように、自分も適当に使われて捨てられる消耗品に過ぎないのだと思うと、どうしようもなく怒りがこみ上げてきた。実のところ、それは怒りというより、宙に一歩を踏み出すような虚しさに近かった。一歩踏み外しただけでも、オク社長のようにズボンに糞をたれたまま鉄塔にぶら下がることになるだろう。

ヒスは立ち上がった。窓を開けて煙草を咥えた。派遣会社に雇われた中年女たちが浜辺でゴミ挟みを持って、割れた瓶やジュースの空き缶、海藻やビニールの類いを拾っている。清掃が終われば、ダンプカーが砂を運んできて砂浜に敷くだろう。地球が熱くなって海の水位がだんだん上がっていくからなのか、年を追うごとに砂浜が狭くなっていく。夏が過ぎると、波に砂がさらわれて砂利だけが残る。年を追うごとに、より多くの砂を撒く。さらわれ、再び金を払っては撒き、またさらわれては撒く。その行為はまるでヒスの人生のように情けなかった。

ヒスは煙草を揉み消して椅子に座った。胸やけがする。引出しから薬の瓶を取り出し、胃腸薬、制酸剤、抗不安剤、抗うつ剤を一粒ずつ掌に載せてから口の中に放り込み、コップの水を飲んだ。電話が鳴った。ベトナムのタンだった。

「状況がどうなったか気になって」

タンの声は震えていなかった。だが、焦っていることがはっきりわかった。

「どこや？」

「短足の奴が連れてきてくれた血清所の民泊だ。でも、ここが安全なのかわからなくて、みんな不安になっている」

「そこは安全や。サツどもがそこに踏み込むことはないから、どこかに行かんと、ちゃんと隠れとけ。まだ状況がちょっと込み入っとる。終わったらすぐに行く」

電話を切ってヒスは時計を見た。正午を少し過ぎていた。昨夜、ヒスはタンに電話をして、翌日の明け方に警察が踏み込むことと、ヨンガンと心中するか生かしたい連中だけを選んで身を隠すかを選ぶよう耳打ちしてあった。タンはヨンガンを捨てて身を隠した。行くあてがないというので、タンカに頼んで辺鄙な場所にある民泊に隠れさせた。海水浴のシーズン以外はいつもガラガラに空いている場所だ。フィリピンのしかった。
連中がごっそり捕まっていったところをみると、ベトナムの仲間だけを連れてきたら

ヒスは車のキーを持って支配人室を出た。だが、タンのいる民泊に直行せず、レストランに降りてのんびり昼飯を食べた。食事が済んでからは、コーヒーを飲みながら二時間以上も窓の外を眺めていた。レストランの一番隅の席はヒスがいつも食事をする場所だ。ガラス窓が嵌め込みになっている他のテーブルとは違い、開閉できる小窓があるので、海風に当たりながら煙草を吸うのに都合がいい。時折、レストランの主任がテーブルに来て、何か必要なものはないかと訊いた。そのたびにヒスは、コーヒーをもう少しくれと言ったり、鬱陶しそうに手を振りながら、必要なものはないと言ったりした。ヒスはあまりにもヘコヘコされるのも窮屈だったし、あまりにもツンケンされるのも窮屈だった。レストランの主任はヘコヘコしすぎて窮屈になるタイプだった。

ヒスは時計を見た。まだ三時にもなっていなかった。タンとベトナムの連中はヒスを待っているだろう。すでにすっかり片付いた状況だ。だが、民泊に急いで行く必要はない。今、急いでいるのはタンであってヒスではない。相手が疲れるほど交渉は有利になる。だから、向こうがもう少し焦って切羽詰まるよう、もう少し窮地に追い込まれた気持ちになるよう時間を稼ぐのはいいことだ。窓の外を見ながら、ヒスはタン

のベトナムの連中をどこに使うか考えた。あの大勢の兵力を食わして寝かせるだけでも並たいていのことではない。給料を渡せるだけの仕事もつくらねばならない。仕事はあるはずだ。遊んで食おうとばかりするクアムのやくざたちとは違い、ベトナムの連中はどんな仕事でも熱心だし勤勉だ。問題は、ベトナムの連中とクアムのやくざたちが馴染めるかということである。実際それは、考えただけでも頭が痛かった。

ヒスは煙草を咥えて窓を開けた。午後の陽射しが暖かくて、いきおい気だるくなる。ふと、インスクとの結婚のことを考えた。あれはソンおやじに戯（たわむ）れに持ち出した話だ。なぜ、あんなことを軽率に、しかもソンおやじの前で持ち出したのか、自分でも理解できなかった。もしかしたら、心の片隅にインスクと結婚したいという欲望がいつも蠢（うごめ）いているからかもしれない。ヒスは長いあいだずっとインスクと暮らす人生を考えていた。それは時折、耳垢を取ってくれたインスクの繊細な手つきのように、ヒスが枕にしていたインスクのしっとりと柔らかなふとももののように、あるいは日光によく乾いた赤ん坊のお襁褓の匂いがするインスクのうなじのように、温かくて素晴らしい感覚として迫ってくることがあった。だが、いざとなると、結婚をするのは容易でなかった。このクアムの海は都会のなりをしているが、実際は隣家の台所にある箸の数までお見通しの田舎の村と似たようなものだった。引っ越してきてから五十年が経ってもよそ者のレッテルを剝がせないところだった。すべきことなど一切ないから、この海で子々孫々暮らしているということの他には自慢するものが何もないこの地元民たちは、奥の間で焼酎を飲みながらお互いの恥部を暴き、陰口を叩き、忍び笑いをし、自慰をした。惨めさとひ弱さは酒の肴として嚙みしめるのにおあつらえのものである。ヒスは惨めさゆえに標的となることに何よりも耐えられなかった。惨めさから始まる屈辱が、屈辱から弾け出す怒りが嫌だった。怒りが徐々に収まり、その場所を再び埋める惨めさはもっと嫌だった。もしかしたら、惨めさに対するヒスの恐れと怒りは、母子園時代から始まったものかもしれない。母子園の子供たちは古くて汚れた服を着て歩き、まともな風呂もなかったから、臭って汚らしかった。小銭ひとつないほど貧しくて、鉛筆やノートさえろくに買えなかった。寸志どころか、幾らでもない月謝を期限までに持っていけず、授業中にみんなが見ている前で先生に殴られたり、廊下に座らされたりするのが常だった。クアムの海で母子園の子供らはいつもからかわれ、誰かに殴られた。道端であれ、学校であれ、海辺であれ、誰でも母子園の子供らを殴ることができた。間違ったこともしていないのに、臭うというだけで、汚いというだけで、実は何の理由もなく、人々は遊びのごとく母子園の子供らを殴った。父親がいないせいだと、他の子供たちのようにどこかで殴られて帰れば洗濯物を熨す棒でも持って来てくれるチンピラのような父親すらいないせいだと、幼き日のヒスは思った。それは事実だった。父親がいないということは、この不当な世界にどこまでも惨めでひ弱に放り込まれることと同じだった。人は惨めでひ弱なものに簡単に暴力をふるう。ヒスの幼年を満たしたのは、その不当な暴力だった。

ヒスはこの先、何年くらいこのホテルで支配人として働けるかを考えた。せいぜい数年だろう。何年か経てば、ヒスより敏捷で頭の切れる奴が、ヒスよりずっと安くて聞き分けのいい奴がこの席に陣取るだろう。だからといって、懸命に働いてみたところで残るものもない。ヒスが耕した全てのものは悉くトダリに帰すだろう。やくざの人生というのはつまり、懸命に犬骨を折って鷹の餌食になることだとヒスは思った。だが、今すぐに万里荘を去れば、ヒスは何者でもない。この海では、それでもすべき仕事があり、それなりの扱いを受ける。クアムの海を抜け出せば、ヒスは単なる前科四犯のチンピラに過ぎない。ソンおやじがヒスを捨てた瞬間にホン街金が間髪容れず駆けつけてヒスを腑分けするだろう。それはひ弱さと惨めさそのものだった。

ヒスは煙草を揉み消して立ち上がった。レストランの主任が飛んできて、食事は悪くなかったか、もっと注文はないか、とヘコヘコしながら訊いた。ヒスは主任の顔をじっと見た。目、鼻、口が中央にぎゅっと寄っていて、まるでぐるぐる回る虹色の風車を見ているようだった。風車がぐるぐる回りながら、オーダーすれば何でもやると言わんばかりに「必要なものはありませんか?」「他に承ることはありませんか?」と訊いている。それは鏡でも見ているように卑屈な気持ちを呼び起こした。ヒスはひどく鬱陶しそうな表情で、必要なものは何もないと答えた。

ホテルの廊下でヒスは暫く立ち止まった。換気のために開けておいた窓から風が吹き込んでカーテンをはためかせている。何もしたくない無気力な午後だった。ヒスはタンとベトナムの連中がいる民泊に行かずに、再び支配人室に戻った。すべきことはたくさんあるのに、頭の中に霧が立ちこめているようにぼんやりして、何から手をつけるべきなのかわからない。ヒスは椅子に座って思いきり後ろに反り返った。二日間の追いつめられた緊張感が少し緩んだのか、疲れが押し寄せてきた。

アミ

万里荘ホテルの支配人室に一人の男がずんずん向かっていた。四月だというのに、綿のたっぷり入った古い軍用ジャンパーを着ている。百九十センチもある長身のせいで、頭は天井から垂れ下がっているシャンデリアに届きそうだ。体重が優に百十キロはありそうである。頭が大きくて骨太なので、中世に生まれていたら勇猛な戦士になっていそうな体つきだ。だが、二十一世紀まであと僅かの、このアクセサリーのような時代に、その巨軀は彼が着ている軍用ジャンパーのごとく、どこか窮屈でしっくりしない。しかも踊るように肩を揺らしながらふらふら歩いていて、まるで図体だけが大きい悪戯小僧のようだ。支配人室の前で男は立ち止まった。半開きのドアを手でそっと押すと、茶目っ気たっぷりの眼差しで中を覗き込んだ。ヒスは椅子を後ろに倒したまま、深い眠りに落ちていた。男は気づかれないように猫のごとくそろそろと机に近づいた。そして、隠し絵の中から三角定規や中折れ帽でも見つけ出そうとするように、眠りこけているヒスの顔を長いことまじまじと見つめた。一瞬、何かにビクッとしたヒスが机の上にあった鉛筆をギュッと握りしめてパッと立ち上がった。あまりにも急に立ち上がったせいで目眩がしてふらついた。男がふらつくヒスの腕を掴んだ。

「うわぁ、びっくりした。何をそんなに驚きますか?」男はヒスよりも驚いた表情で言った。

ヒスは寝ぼけまなこで男を見つめた。ようやく誰か判ったのか、ため息をついた。

「ええい、こいつ、まったく」

ヒスは決まり悪くなって、握りしめていた鉛筆を机の上に放り投げた。

「いつ来たんや?」

「いま来たとこです」

「とっくにムショから出たのに、今ごろ顔出すんか?」

恥ずかしいのか、ヒスはやたらと詰ったが、男はまるで怖じ気づくことなく、むしろニコニコ笑っている。

「急ぎの用で忙しかったんですわ」

「ムショから出たての奴に急ぎの用なんかあるんか?」

「もちろんですわ。ぶち込まれとる奴らにも急ぎの用がありまっせ」

「よう言うわ。おなご探しに江原道に行ったそうやないか」

「失くした恋を探すくらい急ぎの用がどこにありますか? 親父も言うたやないです

か。カネ、恋、名誉のうち恋が一番大事や、て」

呆れたのか、ヒスはアミの顔を見て笑った。アミはさっきからずっとニコニコしている。ヒスは伸びをして煙草を咥えた。

「一本吸うか？」

ヒスが煙草を勧めた。アミが手を振った。

「身体に良うないもんはやりまへん。自分の身体は自分で労わらな。親父も身体に悪いもん、それ、やめなはれ。煙草は百害あって一利なしでっせ」

「何ぬかす。酒は死ぬほどよう飲むくせに」

「酒は身体にええもんでっせ」アミが負けずに言った。

ヒスはアミの顔に煙草の箱を投げつけた。アミは飛んできた煙草を素早く左手でキャッチした。アミの敏捷な反応に感心したのか、ヒスが大げさに肩をすくめた。アミは造作もないと言わんばかりにニヤリとすると、テーブルに煙草を恭しく置いた。

「で、そのえらい急ぎの恋は見つかったか？」

「もちろん見つけましたで。このチュ・アミが腕をまくって出張って見つからんわけないでしょう。江原道で見つけて、一週間拝み倒して、やっと昨日の夜、一緒に戻ってきました」

何がそんなに満足なのか、アミの顔は喜びに溢れていた。

「その娘(こ)はどこにおる?」

「旅館で寝とります」

「どこの旅館や?」

「あそこの三叉路(さんさろ)にあるやつです。不妊荘(プリム)やったかな?」

「このロマンの欠片(かけら)もない奴が、そんな苦労して見つけた女を旅館に押し込めておくか? それも高校生のガキなんぞが行く臭い旅館に」

アミは返事ができずに頭を掻いた。

「ここに連れてこい。海がよう見える特等室をひとつ用意したる。うちのアミがブタ箱から出てきたのに、この親父がそれらしきのことをしてやれんはずないやろ」

「旅館でもホテルでも似たようなもんや。ホテルは、その、そないに違いますか? 便器はあるし、シャワーはあるし、見たとこ同じですわ」

ヒスは机の上にあるティッシュの箱を掴んでアミの頭に投げつけた。今度はアミの額を直撃した。

「こいつ、連れてこい言うたら連れてこい。何をそんなごちゃごちゃ言うとる」

アミは頭を掻くと、落ちたティッシュの箱を拾い、さっき載せた煙草の隣に恭しく置いた。

「おまえはまだ若くてよう解らんみたいやけど、女どもは旅館がホンマに嫌いや。ホテルに連れていってくれる男と旅館に連れていってくれる男と、その、なんや、尊敬いうか、でなかったら愛の濃さいうか、まあ、そういうんが違うで」

「愛の濃さですか？」

アミが口をぽかんと開けて驚いた顔になった。

「そらぁ、焼酎の広告が入っとるカレンダーなんかが壁に貼ってある旅館の部屋で、尊敬だのエロチックだのが生まれるか？」

アミが暫く何かを考えると、ほどなくして頷いた。

「そうですなあ。それはちょっと深刻な問題でんな」

「深刻やで」

「万里荘ホテルの部屋はええですか？」

「心配せんでええ。エロチックがブチ上がるで」

アミは拳をぎゅっと握り、独り言のように「エロチック」と呟いた。

「ところで親父」

「なんや？」

「ホテルの部屋よか急ぎの問題があります。これはホンマに親父の助けが要りそうですわ」

「カネか？」

「カネやなくて、ごっつう優しくてええ娘やいうて、親父からお袋に上手いこと話したってください」

「インスクはその娘が嫌や言うたんか？」

「お袋は会う気もないんですわ。飲み屋の女やから」

「お袋が嫌がるのを知っとって、なんでよりによって飲み屋の女や？」

「飲み屋の女のどこがあかんのですか？　大学の女よか気楽でええです」

「ぬかしよって。大学の女と付き合うたことあるんか？」

「ないですけど、それでも嫌です」

「付き合うたこともないのに、嫌もええもないやろ？」

「とにかく、気楽でないんが嫌なんですわ。それに、ホンマ言うて、親父が見ても、大学の水を飲んだ女が俺みたいな奴と暮らしてくれると思いますか？」

「絶対にあかんやろな」

ヒスの言葉にアミが唇をにゅっと突き出した。

「ええい、親父は。またそうきっぱり言わんでもええやないですか。絶対あかんことないでしょう。大学の女くらい、なんぼのもんや。自分はひとよか背もすっと高いし、力も強いし、顔も可愛いやないですか？」

「そらそうや。うちのアミは確かに可愛い。つまり俺が言いたいんは、中高の教育課程をちゃんと修めて大学なんかに通う平均以上の知性を持っとる女が、おまえの可愛らしさだけを見つめて大事な人生をおまえと一緒にドブで転がしてみよかと決心すること自体が昨今の状況で確率的にえらい低い、いうことや。この野郎、わかったか？」

アミは上目遣いになると、どういう意味なのかじっくり考えた。複雑でよくわからないのか、左に首をかしげた。

「わかるように、もういっぺん言ったろか？」

「わかりましたよ。誰をアホやと思てるんですか？　しんどいけどちょっと気張れば可能性は充分や、とまあ、そういう意味とちゃいますか？」

「もうええわ、こいつ」

ヒスは煙草を揉み消して背筋を伸ばした。椅子で長いこと寝たからか、全身が凝っている。アミは素早くヒスの肩を揉んだ。

「うわぁ、えらい凝ってますなあ」

アミの握力の強いこと、肩に痛みが押し寄せてきた。ヒスは顔を顰めた。

「痛いわ」

「なら親父、いっぺんこうしてみてください。肩をほぐすんやったら、これが一番でっせ」

そう言うと、いきなりアミは肩の後ろへ腕をぐるぐる回しながら妙ちくりんな体操のようなものをした。ヒスは思わずつられて真似た。

「どこで習ったんや？」

「ムショで体育の時間に習いました」

ヒスはやっているうちに興ざめしたのか、まもなく動作をやめた。

「俺はブタ箱いうたら、思い出すのも嫌で豆も食わん（主食が豆ご飯であることから）奴やで」

「肩をほぐすんやったら、これがホンマ一番やのに」

アミは下手くそな体操を続けながらぼやいた。ヒスは踊るように体操をするアミを見ているうちに急に何か思い出したのか、引出しを開けて百万ウォンの小切手五枚を取り出した。

「まずは急ぎのもんに使え。服も買って着替えて。それはなんや。一・四後退（朝鮮戦争中に韓国軍が人民軍の介入によって大きく後退したことを指す）の避難民も、それよかまともなもんを着てたやろな」

アミが小切手をちらりと見ると手を振った。

「いいや、結構です。自分はその、ガキですか？」

「そうや、おまえはガキや。大人やと思っとるんか？　さっさと受け取れ。親父は腕が痛い」ヒスが叱った。

アミはしぶしぶ受け取った。

「三百はおやっさんからで、二百は親父からや。おやっさんがおまえのことをえらい心配しとったで。挨拶してこい」

「大切に使います」

　アミは小切手をジーパンのポケットに無造作に突っ込んだ。ポケットから小切手が飛び出ている。ヒスはそんなアミを不満そうにじっと見た。

「財布も持っとらんのか？」

「ポケットが膨らむんが嫌で」

「チンピラ野郎か？　財布も持たんでふらふらしよって」

　ヒスは机の引出しを開けてギフトボックスを一つ取り出した。誰かから贈られたものなのか、ラッピングの一辺が開いている。ヒスは箱を開けて財布を取り出した。さらに財布の中に三十万ウォンの小切手を一枚入れてアミに投げてよこした。

「イタリア製や。えらい高いホンマもんの仔牛の革やで。豚の足にロレックスを嵌めるようなもんやな」

　アミは財布をあちこち眺め回して匂いまで嗅いだ。

「わあ、これ、匂いもええですなあ。ところで、このカネはなんですか？　ボーナスですか？」

「もともと財布をプレゼントするときはカネを少し入れるもんや」

何か新しいことを学んだようにアミが頷いた。

「なら、女にハンドバッグを買ってやるときもカネを入れてやらなあかんのですか?」

「カネでもゴムでも好きにしなはれ」

何が可笑しいのか、アミがくすくす笑った。尻のポケットから小切手を取り出して財布に入れ、ポケットに突っ込み直した。どこか落ち着かないのか、首をかしげると、再び財布を取り出してジャンパーの内ポケットに突っ込んだ。

「ところで、お袋には一回くらいは会いましたか? いつも親父のことばっかり恋しがっとるけど」

「おまえのお袋が俺みたいなもんの何が恋しいんや? 山ほど男がおるのに。俺なんか鼻クソほども眼中にないわ」

「ちゃいまっせ。お袋には親父しかおらんです」

「そうでなくても、こないだお袋さんの店で飲んだわ。家に行って飯も食ったし」

「仲直りしましたか?」

「俺がいつおまえのお袋と喧嘩した?」

「中学のときに親父がうちの担任とやり合ってから、お袋と気まずくなったやないですか。それまでは仲が良くて、えらい楽しかったのに」

中学校の担任の話が出ると、急にむかっ腹が立ったのか、ヒスはアミに向かって怒鳴った。

「やい、ちくしょう、俺がいつおまえの担任とやり合った？　ちょっと胸ぐら摑んだだけやで。いや。胸ぐらはあの煮干し野郎が摑んだんやな。俺はやられっぱなしや」

「親父」アミが急にかしこまった顔でヒスに呼びかけた。

「なんや？」

「無駄に時間稼ぎせんで、お袋と結婚しなはれ。お袋と結婚すれば、自分とホンマもんの親父と息子になって、ええやないですか」

「はぁー、他のことはともかく、おまえとはホンマの親子になりたないわ。パチもんの親父かてこんなにしんどいのに」

「ええい、お袋のことが好きなくせに。お袋が売女なのが恥ずかしいからでっか？」

「こいつは、自分のお袋を売女とはなんや、売女とは」

「何があかんのですか？　自分はお袋が売女なの、いっこも恥ずかしいことないです。お袋が売女やって稼いだカネで食って寝て、背もこんなにすくすく伸びたんやないですか？　親父はお袋が恥ずかしいんやろ？」

「そんなんちゃうわ」

「ふーん、そうなんや」

「そんなんちゃう言うとるやろが」

ヒスは唇を噛んで逆上した。アミはまるで動じず、ふくれっ面でヒスを見ている。自分でカッとなっておいて何やら気まずいのか、ヒスは煙草を取り出して咥え、火をつけた。

「うちのお袋は見た目よりウブでっせ。玩月洞で身体を売っとりましたけど、今まで他の男といっぺんも付き合ったことがありまへん」

「嘘こくな」

「ホンマでっせ。今までお袋がうちに男を連れ込んだのを見たことがありまへん。自分はずっと一緒に暮らしとったやないですか」

「こないだおまえん家に行ったら、どこのヒモ野郎と暮らして別れよったんだか、男もんのパジャマとパンツが堂々と転がっとったで。頭にきてビリビリにしたろか思たけど堪えたわ」

「ヒマワリが描いてあるダサいパジャマですやろ？」

「そうや」

「それ、自分が小学生の頃に着とったパジャマです」

一瞬、言葉に詰まったヒスは顔を赤らめた。

「このくたばりぞこないの脚は、なんで小学生より短いんや」聞こえるか聞こえないかの小声で自分の脚を見ながらぼやいた。

「ところで、今週末はお忙しいですか?」アミがヒスの顔色を窺いながら訊いた。

「週末? ようわからん。まあ、忙しいんやろ。いつも忙しいからな。それがどうした?」

「嫁はんの両親が来てお袋と食事するんですけど、一緒にどうかと」

「週末に顔合わせするんか?」

「はい」

ヒスは暫く悩んでから首を振った。

「行かん。俺が行ってどうする?」

アミが頭を掻きながら暫くよそ見をして話しだした。

「実は嫁はんの親父さんから、親父は達者か訊かれて、達者ですてホラ吹きました。父親もおらん奴いうたら、ちょっとアレやないですか?」

ヒスは結婚の許しを受けに義理の父親の前に立ったことがないので、アミが言うところのちょっとアレとはどういうことかわからなかった。だが、父親なしで育った子供のことはよくわかっていた。

「食事はどこでするんや?」

「まだ決めとりません。まあ、中華屋で少し料理でも頼めばええんとちゃいますか?」

「ここにお連れしろ。レストランを予約しといてやる。このホテルで働く奴らはアホで間抜け揃いやけど、厨房長だけは実力派や」

「わあ、それはええですなあ。親父も来ますやろ?」

ヒスは頷いた。アミは機嫌が良いのか、ずっとニコニコしている。笑っているアミの顔は可愛らしかった。実のところ、アミはいつも機嫌が良い。いつも機嫌が良いアミは、いきおい周りを機嫌良くさせる不思議な魅力を持っている。だからアミの周りには常に大勢の人がいた。

「ところで、これから何をするか考えてはみたんか? お袋さんが心配しとったぞ。やくざと違う別の仕事をしてほしい言うてな」

「別の仕事いうても、何か技術がないとあかんでしょう」

「ムショで技術みたいなもんは習わんかったのか? 近頃は実用的な技術もよう教えてくれる言うとったけど」

「自分は力が強いだけで、手先はまるで不器用なんですわ」

「検定試験みたいなもんも受けとらんのか?」

「本を見るといつも眠くなって」

「何しとったんや?」

ヒスの問いに、アミはへへへと笑うだけだった。

「実は、ヒンガンと一緒にやってみよか思っとることがあります」

「どんな仕事や？」

「ウォルロンのシノギをいくつか警備してほしい、いう依頼があったそうです。近頃、あそこらでいろんな連中が暴れ回ってオーナーたちが難儀しとるそうですわ。こっちも毟り、あっちも毟りして行くんで。ヒンガンが、それを交通整理してシノギの管理もしてみたらカネになる、て」

アミの言葉にヒスがぎょっとした。

「ウォルロンの五叉路のほうか？」

「ええ。五叉路と、その裏にある屋台通りです」

「ウォルロンのポン引きどもとやり合う気か？」

「あいつらはガリガリでっせ。女を殴ること以外にまともにできることがありますか？」

「アミ、それはやめとけ」

「なんででっか？」

「ウォルロンの連中は手強いで。ナヨナヨしとるように見えるけど、あそこで何十年も踏ん張っとるのは、みんな理由があるんや。ナム・ガジュ派みたいな全国区の連中でさえ追い払えん奴らを、おまえがどうやって追い払うんや。一歩間違えたら、出たばかりのムショに逆戻りやで」

「親父、自分も学校でいろいろ考えてみました。もう昔みたいに危ないことはやりまへん。それにカネが少し要るんですわ」

「まだ嫁も子供もおらん奴になんのカネがそんなに要るんや？」

「あんとき自分がおおごとにしてもうて、仲間のうち一人は死んで二人は刺されて動けんようになったやないですか。指名手配された亭主が逃げて一人で子供を育てとる女もおります。散り散りになった連中、これから自分を信じて結婚するあの娘、今でも飲み屋で商売しとるうちのお袋、全部面倒みよう思たら、飲み屋のひとつふたつ回しても見積りが出まへん」

「仲間が動けんのや死んだのが、なんでおまえのせいや？」

「自分のせいです」

「ひょっとして、チョルチンたちに今でも引っかかるとこがあるからか？」

「チョルチン兄貴に恨みはありまへん。自分がガキだったからです。それに、チョルチン兄貴と戦争したときになんもしてくれんかったからて、おやっさんや親父がつれないとか、そんなこともありまへん。事情が込み入って大変な状況やった頃やないですか。とにかくカネが要るんです」

「ずっとムショにおって焦る気持ちはわかるけど、この界隈は、おまえが考えるような単純に回っとるところやないで」

「わかっとります。ブタ箱で自分もいろいろ考えて少し大人にもなりました。ウォルロンで暴れておやっさんや親父に迷惑かけることはないはずです」

「俺に迷惑がかかることが大事なんやない。おまえの命が大事なんや」

「上手いことやりますよって」

アミの声は低くてきっぱりとしていた。ヒスはふと、もうアミは小遣いなんぞをくれてやる子供ではないのだと思った。かつて世間の怖さを知らずに暴れ回っていた頃、アミの仲間はたった七人だった。二十歳になったばかりだっただろうか。まだ二十歳だったから、怖いもの知らずで躊躇うこともなかった。あのときアミと戦ったチョルチンはダルホ派の中間幹部だった。ヒスとソンおやじが仲裁に入ろうとしたが、争いを止めることはできなかった。アミの歳は怖いものなしで、チョルチンは組織の中間管理者だから引き下がれなかった。実際、二十歳の連中に気圧されたら、やくざ稼業を辞めねばならない状況だった。

争いは大きくなった。アミの仲間の多くが負傷した。はなから勝ち目のない争いだった。影島は大組織だから兵力も大きく、経験も豊富だ。アミは死んだ仲間と障害を抱えた仲間の生活に責任を取るつもりらしい。あのとき無謀な争いを起こしたことが、そのせいで仲間の一人が死に、二人が障害を抱えたことが、全て自分の責任だと考えているようだった。だが、それは誰の責任でもない。誰かが手に刃物を握らせて戦えと背中を押したわけではない。若かろうが老いていようが、力が強かろうが弱かろうが、やくざにはみな自分の計算があり、それなりの考えがある。易々と一発当てて運命を変えようという欲がなければ、刃物を持って掴み取れるものがなければ、やくざは争いをしない。だから、刺して刑務所に行こうが障害者になろうが、全て自己責任である。それがやくざの人生だ。仮にそれが全てアミの責任だとしても、アミが三人の仲間の生活費を用意するのは容易なことではない。この界隈でやくざ稼業をもってしては、自分の身ひとつ面倒を見るのも大変だ。金になるような仕事はすぐに噂が広まり、あちこちから糞蠅たちがたかってくる。誰かが痛々しくて気の毒でも、ポケットがすっからかんなのだから、何をどうすることもできないのだ。ヒスはアミにそれ以上の話をしなかった。金の前に壮士（韓国相撲の優勝者）はいない。今は義理が大事だろうが、アミも結局は疲弊していくだろうとヒスは思った。

重苦しい話が出て気まずくなったのか、アミは部屋の中をあちこち見回し、いきなりヒスを見た。

「帰りますわ」

「一杯やらんのか？」

「嫁はんが旅館にひとりですんで」

「そうか、行ってみい」

アミはぺこんとお辞儀をすると、その特有のゆるやかにうねる足取りで帰っていった。ヒスは廊下まで出て、アミの岩のような大きな背中を長いこと見ていた。アミは変わらず熱く、その熱さゆえに危なっかしく見えた。

葬儀場

葬儀場に続く山道は、工事費を惜しんだからなのか勾配がきつく、曲がりくねって危険だ。なのにタンカは、いつになく車を飛ばしている。助手席に座ったヒスは我慢できずに声をかけた。

「何をそんなに急いどるんや。どうせ葬儀場に行ったら、時間潰す以外にすることもあらへんのに」

そのとおりだった。やくざの葬儀ほどくたびれる夜はない。数多の利害関係が集まる事業所のようだ。殴られた奴がいて殴った奴がいて、不満な奴がいて無念な奴がいて、弁明すべき奴がいて借金を取り立てるべき奴がいる。その全てがやくざの葬儀場でチャンスを摑んで声を上げるのだ。死の前で全てを許す韓国の葬儀の雰囲気が妙な合意を成立させるからか、各組のボスたちは葬儀をしばしば仲裁と和解のチャンスに利用した。それぞれの縄張りからボスと幹部がやってきて新たな事業の相談をすることもあるし、過去の怨恨(えんこん)を吐き出して和解をすることもある。だが、それは極めて理想的なケースであって、たいていは無念な奴はより無念になり、不満な奴はついに不満が爆発して酒膳をひっくり返し、はなはだしくは刃傷沙汰を起こすことも茶飯事だった。ひどく長い夜になるだろうと思うとヒスはため息が出た。タンカは何に怒っているのか、相変わらず憤慨した顔で運転している。

「洗濯工場をチョンべが持ってったそうやけど、兄貴は知っとったんか？」

知っていた、というようにヒスが頷いた。

「チョルサクが三年ぶりに出所したのに、おやっさんがチョンべにそのまま干物を管理しとけ言うたそうやけど、その話も聞いたんか？」

その話も知っている、というようにヒスが再び頷いた。頷きながら唇をそっと噛んだ。

「おやっさん、いくらなんでもあんまりやないか？　トダリとチョンべが干物をぶんどったせいで、姐さんがどえらい苦労したんやで。なのにチョンべ、あのイヌ畜生にバチを当ててもスカッとせんとこにボーナスまでやって、どういうつもりや？　チョルサクは指でもしゃぶっとれいうんか？」

考えれば考えるほど腹が立つのか、タンカが癇癪を起こした。急にハンドルを回すので、カーブを回るたびに車が危なっかしくよろめく。

「ええから、しっかり運転せえ。おまえはチョルサクとそんな仲がええわけでもないやろ。ひとの弁当箱に目玉焼きが載ってようが載ってなかろうが、おまえになんの関係がある？　自分の弁当箱のおかずでも心配せえ」

「いや、近頃、おやっさんのすることはちょっとアレやないか。洗濯工場の件だけでもそうやろ。ヨンガンもそうやし、オク社長もそうやし、面倒な仕事はみんなヒス兄貴が始末したのに、それがなんでチョンベに行くんや、いう話やで。だいたいチョンベがこの件で何かしたんか？」

〈ヨンガン〉〈オク社長〉〈始末〉といった言葉が出ると、ヒスは冷ややかにタンカを見た。

「この野郎は、口を慎まんか」

ヒスの冷ややかな表情に驚いたのか、タンカは車のスピードを少し落とした。

「どこかで洗濯工場の話を触れ回ったら、おまえは完全に潰されると思え」ヒスが脅すようにドスの利いた声で言った。

タンカは暫く話すのをやめて黙々と運転した。だが、あまりにも腹が立って我慢ができないのか、すぐにまた喚き始めた。

「それでも、これはホンマないわ。チョンベの野郎、トダリの後押しを見込んでしゃしゃり出やがったらしいけど、おやっさんまでチョンベの肩をもったらどないするんや。チョンベがモノにしたシノギはどんだけある？　ガスボンベの配達もやるし、屋台に不法に供給する電気もやるし、干物に、冷凍倉庫に、そこに今度は洗濯工場まで。ホンマなんぼなんでもあんまりやで。近頃はみんな死ぬ死ぬ言うとるのに、チョンベひとりがウハウハやないか」

いくらなんでもあんまりなのは確かだった。刑務所で三年も苦労して出てきたチョルサクに干物を返してやらないのもあんまりだし、ヒスに一言の相談もなくチョンベに洗濯工場を渡したのもあんまりである。ヒスは喉から手が出るほど洗濯工場が欲しかった。タンのところのベトナムの連中を送り込むつもりでいた。洗濯工場は多くの人手が要り、外国人労働者の許可も下りやすい。クアムのあらゆる場所に配達をするから、情報を集めたり様々な動きを把握したりするにも都合がいい。骨が折れて金にならない三K業種だから、クアムのやくざたちがその仕事を嫌がるのも都合がいい。事業をめぐってクアムのやくざたちとベトナムの連中が衝突しないうえに、さりげなくまとめられる。なのに、ソンおやじはいきなりチョンベに洗濯工場を任せた。その日の朝、ヒスはソンおやじを訪ねていって訴えた。洗濯工場を自分によこせとはとても言えず、チョンベに洗濯工場も干物も渡るのは公平に反するのではないかという趣旨だった。するとソンおやじは、全てわかっていると言いたげに薄笑いを浮かべた。

「公平に反するやろ。近頃は、どいつもこいつもすることがなくてみんなしんどいのに、チョンベの野郎ひとりが食い荒らしとったら誰が喜ぶ？」

「ようご存じのおかたが、なんでこんな采配をしますか？」

「コムタン爺さまたちがチョンべを気に入っとる。チョルサクが干物をやっている頃に上納金だけでもまともに払ったか？　いっつも、しんどい、商売にならん、とかぐずぐず言うて、月末になると決まって、こっちをバックれあっちをバックれするそうやないか。チョンべはちゃうで。まずは爺さまたちに上納してから商売をする。仕事の基本がなっとるいうわけや。それだけやと思うか？　ちょくちょく鬱陵島のイガイやら南海の煮干しやら名物を土産に持ってくる。名節（民俗的な節句）には、ボーナスやいうて分厚い封筒を一つずつ持ってくるんやで。こないだは爺さまたちを引き連れて東南アジア旅行もさせてくれた言うとった。だから、爺さまたちがチョンべに仕事を任せたくないわけがなかろう。チョンべにシノギを渡せば、銀行の定期預金みたいに着々とカネが入ってくるのに。爺さまたちはチョンべがホンマ可愛くてたまらん言うとるで」

「それでも、他の連中の目もあるのに、おやっさんが止めなあかんのとちゃいますか？　あいつらの上納金が滞っとるのは、ホンマに生活がカツカツだからですよ」

「わかっとる、カツカツなんは。わしになんの力がある？　このクアムではあの爺さまたちと持ち合いでシノギをしとるのに。公平？　おまえが行ってほざいてみい。あの欲張り爺どもが少しでも動くか」

みながチョンベを嫌っていた。チョンベは確かにムカつくクズ野郎だ。だが、毎朝ホテルのコーヒーショップでコムタンを食らう老人たちはチョンベを気に入っていた。上納金だけでなく、ボーナスに、土産に、名節の付け届けまでするし、老人たちの雑用も文句を言わずによくこなす。コムタンの老人たちにとってチョンベは孫の手のような奴だ。痒いところを気持ちよく掻いてくれる奴と言うべきか。ソンおやじも、コムタン爺たちを口実にして密かにチョンベの孫の手を楽しんでいた。何が悪い。罵声はチョンベが浴び、金は自分に入ってくるというのに。ヒスは干からびてカチカチになった孫の手を思い浮かべ、窓の外を眺めながらプッと噴き出した。ハンドルを握っていたタンカがちらりとヒスの顔を見た。

「何が可笑しいんや？」

「チョンベは確かに出来た奴や。洗濯工場のことだけでもそうや。タイミングをしっかり掴んで踏み込んでくるのを見い。たいしたもんやで。俺らもチョンベの文句ばっかり言うとらんで、あいつから人生で列に並ぶ方法を学ばなあかん」

「兄貴の言うとおりやな。チョンベの野郎は人生にヒネルの入れ方を知っとる。兄貴や俺がアホほど飛び回っても無駄足に無駄骨ばっかりやのに、チョンベの野郎は列に並ぶと必ず大当たり(ジャックポット)やもんなあ」

タンカも笑った。

オク社長の葬儀には意外に大勢の人が来ていた。遅い時間にもかかわらず葬儀場の内外をぎっしり埋める人々を見て、ヒスは少し驚いた。ひとの人生はその葬儀に行けばわかるという。ヒスは自分のあずかり知らなかったオク社長の人生を想像して、妙な気分になった。殯所（もがりどころ）では小学生の息子と中学生の娘が父親の霊前に控えていた。遺影のオク社長は明るく笑っていた。今よりずっと若くて力が漲（みなぎ）っていた頃の姿だ。スーツのかわりに作業服を着ていたが、おそらく設備技術者として繁盛していた、今から二十年前にクアムのあらゆる建物に配管と消防設備を施していた頃だろう。ヒスはあの頃のオク社長を覚えていた。クリスマスになると母子園にプレゼントの包みを持ってきたし、行くあてのない老婆たちのために練炭と米を定期的に送ってくれたりもした。ナヨンという少女に三年間も学費を出してやったこともあった。母子園のような劣悪な環境でどうしてそんなことができたのかわからないが、ナヨンは高校に通っているあいだ学年一位を一度も逃さず、奨学金を得てソウル大学に入学した。オク社長は喜んで《クアムの天才少女ソン・ナヨン、ソウル大英文科の奨学金に合格！》と書かれた横断幕を六ヶ月もクアムの三叉路に掛けておいた。だが、ナヨンはソウルに上京した後、クアムの人々と一切の連絡を断った。よくやった、とヒスは思った。どこかへ飛び立ちたいなら、重くまとわりついて役に立たないものはさっさと振りほどくべきなのだ。

とにかく、その頃がオク社長の良き時代だったはずだ。安定した事業もあったし、人間関係も良好だった。人が好くて純真だから、あちこちにストローを突っ込もうとするやくざがいたが、ソンおやじと親しかったおかげで、さほど大きな問題にならずに済んだのだろう。再婚して遅くに娘と息子も生まれた。金もあったし円満な家庭もあったし、少なくともクアムでは誰もみだりに手を出せないくらいの地位と力もあった。昔のように真面目に生きていく必要もなかった。ただ人並みにそこそこ踏ん張りさえすればよかった。ところがオク社長は突然、麻薬と賭博に手を染め始めた。老いてからの道楽は怖いと言わなかったか。オク社長は凄(すさ)まじいスピードで墜落し始めた。理解できない没落だ。まるでそんな必要がないのにわざわざ人生を滅ぼしている、と人々は囁き合った。蓄えが多かったから、ほどほどでやめていれば、最悪は免れただろう。だがオク社長はやめられなかった。事業は木っ端みじんになり、若い妻は去っていき、友人とやくざの先輩も後輩も背を向けた。その墜落の理由を、その凄まじいスピードを、オク社長自身も理解できなかったらしい。妻に去られたとき、オク社長は、幼い子供らのために今からでも賭博と麻薬を断って正気になるのだと自ら指を切った。だが何日も経たずに再び賭博を始め、麻薬をやった。酒の席で後輩のやくざたちが、指を切ってもまるで反省の気配がないと面罵した。オク社長は相変わらず愉しそうな顔で「人間は変わらん。罪のない指だけが切られたなあ」とおどけた。

ヒスは線香に火をつけて香炉に挿し、お辞儀をした。小学生の息子と中学生の娘がお辞儀を返した。娘は泣きすぎて目がパンパンに腫れている。父親の人生が哀れで泣いているのか、自分の人生が哀れで泣いているのかわからなかった。息子はまだ幼くて、この葬儀が何を意味するのかよく理解できないらしい。ヒスは息子の頭を撫でた。何か言葉をかけるべきだと思ったが、これといってかける言葉がなく、そそくさと弔問を終えて出てきた。

香典を受け付けるテーブルには、笑えることにホン街金がどっかり座っていた。ヒスが芳名録に記帳して内ポケットから封筒を取り出すあいだ、ホン街金は淡々とした表情で葬儀場の入口を見ていた。いつものようにボディーガードの中国人チャンがホン街金の横にぼんやり立っていた。

「なんでホン社長がここに座っとるんですか?」

「カネが行き来する場所やのに、誰かが座っとかなあかんやろ?」

ホン街金はヒスの渡した香典の封筒を開けると、金を取り出した。つばをつけながら金を数えると、帳簿に金額を記し、空の封筒は香典箱へ、金は革の集金バッグに収めた。

「十万ウォンしか出さんのか? 万里荘の支配人やったら、もう少し出さなあかんのとちゃうか?」ホン街金が不躾に言った。

ヒスは呆れた顔でホン街金を見た。

「父親を亡くした可哀想な子供らのカネをぶんどって借金を片付けよう、いうことですか?」

「親父が無責任にくたばったんなら、当然、ガキでも尻拭いせな」

ヒスは軽蔑の眼差しでホン街金を見た。だが、ホン街金の顔に恥じらいなんぞはまるでなかった。

「なんでそんなクソみたいな生き方をしますか?」ヒスが冷ややかに言った。

ようやくホン街金が顔を上げてヒスを睨みつけた。

「ひとの心配しとる場合やないで。おまえもカネを返さんかったら、じきに、ホンマもんのクソみたいな生き方がどんなもんか骨身に沁みてわかるはずや」

もう一言、何か言ってやりたかったが、ヒスは我慢した。いろいろと複雑な気持ちが入り交じり、ホン街金とやり合う気にはなれなかった。ヒスはホン街金から離れて接客室に入った。夜中の零時に近い時間にもかかわらず、どのテーブルにも弔問客がいた。葬儀が常にそうであるように、誰かは声を張り上げ、誰かは泣き、誰かは酒に酔っていた。ヒスは接客室の中を見回した。右側の一番端に一列にテーブルをくっつけ、クアムのやくざと他所から来たやくざが揃って座っていた。上座には影島のナム・ガジュ会長がおり、その隣にはダルホ派のボスであるチョン・ダルホと、彼の右腕かつヒスの母子園の友人であるチョルチンがいた。ナム・ガジュ会長の向かいにはソンおやじとホテルのコーヒーショップで毎朝コムタンを食う老人たちが座っており、チョンべがコムタン爺たちのすぐ横にぴったり寄り添って料理を配っていた。海雲台と温泉場から来た幹部たちもおり、こういった場になかなか来ることのなかったウォルロンのポン引きたちも数人来ていた。かつてアミにやられてメリノール病院の救急室に運ばれた草場洞のホジュンがトダリと親しげに何かを話していた。その他の何人かはヒスと面識がなかったが、見たところ公務員のようだった。テーブルの末席にはヤンドンとその仲間が座っていた。末席にいるのは殆どクアムのやくざである。ヤンドンは、ウォルロンのポン引きたちも座り、チョンべさえも座っている上座に自分が座れないことがひどく不服そうな顔だ。ヤンドンのテーブルにはタンカもついており、先日、防波堤で会ったパドゥクと刑務所から出てきたばかりのチョルサクもいた。その他にビリヤード場やパラソル、カラオケといったものを営むぱっとしないクアムのやくざたちが末席を温めていた。背後から誰かがヒスの肩をポンと叩いた。ク班長だった。

「煙草でも一本吸わんか」

葬儀場の中には喫煙室がないので、ク班長はヒスをトイレに誘った。トイレには誰もいなかった。ク班長は換気扇の下にある小便器の前でチャックを下げて小便をした。ヒスは尿意をもよおさないので、便器の横でぼさっと立っているだけだった。ク班長は前立腺に問題があるのか、細くチョロチョロ出る小便の音が途切れたり続いたりをいつまでも繰り返している。待ちくたびれたヒスが先に煙草を取り出して咥え、火をつけた。

「まったく、一日中小便しとるんですか?」ヒスが嫌味を言った。

「おまえも歳くってみい。蛇口が閉まるもんか」

そのすっきりしない排尿を終えたク班長は、ズボンのチャックを摑んで唐辛子を数十回も激しく振った。それでも相変わらず出しきった気がしないのか、もやもやした顔だった。

「考えてみたんやけど、今回の仕事は手間に比べてカネが少なすぎると思う」ク班長がチャックを上げながら言った。

「なんの手間ですか。いつぞやは、警察の本業がどうとか言うとったのに。しかも、明け方にささっと片付けて受け取ったカネやのに、三千では少ないですか?」

「ちゃうで。そんな言い方したらあかん。うちの連中も目ざといのに、一人で全部食えるか? あれをブンパイしたら焼酎代も出ん。世間は刑事をアクションものや思てるけど、実は事務職や。ヨンガンみたいな奴をひとり捕まえよう思たら、作らなあかん書類がどんだけあると思う?」

ヒスは疲れた表情をした。実際、こういう類いの人間とこういう類いの会話をするのはひどく疲れることだった。ク班長はヒスをちらっと見た。

「賭場やクスリやる奴らを叩けば、割と戦利品が出てくるもんやけど、今回、ヨンガンは不思議と出てくるもんがないなあ。クスリが少しに賭場で回しとった賭け金で全部や。ひょっとして、誰かさんたちが中身をすっかり取って、俺らにカスだけ残したんとちゃうか?」

ク班長の様子を窺うと、何かを知って言っているわけではなさそうだ。単につついてみただけだから、慌てることはない。

「そんなもんがあったら、ヨンガンが自分らにおとなしく渡しますか? どこか奥にちゃんと隠してあるはずですよ」

まあそれはそうだ、というようにク班長が頷いた。

「ヨンガンをぼちぼち宥めたら、風呂敷の一つ二つは広げるやろか?」ク班長がちらりとかまをかけた。

「班長さんが適当にやってください。逆さ吊りにして水攻めでもしてみるとか。そういうんは班長さんの専門やないですか?」

「宥めるなんぞは難しいことないけど、ヨンガンの刑量がぐんと減ってまうから、ヒス、おまえが困るやろなあ思て言うんやで」
　会えば会うほど憎たらしい人間である。レンガの間に染みこむ雨水のように人間の弱い隙を実によく把握し、そこから必ず一銭でも回収してみせる人間だ。ヨンガンの刑量が減るのも、ヒスがヨンガンの鞄をくすねたことが露見するのも、いずれも困ることである。だが、もはや引き返すこともできない。

「オク社長はすぐに火葬するんですよね？」

　ヒスが話題を変えた。

「お？　おお！　明日、出棺のときに火葬することにしたわ。上が解剖しよう言うのを、自殺に決まっとる事件やのになんで無駄な苦労をするんや、みんな国民の血税やないか、言うて粘って、医者の所見書をちょこっと付けるだけにしたで。もうなんも問題ない」

　ク班長は恩着せがましく言った。ヒスは頷いて煙草を揉み消した。

「一千万ウォンでええですか？」

　一千万ウォンを上乗せするという言葉に、ク班長の顔が明るくなった。

「そうしてくれると有り難いなあ」

「おやっさんに話してみますんで、少し待ってください。それから、小銭までいじましく持ってくんは、えらいみっともないですよ」ヒスが嫌味たらしく言った。

「俺もええカッコして暮らしたいんやけど、この貧しい祖国で公務員いうんは、そもそも薄給やから、ええカッコするんは容易やない」ク班長が嘯いた。

ヒスが接客室に戻ると、入口にはソンおやじが出ていた。ク班長とトイレに連れだって行くのを見たのだろう。

「どうなった?」ソンおやじが小声で訊いた。

ヒスはソンおやじに近づき、口元を隠して耳打ちした。

「解剖せずに明日の朝に火葬することになりました」

「何時や?」

「八時やそうです」

ソンおやじがさしたる意味もなく頷いた。日頃あまり飲まない酒を今日はしこたま飲んだのか、顔が赤い。おやじは葬儀場の中をそっと窺うと、財布を開けて百万ウォンの小切手十枚を取り出した。

「客はようけ来たけど、ホン街金の野郎が香典をごっそり持っていって、たぶん子供らは一銭も持っとらんやろ。ヒス、おまえがこれで葬式代を払え。飯代だの酒代だの、えらいかかるやろうけど、もし足りんようなら万里荘宛てにツケてもらえ」

ヒスはソンおやじの差し出す小切手をぼんやり見つめた。周りの視線が気になるのか、ソンおやじの手が早く受け取れと言わんばかりに催促する。ヒスは小切手を受け取ってポケットに突っ込んだ。

「ク班長が、ヨンガンを繋ぎ止めておくんが難しいから一千万ウォン上乗せしろ言うてますけど？」

呆れたのかソンおやじが失笑した。

「ぬかしよって。あのモグラ野郎、刑事を辞めた日にゃ、必ず地面に埋めたるわ」

「そんときは自分を呼んでください。シャベルはタダでやって差し上げますんで」

「いんや、シャベルで済むか。ああいう野郎はクレーンで深く埋めんと、墓から這い出して小銭をせびりに来るで」

おやじの言葉にヒスが笑った。テーブルの端に座っているヤンドンが、ソンおやじとヒスが談笑しているのをぼんやり見つめていた。

「中に入って座ろう。影島からナム・ガジュ会長も来たし、温泉場と海雲台から幹部が何人か来とるから、挨拶でもせえ」

上座に座っているナム・ガジュ会長は素手で全てを耕した避難民の一世代だ。つまり、ソンおやじが祖父のすっかり整った膳をいきなり譲り受けてやすやすとボスになったケースとすると、ナム・ガジュ会長は朝鮮戦争の頃に共産党に追われて満州から何の縁故もない釜山まで流れつき、ことあるごとに血を流しながら底辺からトップまで上りつめた立志伝的な人物である。避難民のやくざがたいていそうであるように、影島のやくざは後のことを考えないほど荒っぽくて教養がなく、そして単純だ。だがナム・ガジュ会長は、彼のもつ残忍で凄まじい伝説の数々に比べて訝(いぶか)しいほど温和な性格の持ち主である。たとえ他派の組員であっても、負傷したり刑務所に行くことになったりすると金を送ってよこし、釜山のいくつもある組織のボスや幹部たちの結婚式や葬式といったものだけでなく、末端の組員を大なり小なりいちいち面倒をみる人物としても有名だ。ナム・ガジュ会長はその繊細で柔軟な性格によって、やくざのあいだで尊敬を集めてきた。

　影島は海を挟んでクアムの向かい側にある島だ。ソンおやじとナム・ガジュ会長は、釜山港に入る狭い海峡を挟み、この三十年間、表面的には上手く過ごしてきた。伝統的に影島は釜山港の北港を支配し、ソンおやじはクアムの小さな港を管理し、事業のうえで互いにぶつかることがなかったからだ。違いがあるとすれば、ソンおやじは港から中国の粉唐辛子なんぞを密輸しているが、影島は麻薬、金塊、中国の漢方薬剤、日本の電子製品、レントゲンやCTといった米国の高級医療機器を捌いて莫大な金をかき集めることだけである。つまり、ナム・ガジュ会長のあの温和さと余裕は港から出てくるものだ。チョン・ダルホをはじめとする影島から飛び出した数多くの直参も、陰に陽にナム・ガジュ会長の恩恵を受けていた。

ナム・ガジュ会長が座っているテーブルには空席がなかった。ソンおやじはコムタン爺たちの横に座っているチョンべに、どけ、というように目配せをした。そこは各所のボスや幹部たちが座るべき席だ。ヤンドンやヒスもみだりに座れない席に、しんがりにもならないチョンべが図々しく陣取っている。にもかかわらず、チョンべは思い切り不快そうな顔をしながら、ぐずぐずとヒスに席を譲った。チョルチンがヒスに向かって、久しぶりだな、というように黙礼をした。温泉場の幹部たちと話をしていたナム・ガジュ会長がようやくヒスに気づき、明るく笑いながら声をかけた。

「ヒス、久しぶりやな。ここに来て一杯やれ」

ヒスは立ち上がってナム・ガジュ会長に近寄り、恭しく九十度のお辞儀をして、隣に膝をついて座った。ナム・ガジュ会長はヒスに酒を注いだ。ヒスは注がれた酒を一気に飲んでグラスを返し、酒を注いだ。ナム・ガジュ会長はヒスの肩に親しげに手を載せると、一同に向かって言った。

「わしはこいつがえらい気に入っとる。見た目もそうやし、やることもそうやし、なんちゅうか、目つきが落ち着いとるのに感性が生きとるやろ。二十一世紀のやくざはこうでないとな。感性がない力だけではあかんのや。感性なんてもんを欠片も持たん、ああいう味気ないポン引き野郎たちを引き連れては、アメリカのマフィアみたいにワールドワイドに成長でけへん、いうことや」

ヒスは、お言葉だけでも有り難いというように頭を下げた。ウォルロンのポン引きたちと草場洞のホジュンは、老いた会長の話に、つまらなそうにふんと笑った。

「会長はなんでそんな言い方をされますか。自分たちにも感性はありまっせ。食うためにあくせくしすぎて、しゃあなくこんな味気なくなったんですわ。近頃は裏通りが物騒で、ふわふわした性格ではマフィアどころか蠅も捕まえられませんで」ウォルロンのパクが冗談めかして言った。

「ヒスがなんでふわふわしとるんや？　ボクシングを続けとったら世界チャンピオンにもなれた奴やのに」

「これはこれは、お耳も早いことで。会長はヒスがボクシングをやっとったのを、なんでご存じですか？」相槌でも打つようにソンおやじが訊いた。

「チョルチンが言うとった。マーティン神父様の道場でボクシングを習っとった頃、ヒスが一番上手くて、次に自分が上手くて、ギョンテが一番下手くそやったのに、自分らはチンピラになって、ギョンテだけがボクシングを続けて東洋チャンピオンになった、てな。一番下手くそなギョンテが東洋チャンピオンなら、ヒスは世界チャンピオンかてなれんことあるか」

「いえ。ギョンテが一番上手かったです。ボクシングは真面目でしぶとい奴が上手いんですわ」ヒスが言った。

それも正しいというようにナム・ガジュ会長が頷いた。

「ほれ見い。ヒスはイカしとるうえに謙虚やないか。少しは見習え。このみっともないムササビ野郎どもが」

ナム・ガジュ会長の嫌味に、ウォルロンのパクとホジュンが顔を顰めた。

「ところで、ソン社長とゴルフしたときに聞いたけど、ヒス、おまえはもうすぐ結婚するそうやな？」

ヒスはぎくりとしてソンおやじを見た。ソンおやじは口を滑らせて決まり悪かったのか、そっと顔を背けた。

「わしは週末のたんび用があって、おまえの結婚式に出られそうもないけど、ちょっと待て、先に祝い金でも渡しとくわ」

「そんな、結構です」ヒスは慌てて手を振った。

ナム・ガジュ会長はスーツの内ポケットから封筒を一つ取り出した。とっさに出したのではなく、予め用意してきた封筒だ。封筒の表に《ヒスへ　幸せに》と、ちんまりメモも書かれている。それは、はした金で下の連中の面倒をみるボスたちの古い手だが、下っ端たちはこういった細やかさにいつも感動した。ヒスは恭しく封筒を受け取った。ソンおやじは妙な表情でその光景を見守っていた。

「新婦になるんは誰の娘や？」

ヒスは答えられずに少し頷いただけだった。

「言うたところでわかりますか？」ソンおやじが横から口を出した。

「なんの。この界隈の者やったら、たいていの名前は覚えとりまっせ。他のことはともかく、記憶力だけはまだしっかりしとりますわ」

ナム・ガジュ会長は自慢でもするかのように満足げな表情をした。ヒスは黙って頷いているだけだ。だが、ナム・ガジュ会長は答えを待つかのように、じっとヒスの顔を見ている。雰囲気が怪しくなると、ソンおやじが再び割り込んだ。

「アミをご存じでっしゃろ？」

「アミ？　うちのチョン・ダルホと五年前に一戦交えた、あの勇ましい奴か？」

ナム・ガジュ会長の言葉に、そばに座っていたチョン・ダルホとチョルチンがバツの悪そうな顔をした。いちおう釜山でナンバーツー、スリーともなるボスが二十歳のガキと戦って力尽きたこと自体がチョン・ダルホにとっては恥さらしである。

「ええ、新婦は、そのアミのおかんですわ」

「そうなんか？　アミは二十歳を超えとるやろ？　なのに、そのおかんやと？」

新婦となる者が成人した男の母親であるということがよく飲み込めないのか、ナム・ガジュ会長が首をひねった。そのとき、いきなりホジュンが会話に割り込んだ。

「ヒスがインスクと結婚する、いうことですか？」わざとなのか、ホジュンが仰々しく言った。

「インスク？　おまえの知り合いか？」

「会長はインスクをご存じないですか？　玩月洞でえらい有名やった鍋やのに。むかし自分が玩月洞でシノギをしてた頃に暫く下におった娘ですわ。他のことはともかく、寝床の技と性格だけはピカイチでっせ。どんだけええ仕事したか、自分らはインスクを天がくださった鍋や言うとりました」ホジュンがくすくす笑った。

その瞬間、ヒスの顔が強張った。目ざといナム・ガジュ会長はその表情を素早く読み取った。そばにあった杖を摑むと、ホジュンの頭に振り下ろした。頭からガチッと胡桃の割れる音がした。

「こいつは、もうすぐ後輩の女房になる新婦に鍋とはなんや？　この天下に教養のない奴が。すぐに謝れ」

ホジュンは自分の頭を掌で摑みながら、ナム・ガジュ会長に申し訳ないというように頭を下げ、ヒスにも頭を下げた。だが、その動作は真面目というよりも、どこかふざけているのがありありとしていた。

「すまんな。わしがいらんことを持ち出して」ナム・ガジュ会長が言った。

「かまいまへん。むかし玩月洞で働いとった女です」ヒスが強張った顔を努めて和らげながら言った。

ソンおやじが気に入らんと言わんばかりにホジュンに向かって舌打ちをした。

「チッチッ、まったくホジュン、あいつの口のききかたは。あんなにやられてもまだ懲りんのやな」

「ホジュンがいつヒスにやられたんや？」ナム・ガジュ会長が好奇心を露わにした。

「いえ、むかしホジュン、あの野郎がスコップを紐でぶら下げて歩いとった頃に、インスクの店で騒いでアミにえらい目に遭わされたそうやないですか。今でも自分のおかんをむかし囲っとった売女扱いされて、アミがあの性格で黙っとりますか？」

「それでホジュンがアミにボコボコにされたんやな？」ナム・ガジュ会長が愉快そうに身を乗り出した。

「ボコボコにされただけやないです。あんとき、あいつが連れ歩いとったウォルロンのハンパ者十三人だかがアミに飛びかかって、まとめてメリノール病院の救急室に運ばれました。どんだけ強くぶん殴られたんだか、医者に、クレーンにぶつかったんかと訊かれたそうですわ」ソンおやじがホジュンを思いきり嘲（あざけ）った。

「アミにやられて行ったたんとちゃいまっせ。うちの連中のひとりが急に盲腸になったんですわ」ホジュンが顔を真っ赤にして話にもならない言い訳を並べた。

「嘘つくんやない。メリノール病院に記録が全部残っとるわ」

ソンおやじの言葉に、ナム・ガジュ会長が腹まで抱えて笑った。

「アミいう奴はホンマ大物やな。大物や。ホンマにいっぺん顔が見たいわ」

「ブタ箱から出てきましたんで、いつか連れてご挨拶に伺います」ソンおやじが満足げな顔で言った。

「ああ、そうせえ。わしが旨いもんを奢ったる。ヒス、おまえも一緒に来い」

「はい」ヒスが頭を下げた。

「人の縁はえらい妙なもんや。前に、うちのチョン・ダルホとちょっと良うないことがあったて聞いたけど、そんなことはやくざの世界では茶飯事やないか。一席設けて一杯やりながら水に流して、これからは仲良くせえ。近頃は、洒落（しゃら）くさく後ろから頭叩いて水にふやかした飯みたいにパッとせんやくざばかりやけど、アミはホンマもんのやくざやな。そういうやくざが柱になってこそ、この世界も示しがつくんやで」ナム・ガジュ会長はヒスとチョン・ダルホを交互に見ながら言った。

ヒスはおとなしく「はい」と言ったが、チョン・ダルホは会長の言葉に少し俯いただけで返事はしなかった。チョン・ダルホはアミの話が会長の口から出てくること自体がひどく気まずそうだった。横にいるチョルチンも同じだった。

話を終えてナム・ガジュ会長が立ち上がった。ソンおやじが会長を支えた。会長は大丈夫だと手を振った。影島の連中がどっと近寄り、大統領か何かの警護でもするように会長の周りを囲んだ。ナム・ガジュ会長とソンおやじが話をしながら歩いていくと、チョン・ダルホとウォルロンのパクとホジュンが後に従った。ヤンドンとクアムのやくざたちは、ちょっと立ち上がってお辞儀をしただけで、外にはついていかなかった。ヒスはチョルチンと一緒に後ろからゆっくりと集団についていった。

「近頃どうや?」ヒスが訊いた。

「相変わらずや。うちの大将の性格、知っとるやろ?」チョルチンがチョン・ダルホを顎で指しながら声をひそめた。

「あの御大は歳をくっても根性が死なんなあ」ヒスが笑いながらチョルチンの言葉を受けた。

「アレは死んでも根性は死なん言うやないか」チョルチンも笑いながらヒスの言葉を受けた。

駐車場でソンおやじとナム・ガジュ会長が握手をし、抱擁をした。まるで大勢の人前で親交を誇示するための政治的なジェスチャーのように、その抱擁はどこかよそよそしかった。

「またご連絡します」ソンおやじが言った。

「またお会いしましょう」ナム・ガジュ会長が言った。

先に会長が乗ったベンツが出ていき、次にソンおやじのトヨタが出ていった。さらに、それぞれの幹部が乗っている三台の高級セダン、現代（ヒョンデ）グレンジャーがその後を追った。ウォルロンのパクとホジュンが見えもしない車に向かって九十度のお辞儀を続けている。ナム・ガジュ会長が去ると、駐車場に集まっていた人々は何事もなかったかのように散っていった。ヒスは駐車場に向かって歩いていくホジュンの後をゆっくりとついていった。ホジュンはポケットから煙草を取り出すと、隣のポッチャリに火をよこすよう言った。ホジュンが連れ歩いているポッチャリは相撲取りをやってもよさそうな巨漢だ。ライターで火をつけようとするが、風のせいで何度も消える。ホジュンは火のついていない煙草を吸ってポッチャリをどやしつけた。ポッチャリはその大きな身体を精一杯丸めて風を防ぎ、煙草に火をつけた。ホジュンは煙草を咥え、偉そうな顔でポッチャリの頬をペチペチ叩いた。「だからちゃんとやれ言うたやろ」「こいつは図体ぶんの仕事がでけへんのか」といった類いの言葉が、後をついていくヒスの耳に聞こえてきた。ポッチャリがその大きな図体でぺこぺこと何度も頭を下げている。そのとき、ヒスがホジュンの頭を後ろから引っぱたいた。どれほど強かったのか、ホジュンは前のめりになり、口から煙草が飛び出した。「なんや、ちくしょう、生意気に誰や」ホジュンが振り向きざまに悪態をついた。ヒスが今度はホジュンの顔面を引っぱたいた。ホジュンは正面からやられてよろめくと、地面にぺたんと座り込んだ。ホジュンのそばにいたポッチャリがようやく事態を把握し、ヒスを投げ飛ばそうとして駆け寄った。だが、みなぎる意欲とは裏腹に、ポッチャリの動作は果てしなく鈍い。ポッチャリがヒスを摑もうと肩に手を載せると、ヒスはポッチャリの喉を突くように殴った。ポッチャリはゲエッと声をあげてその場に倒れた。ヒスはさらに地べたに倒れたホジュンの腹を二、三回蹴った。「ええい、このイヌ畜生は狂ったんか」ホジュンが罵りながら地べたを転げ回った。

「なんやと？ 玩月洞でえらい有名やった鍋？ このド田舎のポン引き野郎が、どこで滅多な口をききよるんや？ ナム・ガジュ会長が隣に座ったら、てめえが出世したとでも思っとるんか？」

力を振り絞って立ち上がろうとするホジュンの顔をヒスが再び蹴飛ばした。駐車場の隅で煙草を吸っていたホジュンの仲間たちがヒスをめがけてドッと駆け寄ってきた。ヒスは最初の奴を右フックでやっつけ、二番目の顎にアッパーカットをお見舞いした。だが、三番目の跳び蹴りに胸をやられ、仰向けにドサッとひっくり返った。ヒスが地面に倒れると、ホジュンの仲間たちは一斉に飛びかかってやみくもに踏みつけた。ヒスは何とか起き上がろうともがいたが、そのたびに腹と胸を踏まれて地べたに倒れた。すると、遠くに下がっていたホジュンが部下のポケットから刺身包丁を抜きとった。

「みんなどけ。俺は今日、こいつのどてっ腹を掻っ捌いて、腸がどんだけ長けりゃこんな怖いもん知らずなんか、いっぺん見なあかん」

ホジュンが叫びながらヒスに近づいてきた。

「なんの騒ぎや？」

いつ現れたのか、ヤンドンが大声をあげた。ヤンドンの声に、ホジュンとホジュンの仲間たちが一瞬ひるんだ。ヤンドンはその輪につかつか歩み寄ると、刺身包丁を持ったホジュンの頰を強く張り飛ばした。

「このポン引き野郎が、どこに目ぇ付けとるんや。図々しくクアムでドスを出すか？　今すぐここで葬式を出したろか？」

ひどく腹を立てているのか、ヤンドンの顔は紅潮している。ホジュンはヤンドンの荒っぽい性格をよく知っているので、刃物を持ったまま躊躇っていた。

「ヒスが先に始めたんでっせ。黙って歩いとるもんを後ろからいきなり襲いよったんですわ」ホジュンが悔しそうに言った。

ヤンドンが地面に足を投げ出して座り込んでいるヒスを見た。

「ヒス、おまえが先に始めたんか？」

ヒスが乱れた髪で小さく頷いた。

「なんでや？　こいつの何があかんかったんや？」

ヒスは答えずそっぽを向いた。

「おまえは何をやらかしたんや？」ヤンドンが今度はホジュンに訊いた。

ホジュンはたいしたことじゃないという表情でヒスをちらっと見た。

「さっきインスクのことを玩月洞の鍋や言うたからやないですか？　なら、自分の下に何年もおったオンナを、今さら、嫁はん、嫁はん、なんて言えますか？　それに、たとえ少し口が滑ったとしても、部下がみんな見とる前で、いちおうシマのオヤブンを殴って顔を蹴るんはあんまりでっしゃろ。やくざの飯かて一食でも多く食うた先輩やのに」

ホジュンの話を聞き終えたヤンドンは、困ったのか苦笑いをした。

「だからて内輪揉めにドスを出すか？」

「上下もわきまえんでいきなり殴りかかってきよったもんを、しゃあないでしょう」

「このイヌ畜生、クチバシをズタズタにしたるわ」ヒスが地べたから立ち上がりながら言った。

「ほれ見い、先輩に向かってなんちゅう口のききかたや」

「おまえがなんで先輩や。このクソ野郎が」ヒスが息巻いた。

「黙らんかい！」ヤンドンが怒鳴りつけた。

ヒスはぐっと口をつぐんだ。ヤンドンは周りを見回し、この状況に手を焼いたのか、やれやれと首を振った。

「ヒス、おまえが謝れ」

ヒスは謝る気がないのか、ズボンについた埃を払って遠くの山を見るようにそっぽを向いた。

「謝らんのか？」

ヒスは相変わらずそっぽを向いている。ヤンドンはヒスに近づくと、耳打ちでもするかのように小声で宥めるように言った。

「おおごとにせんと、ここいらで適当に手を打とうや」

ヒスは葬儀場の入口にある錆びた鉄格子を見ていた。薔薇の形をした独特な鉄格子で、端には棘が付いている。その鉄格子をつくったのは暫く母子園で暮らしていたムンのおっちゃんだった。この葬儀場が竣工されたとき、幼いヒスはムンのおっちゃんについて鉄格子を作りに来た。ヒスがトーチで鉄を熱すると、ムンのおっちゃんが工具で鉄を曲げ、金槌で叩いて薔薇の模様を作った。「棘がツンツンして泥棒が怪我しそうですね？」幼いヒスが訊いた。「そのために作るんやで」ムンのおっちゃんが答えた。「じゃあ、薔薇の模様はなんで？」「まあ、世の中は泥棒だけが暮らしとるわけやないからな」実に多才な人だった。温かくて良い人だったから、ムンのおっちゃんが自分の父親だったらいいのに、と幼いヒスは思った。母子園というのは本当の父親を憎み、偽物の父親を慕うよう仕向ける妙な場所だった。だが、ムンおっちゃんは足を引き摺りながら工事現場の足場を歩いているうちに足を踏み外して死んだ。妙なことに、父親だったらいいとヒスが思った人はみな死んだ。彼らは身体が不自由か弱いか、この厳しい世の中を耐え抜くにはあまりにもロマンチックだった。ヒスは薔薇の鉄格子から目を離してホジュンを見た。ヤンドンはホジュンとヒスの間に断固たる表情で立っている。ホジュンは呆れたのか、長いため息をついた。

「後輩にやられるなんざ、ああ、ちくしょう、こっぱずかしくて」

ヤンドンは財布を開くと、すっかり中身を出した。百万ウォンと十万ウォンの小切手がおよそ七、八百万ウォンぶんはありそうだった。ヤンドンは小切手をホジュンに差し出した。

「とりあえずこれで連中を手当てして、もっとかかるようやったら電話せえ」

何かもの足りないと言いたげにホジュンは口を尖らせ、ほどなくして小切手を受け取って尻のポケットに突っ込んだ。そして、立っているヒスの顔に力いっぱい拳骨を一発、腹に一発食らわせた。ヒスは腹を摑んで地べたにドサリと座り込んだ。

「今日はヤンドン兄貴の顔を立ててこらえたる。今後は気いつけえ」

ホジュンは部下を連れて駐車場を出ていった。

葬儀場は山を削って作られた。裏の斜面はあまりにも角度が急で、残った土壁が危なっかしい。木も草もろくに生えないので、毎年、梅雨入りするたびに、この斜面で小さな事故が起きた。だが、誰もこの危なっかしい絶壁を気にとめていない。辺鄙な葬儀場なんぞどうなろうと知ったことではないのか、区庁から追加の予算が出ないという理由で、葬儀場の管理人たちはその斜面を放置している。夏が過ぎると、斜面から葬儀場の裏に落ちた岩と土塊(つちくれ)を片付けるのがせいぜいだ。ヒスの見立てでは、いつかあの斜面から滑り落ちた土と岩がこの粗末な葬儀場を飲み込むのは明らかだった。

この山は将腹山(チャンボク)という。尾根が将軍の横たわっている腹の形のようだからと付けられた名だ。しかしクアムの人々は、ただチャンベ(べ)山と呼んだ。子供の頃、ヒスはこの山がなぜ将軍の腹の形をしているといわれるのか、いくら見ても理解できなかった。母子園の老婆たちは、あれは将軍の臍であれは胸だ、と幼いヒスにいちいち説明してくれた。しかしヒスは今も、この山のどこが将軍とその膨らんだ腹を連想させるのかわからない。将軍の腹にも臍にも見えなかった。

ヤンドンは煙草を取り出してヒスに渡した。ヒスが煙草を口に咥えると、ヤンドンが火をつけた。煙草を吸うと、煙よりも血のほうが強く臭った。ヒスは手の甲で血を拭って地面につばを吐いた。

「冷静なおまえが、なんでインスクの話になるといつも逆上するんや?」ヤンドンが詰った。

ヒスは答えずに煙草を吸ってばかりいる。

「おまえもまったく、純情やな。今さらインスクやのに、今でもインスクか。もうインスクみたいなんは忘れて、ごっつう気立てのええ娘と付き合って出直せ」ヤンドンは地面に蹲っているヒスの頭のてっぺんに向かって言った。

森の中からキバノロの鳴き声が聞こえた。血清所の近くには犬売りたちが住んでおり、放し飼いにした珍島犬たちがたびたびキバノロの子を捕まえて食う。子を亡くしたキバノロは夜明けまで、ああやって激しく鳴き続ける。ヒスはふと、ソンおやじの言うとおり、この恋はケツの穴の中かもしれないと思った。いくらあがいてみたところで出てくるのは糞しかない汚れた恋なのだろう。

ヤンドンは葬儀場の灯りを眺めながら煙草の煙を長く吐き出した。入口では、万里荘のコムタンのメンバーのうちの一人であるキムおやじがクアムの何人かのやくざに、雑然とした花輪を指さしながら何かを指示している。やくざたちは、キムおやじの指示に合わせて花輪を移動し、床に落ちたゴミを拾った。ヤンドンはその様子を見て舌打ちした。

「あのイヌ畜生は自分が今でも機務司の少佐や思とる。どこで勲章を見せびらかしとるんや。やくざでもない奴がこんなとこに来て接待はようけ受けるし。どこかの裏道で酔ったチンピラどもにみっちり殴られんと、自分が誰だか思い知らんのやろなあ」

キムおやじは予備軍（有事に備えて兵役履行者で編成される）に組み入れられてだいぶ経つが、軍人出身らしく剛直で権威的だ。しかも、飛ぶ鳥も落とすといわれる機務司の少佐まで務めた人間である。今でも羽振りがいいのかは不明だが、その看板は田舎のやくざたちを萎縮させるに充分だ。だが、ヤンドンはそんなものに萎縮する人間ではなかった。

「それでも、機務司は上下の関係がしっかりしとりますから、今でも多少は羽振りがええのとちゃいますか？」

「何ぬかす。ジジイが自分で言うとるだけで、その羽振りで頼みごとひとつ片付けてくれたことがあるか？　あいつはたぶん除け者か顧問官（軍隊の隠語で「不適応者」）やったんやろ」

ヤンドンの言いぐさにヒスが噴き出した。葬儀場の入口でコムタン爺四人が楊枝で歯をせせっていた。一人はゴルフのポーズを取り、横にいる老人がそのポーズについて何かを喋りながら笑っていた。

「あの年寄りどもを見い。自分らだけがええ思いしとる。自分らは食えとるからな。毎日ぶらぶら遊んどっても、月末になれば上納金が入るわシノギから収益が上がるわ、なんの心配がある？　毎朝、ホテルのコーヒーショップで高麗人参入りのコムタンなんぞかっくらって、オンナのケツを叩きながらゴルフなんぞに通って、散歩みたいにゾロゾロ這い回っとるだけの人生やないか。俺らは違う。俺らみたいにしがない奴らはアホほど飛び回ってもカツカツや」

ヒスが適当に頷いた。

「あの年寄りどもを見るたんびムカついてかなわん。全部あいつらの勝手やないか。自分らだけぬくぬく腹を膨らましとって、後輩たちがどんだけ大変な暮らしをしとるか、気にかけることがあるんか？　クアムの海が生きる道はあの年寄りどもをそっくり追い出すことだけや。違うか？」

ヒスは答えなかった。実は別のことを考えていて、ヤンドンの話を聞いてすらいなかった。ヤンドンはムッとなった。

「こいつは、兄貴が大事な話をするといつも上の空や」

ヒスは違うことをしていて見つかったように決まり悪そうな顔をした。

「すんまへん。今日は頭がちょっと混乱しとりまして」

「万里荘の支配人なんぞは名ばかりで、実際は雑用係と変わらん。カネにもならんのに、なんであんなに雑用があるんやろな。風が吹く日に箒で落ち葉を掃くのと似たようなもんや。葉っぱは落ち続けとるのに、気張ったところで掃いた跡も残らんし」

「そうですなあ。跡も残らんのに忙しいだけですなあ」

「全部俺も昔やってみたことや。あの頃が俺の人生の暗黒期やで」

ヤンドンはヒスの気持ちがよく解ると言いたげに何度も頷いた。

「ところで、こないだ話した件、少しは考えてみたか？」

せっかちなヤンドンは我慢できなくなって事業の話を持ち出した。

「パチンコ王の鄭徳珍(チョンドクチン)が検察にしょっ引かれたそうですけど、聞きましたか?」

「ああ。あいつも終わりみたいやな。昔は検事かて一発で左遷させたのに、今では拘束されるんやなあ」

「鄭徳珍みたいな大物もしょっ引かれるのに娯楽室がやれますか? パチンコの連中は特別取締で大騒ぎやそうですけど」

「だから今がジャストなタイミングなんや。見とってみい。博打のマーケットは今からあっという間にスロットマシンから電子基板に移る。スロットマシンは機械も高いし、許可を取るのも難しいけど、電子基板は作るのも簡単やし、子供用の娯楽室の許可証を取るようなもんやから、認可もすぐ下りる。技術者呼んでプログラム回して、公務員何人かにカネをちょっと渡して許可証さえ取れたら、十万ウォンの機械を二百万ウォンで売るのはチョロいもんや。娯楽室ひとつ作ろう思たら最低五十台は必要やけど、計算してみい、二百かける五十いうたらなんぼや。そこに観光ホテルを建てなあかんわ、賄賂に、上納に、許可に、あのしち面倒くさいパチンコかて全国に四、五百もあるのに、娯楽室が数千、数万とできるのはあっという間やで。しかも鄭徳珍みたいにしょっ引かれることは絶対にあらへん。あいつはあのバカでかいホテルのパチンコを直営せなあかんから標的になったけど、俺らは機械だけ売っぱらって、後で商品券でも少しばかりもらえればええ。面倒なことになったら、さっさと撤収して、後でまた戻ればええし」

ヤンドンの話はそれらしく聞こえた。ヒスは頷いた。

「なあヒス、踏み込むんは今や。シノギいうんは、いつも最初に始めた奴が市場の七割を手に入れるんやで。他の奴らが先に手を打つ前に乗り込まなあかん。覇権さえ取れば、カネなんぞは勝手に転がり込んでくるやないか」

「自分が噛めば少し持分をくれますか？」ヒスがさりげなく訊いた。

ヤンドンの顔がぱあっと明るくなった。

「持分なんぞ当然やるわ。俺はヒス、おまえが身体ひとつで来ても十パーセントくらいはやるつもりやった。うちのヒスは普通の人材か？　仕事はできるし、慕っとる後輩も多いし」

「それは雇われ社長なんかにくれてやる持分やないですか？」ヒスはひどくプライドが傷ついたように冷ややかな声だった。

ヤンドンは一瞬、話をやめた。ヒスの冷静な計算に、ふだん聞いたことのない冷たい口調に、少なからず戸惑ったらしい。ヒスの顔を窺いながら、こいつにいったいいくらやるべきか、あるいはいくらまでやれるか、姑息な計算をしているらしかった。

「えーい、言うてみただけや。まさかおまえを雇われ社長にするために呼ぶわけないやろ。二十パーセントまでやれる。気持ちとしてはもっとやりたいけど、工場も作らなあかんし、機械も入れなあかんし、技術者何人かに、工場の職員に、事務所の運営にかかるカネがハンパない。スポンサーも何人か取ってこなあかん。ヒス、もし、おまえがスポンサーひとつ咥えてくるんやったら、最大で四十九パーセントまでやれる。おまえは四十九、俺は五十一。ちょうど半々やで。どうや?」

心惹かれる提案だった。ヤンドンの言うとおり、上手くいきさえすれば、転がり込んでくるのは数十億か数百億かわからない。万里荘で支配人として雑用なんぞをしながらでは決して触ってみることのできない金だ。四十を過ぎたやくざにこれほどのチャンスはもう巡ってきそうもない。だがヒスは、すぐには決めかねた。ヤンドンはヒスの顔色を見ながら答えを待っている。

「ヤンドン兄貴」

「おう、言ってみい」

「自分はこのまま万里荘ホテルでナプキンなんぞを畳みながら暮らします。やりかけの仕事が多くて、今は抜けづらいですなあ」

ヒスは首を振りながらそっと身を引いた。ヤンドンの顔が急に赤くなった。

「こいつめ、カマかけたんか。心にもないくせに、なんで持分の話を持ち出したんや?」

「そんな、畏れおおくもヤンドン兄貴に自分がなんでカマかけますか。話してみて、そうなっただけですわ。すんまへん。怒らんでください」

ヒスがヤンドンの腰を摑んだ。ヤンドンは赤くなった顔で遠くを見た。だが、腹を立ててもすぐにおさまる性格らしく、じきに和らいだ表情でヒスの方に向き直った。

「おまえも気持ちがはっきりせんようだけど、なんで迷うんや。おやっさんのせいか？　裏切るみたいな気がして？」

「まあ、そういう面もなくはないです。好きでも嫌いでも親父みたいな人やのに、今、自分が抜けたら、困ることが一つ二つやないです」

「おまえがおらんかったら万里荘が回らんと思うか？　あの古狸のおやっさんが仕事にならんと思うか？」

「怖いんですわ。ちょっとでもしくじったら、血が飛び散って刃傷沙汰になるんが。自分の身体が傷つくのはしゃあないとしても、自分を信じて動くうちの連中も、何人かは死んで怪我するわけやないですか。何人かはムショに行って、何人かは高飛びして、火を見るより明らかやないですか？　ヤンドン兄貴も自分も、このクアムの海でずっと暮らさなあかんのに、足を引き摺る障害者に、亭主を亡くした女房に、若い息子をムショに送ったおかんに、その恨みに耐えられますか？　自分は貧乏でも、今みたいにこのまま退屈しながら暮らしますわ」

ヤンドンは地面に煙草の吸い殻を投げ捨て、靴で押し潰した。

「なあヒス、おまえに何がないかわかるか?」

ヤンドンは再び煙草を咥えて火をつけた。ライターの火に照らされたヤンドンの顔は悲壮だった。

「おまえにはシーバル根性がない」

シーバル根性とはまた何のことだと言いたげにヒスがヤンドンを見た。

「おまえはカッコつけすぎや。やくざはカッコで生きるんやない。おやっさんへの義理? 後輩の心配? ひとの評判? ふざけんな。人間はそんな立派なもんやない。たいして立派やないもんが立派に生きようとするから苦しいんや。ホンマに後輩が心配やったら手に現金を握らせてやれ。そのほうが、なまじ同情したり心配したりするよか百倍ええわ。おまえはええカッコしながら餅も摑みたいようやけど、この世にそんなもんはあらへん。俺らみたいに持たざる奴はくそったれ根性(シーバル)がないとあかん。相手の前で腹を見せてひっくり返って、泣いて足にしがみついて、ケツの穴舐めて、最後に穢(きたな)く裏切ってスックと立つシーバル根性がなかったら、なんも摑めんのや。世の中はカッコええ奴やなくてシーバルな奴が勝つんやで」

「そんなシーバルで勝って手に入るもんはなんですか?」

ヤンドンは、こいつはまだ話が解らんのかという表情でヒスを暫く見つめた。

「それでやっと口に糊(のり)でも塗れるいう話や」

ヤンドンは諦(あきら)めたように長いため息をついた。葬儀場の方から老婆の哭く声(コクソン)が聞こえる。哭(な)き声は長く物寂しかった。誰がオク社長のためにあんなに哭いているのだろう？ ヤンドンは哭き声の方を向いた。

「おやっさんは残酷な人や。オク社長を見い。若い頃は毎日つるんで歩いて兄弟と変わらんかった。あんなに手厚くもてなしたのに、洗濯工場ひとつ吹っ飛ばしたからいうてあのザマやないか。同じ釜の飯を食った仲やのに、なんぼなんでもズボンにクソをたれたまま三叉路のど真ん中に吊り下げるとは何事や？」

ヒスの眉間がぴくりと動いた。三叉路の鉄塔にオク社長を吊り下げたのはヒスとパムソムのテヨンである。死ぬときに流れる便は元々そういうものなのか、オク社長のズボンからムカムカして耐え難い臭いがした。そして、こんなことをしなければならないやくざの生活にもムカムカして耐えがたかった。ヤンドンもヒスも押し黙った。二人のあいだに暫くぎこちない沈黙が流れた。森の中で子を亡くしたキバノロが鳴き続けている。切り立った絶壁から石ころがひとつ、ガリガリと音をたてながら暗闇の中に落ちていった。

「ヤンドン兄貴の言うとおりです。ズボンにクソをたれたままであんなふうに吊り下げておくもんやないですわ」

「ヒス、俺はおまえがやろうとやるまいと、このシノギをやる。犬みてえにひとの下でうろうろしとってズボンにクソをたれたまま死ぬわけにはいかん。もう引き延ばせんしな」

ヤンドンは悲壮な口調で言ってから地面で煙草を揉み消し、行くとも来るとも言わずに、とぼとぼと葬儀場の中に入っていった。ヒスはその場に残ってぼんやり立っていた。そして長いこと向かい側の斜面を眺めていた。暗闇の中で目が慣れたのか、斜面の端ぎりぎりにしがみついている木々がだんだんはっきり見えてきた。土の中から突き出て宙に浮いている根は、ひどく危うげに見えた。斜めに立った木は、この梅雨が終わる前に土塊もろとも谷底へ墜落しそうだった。

葬儀場の入口に戻ったのは明け方の二時だった。防波堤で会ったパドゥクと刑務所から出てきたばかりのチョルサクがベンチに座り、つまみなしで焼酎を飲んでいた。チョルサクはすでにかなり酔っているらしく、気分のせいか闇のせいか顔が黒い。パドゥクは歩いてくるヒスを見つけ、さっと立ち上がってお辞儀をした。チョルサクもヒスの顔を見ると、ふらつきながら立ち上がり、九十度に腰を折ってお辞儀をした。

「なんで中に入らんで、ここであてもなしで飲んどるんや？」

チョルサクは決まり悪そうに中腰で立っていた。

「中におるとムカついてしゃあないからですわ」

何のことかという表情でヒスがパドゥクを見た。

「チョンベ兄貴のせいですわ」パドゥクがおそるおそる言った。

おそらくチョンベがチョルサクから取り上げた干物屋の話をしているのだろう。だが、すでにコムタン爺たちとソンおやじが決めたことなので、ヒスにしてやれることはない。ヒスは話題を変えた。

「いつ出てきたんや？」

「一昨日の明け方です」

ベンチの上に焼酎が一本と紙コップがあった。ヒスが焼酎の瓶を持ってチョルサクに勧めた。

「苦労したなあ。一杯やれ」

チョルサクは屈んで酌(しゃく)を受けると一気に飲み干した。ヒスの手から慌てて瓶を取り上げるとヒスに注いだ。

「ヒス兄貴がうちの家族をえらい面倒みてくれたいう話は、うちのやつとパドゥクから聞きました。ブタ箱におってご挨拶もろくにできませんで。すんまへんでした」

思い出せないというようにヒスが首をかしげた。

「ちょっと小遣いやったくらいで何が有り難いんや。面会に一度も行けんかったのに」

「いやいや。同じ釜の飯を食った家族でもないのに世話するいうんは容易なことやないです。それでも、ヤンドン兄貴とヒス兄貴が、しんどいことがあるたんび世話してくれて、子供らの学費も払えて、貧乏暮らしにはえらい助かりました。昔はガキで世間知らずで、兄貴たちにようお仕えできまへんでした。でも、ブタ箱に行って戻ってみると、誰がホンマの兄貴で誰がクズなのか、ようやっとはっきりしましたなあ。ヒス兄貴、これからは気張りまっせ」

話し終えたチョルサクはトダリとチョンベのいる葬儀場の方を睨みつけた。チョルサクは酒に酔っている。もしかしたら怒りに酔っているのかもしれない。トダリとチョンベがチョルサクの干物屋を取り上げたのは、チョルサクという人間をよく知らずに犯した大失敗だとヒスは思った。チョルサクは愚直で強靱な男だ。めったに怒ったり感情をあらわにしたりすることがないので〈寝そべり牛〉というあだ名が付いている。だが、いったん怒ると、前後の見境なく〈狂った牛〉のように悶着を起こす。チョルサクが癇癪を起こせば誰も止められない。できることといえば、狂った牛が再び寝そべるまで待つことだけだ。干物は他の事業に比べてさほど儲けがない。なのにトダリとチョンベは、そのはした金を手に入れようとして寝そべり牛を狂った牛にしたわけだ。

ヒスは、元気を出せと言いながらチョルサクとパドゥクの肩を叩き、ベンチから立ち上がった。そしてオク社長の葬儀代を支払いに葬儀場の総務課に行った。事務所では女の職員がひとりで編み物をしながら番をしていた。欠伸をしたところなのか、事務所に入ってきたヒスをウサギのように赤い眼で見た。遅い時間だからか、ヒスの顔にできた傷のせいか、少し緊張しているらしい。

「なんの御用ですか？」

ヒスはポケットからソンおやじがよこした小切手を一枚ずつ取り出した。

「支払いに来ました。これまでかかった費用と明日の朝にかかる食事代をひっくるめて」

「どなたのことですか？」女が首をかしげた。

今夜、この辺鄙な葬儀場で葬儀を執り行うのはオク社長ひとりだけだったので、ヒスは女のとぼけた態度が癪に障ってイライラした。

「オク・ミョングクさんですよ。ここで葬式をやっとるのは、その人しかおらんやないですか」ヒスはひどく面倒くさそうに言った。

女は再び首をかしげると、持っていた編み針を置いて帳簿を調べた。実際のところ、客といえば一人だけだから、帳簿を調べるまでもなかった。

「オク・ミョングクさんの葬儀代はお支払いが済んでいますけど？　明日の朝に食事

をされるのでしたら、二十七万ウォンだけ追加でお支払いくだされば結構です」

今度はヒスが首をかしげた。

「誰が払ったんですか？」

「目の横に黒いほくろがある男の方です」

「茶色の革ジャンを着て中国人を連れとる男ですか？」

「確かに茶色い革のジャンパーを着ていました。中国人はわかりませんけど」

女は再び編み針を摑んだ。女が指しているのはホン街金だ。針で刺しても血の一滴も出そうもないホン街金がオク社長の葬儀代を支払ったということが、なぜか可笑しくもあり、また哀しくもあって、ヒスはふんと笑った。

「なんでもありやな」

ヒスはソンおやじのよこした百万ウォンの小切手十枚をポケットに戻し、財布を開けて十万ウォンの小切手三枚を取り出して女に渡した。

「これ、明日の朝食代」

「帳簿を締めたので、今はお釣りがありませんけど、明日の朝にいらしてくだされば……」

「三万ウォンは取っとき」ヒスが女の言葉を遮った。

小切手を手にした女は遠慮なく頷いた。

　ヒスが再び葬儀場の中に入ると、ざわざわしていた客は殆ど帰っていた。潮の引いた干潟のように、空席に片付けていない酒瓶と料理が散らばっている。もう訪ねてくる客もないのに、オク社長の中学生の娘は相変わらず殯所に控えていた。小学生の息子は疲れて姉の膝を枕にして眠っている。娘がヒスを見た。焦点の合わないぼんやりとした目だ。一晩のあいだに十年くらい老けてしまったような眼差しのようだった。

　ドアの前で若いやくざ数人が、明日、火葬場に棺を担いでいく者の名簿をつくっていた。

「六人は要るんとちゃうか？　フナ兄貴が亡くなったときは六人で担いだぞ？」

「あの兄貴は恰幅がよくて棺桶が重かったからやろ。オク社長は足も短いし肉もようついとらんから、四人なら充分なはずや」

「なら俺と、チュンサム、キユルは行けるし、おまえは？」

「俺は明日の朝早く魚市場に出るから無理やで？」

　ヒスは男たちのそばを通った。棺を何人で担ぐべきか。ふと、自分の棺を担いでくれる友人は誰かを考えてみた。何人も思い浮かばなかった。昔は多かったのに、あの多くの友人はみなどこに行ったのだろう。

　入口の靴置き場の隅で、ホン街金とチャンがようやく遅い夕食をとっていた。ホン街金が座っているテーブルの近くには誰もいなかった。クアムのやくざの大半が彼に金を借りており、みなが彼を伝染病のように嫌っていたから、テーブルのそばに誰もいないのは当然かもしれない。ホン街金は彼の分身のような黒革のクラッチバッグを左手でぎゅっと握りしめたまま、右手だけで食事をしていた。ひどく腹が減っていたのか、ユッケジャンを掬うチャンとホン街金のスプーンはせわしない。一日中バタバタと香典集めに忙しかったであろうホン街金の顔はひどく疲れてみえた。ヒスと目が合うや、ホン街金が決まり悪そうな表情になると、辣油でてらてらする唇の周りを手の甲で拭った。

「ひどい顔やな。さっきはなんともなかったのに。誰にやられたんや?」

いつものようにホン街金の言いぐさは攻撃的で嫌味たらしかった。だが、ヒスはホン街金に向かって力なく笑ってみせるだけだった。

「やっと今から食事ですか?」

ヒスの声は温かかった。その口調にこもる温度のせいか、それともいつもと違う穏やかな表情に戸惑ったのか、ホン街金は暫くヒスをぼんやりと見ていた。そして少し照れくさそうに頷いた。

「うん、やっとや。おまえは食ったんか?」

「さっき食いました。どうぞ召し上がってください」

ホン街金は何か言い足そうとして、これといって言うべきことがないのか、暫くぽかんとしていた。ヒスとホン街金はただの一度ものんびりと会話を交わしたことがなかったから、これといって言うべきことがないのは当然だった。ホン街金はユッケジャンに向き直ると、顔を突っ込んで再び食べ始めた。

ヒスは応接室の中を見回した。殆どの人は帰り、クアムのやくざ数人が隅の席に座って酒を飲みながら言い争っている。そこにはトダリとチョンベがおり、タンカとチョルサクとパドゥクと商店街繁栄会の会長と防波堤で商う屋台の代表も何人かいた。ヒスがテーブルに近づくと、すっかり酔っぱらったチョルサクがチョンベを睨みつけていた。チョンベはそんなチョルサクがちゃんちゃら可笑しいという表情で座っていた。

「で、干物は返せんのやな?」チョルサクが訊いた。

チョンベはチョルサクに答えるのではなく、周りの人たちに同意を求めるように見回しながら話し始めた。

「チョルサク兄貴はなんか誤解しとるようやけど、干物は元から兄貴のもんやないで。コムタン爺さまたちのもんでっせ。つまり、会社でいうたら、チョルサク兄貴は給料をもらう委託経営者っちゅうわけですよ。今の自分も同じでっせ。つまり、サラリーマンみたいに月給取りの社長は、オーナーが辞めて出ていけ言うたら、それで終わりなんです。名刺に社長の肩書きがあっても自分の会社やない、いうことですわ」

「あれがなんでコムタン爺さまたちのもんや？　俺とパドゥクが十年も明け方からどえらい苦労してつくった店やで」

チョンベは、どうにも話が通じないと言わんばかりにニタニタ笑いながら、やれやれと首を振った。

「そんなら、俺に言わんでコムタン爺さまたちに言ってみなはれ。それが合理的ってもんですわ。俺らは言われたとおりにやる人間やのに、なんの力がありますか？」

「チョンベの言うとおりや。文句があるんやったら、コムタン爺さまたちに言え。チョンべは言われたとおりにやっとるだけやのに、なんの罪があるんや」隣に座ったトダリが見境なく口を挟んだ。

そのとき、隣に座っていた商店街繁栄会の会長が、日頃チョンベに思うところが多かったらしく、不意に割り込んできた。

「チョンベ、おまえは合理的なもんが好きやから、いっぺん訊こか。今回、防波堤の屋台に引く電気代を二倍に、ガス代も三倍にも上げたけど、それがなんで合理的なんや？　むかしソンおやじが管理しとった頃は税金もなかったし、水槽に入れる海水もおやっさんが直接、大型の揚水機で汲み揚げて屋台のおばちゃんたちにタダでくれてやったのに、おまえはなんで別個にカネを取るんや？　海水はおまえのもんか？　揚水機をおまえが据え付けたんか？　防波堤は国のカネでつくったのに、おまえがそこに来て、おやっさんでも取らんかった税金を取りよるんか！」

会長の言葉にチョンベは少しも動じていないらしい。傍らにあった鞄を開けると、分厚い書類のファイルを取り出してテーブルに載せた。

「見てみなはれ。これはみんな官庁から出た書類です。いろんな開発計画と取締りの地域についての指針ですわ。こういうもんを先手先手で取っとくと、公務員どもが何を考えとるのかわかるっちゅうことです。地図のここに防波堤の屋台が見えますやろ。特に開発計画もないのに取締りだけはするんですわ」

「で？」

「で、自分が官庁に出向いて言いました。防波堤に並ぶ屋台は百二十を超えて、テレビにもなんべんも映って、クアムの防波堤の屋台は今や観光名所と変わらん。なのに、これをずっと違法やいうて取り締まってばかりで、区庁にも自分らにもなんかええことあるんか。正式に許可を出すか、それが厳しいんやったら、規制だけでも少し緩めてほしい。そしたら、お上は税金とって無駄な取締りはせんから人材の浪費も減るし、地域の住民はビクビクせんで安定してシノギができて、お互いにええやないか、て。そしたら担当の公務員が、そらあ一理ありますな、言うて、前向きに検討するそうでっせ」

会長は口をぎゅっとつぐんで書類をざっと眺めた。ヒスもそばに行って書類を調べてみた。やくざにこんな奴がいただろうかと思うほど、ファイルにインデックスを付けてまとめた書類は細かくて整っていた。

「もう、やくざも行き当たりばったりはあかんのです。いつも隠れて取締りを避けて逃げ回ることばっか考えんで、公務員に直に会うて、合意すべきことは合意して、出すべきもんは出さんと仕事にならんのですわ。屋台の電気、あれは他所の営業用のを違法に引き込んで使っとるやないですか？　取締りが入るたんびに止まって、剝がされて、また取り付けて。いつまでそんなことをやるつもりですか。許可をもろて正式に取り付けたら一発で解決することやないですか。だから自分が韓電（韓国電力公社）の人に会うて交渉しとるところです。交渉しよう思たら、ロビーの資金が要るやないですか。公務員いうんは、なんか食わせんとまるっきり動きませんから」

「さすが、うちのチョンベは働き者やなあ」トダリは浮かれている。

それでも何か気に入らないのか、会長は口を尖らせている。

「みんな自分ひとりがええ暮らしをしたくて貧乏な婆さまたちのはした金まで搾り取る言わはりますけど、自分はそんな奴やありまへん。そのカネをこつこつ貯めて地域の発展のために使おうとしとるんです。今、でっかい画をひとつ描いとるんで、見とられたらわかりまっせ」チョンベが得意そうに語った。そのとき、ヒスがだしぬけに口を挟んだ。

「近頃は猫も杓子もでっかい画を描きよるなあ」ヒスが笑いながらチョンべの隣に座り、テーブルの上に半分ほど残った焼酎の瓶を持ってきてグラスに注いで飲んだ。

「チョンべ、おまえの話し方は国会議員そっくりや、なあ?」ヒスが冗談めかしてチョンべに話しかけた。

「ヒス兄貴、おいででしたか?」しぶしぶ挨拶するようにチョンべが曖昧な表情をした。

「防波堤の屋台を合法化しようという話はソンおやじが区長とゴルフしながら合意したことやのに、なんでおまえが恩を着せるんや? しかも、ガスは一本で二万三千ウォンを七万ウォン、電気も一律五万ウォン取るそうやないか? 揚水機の水代は二万ウォン、ショバ代も五万ウォン、公営駐車場の駐車券も別個に売って、あの細々やっとる屋台からひと月になんぼ煮出すつもりや? で、おまえはそのカネをそっくり公務員に上納するいう話やろ?」

ヒスにぴしゃりと言われて、饒舌だったチョンべは一言も言い返せないまま、バツが悪そうにヒスの顔をぼうっと見つめてばかりいる。

「俺らはチンピラ野郎か? やくざ稼業をしとっても、恥いうもんがあるやろ。ちょうど今日、商店街繁栄会の会長もおいでになったし、防波堤連合からも何人か来とるから、この場で適正価格を決めろ」

「その税金は悩んで悩んではじいたもんです。やたらめったら値上げしたわけやありまへん」チョンべが訴えた。

「今年からは、おやっさんがやっとったままでいく。ガスは時価、電気は一括二万ウォン、揚水機で供給する海水はタダ、それから、その前で公営駐車場を運営しとるから、屋台から駐車代以外の税金は取らん。それが嫌なら他の奴に譲れ。その条件やったら、おまえでなくとも、やりたいもんが列を作っとる。わかったか？」

チョンべがぎこちなく笑いながらヒスにそっと近寄った。

「ヒス兄貴、こういうことは内輪で静かに話したらあきまへんか？　みんなが集まっとるとこでお互い恥ずかしいやないですか？」

「これが恥ずかしいんか？　力のない婆さまたちを強請（ゆす）るんは恥ずかしくないんか？」

「なんぼ後輩でも、ひとのシノギに干渉するんはやりすぎいうもんです。ヒス兄貴はホテルの仕事にでも精出してください。防波堤は自分が上手いことやりますよって」

チョンべの言い方は丁重だったが、これ以上踏み込んだらただではおかんぞ、と言わんばかりに決然としていた。ヒスの表情も冷ややかだ。チョンべとヒスのあいだに鋭くて冷たい空気が流れた。ヒスとチョンべが睨みあっていると、隣にいた商店街繁栄会の会長と何人かの老人が、チョンべに聞こえよがしに話し始めた。

「チョンべ、この野郎はわしらにガス売りつけて運勢を変えるつもりらしいな」

「そや、屋台の婆さまたちがなんぼ稼ぐ思て、そこにストロー挿してチューチュー吸いよるんや」

「チョンべ、あいつは子供の頃からろくに食えんかったからか、ちいと強突く張りやな」

口々に言い立てる言葉に、チョンべの顔は赤くなったり青くなったりした。

「ええい、ちくしょう、ごっつうガスボンベ回してやって商売させてやったら、裏で何を言いくさりよるんや」チョンべが老人たちに向かって罵声を吐いた。

「チョンべ、目上のひとにそんな言い方するな。それに、商店街繁栄会の人たちは去年、台風やら長雨やらで難儀したんやから、この夏は上手いことやってこうや」ヒスがチョンべを宥めるように言った。

チョンべはヒスの言葉に鼻を鳴らした。

「ヒス兄貴、これははっきり解っといてもらわなあきまへん。他のことはともかく、食うためのシノギにはあれこれ干渉せんでください。みんな、なんとか戦って食うてるんです」

そのとき、近くにいた酔っ払いのチョルサクが息巻いて駆け寄ると、全力でチョンべの胸に体当たりした。

「この鼠みてえな野郎は、ヒス兄貴がお話しになっとるのに、なんでいちいち口答えするんや」

チョルサクに体当たりされたチョンべはサッカーボールのようにひゅうっと飛んでいき、ドスンと隅に嵌まった。だがチョンべは、俺もやくざだと言わんばかりにパッと起き上がると、ファイティングポーズをとった。チョルサクは元相撲取りで力持ちだ。チョルサクが近づくと、チョンべがジャブで顔を何発か打った。しかしチョルサクはそんな柔なパンチにびくともしない。チョンべの腰を摑んでガバッと持ち上げ、テーブルの上に投げ飛ばした。さらに、立ち上がったチョンべを再び摑んで反対側のテーブルに放り投げた。あちこちドシンドシンとぶつかるたびにテーブルが壊れ、食器が飛び散って割れた。老人たちは何かいい見世物でもできたかのように、その喧嘩を見守っている。チョルサクがひどく酔っているにもかかわらず、チョンべが押されている形勢だ。チョルサクに殴られたチョンべの口と鼻からだらだら黒い血が流れ落ち、左目は腫れて殆ど開かないほどだ。老人たちは笑いながらこの喧嘩について冗談を言った。

「チョルサクは力持ちやなあ」

「そやなあ。あいつは気合いが入っとる」

「ところでチョンベ、あの野郎は喧嘩をカンガルーから習ったんか？　なんや、あのパンチは」

「パンチやなくて防御がなっとらんなあ。飛んでくるパンチをみんな顔で受けてどないする」

チョンベが連れている連中は、止めるべきか助けるべきかわからず、トダリとヒスの顔色を窺っている。トダリが深刻な顔でヒスに近づいてきた。

「止めんのですか？」

「ほっとけ。お互いえらいわだかまっとったみたいやし、ああやってひととおり殴り合わんと済まんやろ」

「それでも、葬儀場でこれはないでしょう」

「葬儀場はもともと殴り合って喧嘩して、泣いて笑うとこや」

チョルサクとチョンベは疲れ切って、スローモーションのような動きだ。息が切れそうに喘ぎ、拳にはまるで力が入らない。それでもチョンベが疲れ切っているのに対し、チョルサクは少しだが力が残っていた。二人はお互いの首を摑み、額をくっつけたまま暫く呻いていた。ほどなくしてチョンベがチョルサクに力なく拳を向けた。チョルサクはサッとよけて、チョンベの顎に強烈なアッパーカットを喰らわせた。それが決定打だった。チョンベは膝から力が抜けて前にドサリと倒れた。目も力を失って白目を剥き、口からは泡と血がだらだら流れた。タンカがずかずかと中央に歩いてくると、まるでボクシングのレフェリーのようにチョルサクの腕をぱっと持ち上げた。チョルサクはあれほど殴りたかったチョンべを叩きのめしても、むっつりとして戸惑った顔をしていた。チョンべを心ゆくまで殴ったところで、去った干物が戻ってくるわけではないからだ。チョンべの下にいるやくざが何人か駆け寄ってチョンべを抱き起こした。一人がチョンべの顔に水をかけてハンカチで扇いだ。チョンべが頭を振りながら我に返った。そして、いきなり若いやくざの腰あたりにあった包丁を抜き取ってパッと立ち上がると、タンカの横にぼんやり立っているチョルサクの脇腹を背後から力任せに刺した。チョルサクは脇腹を摑んで床にへたり込んだ。

「まったく、このクッソ野郎が、先輩やから大目にみてやろう思たのに怒らせよって」

チョンべが持っているのは刺身包丁だ。刺すときに手を切らないよう、柄に包帯まで巻いてある。チョンべがへたり込んだチョルサクをなおも刺そうとすると、パドゥクがすっ飛んできて、倒れているチョルサクを抱きかかえた。チョンべが、あっちにどいていろというように、しがみつくパドゥクの脇腹を包丁で二、三度刺した。だがパドゥクはチョルサクの身体をぎゅっと摑んで動かない。そばにいた何人かがチョンべを止めるために前へ踏み出した。だがチョンべは、近づいたらみんな刺してやるとばかりに、狂ったように包丁を振り回した。

「来てみい、皆殺しにしたるわ」

「おいチョンベ、包丁を下ろせ。えらいことになるで。これ以上おおごとにせんで包丁を下ろせ」商店街繁栄会の会長が遠巻きにしたままで言った。

チョンベの耳にはどんな言葉も届かないらしい。もはや近づく者もいないのに、宙に向かって虚しく包丁を振り回している。誰が見ても、チョンベの刃物さばきは、ぎこちなくて下手だ。包丁を持っていて怯えているのは、むしろチョンベのほうらしい。

しかし、やみくもに包丁を振り回しているので、誰もおいそれと近づくことができない。そのとき、ヒスは壁の片面にある棚のゼラニウムの鉢植えを見ていた。赤いゼラニウム。何のためかはわからないが、ヒスが子供の頃、母子園の老婆たちは畦でゼラニウムを育てた。トマトやジャガイモといったものではなくゼラニウムを育てた。「これはどんな味?」幼いヒスが訊いた。母子園で一番年長の老婆が答えた。「これは食べるためやない。眺めるためだけに育てとるんや」母子園では常に食糧が不足していた。なのに、大切な畦で、なぜ食えもしないゼラニウムを育てるのか、幼いヒスは理解できなかった。トマトとジャガイモとサツマイモが育つべき場所に、何の役にも立たずに育っているゼラニウムが理解できなかった。ヒスは棚から植木鉢を取り、チョンベに近づいた。ヒスがそろそろと近づくと、チョンベはじりじりと後ずさりしながら包丁を振り回した。チョンべの包丁がヒスの肩をかすめた。ヒスは自分の肩をちらりと見た。破れたシャツの隙間から血が滲んでいる。ヒスはさしたる意味もなくにやりとすると、さらにチョンべに近づいた。うろたえたチョンべは包丁を振り回した。ヒスは身体を横にひねって包丁を避け、植木鉢をチョンべの頭に振り下ろした。植木鉢がパカッと音を立てて割れると同時にチョンべが床にへたりこんだ。チョンべはすでに意識を失っているらしかったが、ヒスは割れた植木鉢を摑んでチョンべの頭に三回、四回と打ちつけた。タンカが後ろからヒスの手首を摑んだ。葬儀場にいる全ての人がヒスを見つめている。チョンべは頭を割られたまま、床に落ちた金魚のように身体をばたつかせていた。ヒスは自分の手を見た。割れた植木鉢の欠片に残っていた乾いた土が、血の噴き出すチョンべの頭の上にバラバラと落ちていた。

タンカはヒスを引きずるようにして駐車場まで連れ出した。ヒスはどういうわけか頭がぼんやりして、宙を歩いている気分だった。タンカは駐車場に待機していたタクシーにヒスを押し込んだ。

「後のことは俺が始末をつけるから、今日はこのまま帰って休め。ホジュンもそうやし、チョンべもそうやし、見たとこ、今日の兄貴は日が良うない。運転手さん、出してください」

タンカが掌でタクシーをパンパンと二回叩いた。運転手がルームミラーでヒスを見ると、ゆっくりと車を走らせた。

「お客さん、どこにお連れしますか？」

葬儀場の坂道を下りきろうとする頃に、ようやく運転手が尋ねた。どこに行けばいいのか、にわかには思いつかない。ヒスが黙っていると、運転手が困った顔をして車を停めた。ヒスは暫く窓の外をぼんやりと眺めていた。黒い森から相変わらず子を亡くしたキバノロの鳴き声が聞こえる。ヒスは煙草を取り出して口に咥えた。

「山腹道路へお願いします」

「山腹道路のどこまで行かれますか？」

「公営駐車場」

タクシーは葬儀場のある山沿いの海岸道路を抜けてクアムの街中を通り、再び南富民洞の山腹道路を上がっていく。そのあいだ、ヒスは車窓に顔をつけてぼうっと窓の外を眺めていた。公営駐車場の前に停まると、ヒスはタクシーから降りた。そして山五六五番地のインスクの家へ続く急勾配の長い階段を上った。だが、半分も上れずに、その場にしゃがみ込んだ。息が切れて脚が痛い。インスクは毎晩この長い階段をどうやって上るのだろう。ヒスは煙草を咥えて時計を見た。二時半だった。インスクの店は明け方の三時に閉めるから、まだ店にいるだろう。先日、店に行くと、インスクは酒に酔った男と髪を掴んで争っていた。インスクのブラウスが破れ、隙間からブラジャーがのぞいていた。「このくそアマ、ウイスキー二本で五十万ウォンとはなんや、五十万ウォンとは」酔った男はかなり恰幅が良く、手を揺さぶるたびにインスクのほっそりした身体が左右によろめいた。ヒスが割って入り、男の胸ぐらを掴んだ。拳で顔を一発殴ろうとしたとき、インスクがヒスの手を掴んだ。「殴ったら今日の上がりはパアやで」インスクは小さいがきっぱりした声で言った。ヒスは男の胸ぐらを放して店を出た。インスクがついて出てきた。「毎日こんなか?」ヒスが訊いた。「毎日こんなや」インスクが答えた。暫く息を整えると、落ち着いた低い声で言った。「ええカッコするだけやったら、もう店に来んといて」あの日以来、ヒスはインスクの店に行っていない。毎日あんな調子なのだろうし、行ったところで、ええカッコするだけで商売を潰すほかにはできることがなかったからだ。

　ヒスは立ち上がって再び階段を上り始めた。急勾配で、相変わらず数え切れないほどの段があった。チャンベ山の頂上にあるインスクの家の庭に辿り着いたときには、背中まで汗でびしょびしょになっていた。ヒスは縁台に座り、頂上までびっしりと軒を連ねる家々を眺めた。どこかは灯りが消え、どこかはまだ点いている。防波堤の向こうの遠い夜の海では、入港料を惜しんで停泊している船の灯りが星の光のように揺れていた。縁台の下にインスクが置いた蚊取り線香があった。ヒスは蚊取り線香に火をつけ、縁台に寝そべった。山の頂上にある家だからか空が近い。星がひときわたくさん見えた。カシオペア、双子座、蟹座、北斗七星。ヒスは自分の知っている星座をいくつか探しているうちに眠りに落ちた。

目が覚めたときには夜が明けていた。ヒスは縁台に寝そべったままだ。黎明のせいで星は見あたらない。身体には布団が掛けられていた。夜露にあたって表面は湿っていたが、内側は体温のおかげで温かい。縁台の端にインスクが座って煙草を吸っていた。インスクは煙草を吸っただろうか？　煙草を指に挟んだまま夜明けの空を眺めるインスクの横顔はどことなく寂しげだった。ヒスが縁台からゴソゴソ起き上がると、インスクが振り向いた。

「起きたん？」

「ああ」

夜遅くいきなり訪ねてすまなかった、言いたいことがあって来たのに待っているうちにうっかり眠ってしまった、といった類いの言い訳をしようとして、ヒスは口をつぐんだ。そんな話をインスクが信じるとも思えなかったし、ヒスとインスクの仲で改めて必要な話でもない。ヒスはいつもいきなり訪ねてきたし、何も言わずに帰った。インスクは持っていたカップをヒスに差し出した。温かい柚子茶だ。ヒスはカップを受け取って少し飲んだ。しっとりした夜明けの空気の中で、柚子の香りがことさら強く感じられた。

「顔はどうしたん？　喧嘩したん？」

「いや、飲んで転んだ」

「なんかあったん？」

「ない」

「で、なんで朝っぱらからひとんちの縁台で寝とるん？」

「その、朝っぱらから急に会いたくなって」

インスクはクスッと笑った。少し照れているようでもあった。それがインスクの本当の笑い方だ、店で他の男たちに投げかける豪快な笑いは本物ではない、とヒスは思った。十三歳からインスクのその笑い方を愛していた。気位の高さの陰に隠れた恥じらいがそっと首を出す、そんな笑い方。

「俺と外国に行って暮らさんか？」ヒスがだしぬけに訊いた。

「なんや、なんかあったん？」

「いや、ただ、この海にうんざりして」

「外国に行くんやったら、お金がようけ要るみたいやけど、お金、あるん？　うちは借金しかないのに」インスクが冗談めかして言った。

ヒスはオク社長の洗濯工場からくすねてきたヨンガンの鞄のことを考えた。十億あれば、誰も知らない見知らぬ土地でどのくらい踏ん張れるだろう？　ヒスひとりなら、いくらも持たないだろう。だが、インスクと一緒ならば、なぜか長く踏ん張れそうな気がした。寂しくもないだろうし心配事もないだろう。しかもインスクは生活力もあるのだから。

「カネがあれば行くか？」

インスクはヒスの真剣な表情を見て意外そうな顔になり、話すのをやめた。煙草を一口長く吸い込むと、地面に吸い殻を擦りつけて消した。

「あんたはなんでいつも逃げることを考えるん？　十七歳のときもそうやし、今もそうやし」

インスクが娼婦になると決心したとき、ヒスは逃げようと言った。インスクは逃げないと言った。そして四十歳になった今も同じことを言っている。十七歳のインスクは逃げずにこの海で娼婦になった。あのとき逃げていたならば、何かが変わっただろうか？　インスクのきょうだいたちは今のように大学を卒業することはできなかっただろうが、インスクの人生はどうにでも変わっただろうとヒスは思った。

「行くなら、あんたひとりで行き。うちはこの海が好きや」

理解ができないというようにヒスがため息をついた。

「このクズみたいな海が好きか？」

「うん、うちはこの海が好きや。この海できょうだいを大学までやったし、アミも育てたし、ご飯も食べられて、このくらいの暮らしができるから」

インスクは山の麓をぼんやり眺めていて、ふと、何かを思い出したようにフッと笑った。

「で、なんで外国まで行かなあかんの？　この海では恥ずかしくて、うちとよう暮らせんの？」

答えを待つようにインスクはヒスをじっと見た。徹夜明けのインスクの眼は充血している。もしかしたら、その問いはずっと前からあったものだ。ヒスはいつもその問いに対する答えを避けていた。

「この体たらくで誰を恥ずかしがれるんや」

それは答えになっていないというようにインスクがゆっくりと首を振った。ヒスはインスクの視線を避けて遠くの海を見た。インスクはヒスではなく海に語りかけるように静かに口を開いた。

「うちは自分が恥ずかしくない。きょうだいが恥ずかしがってみんなこの海を離れても、市場の人たちや近所の人たちにいつも陰でコソコソ言われても、恥ずかしくない。うちは与えられた条件の中で必死に生きてきたんや」

「身体売って生きてきたんが自慢か？」ヒスが皮肉った。

「なら、何を売って、あの歳で、七人もおるきょうだいを食べさせるんや？」インスクが叫んだ。

声が大きかったので、ヒスはインスクを見た。インスクは泣いていた。森の中では明け方に目覚めた鳥たちがさえずっている。インスクが泣くのを見たことがあっただろうか？　なかった。十三歳から今まで、ヒスはインスクが泣くのを、ただの一度も見たことがなかった。いったんほとばしったインスクの泣き声は次第に激しくなり、とどまるところを知らなかった。インスクは掌で顔を覆い、蹲ったまま肩を震わせている。ヒスは煙草を揉み消して立ち上がり、ゆっくりと近づいてインスクの肩を抱いた。インスクはヒスの胸に顔をうずめたまま、何も言わなかった。

理髪店

火葬炉の煙突から煙が立ちのぼっていた。火葬場まで来た者は殆どいない。オク社長と親しかった友人が数人と親戚、そして棺桶を担いだ四人のやくざだけが、火葬場の空き地をうろうろしながら煙草を吸ったり会話を交わしたりしている。年老いた管理人は、火葬炉が塞がっているから一時間ほど待つようにと言った。弔問客もいないのに、六つの火葬炉が同時に稼働していることがヒスには意外だった。独り身の老人たちが暮らす養老施設で練炭ガスの事故が起きたのだと教えられた。ヒスは、弔問客もなく寂しく燃え上がっている六体の亡骸(なきがら)を想像しながら、煙突を出ていく煙をぼんやりと眺めた。火葬場の庭にふり注ぐ四月の朝日が柔らかい。休憩室の壁にかかったテレビのニュースでは、金泳三(キムヨンサム)大統領があの特有のくぐもった発音で、軍事政権の時代が終わってこれからは文民政権の時代が開かれる旨の演説をしていた。うんざりする演説を四十分くらい聞いた頃、休憩室のスピーカーからオク社長の名前が流れた。火葬が始まるので家族と知人は六番へ、という内容だった。方々に散っていた人々が火葬炉の前に集まった。そのとき、オク社長の娘と息子は廊下にある木の椅子に座ったまま眠っていた。小学生の息子は姉の肩に頭をもたせたまま父親の遺影を胸に抱えており、中学生の娘はまもなく灰になって出てくるオク社長の遺骨を納める骨壺（こつつぼ）をぎゅっと抱きしめていた。一枚ガラスを通して差し込む日差しが斜めに長く伸びて娘の顔を照らしている。眠っている娘はひどく疲れているようだった。父親の葬儀を執り行う三日のあいだじゅう、まともな睡眠など一瞬もとれなかったはずだ。葬礼指導士が娘を揺り起こした。だが、あまりにも深く眠っていたのか、二、三回揺すっても目が覚めない。葬礼指導士は少しイライラして娘の肩を強く揺さぶった。娘は目を開けて、きょとんとした表情で周りをきょろきょろ見回した。葬礼指導士が娘に何かを耳打ちした。何と言ったのだろう？　起きろと、もうおまえの父親の遺体に火をつける番だと言ったのだろうか？　娘は相変わらず眠りから覚めきらない目で火葬炉の入口に集まった人々を確かめ、電光掲示板に浮かんだ父親の名前を見て泣き出してしまった。父親の葬儀中にこんこんと眠りこけたことが恥ずかしくて泣くのだろうか、それとも、これから火葬炉に入ってこの地上から肉体さえも消える父親が哀れで泣くのだろうか。寺から来た僧侶（そうりょ）が木魚を叩きながら短いお経をあげた。老人が数人、棺の上に一万ウォン札を載せた。「オク社長、この世の未練と恨みを全部手放してよい所に行けるよう、きれいに焼いて、骨もきれいに搗いてくだされ」老人たちが唱えた。骨なんぞをきれいに揭げば恨みも未練もなくこの世を去ることができるというのは、いったいどんな理屈だろうか？　ヒスは密かに鼻で嗤った。火葬炉の管理人は、ゴムでコーティングされた軍手を嵌めた手で棺の上にある紙幣を無造作に自分の方へ掻き集めるとポケットにねじ込んだ。そして、棺の周りに集まった人々を後ろに下がらせた。管理人は、朝なのにすでに酒に酔ったように顔が赤らんでいて、何が理由か不満いっぱいの表情をしている。オク社長の棺が載っているキャリーを左右に二、三度揺らすと、火葬炉のレールに押し入れ、荒々しく扉を閉めた。まるで火葬炉の前で毎度溢れ出す悲しみから自分の感情を守ろうとするように、管理人の事務的な動作はあまりにも素早く敏捷だった。火葬炉の扉の上に付いた赤いランプからサイレンが三回鳴った。ほどなくして火葬炉の中へ巨大な火柱が入ってきた。火の手が上がると、老婆たちが一斉に泣き出した。オク社長の幼い息子が人々の泣き声に驚いてつられて泣き出した。老婆の一人が、点火される前にもう一度オク社長の顔でも見ようとするかのように、熱くなった火葬炉の窓ガラスに近づいた。管理人が慌てて腕を振りながら老婆を止めた。「後ろに下がってください。熱いですよ」そして、涙にくれる人々を、いつものことだと言わんばかりの淡々とした表情で見た。

「火葬が済むまで二時間くらいかかりますので、外で食事でもしてから来てください」

老いた管理人は、まるで鶏をケージから追い出すように腕を広げ、泣いている人々をゆっくりと押し出した。ヒスが一番先に外に出た。背後で何人かが一斉に泣きだした。ヒスは何かに追われるように、早足に長い長い廊下を通り抜けた。

人々は火葬場を出ると、まっすぐ食堂に向かった。胸やけがして腹が減っていたが、ヒスは食事をしなかった。さっきまでこの世が終わるかのように泣きじゃくっていて、すぐに牛肉のたっぷり入ったユッケジャンをガツガツかき込んでいる人々を見ていると、なぜか可笑しくもあり、また悲しくもあった。食堂を出ると、オク社長の娘が膝の上に骨壺を載せたまま、ベンチにぼんやり座っていた。骨壺はかなりの安物らしい。ヒスは近寄って娘の隣に座った。娘はヒスにゆっくり黙礼をした。娘が着ている喪服は身体に比べて大きく、チマは床を引きずり、チョゴリはぶかぶかだ。重ねた襟の間から白いブラジャーがちらりと見え、ようやく乳房になろうとするように小さく胸が膨らんでいた。ヒスは娘にメモを差し出した。娘は無表情でメモを受け取った。

「これは親父さんがおまえらに遺したカネや。三叉路のセマウル金庫に行って、シン・ミスクにこのメモを渡せば、偽名で通帳を作ってくれる。おまえの名前で作れば、クズみたいなホン街金に全部ぶんどられるで」

娘はぼんやりと手に持ったメモを見ている。

「カネは少しは持っとるんか？」

娘は力なくかぶりを振った。ヒスはポケットから封筒を一つ取り出して娘に渡した。中にはソンおやじが葬儀代に使えとよこした小切手十枚が入っていた。

「万里荘ホテルの社長がくれたもんや。必要になったら使え」

娘は頭を下げて礼を言った。

「おおきに」

娘は髪を後ろできちんと束ねていた。真っ黒で豊かな髪だ。ヒスはふと、後ろ頭が実にきれいだと思った。娘の頭を撫でようと手を上げかけて止めた。上げた手が恥ずかしくて、煙草を取り出して口に咥えた。

「お袋さんはまだ連絡ないんか？」

「ありません」

「心配せんでええ。じき戻るやろ」

娘は妙な表情をした。母親は戻ってこないと思っているらしかった。クアムの海をいったん去った女が戻ってくるのは稀（まれ）だった。ヒスの母親も、キャバレーで目が合った男と去ってからは戻ってこなかった。不思議なことに、男は毟られてボロボロのままの卑屈な姿でも戻ってくるのに、女は戻ってこなかった。女のほうが、自尊心が強いからなのか、生活力があるからなのか。今、娘が感じているはずの気分をヒスも感じたことがあった。父親もおらず、母親もおらず、世間に独りで放り出されたような先の見えない気分を。

「あんまりしんどかったら、一回はおっちゃんのところに来てもええで。二回はあかんけど、一回は助けられる」

一回はできて二回はできないというのはどういうことだろう？　ふと、自分でもどういう意味なのかわからずに喋っているとヒスは思った。その一方で、娘はヒスを訪ねてこないだろうとも思った。子供はぐんぐん育ち、噂はこのクアムの海を巡り続ける。いずれ娘は父親を殺したのがヒスであることを知るだろう。わかったという意味か、娘は再び頭を下げた。何日も眠れなくて疲れているはずなのに、娘の目は一点の曇りなく澄んでいる。だから父親がいなくてもちゃんと生きるだろう、とヒスは根拠もなく自分を慰めた。ヒスは地面で煙草を揉み消して立ち上がった。娘は挨拶をしようとするかのように椅子から立ち上がろうとした。だが、膝の上にある骨壺のせいで中途半端な姿勢になった。立つ必要はないというようにヒスは娘の肩にそっと手を載せた。そして、後ろも振り返らずにさっさと駐車場へ歩いていった。

火葬場からクアムの海へ下る危険な急勾配の山道でハンドルを左右に切りながら、ヒスは度々ルームミラーを見た。しきりに背後から誰かが追いかけてくるような気がする。オク社長は死に、死体も焼かれた。もう問題になることはない。だが、ヒスがしきりに後ろを振り返るのは、不安のせいでも恐怖のせいでもなかった。（もう問題になることはない）と自分に言い聞かせたときにヒスが感じたのは、湖の底に石が一つドブンと沈んだような寂寞と無気力だった。沈んだ石には、もはや自力で浮かび上がる力が全くなかった。

ヒスは車を飛ばして、タンとベトナムの仲間が集まっている血清所の民泊へ行った。ヨンガンがしょっ引かれ、タンのベトナムの仲間が急遽身を隠して数日が経ったが、ヒスは電話一本かけなかった。血清所へ上る山道が舗装されているのは検疫所までで、残りは今でも舗装されていない。ヒスがハンドルを回すたびに春の日照りで乾いた土が白く舞い上がった。ヒスには馴染みのある道だ。この絶壁の近くに母子園があり、インスクの屋台があった。子供の頃は、母子園の子供らと毎日、この舗装されていない道路をてくてくと上っては下って学校に通ったり遊び回ったりした。かつてマーティン神父にボクシングを習っていた頃に一緒にランニングをしていた道でもあった。血清所とクアムの街中はさほど離れていないが、ヒスはめったに血清所に来なかった。道幅が狭くなって車が入れなくなると、ヒスは空き地に車を停めた。そして車から降りて山道をてくてく歩き始めた。ボクシングを習っていた頃は、この丘を一気に駆け上がっていた。今は何歩か歩いただけで息が切れ始める。

海水浴のシーズンにだけ営業するこの民泊は、夏以外は人気が殆どない。広い庭には黄色い犬が二匹、気持ちよさそうに寝そべっていた。岩場で釣り上げたとおぼしき魚が物干しのロープでぶらぶらしていた。どこからかニョクマムの匂いがする。縁側にベトナムの男三、四人が暇そうに座っていたが、ヒスを見て、慌てて立ち上がった。若くて純朴そうで、身を隠しているせいか、すっかり怯えているようでもある。わずか数日前までは、ジャングルナイフと拳銃を持ってクアムのやくざたちと戦争を起こそうとしていたのに、あのときに見せた毒気はどこにも見当たらない。一番背の低い男が部屋に入ってタンを連れて出てきた。タンはヒスを認めて挨拶した。さほど嬉しそうな表情ではなかった。

「なぜこんなに遅い？」タンが訊いた。

「状況がちょっと込み入ってな」ヒスがおざなりに答えた。

「もう全部片付いたのか？」

「おおかた」

理解はできないが仕方ない、というようにタンが頷いた。ヒスはタンを連れて海岸の絶壁に向かって歩きだした。

「ここはなんとか住めるか？　何か困ったことがあれば言え」

「住むのはどこでも構わない。よその国で屋根の下で寝て食えればいいし、それ以上何を望む。だが、うちの連中はベトナムの実家に毎月カネを送らなくてはいけない。カネを送らなければ、歳をとった親と小さい子供らが困る」

ヒスはポケットから封筒を取り出してタンに渡した。一万ウォン札で一千万ウォンが入っている、かなり分厚い封筒だ。タンは怪訝な表情で封筒を受け取った。

「なんのカネだ？」

「まずこれで連中に飯を食わせて、なんやかや急ぎのところに使え」

「俺たちは乞食か？」

「そういう意味やない」

タンは封筒を開け、中の紙幣の量を測りながら、何か微妙だと言いたげに片方の眉を上げた。

「気を遣ってくれるのは有り難い。だが、これでは厳しい」

「もう少ししたらもっと持ってくるから、とりあえずそれでなんとか凌いでみい」

「俺たちは仕事が要る。仕事がなければ連中を繋ぎ止められない。仕事がなければ去る」

ヒスは再び洗濯工場を思い浮かべた。ソンおやじに無理を言えば、譲り受けることもできたはずだ。有り余るシーバスリーガルでも何本かぶら下げて、これからは頑張るとコムタン爺たちに少しゴマを擂れば、チョンべのかわりに洗濯工場を手に入れるのはさほど難しくもなかったはずだ。だが、できなかった。なぜだろう？　ヒスは後悔した。たかが洗濯工場をよこせとごねるのはなぜかプライドが傷つくと思ったのかもしれない。オク社長の件を片付けたのだから、当然その利権は譲ってもらえるのではないかと暢気に考えたのもある。だが、それはヒスの独りよがりに過ぎなかった。無駄な見栄とプライドで洗濯工場を手に入れ損ねたわけだ。

「どのくらいもつ？」ヒスが訊いた。

「長くはもたない」

ヒスは石を一つ拾って絶壁の下へ投げ込んだ。切り立った険しい絶壁をつたって石があちこちぶつかりながら海岸へ落ちていった。後からパラパラと乾いた土も剝がれ落ちた。

「ひょっとして、チョンベという奴を知っているか？」タンが訊いた。

「おまえがなんでチョンベを知っとるんや？」

「トダリという奴と一緒に訪ねてきた。また洗濯工場で働いてみる気はないか、その気があるなら連中を連れて下りてこい、と言った」

チョンベは実に耳ざとい野郎だ。ヒスは奥歯をぐっと嚙みしめた。

「で、なんて答えたんや？」

「ヒスに訊いてみる、と答えた」

「もう洗濯工場はあかん。他の仕事を探しとるから、もう少しだけ待て」

「何もせずにずっとこの民泊に籠もっていろというのか？」

タンの顔は少し怒っていた。ヒスは再び石を摑んで絶壁へ投げ込んだ。

「ヒス、おまえだけを信じて出てきたのに、これはなんや？」

「韓国には『水に落ちた奴を助けたら風呂敷包みを差し出せと言われる』いう諺（ことわざ）がある。俺がおらんかったら、おまえらは今頃みんなムショにいるか追放されとったで」

「せいぜい不法滞在でムショにぶち込まれるんの何が怖い。俺たちは裏切り者や。ヨンガンが戻ってきたら、みんな死んだも同じや」

「心配せんでええ。ヨンガンは簡単に出てこれん」

ヒスはつかつかと歩み去った。タンはその後ろ姿をあっけにとられた顔で見ていた。ヒスは面目なくて、タンの顔に長く向き合っていられなかった。与えられる仕事もないし、具体的にいつまで待てと約束できることもなかった。

ヒスは山道を下りて再び車に乗り込んだ。エンジンをかけて万里荘に向かった。窮地に追い込まれてばかりいる気がする。この数年はずっと退いてばかりだ。全羅道（チョルラド）の連中が海辺の端にパラソルを立てようと強引に踏み込んできた去年の夏も退き、ヨンガンが乗り込んできた今回も退いた。ソンおやじはもう戦おうとしない。コムタン爺たちも同じだ。怖がりすぎて、誰かが腹をくくって戦おうとすると、あっさり尻尾を巻く。だからオク社長が死んだのだ。戦わずに尻尾を巻けば、その代償を身内で払わねばならない。オク社長ひとりを差し出すほうが何人も怪我をして監獄に行くより割のいい商売だとソンおやじは考えたのだろう。だが、それは違う。いったん押され始めれば押され続け、いずれ地場のチンピラどもまで甘くみて乗り込んでくる。あの使い捨ての難しい争いに誰が耐えられるというのか。

　そのさなかにも、チョンべはクアムの海でじりじりと実のある事業をせしめて勢力を伸ばしつつある。自前の事業を持たなければ、やくざを手下として使えない。洗濯工場まで手に入れたら、チョンべが使える連中はヒスよりずっと多いだろう。ヒスが持っているものといえば、万里荘の支配人というつまらない肩書きだけだ。懐に生じるものは何もないのに、雑用係のごとく尻拭いすべきことが果てしなくあるポジションである。つまり簡単に言うと、年老いて臆病な老人たちと耳ざとくて頭のいいチョンべの間でヒスは口に糊しているわけだ。多くの先輩たちがそうだったように、いずれ徐々に力を失ってゆき、使い切ったら捨てられるだろう。

　ソンおやじは理髪店にいた。土曜の午前に、おやじは決まって髭剃りと散髪をした。開店は午後一時だが、土曜はソンおやじのために午前に店を開ける。もちろん午後一時まで他の客はとらない。週一で散髪するからか、ソンおやじのヘアスタイルはまるでカツラでも被ったように一年中ずっと同じだった。理髪師はワンさんという六十代の華僑の男だ。台湾からぶらりとやってきてクアムに住み着いて二十年以上経つが、いまだに韓国語が話せない。別の言語を学ぶには歳をとりすぎたと考えたのか、つたない外国語のせいで愚か者と思われることにプライドが傷ついたのか、理由ははっきりしない。潔癖症と言えるくらい清潔で片付いており、髪の毛一本見つからないほどである。老人たちは散髪の腕がいいと言ったが、ヒスが見るに、ワンさんのやり方は頑固で時代遅れだ。ソンおやじだけでなく、コムタン爺たちもちょくちょくここで髪を切り、髭を剃った。たびたび秘密の事業の話も交わすのは、ワンさんが韓国語を全く聞き取れないからだ。

ソンおやじは後ろに倒した理髪用の椅子に乗っていた。髭剃りが終わったところなのか、顎と首にところどころ髭剃りクリームが残っている。ワンさんは熱いタオルをソンおやじの顔に被せてからマッサージをし、クリームをきれいに拭い取った。ヒスはソンおやじの隣の椅子に座った。ソンおやじは顔を動かさずに鏡の中のヒスを見た。

「オク社長はよう逝ったか？」

「よう逝くわけがありますか？　くたばったら寂しく惨めに逝くもんです」ヒスが嫌味たらしく言った。

「なんでそんなきつい言い方をするんや。どうせみんな済んだことやのに、よう逝きました言うだけでええやろ」

ソンおやじは髭剃りを終えたばかりの顎をさすりながら決まり悪そうな表情をした。ヒスのひねくれた言い方のせいか、でなければ本当に寂しく逝ったであろうオク社長のせいか、ソンおやじは暫く目を閉じてから開いた。

「昨日の晩はチョンベのドタマをかち割ったそうやな？」

責めるような口ぶりではなかった。ヒスは答えずに煙草を取り出して口に咥えた。ワンさんがガラスの灰皿を持ってきてヒスの前に置いた。

「なんで殴りよったんや。えらい頭が悪くて生活が苦しい奴を」

「チョンべの頭のどこが悪いですか？　どえらいよう回りよる」

「それで、おまえのＩＱに合わせたろか思て、あんな半殺しにしたんか？」

ソンおやじの冗談にヒスは笑いもせず、煙草を一口長く吸い込んだだけだった。ワンさんはローションを持って様子を窺っている。ソンおやじは続けるよう手で合図をした。ワンさんはソンおやじの顔にローションを塗って軽くマッサージをした。

「わしはチョンべ、あの鼠みたいにチョロチョロしとるうちに、ヒス、おまえにいっぺんはブチのめされるやろなと思っとった。しゃしゃり出るにもほどがあるやろ」ソンおやじが笑いながら言った。

それはまるで、こんなことがあろうかと期待でもしていたかのような、自分の予想がぴたりと当たってひどく満足だという類いの笑い方だった。今日のソンおやじは機嫌が良いらしい。オク社長をあんなふうに逝かせたことよりも、この件がトラブルなく上手く片付いて幸いだという顔だ。血一滴流さず、特にトラブルもなく、やっかいなヨンガンを監獄送りにした。洗濯工場も取り戻した。クアムの支配者。長いあいだその座にあって海千山千を経験し尽くしたからなのか、生来の性格なのか、ソンおやじはどんなことでもあっさり忘れた。過ぎたことをひどく悲しむことも、ひどく怒ることもない。おそらくヒスが刺されて死んでも、ソンおやじは今日のように散髪をして冗談を言うのだろう。すっかり済んだらしく、ワンさんが椅子の背を元に戻し、手鏡を持ってきてソンおやじの頭の後ろを映した。ソンおやじは鏡に顔をあちこち映してみて、満足そうな表情で頷いた。

「今日の散髪、ええ出来やな」

ソンおやじはワンさんに向かって親指を立てた。褒(ほ)められて気分がいいのか、無愛想なワンさんもにっこり笑った。ヒスが見たところではひとつも変わったところのない、いつもの似たり寄ったりの髪形なのに、何がいい出来なのか理解できなかった。

「チョンベが入院しとる病院には行ってみたか?」

「行っとりません」

「行ってみい。この狭い界隈で一緒にシノギやるのに、顔を合わせんで暮らせるわけでなし。こういうんは、すぐに謝って適当に擦り合わせて収拾するほうがええ」

「ドスまで出して飛びかかりよったのに、なんで自分が謝らなあかんのですか？」

「ドスを出した？」意外な情報だというようにソンおやじが驚いた顔になった。「ヒスの前でドスまで出すとこをみると、チョンべ、あいつもいちおう男やから、カッとなることもあるんやなあ？」

「それのどこが男ですか。チンピラ野郎やろ」

ソンおやじはこの状況をひどく面白がって、ずっと笑っている。

「ところで、なんでチョルサクが割り込んできたんや？　チョルサクとチョンべは、えらいわだかまりがあったんやな？」

「三年もムショにぶち込まれて出てきたのに、おやっさんがみんな取り上げてチョンべにくれてやったやないですか。わだかまりがないわけないでしょう。それに、チョンべが管理しとる防波堤の屋台の税金がどえらい上がって、おばちゃんたちの恨み言が増えとります。ガスと電気を二倍、三倍に値上げして、おやっさんの頃は取らんかった上納金も取りよるて騒いどりますわ」

ソンおやじは首に巻かれていたタオルを外してテーブルの上にポンと放った。鏡を見ながら首をあちこち回し、改めて顔を確かめた。

「チョンべのやることがそんなに気に入らんのやったら、防波堤のシノギをヒス、おまえがやってみるか？　おまえにそのつもりがあるんやったら、わしがチョンべに話してやるで」

ヒスは、いきなり防波堤の事業を引受けろとはどういうことなのか解らず、前の鏡ばかりを見ていた。鏡の中でソンおやじが言った。

「なんや、やる気ないんか？」

「そうですなあ」

「防波堤の屋台、あれは手間がかかるだけでカネにはならん。ガスや電気は原価で供給するわ、海水はタダで入れてやるわ、しかも上納金も取らん。カネになるんは駐車場から入るもんだけやのに、誰がやりたがる？　それでも、取締りに来る公務員に何か食わせなあかんし、方々からのべつ幕なし乗り込んでくる他所の露天商を防がなあかんし、しかも近頃の屋台は刺身も売るし、海産物に焼き魚も売るし、丸鶏まで売りよる。焼酎、ビール、なんでも売るから、商店街と毎日戦争やろ。それをいちいち仲裁して止めよう思たら、手間が少しかかるなんてもんやない。わしも昔は、子供らを養うために苦労しとる婆さん、おばちゃんたちが気の毒で、地元のボランティアのつもりで殆ど利益が出んようにしとったけど、二十年くらいそうやっとると、人間はそれが当たり前やと思うようになる。有り難みが解らんのや」

　古狸みたいなおやじだ。チョンベに悪役を任せて税金を取り立てさせ、ヒスにはチョンベを殴らせて名分をつくる。そして自分は、まるでこの件と何の関わりもないかのように後ろ手を組んで引き下がっているのだ。文句はチョンベが聞き、チョンベの恨みはヒスに向かい、金は老人たちに行く。昔はそういったことが見えなかったが、四十を超えてようやく見えるようになった。この仕事もあの仕事もつらいとも思わずにやったものが、いざ見え始めるとつらくなる。

「いつかチョンベと一杯やろうや。わしが一席もうけるから、ヒス、おまえは黙って座っとれ」

「どうしてもですか?」

「チョンベも社会に出て少しは勉強した。もう、鼻をずるずる垂らしとった昔のチョンべやない。何人も抱えとるやろ? やたら人前でぶん殴ったりしたらシノギができへん。一杯やって、ヒス、おまえが謝るふりだけでもしてやったらええんとちゃうか。チョンべも子分を仕切らなあかんのに、そうでもせえへんかったらカッコつかんやろ。他のことはともかく、シノギだけはようやっとるやないか」

　ソンおやじはさりげなくチョンベの肩を持っていた。実際、老人たちにとってチョンべのように重宝な奴がどこにいるだろう。恥ずかしくて、気まずくて、嫌らしい仕事を引き受けては片付け、いきおい文句も浴びている。事業を回すにはチョンべのように憎まれ役を引き受ける奴が要る。下の者たちが見れば、あんなクズがどうして順調に出世するのか不思議だろうが、上の者たちが見れば、憎らしくて嫌らしい仕事を片付けてくれるチョンベほど可愛い奴もいないのである。だが考えてみると、ヒスもまったく同じだ。ソンおやじの汚い仕事を片付けてやって犬のごとく暮らしている立場である。チョンベとヒスに違いがあるとすれば、チョンべは文句を言われながら、せめて自分のポケットは膨らますのに対し、ヒスはそれさえもできないたわけ者ということだけだ。

「わかりました。一杯やるのなんぞ訳ないことです」ヒスが快く応じた。

「そやそや。座っとればええんやから」

ソンおやじは何か決まりが悪いのか舌打ちをした。ヒスは煙草を灰皿で揉み消して立ち上がった。

「他に何かないか?」

「たいしたことはありません。それから、自分は今月末で万里荘の支配人を辞めたいと思います」

ヒスの声はまるで本当にたいしたことでもないと言わんばかりに、いつもどおりで朗らかだった。ソンおやじは驚いた顔でヒスを見た。

「なんやと? 万里荘を辞める?」

「ええ、今月末まで出勤します。新しい支配人が入ったら引き継ぎますわ」

ソンおやじはヒスの言葉に少なからず衝撃を受けたらしく、ガバッと椅子から立ち上がって座り直した。

「やくざはサラリーマンか？　辞表一枚ペラッと出して済むことか？」

「なら、まあ、指でも一本切って行きますか？」ヒスがニヤリとした。

ソンおやじはホホッと笑いながらヒスを見ていた。それは、ひどく困惑することが起きたときに自分の気持ちを隠すために被る表情だ。いつも緻密（ちみつ）な思考と計算をすべきときにしたように、ソンおやじは目玉をせわしなく動かしながら唇をもぐもぐさせている。休みなくもぐもぐしているソンおやじの唇を見ながら、ヒスはふと、ソンおやじの頭の中で緻密な時計の部品のように動いているはずの思考と計算が知りたくなった。そこからはじき出された金額がヒスという人間の正確な値段なのだろう。

「よくよく考えて出した結論なんか？」

「自分が迂闊に動く奴やないのをご存じやないですか」

「知っとるわ。うちのヒスは迂闊に動く奴やない」

ソンおやじはとんちんかんな褒め方をした。ヒスはいきなり褒められて急によそよそしくなった気がした。

「出て何をやるつもりや？　やることはあるんか？」

「ヤンドン兄貴と成人娯楽をやってみようと思います」

そんなこともあるだろうというように、あるいは、飼い犬に手を噛まれて慌てたように、ソンおやじの表情が妙に歪んだ。何から言い出せばよいか悩んでいるのか、ソンおやじは暫く間を開けた。

「なあヒス、おまえはまだ出ていく時やない。わしの下にもう少しおらなあかん」

呆れたようにヒスが高笑いをした。

「いつですか？　還暦にでもなれば出ていけますか？」

ヒスの冗談にソンおやじは困った表情になった。

「おやっさんの下で二十年です。このザマを見てください。結婚もでけへんし、家の一軒もなくて間借り暮らしですよ。臓器を売ってホン街金に利息を払わなあかん状況なんですわ」

内容は悲壮だが、口調は軽かった。ソンおやじは煙草をくれというようにワンさんに向かって指を広げた。ワンさんはポケットから自分の吸う台湾の煙草を出してソンおやじの指に挟んだ。ソンおやじが煙草を口に咥えると、ワンさんが火をつけた。一口吸ってみてきつかったのか、ソンおやじはケホケホと咳き込んだ。ワンさんが急いでコップに水を汲んできた。ソンおやじは水を少し飲んでから、煙草を吸うのを諦めて揉み消した。

「ヤンドンとその危ないシノギを始めて、何をどうするつもりや？　ここらへんはヤンドンが考えとるような、そんな甘っちょろい場所やない。たとえ娯楽室が上手いこといって儲かっても、パチンコの奴らが黙っとると思うか？　それは上手くいけば上手くいってくたばり、潰れたら潰れてくたばるシノギや。その賭けに潜り込んだら、ヒス、おまえは死ぬで」

「自分も、もう四十ですよ。手遅れになる前に何かしてみなあかんでしょう」

「親分になりたいんか？」

「親分なんかに興味ありません。口に糊でも塗ろうとしとるだけです」

「嘘つくんやない。男はみんな王になりたがるもんや。一生ひとに使われたい男がどこにおる」ソンおやじは暫く言葉を切った。

「しかるべきときが来たら、わしが万里荘でも他のシノギでも、おまえにみんな譲ったる。何をそんなに急いどるんや？」

「万里荘はトダリにでもやってください。うちのトダリは王子様やないですか。自分の生きる道は自分で考えて見つけます」

ヒスは初めて本音をぶちまけた。それは長いあいだソンおやじに抱いていた寂しさだった。ソンおやじはその寂しさを知っていたかのようにうっすらと笑みを浮かべた。

「なあヒス、うちの家系は代々跡継ぎが少なくて寿命も短い。わしかて六代でもう独り身や。ご先祖様たちがようやっとここまで繋げてくれたもんをわしがプツンと絶やしたわけやな。死んで合わせる顔がない。まあ、しゃあない。世の中が思いどおりになるわけでなし。女房と子供らを交通事故でいっぺんに亡くして、あの寂しい毎日にヒス、おまえがそばにおってホンマによかった。だからヒス、わしはいつもおまえを息子や思て生きてきた。血が繋がってるかどうかが大事か？　気持ちが通じて情けをかけたら、みんな兄弟で子供やろ。だからヒス、うちのトダリはベンツ乗りまわして女遊びでもさせとけ。あいつが万里荘をどうやって切り回していくんや」

ソンおやじの声は哀れっぽくて切々としていた。この感傷的で芝居がかった言葉の数々は、ヒスを繋ぎ止めようとする浅知恵かもしれない。でなければ、自分が死んだ後に、本当に万里荘と事業をヒスに譲ってくれるつもりなのかもしれない。だが、それはいつだろう。それまでこのうんざりする仕事に耐えられるのか、それまで手足が無事で生きているのか、ヒスは急に自信がなくなった。

「自分は息子として魅力があるみたいですなあ。オク社長も死ぬ前に、自分みたいな息子がおったらよかった言うとりましたけど、おやっさんもですか。こんな人気者やのに、なんで母子園で育ったのかわかりまへんわ」

ヒスは自虐気味に笑った。もしかしたら、それは嘲笑かもしれなかった。

「親父がおらんで大人になったんで、親父なんてもんは信じません。人生ひっくるめて、もろたもんがないんで」

「親父がおらんかったら独りでに大人になるんか？　親父がおらんかったら永遠に子供や」

ソンおやじの口ぶりは悲壮で真剣だった。だがヒスは、話すべきことは話したと言わんばかりに立ち上がった。古い理髪用の椅子がギギッと大きな音をたてた。ソンおやじは唇を噛みしめていた。

「もういっぺんゆっくり考えてみぃ。それから月曜の朝にコムタンでも食おう」

「今日、荷物をまとめて出ていきます。引継ぎのときに呼んでください」

「どうしてもか？」

「うんと考えて決めたことです」

ソンおやじは沈痛な表情になった。鏡の中に年老いたソンおやじがいた。新たに散髪をし、髭を剃ったソンおやじの顔が突然、めっきり老けこんで見えた。窮屈で、老いて、臆病で、力のない姿。そんな者が依然としてクアムの主であることがヒスは不思議だった。ソンおやじはしぶしぶ頷いた。

「ヤンドンに伝えろ。おまえらが何をやろうと、クアムの海で仕事をするんやったら税金は十パーセントや。上納は月末。期限を守るんやで」

ヒスはゆっくりと腰を折った。まるで最後の挨拶をするかのように、そのお辞儀は恭しく丁重だった。

ヒスは理髪店を出てクアムの海をゆっくりと歩いた。日本人が海辺沿いに植えた桜の木から花びらが散り、散ったところに新しい葉が生えていた。数日前に儚げに舞い散っていた桜はもう見当たらない。いつもそうであったように、一斉に咲いて一斉に消えた。ヒスは砂浜の真ん中で立ち止まり、半球形の海を長いこと眺めた。午前の海辺には誰もいなかった。わずか数分前までは、この海で起こる全てが我が事のようだったのに、急にあらゆることが馴染みのない見知らぬものに見えた。

第二部

夏

結婚と夏

一九九三年の夏はとりわけ暑かった。温度計の水銀が跳ね上がり、連日、最高記録を塗り替えた。地球が狂ってきているに違いないと人々は喋り立てた。だが、地球が狂ってきていようといまいと、クアムの人々はこの暑い夏を喜んだ。夏が暑ければ海辺は儲かる。炸裂する太陽にアスファルトは溶けてどろどろになり、列をなしていた蟻は日照りで干からびて死に、犬もくたびれて舌を長く伸ばしたままぴくりともしない夏だった。街の路地と通りはどこもがらんとしていたが、海水浴場の砂浜は人々で溢れかえっていた。大きなビーチパラソルを広げながら、今年はどうか梅雨も台風も逸れて牛も豚も干からびて死ぬ忌々しい暑さが続いてせめてがっぽり儲かりますように、と防波堤の屋台の中年女たちは喋り立てた。

海水浴場のオープンを数日後に控えて、ヒスはインスクと結婚した。結婚とは名ばかりで、実際は引っ越しと呼ぶべき有様だった。式も挙げず、新居や所帯道具を用意することもない。ヒスがホテルの部屋にあった荷物を持ってインスクの家に転がり込んだだけだった。荷物といっても鞄（かばん）ひとつが全部である。公営駐車場に迎えに来たアミとインスクが、鞄ひとつのヒスを見て首をかしげた。

「親父、まさか荷物はそれで全部ですか？」アミが訊（き）いた。

「これで全部や」ヒスはバツが悪そうに答えた。

アミはヒスの荷物をひょいと受け取り、何歩か歩いて振り返った。

「親父の人生はえらい身軽ですなあ」

「どういう意味や？」

「役員が使う鞄やのに、これはその、自分がムショから持ってきた鞄より軽いですなあ」

からかうように言って、アミはヒスの人生のごとく軽い鞄を持ち、小高い階段を跳ねるように上っていってしまった。なぜかインスクの家に入るのは気が引けて、ヒスは地べたを靴でそろそろと擦（こす）った。インスクはヒスの手をとり、勢いよく振りながら子供を引っ張るように階段を上り始めた。言うなれば、それが結婚の手続の全部だったわけである。

インスクはささやかでも式を挙げようと言ったが、ヒスは事業の忙しい山場を越えてから立派な式を挙げようと説得した。実際に、万里荘（マルリジャン）を出てから新たに始めた成人娯楽室の事業はひどく忙しく、式の準備をする余裕がなかった。だが本当の理由は、立派な式を挙げられる懐具合ではないことだった。みすぼらしい式ならばいっそ挙げないほうがいいとヒスは思った。やくざ稼業二十年で持っているものといえば、刃物の痕がいくつかと前科の記録、そして方々にこしらえた借金だけだ。手で摑んだ砂粒のごとく、入った金は指の間からザーッとこぼれていく。役所で婚姻届を書き、何段もの階段を上りながら、ヒスはインスクに、すまないと言った。飲み屋の女の運なんてそんなものだとインスクは呟いた。だがすぐに、結婚式なんぞは一度で宙に飛んでいく金だから、その金で家を修理したり所帯道具を揃えたりする方がいいと言った。その途轍もない前向きさゆえに、疲れることのない生活力ゆえに、ヒスは心苦しかった。

クアムの家は値段が安いほど見晴らしが良くなる。値段が安くなるにつれて家がどんどん山の上にのぼっていくからだ。インスクの家は、山腹道路のバス停で降りてからも、長いため息をついて数え切れないほどたくさんの階段を上らねばならない頂上の古い家である。ヌッと突き出た絶壁の先ぎりぎりにへばりついているので、近所の人々はインスクの家を絶壁の家と呼んだ。かつてこの家には修行僧や巫堂が住んでいたという。酒に酔ってたまに遊びにきたときにはわからなかったが、いざ住んでみると実に高い場所にあった。なるほど、道を修める気持ちでなければ決して住めない場所だと、階段を上るたびにヒスは思った。絶壁の上にすっくと立っているその家は、高い場所だから見晴らしがよく、見晴らしがいいから値段が安い。山五六五番地は、一番早く朝日が差し、一番遅く夕焼けが去る。前庭には太平洋から強い海風が吹き上げ、裏庭にはチャンベ山の尾根伝いに山風が下りてくる。この小高い集落からも見上げる絶壁の家はどちらの風も避けるすべがないから、日がな一日風にさらされていた。帆でも取り付けたら空に飛んでいきそうだとヒスは冗談を言った。

頭を洗おうとすると、たびたび水道が止まった。プラスチックの大きな盥に溜めておいた水をふくべで汲んで運びながら、ここまで上がるのに水道の水も腰が痛くてときどき休憩するらしいとインスクは冗談を言った。車が通れる道路がないので、公営駐車場に停めておいて歩き回らねばならない。実は、ずっと下のほうにある公営駐車場も並たいていの高さではなかった。インスクと市場で買い物をして、ジャガイモや長葱、鯖と豚肉といったものがどっさり入っているビニール袋を持って、よたよたと階段を上る段になると、ヒスはすまないと言った。何がすまないのかとインスクは聞き返した。おまえを女王みたいにしてやりたかったのにできなくて、とヒスは答えた。大丈夫、自分らの分際で充分だ、とインスクは言った。自分らの分際だから何だ？ヒスはカッとなった。腕が痛いのか、インスクはジャガイモの入ったビニール袋を反対の手に持ち替えた。自分たちは飲み屋の女とチンピラだ。飲み屋の女とチンピラの分際でこの程度なら充分に有り難いことなのだ。インスクが満ち足りた顔でヒスを見ながら言った。ヒスはふと、ヤンドンの言葉を思い出した。やくざは王にならなければ野宿する者の人生と変わらないのだ、と。家と家族ができて野宿は免れたのだから、この程度なら運がいいのかもしれないと思った。

インスクのたっての希望で、アミとジェニーも同じ家で暮らしていた。三年は同居し、その後は分家するなり何なり勝手にしろという条件だ。ジェニーは口を尖らせたが、インスクのこだわりを曲げることはできなかった。四人で住むには狭い。昔の家々がたいていそうであるように、壁が薄くて防音が効かない。アミとジェニーは昼夜を問わず事に及んだ。風俗街にいる娼婦のように大げさに喘いだ。息も絶えんばかりの嬌声がたびたびドアの外に漏れてきた。そのたびにインスクは虚ろな表情で下唇を血が出るほどぐっと嚙みしめた。インスクの敏感な反応は、礼儀をわきまえないジェニーのせいではなく、風俗街にいた頃の記憶のせいではないかと思い、ヒスは落ち着かなかった。

とにかく、絶壁の家は性欲が充満した新婚夫婦が暮らすには落ち着かなく、少々気まずい場所だった。浴室は一つきりだし、壁は薄いし、家は狭い。ジェニーが下着のはっきり透けるネグリジェ姿でうろつくのも落ち着かないし、義父としてくそ暑い夏にいちいちきちんと服を着ていなければならないのも落ち着かない。シャワーでも浴びようかと思えば、お湯どころか水さえも出ないときも多い。だが、アミは喜ぶばかりだった。食卓についたジェニーが、浴室が一つしかなくて不便だとこぼし、髪を洗うたびに水道の水が止まるとうんざりしながらインスクと神経戦を繰り広げているというのに、「家に人がぎょうさんおって賑やかでホンマええですなあ。とにかく賑やかなんがええですわ」と空気も読まずに言った。

酒場の女がおしなべてそうであるようにジェニーは怠惰だった。本当に何もしなかった。台所に入って食事の支度を手伝うこともないし、掃除も洗濯もしない。アミが帰宅すると、くすくす笑いながら一晩中モチを搗くか、午後遅く起きて縁台に座り、手指の爪に前日塗ったマニキュアを落として塗り直したり、出かける用事もないのに丁寧に化粧をしたりするのが全部だった。遅くまで寝ているジェニーの部屋を見ながら、インスクはやれやれと首を振った。「可愛がろうにも可愛いとこがないとなあ。これやから飲み屋の女はあかん言うたんや。マンコで食うてきたオンナはみんなああや」とげんなりした。

梅雨が始まる前に、インスクは人を呼んで屋根を新しく葺いた。ついでに台所と浴室も修理した。台所に新しいシンク台を入れ、浴室の便器と洗面台を新調し、浴槽と電気温水器も入れた。壁と床の油紙を替えてカーテンを下げると、なかなか洒落た家になった。南向きなので一日じゅう陽が射し、庭が広いので洗濯物を干すのにうってつけだ。夕方、縁台に座って魚や肉を焼くのにも具合がいい。何よりヒスが生まれて初めて持った家である。そして初めて持った家族だ。夕暮れどきになると、庭に鉄板を出してサムギョプサルとニンニクを焼いた。インスクは様々なナムルと野菜、塩辛と調味料を台所から持ち出してきた。アミはチャガルチ市場でヒスの好きなイシダイやヒガンフグを刺身にしてもらい、ジェニーの好きなサンマも何匹か買ってきた。豚肉を焼く前に刺身を食べ、豚肉を食べ終わるとサンマを焼いて食べた。ヒスは鉄板に残った豚の脂の上にサンマを載せ、何度もひっくり返しながら内臓までカリカリに焼いた。豚の脂でてらてらするサンマの匂いがどれほど香ばしいのか、たまに下の家の爺さん婆さんたちが匂いを辿って庭に見物に来るほどだった。みなよく飲むので、いちどに焼酎十五本くらいはあっさり空になった。

「二人は飲み屋の女で、二人はやくざやから、酒代で家が潰れるわ」インスクが赤ら顔で言った。

「博打、クスリ、女、酒のうち、酒で人生が潰れるんが一番マシでっせ」アミが身も蓋もない冗談を言った。

「しょうもないことをどこから聞いたんや？」インスクが訊いた。

「教導所におったときの班長ですよ。前科十四犯で人生めちゃめちゃやけど、それでも酒が一番マシや言うとりました」

「女じゃないの？　好きすぎて人生がめちゃめちゃになるのって、ロマンだけはあるじゃない」ジェニーが目を丸くして訊いた。

「女が最悪や言うとったで」

アミの答えにジェニーがふてくされた顔で唇を尖らせた。

「確かに酒が一番マシやな」ヒスがアミに加勢した。

「どれでも、潰れる人生はもう、うんざりや」インスクが言った。

のんびり飲んで食べた後は、蚊取り線香を三、四ヶ所で焚いて縁台に寝そべり、下の集落の灯りと遠くの海に浮かんでいる商船の灯りを眺めるのが決まりだった。「あの船は遠くに行けていいなあ」ジェニーが独りごちた。遠くに行ったところで何もないぞとヒスは心の中で呟いた。ヒスが煙草を吸うと、ジェニーも煙草を吸った。インスクは顔を顰めたが、何も言わなかった。

「上るんはすこーし難儀でも、眺めだけはピカイチやないですか。俺はまあ、たんまり儲かっても、ずっとこの家で暮らしますわ」アミが言った。

「あんたはこの家にずっと住みな。あたしは別の男とお湯がじゃんじゃん出るマンションで暮らすわ」ジェニーが言った。

「親の前で言いたい放題やねえ」インスクが嫌味を言った。

ヤブ蚊が多いので、しょっちゅう腕を振らねばない。それでも、家族揃って腹いっぱい夕餉を取り、みんな一緒に縁台に寝そべって空を眺めるこの夕暮れがヒスは好きだった。海は遠くにあり、星は近くにある。ホテルの部屋に独り閉じ籠もってウイスキーなんぞを啜っていた頃に比べたら、このうえなく有り難いことだ。まるでテレビのドラマに出てくる一家団欒の一員になったような気分だった。

だが、夕暮れどきに縁台で蚊取り線香を焚きながら、鉄板でサムギョプサルとサンマを焼いて食べる時期は、長くは続かなかった。みなが忙しく、夜に働いていたから、家族が揃って夕餉を取ることは殆どなかった。インスクは暫く閉めていた店を再開し、明け方の三時が過ぎてから帰ってきた。インスクから当分は店を続けなければならないと聞かされたとき、ヒスはそうしろと言った。プライドがいたく傷ついたが、他に術がなかった。家族が増えるにつれて生活費が増え、アミとジェニーの所帯道具を新調し、家の修理をしたせいで借金もめっきり増えた。みな隠していたが、それぞれ長いあいだ抱えている借金もあった。ヒスも借金があり、インスクも借金がある。アミも借金があり、酒場から逃げてきたジェニーも借金がある。それは全く不思議なことではなかった。やくざと酒場の女はみな借金がある。この海を動かす主な動力は情熱や夢ではなく借金だ。みな何かのために生きていくのではなく、借金に追われてあくせくと生きていく。

ヒスが万里荘ホテルの支配人を辞めたという噂が広まると、さっそくホン街金が訪ねてきた。ヒスは大新洞に新しく借りた事務所で仕事を始めようとしていた頃で、事務所の中は雑然としていた。ホン街金は新たに持ち込まれたテーブルの間に中腰で立ち、何かの取締りにでもやってきた区庁の職員のように細かくチェックした。いつも連れ歩いているチャンは外に置いてきたのか、今日は見当たらなかった。

「なんの御用ですか？」

「なんの御用て。おまえと俺のあいだに御用いうたら、カネの問題以外にあるか？」

「で、臓器でも取り出しにここまで間髪容れず駆けつけたんですか？」

ヒスの言葉にホン街金はうっすら笑い、ビニールカバーも剝がされていない椅子を広げて腰かけた。

「ひとをそんなふうに追い詰めるもんやない。俺らはできもせんことをやる人間やないで。天下のヒスの身体から臓器を取り出せるもんかいな」ホン街金がにっこりした。

「そうですか？」

ホン街金は肯定とも否定ともつかぬ妙な表情になった。

「お茶も出さんのか？」

ヒスがインターホンで経理にコーヒー二杯を頼んでいるあいだに、ホン街金は立ち上がって改めて事務所を眺め回した。のんびりした表情は、とても借金の督促をしに来たようには見えなかった。

「ここが新しく始めるいうシノギか？」

　そうだというようにヒスが頷いた。

「やくざの匂いがせんのがええな。なんか合法的な企業みたいや」

　経理が入ってきて、コーヒーカップが載ったお盆をそっけなく置いていった。何様が自分にコーヒーの使いをさせるのかと言わんばかりに荒っぽい動作だった。ヤンドンの事務所にいた二人の経理のうちの一人である。ヒスは新しく経理を探すと言ったのだが、やはり合法的な企業にいた経理よりはこちら側の仕事の経験がある方がいいではないかとヤンドンがねじ込んだ女だった。そういう話になっているだけで、実際は金が他所に漏れないかを監視するために送り込まれたのである。荒っぽい動作のせいか、お盆を下ろすと、一度も拭いていない汚れたテーブルに積もった埃が舞い上がった。さして気にならないらしく、ホン街金は埃を被ったコーヒーカップを持ち上げた。一口飲んで、ひどい味だったのか、顔を顰めた。実は、その経理は何をやっても下手だが、なかでもコーヒーを淹れるのが一番下手だった。ホン街金はコーヒーカップを置いて煙草を咥えた。ヒスはホン街金の前に灰皿を押し出した。ホン街金は何かを話しかけて、暫く黙々と煙草を吸っていた。待ちくたびれたヒスはうんざりした顔になった。

「自分は忙しいんです。用があるんやったら、早よ言うてください。借金の話やったら、ご覧のとおり今はカネがありません。このシノギが回り始めたら、年末くらいに片を付けます」

「おまえのやない。インスクとアミの借金のことで来た」

ヒスは首をかしげた。

「インスクとアミの借金を、なんでホン社長が持っとるんですか?」

「借金は絶対に消えんからや。クアムで長いこと焦げついとるたちの悪い借金は、流れ流れて最後は俺の手に入ることになっとる」

ホン街金が得意げな表情になった。タコ殴りしてやりたい小憎らしい顔だった。

「昔からインスクの借金は少しある。元金はともかく、利子はきっちり真面目に払ってきたから、今までは大目に見てやったんや。だが、最近は店が苦しいんだか、利子も滞っとる。しかも今回、アミが江原道（カンウォンド）から飲み屋の娘をさらってきたやろ。そこの業者どもがアミを殺したるて騒ぐんを、インスクが引き受けたらしいで。インスクから事情を聞いてアミの債務も引き受けた」

「なんぼですか?」

「結構あるで。このくらいになる元金の返済は難しいとみて、すぐに片付けなあかんのやけど、ヒス、おまえの体面もある思て、こうやって相談に来たんや」

「だから、ちきしょう、なんぼなんですか？」ヒスが癇癪を起こした。

「ええい、なんで文句を言うんや」

「同じことをなんべんも訊いとるやないですか」

「利子抜きの元金だけで四枚くらいや」

「四億？」

そうだというようにホン街金が意味ありげな笑みを見せた。飲み屋の女が四億を借りたなら、そのうち九十パーセントは利子だろう。その場でホン街金の顔を潰してやりたかったが、ヒスは我慢した。ホン街金みたいなクズは、そんなやり方では決して陥落しない。脅迫も暴力も通じない奴だ。借金を返さなければ法的に食いつくだろうし、殴れば警察を掴んで食いつくに決まっている。実際、ホン街金が連れ歩く街金やくざたちも侮れない。この界隈で四十年も街金業で食ってきたのだ。下手に食ってかかれば、元金に利子に示談金まで吐き出さねばならない。弱ければ弱いなりに、卑しければ卑しいなりに、みな生き延びるやり方がある。ヒスはポケットから煙草を取り出して口に咥えた。家族全員に借金がある。ヒスもホン街金に三億の借金があり、インスクとアミの借金は四億にもなる。いったいその金をどこに使ったのだろう？　わからない。実際には見たことも触ってみたこともない金なのだろう。十七歳からインスクは休みなく働いてきた。二十年以上月々返してきた利子だけでも、すでに元金の何倍にもなっているはずだ。玩月洞に入るときに前借りした金がどんどん膨らんで今でも残っている。生活とは不思議なものだ。借金が借金を呼び、借金が膨らんでさらに大きな借金を呼ぶ。アミは江原道の酒場からジェニーの借金を抱えて戻ってきた。江原道のやくざたちがその借金をホン街金に引き渡したのだろう。いくらで引き渡したのだろうか？　知るすべはない。実際には幾らでもないはずだ。酒場の女たちは常に借金を抱えている。金を稼ぐ女は多くても、金を貯める女はいない。毎月あれほど多くの現金を手にしながら、おとなしく持っていられる女はいない。あれをどこに使い切るのだろう。実際、やくざを二十年もやっても残るものは借金しかないヒスも同じだ。ヒスは暫く考え込んでから口を開いた。

「自分のとインスクのとアミのと、ひっくるめて五枚で手を打ちましょう。今からは利子なしで」

ホン街金は首を振った。

「五枚は厳しいなあ。それに、街金に利子をとるな言うんは、猫に魚を見張っとけ言うのと似たようなもんちゃうか？」

「なら、どうしますか？　腹でも切りますか？」

「正直言うて、ヒス、おまえは棒でぶっ叩いてカネを搾り取れる三流やくざやあるまいし、七枚に無駄金を払うんはムカつくし、しんどい。そやろ？」

ホン街金は煙草を灰皿で揉み消して暫く呼吸を整えた。その顔に妙な笑みが広がった。

「なら、こうしたらどうや。ヤンドンとやる娯楽室に俺も少し嚙ませてくれ。そしたら、おまえの家族の借金は、パートナーとして信頼の意味でチャラにして、投資いう形で二十枚くらいは追加できる。どうせヒス、おまえもスポンサーは要るやろ。パートナーシップは、要するに力比べやけど、最初にタネ銭を突っ込むんが何よりも肝心や。でないと、後でヤンドンから違うこと言われるで」

ヒスはソファに寄りかかってそっと笑った。ようやくホン街金が今日に限って物腰が柔らかい理由が判った気がした。

「自分で始めといて半信半疑でしたけど、ホン社長みたいなカネの亡者が嗅ぎつけてくるくらいやったら、間違いなく成功しますなあ」

「そうや。カネの匂いがぷんぷんするわ。しかも、うちのヒスは並みの仕事人か？　アイテムはイケとる、それをヒスがやる。これはまあ、チンコで擦ってもヒットすると見なあかんな」

ホン街金がヒスをさりげなくおだてて調子を合わせた。

「どうしますかねえ。教養があって身元がきれいな人でないとスポンサーは受けられんのですよ」

ヒスが見栄を張った。

「カネに教養も身元もあるか。カネはただのカネや」

「うちのヤンドン兄貴はホン社長をえらい嫌っとるのに、そのカネを使うと思いますか？　使いませんわ。ようご存じのくせに」

「ヤンドンと俺の間に少しは因縁があるけど、全部昔のことや。でかいことをやる人間がそんなもんを引きずったらあかんやろ。それに、こういうシノギの特徴として、あちこちから慌ててカネを引っ張り込んだら、後で必ず揉める。仲間内で解決するんがいろいろと都合がええ」

「ホン社長と自分は仲間でしたっけ？」ヒスはホン街金を見ながら嫌味を言った。

ホン街金はヒスの視線を避けなかった。その目には何の気まずさも恥ずかしさもない。むしろ堂々としている。

「俺が仲間でなかったら、ヒス、おまえがあの大金を借りて、これまで生きていられたと思うか？　自慢やないけど、俺のカネを踏み倒して生き延びた奴はこれまで一人もおらん。カネを返すかくたばるかや」ホン街金の声は悲壮だ。

だが、本気で言っているわけではないだろう。ホン街金がどうすることもできなかったのは、ヒスがソンおやじの傘下（さんか）にいたからのはずだ。でなければ、ソンおやじの傘下にいる人々を仲間だと気楽に独り合点しているのかもしれない。このクアムの海で食わせてもらうなら、ソンおやじの仲間になるほど気楽で安全なことはないからだ。とにかくヒスはもう、ソンおやじの直系ではなく直参に近いのだから、ホン街金がヒスに厚意を施す理由はない。ヒスは天井に向かってため息をついた。

「ああ、ったく、迷わせよってからに」

ホン街金は時計を見て立ち上がった。

「ゆっくり考えて連絡せえ。結婚までしたんやから、ヒス、おまえも一家の主やろ」

一日も経たずにヒスはホン街金に電話を入れた。彼のようなクズを事業のパートナーとして迎えることは夢にも考えてみなかったが、ヒスはその提案をとっとと受け入れた。そんな甘いことを一気に飲み込めば、後に大きな禍として戻ってくることは解っている。だが七億は大金で、まともに稼いでは返せない。息を吸っただけでも利子が雪だるまのように膨れるのは明らかだ。ヤンドンは、ホン街金が事業に噛むと知って烈火のごとく怒った。だが、ホン街金に分けてやるのは、あくまでもヒスの持分だ。ヤンドンがどうにかできることではなかった。とにかく、それをもって家族全員の借金は消えた。インスクが十七歳で玩月洞に入ってから二十年越しのうんざりする借金も、ヒスの呆れた博打の借金も、酒場に縛られていたジェニーの身請け金も消えた。

翌月の支払日になって、インスクは自分の借金が完全に消えたことを知った。その日、ヒスは台所の古い白熱灯を蛍光灯に交換していた。インスクは明るくなった蛍光灯を見て、子供のように手を叩いてはしゃいだ。

「わあ！　旦那がおるとええなあ。電灯も替えてくれるし、借金もいっぺんに返してくれるし」

インスクは、そんな大金がどうして急に生じたのか、ひょっとして危険なことをしでかすのではないかと案じた。何も心配することはない、おまえと結婚したら良いことばかり起こるみたいだとヒスは返した。その言葉がさほど信じられないらしくインスクは心配そうな表情になった。やくざに大金が生じるということは、それだけ暮らしが脅かされることを意味する。この世界で長く生きてきたインスクがそれを知らぬはずがない。インスクはヒスが足を踏み台にした椅子のそばにそっと蹲った。ヒスは椅子から降りてインスクを見た。

「借金がなくなって、どうや？　すっきりしたやろ？」ヒスが得意げに訊いた。

「母子園の頃から借金がなかったことはいっぺんもないのに、このうんざりする借金がみんな消えたらどんだけ嬉しいかって毎日考えとったのに」

「なのに、嬉しくないんか？」

「不思議と嬉しくも悲しくもない。借金がない生活はなんか落ち着かんわ」

インスクは山五六五番地のてっぺんから遠くの海までずっと続いている貧しい集落

の灯りをじっと見つめた。インスクの表情は本当に嬉しくも悲しくもなさそうだった。

アミはヤンドンの酒類蔵置所で働き始めた。散り散りになっていたアミの友人たちも戻ってきた。もともとアミは多くの友人に慕われており、全盛期の仲間は四十人を超えていた。しかし、核になるメンバーは七人である。五年前に影島(ヨンド)のチョン・ダルホの組織と一戦交えて、そのうち一人は死んだ。二人は刺されて障害を負った。一人は松葉杖(まつばづえ)をついて歩き、もう一人は脊髄(せきずい)を刺されて下半身が麻痺(まひ)して車椅子の世話になっている。かつてアミの仲間には荒々しいところがなかったが、最近になって改めて集まり、海辺を歩き回る様子は、傷痍(しょうい)軍人か何かの集団のようだ。しかし、アミとナイフ使いのヒンガン、そして柔道の無差別級出身のソッキは、相変わらず路地裏で名を轟(とどろ)かせ、慕う後輩も多い。老いたやくざが人を刺せないのは、あれこれ考えるようになるからである。アミたちは若くて力が漲(みなぎ)り、恐れを知らない。後ろを顧みるほど成熟できず、成熟できないがゆえに恐れを知らないことほど怖いものはない。アミは争い始めると、相変わらず火も水も問わず、計算せずに攻め続けた。ヤンドンはそんなアミを気に入っているが、ヒスはそれがずっと気にかかっていた。

ヤンドンがアミに与えたのは、クアムとウォルロン、忠武洞(チュンムドン)、南浦洞(ナムポドン)にウォッカを供給する仕事だった。ウォルロンと忠武洞にはホジュンとパクといった先発の酒類業者がいる。影島のチョン・ダルホと他のいくつかの組織もウォルロンの酒の供給に関与している。彼らは主に密輸や免税で入ってきたり米軍のPXから放出されたりするウイスキーを売っていた。ウォッカの人気が出始めたのは最近のことだ。ウイスキーより安価で味がすっきりしているから、韓国人の口によく合う。釜山(プサン)港で下船する外国の船員たちもウォッカを好む。問題は、ウォルロン、忠武洞、南浦洞といった場所がヤンドンの縄張りではないということだ。酒の供給は他の何よりも縄張りの境界に敏感である。しかも、そこは釜山の旧市街地を代表する歓楽街で、最も荒っぽくて腕力のある奴らが見張りをしている。しかし、ヤンドンは意に介さなかった。「いや、シマをぶんどろう言うとるわけやないやろ。客はウォッカを求めとるのに、そいつらは供給でけへんし、シノギの社長たちは酒がなくて商売にならんて泣きつきよるから、俺が地元の経済のためにしゃあなくて乗り出すんやないか」口ではそう言うものの、釜山界隈に入ってくるウォッカはヤンドンがほぼ独占して扱っている。その大量のウォッカがどうやって入ってくるのかをヒスにも話さない。とにかく、客がウォッカを飲めばバランタインやシーバスリーガルの売上が落ちるのは当然のことで、地場の業者たちが喜ぶはずがない。

ヤンドンはウォルロン、忠武洞、南浦洞と中央洞のチャイナタウンの一部に新たな供給ルートを拓(ひら)くために、アミを前衛部隊として利用するつもりらしい。昔も今もアミは躊躇（ためら）いがないし、アミにまつわる無数の噂に匹敵するほど喧嘩（けんか）に長（た）けているからだ。縄張りを広げるのにアミほどの適任者もいないだろう。暫くのあいだ、行く先々で諍（いさか）いがあり、華々しい噂が聞こえてきた。アミが一人でウォルロンのチンピラたちとポン引き九人をまとめてやっつけたとか、忠武洞のサムタンの大きなドタマをかち割って草場洞（チョジャンドン）の犬売りの下顎（あご）をぶっ潰したとか、まあ、そういった噂だった。

アミが仕事を始めてふた月ほど経った頃、影島のチョルチンがヒスを訪ねてきた。チョルチンはダルホ派の中間幹部だが、歳が若いだけで、実務的にはナンバーツーくらいにはなる。同じ母子園の出身で、一緒にマーティン神父にボクシングも習った幼なじみゆえ、ヒスが唯一、信頼するやくざでもある。五年前にアミたちと大きな争いを起こした当事者だが、ヒスはチョルチンの置かれた中途半端な状況のせいで起きたやむを得ないことだったと常々思っていた。

チョルチンはミカン一箱を買い込んできて、事務所の片隅に置いた。子供の頃からヒスはミカンが好きだ。チョルチンは新たに事業を始めたヒスに会えて嬉しいらしく、事務所をあちこち眺め回して羨（うらや）ましがった。

「俺も早よ独立してシノギを始めなあかんのに。もうひとの下で尻拭（しりぬぐ）いはしんどいわ」

「始めてみたけど、ひとの下で給料もろとるんが最高やで。給料払うほうは頭痛いことが一つや二つやない。いらんこと考えんと会社にぴったり貼り付いとけ。おまえはえらい高給取っとるそうやないか。俺よかずっと実入りがええはずや」

「ほざきよって。なんでサラリーマンが社長よか実入りがええんや？」

「ホンマやで。俺は形だけ社長で完全にすかんぴんや」

チョルチンが大笑いした。

「ところで、どういう風の吹き回しや？　我らがお忙しいチョルチン様が」

「アミのことでな」

ヒスは何のことかわかると言いたげに頷いた。

「近頃は酒の供給のせいで、あのあたりで揉めとるんやろ？」

「何年か前に俺らがアミにやった件もあるし、そのせいでムショ暮らしも長かったんやから、たいていのことは見逃そう思たんやけど、だんだん度が過ぎてきてな」チョルチンが穏やかに言った。

「食っていくためやから大目にみてくれや。今までえらい食い詰めたやないか。焦っとるんや。おまえがチョン・ダルホ会長に上手いこと言うてくれ」ヒスも穏やかに言った。

「うちの会長もアミが気に入っとる。やくざはアミみたいでないとあかん、近頃はあんなに見込みのある可愛い奴はおらんていつも言うてるで」

「チョン・ダルホ会長がアミを気に入っとる？　あの御大がアミを気に入っとるとは知らんかったなあ？　昔のことで今でも根に持っとるやないか」

「みんな過ぎたことやないか。それに、アミが嫌いな奴がどこにおる？　俺も好きや。こないだ道で会うたら、先にサッと近寄ってきて愛想よく挨拶してくれたで。さばさばして後腐れがなくて、アミこそホンマのやくざや」

「うちのアミは後腐れがないんやなくて記憶力が足らんのや」

ヒスの言葉にチョルチンがにっこり笑った。

「ともかく、いらんことに引っかかって揉める前に、おまえからアミに、ほどほどにせえて耳打ちしとけ」

「どんくらいほどほどや？」

「シノギにウォッカを何本かこそこそ入れるのまではなんも言わへん。けど、おおっぴらに歯向かうようやったら、うちの連中も我慢でけへん。あいつらにもカオいうもんがあるやろ」

「わかった。話してみるわ」

「それからヒス、草場洞のホジュンとウォルロンのパクがアミを待ち構えとるみたいやで」

「なんか特別なネタでもあるんか？」

「こないだ会長んとこに来てヒソヒソ話しとったんは、なんかやるのに許しを求めとるみたいやったで。アミのことやろか思て心配になるしな」

「あいつらはもともと散ったり群れたり、いつも大騒ぎしとるやないか。あの抜け目ない奴らがこんな状況でどんなデカいことをやるつもりや？」ヒスは要らぬ心配だと言いたげだ。

「確かに、抜け目ない連中やな」

「とにかく、こうやって訪ねてきてくれて、おおきに」

「おおきに、て。おまえと俺は血を分けた兄弟と変わらんのに」

血を分けた兄弟という言葉にヒスは微笑(ほほえ)んだ。ヒスとチョルチン、そしてボクシングジムを営むギョンテ、この三人は母子園の中でもとりわけ親しかった。一緒に飯を食い、一緒に運動をし、一緒に喧嘩をし、一緒に盗みをした。あの頃は本当に兄弟のようだった。だが、血を分けた兄弟も、歳をとると次第に疎遠になる。歳をとると、次第に血が薄くなるからなのか、次第に人生に疲れるからなのか。チョルチンはアミが心配でヒスを訪ねてきたわけではないだろう。様子を窺(うかが)いに来たのかもしれないし、再びアミと大きな争いが起こるのが怖いのかもしれない。おそらく怖くて来たのだろう。四十になると何でも怖くなるからだ。

だが、ヒスは特に何も言わなかった。同じ家に住んでいてもアミの顔を見るのは難しかったし、いざ顔を合わせても、話を持ち出すのは容易でない。仕事をするときは常に身体に気をつけろ、とさりげなく言うだけだ。久々に景気のいいヤンドンの酒類事業も、久しぶりに楽しそうなアミたちも、みな際どくて危なっかしく見える。だからといって、ヒスが何か言うべきなのだろうか。それは危ないからやるな、と？　違う。やくざの仕事というのはいつだって際どくて危ないものだ。人が嫌がるからやくざという職業が生まれたのであり、際どくて危ないから稼げるのだ。その危なくて際どい境界でバランスをとって生き残るのは、あくまでもアミの役目である。ヒスは、せっかく楽しそうにしているアミのやる気を削ぎたくなかった。アミはその程度のことに気づけない馬鹿ではないとも思った。

新たに始めた賭博のゲーム機を製作する事業で、ヒスは目が回るほど忙しかった。潰れた工場を二束三文で引き取って修理し、機械と設備も運び込んだ。大新洞に立派な事務所も新たに構えた。認可が必要な書類を揃え、担当の公務員たちに金を握らせ、娯楽室の機械とプログラムを作る技術者たちに宿と車もあてがわねばならない。ヤンドンが連れてきた在日の技術者ヤマさんは、五十代の寡黙で時計の針のように正確な人だ。「上手くいきそうですか？」とヒスが訊くと、ヤマさんは低くて静かな声で「難しいですが、なんとかなりそうです」と答えた。ヒスはこの静かな男が気に入った。大企業の研究所や開発部といった場所にいるべき人間が、なぜ暴力団と暗い工場の片隅で違法なゲーム機なんぞを製作しているのか理解できなかった。お呼びのかかる大きな組織もたくさんあるだろうに、よりによって、なぜヤンドンのような田舎のやくざと事業をするのかも理解できないことだった。

機械が運び込まれて工場が稼働を始めてひと月足らずで、ヤマさんは試製品を差し出した。ヤマさんのゲーム機は人気があった。まだ試製品しかできておらず、たいした宣伝も営業もしていないのに、全国から成人娯楽室をオープンする事業家たちが札束を持って押しかけてきた。名こそ事業家だが、大半が暴力団だった。今までいったい何をして暮らしていたのだろう? こんなにあっけなく稼げてもいいのだろうか? と思うほどに事業の出だしは順調だった。ホン街金は、事業は上手く進んでいるのか、投資金はいつ頃回収できるのかと、のべつまくなし電話をかけてきてヒスを煩わせた。だが、金が束で入ってきても、手元に残る金はなかった。事業が始まったばかりだから、入ってくる金よりも出ていく金の方が多かった。買わねばならない装備と品物はあまりにも多く、認可を一つ申請するたびに金を握らせねばならない奴らがいったいどれだけいるのか、入ってきた金はすぐに別のことですり抜けていった。だがヤンドンは、出だしがいいと言いつつ「このチョーシでずっと押しまくればええなあ」と浮かれていた。

昼飯を食べ終わると、午後の海を散歩した。それはヒスの長年の習慣だった。いつものようにヒスは防波堤の端から白地浦の岩壁まで歩いた。海水浴場がオープンしたので、海辺の騒々しさはどこかの比ではない。道で出会った人々はヒスに挨拶をし、たまに様々な問題を訴えることもあった。近頃は防波堤の屋台でウイスキーまで売るのはあんまりではないか、とか、去年は他所の出前を海水浴場の入口で止めてくれたのに、今年は見張りがいないから、忠武洞からも出前がくるし、橋の向こうの影島からもチャジャン麺が来る、とか、まあ、そういったこまごましたことだった。そのたびにヒスは笑いながら、もう万里荘の支配人ではないのだから自分の管轄じゃない、それに関与する何の権限もないのだ、と言った。がっくりと力を落として戻っていく人々の後ろ姿を見ると、ヒスはなぜか寂しくなった。この十年間、この海で起こる全てのことはすなわちヒスの仕事だった。まるで我が家のように、壊れたところはないか、ヒビの入ったところはないかと見て回る癖があった。それは今でも同じである。習慣というのは簡単に捨てられないものだ。この海で人々の悩みを聞いてやり、尻拭いをし、片を付けた。身体ばかりがきつくて金にもならない仕事だ。しかもヒスはもう万里荘の支配人でもないし、ソンおやじの後継者でもない。なのに、この海のことは自分と関係ないのだと思うと、身体の中のどこか一ヶ所がぷつんと切れた感じがした。

連日、暑い夏だ。毎日、公務員たちに会い、全国各地からやってきた事業家たちと契約するために、ヒスは夏のあいだずっとスーツを着て出勤していた。スーツは着慣れず落ち着かない。インスクは毎朝、きれいにアイロンをかけた白いワイシャツにネクタイを結びながら、素敵だと言った。ドラマに出てくる妻たちのように出勤する夫のネクタイを結んでみたかったのだとも言った。家を出ると、公営駐車場に着く前にワイシャツが汗でびしょびしょになる。そのスーツを着て一日数十人に会った。こっちの機嫌をとり、あっちで宥めすかしていると、一日をどうやって過ごしたのか、いったい誰に会ったのか思い出せないくらいだった。たまに早く帰ると、家には誰もいない。インスクは店に出ており、アミは明け方になってから泥酔して戻ってくる。ジエニーはどこをほっつき回っているのかわからない。おそらくナイトクラブのようなところに入り浸って酒を飲んだり踊ったりしているのだろう。

ヒスは縁台に腰掛けて、山五六五番地の危なっかしくて小高い家々を眺めながら煙草を吸った。今年の夏は結婚をした。そしてソンおやじの元を去ってヤンドンの仲間になった。何か人生がものすごく変わったと思っていた。だが、何が変わったのかわからない。インスクは明け方の三時に帰ってくる。最初の何度かは公営駐車場の前に迎えに行った。酒場の仕事から戻る女がおしなべてそうであるように、インスクはいつもべろんべろんに酔っていた。酔ってふらつくインスクの足取りはおぼつかなかった。インスクを支えて長くて急な階段を上るたびに、ヒスは何のせいか怖くなった。インスクはたびたび足を踏み外して転び、たまに他所の家の前で嘔吐した。そんなとき、ヒスは暫く階段の途中でインスクを座らせ、犬たちが吠えたてる夜空を眺めながら煙草を吸った。次第に公営駐車場に迎えにいけない日が増えた。仕事を終えて帰ると身体はくたくたで、明け方の三時まで寝ずにインスクを待つのはつらかった。だが本当の理由は、酔ったインスクがふらつきながら階段を上る姿を見るのが嫌だったからだ。それは痛々しいというより何か侮辱された感じで、なぜか悔しくもあった。

今年の夏は結婚をした。だが、変わったことは何もなかった。刑務所から出たアミは再びやくざ稼業を始め、インスクは相変わらず酒場の女で、ヒスも相変わらず取り柄のないやくざだ。ただ、万里荘ホテルの間借り部屋から山五六五番地の絶壁の家に寝床が替わっただけだった。

ベンツ

電話を受けてヒスが公営駐車場に下りていくと、ヤンドンが車のキーをくるくる回しながら笑っていた。その後ろでは巨大なメルセデスベンツW一四〇が真夏の太陽を浴びて輝いている。Sクラスの最新型で、どっしりしたボディが外交使節の式典や格好をつけたがるヤクザの組長たちに人気がある車だ。ヤンドンは、古い鮮魚トラックとリヤカーに挟まれて威風堂々たるベンツに片肘(かたひじ)を載せ、威張りくさった顔をしている。その様子はまるで、商店街繁栄会の運動会にジャージではなくタキシードを着てきたごとく、粋というよりは少々間が抜けて見えた。イワシを運ぶトラックやリサイクルボックスを収去するためにリヤカーを後ろに付けたオートバイなんぞが駐車する、この小高く貧しい公営駐車場が頭を下げながら「これはこれは、ベンツともあろうお方がこのみすぼらしい駐車場までお訪ねくださるとは、身の置き所がございません」と言わねばならないような雰囲気と言うべきか。茶目っ気を起こしたヒスは掌(てのひら)でボンネットをバンバン叩いた。

「兄貴、たまらん車ですなあ」

ヤンドンが慌てて手を振った。

「やめい。傷がつく」

「いつ替えたんですか？」

「これは俺のやない」

「なら、借りたんですか？」

ヒスが大きな車輪をトントン蹴（け）った。ヤンドンはヒスの問いに答えず、得意そうな顔で笑ってばかりいる。

「誰の車だと思う？」

わからないというように、実は、誰の車なのか別に関心もないというように、ヒスがおざなりに首を振った。ヤンドンは指に嵌（は）めてくるくる回していたキーをヒスにヌッと差し出した。

「これはおまえの車や」

キーを受け取っても信じられないのか、ヒスは面食らった顔になった。

「自分の車はまだしゃんとしとります。工場を回すカネも足りんところにベンツなんか」

「ヒス、おまえはうちの顔や。おまえがサマにならんとシノギがサマにならんいうことや。エスペロやと？　そんな車を乗り回しとったら、他の業者どもに舐められるで。エスペロなんかに乗っていったら、二百万ウォンでハンコ押さなあかんもんを百万ウォンに値切りたなるいうことや。やくざの仕事はどれも八十パーセントがフカシやないか。さ、こっち来てエンジンかけてみい」

エスコートでもするかのようにヤンドンが車のドアを開けてくれた。ヒスは車のキーを差し込んでエンジンをかけた。ずっしりしたエンジン音が車体にゆっくり広がった。

「エンジンの音がたまらんやろ？　六気筒のターボエンジンに四百八馬力。北の金正日もこれに乗っとるそうや。トダリが乗り回しとる安物の中古とは格が全然違うで」

ヤンドンがハンカチを出してボンネットの埃をさっと拭きとった。ヒスは試運転でもしたくなるくらい気に入ったが、すぐにエンジンを切って車から降りた。ヤンドンの前で子供のように喜んで見せたくなかった。

「無理しすぎとちゃいますか？　兄貴は十年前のグラナダ（現代自動車によるフォードのノックダウン生産車）やのに、弟分がベンツに乗っとったら礼儀がなっとらんと言われませんかね？」

「若い女が化粧せなあかんのに、年寄りがしてどないする。年寄りは顔に何を塗りたくってもサマにならん。ヒス、おまえがベンツ乗ってサマになるようシノギを成功させて、いつか贅沢させてくれや」

「おおきに。大切に乗ります」

ヒスが丁重にお辞儀をした。ヤンドンは満足そうな顔でうんうんと頷いた。トランクのほうで、さっきから図体のでかい男がうろうろしながらヤンドンとヒスの様子を窺っている。台詞ひとつなく演劇の舞台に上がった俳優のように、何をしたらいいのかわからず落ち着かないらしい。ヒスが顎で指した。

「ところで、あいつは見たことない顔です」

「今からおまえの運転手になる奴や。スンベク！」

ヤンドンが呼びかけた。急に自分の名前が出ると、スンベクはビクッとして凍りついたような顔で、その場で気をつけの姿勢をとった。

「こっち来い言うとるんや」

ヤンドンが手招きした。スンベクがそのでかい図体で素早く駆け寄ると、ヒスの前で再び気をつけの姿勢をとった。

「挨拶せえ。ヒス兄貴や。この兄貴に影みたいについて回って、運転して、ようお仕えせなあかん。おまえの命より大事なお方や。わかったか？」

「バンジュムキョウであられますか。スンベクと申します。今後よろしくお願い申し上げます」

万寿無疆の意味がわかって言っているのか、呆れてヒスがプッと噴き出した。体重が百キロはありそうなのに、筋肉はあまりないので、全体的にアニメ映画に登場するくまのプーさんを連想させる。

「スンベク？　なんで犬コロみたいな名前なんや？」ヒスが訊いた。

「純粋の純（スン）に清い白（ベク）、純粋に清く生きろと祖父がつけてくれました」

「純粋で清く生きたかったら、山でキノコでも採っとればええのに、そんなええ名前をもろて、なんでやくざの真似（まね）ごとや？」

「どのキノコのことでしょうか？」

スンベクが唐突に訊いた。どのキノコ？　ヒスが首をひねった。

「なんやと？」

「むかし故郷で親父の後をついてコウタケは採ったことがあります」

「コウタケ？」

「コウタケご存じないですか？　一にコウタケ、二にマツタケ、三にシイタケといって、キノコの中ではコウタケが断トツです」スンベクは真面目くさった表情である。

呆れたのか、ヒスは暫くスンベクの顔をじっと見ていた。キノコのことならどんな質問でも自信があると言わんばかりに目をキラキラさせている。

「こいつはまったく。ドタマにミネラルが足らんのか、何を勘違いしとる」

ヒスはさらに何か言いかけたが、からかうのはやめろというようにヤンドンが笑いながらヒスの腕を軽く引いて公営駐車場の鉄柵の方へ連れていった。ヤンドンは断崖に鉄パイプを打ち込んで作った公営駐車場の手摺りの向こうをちらりと見て、その高さにゾッとしたのか首を振った。

「いやぁ、えらい高いとこに住んどるなあ」

ヤンドンは金色の装飾が施されたケースから煙草を取り出して咥えた。

「どこからあんな間抜けを連れてきたんですか?」

「従兄弟の息子や。慶北の奉化におるんやけど、あそこはもともと小さい村で、仕事がないらしい。農業は嫌がるし、他に仕事はないしで連れてきたんや」

「田舎で仔牛なんぞ飼っとった奴にやくざが務まりますか?」

「おまえが連れ歩いて上手いこと仕込んでみい」

ヒスはスンベクの方に顔を向けた。スンベクはベンツの横で、すっかり緊張したまま、気をつけの姿勢で立っている。ヒスはやれやれと首を振った。

「さすがにあれはキノコでも採らせといたほうが良さそうやけどなあ」

ヤンドンは聞こえなかったふりをした。

「いやあ、上るのはちいと大変でも景色はピカイチやな。次はうちの寮をここにせなあかん。ここに住めば、わざわざ運動させせんでも自然と身体が丈夫になるなあ」

「丈夫になるんは身体だけやないですよ。この階段をアホほど往復したら、気張って成功せなあかんいう気持ちが自然と生まれまっせ」

「成功せなあかん。必死こいて成功せな」

「ところで、ハン社長いう人から連絡があって、今日、海雲台（ヘウンデ）で会うことにしましたけど、機械を五千台くらい欲しいそうです。兄貴と昵懇（じっこん）の仲やから安くしてくれのなんの言うとりましたけど、ホンマに親しいんですか?」

「あいつは誰とでも親しいんや。金大中（キムデジュン）とも親しいし、金鍾泌（キムジョンピル）とも親しいし、死んだ朴正煕（パクチョンヒ）とはホンマのホンマに親しかったそうやで。大韓民国にあいつと親しくない奴はおらん」

「ペテン師ですか?」

「いや、俺が刑務所におった頃に会った奴なんやけど、天安（チョナン）のほうではナンバーツーかスリーくらいらしいで。それかて自分で言うとるだけや。それでも、頭はよう回るし、人脈もしっかりしとる。京畿道（キョンギド）のほうで成人娯楽室の仲介をさせてもらえんか言うとった」

「知り合いやったら、兄貴が会わなあかんのとちゃいますか?」

「知り合い同士で取引すると値切られるから困るんや。頼まれたら、あんまり邪険にもでけへんしな。こういうんは橋を一つちょろっと挟むんがお互いに気楽や。このシノギはヒス、おまえのもんや。それでもずっと使える奴やから、あんまりつれなくせんで面倒みてやってな」

「いかほど差し上げましょうか？」

「近頃は機械一台で二百やろ？」

「ええ」

「なら、卸やから百七十にする言うといて、ヤンドン兄貴の親しい友達やから、そこから二十くらい負けたる言えば、すぐに食いつくやろ」

「五千台いうたら結構な量ですけど、納期が間に合わんでしょう？　すでに入っとる注文もようやっと揃えたのに」

「やってみてあかんかったら、工場をもうひとつ回す以外にないやろ」

「ゆっくり状況を見ながらやりませんか。工場ひとつ回すカネはハンパやないです。事務所で余計にかかる連中の人件費もハンパないし、あっちこっちカネよこせいうところも多いし、今回入った設備費もまだ払っとりません。今は十億売れて二十億払う有様ですわ。パチンコの連中がゾロゾロついてくるのをみると、この先どうなるかもわからんし」

「カネは入ってくるときには入ってくるもんや。満ち潮みたいに来て、またすぐ引き潮みたいに出ていく。だから、このタイミングにしっかり網を広げてみようや」

　ヤンドンは自信に溢れているように見えた。ヒスはヤンドンのきっぱりした決断力と行動力がいつも羨ましかったが、一方で、その過剰な自信が不安だった。ソンおやじは用心と心配が過ぎて手中の餌まで逃すことが多いが、ヤンドンは全てにおいて一切躊躇うことがない。ソンおやじは遅すぎ、ヤンドンは早すぎる。早すぎて事業がぐらついている。注文量も多く、取引先も増えているが、肝心の手に掴む金はない状況だ。ヒスが毎度、もう少しゆっくり様子をみながら進もうと言っても、ヤンドンは上の空だった。すべき話は済んだと言わんばかりに煙草の吸い殻を宙にヒュッと放り投げた。

「気張ってや。ほな、帰るわ」

「お送りします」

「いや。散歩がてらぼちぼち歩いてくわ。近頃は運動不足でな」

ヤンドンは急な階段を下りていった。ヒスはヤンドンが二百段を超える階段を下りきるまで後ろ姿を見ていた。昔に比べて肩にぐんと力が入っている気がする。その意気揚々とした姿がなぜか不安だった。ヤンドンの姿が路地から消えると、ヒスは公営駐車場の方を向いた。磨きすぎてテカテカになった黒いベンツと、真夏の日射しの中で汗をだらだら流している百キロの巨軀があった。どこから来たのか、仔犬が一匹、舌をだらりと伸ばしたまま、ベンツの後輪をクンクン嗅いで小便を引っかけた。ヒスはベンツに向かってゆっくり歩いていった。車からのぼる熱気のせいか、スンベクの顔に汗がぷつぷつ浮かんでいた。

「飯は食ったか?」

「食べとりませんけど平気です」

「食っとらんのに、なんで平気なんや?」

「腹が減っとりません」スンベクが威勢よく答えた。

ヒスは暫くスンベクの顔をじっと見ていた。ヒスの視線に緊張したのか、スンベクはいっそう力を込めて気をつけの姿勢をとった。額から流れ落ちる汗の滴(しずく)が目に入って痛いのか、片目に涙が溜まっている。だが、誰が命じたわけでもない気をつけの姿勢をとるために、涙を拭いもせずにずっと瞬(まばた)きをしていた。こいつがまともなやくざになるのはおそらく奇跡に近いことだろう、とヒスは思った。

「上がって飯を食おう」

ヒスは山腹道路の階段を上り始めた。スンベクは周りをキョロキョロ見てから、サッとヒスの後についていて上っていった。

事務所

ヒスが新たに構えた事務所の前には、地方裁判所があり、大学病院があり、医学部があった。近隣にこれといった酒場も歓楽街もない通りである。地下鉄から降りたサラリーマンたちは、朝に経済新聞とコーヒーを持ってせわしく出勤し、午後六時ぴったりに疲れ切った顔でゾロゾロ退勤する。そういう通りだ。やくざが午後四時頃にジャージを着てのそのそ這(は)い出してきてヘジャンクッを食らってビリヤード場に出勤するのとはまるで別世界だった。ヒスの事務所は二階にあった。同じ建物には十四社が入っており、全て合法な企業だ。建物のどこを探してもマルチ商法の詐欺師や中国の物品を密輸する奴らは見当たらない。ヒスはずっと前からこんな事務所を持ちたかった。白いワイシャツに革靴で出勤する人生を送りたかった。やくざの匂いが微塵(みじん)もしない、極めて健全で平凡なサラリーマンの人生を。初めて訪ねてきたヤンドンが首をかしげながら、なぜこんな場所に事務所を構えたのかと訊いたとき、ヒスはにっこり笑って「魚市場裏の臭(くさ)くてしけた事務所、もううんざりやないですか」と答えた。

「それでも、こんなとこでは仕事がやりにくくないか？」ヤンドンが理解できないという顔で訊いた。「背中に龍のスミがあるやくざがカップラーメンに焼酎なんか食うとったら、客は安心して取引ができますか？　カタギを相手に大きなシノギをしよう思たら、今時やくざもジェントルやないとあかんのですよ」ヒスが再び答えた。ようやくヤンドンはどういうことか解ったように頷いた。だが、それは口実に過ぎなかった。違法賭博の機械を買って一発当てようという奴らに、事務所なんぞ何の関係があろう。

　廊下には、ヒスが開業するからと様々な団体から贈られた花輪が立ち並んだままになっていた。殆どが各地の組織暴力団がよこしたものだ。ソンおやじの大きな花輪もあるし、影島のナム・ガジュ会長がよこした花輪もある。ナム・ガジュ会長は花輪だけでなく、別に百万ウォンの祝儀も送ってきた。この世にタダはないから、ヒスはナム・ガジュ会長が自分に示す誠意がいつも有り難いというより負担だった。たいした仕事もないのに、一番若いやくざ二人が事務所の入口を見張っており、ヒスに深々とお辞儀をした。

「いらっしゃいませ兄貴、あっ、いや、社長」

　一人が緊張して口籠もった。今後は兄貴と呼ぶなと指示したのに、どういうわけか社長という言葉が口に馴染まないらしい。

「ここで何しとるんや?」

「入口を見張っとります」

「ここは入口を見張るようなナイトクラブなんか? それと、この花輪は全部片付けろ」

ヒスが疲れた表情で、廊下を雑然と占領している花輪を手で指した。動作の早いやくざが、ヒスの話が終わるなり花輪のひとつをパッと持ち上げた。だが、持ち上げてはみたものの、どこに持っていけばよいのかわからず戸惑っている。

「どこに片付けましょうか?」

「捨てろ」

「ここのナム・ガジュ会長とソンのおやっさんがくださった花輪も捨てるんですか?」

「きれいさっぱり捨てちまえ」

ヒスは事務所に入った。中では、十五人ほどのやくざがあちこちに座って遊んでいた。水を飲むカバのように電気を食う大型エアコン二台がガンガン作動している。経理と無駄話をしている奴、ランニングシャツ姿でダンベルを持っている奴、花札をする奴、窓辺で国民保健体操をする奴もいた。呆れたのか、ヒスが失笑した。そいつらはヤンドンがよこしたやくざだ。クアムの海ですることがなくてぶらぶらしていて、ヤンドンがカネになる事業をするという噂が広まるなり、サッとついてきた縁者たちである。ヒスはこんなにたくさんは要らないと必死に反対したが、ヤンドンの意志を曲げられなかった。ヤンドン曰（いわ）く、常備軍がいてこそ非常時に素早く対処できるし、頭数が少ないと他の組織から甘く見られるかもしれない。新たな事業を始めるにあたって遊んでいる連中を何人か引き取ってやらねば地域社会から人望を失うというのも理由だった。実は、ソンおやじとは違って度量の大きい義理堅い兄貴という評判を聞きたかったのだ。酒の席で、あのうすのろどもが「さすがヤンドン兄貴！」と言いながら親指を立てると鼻が高いのである。ヒスにとってあのデカブツどもは悩みの種だった。ぶらぶらしながら事務所で高粱酒（コーリヤンしゅ）を食らうこと以外には何もすることがない。仮に戦争になったとしても、ぶくぶく太っただけのあの臆病者（おくびょうもの）たちを従えて何をやろうというのか。

ソファのほうでは、タンカが昼間から数人を集めて、出前の乾烹鶏（カンプンギ）（揚げ鶏の唐辛子炒め）とチャジャン麺で高粱酒を飲みながら大声で喋っていた。「そのオンナが旅館までついてきてパンツまで脱いだのに、急に、やれんて泣き喚（わめ）くんや。驚いてぶっとんだわ。いったいなんでや？ やらんのやったら、パンツを脱がんかったらええのに。パンツまで脱いでからやれんて、いったいどういうつもりや。俺はその、いくら悩んでも、俺のドタマでは女いう生き物がさっぱり解らんわ」タンカの話に、隣に座って一緒に酒を飲んでいたやくざたちが笑い転げた。ヒスはその様子を見て眉を顰めた。タンカはヒスの気も知らずに、嬉しそうに声をかけた。

「ヒス兄貴、来たんか？　ここで一杯やれ。このあたりの中華料理は旨いなあ。やっぱり身分の高い方々がよう通う裁判所の前だからか、鶏にからんだソースがクアムの中華屋とは全然レベルが違うな」タンカは昼間から赤ら顔だ。

ヒスはソファに近づくと、いきなり土足でお盆を蹴飛ばした。お盆の上にあったチヤジャン麵、焼き餃子、乾烹鶏が一斉に宙に浮いてガシャンと落ちた。プラスチックの器が騒々しい音をたてながら床を転がった。タンカと隣に座っていたやくざたちが驚いた顔でヒスを見た。

「いっぺん言うただけでは解らんのか？　事務所に出前させるな言うたやろ？　なのに、昼間っから酒盛りか？　この建物で昼間っから飲んどる奴らがおまえら以外どこにおる？」

やくざたちがいっせいに口をつぐんだからか、事務所に静寂が流れた。窓辺で懸命にダンベル運動をしていたやくざは、ヒスと目が合うと、動作を止めてバツの悪そうな表情をした。

「下ろさんのか？」

へっぴり腰でダンベルを床に下ろしたやくざは、龍かミミズかわかりにくい粗雑な刺青の入った左肩を、垢のたっぷり詰まった爪でぼりぼり掻いた。

「ここはスポーツジムか？　バーベルやダンベルみたいなもんを、なんで仕事場に持ち込むんや。客が訪ねてくるのに、背中にミミズのスミなんか入れた奴らがバーベルなんかをひょいひょい持っとったら、そんなところで、ちきしょう、物を買いたくなるわけないやろが」ヒスが怒鳴った。

　年長のチャンスが不満顔でヒスをじっと見た。歳はヒスと同じだが、これといった才能も度胸もなくて底辺を転々としている。

「朝九時に出勤して運動もでけへんし酒も飲めへんのやったら、俺らみたいな奴らがこんな事務所で一日中どうやって暇を潰しますか？」

　どれほど飲んだのか、チャンスの口から出る高粱酒の臭いが数メートル離れたヒスにまで届いた。酔った勢いで言っているからか、チャンスの声はなかなかに挑発的である。ヒスは床に落ちているステンレスのお盆を拾い上げるなりチャンスの顔を叩いた。お盆がチャンスの顔に正面からぶつかると、ジャン、と軽快なシンバルの音がした。チャンスの鼻から鼻血が溢れだしたが、怒りが収まらないのか、ヒスは下を向いたチャンスの頭をさらに十五回も叩いてようやくやめた。

「ぶらぶらするだけできちんきちんと給料もらいよる奴に、どうやってぶらぶらするかも教えなあかんのか？」

ヒスはひしゃげたお盆を床に叩きつけた。みな怯えたらしく、息をする音も立てない。ヒスはさらに何か言いかけて、長いため息をついた。そして社長室に入ってドアをバンッと閉めた。

ヒスはデスクにつき、煙草を取り出して咥えた。だが火がつかないので、煙草を口から外した。この建物は全館禁煙になっている。廊下から煙草の煙が上ってくると方々から苦情があったのか、管理事務所から何度も連絡が来た。ヒスは煙草をデスクに放り投げて壁を見た。壁には無垢材で組み立てた立派な本棚が二つあり、本が整然と並んでいる。ヒスが読む、あるいは読みたい本は一冊もない。宝水洞の古本屋で上品そうな装幀の全集の類いを見繕って並べた飾り用だ。その横には、新しい家具や新築の家から発生する有害物質を吸い取ってくれるからとインスクが持ち込んだ巨大なゴムの木の鉢植えが二つ、さらにソファセットと洋服ダンスがある。張り切って飾り立ててみたものの、何かが足りないようで落ち着かないし面白くない。この建物の他の社長室がどんなふうになっているのか見学でもしたい心境だった。タンカがノックもせずに、いきなりドアを開けて入ってきた。

「兄貴、なんか良うないことがあったんか？　朝から何をカッカしとるんや」

タンカは客用のソファにどっかり座ると、躊躇うことなく煙草を取り出して咥え、火をつけた。そうしてから灰皿を探してキョロキョロして「社長室のくせして灰皿ひとつないんか」と文句を言うと、テーブルに置かれたコーヒーカップに灰をポンと落とした。

「こいつ、俺も吸わん煙草を。廊下に煙が上がるて苦情がしょっちゅう来る言うたやろ」

「もうええわ。カタギの要求を全部聞いとったら、やくざちゃうやろ。兄貴があんまり礼儀正しく相手にするから、ナメて調子こくんやで。やくざとカタギは少しギスギスしとるほうがお互いに気楽や」

考えてみると、タンカのほうが正しい気もした。自分たちはやくざではないか。新たな界隈の新たな事務所に入ったせいか、気を使いすぎたらしい。管理事務所ごときが煙草の煙が上がってくるぐらいで電話をよこすなんぞ、クアムの海だったら想像もできないことだった。密かにバツが悪くなったヒスは、デスクに放り投げた煙草を再び咥えて火をつけ、窓を少し開けた。

「それからおまえは、この野郎、常務ともあろうもんが昼間っから下っ端どもと酒盛りしとんのか?」

「俺は酒常務やないか。肩書きだけやったら、えらい職務に忠実やで」タンカがへらへら笑った。「それはそうと、なんで出勤早々キレとるんや。あんなに惚れとったインスクと結婚して、事務所も開いて、工場もフル回転で、ベンツも乗って、札束持ってブツを買いに来る業者も列をつくっとる。見たとこ、近頃、兄貴くらい景気のええもんはおらん。俺やったらウキウキ肩で踊って歩くで」

「アホぬかせ」

正直なところ、肩で踊っている場合ではなかった。傍目には順風満帆だろうが、この事業は漏れる穴が多く、虎視眈々とヒスを食いちぎろうとしている奴らも一人二人ではない。投資者たちはつぎ込んだ金を引き揚げようと圧力をかけ、下の連中は落ちてくるきな粉でも食わせてもらうべく凝視していた。そのうえパチンコ業者たちに狙われているという噂もさかんに聞こえてくる。ほんのわずか踏みそこねても、見掛け倒しになるか、大損をする状況だ。自分が放漫な経営をしたからなのか、やくざの仕事というのは元々そういうものなのか、ヒスは見当が付かずにいた。万里荘を出て事務所をオープンしたとき、ヒスが真っ先にしたのは、出勤する連中にスーツを一着ずつあつらえることだった。ジャージのやくざのほうがスーツのやくざより刑量が少ないというソンおやじのスーツ論を、愚にもつかない迷信だと常々思っていたからだ。実を言えば、ジャージでゾロゾロ群れて歩く連中を見たくないのもあった。しかし、肉とて食い慣れた奴が食うもので、ずっとジャージでぶらぶらしていた連中に、兄のお下がりの制服を着て入学したての中学生よろしくスーツは似合わなかった。部下に主任、課長、部長、常務といった肩書きもつけてやり、それぞれ名刺も作らせた。事業者登録証をつくり、普通の会社のようにきちんと給料も払っている。万里荘時代にソンおやじが給料がわりに不規則に小遣いをやって部下を使うのが嫌だったからだ。ケチなソンおやじのあのみみっちさゆえに、幾度となく揉めごとが起き、ボスとしての統率力も失われるのだと考えた。しかし給料を払うと、経費がいきなり膨れ上がった。しかもこの事業の運営に、あのデカブツどもはまるで不要だ。あらゆる業務をヒスがこなすので、帳簿を管理する経理一人と技術者であるヤマさん、そして工場の勤労者たちだけで充分である。ヤンドンがねじ込んだデカブツどもがエアコンの下でぶらぶらしながら給料をもらう様を見ていると、膀胱の底から怒りがこみ上げてくる。あのデカブツどもを抱えて給料をやるよりも、タンのところのベトナムの連中を従えたほうがずっと安くて役に立つ。だが、ヒスはタンとの約束を守れなかった。まともな仕事を与えることも金を渡すこともできなかった。ヤンドンの酒類蔵置所に配達人として何人か使ったのと、クアムのいくつかの事業所で雑用を与えたのが全てだった。ベトナムの連中は殆どが不法の移民だから、正規の職に就けない。タンが子分たちに派遣市場や工事現場で日雇いの仕事をさせてかろうじて食いつないでいるという噂が聞こえてきたが、ヒスは知らぬふりをした。あれこれ事業の準備で忙しく、実は他に助けてやれることもなかったからだ。ヤンドンに「同胞にやる飯碗もないのに、ベトナムの連中の飯碗までどうやって面倒みるんや」と罵られた。「いらんお世話や。あいつらはごっつうしぶといで。ヒス、おまえが心配せんでも自分らでちゃんと暮らすわ」とも言われた。そうだ、自分たちでちゃんと暮らすだろう、と頷いてヒスは自分の無責任さを赦した。

時計を見ると午後三時だった。午後にはソンおやじと約束があった。タンカはいつのまにか接客用のソファにごろんと寝転んだまま、いびきをかいて眠っている。「えらい気楽な人生やなあ」ヒスはタンカに向かって呟いた。

事務所を出たヒスは、スンベクの運転するベンツに乗ってクアムの海に向かった。海水浴場がオープンしたからか、海岸の入口から道路はもちろんのこと、歩道にも避暑客たちが運転してきた車と露天商で足の踏み場もない。運転が下手なスンベクは、車でぎっしり塞がった道路と、そのさなかにも方々からちょいちょい飛び出してくる出前のオートバイに、どうしていいのかわからない。信号のせいで車が三叉路の中央で引っかかると、方々からけたたましいクラクションと罵倒が飛んできた。スンベクは狼狽えたらしく、にっちもさっちもいかずに汗をだらだら流しているだけだ。

「あっち側に鼻先を突っ込め。突っ込まんとよけてくれんぞ」見かねたヒスが声をかけた。

スンベクは「はい、わかりました」と答えるだけで、三叉路の中央で立ち往生している。ロータリーの信号は、もはや無用の長物だ。前の車はよけてくれず、後ろの車はクラクションを鳴らし続ける。

「おまえ、里で運転しとったんやないのか？」

「里はキノコ祭りでも、こんなに車がたくさんおりません。車体も大きいですし。耕運機なら上手いこと走らせるのに」

スンベクが話にもならないことを言い募った。つまり、運転手という名のついた奴は運転が下手なのだ。ヒスは時計を見て、ため息をついた。

「停めろ」

「はい？」スンベクがきょとんとした表情でヒスを見た。

「俺が運転するから降りろ言うとるんや」

スンベクが車を停めると、ヒスが後ろの座席から降りて運転席に座った。気まずそうに立っていたスンベクは、後ろの座席のドアを開けて乗り込んだ。呆れたヒスがスンベクを睨みつけた。

「おい、この野郎、おまえは社長か？」

「はい？」スンベクは訳がわからず聞き返した。

「前に座らな」

ようやくスンベクがドアを開けて前の座席に来ようとした。

「ええわ、もう。そこに座っとけ」

　約束の時間のせいで気が急くのか、ヒスは急いでサイドブレーキを下げてハンドルを回した。イライラしながらクラクションを二、三回鳴らし、車が入り組んでいる中へ鼻先を突っ込んだ。高価な外車だからか、それとも大男二人が乗っているからか、みな道を譲った。三叉路を抜けると、ヒスは窓を少し下げてルームミラーでスンベクを見た。まるでいまだに三叉路の中央で運転をしているかのように、ひどく緊張した様子である。

「頭が悪いんやったら気が利くとか、気が利かんやったら頭がええとか。おまえはいったいなんや？」

　スンベクが暫く考えると口を開いた。

「自分はあんまり気が利かないほうです」スンベクが頭を掻いた。そうしてすぐに、その名のごとく純朴な顔でヒスを見た。「ですが、割と頭はいいです。里の農業後継者の授業でも一位になりました」

　ヒスはあっけにとられてルームミラーでスンベクの顔を見て、すぐにかぶりを振った。正直なところ、やりあう力もなかった。

　万里荘ホテルの駐車場にはマナが出ていた。ソンおやじと約束した時間が迫っていたので、ヒスは運転席のドアを開けて急いで降りた。だがマナはヒスをろくに見もせず、後ろの座席に座っているスンベクを目がけて矢のように駆け寄り、ドアを開けると九十度に腰を折ってお辞儀をした。

「いらっしゃいませ、会長」

訳がわからないまま、スンベクがつられてマナに九十度のお辞儀を返した。すると、ぎょっとしたマナがさらに百二十度まで腰を折ってお辞儀を返した。その様を見て、ヒスは情けないというようにため息をついた。

「こりゃあ、まったく、『馬鹿たちの行進（独裁政権時代の閉塞感を描いた青春コメディ映画）』やあるまいし」

マナはヒスに駆け寄ると、車が勝手に発光しているとか、値段はいくらだったのかとか言ってはしゃいだ。久々にマナの顔を見て嬉しかったのに、その嬉しい気持ちが五秒も持たなかったのは不思議なことだった。

「おやっさんは部屋におられるか？」

「はい、おられます。ところでヒス兄貴、用事を済ませるあいだに、ちょっとだけ運転してみてもええですか？　自分の夢はベンツの助手席におなごを乗せてカッコ良く海岸を走らせることやないですか」マナは興奮しきった顔だ。

「おまえ、この車のハンドルを触った日には手が吹っ飛ぶと思え」ヒスは隣にいるスンベクに「おまえは、マナ、こいつが車のそばをうろちょろせんよう、ちゃんと見張っとけ」と言った。

スンベクが決然とした顔で「はい、わかりました」と気をつけの姿勢をとった。ヒスがロビーに向かう途中で振り返ると、マナがひどく用心深い表情で、スンベクに「ところで、いったい何をされているお方で？」と訊いていた。


ヒスがホテルに入ると、ホールのカウンターにはチョンベが座っていた。万里荘の新しい支配人にチョンベが就いたという噂を聞いたとき、人々はみな訝(いぶか)しげな顔をした。ヒスも首をかしげた。ソンおやじはチョンベを気に入っていない。仕事が多くて金にならないポストがチョンベも気に入らないらしい。もしかしたら、コムタンの老人たちが密かに圧力をかけてチョンベを支配人のポストにつけ、何か別のことを企んでいるのかもしれない、とヒスは思った。でなければソンおやじが、それでもこのクアムの海で頭の回る奴はチョンベしかいないと考えた可能性もある。どのみち、それが今さら自分と何の関係があるのか？　とも思った。

ホールに入ると、チョンベが頭だけを下げてヒスに挨拶をした。挨拶というには何か中途半端だ。チョンベの額には、オク社長の葬儀でヒスにゼラニウムの鉢で殴られてできた鮮明な傷痕(きずあと)がある。時間が経てば少しずつ薄らいでいくだろうが、消えることはないだろう。チョンベがヒスに対して抱いているわだかまりも少しずつ薄らいでいくだろうが、やはり消えることはないはずだ。

「元気か？」ヒスが朗らかに訊いた。

「まあ、ぼちぼち」チョンべがそっけなく答えた。

「万里荘の支配人はやりがいがあるか？　忙しくて引継ぎもしてやれんかったな」

「支配人なんか、まあ、することがありますか？　ぶらぶらしとったらええだけやのに」チョンべが嫌味たらしく言った。

おそらく、ヒスが過去にやってきた仕事を貶すためなのだろう。でなければ、まだソンおやじが仕事をよこさず、万里荘の支配人がどんなことをするのかよくわからないのだろうか。それ以上、話すことがなくて、ヒスは口をつぐんだ。会話が途切れて、二人のあいだに暫く微妙な沈黙が流れた。ヒスをちらりと見ると、チョンべが先に口を開いた。

「ヒス兄貴、近頃、シノギが上手いこといっとるそうですな？」

「まだ始まったとこやから、上手いもなんもないで」

「ええい、ヒス兄貴、上手いこといっとる噂がパーッと広まっとるのに、またまた」

「なあチョンべ、こないだ葬儀場ではすまんかったな。見舞いにでも行かなあかんかったのに」

「ああ！　ちくしょう、その話はその、やめましょうや」チョンべがスパッとヒスの言葉を遮った。

「いや、俺が言いたいんは……」

「その話を持ち出したら、自分ばっかり恥さらしやし、ヒス兄貴はどうか知らんけど、正直言うて、こういうことを詫びの一言であっさり済ますんは、自分の性にも合いまへん。それに正確に言うたら、ヒス兄貴はもう万里荘を出たんやから、はっきり言うて、よそもんやないですか？ これからはシノギをやるもん同士、お互いにエチケットをわきまえて丁重に接しましょうや」

チョンベが顔をヒクヒクさせた。ゼラニウムの鉢に当たって縫った傷が不自然に顔のどこかを引きつらせているらしい。

「ああ、わかった」

「それからアミに、手足を切られたなかったら行動を慎め言うてください」

「それはまた、なんのことや？」

「ウォルロンやら、南浦洞やら、忠武洞やら、自分の天下みたいにつっき回っとるやないですか。その煽りがみんなこっちに飛んでくるんですわ。アミは、上手いことやって他所のシマから文句が入ってこんと思っとるようですけど、全部おやっさんがカネで黙らせとると思いなはれ。ずっとこんな塩梅なんやったら、こっちの我慢にも限界がありまっせ」チョンベがぐっと身体を丸めたままで言った。

何やら待ちに待った言葉を一気にぶちまけたらしい。ヒスはチョンベの怒った顔を見て、何も言わずに二、三度頷いただけだった。そして、ゆっくりと二階に上がっていった。

廊下を歩いていくヒスの心は重かった。四月に万里荘を出て以来、一度もソンおやじを訪ねていない。この十年間、毎日ひっついているかのように暮らしてきたのに、ほぼ三ヶ月ぶりにやっと顔を見せるのだ。支配人が替わっても引継ぎにも来なかったし、月十パーセントの上納金も払っていない。事務所がオープンするときに祝儀と花輪も送ってくれたのに、礼も言わなかった。そして今、上納金の督促を受けてようやく顔を出すのである。ソンおやじは相当しからんと思っているだろう、とヒスは思った。新たな事業を始め、結婚もして、瞬きする間もなく忙しかった、と言い訳もできるだろう。だが、それは正直な理由とは言えない。ヒスは毎日、海岸を通っており、クアムはその気になればいつでも立ち寄れる、掌ほどの小さい場所だ。ヒスはただ、ソンおやじと顔を合わせるのが気まずくて落ち着かなかった。

社長室のドアを開けると、ソンおやじは窓辺に並んだ観葉植物の葉をハンカチでひとつひとつ拭いていた。「ヒス、来たんか?」ソンおやじは、ドアを開けて入ってくるヒスをちらりと見て、明るい顔で迎えた。わざとらしい表情ではなく、本当に嬉しそうだ。その表情に救われた。ヒスは腰を折って丁重にお辞儀をし、つかつか歩み寄って接客用のソファに座った。テーブルにある囲碁の雑誌二冊と朝刊をさしたる意味もなく持ち上げて、再び元の場所に置いた。そのとき、何かデジャヴのようなものが浮かんだ。もしかしたらそれは、ソンおやじの部屋を出入りしながら何度もしてきた行動なのに初めて自覚したのかもしれない。新聞と雑誌がトンと落ちる音、半分ほど閉じられたブラインドから分かれて差し込む日射し、その日射しの中で舞い上がる埃と、ヒスがいつも座っていた革のすり減ったソファの端が懐かしくて安らいだ。さえずりながら宙を漂う埃のごとく、ここでソンおやじと何度となく多くのことを相談し、くだらない冗談を言いあった。ソンおやじは残りの葉を丁寧に拭いてから、独特のもぞもぞした歩き方でソファの向かい側に座った。

「こいつめ、顔を忘れてまうやろ。なんでこんなにご無沙汰（ぶさた）や？」

ソンおやじの声は軽やかだった。叱（しか）るわけでも寂しがるわけでもなく、ただ嬉しくて文句を言っているらしかった。

「忙しかったんですわ。食うていくには、えらい走り回らなあかんですし、しゃあないやないですか？」ヒスも軽やかにソンおやじの言葉を受けた。

「ぬかしよって。この鼻の穴くらいの界隈で通りすがりに顔出すんの何が大変なんや？」

ソンおやじは軽く詰（なじ）ると、噴霧器を掴んでテーブルの上にある蘭（らん）の葉に二、三度噴きつけ、再びハンカチで葉を丁寧に拭いた。ヒスは何か納得がいかない表情でその姿を見つめた。

「草花を育てるんは楽しいですか？　自分は何が楽しいんか解りませんわ。毎日拭いて撫でてやったところで仔犬みたいに主人が判って愛嬌をふりまくわけでなし」

「草花も主人が判るで」

「植物に主人が判りますか？」

「もちろんや。草花かて、可愛い可愛い言いながらまめに拭いて撫でてやれば、よう育って花も咲かすし、ニコニコ笑てもくれるで」

「嘘言わんでください」

「ホンマや。植物も自分を好いとる奴はちゃんと見分ける。可愛い言うとるのに、その気持ちが解らんで、後ろから頭を叩くんは人間しかおらん」

ヒスは自分に言われたようでギクッとした。ソンおやじはヒスの表情を読み取ってニヤッとした。

「まったく、おまえに聞かせよう思て言うたわけやないで。男のくせに、それしきのことでビビりよって」

「ビビってまへん」

「わしがちゃあんと見たのに、またそないなことを言う。おまえ、ビビると左の鼻のじがかゆくかゆくするんを、わしが知らんとでも？」

「もう、ええです。ビビったことにしときますわ」

ヒスが面倒くさそうに手を振った。言い合いに勝って嬉しいのか、ソンおやじが得意げな表情になった。その表情をするときのソンおやじは天真爛漫な子供のようだ。こんな性格の持ち主が、この三十年間、犯罪組織のトップとしてあれほど残忍なことを躊躇うことなく処理してきたことがヒスは不思議だった。

「シノギが上手いことといっとるそうやないか？」

「見た目だけがキラキラしとって中は空っぽのカンジョン（蜜をまぶしたもち粉の揚げ菓子）ですわ」

「ヒスは近頃羽振りがええて街中が噂で持ちきりやのに、大げさやなあ。あそこの駐車場に引っ張ってきたでっかいベンツ、おまえのやろ？」

「あれはヤンドン兄貴が、国産を乗りつけると業者が単価を値切るから言うて、えらい無理して奮発したもんです。ご存じでしょう？　ヤンドン兄貴は命よりフカシの方が大事な人やないですか？」

「そや、そや。ヤンドンいうたらフカシやろ。ヤンドン、あいつは火葬したら骨の粉のかわりにフカシだけが残る奴や」

ヤンドンだったら確かにそんな無理をするかもしれないと言わんばかりにソンおやじが笑いながら頷いた。

「ところで、ヤンドンもおまえも、近頃はなんで上納金を持ってこんのや？　シノギも上手いこと回って稼ぐだけ稼いだら、ちまちました税金くらいは払ってもらわんと、わしらみたいな隠居老人も口に糊（のり）でけへんやないか？」

　上納金の話が出ると、ヒスが上体を起こして座り直した。

「何ヶ月かだけ猶予（ゆうよ）をいただけませんか。取引は多いですけど、まだシノギが始まったところで、あれこれ経費として逃げていくカネの方が多いんですわ」

「稼ぐには稼いだけど経費を差し引いたら残るもんがない、いう話やろ？」

　ヒスが決まり悪そうに頷いた。

「おい、この野郎、そんなんは、カモの投資者を値切るときなんぞに使う手口やないか？　おまえはタンク車くらいのベンツを乗り回しとるくせに、わしに向かってトロいカモになれ言うんか？」

　言い方はきついが、ソンおやじの表情はおどけている。

「申し訳ありません。とりあえずエンジンがかかったら、たまった上納金からお返しします」

　ソンおやじはソファに寄りかかって天井を見上げた。何か深く考えているふうではなく、ただ、あの蛍光灯にいつから糞蠅（くそばえ）が干からびて張りついていたんだ？という表情のようだった。

「シノギ、手強(てごわ)いやろ？」ソンおやじがヒスのカツカツな事情を見透かしたかのように鷹揚(おうよう)に訊いた。

「手強いですなあ」

「あんまりきれいにやろうとせんことや」

「どういう意味ですか？」

「シノギは元々ガツガツしとるもんや。人生も同じことやしな。ガツガツしとるもんはガツガツ処理せなあかんのに、きれいにやろう思たらみんなカネで片付けなあかん、いうことや。ヒス、おまえはなんでも考えすぎてきちんとしとるから言うんやで」

ソンおやじの言葉にヒスが頷いた。適当に頷いたわけではなく、近頃ヒスが切実に感じていることだったからだ。久々に会ったソンおやじはすこぶる穏やかに見えた。でなければ、ソンおやじのそばにいるからヒス自身が穏やかでいられるのかもしれない。それは実に久々に感じる安らぎだった。方々から金をよこせとやいやい言われている。万里荘の支配人だった頃は、ソンおやじがこのプレッシャーに耐えていることを知らなかった。することがなくて浮かれて遊んでいるとばかり思っていた。

「チョンべはよう働いとりますか？」

「とんでもない。あのひよっこは自分のポケットを膨らますことの他には一切関心ないんや」

「引継ぎもせんと出てきてしまいましたなあ。申し訳ありません」

「構わん。この古いホテルに引継ぎするようなもんがどこにある。うすのろ間抜けでもあるまいし、出たとこ勝負でやればええんや」

「さっきロビーで、アミが何かやり散らかしとるてチョンベが言うとりましたけど、なんのことかわからんのです。自分は同じ家に住んどっても、まるっきりアミの顔を見ることがないもんで」ヒスがしれっと訊いた。

「ただの飯碗の取り合いやろ。自分の飯碗をぶんどられて気分のええ奴がどこにおる。こないだウォルロンのポン引きが何人かと草場洞のホジュンが来とったわ。アミはのさばりすぎや、クアムで取り締まらんのやったらもう自分らも我慢でけへん、て凄(すご)んどった」

「で、なんて言うたんですか？」

「教養ない野郎どもが図々しくどこのフダ（看板・表札）を叩くんや、て言うといた」

「もちろんですわ、よう言わはりました。いつからポン引き野郎が万里荘に入ってきて脅しますか。奴らにまで押されたらホンマあかんことですわ」

ヒスが相づちを打ってやると、ソンおやじは得意げな表情になった。だが、ホジュンとウォルロンのポン引きたちにそんなふうに強く出たはずがない。ソンおやじは、そんなやり方はしない。ヤンドンだったら、その場でポン引きたちの顔に灰皿をぶん投げただろうが、ソンおやじは絶対に揉めごとの元をつくることはない。おそらく、穏やかに宥めるか、チョンベが言ったようにいくらか握らせたのだろう。

「やくざ同士の争いなんぞはいつものことやけど、アミに大事が起こるんやないか、それが心配や。草場洞のホジュンとウォルロンのパクの奴はホンマたちが悪いで」

「アミが拠点をつくろうとして諍いがあったようですけど、少ししたら収まるでしょう」

「収まらなあかん。アミには早う落ち着いてほしいわ」ソンおやじがこぼした。

ソンおやじが時計を見て、前にあるハンカチで手を拭いた。

「飯は食ったか？」

そういえば一日中何も食べていない。ふっと空腹が押し寄せてきた。表情を見ただけでもわかるのか、ソンおやじがヒスの返事を聞きもせずに立ち上がった。

「久しぶりにフグ汁でも食おう」

シマフグ

ヒスがソンおやじと海岸に出たのは午後五時だった。海辺は人々でごったがえしていた。七月の日射しが砂浜を熱している。ソウルからやってきた若い娘たちが掌サイズのビキニを着て砂浜を転げ回りながら笑いあっていた。ソンおやじは娘たちの尻を見て喜んだ。

「いやあ、ええなあ。まるで満開のヒマワリや。わしらが若い頃は、たいしたこともない肌をなんであんな必死に隠しとったんやろ。あんなふうに身体が一番きれいなときにさらけ出せば、見る野郎もええ気分やし、見せる女もええ気分やし、ああ！　どんだけええか、っちゅうことや」

水風船を投げる女たち、熱い砂浜に身体を埋めて蒸し風呂にする中年女たち、ビキニ姿でビーチバレーをするロシアの女たち、パラソルの下で脚を組んでビールを飲む女たち、バナナボートに乗って叫び声をあげながら海辺を疾走する娘たちで海岸は活気に満ちていた。砂浜をぬって丸鶏を売る少年たち、アイスボックスを肩にかけて歩き回りながらコーンアイスやかき氷を売る中年女たち、乳房をむき出しにした女の写真をこっそり回し見る風俗街のピキたち、チャジャン麺を届けに来た出前持ち、救命胴衣と浮き輪を貸すやくざたちで、白浜は足の踏み場もない。

「今年の夏はみんなちいと稼げそうですなあ」ヒスが言った。

「この際、じゃんじゃん稼いだらええ。そうすりゃ、わしんとこに泣き言を言いに来んやろ」

二人は海辺を見物しながらフグ汁の店までゆっくりと歩いた。防波堤の入口の土手にあるフグ汁の店は、民家を改造した食堂である。これといった看板がないせいか、夏のかき入れ時でも観光客で混み合わないのがいい。ソンおやじとヒスはよくこの店でフグ汁を食べた。メニューといっても茹(ゆ)でフグとフグ汁の二つしかなく、婆さんがシマフグ(カチフク)だけでフグ汁をつくっていたので、人々はこの店をカササギ(カチ)屋と呼んだ。カササギ屋の婆さんはヒスが二十歳の頃も腰が曲がっていた。年寄りはもう年が寄らないのか、婆さんは昔も今もそっくり同じ顔に見える。二人が席につくと、婆さんはフグの皮の和え物と惣菜(そうざい)を何種類か出してきた。いつものように、小さい丼にフグ汁と茹でフグもよそって運んできた。ソンおやじは、いつもとは違って焼酎を一本頼み、乾杯もせずに一人でグラスを空けた。

向かいの隅のテーブルでは、商店街で刺身屋を営むマさんとカラオケ屋のオーナーのコンさんが昼間から酔っぱらって声を荒げて争っていた。傍（かたわ）らでは商店街繁栄会の会長が二人の板挟みになっておろおろしている。マさんはひどく腹が立ったのか、指さしながらコンさんと会長にまくし立てた。

「おまえがカラオケ屋でホヤを売っとらんやと？　この野郎が大ぼら吹きよって。会長、早くこいつから罰金を取ってください」

「おい、このクソったれ、カラオケ屋がなんでホヤを売る？」コンさんが言い返した。

「それは俺のセリフや。カラオケ屋（ノレバン）は歌を売るもんやろ。なんでホヤを売る？　ホヤは刺身屋で食うて、カラオケ屋ではタンバリンを振るだけ、これが正しい商道徳やろ？　商店街繁栄会で決めた会則なら守らなあかんのとちゃうか？　会長さんもアレやで、会費から給料きっちりもろてるくせに、こういう奴らを取り締まらんでどうします？　ひょっとして、この野郎からカネをもろたんとちゃいますか？」

　マさんが商店街繁栄会の会長に矛先（ほこさき）を向けた。

「おっと、これは、わしがなんのカネをもろた言うんや」

　本当に金でも受け取ったかのように会長の答えは曖昧（あいまい）だ。だが、会長とは違い、コンさんは断固としていた。

「はっきり言うとくけど、俺はホヤを売っとらん。天を仰ぎ一点の恥じることもない（尹東柱の有名な詩『空と風と星と詩』の一節）人間や」

「何が一点の恥じることもない、や。サムドリがおととい、おまえのカラオケでホヤを食うた言いよったのに、このクソ野郎はどこでホラ吹きよる。今からサムドリを呼んで三者面談してみるか？　先週末に客たちがおまえのカラオケでホヤも食うて、ウイスキーも飲んで、締めにウォルロンから娘まで呼んでモチまで搗いたいう噂やで。おまえはカラオケひとつで刺身屋もやるし、ルームサロンもやるし、鍋も売るし、ちくしょう、一人で全部やるつもりなんか？」

サムドリという直々の証人が出るや、ひたすら逃げ回っていたコンさんがどぎまぎした。

「ホヤは売ったんやなくて、俺がホヤで焼酎を一杯やっとるとこにサムドリが通りかかって、兄貴、そのホヤ、えらい旨そうですな、て言いながら涎を垂らすから言うたわ。少し食うか？　サムドリの奴が食う言うから少し分けてやったんや。隣同士で仲良く分けあって食うんが、そんなにあかんことか？」

「サムドリやない別のもんも、しこたま食うた言うとったで？」

「サムドリだけいうわけにはいかんやろ。人として分けあって食わな」

「なら、なんでカネを取る？　カネを取ったら商売やろ、それのどこが分けあって食うなんや？」

「サムドリが旨かったからてカネを押しつけるのに、あんまり気持ちをむげにするるんも、近所同士で筋が通らんやろ？」

「この野郎の言いぐさはどうです。口をズタズタに引き裂いたろか」

「俺がホヤを売ろうがナマズを売ろうが、なんでおまえが騒ぐんや。おまえがうちの店に客をよこしたことがあるか？」

「おまえが可愛いらしくタンバリンを振っとるだけやったら、客を引いてでも送り込んだるわ。カラオケで、しかも、ひとの店の前で堂々と刺身を売っとるのに、おまえやったら客をよこしたいか？」

話が通じないと言わんばかりに、コンさんは隣にいる商店街繁栄会の会長の方を向いた。

「会長さんから言うてくださいよ。カラオケ屋でホヤを少しばかり売るんがそんなに罪ですか？　それを言うんやったら、あいつの店には、個室全部にカラオケがあって、客が刺身を食いながら歌いまくっとるのに、それは罪やないんですか？」

会長は二人の狭間で、どちらの肩を持つべきかわからずに困惑した顔だ。遠くから見ていたソンおやじは、笑いながらやれやれと首を振った。

「マとコン、あいつら二人は一日二日やなくて、小学生のときから四十年、ああやってつるんで喧嘩しとるわ」

「繁栄会の会長は板挟みで、ホンマかないませんな」

「いやいや。近頃はああいうことでクアムの海はどえらい騒ぎや。カラオケ屋では刺身を売るし、刺身屋にはカラオケを入れるし、ウォルロンのポン引きどもが旅館の部屋を借りて娘を連れてきてこっそり鍋を売るし、海辺はもう、しっちゃかめっちゃかや」

「今年は事前に調整せんかったのですか?」

「ヒス、おまえが出てってもうたのに、誰が調整するんや? チョンべの野郎を行かせたら、揉め事ばっか増やしてきたわ」

毎年、夏になると、海辺の全ての業者の代表が商店街繁栄会の事務所に集まって会議をした。夏の観光シーズンに海辺で行われる事業はたいてい違法だから、軋轢や問題が起きても、警察や法に訴えて解決するわけにはいかない。それで、商店街繁栄会の会議はソンおやじが仕切ってきた。防波堤の屋台連合、市場の商人連合、警察や公務員の取締りを免れるために非常用の連絡網で繋がっていたのがどさくさ紛れで連合になってしまった団欒酒店連合、そこにカラオケ屋連合やら露天商連合やら、ビーチパラソル連合やら、へんてこな連合のなんと多いこと、その夥しい連合が大集合して、夏の海水浴シーズンの事業規模と運営方法をめぐって会議をするのである。実際は、会議というよりは戦争に近かった。海辺の酒場、カフェ、刺身屋、カラオケ屋、ルームサロンといった店舗を構える業者、モーテルとホテルのオーナー、海辺で無許可の立ち売りをする露天商と防波堤の屋台の主、砂浜でパラソルを広げて貸し賃を取るやくざ、ボートや浮き輪を貸し出す業者、有料シャワー業者、風俗街のポン引き、マッサージ師、他所から潜り込んだチケット喫茶の娘等々、この夏に海辺でひと稼ぎしようという者が一堂に会して議論というものをするのに、上手くいくはずがあろうか。それぞれに計算が異なり、考えが異なり、立場が異なる。丸鶏が売れればホットドッグは売れず、露天や屋台で酒を飲めば刺身屋や酒場に客が入らなくなり、パラソルでビールを飲めば海辺のカフェの売上げが減るのは当然のことである。商いが厳しくなれば、喫茶店でチキンを売ったり、刺身屋でカラオケ屋やルームサロンを営んだりする変則的な事業で互いの縄張りを侵すことも茶飯事だ。会議は、同じ話を数十回、数百回も繰り返したあげくに、机がひっくり返り、灰皿と焼酎の瓶が飛び交い、誰か一人の頭が割れて病院に担ぎ込まれて、ようやく終わった。

　この数年間はヒスが会議を担当していた。歳をとったのか、もうそんな仕事にうんざりしたのか、ある日、ソンおやじはヒスに任せて知らぬふりを決め込んだ。ソンおやじが言うとおり、商店街繁栄会の会議は困惑するものだった。しかし、焼酎の瓶が飛び交おうが、誰かのドタマが割れようが、その日の会議でいったん決まったことは、その夏の確固たるルールになった。みな決まった事項に少しずつ不満もあるだろうが、仕方のないことだ。みなにやりきれない事情があり、物足りなくて厳しい生活がある。

事情を聞き続けていたら争いはきりがない。だが、今年はヒスが万里荘を出てしまったので、その会議がどうなったのか知るよしがない。ヒスが考えても、その仕事をチョンべがまともにやりおおせるとは思えなかった。

「埋まった席は判らんけど空いた席は判る言うけど、ヒス、おまえが出てってから、この海でまともに回っとるもんはいっこもない」

ソンおやじはグラスを空けた。ヒスは焼酎の瓶を持ってソンおやじのグラスに注いだ。ソンおやじは肝臓が悪く、血圧もかなり高めだ。数年前に血圧が原因で倒れてからは、よっぽどでなければ、なかなか酒を口にしない。そのせいか、昼間から一人でグラスを空けようとするソンおやじの姿は、ヒスにとって見慣れないものだった。

「仕事をきちんと始末でけへんまま出てもうて、申し訳なかったですなあ」

ヒスもグラスを持ち上げて焼酎を飲んだ。ソンおやじが焼酎の瓶を持って空になったヒスのグラスに注いでから自分のグラスにも注いだ。

「申し訳ないこたあない。世の中いうもんは、あればあるなりに、ないならないなりに、そこそこ回っていくもんや」

「それでも、独りで食っていく言うてさっさと万里荘を出てもうて、えらい大変でさみしかったでっしゃろ？　自分も、ずっとえらい気が重かったですわ」ヒスが本音を込めて言った。

典型的な慶尚道（キヨンサンド）の父と息子のように、どちらも心にある言葉をあまり表現しないほうだからか、ヒスは言ってから気恥ずかしくなった。それでもソンおやじはその言葉が嬉しかったのか、そっと笑った。

「正直言うたら、ヒス、おまえがおらんで、ちいっと物足りんとこはある。でもなあ、おまえがベンツ乗り回してシノギが上手いこといっとるいう噂を聞いて、気分はええ」

ソンおやじの顔は老けこんで見えた。かつては常に何らかの恐怖に追い回されているように見えた。その恐怖ゆえに、常に万事に怯えて用心する人だった。なのに、ヒスが去って何ヶ月かぶりに会ったソンおやじは様々なことを諦（あきら）めた人のようだ。穏やかそうで、あまりにも穏やかすぎて弱々しく見えた。

「近頃、具合はいかがですか？」

「どう見える？」

「良さそうでもあるし悪そうでもあるし、ようわかりません」

「気持ちは前より楽なんやけど、身体はなんかがパッと消えたみたいにあんまり力が出んのや。たぶんもうすぐ死ぬんやろなあ」ソンおやじがふざけて笑った。

「何を言われますか。おやっさんはたぶん自分より長生きしまっせ」

「そうか？」

お世辞でも嬉しいのか、ソンおやじがへらへら笑いながらグラスを空けた。ヒスはソンおやじのグラスに再び酒を注いだ。せいぜい数杯なのに、酔いが回ったらしく、ソンおやじの顔が赤くなった。赤くなった顔でソンおやじは海を眺めた。海岸の道路と白浜と海で、戦争中のヤマアリの群れのごとく大勢の人がごったがえしていた。有料シャワーに長い列をつくる人々が強い日射しの下で癇癪を起こしていた。ヒスは夏には砂浜に立ち入らなかった。あの汗の臭い、塩分がたっぷり混じった風、熱くてべたべたする日射し、全身と口の中をじゃりじゃりさせる砂粒。ヒスはそういったものが嫌いだった。だが、ソンおやじは夏が好きだった。単にたくさん儲かるからではない。シャワーを一度浴びるのにも戦争になるあのごったがえしぶり、あの汗の臭いと諍いと罵倒から人が生きている匂いがすると言って喜んだ。おそらくそれがソンおやじの守りたいクアムの海なのだろう、とヒスは時折思った。だから夏になると、ソンおやじとヒスは時折、このフグ汁屋に来て熱い汁を啜りながら、強烈な太陽が降り注ぐ海辺と、海辺でごったがえす人々を見物したものだった。

「シノギが思うようにいかんなら、また万里荘に戻ってもええんやで」ソンおやじがだしぬけに言った。

ヒスの事情は全てわかっているというのか、それとも、ヒスがいないのが物足りないだけなのか、でなければ、酒を飲んで感傷的な考えが浮かんだのか。

「なんですか、けしからんシノギがぶっ潰れてほしいですか?」ヒスが冗談めかして訊いた。

「絶壁に立っとるみたいに悪たればっかりつくんやない。やくざは争いに負けたからやなくて、絶壁で争うから死ぬんやで。それから、誰かにいちゃもんつけられても、なるべく仕返しするな。いっぺんつけ込まれたら、足抜けは容易やない。争いいうんは、勝っても負けても残るもんがいっこもない商売や」

まもなく何かが起こるかのように、ソンおやじの言葉は心配に満ちていた。もともと心配性だから、いつものように忠告として言っているだけかもしれない。だが、ヒスにも時折聞こえてくる他所の組織の動きについて、ソンおやじが何か情報を得た可能性もある。

「おやっさんの見立てはどうですか。あっち側で何か企んでいるようですか?」

「これといって引っかかるもんはないけど、なんだか台風が来る前みたいに落ち着かん雰囲気や。近頃は考えごとが増えたから、いらん心配かもしれん。それでも万事用心せえ。用心して悪いことはないんやから」

ヒスは何も言わずに焼酎のグラスを空け、茹でフグにわさびをたっぷりつけて口に入れた。身はしこしこして甘かった。シマフグ一匹の肝には大人三十九人を殺せる毒がある。掌ほどの魚一匹が大の大人を三十九人殺すとは。凄まじいことだ。ヒスがこれまでの人生で学んだのは、甘くて旨いものには常に毒が入っているということである。ソンおやじは飯のように退屈で、ヤンドンは砂糖のように甘い。ほんのいっときながら、ヒスは性急に砂糖を矢庭につまんで飲み込んだこの夏を後悔した。だが、今さら引き返すこともできない。ソンおやじが瓶を持ってヒスのグラスに酒を注いでやってから海の方を向いた。

「なあヒス、この海、ええやろ？」

「この海がええですか？」ヒスが聞き返した。

「ああ、わしはこの海がええ」

ヒスはつられてソンおやじの見ている海に顔を向けた。熱いアスファルトの上でヒスの母子園の友達がたい焼きを売っていた。手先が器用で、一度見れば何でもサササッと作り上げる。二十年前はスリだった。クアムで手先が器用な少年はスリの技術を学び、他所の縄張りで密かにスリをして腕を切り落とされて刑務所に行く。歳をとると、この熱い夏のアスファルトの上で片手でたい焼きを焼いて売る。その隣の砂浜では、違法のマッサージ部屋を営む変態野郎のクァンホがサングラスをかけて身体を日に焼くふりをしながら女の尻を盗み見ていた。クァンホはマメな奴だった。十代の頃も変態で、今も相変わらず変態だ。アイスボックスに安物のアイスクリームを入れて売り歩くムノは、一日中カンカン照りの下で疲れたのか、パラソルのそばにしゃがみ込み、溶けて売り物にならなくなったアイスクリームを舐めていた。いったい何で作るのか、ムノのアイスクリームを食べると百パーセント腹を下した。この地球であのアイスクリームを食べて腹を下さないのはムノしかいないと人々は囁(ささや)き合った。日が暮れようとしているのか、海辺で動いている全てが暮れいく夏の日射しに灼(や)かれてすっかり赤くなっていた。数人の男の子がパンツも穿(は)かずに唐辛子(ペニス)を丸出しにしたまま、黒い浮き輪を腰に引っ掛けて海に向かって走っていた。ヒスは海から視線をテーブルに戻し、焼酎のグラスを空けた。そして、このクアムの海がうんざりだと言わんばかりにかぶりを振った。

「この海の何がええんですか。スリに、ペテンに、ポン引きに、売女(ばいた)に、チンピラどもが、毎日喧嘩して取っ組み合いよって、必死に和解させようとして一席設けたら、ちょっと話をしただけで、終(しま)いには文句たれて膳をひっくり返して、焼酎の瓶が飛び交って、ドタマが割れて、泣いて。そのくせ、また酒を食らうと、抱き合って、愛しとるで、俺らは他人か、言うてさんざん騒ぎよって。おやっさん、自分はもう、近頃は茶番にうんざりですわ」ヒスが冗談めかして言った。

「わしは毎日喧嘩して取っ組み合いよるから、この海がええ」

「えらい変わった趣味ですなあ」

「このクアムの海が千年でも万年でも、ずうっとこんな田舎くさいザマやったらええ」

「おやっさんは金持ちやから、この海がええでしょうよ。他の連中は、搾り取るもんもないこの海、みんな憎んどりまっせ。行くとこがないから、しゃあなくてへばりついとるんですわ」

ヒスの言葉にソンおやじがにっこり笑った。

「おまえはわかっとらんのや。歳くってみい。毎日取っ組み合いでも、憎たらしい女房のほうが黄金よりマシや。だから、みんなこの海を離れられんのやで」

「ええい、まさか。憎たらしい女房よか黄金のほうがマシでしょう」

「憎たらしい女房のほうがマシや」

「ホンマですか？」

「ホンマや」

ヒスは横目でソンおやじを睨みつけた。ソンおやじは何が嬉しいのか、ヒスを見ながらへらへら笑っている。ヒスは再びなみなみとグラスに注いで飲み干した。喉を通っていく酒が熱い。昼酒のせいか、夏の日射しのせいか、それとも何となしに安らぐせいか、ソンおやじもヒスもすぐに酔いが回った。

仕掛け線

ヒンガンが全身血まみれで山五六五番地の絶壁の家に訪ねてきたのは明け方の三時だった。ヒンガンの右腕から流れた血がシャツを赤く濡(ぬ)らしていた。どれほど激烈な争いだったのか、手の甲と二の腕に刃物の創がいくつもあり、背中と脇腹(わきばら)にも切り傷がある。シャツはボロボロだ。ヒスは急いでタオルを取り出して創を覆った。

「電話にお出にならんので……」ヒンガンが息を弾ませながら言った。

ヒスは眠りから覚めきっていないからか、床の上にポタポタ垂れる血がやけに濃く感じられた。

「どういうことや?」

「ホジュンとこの連中がカチ込んできて、仲間がひどい怪我(けが)をしました」

「ホジュンとこの連中?」

ナイフ使いを雇って一人二人に手をかけるならともかく、ホジュンはこんな大がかりな戦争を仕掛ける奴だろうか?　にわかには飲み込めず、ヒスは首をかしげた。息が苦しいのか、ヒンガンは片手で脇腹をつかみ、もう片方の手を床につけたまま壁に寄りかかった。

「ホジュンとウォルロンのパクんとこの連中です」

「アミは？　アミの怪我もひどいんか？」

ヒンガンはとっさに答えられず躊躇った。考えるのがつらいのか、掌で顔を覆って暫く息を整えた。手の甲と爪に固まった血糊がまだらにへばりついている。

「アミは腹を刺されましたが、まだ病院に行けとりません」

「今どこにおるんや？」

「みんな奥の密輸倉庫に隠れとります」

ヒスは素早く服を着替え、壁にだらりと寄りかかったヒンガンを抱え起こした。見たところ、ヒンガンの負傷もかなりのようだ。ドアを開けて出ようとすると、仕事から戻ったインスクがドアの向こうで話を聞いていたのか、身体をわなわな震わせている。常々心配してきたことが本当に起きたときの当惑と恐怖がインスクの周りを空気のごとく包んでいるようだった。

「心配せんでええ。アミがちょっと怪我したそうやけど、ひどくはないそうや」

ヒンガンを下から上へと見ていたインスクの顔が真っ青になった。知らせに駆けつけたヒンガンの創がこの有様ならば、アミの怪我は言うまでもないと思ったらしい。

宥める時間はないので、ヒスは歩き出した。インスクは一緒についていこうとするように慌てて歩き出した。ヒスが振り返った。

「おまえがついてきたところでなんの助けにもならん。ホンマにたいしたことないんや。部屋に入って待っとれ。今は怪我やなくて、騒ぎになってサツに首根っこを摑まれる方が問題や。引っかかったら、アミはまたムショに行かなあかん。どういう意味か解るやろ？」

意外にインスクはおとなしく頷いた。今日はいつもより飲んだらしい。身体を支えきれず、立った場所でふらついている。ヒスはインスクの腕を摑んだ。ヒンガンは気が急くのか、ヒスの服をそっと引いた。ヒスはインスクをそのまま台所に置き去りにして、飛ぶように山腹道路の急な階段を下りていった。公営駐車場にワゴン車が一台待機している。ヒスとヒンガンはワゴン車に乗り込んだ。

運転席に座っていたのはアミの友人のソッキだった。アミくらい体格がいい。柔道をやっていて、全国大会の無差別級で金メダルを獲ったこともある。ヒスが助手席に、ヒンガンが後ろに座った。ソッキはすぐに車を出した。

「どういうことか詳しく話してみい」

「昨日、ホジュンとことウォルロンのポン引き野郎どもから酒のシマのことで連絡が来たんで、アミとヤンドン兄貴が交渉しました」ソッキがハンドルを操りつつ答えた。

「で？　こじれたんか？」

「いえ。交渉は上手いこといきました。粘られるかと思たんですが、補償金さえよこせば洋酒の営業権は譲ってやる言うんで、ヤンドン兄貴がカネを渡してハンコも押しました。意外とすんなり解決したからてヤンドン兄貴の奢りでちょいと飲んでから、自分らだけでも酒盛りをしたんですわ。久々にええ気分になって宿泊所で寝とったんですが、その晩にホジュンとウォルロンのパクの奴が手下を集めてカチ込んだんです」

「シノギやなくて、宿泊所にカチ込んだやと？　眠っとるのにか？」

「はい、イヌ畜生どもが、はなから決めとったのか、武器を持ってがっつり重装備で乗り込んできたんですわ」ソッキは興奮している。

「アミはどのくらい怪我したんや？」

「アミは昨日、えらい酔っとりました。みんな余裕がなかったし、宿泊所が暗くて狭かったんで、力を発揮でけへんかったです」

「アミがどのくらい怪我したか訊いとるやろ！」ヒスがカッとなって怒鳴った。

「腹を刺されたんですが、どうなるか、ようわからんのです」後ろの座席のヒンガンは沈鬱な面持ちだ。

「タンカに連絡したか？」

「いま向かっとります」

「ヤンドン兄貴は？」

「そっちにも使いをやりました」

やくざの争いにもルールがある。事業というのはたいてい違法な仕事であり、血気盛んな連中が狭い縄張りで互いに利益を得ようとすると、大なり小なり争いが起こらざるを得ない。だが、その争いにも守るべき最低限のラインがある。刃物と銃は事業でやむなく殺さねばならない者だけに使う代物だ。今や戦争になれば猫も杓子もナイフと斧を持って暴れる時代になったが、それでも家族が一緒にいるときは触れてはならず、たとえ刃傷沙汰になっても、腰より下を刺すか、刃先にさらしを巻いて深く刺さらないようにするのが一般的である。

やくざの争いは裏通りで膾炙され続ける。どうやって争ったか、何のために争ったか、争って誰が勝ったか、その噂は酒盛りのたびに巡りに巡る。だから、やくざの争いにも名分がなければならず、相応の判断がなければならない。合意を済ませて気分よく酒まで飲んだ後に、酔って寝入った宿泊所に刺身包丁と斧で武装した兵力を引き連れて襲撃するのは、チンピラでもやらない仕業だ。ホジュンとウォルロンのパクがどう落とし前をつけるつもりでこんな無茶をしたのか、ヒスには理解できなかった。

谷間にあるヤンドンの密輸倉庫に到着したのは明け方の四時だった。動きの早いタンカがクアム病院のチェ医員を起こして連れてきたのか、救急車一台が空き地の駐車場に停まっている。ヒスは倉庫のドアを開けて中に入った。倉庫の中は血生臭さに満ちていた。まるで野戦病院に来たように、方々から呻き声と悲鳴があがる。チェ医員と看護師一人が白いガウンに血をべったりつけたまま、あちこち飛び回りながら患者の治療をしていた。ヒスが近づくと、裂傷を縫合していたチェ医員は額にぷつぷつと浮いた汗の粒を拭った。アミは腹に大きな包帯を巻かれ、リンゲル液と血液を同時に点滴されていた。

「どんな具合ですか？」

「大きい病院に行かなあかん。ここでこの装備では、なんもでけへん」

それはまずい。この人数が総合病院の救急室にどっと押し掛ければ警察の知るところとなり、警察が介入すればマスコミに晒されるかもしれない。そうなれば、事態は手の施しようがないほど大きくなる。

「病院はあきまへん。ここでどうにかならんのですか？」

「薬も足らんし、人手もない。ここでろくな治療ができんままだと、障害が残る者が山ほど出るし、何人かは死ぬで」

「知っとる医者を連れてきてください。カネはなんぼでも払います」

「こんなもんにどんな医者が来るんや。免停食らいにか？」

「なら、医者は自分らで探しますんで、ひとまず急ぎの連中は、医員さんの病院に移して治療してもらうわけにはいかんのですか?」

チェ医員は困った表情になった。

「言うてることが解っとらんようやけど、町医者の装備では、こんな大手術は手に負えんで」

チェ医員はソンおやじと莫逆の友で、クアムでこういった事件が起こるたびに、警察に内緒で密かに治療をしてきた。腕がいいとはいえなかったが、それでも医者は医者だ。ひょっとしたら治療できるかもしれない。自分の病院でバタバタと人が死んでいったり、警察に通報せずに治療したりして発覚でもした日には、ひとりで全部ひっかぶらねばならないから躊躇っているだけかもしれない。アミは腹に白い包帯をぐるぐる巻かれたまま気を失っている。包帯に血が滲(にじ)んで広がっていた。看護師が近づいてかぶりを振った。

「薬も足りませんし、輸血用の血液もありません」

チェ医員がヒスの横から顔色を窺った。

「ヒス、時間ないで。早う決めなあかん。まずは生かすのが先やろ」

何からすべきなのか考えがまとまらない。総合病院の救急室に行かせれば、警察の取調べを免れるのは難しいだろう。ふと、ソンおやじならばどんな決定を下すだろうかと思った。

「アミはどうですか?」

「大きい病院に送ったほうが安全やろ」

「アミはあきまへん。ついこないだムショから出てきたのに、保護観察中にしょっ引かれたら十年は食らうでしょう。重傷の連中は大きい病院にやるとしても、アミと他の怪我が軽い何人かは医員さんが引き受けてください」ヒスがきっぱりと言った。

すっかり手を引くつもりだったチェ医員は、ヒスの折衷案にしぶしぶ頷いた。チェ医員としても、これまでソンおやじから受け取った金があり、クアムで商売を続けるつもりならば、一方的に拒むことはできないはずだ。迷っている時間はない。ヒスはタンカを呼んで連中を何台かに分乗させ、それぞれ別の病院に行かせた。

アミを乗せたチェ医員の救急車が駐車場を出ていくと、ヒスはようやく煙草を取り出して咥え、火をつけた。タンカが自販機でコーヒーを買ってきてヒスに差し出した。空きっ腹に飲むコーヒーはひどく苦かった。朝靄(あさもや)が絶壁を伝って立ちのぼっている。じっとりして、もぞもぞする靄の感触が、皮膚を這い回る虫のように気色悪かった。

「チェ医員、あのイヌ畜生は、関わりにならんよう、えらい必死こきよる。カネはたんまり受け取るくせして、いざ急ぎになると、危ないもんは触ろうともせん。保険金せしめるナイロン患者(健康保険の給付金目当ての偽の患者)しかおらんで空っぽなんは、みんな知っとるのに」タンカが言った。

「救急室にやったのは何人や？」

「六人や」

「病院から警察に連絡が行くやろな？」

「ド田舎の病院やったらともかく、総合病院の救急室はどうにもならん。大きい病院は撃たれたり刺されたりしたもんが入ってきたら、通報してから治療やで」

　ヒスは下唇をぎゅっと噛んだ。

「アミの仕事はどうなる？」

「シノギ云々（うんぬん）しとる場合か？　まずは連中をなんとか助けなあかんやろ。後のことは助かってから考えるもんやで」

　タンカの言うとおりだった。まずは人を助けてからだ。しかし、事業を始めたばかりで警察が介入すれば、打撃は半端ではない。金は金で崩れ、事業は事業で潰れる。このうえ戦争が始まるとしたら、足りない人材はどこから集めるというのか。ヒスは煙草を長く吸い込んだ。何から手を打つべきなのか見当もつかない。

「影島が裏におるのは間違いないで。ホジュンみたいな抜け目のない奴とウォルロンのポン引きみたいな雑魚（ざこ）どもが、なんも計算せんでこんなことをやらかすか？」タンカが言った。

「影島としたら、どっちゃや。ナム・ガジュ会長はちゃうやろうし、チョン・ダルホ？」

「なんでナム・ガジュ会長はちゃうんや？」タンカが嘲笑うような表情で訊いた。

「とっくに一線から退いたのに、こんなことを仕掛けるか。温厚な人やないか」

「ヒス兄貴は、ナム・ガジュ会長がいつも面倒みてくれて可愛い可愛い言うから、ええとこだけ見ようとするけど、あの御大、兄貴が思っとるような人やないで。避難民として下ってきて、なんも持っとらんで釜山界隈であの地位まで上りつめた人や。何人あの世に送れば、あそこまで上れると思う？　ナム・ガジュ会長は腹にヘビが何匹入っとるか誰にもわからん人や」

「としても、包丁持ってカチ込むんは、あの御大の手口やないで」

「確かに、包丁はあの御大の手口やないなあ。なら、チョン・ダルホの野郎やな。こないだ検察にひっこ抜かれて組もメチャメチャになって、金づるが押さえられて死にそうや言うとったけどなあ」

チョン・ダルホは貪欲な人間だ。残忍なことでも有名である。殺すべき奴がいれば、わざわざ火をつけて殺す。自分に害を与えた奴は決して忘れず、地球の果てまででも追いかけて報復する。同じ組頭クラスと比べて十歳も若いが、十三歳でこの世界でやくざ稼業を始めたから、ナム・ガジュ会長と同様に避難民一世代に数えられている。チョン・ダルホ最初はナム・ガジュ会長の下で働き、独立してダルホ派を結成した。

が影島から分離したのは、もう二十年以上も前のことだ。厳密に言えば、もはや別組織と呼ぶべきなのだが、人々はナム・ガジュ会長とチョン・ダルホをひっくるめて影島と呼ぶ。日々殴り合いの争いをしていながらも、日本のヤクザたちと大きな事業を興したり、他の組織と争いになったときには、たびたび連帯して一緒に戦う曖昧なポーズを取るからだ。ヒスは、ホジュンとウォルロンのポン引きたちの裏にいるのはチョン・ダルホだろうと考えた。その画はあまりにもはっきりしていて、確かめるまでもない。ダルホ派は、犯罪との戦争の際に最も打撃を受けた組織である。その残忍なやり口のせいで多くの組員が刑務所に行き、潰れた事業も多い。しかも、こんなふうに無理にことを起こすのは、釜山市内でチョン・ダルホの他にはいない。

ヒスは、先日チョルチンが訪ねてきて、ホジュンとパクに気をつけろと言ったことを思い出した。ホジュンの後ろ盾をしているのがチョン・ダルホならば、当然、ダルホ派の実質的な切り込み隊長であるチョルチンが今回のことを知らなかったはずはない。だが、チョルチンの口ぶりは明らかに、こんなに深刻なことが起こるという話ではなかった。あれは裏通りのやくざの間でいつも起こる些細（ささい）な争いの話だったし、身体に気をつけろというような、やくざのあいだで常套（じょうとう）的に使われるどうでもいい挨拶みたいなものだった。ヒスは、チョルチンがわざわざ訪ねてきてホジュンとパクの情報を漏らしたのは、なぜか責任逃れのためだという気がした。後になって、背後にチョン・ダルホがいることを知っていたくせになぜ何も言わず黙っていたのかと責められたら、だから用心しろと予め言ってやったじゃないかと言い逃れができるように。考えがそこまで至ると、急に裏切られたような気分が押し寄せてきた。
ヤンドンが事務所にやってきたのは明け方の五時過ぎだった。来る途中ですでに事
件の一部始終を聞いたのか、ヤンドンの顔はひどく上気しており、触れれば爆発でも
せんばかりにすっかり興奮した状態だった。しかも、前夜にどれほど飲んだのか、酔
いが残っている。ヤンドンが後をついてきたセチョルを大声で怒鳴りつけた。
「すぐに全員かき集めて来い。一時間以内に揃えろ」
「あちこち散っとって一時間では無理です」
ヤンドンがセチョルの向こう脛を力いっぱい蹴り上げた。
「朝の六時までや。どこに籠もってようが何をしてようが、六時までに集合せん奴ら
は手首を一本ずつ切り落としたる言うたれ」
ヤンドンの剣幕にセチョルは慌てて外に出ていった。
「ヒス、おまえは何しとる？　下の連中を呼ばんのか？　おまえの事務所におる兵力
とタンとこのベトナムの連中もみんな呼べ」
ヒスは吸っていた煙草をゆっくり揉み消し、紅茶を一口飲んだ。眠ることもできず、

前日に大酒を飲んだせいで、口の中がえがらっぽい。ヤンドンは、のんびりしたヒスの様子を気に入らないという顔でじっと見ている。

「呼ばんのか？」ヤンドンが急かした。

「いま乗り込むのはあきまへん。まずは状況がどうなっとるのか調べてみなあかんでしょう？　ホジュンとウォルロンのパクは海千山千の狸（たぬき）やのに、なんも考えんでカチ込むわけがないやないですか？　明るうなったら、どういうことか調べてみます。調べてから始末しても遅いことありません」

「どれも要らんわ。寝てるとこにカチ込むチンピラどもと、なんの話をするんや。しかも、合意が済んで握手までした後やで。こんなふざけた野郎ども、このヤンドンを舐めくさったいうことやろ？」

話しているうちに頭に血が上ったのか、ヤンドンは机上の植木鉢を掴み、飾り棚を目がけて投げつけた。飾り棚の中にあった表彰牌のようなものが飛んできた植木鉢にぶつかり、あっというまに割れてしまった。ヒスは顔を顰めた。

「連中を救急室にやりましたんで、もうすぐ警察の耳にも入るでしょう。ここで争いが大きくなれば、ホンマに収拾つきまへんで」

「もちろん、こんなもんで収拾したらあかんやろ。やられっぱなしで収拾してもうたら、ヤンドンんとこはウォルロンのポン引きなんぞにひんむかれてコケにされたのに一言も吠えんとじっとしとる、て巷で噂が持ちきりになるやないか?」

「噂云々しとる場合ですか?」

「なら、どういう場合や?」

「今は一歩でもしくじったら、シノギもなんも全部吹っ飛びます。ホジュンとパクが仕掛けた罠にドタマを差し出すんですよ」

ヤンドンは目を細めてヒスを見た。

「で、おまえは、うちの連中が刺されてあんなに血をダラダラ流しとって、このヤンドンのプライドはドブにぶち込まれたいうのに、戦いに行かれへん、いうことか?」

「今は行けません」

「なあヒス、ケチ臭いおやっさんの下で二十年近くくすぶっとったら、すっかりケチ臭くなったなあ。もうええわ。おまえはここに座っとって、用意周到に状況でもよう く調べてみい。俺はおまえみたいに用意周到な人間やないから、アホみたいに包丁を持って出張らなあかん」

ヤンドンは前にあった椅子を蹴ってドアに向かった。ヒスは立ち上がってヤンドンの前に立ち塞がった。

「いま出張ったら、ヤンドン兄貴も死にますし、自分も死にますし、苦労して広げたシノギもみんな吹っ飛びます」ヒスがきっぱりと言った。

ヤンドンはヒスの頰を張った。

「今はドタマを働かすんやなくて身体を使うときや。こんな争いでは、ドタマをなんぼ働かせてみたところで役に立たへん。やくざは気合いで押されたら、その日で終いや。相手が自分の指を切り落として悪態ついたら、俺らは自分の腹を掻っ捌いて、腸を取り出さなあかん。そしたらビビって二度とこんなことはでけへんのや」

ヤンドンはヒスを押しのけてドアの外に出ていき、駐車場に待機していたワゴン車に乗り込んだ。ヒスはヤンドンがワゴン車に乗り込む姿をぼんやりと見ていた。外にいたタンカが事務所の中に急いで入ってきた。

「兄貴、追っかけなあかんのとちゃうか?」

「追っかけて?」

「追っかけて止めるなりなんなりせな。こんなしとったら、みんな死ぬで」

「俺が止めて聞くタマか?」

ヒスは煙草を咥えた。廊下では、ヒスの事務所に出勤する一族郎党が包帯を巻いた鉄パイプを手にぶるぶる震えている。明け方に慌ただしく呼び出されたこの哀れな連中は、ヤンドンを追いかけるべきかじっとしているべきかわからずに曖昧な表情だ。

「おまえらは一歩も動かんでここにおれ」

先日ヒスにお盆で顔を叩かれたチャンスは怯えきった顔だったが、ヤンドンを追いかけなくてよいという言葉に、安堵のため息をついた。やみくもに飛び出すヤンドンにもムカつくし、仲間が刺されて大怪我をして戻ってきたのに、争いから抜けてもよいという言葉に安堵のため息をつくチャンスの野郎にもムカつく。

ヒスはヤンドンの事務所に入り、ドアに鍵をかけた。何をすべきなのかわからず、暫くぼんやりしてからインスクに電話をかけた。インスクは起きていたのか、呼び出し音が鳴るとすぐに電話をとった。

「アミは大丈夫や。ひどい怪我やないから、そんなに気にせんでええ。警察の方も口止めしてみるから心配するな」

電話の向こうからインスクの安堵のため息が聞こえた。

「いつ帰ってくるん?」

「ここの仕事がようけあって片付けなあかん。何日か帰れんと思う」

ヒスは電話を切って窓を開け、煙草に火をつけた。日が昇るのか、東の空が次第に明るくなってきた。片麻岩の黒い海岸の絶壁は、日射しを浴びた上の部分だけが燃えるように明るく輝いている。陰になった絶壁の下の部分が、今日に限っていっそう暗く険しく感じられた。ヒスは煙草の煙を長く吸い込んで長く吐き出した。肺に溜まってから吐き出される煙は吐き気がするほどえがらっぽい。打つ手もなく、深くてねっとりした沼の中へ果てしなく吸い込まれている気分だった。

チキン

ヤンドンは半日でかき集められるありったけの兵力を率いて、ウォルロンと草場洞、玩月洞、忠武洞で大活劇を繰り広げた。ウォルロンのポン引き三人のアキレス腱を刺身包丁で切り、ホジュンの仲間が直に管理している酒類蔵置所と酒場六ヶ所を壊した。さらにウォルロンにあるパクのシノギもいくつか壊した。倉庫を警備していた連中のうち二人がヤンドンの仲間に刺されて重傷を負い、そのうち一人は救急室に到着する前に死んだ。死んだ奴を刺したのはヤンドンだった。そんな騒ぎを起こしても、事件の当事者である肝心のホジュンとパクの奴は、どこに隠れたのか、痕跡すらなかった。セチョルはパクの事務所を警備していた雑魚を何人か捕らえてきて倉庫に閉じ込めた。セチョルとヤンドンは交代で一晩中その連中を詰問した。ヒスが見る限り、彼らはパクとホジュンの居場所どころか、昨夜に何が起きたのかも知らない様子だった。

ク班長から電話がかかってきたのは午後だった。

「まったく、派手に映画を撮りよって。もう俺の力では止められんから、悪う思わんといてな」

まるで自分は代金に見合った仕事をすべく頑張ったと言わんばかりに、ク班長の声は堂々としていた。

ヤンドンは両眼の焦点を失ったまま、朦朧とした顔で倉庫に戻ってきた。ようやく、自分が憤りに任せてしでかした一連の事態がどのようなツナミとなって押し寄せてくるのか心配になったらしい。ヒスは、そんな未熟なガキを兄貴と崇めて大きな事業をやってやろうと万里荘を飛び出したことが馬鹿馬鹿しくなった。近寄ると、ヤンドンは吸っていた煙草が吸い口まで燃え尽きていることにも気づかないまま、呆けた顔で海ばかりを眺めていた。ヒスはヤンドンの指に挟まっている煙草を外して地面に捨てた。

「あっち側のが一人死んだそうやな?」ヤンドンは相変わらず海を凝視したまま訊いた。

「救急室に運ばれる途中で死んだ奴がチョン・ダルホの甥やそうです」

「えらいことになったなあ」

ヤンドンが深いため息をついた。暫く何かを考えると、結論が出ないのか、激しくかぶりを振った。

「もうすっかりサツの耳に入っとるやろうなあ？　セチョル、あの野郎はなんで調子こいて殺ったんや」

ヤンドンは無実のセチョルに矛先を向けた。だが、その怒りは無力らしい。

「サツもマスコミも、もう全部おじゃんですわ」

「収拾でけへんやろか？」

この騒ぎを起こして収拾できるものかと怒鳴り散らしたかったが、ヒスは我慢した。みな狂ったように奔走しているところに自分まで興奮して何の役に立つのかと思い、また、状況がどん底まで落ちてこれ以上悪くなりようがなくなると意外に淡々とした気持ちになったからでもあった。ヒスは煙草を取り出して咥えた。

「なんとか収拾せなあかんでしょうなあ」

深い後悔に襲われているのか、それとも複雑すぎて到底考えがまとまらないのか、ヤンドンは自分の髪を掻き毟った。

「昔はやくざ同士ぶつかっても、誰かが死んだりするようなことはなかったのに、近頃はあっさり潰れて死ぬんが茶飯事や。世知辛くなったんやなあ。ヒス、面目ないわ」

ヒスは答えず、煙草を長く吸い込んでばかりいる。

「人も死んだし、サツにもすっかり知られたんなら、しゃあない、一人はひっかぶってムショに行かなあかんけど、ヒス、誰をやったらええと思う？」ヤンドンが恥ずかしそうに訊いた。

そう訊くヤンドンの顔に、前夜に漲っていた男らしさとか気迫なんぞは見当たらなかった。日頃、口癖のようにふれ回っていた、やくざの品格やら道理といったものも見いだせない。麻酔銃に撃たれ、鉄格子の中で目覚めたばかりのゴリラのように戸惑い、怯えきった顔だ。ヒスは顔を背けた。そんなことがまかり通るのか？　自分は格好つけておいて、身代わりに刑務所に行ってくれる後輩を推薦してくれとは。誰がこのくそ忌々しい争いを一人でひっかぶって刑務所に行くというのだ。

ヒスはゆっくりと暮れなずむ海に目を向けた。賽（さい）は投げられた。だが、何からどう収拾すべきなのか、勘もまるで働かない。どうせやるなら、ホジュンとパクのうち少なくとも一人は殺すべきだった。血を見て損を被っても、せめて奴らを殺していれば、クアムに手を出したら血を見るぞという警告くらいにはなった。しかし、何ひとつ残らず血だけが流れた。無駄にチョン・ダルホの甥を殺しただけだ。名分もなく、事業の助けにもならず、収拾はなおのこと難しい。なぜか、誰かが上手く仕組んだ罠に頭を突っ込んだ気分だった。

＊

一週間が慌ただしく過ぎていった。ヤンドンは何度も警察署から呼び出され、ヒスも参考人聴取を受けに行った。警察官の取調べでヤンドンは手が震えてしどろもどろだった。あの豪快で勇敢な気質はみなどこに行ってしまったのだろう。あの歳で殺人の刑を宣告されたら、刑務所で人生を終えねばならない状況だ。怯えないほうがおかしい。それにしても、組織のボスともあろう者が、検事でもない若い警官が問いかけるたびにしどろもどろになって冷や汗をたらすのが、ヒスには可笑(おか)しくも苦々しかった。

警察にしてみれば並の事件ではない。チョン・ダルホの甥が刺されて死んだ。チョン・ダルホとクアムの間で大きな戦争が起こるのではないかと戦々恐々としている様子である。微妙なポジションにいるせいであれこれ気がかりなク班長がヒスを訪ねてきた。ヒスは、戦争はないときっぱり言った。そのかわりに、今回の事件は小さく収めるよう頼んだ。あまり信じていないような顔で、だが仕方あるまいというようにク班長は頷いた。信じられようが信じられまいが、ク班長としては他に選択肢がないはずだ。

事件を単純暴力と過失致死に抑えるために、ヒスはこの四ヶ月に成人娯楽室の機械を契約して受け取った前金の全てをつぎ込んだ。ヤンドンがこの夏にウォッカを密輸した売上の殆ども、警察と検察、そして弁護士の費用として押し込まねばならなかった。せめてもの救いは、取り分の多いク班長が協力してくれ、タイミングもましだったことだ。長い犯罪との戦争で警察は疲弊しており、上役どもも、チンピラの捜査は成績にさほど役に立たないと考えていた。新聞は何年も組織暴力団掃討の記事で埋め尽くされていたから、もう記者たちもこういったニュースにさほど反応しなかった。だが、方々にあたふたと金を押し込んでしまうと、ヒスもヤンドンもすかんぴんになった。若い連中が短気に抗（あらが）えず起きた田舎のやくざのハプニング程度で片付きそうだった。だが、方々にあたふたと金を押し込んでしまうと、ヒスもヤンドンもすかんぴんになった。毎月押し寄せる支払いはたくさんあるのに、もう使い回せる手形もない有様だ。ヤンドンがあの朝に血が上って刺身包丁を持って飛び出さなければ出ていかずに済んだ金である。この先、どんなタマで戦うというのだろう。組同士の戦争は、勝っても残るものがない商売だ。今回のように実入りのない争いは言うまでもない。ソンおやじがなぜ、あんなにぶるぶる震えながら戦争を避けていたのか解る気がした。

金にものを言わせて抑え込んだものの、一人はどうしても刑務所に送らねばならない。でなければ、ヤンドンが拘束される状況だ。ヤンドンとヒスは長いこと額を寄せ合って悩んだ末に、刺されて入院している奴を一人、ヤンドンのかわりに送ることにした。偶然にもアミの仲間だった。刑務所行きになっても病院で治療を受けられるからしのぎやすいだろうし、怪我をしているから正当防衛で情状酌量の余地があって刑が軽くなるだろう、とク班長に耳打ちされたからだ。

その日の夕方、ヒスが煙草を吸っていると、階段の下で後輩のやくざ数名が喋っていた。

「刺されて使いもんにならんようになっただけでも悔しいのに、ムショ暮らしまでさせるんか？　これは、ちきしょう、兄貴たちはあんまりやないか？」

「だから、やくざいう職はぶん投げたら犬も食わん言うやろ」

「確かに、俺が犬でも食わんわ」

ヒスは階段の手摺りの奥に身を隠した。まったくもってあんまりなことで、犬も食わないクソみたいな職だ、とヒスは思った。

アミは二日後に意識を取り戻した。大量に出血したが、幸いなことに内臓は傷ついておらず、命に別状はなかった。インスクが病院に駆けつけたとき、ヒスはその顔を見ることができなかった。手術室の前で待っているあいだ、インスクは何も言わなかった。この争いについて、アミがなぜ刺されたのかについて、インスクは一言も訊かなかった。もしかしたら、店のウエイターから、あるいはナイフ使いのヒンガンからあらましを聞いたのかもしれない。だが、インスクが訊かなかったからヒスも話さなかったのだ。実のところ、これといって話せることもなかった。チェ医員が近づいてきて、もう危険な山場は越えて手術も上手くいったと言った。無表情でその話を聞いていたインスクは、さして喜ぶふうもなく立ち上がると家に戻った。病室に寄ってアミの顔を見ることもなかった。

その翌日も、インスクは店を開けて明け方まで働いた。アミは意識を取り戻したが、見舞いに行くこともなかった。インスクはどことなくひどく怒っているようだった。やくざである夫ヒスへの怒りなのか、やくざである息子アミへの怒りなのか、どちらでもなければ、チンピラという人間全てに対する怒りなのか。もしかしたら、自分の力でそれらの何も変えられないことに対する怒りなのかもしれなかった。

ヒスが何日かぶりに服を着替えに家に戻ったとき、インスクは台所の隅に隠れて静かに泣いていた。ぴったり閉じられた台所のドアの前にヒスは長いこと立っていた。泣き声も聞こえず、泣き顔も見えない。だが、奥まった台所の隅で震える微かな空気の振動で、インスクが泣いているのがわかった。ヒスは知らぬふりをした。

病室で付き添っていたのはジェニーだった。まるでアミが死の病にでも罹(かか)ったかのように病室を離れず、精魂込めて看病した。ジェニーの看病のおかげか、アミは意識を取り戻して何日も経たずに、ちょろちょろと病院を歩き回った。

やくざの世界には秘密がない。警察は金で口を塞いだが、他の組織の目と耳までは塞げない。事件から一週間が経つと、ヒスの事務所にチョルチンが電話をかけてきた。

「チョン・ダルホ会長がヒス、おまえに会いたいそうや」

「なんの用や?」

「なんの用かわからんで訊いとるんか?」

「わからん。それに、チョン・ダルホが呼びつけたら、俺がホイホイ駆けつけなあかんのか?」ヒスは不満げな声で言った。

電話の向こうでチョルチンが深いため息をついた。

「ダルホ兄貴の甥っ子が死んだ。うちの連中が二人も潰れたし」チョルチンがさほど興奮していない声で言った。

「俺の知ったこっちゃない」

「安全は保証する」

「何が安全や。ひとの安全を保証するだのなんだの、何様や?」ヒスがカッとなって怒鳴った。

電話の向こうでチョルチンが暫く息を整えた。

「なあヒス、今回のことは、感情的に片付けるもんやない。チョン・ダルホ会長の甥っ子が刺されて救急室の前で死んだのに、粘って済むんか」

ヒスは暫く考えた。チョルチンの言うとおりだ。ダルホ派は釜山の最大規模の組織のうちのひとつである。会長の甥が死んだ。粘って済むことではなかった。

「影島には行かんで」ヒスが言った。

「こっちに来るのが嫌なら、夕方にコモドホテルで会おう」

「おまえが来るんか？」

「俺が行く」


その日の夕方、ヒスはナイフ使いのヒンガンだけを連れてコモドホテルに出向いた。コーヒーショップには五十代半ばとおぼしき男とチョルチンが先に来て席についていた。面識はなかったが、ヒスはその男を知っていた。鰐（ワニ）というあだ名のこのちんちくりんはチョン・ダルホ会長の顧問役ファンだ。鰐の後ろにはボディーガードらしき四十代の男が二人いた。脅威に見えるようことさら偉ぶったり無駄に格好をつけたりしないところをみると、強い奴らに違いない。ヒスは席についた。ヒンガンはヒスの後ろに立って四十代の男たちをちらりと見た。ヒスが先にお辞儀をした。

「クアムのヒスと申します」

「チョン・ダルホ兄貴の下におるファンと申します」男は敬語を使った。

「楽にお話しください。大先輩やないですか」

「またの機会にええことで飲むことがあればそうしましょう。今は兄貴や弟や言うて親交を深める状況やないですな」

ファンは煙草を咥えて火をつけた。チョルチンはまるで秘書のようにファンの傍らに座っている。

「今回、ヤンドンが派手にやらかしました。組同士のこまごました争いなんぞは茶飯事やけど、会長の甥御を始末したんは、やり過ぎでしたな。実際、昔やったら戦争が始まっても、なんも言えん状況やないですか？」

ファンの声は低くて穏やかだった。だが、穏やかなのは声だけで、言葉の中に秘めた脅しがあった。その秘めた脅しが胸くそ悪かった。しかも、刺されて死んだ甥というのはチョン・ダルホ会長の十一親等くらいの奴である。甥とは名ばかりで、実際は他人と変わらない。なのに、その厳密な家系図を突きつけながら、莫大な補償を望んでいるらしい。ファンは煙草を一口吸って話を続けた。

「うちのチョン・ダルホ会長の火みたいな性格をご存じでしょう？　すぐに片を付けたる言うんを、ようやっと止めてこの席に出向いたんですよ。実際、このご時世に組同士で戦争してみたところで、何か残るもんがありますか？　みなから聞いたところでは、我らが弟ヒスは賢くて話がよう通じるそうですな。ですから、妥当な線で誠意を尽くしてくれるんやったら、チョン・ダルホ会長にようくお話しして、お互いにとってええ方向で片付けようと思います」

「始めたんはホジュンとことウォルロンのパクが先です。合意を先に破ったんもホジュンですし、卑怯にも夜中に重装備の兵力を引き連れて宿泊所を襲ったんもホジュンです。うちの連中もえらい刺されて怪我しました」

ヒスの話が言い訳めいて聞こえたのか、ファンは眉間に皺を寄せた。

「ホジュンとこにやられたんはホジュンを責めなあかんのに、なんで罪のないうちに八つ当たりですか？　ホジュンとうちのチョン・ダルホ会長になんの関係がありますか？」

ホジュンとウォルロンのパクの背後に影島のチョン・ダルホがいることは近所のガキどもさえも知っている事実である。ヒスは失望したと言わんばかりにかぶりを振った。

「噂に聞いたところによると、鰐の兄貴こそ事情に明るくて話がよう通じるお方やそうですけど、こんな見え見えの話ばかりされるとは思いませんでしたなあ。正直、草場洞のホジュンとウォルロンのパクがのさばるんは、影島がバックにおってのことやないですか？」

「はて、ホジュンとパクがうちの会長を尊敬して土産をなんべんか持ってきたんを指してグルみたいに言うんはオーバー過ぎやせんか？」

まるで話が通じないと知るや、ヒスは椅子に寄りかかり、煙草を咥えて火をつけた。もはや、それまでのおとなしくて礼儀正しい態度は消え失せている。ファンはそわそわし始めた。

「つまり、ホジュンとパクのことは知らんし、十親等以上も離れた甥だかなんだかが死んだから補償金を差し出せ？　でなきゃ戦争しよう、とまあ、そういうお話ですか？」ヒスが単刀直入に訊いた。

ヒスの口調がきつかったのか、チョルチンがそっと窘めた。

「ヒス、兄貴の前で言い過ぎやぞ」

ヒスが冷ややかな眼差しでチョルチンを睨みつけた。

「責任のひとつも取らんのやったら、出しゃばるんやない」

チョルチンはヒスの冷ややかな表情に驚いたのか、口をつぐんだ。なんだこいつは？　という表情でファンがヒスを睨みつけている。ヒスも視線をそらさずに睨み返した。

「具体的に何がお望みですか？　天下のダルホ派が、よこさんのやったら戦争や脅すわけですから、まあ、差し上げられるもんなら差し上げなあかんでしょう。ヤンドン兄貴の酒類業？　それとも娯楽室の機械工場？」

ファンが重々しい顔でヒスを睨めつけている。チョン・ダルホが欲しいのはヒスの成人娯楽室の事業らしい。その話が出たときにファンの眼がキラリと光った。

「娯楽機の工場を引き渡して、遺族に葬儀代と補償金をちいと出すんやったら、肉親を亡くしたチョン・ダルホ会長の深い悲しみを多少でも慰められるんとちゃうやろか」

ファンは自分で言っておいて何やらバツが悪いのか、言葉尻をそっと濁した。肉親を亡くした深い悲しみという言葉に呆れたのか、ヒスがプッと噴き出した。もしもチョン・ダルホが甥のために仮に一粒でも涙を流すとしたら、それは肉親を亡くした悲しみではなく、潰れたプライドのせいだろう。チョン・ダルホは、この世界で畏れおおくも自分の家族に手を出すことを許す奴ではない。

「やれん言うたら戦争するつもりですか？」

「過ちを犯したら、許しを請うて、それに相応(ふさわ)しい責任を取るんがこの世界の道理やないか？」

ファンが鷹揚に窘(たしな)めた。まるで教師が学生を諭すような説教臭くて癪(しゃく)に障る言い方がヒスの神経を逆なでした。ヒスはファンの顔に煙草の煙を長く吹きかけた。

「ホジュンとウォルロンのパクにも少しは道理を守れ言うたってください」

「おっと、それはうちとは関係ない言うたんやなかったか」

ファンは上からものを言っている。しかも、何も妥協したり折り合ったりする気はないらしい。やくざの仕事は協議である。なのに、ファンは協議をする用意がまるでできていない。ヒスは煙草を深く吸い込みながら、正面からファンを睨みつけた。煙草の煙が目に沁みてヒリヒリする。ヒスは煙の入った目を指で擦った。

「戦争しましょう」ヒスがずばっと言った。

「なんやと？」

ファンは聞き取れなかったのか、それとも信じられないのか、聞き返した。

「戦争しよう言うてるんです。自分たちも兵力はようけあります。死ぬ気で戦えばチョン・ダルホに負けまへん。ところで、犯罪との戦争の後に、カシラと中間幹部がすっかりしょっ引かれて、今のダルホ派にまともな兵力がありますか？」

プライドが丸潰れになったらしく、ファンの顔が土色になった。恥辱と屈辱の狭間で方向を定められずにいるのか、暫く言葉を失っていた。

「おい、若造、おまえは近頃、はした金をちっとばかし触って、素性の知れん東南アジアの連中を引き連れて、なんも見えとらんようやけど、影島は今でも全国区やぞ。クアムみたいな田舎の小店とはレベルが違うんやで」ファンは努めて落ち着いた声で言った。

「全国区やて、ふざけやがって」ヒスが悪態をついた。

ファンの後ろに立っていたがっちりした体軀の四十代の男がカッとなってヒスの胸

ぐらを摑んだ。

「この野郎、誰に向かって」

その瞬間、ヒスの後ろに立っていたヒンガンが素早くナイフを取り出して男の首に突きつけた。どれほど速かったのか、ナイフがどこから出てきたのかもわからないほどだった。コーヒーショップの女の職員が驚いて、持っていたお盆を落とした。その騒ぎに店内がざわつくと、やめろというようにファンが腕を上げた。チョルチンが立ち上がってヒンガンと男をゆっくり引き剝がすと、男を連れて後ろに三、四歩さがった。ヒスとファンは席について暫くお互いの顔を睨みつけていた。

「今日は顔見て自己紹介したことにしとくわ。帰って、何が正しいんか、じっくり考えてみい。考えがまとまったら、うちのチョルチンに連絡せえ」

そう言ってファンが立ち上がった。余裕を見せて格好よく立ち上がりたかったのだろうが、恐ろしくなったのか、どこかもたついているようだった。ファンがコーヒーショップを出ていくあいだ、ヒスはお辞儀もせずに座っているだけだった。ヒスはファンという男が気に入らなかった。ギトギトしたものにまみれているタイプだ。自分がジェントルで公平だと思っていて、ひとりで粋がっているような俗物をヒスは何よりも軽蔑(けいべつ)していた。ファンが出ていって五分くらい経ち、チョルチンが戻ってきて席についた。

か？」

「何が？　チョン・ダルホがよこせ言うたら、言うとおりに差し出さなあかんのか？」

ヒスがチョルチンを睨みつけた。

「ともかく、おまえらがチョン・ダルホ会長の親戚(しんせき)に手をかけたんは事実やろ？」

「今どき十一親等いうたら他人やで。どこが親戚や？　そんなに大切な親戚を、なんでウォルロンのせせこましい事務所に押し込んどくんや？　他人と変わらん十一親等の甥が一人死んだのをいいことに、できあがった膳に匙を載せるどころか、膳を丸ごと食うたるいう話やろ？　おまえんとこだけが怪我したんか？　うちの連中は怪我しとらんのか？」

「で、ホンマに戦争でもするつもりなんか？」

「でけへんことあるか？　おまえんとこから若い連中はみんなしょっ引かれて、年寄り以外におるんか？　おまえ、このイヌ畜生が、こんなふうに拗(こじ)れるんを全部知っとったやろ？　知っとったくせして、友達いう野郎は口をつぐんどったんか」

「こんなにまでなるとは思わんかったんや」

「ざけんな」

チョルチンは憤るヒスを見つめた。本当にこんなふうになるとは思わなかったのか、チョルチンの目に当惑や罪悪感のようなものはなかった。その眼差しは心配と哀れみといったものだった。チョルチンはコーヒーカップを持ち上げて冷めたコーヒーを少し飲んだ。

「年寄りどもを甘く見たらあかん。思っとるよりずっとずる賢くて手強いで」

チョルチンの突拍子もない言葉に呆れたのか、ヒスはプッと噴き出した。おそらくチョルチンの言うことが正しいのだ。この世界で数十年と生き残った奴らはおしなべて残忍で手強い。その老練なペテンと小狡さにどうやって打ち勝つのか。

「なあヒス、今、おまえがやろうとしとることは、五年前にアミがしたことと同じや。戦争になれば、誰が勝っても血を見ることになっとる。なら、その血は誰が見る？ まさか、あのすれっからしの爺さまたちが見ると思うか？ ヒス、おまえや俺みたいに組の中でハンパな位置におる奴らや。くたばるか潰れるか、運が良けりゃムショに行くか。それ以外に何がある。今、ドス持って飛び出せば、おまえの人生はそれ一発で吹っ飛ぶんやで」

焦れったいのかヒスがため息をついた。

「どのみち工場を吹っ飛ばせば、俺の人生はそれで吹っ飛ぶ。ホン街金に借りただけで二十億以上や。そこにインスクの借金も、アミの借金も、ジェニーの借金も全部絡んどる。ホン街金がどんな人間か知っとるやろ？ 俺がホン街金のあぶく銭を二十億くらい吹っ飛ばしたら、どんなことが起こると思う？　インスクとジェニーが島みたいなとこに売り飛ばされて、アミと俺の臓器を丸ごと捌いても収拾つかんのやで」

焦れったそうにチョルチンもため息をついた。

「それでも死ぬよかましや。チョン・ダルホよかホン街金の方がましやしな。自分が仕えとってアレやけど、チョン・ダルホはホンマどえらい人間やで。戦ったら、ヒス、おまえは間違いなく死ぬ。死ねばすかんぴんやのに、工場がなんぼのもんや？　今は譲って、後でまたチャンスを狙えばええやないか」

「次のチャンス？　この世界に二十年おって、まだわからんのか？　四十にもなったやくざに次のチャンスなんかあらへん」

「アミとああいうことになってから、俺はいろんな人からえらい恨まれてなあ。クアムの海におった友達で口をきいてくれる奴はヒス、おまえしかおらん。インスクは俺を人間とも思っとらん。なのに、アミとあのしんどい戦争して俺は金持ちになったか？　運が上向いたか？　残ったもんいうたら、恨みと後悔だけや。なあヒス、俺はおまえと戦いたくない。まずは生き残って一緒にふん張ろうやないか。そのうち俺らにも、ええ日が巡ってくるかもしれんやろ」

チョルチンは子供を宥めるように語りかけていた。そして本気でヒスを心配している。もしかしたら自分自身の心配をしているのかもしれない。チョン・ダルホと戦争が起これば、その前衛に立つのはチョルチンだ。そしてクアムの前衛に立たねばならないのはヒスである。ヒスは一口も飲んでいないコーヒーカップを見ていた。コーヒーは黒くて、その浅いカップの底さえ見えない。共に死ぬか、共に生きるか、二つに一つを選べと言っている。だが、本当にそれが共に生きる道なのか、しきりに疑念が浮かんだ。

ルアー

　ヒスが万里荘に立ち寄ると、ソンおやじはいなかった。ロビーにいたマナがヒスに気づくと、飛び出してきて仔犬のように喜んだ。

「おやっさんはどこや？」

「白地浦（ペクチポ）に釣りに行かれました」

　マナはヒスの隣にぴったりくっついてニコニコしている。

「何がそんなに嬉しいんや？」

「兄貴に折り入ってお話ししたいことがあって待っとったら、ちょうどお見えになったからですわ」

「折り入って話したいことって、なんや？」

　マナが何か特別な情報でも持っているかのように周りをきょろきょろ見回し、掌で口元を隠してそろそろとヒスに近づいた。ヒスはマナの方に顔を少し突き出した。

「ロビーにメキシコサボテンがあるやないですか？」

「ああ」

「あれが、延辺から新しく来た朝鮮族のおばちゃんが水をやりすぎて枯れちまいました」

「で?」

「で、新しいメキシコサボテンを買おうか思たんですけど、この際、ベンガルゴムの木に替えようか思いまして」

マナの隣で耳をくっつけていたヒスは一歩下がり、改めてマナを見た。

「それが折り入って話したかったことか?」

「へえ、それから、テラスのガラスのことですけど。近頃は日除(ひよ)け機能が付いたコーティングフィルムがあって、ガラスを新しくせんでもええそうです。フィルムでホテルのラウンジをぐるっと囲ったら、なんぼもかけんでも、えらい高級な雰囲気になるんやないでしょうか?」マナがひどく真剣な顔で言った。

ヒスは呆れるのをとおりこして悲しくなり、マナの顔を暫くじっと見ていた。こいつは世の中がどうなっているのか、まるで関心がないらしい。でなければ、この除け者に誰もクアムの海とウォルロンのあいだで血生臭い争いが繰り広げられていることを話してやっていないのかもしれない。

「なあマナ、そういうんはチョンべに訊かなあかんやろ。チョンべが支配人なんやから」

「チョンベ兄貴はホテルをきれいにするのにいっこも興味がありまへん。肩書きばっかり支配人で、自分の金儲けに忙しくて、ホテルには鼻先も見せんのです。でなかったら、ひたすらヒス兄貴が来るのを待っとりますか。で、やっぱりゴムの木の方がええですよね？　ベンガルゴムは空気を浄化する機能がずば抜けとるそうですけど、機能なんかちっともないサボテンよか、ずっとええやないですか？」

とめどなく喋り続けるマナの声を聞いていると、うんざりしてくる。なんというか、心底ぶん殴りたくさせる独特な話し方をする。だが、近頃のヒスはあまりにも追いつめられて焦っていて、マナを罵る力もなかった。

「ゴムの木の方がええ。おまえの言うとおり、サボテンは高いだけで機能なんかちっともないからな」ヒスは力なく答えた。

そうくると思ったと言わんばかりにマナは笑顔になった。

「ですやろ？　自分はヒス兄貴が恋しくてかなわんのです。兄貴が万里荘の支配人だった頃はホンマよかったのに。兄貴と自分は相性もええし、話もよう通じるのに、チョンベ兄貴は空っぽやないですか」

「おまえと俺の相性がええやと？」ヒスがもはや憐（あわ）れむ顔で訊いた。

「そらあ、相性バッチリですわ」マナが楽しそうに答えた。

ソンおやじが釣りをするのは、クアムの海の端にある白地浦の岩場である。海から百メートル余りしか離れていないが、歩いては行けない。一塊の玄武岩からなる岩場は三、四人しか釣りができないほどの広さで、満ち潮のときは沈んでおり、引き潮のときだけ現れる。潮目を読み誤ると、釣りの最中にいきなり押し流されて死ぬ可能性もある。実際にそうやって死んだ人もかなりの数にのぼった。

ヒスは白地浦の絶壁の下で釣り具を売る店に入った。社長のトルボは二十年ほど前に引退した毛深い（トルボ）やくざである。かつてはタルチャと共に名をはせたナイフ使いだったと言われているが、片腕を切り落とされてやくざの世界を去った。義手も着けていないので、シャツの右袖（そで）はいつも風にはためいている。ソンおやじが釣りをするときは、いつもトルボが店のボートで岩場まで乗せてくれた。

トルボは釣り竿（ざお）の修理をしていた。手が一つしかないからか、その作業は途方もなく不便そうで、のろのろしている。ソンおやじはたびたび、最近は義手もいいものが出ているから着ければ暮らしやすくなるだろうと言ったが、なぜかトルボは決して義手を着けなかった。逆に、片腕がない不便さを密かに楽しんでいるような印象さえ与えた。店に入ってきたヒスを見て、トルボは作業をやめて笑顔になった。

「お元気でしたか？」ヒスが挨拶をした。

「久しぶりやな」

「おやっさん、岩場に行きましたか？」

「おう、暫くぱったりお見えにならんかったけど、最近はよう寄られるなあ。夏やから魚もたいしておらんのに」

「乗せていただけますか？」

トルボが頷くと船着場に向かった。杭に結んであった綱を片手で解き、舵を握った。釣り人たちを小島や岩場に降ろす役目をする釣り船の胴に、衝突に備えてか廃タイヤがぶらぶらぶら下がっている。最近起こった一連の争いについて無数の噂が巡っているはずなのに、舵を取るトルボは何も訊かなかった。トルボは切り落とされた自分の腕について誰にも話したことがない。他人の過去について深く尋ねることもない。この片腕のナイフ使いをソンおやじが気に入っているのは、その寡黙さゆえかもしれないとヒスは思った。

ソンおやじは岩場の端で釣りをしていた。トルボが船を着けると、ヒスは素早く飛び降りた。ソンおやじは予期せぬヒスの来訪に暫し驚いた表情になると、すぐににっこりした。

「今お帰りになりますか。それとも潮に合わせて後で来ましょうか？」トルボが訊いた。

ソンおやじはヒスをちらりと見ると、再びトルボの方を向いた。

「後で来てくれ」

わかったというようにトルボは一本きりの腕でソンおやじに軽く挙手敬礼をすると、船を旋回させて白地浦に戻っていった。岩場には、釣り道具とコッヘルやらアイスボックスといったものが無造作に散らばっていた。

「まったく、いろいろ趣味がありますなあ。ひとりで碁を打って、ひとりで植木を育てて、ひとりで釣りをして。台風が来るて大騒ぎやのに、どういうことですか？」ヒスがからかうように言った。

実際に海には五、六メートルの波が起きていた。ソンおやじは笑いながら釣り竿を揺すってみせた。ルアー釣りだ。撒き餌もしないし、ミミズのような生き餌を付けることもない。ミミズがのたうつ感触を嫌がり、それを直に手で触ることはもっと嫌がる。ソンおやじはいつでも疑似餌を付けた。だが腕前は実のところ、からきしだったから、魚が釣れる日は殆どなかった。ヒスはソンおやじのタモ網をまさぐった。はたして一匹もいなかった。ラーメンをつくって食べたのか、コッヘルにスープが残っていた。

「ラーメン食うか？」

急に腹が減ってきた。ヒスが頷いた。

「おやっさんも召し上がりますか?」

「ひとつまみだけ食うわ」

ヒスはコッヘルを海水の中でかき回してざっとすすぎ、水を少し入れた。ソンおやじの釣りバッグの中にラーメンがあった。飲み残しの焼酎もある。ヒスはバーナーの横に風除けを立てて点火した。バーナーの上にコッヘルを載せて湯が沸くのを待った。台風が来ても関係ないのか、巨大なコンテナ船が凄まじい熱帯低気圧がやってくる太平洋に向かっている。出航する汽笛の音がボーッと鳴った。ソンおやじとヒスは暫く何も言わなかった。ソンおやじは釣り竿の先を見ており、ヒスは何も考えずに湯が沸くのを眺めている。気泡が一つ浮かび、二つ浮かびするうちに、いきなり数え切れないほどの気泡が沸き上がってきた。ヒスはラーメン二つを割り入れ、粉末スープを入れた。一瞬静まった湯が再び沸騰するとバーナーを消し、ラーメンを器に分けた。ソンおやじは釣り竿を畳んでヒスの隣に座った。箸を割ると、自分の器のラーメンを分けてヒスの器に移してやった。

「わしはさっき食った」

ソンおやじとヒスはフーフー吹きながらラーメンを口に入れた。実際は海風が強くて、口で吹く必要もなかった。熱い麺と熱い汁が喉を通っていく感触がよかった。

「旨いやろ?」ソンおやじが訊いた。

「旨いですなあ」実に旨そうにヒスが頷いた。

「やっぱりラーメンはこうやって海に出て食うんがぴったりなんやで」ソンおやじが得意げに言った。

「ここにミズダコとかマダコみたいなんを一匹入れたら最高やのに。おやっさんはそういうの、釣ったこともないですよね?」ヒスが空っぽのタモ網に目をやりながら言った。

ミズダコとかマダコどころか、メバル一匹釣れないソンおやじは、気まずそうに残ったラーメンの汁を飲み干した。

ヒスはコッヘルと器を海水で洗った。ソンおやじは釣り竿をヒスに渡した。ヒスは釣り竿を畳んでバッグに入れ、船が来たらすぐに出発できるよう他の物も片付けた。潮の流れが変わったからか、それとも風が吹くからか、海辺に押し寄せる水流が速くなったようだ。ソンおやじとヒスは、次第に水位が上がってくる岩場の端に腰掛けてトルボの船を待った。

「病院に行った連中、少しはようなったか?」

「若いからか、回復が早いですなあ。アミも退院して家におります」

「サツの上の奴らに話しておいたから、あいつらがやれ言うとおりにやってやれ。あんまり強引にムショから出そうとしたら向こうも困るやろ」

　ヒスが頷いた。

「サツもサツですけど、影島側とはどう手を打てばええのか、勘が上手いこと働かんのです。隙あらばまとわりつくもんを争い続けるわけにもいかんし、かといって、あっちから要求されるもんを全部聞いてやることもでけへんし」

「チョン・ダルホはなんぼよこせ言うとるんや？」

「ホジュンとパクは毎月、港に入るウォッカを分けてよこせ言うし、チョン・ダルホは工場をそっくりよこせ言うとります。それに、死んだ甥の補償金と」

「イヌ畜生どもが、ボロ儲けやなあ」ソンおやじがニヤリとした。

「ホジュンとパクは駆け引きすれば妥当な線で調整できそうですけど、チョン・ダルホは無茶苦茶ですわ。よこさんのやったら戦争しようという構えです」

「ヒス、おまえはどうしたらええと思う」

「ずっと争っとるわけにはいかんやないですか？　カネもないし、人もおらんし」

「で、わしに合意を頼みに来たんか？」

「チョン・ダルホも会長の言うことは聞きますんで、おやっさんからナム・ガジュ会長にお口添えいただけたら」

　ヒスは言うべきことを最後まで言えずに言葉尻を濁した。その話を持ち出したとき、敗北感が、底なしの惨めさが喉の奥からせりあがってきた。この四月にソンおやじの元を離れた。ひとりでも上手くやれると思っていた。ソンおやじに毎月十パーセントの税金を払うことに、ヤンドンが「いったい、あのおやじが何をしてくれるんや。いっそ、そのカネを救世軍の募金に突っ込む方がずっと望みがあるわ」と言い募ったとき、ヒスも相槌を打った。だが、ソンおやじの傘の外でヒスは三ヶ月も持ち堪えられずに白旗を揚げた。狼はあまりにも多く、残忍で低俗だった。ヒスはソンおやじのそのちっぽけな傘にどれほどのパワーがあるのか、今になって実感していた。

「チョン・ダルホがよこせ言うとおりにみんなくれてやれ。そうすれば少なくとも命拾いはできるやろ」ソンおやじは嘲笑うように言った。

ヒスは唇をぎゅっと噛んだ。事業はまさに花開こうとしているところだった。チョン・ダルホにとっては小遣いにしかならない事業だが、ヒスにとっては大金である。この狼野郎どもの見え透いたやり方に口実を与え、精いっぱい耕した事業を丸ごと差し出さねばならないのが悔しくて腹が立った。せっかちなヤンドンも、この力のないクアムの海も、まるで他人事のようにあっさり言うソンおやじの口ぶりにも腹が立った。だが、引き渡さなければチョン・ダルホに刺されて死に、引き渡してしまえばホン街金に毟られて死ぬ状況である。

「工場を引き渡すくらいやったら死んだ方がマシです」ヒスがきっぱりと言った。

「両手に餅を摑んでいっこも放さんくせに、わしになんの合意を頼みに来たんや？」

「それでも、ナム・ガジュ会長は礼儀正しい方ですから、合理的な線で仲介をしてもらえませんか」

　ヒスの言葉にソンおやじがプッと噴き出した。

「ナム・ガジュもチョン・ダルホも、いがみ合っとるように見えてみんなグルや。あいつらは、それでも六・二五《ユギオ》（朝鮮戦争）のときに下ってきた避難民の狼やで。がっつり捕まえた獲物を目の前にして一切れでも譲る奴らか？」

「合意でけへんいうことですか？」

「いま合意したら、皮も残さんで剝いで食い尽くす奴らや。しかも、ナム・ガジュは、くれてやるときでも、一旦はぶんどってから恩着せがましく施さんと気が済まん。わしはあいつのやり方をよう知っとる。工場を守ったところで、ナム・ガジュの恩着せにおまえが耐えられるわけないやろ？」

　理解ができないというようにヒスが首をひねった。

「どういう意味ですか？」

「今は合意をしとる場合やない、いうことや。なんの役にも立たへん合意をなんのためにするんや」

「だからて、ずっと手をこまねいてじっとしとるんですか？」

「だから、わしがなんと言うた？　ああいう奴らには、はなから口実をやったらあかんと言わんかったか。いっぺん足を入れたら踏み込んでくるし、引いたらもっと踏み込んでくる」ソンおやじがため息をつくように言った。

ヒスは、あの日の朝、興奮しきったヤンドンが出ていくのを止められなかったことを後悔した。酒の抜けきらない明け方で、血まみれのアミと仲間を急いで救急室に行かせようとして気持ちの余裕がなかった。だが、理由はどうあれ、ヤンドンを止めるべきだった。そうすれば、クズみたいなチョン・ダルホにつけ込まれることはなかったはずだ。ぐっと堪えて一日か二日、様子を見ていれば、パクとホジュンをウォルロンの界隈から永遠に追い出すこともできただろう。だが、ヤンドンは逆上して飛び出し、ヒスはそれを止められなかった。覆水盆に返らず、である。今さら地を叩いて後悔してみたところで何の役に立つというのか。

「なんとか方法はないでしょうか？」

「戦争せなあかんやろ」

ヒスがぎょっとしてソンおやじを見た。

「冗談ですやろ？」

「冗談やない」

ソンおやじは海を見ていた。実際は、海の向こうにある影島という島を見ていた。

陸地と島の間にあるこの小さな海を挟んで、影島とクアムはこの三十年間、一度も戦わなかった。ソンおやじの祖父ソン・ホンシクが独裁者に殴られて全身に青痣をつくって死んだ後、クアムは他所の組とただの一度も戦争を起こしたことがなかった。大なり小なり諍いと刃傷沙汰はあったが、どれも些細な言いがかりに過ぎなかった。ソンおやじはいつも卑屈な笑顔と驚くべき処世で戦いを避けてきた。なのに、今、この臆病でケチなおやじは戦争をしようと言っている。それも海の向かい側にある釜山最大の犯罪組織と。

「戦争すれば勝てますやろか?」

「勝てん」

「ふざけとりますか?」

「やくざはみんな臆病もんや。臆病もんどもの戦争がなんぼのもんや? 怖いから、全速力でお互いを目がけてやたらめったら突っ走るだけや。怖くなったほうが先にハンドルを切るか、でなけりゃ、意地張り合って衝突してどっちも大怪我するか。そんなアホみたいなんが戦争やのに、勝つ奴がおるわけないやろ?」

ソンおやじは問うていた。愚かなことをするのか、それとも、さらに愚かなことをするのか? ソンおやじの言うとおり、ウォッカと工場を諦めれば、命は助かるだろう。まるで娼婦と結婚した男のように、つまらない屈辱的な噂が少々出回り、財布に入ってくる金が減るだけだ。戦わなければ、命拾いはできるだろう。貧しく、惨めに、屈んで、卑屈に生きていけばよいのだ。今までそうして生きてきたのだから、これからだってそうして生きていけるだろう、とヒスは思った。波の水位が上がってきて、ひどく危なっかしい。トルボの船はまだ見えない。ソンおやじとヒスが立っている岩場は満ち潮によって次第に低くなっている。

「戦争しましょう」ヒスが低くきっぱりとした声で言った。

「戦うとはっきり心が決まったんか？　いっぺん始めたら、もう引き返せんで」

ソンおやじは確かめるようにヒスの顔をじっと見た。ヒスは頷いた。

「まずはチョン・ダルホのシノギのいくつかに踏み込みますか？」

「テーブルを何個かぶっ壊したところでビビらんやろ。何人か殺らなあかん。あっちも何人か死んで、こっちも何人か死ぬ。お互いに疲れるまで、どっちも殺り続けなあかん」

その瞬間、ヒスは髪の毛が逆立つ気がした。あちら側も何人か死に、こちら側も何人か死ぬ。誰が死ぬのだろう。やくざの事業は全て合意である。合意は、有利な立場になったときにするものだ。思わしくなければ、互いに戦い疲れるまで、相手が戦うのをやめて合意を申し入れると内心嬉しくなるくらいまでは力を削がねばならない。だから、互いに力が尽きるまで、あちら側でもこちら側でも誰かが死に続けなければならない。

「ホジュンとパクを殺りますか？」

「あいつら程度が死んだからて、チョン・ダルホがまばたき一つする奴か？」

「ファンまで殺りますか？　ファンは本家の兵力ですから、手をつけんほうが……」

「チョルチンくらいは殺らなあかんやろ。でなかったらチョン・ダルホは動揺せん」

その瞬間、ヒスは歯をぐっと食いしばった。事もなげに言い放つソンおやじの様子が憎らしかった。

「チョルチンは自分の三十年来の友人です」

「なら、三十年来の友人にかわっておまえが死ぬか？」

ソンおやじが向かいの影島を顎で指した。

「チョン・ダルホはあそこに座って何を考えとると思う？　おまえとそっくり同じことを考えとるはずや。ヤンドン、アミ、ヒス、この三人を候補に挙げて、ヒスくらいは殺らんと話にならんとチョルチンを説得しとるやろ。おまえはチョルチンが、ヒスは自分の親友やから絶対あかん言うて、チョン・ダルホに跪いて泣いて訴えとると思うか？」

思わない。チョルチンはチョン・ダルホの言うことに逆らわないだろう。どうしようもないのだ、やくざの人生というものは結局こういうものなのだ、と自分に言い訳をしているだろう。二十年前にヒスと仲間がしくじって初めて刑務所に入ることになって自分だけが免れたときも、アミとチョン・ダルホが戦争を起こして二十歳の若造を刺して死なせて半身不随にしたときも、チョルチンは言い訳をした。どうしようもなかったのだ、自分に何の力があるのだ、と。マーティン神父様にボクシングを習ったヒス、ギョンテ、チョルチンのうち、チョルチンが一番気弱で優しかった。無能で優しいのは悪いことである。人は悪いから悪いのではなく、弱いから悪くなるからだ。

「チョルチンはあきまへん。手をかけるんやったら、ホジュン、パク、それからチョン・ダルホの顧問ファンにします」

それは正しい判断ではないと言いたげにソンおやじがゆっくりと首を振った。

「老いぼれきったファンの野郎なんぞは、手をかけてもかけんでも一緒や。チョン・ダルホの組を動かしとるんはチョルチンやで。チョルチンを捕まえんかったらチョン・ダルホはひるまん」

「どのみち影島も本家の兵力を使えません。ホジュンにパクに、ファンの奴までおらんかったら動くのは厳しいです。チョルチンは弱くて臆病です。奴のどこが怖いんですか。後々チョン・ダルホと合意するんやったら、ケツの穴で話が通じる奴を一人は残しておかなあかんでしょう」

ソンおやじがヒスの頬を強く張り飛ばした。老人の腕力の強さに、ヒスはハッと我に返った。張られた頬がたちまち熱をもった。海風が吹いていてよかった。熱をもった頬をかすめる風が涼しい。

「よう聞け。戦いは幼稚で汚くて卑しくて惨(むご)いもんや。どんな奴が戦いに負けるかわかるか？　おまえみたいにきれいに戦おうとする奴や。しょうもないカッコつけて、同情して、太っ腹なとこ見せて、後になって無様に手足をぶった切られるようなことはするんやない。そんときは影島がおまえを殺る前に、わしが殺ったる」

ソンおやじは海を見つめていた。ヒスもつられて海を見た。海は何も考えずに眺めるのによい場所だ。考える必要もなく、いくら考えてみたところで役に立たないときにぼけっと眺めるのによい。

「ホジュンとパクはバックレたんやろ？」おやじが穏やかな声に戻って訊いた。

「どこに籠もっとるのか見つからんのです」

「調べてやろか？」

「そうしていただけると助かります」

「浮かばなあかんものと浮かんだらあかんものをきちっと区分せえ。ホジュンとパクみたいなポン引き野郎どもは派手に浮かべて、チョルチンは静かに沈めるんやで」

ソンおやじの声は低くて重かった。だが、台風前夜の強風の中でも、その低い声がはっきり聞こえた。

浮かぶべきもの、浮かんではならぬもの

小屋の端にさしたる意味もなく取り付けてあった風向計が勝手に猛烈な勢いで回っていた。まだ台風が上陸していないので、海からは湿気をたっぷり含んだ風ばかりが吹きつけてくる。テヨン・テソン兄弟は、午後に入って、壊れた粉砕機を直そうと躍起になっていた。粉砕機は、養殖場の飼料にする冷凍魚や魚市場で売れ残った魚を挽(ひ)くときに使う機械である。パムソムには電気が引かれていないので、電気モーターのかわりに耕運機のディーゼルエンジンを取り付けて改造したのだが、何かに引っかかったように、エンジンをかけるたびにファンベルトが激しく揺れてストップしてしまう。作業が上手くいかないのか、テヨンはスパナでファンベルトをトントン叩きながらしきりに首をひねった。あんぽんたんのテソンは工具箱を胸に抱えたまま、好奇心いっぱいの顔つきで機械の中を覗(のぞ)き込んでいる。直しているのは兄のテヨンなのに、顔に油がべったり付いているのは弟のテソンだ。テソンは粉砕機の上に座り、じれったそうにテヨンにあれこれ指示する。テヨンはいつもどおりテソンの話を上の空で聞

いている。暫くしてテヨンが再びエンジンの下に潜り込んでネジをいくつか締め、テソンにエンジンをかけろと叫んだ。テソンがエンジンのスイッチを入れると、ようやく粉砕機が動いた。だが、ファンベルトは相変わらず激しく揺れ、下手をしたら爆発でもしそうな異音を立てる。それでもテヨンは、このぐらいならよし、というように赤いコーティング付きの軍手を外してヒスの方へ歩いてきた。

「何が上手くいかんのや?」ヒスが訊いた。

「準備できました。あの粉砕機は、なりがでかいのに耕運機のエンジンを付けたせいか馬力がないんですわ」

「あんな機械で、どうやって養殖場をやってくんや?」

「近頃は干した飼料がメインで、生ものはあんまり使わんのです」

「なら、あれは死体を始末するときにだけ使うんか?」

テヨンがぎょっとした表情になった。

「なんのことでっか?」

「おまえ、正直に言うてみい。近頃も死体を始末する仕事をしとるやろ?」

「ちゃいますって。こんなんは何年に一回あるかどうかでっせ」

テヨンがしらばくれた。ヒスは信じられないというように首をふった。

「俺はもう、死ぬまで絶対にヒラメは食わん。見たとこ、おまえの本業は養殖やなくて死体の始末みたいやな」

「そんな、自分らはホンマにそんな人間やありまへん」

「なら、どんな人間や？」

「誇らしき漁民の息子でっせ」

「よう言うわ」

テソンは粉砕機に意味もなく木の枝をいくつか放り込んでいた。粉砕機がぶるぶる振動しながら木の枝を細かく砕いて粉々にしていく。それが面白いのか、テソンはくすくす笑いながらさらに大きな木の枝を突っ込んだ。「あーあ、あの野郎は、やっと直したのに、またや。やめろて」テヨンがテソンに向かって怒鳴った。テソンはテヨンの大声にビクッとして、持っていた木の枝を遠くに放り投げた。

「それでも兄貴の言うことはちゃんと聞くんやなあ。テソンはおまえが怖いみたいやな」

「あいつはこの世に怖いもんなしですわ」

テソンが何事もなく島のこちら側から向こう側へぐるりと懸命に走って戻ってきた。十年前も二十年前も、このあんぽんたんはいつも子供のようで、この世に何の心配もないらしい。ふとヒスは、テソンのその何の心配のない空っぽの頭の中が羨ましくなった。

「あそこに突っ込めば済むんか？」

「髪の毛だけ別に始末すれば、特に問題ありません」

「髪の毛はなんでや？」

「あそこに入ると骨も粉々になるんですが、不思議と髪の毛は上手く粉砕でけへんのです。レールとかに挟まって、しょっちゅう機械も傷むし」

「なら、どうやって始末するんや？　坊さんが剃髪するときみたいにハサミで切ってカミソリなんかで剃るんか？」

「燃やします」

「燃やす？」

理解ができないというようにヒスが首をひねった。

「髪の毛はタンパク質の塊なんで、意外によう燃えます」テヨンがさらりと言った。

そうか、と言ってヒスは煙草を咥え、小屋を見た。台風前の風が古い小屋の屋根を揺らしていた。ホジュンとチョルチンがその小屋の中に縛り付けられている。今夜中に二人を始末しなければならない。タルチャが来なかったので、始末をするのは完全にヒスの役目だ。そう思うと、ヒスは胸が苦しくて頭が痛くなってきた。

ウォルロンのポン引きパクは、今頃ヒンガンが始末しているはずだ。パクはどこかに逃げることもなく、自分の事業所の小部屋に潜んでいた。そこは警察のガサ入れがあるときに女と客を隠すための部屋だった。事業所の娼婦たちが自分をかくまってくれると思ったのか、それとも自分のこしらえた秘密の小部屋が他所よりも遙(はる)かに安全と考えたのか。だが、化粧台を押すと現れる秘密のドアが唯一の通路であるその小部屋は、決して安全ではなかった。窓も非常口もないから、誰かがドアを開けて入ってきたら、なすすべもなく捕まる。パクの事業所で働いている女は、幾らにもならない金で鍵を引き渡した。ヒスは時計を見た。午後四時だった。ヒンガンは小部屋の鍵を持っており、よく刃の立ったナイフもある。まもなくパクは、窓も非常口もない、自らこしらえた密かな部屋で血を流しながらひっそりと死んでいくだろう。

草場洞のホジュンを捕らえたのは昨夜のことだった。ソンおやじが金を出してプロを雇った。実のところ、プロなんぞは要らなかった。信じられないだろうが、やくざは刑事よりも早くやくざを見つける。金さえたっぷりあれば、やくざがやくざを見つけることほど容易(たやす)いこともない。ホジュンは栄州(ヨンジュ)に潜んでいた。太白(テベク)と旌善(チヨンソン)が石炭産業で栄えていた頃、栄州は羽振りのよい鉄道消費都市だった。週末に江原道の炭鉱から出てきた作業員たちがコールタクシーや汽車に乗って、あのそびえ立つ太白山を越えて栄州まで酒を飲みに来ていた。景気がよかった頃の栄州には、仔犬も口に一万ウォン札を一枚ずつ咥えて歩くという言葉があるほどだった。今は石炭を載せた汽車もなく、作業員もいない。寂れた酒場と年老いた酌婦だけが残った。ホジュンが栄州に潜んだのは、二十歳でやくざ稼業を始めたときに親しかった友人が栄州でスナックを経営していたからだ。やくざが身を隠すときには、信じていた昔の友人を訪ねる。笑えることに、その友情で守ってもらえると信じている。だが、金で人を探してみると、その友情の値段というものが思ったよりべらぼうに安いことに仰天することになる。ましてやホジュンのようなクズの友人ならば、その値段は言うまでもない。

ヒスと三十年来の友人であるチョルチンもあの小屋で縛り付けられている。この友情の値段はいくらなのかとヒスは自分に問うてみなかった。問うまでもなく、ホジュンのようなクズよりも高くないことくらいはわかっていた。ヒスは吸っていた煙草を海に放り込んだ。顔色を窺いながら横に立っていたテヨンは、時計をチラリと見ると、そっと口を開いた。

「作業はいつ頃始まりますかね？　明け方になると、ここも通りかかる漁船が一艘や二艘やないんですわ。それに、あれは意外と時間がかかります」

「待機しとれ」ヒスがぶっきらぼうに言った。

テヨンが焦った顔で口をとがらせた。そのとき、アミが小屋のドアを開けて出てきた。アミはヒスの方へ足どり重く向かう途中、飼料粉砕機の前で立ち止まり、それが猛烈な音を立てながら回る様子をぼんやりと見つめた。アミは最初からこの仕事に乗り気でなかった。アミが考えるやくざの戦いは、まるでボクシングの試合のように健全なものだった。二人のやくざが拳骨(げんこつ)で殴り合う。一人は倒れ、一人は立っている。立っている奴が倒れた奴に握手を求める。倒れた奴が負けを認め、差し出された手を摑む。二人は抱き合いながら、それまでに積もった心のわだかまりを払い落とす。とまあ、こんな具合だ。だが、そんな健全なやくざは、すでに鉄器時代が来る前に死に絶えていた。

「ホジュンは?」

「気絶しとります」

「なんか使えそうな情報は取れたか?」

「チョン・ダルホが言うとおりにしただけや、なんも心配するな言うのを信じたんが間違いやったて、ずうっと繰り返しとるだけです」

やはりチョン・ダルホが裏にいたのだとヒスは頷いた。確かに、裏に大きな組がいなければ、ポン引きなんぞが道具を持って襲撃するはずがない。

「人を刺したことはあるか?」

アミはヒスの突然の質問に当惑顔だ。

「道具なんかは使いまへん」

「こういうんは初めてか?」

アミが暫く考えて口を開いた。

「ひょっとして、今日は自分が刺さなあかんのですか?」

「いや。おまえはじっとしとればええ」

わかったというのか、よかったというのか、アミが頷いた。

「ところで親父、ウォルロンのポン引きどもはともかく、チョルチン兄貴まで殺る必要はないんとちゃいますか。なんやかや言うても、兄貴は親父の古い友達やし、うちのお袋とも長い知り合いやないですか。お袋が大変なときに店もよう助けてくれましたし、自分がブタ箱におるときに面会に来て、領置金もなんべんも差し入れてくれました」

「おまえをムショに送ったんがチョルチンやのに、領置金をなんべんか差し入れてくれたんが、そんなに有り難いんか?」

「親父は面会にいっぺんも来んかったやないですか。チョルチン兄貴は最初の年に二回、クリスマスのたんびに一回で、五回も来ましたで」

「悪かったたな。クリスマスに面会に行けんで」

「そういうことやなくて、チョルチン兄貴は、ちいとムカつくとこがあっても、気はえらいええ人です。生きとれば、お互い恨みつらみがあるやないですか。そういうんをいちいち責めとったら、毎日まいにち刃傷沙汰になるに決まっとるでしょう。ですから、今回は親父が広い心で堪忍したってください」

ヒスはアミの顔を見た。喧嘩ではあれほど勇ましくて無敵のアミが、刃物で人を殺すことには恐れで満ちている。二十歳の頃はヒスもアミと同じだった。感情に水分が満ちていて、何にでも簡単に沸騰した。何でも今より悲しく腹立たしく憐れで恋しかった。あの熱いものはみな、どこに行ってしまったのだろう。

「チョルチンに恨みはない。もう、恨んで誰かを刺す歳でもないし」ヒスが淡々と言った。

ヒスはドアを開けて小屋の中に入った。ホジュンは血まみれのまま気を失っており、チョルチンは焦点を失った瞳で角の柱に縛り付けられていた。ソッキが、気を失ったホジュンの頭に顔を寄せて、意味もなく何かを喚いている。ホジュンの顔は切りつけられてパンパンに腫れ、誰なのか見分けもつかない状態だ。ホジュンとは、営む事業も働いている縄張りも違う。関わりあうことがないにもかかわらず、不思議と長年あれこれ悪縁でたびたび関わった。十七歳のインスクが玩月洞に入ったときに初めて働いた売春宿の主がホジュンだった。酒の席でインスクの床技について喋りたがり、何も知らない幼い子供に一から十まで教えて玩月洞でトップの鍋に仕上げたと吹聴した。インスクが風俗街を出て店を開いたとき、もう何の利害関係もないにもかかわらず、ホジュンはまるでヒモにでもなったようにインスクにまとわりついた。ひっきりなしにべらべら喋る汚い舌と、そのへらへらした面構えがムカつく野郎だった。会うたびに殴ってやりたかったが、殺してやりたいと思ったことは一度もない。それは今でも同じだ。こいつは姑息で軟弱で図々しい、ただのチンピラ野郎に過ぎない。そんな奴らは裏通りに溢れかえっていた。

「起こせ」ヒスがソッキに命じた。

ソッキは水の入ったバケツを持ってくると、ホジュンの頭にぶっかけた。ホジュンが意識を取り戻すと、ソッキはいきなり拳でその顔を殴った。不意打ちだったのか、拳に当たってホジュンの歯が何本か折れた。歯茎からバキバキと折れていく音がはっきり聞こえた。歯に当たって切れたのか、ソッキの拳からも血が流れ出た。先日のホジュンの襲撃で、アミの仲間は六人もひどい怪我を負った。さらに、病院で治療を受けていたうちの一人はヤンドンのかわりに拘束された。アミの仲間たちにはホジュンに対する多くのわだかまりがあるはずだ。だが、すぐに殺そうが何度か殴ってから殺そうが、変わるものは何もない。気が晴れることもないし、怒りが消えることもない。ソッキは怒りに満ちており、ホジュンをいたぶったところで怒りが消えはしないことが解らないいらしかった。怒りは消えず、むしろ沸き上がる。だんだん沸き上がり、ますます沸き上がる。ソッキはホジュンの顎を左手でガシッと摑み、右の拳で一撃を加えようとした。ソッキがぴくりとすると、驚いたホジュンもつられて身体をぴくりとさせた。ヒスはもうやめろというようにソッキの腕を摑んだ。ソッキは何か物足りないのか、のろのろと後ろに下がった。

ヒスはホジュンの前にかがみ込んだ。ホジュンは喉にせり上がってきた痰を床に吐いた。折れた二本の歯が血の塊にまじって床に落ちた。反対側の柱では、チョルチンが後ろ手に縛り付けられたまま、ヒスを睨みつけている。チョルチンの顔は怯えていない。ヒスからこんな扱いを受けることにプライドを傷つけられたような表情だ。それは、事態がどうなろうとも俺様をどうすることもできないはずだという自信満々な顔であり、その自信満々さゆえに不快さに満ちた顔だった。ヒスはチョルチンから目を背けて再びホジュンを見た。

「船に乗ってきたとこをみるとパムソムらしいけど、脅そう思てここに連れてきたんか、それともホンマに殺るために連れてきたんか？」ホジュンが訊いた。

拳で殴られて腫れ上がった頰骨が、話すたびにひくひくする。それはサーカスのピエロの扮装のように滑稽に見えた。ホジュンが縛り付けられているところの木の床には、血が飛ばないようにするためなのか、広いビニールシートが敷かれている。面倒をひどく厭うテヨンが敷いたのだろう。木の床についた血を拭きとるくらい面倒なことはないからだ。

「脅すためだけにここまで来るほど俺は暇やないで」ヒスが淡々と答えた。

ヒスの淡々とした口ぶりのせいか、ホジュンの瞳が激しく揺らいだ。本当に殺すつもりなのか、それとも脅すだけなのか、素早く頭を回転させたが、どちらが正しいのか、なかなか勘が掴めないらしい。テーブルの上には新聞紙でぐるぐる巻きにされた刺身包丁が二本あった。ヒスはそのうちの一本を掴んでゆっくり新聞紙を剥がすと、蛍光灯にかざした。タルチャが丁寧に研いだからか、ゾッとする刃だ。揺らいでいたホジュンの瞳孔が急に広がった。

「ヒ、ヒス、ここまでせんでもええやないか。俺にもちいと悪いとこはあるけど、こっちのシマに先に踏み込んできたアミの野郎、あいつもうんと悪いんやで。ひとの飯碗に手つけるのを黙って見とる奴がどこにおる？　なんぼ雑犬でもホームグラウンドを守るんは罪やないで」ホジュンが慌てて言った。

ホジュンの話にも一理あるというようにヒスが頷いた。

「雑犬がホームグラウンドを守るんは罪やないな」ヒスがホジュンの言葉を繰り返した。

ホジュンが嬉しそうにこくこくと頷いた。

「ヒス、おまえもそう思うやろ？」

「けど、今日は状況がちょっとアレでなあ。解ってくれや」

ヒスの答えに、ホジュンの瞳が行き先を失って揺れた。

「ああ！　おまえ、インスクのせいか？　俺がインスクは売女やて陰口を言いふらしたからか？　あれは、やたら訊かれるから、なんも考えんで答えただけや。インスク、あの女がうちのシノギで仕事を始めたんは俺のせいやないやろ？」

「それも、おまえのせいやないな」

ヒスはホジュンの髪を掴んで首を後ろに反らせた。ホジュンはヒスの目を見た。ホジュンの切羽詰まった顔は不安に満ちている。

「なあヒス、命だけは助けてくれ。俺が悪かった。それから、今までインスクの邪魔して虐めたんはすまんかった。でもそれは、おまえが考えとるんとはちゃうで」

「俺が考えとるんは、なんや？」

「俺はインスクに惚れとった。インスクがあんまりつれないから意地になったんや。男は惚れたら、そういうこともあるやろ？　惚れたんがそんなに罪なんか？」

突如としてホジュンは恋の話をまくしたてた。目の前にちらつく青い刃のせいか、それとも悔しくて哀れな片思いのせいか、髪の毛を掴まれて首が反りかえったホジュンの目から涙が流れ落ちた。

「そやな。惚れるんは罪やない。してみると、おまえには罪がいっこもないな」ヒスが力なく答えた。

ヒスは息を深く吸い込んでホジュンの首に刃を当てた。真夏なのに、ホジュンの身体は激しく震えている。アミとソッキは緊張したようにヒスの手を見つめた。ヒスは暫く息を整えると、ホジュンの首に深く刃を突き刺してから横にゆっくりと引いた。切れた筋肉が開いて、どっと血が溢れ出した。ビニールシートの上に落ちるホジュンの血の塊は色鮮やかだ。アミとソッキ、そして柱に縛り付けられているチョルチンは、ゴホゴホいっていたホジュンが首をがっくり落とす様子を呆然と見ていた。ヒスは立ち上がってテーブルの上にあった布巾で刃先と持ち手についた指紋と血を拭きとり、ホジュンの死体の横にポンと放り投げた。

「テヨンに入ってくるよう言え」

どういう意味か測りかねているのか、アミとソッキは顔を見合わせ、きょろきょろ見回している。

「外からテヨンを呼んでこい言うとるんや」

ヒスが言い直すと、ようやくアミとソッキは小屋の外へあたふたと出ていった。ヒスはテーブルの上でもう一本の刺身包丁を新聞紙から取り出してチョルチンを見た。もはやチョルチンからは、ついさっきまで見せていた余裕と不快な表情は見いだせない。ヒスはポケットから煙草を一本取り出してチョルチンに差し出した。チョルチンは呆然とした顔で煙草を咥えた。ヒスはチョルチンの煙草に火をつけた。チョルチンは血まみれの歯で煙草をぎゅっと嚙んで吸い込んだ。ヒスは木の椅子に腰掛け、自分の煙草にも火をつけて煙を長く吐き出した。小屋の真っ黒な木造の壁のあいだに穴があるのか、煙は煙突に吸い上げられるように勢いよくのぼっていった。

「いやあ、旨いな。殺る前にあいつに煙草をやるのを、うっかりしとった」ヒスが努めて平静を装って言った。

チョルチンは口に煙草を咥えてうなだれたまま、倒れているホジュンの死体を見た。恐怖が押し寄せてきたのか、チョルチンの身体が激しく震えた。暫くのあいだ、ヒスとチョルチンは黙々と煙草を吸っているだけだった。ヒスは何も思い浮かばず、チョルチンはうなだれたまま暫く何かを考えているようだった。

「どういうつもりでこんなことをするんや？」チョルチンが訊いた。

「見てわからんか？　おまえらと戦争しとるんやろ」

「なあヒス、おまえ、こんなんしとったら死ぬで」

「チョン・ダルホに殺られてもホン街金に殺られても一緒や。どうせ俺にも行くあてはあらへん」

ヒスは煙草の吸い殻を床に投げ捨て、テーブルに置かれた包丁を摑んで立ち上がった。チョルチンの瞳孔が激しく揺らいだ。

「恨まんといてくれ。おまえを生かそうとしたけど、おやっさんはあかんそうや。プライドみたいなもんは全然持っとらん人やと思っとったけど、今回はソンおやじも憤慨しとった。今まで影島に積もることもようけあるし、正直言うて、今回はおまえらがやりすぎやったな」

ヒスが一歩近づくと、チョルチンの身体がビクッとした。

「これはおまえが考えとるような争いやないで」

「わかっとる。ただのクソ争いやろ」

ヒスがもう一歩近づいた。

「こんちくしょうめ。おまえの工場とヤンドンのウォッカなんか食うために起こした争いやない言うとるんや」切羽詰まったチョルチンが叫んだ。

ヒスは動きを止めてチョルチンの顔を見た。チョルチンは身体をガタガタ震わせている。

「裏にナム・ガジュ会長がおる。ヨンガンも会長が呼び寄せたし、ヤンドンにウォッカを供給しとる在日のキム社長、おまえがやっとる工場の技術者ヤマさん、みんなナム・ガジュ会長がねじ込んだ人間や」

理解ができないというようにヒスが首をかしげた。

「ナム・ガジュ会長が、なんでや?」

「ヤンドンの肺に空気をたっぷり吹き込んだんや。俺らみたいに持っとらん奴らは、急に肺に空気が入ったら、しくじるもんやで。見てみい、クアムの海がみんなナム・

ガジュ会長の目論見どおりにオタオタしとるやないか」

ヒスはチョルチンの前に座った。

「ナム・ガジュ会長がクアムの海を狙っとるやと？　四十年おとなしくしとったのに、今更か？」

「港が塞がれてナム・ガジュ会長のブツが入らんようになっとる。北港が加徳島の新港に移転するからいうて、ソウルの本庁から公務員のトップが大勢来とる。税関の職員どもが保身に走って、このあたりのラインはみんな塞がったんや。今後も厳しいやろうし」

港が塞がれた？　ヒスは暫く宙の一点を見つめた。何か複雑な考えがとりとめなく浮かぶが、舞い上がる埃のごとく、そこに何の繋がりも見いだせない。

「ソンおやじも知っとるのか？」

「ソンおやじに知らんことがあるか？」

「おまえは？　全部知っとったくせして、この騒ぎになるまでじっと傍観しとったいうことか？」

ヒスの眼差しに、チョルチンが面目なさそうな表情になった。

「全部片付いたら、ヤンドンはともかく、ヒス、おまえには別にでかいシノギをひとつ獲ってやるつもりやった。これはナム・ガジュ会長も約束したことや」

ふと、ナム・ガジュ会長はくれるときでもいったんぶんどってから施さねば気が済まない人間だという言葉を思い出した。その恩着せがましさに耐えられるわけがないという言葉も。

「チョン・ダルホは？」

「まだ知らん。いずれ気づくやろ」

「チョン・ダルホとナム・ガジュを二股かけとるんか？」

チョルチンはひどく苦しそうに顔を歪めた。

「ナム・ガジュ会長みたいな人間が肩に手をかけて、ひとつ仕事を一緒にやってみよう言うのに、俺に何ができる？　話せばナム・ガジュに殺られるし、話さんかったらチョン・ダルホに刺されるんやで」

ヒスは摑んだ刺身包丁を見つめた。ホジュンとパクは死んだ。こいつを生かしたらソンおやじは自分を許してくれるだろうか？　行けという場所に行かない将棋盤の上の卒を許してくれるだろうか？　ヒスはテーブルに包丁を刺し、暫くしてから抜いた。そして再び刺した。チョルチンはヒスの繰り返す動作を見つめていた。そのとき、テヨンとソッキがドアを開けて小屋の中に入ってきた。テヨンはホジュンの死体を何の感情もなく見ると、ビニールの隅を摑んでメンコを折るようにひとつずつ重ね、新たに大きなビニールを広げて死体をくるくる巻いた。

「ヒス兄貴、こいつが粉砕機に入る奴ですか？」テヨンが訊いた。

ヒスは繭のごとくビニールにくるくる巻かれたホジュンの死体を見た。

「いや。こいつは浮かべるやつや」

不満そうにテヨンが顔を顰めた。死体の足の方を掴むとソッキを見た。

「何しとる？　持て」

ソッキとテヨンはビニールに包まれた死体を持ち上げた。「ええい、ちくしょう、時間もないのに、やるんやったら、粉砕機に入る奴から先に始末したらええのに。浮かべる奴は明け方に始末しても構わんのに」

ヒスに聞かせるつもりか、死体を持って出ていくテヨンが大声で文句を言った。テヨンの声に、チョルチンの顔から血の気がひいた。

「聞いたやろ？　時間がないそうや。おまえを潰してヒラメの餌にするためにテヨンが粉砕機まで直したんやで」

「どうすればええ？」

「もっと栄養価のある話をしてみい」

　チョルチンが唇をぎゅっと噛んだ。

「チョン・ダルホの甥は、俺らが殺った」

「ヤンドン兄貴は自分が刺した言うとったで？」

「死ぬほど刺されたわけやない」

「で、おまえらが改めて死ぬほど刺して救急室に押し込んだんか？」

チョルチンが力なく頷いた。

「他には？」

もう話せることがないのか、チョルチンが諦め顔で片側の壁を見た。チョルチンが縛り付けられている柱の下に広いビニールが敷かれていた。小屋の隙間から風が吹き込み、そのビニールの端がはためいている。ヒスはテーブルに刺された包丁を抜き、表裏とひっくり返してから再びテーブルに刺した。そして再び包丁を抜いた。外でテヨンがデモをするかのように飼料粉砕機のエンジンをかけ続けている。ファンベルトの回る音がひときわ騒々しかった。

テキサス・ホールデム

台風七号ロビンが上陸した。ヒスは万里荘ホテル二階のレストランで、台風の吹き荒れる海を見つめていた。厚さが十二ミリもある強化ガラスの窓が強風にたわむように揺れる。前夜に眠れなかったからか、喉が栗のいがを突っ込んだようにえがらっぽい。赤道付近でこの台風が発生した時から、テレビのニュースは、今年とりわけ暑くなった海のせいで凄まじく勢いが強まったスーパー台風だと連日大騒ぎである。そのせいか、一級警戒令が下された海辺には、まるで酷寒でも吹き荒れているかのごとく、観光客などは一人もいない。防波堤の屋台の中年女たちだけが、風雨の中でビニールの幕をナイロンのロープでぎゅうぎゅう括り付けて重石をぶら下げている。そうしたところで、この台風の中ではさほど役に立ちそうにない。ナイロンのロープなんかでは台風を防げるものではない。台風が吹き荒れると、クアムの海の無許可の建物と粗悪な仮設物は、枯葉のようにふっ飛んで粉々になった。毎年そういったことが繰り返されるが、ここの貧しい人々には登記も保険もないから、全てがふっ飛んでも、ろくに訴えに行ける場所もなかった。

海辺は休業状態だ。強風で看板がふっ飛び、船着場の小さなボートがひっくり返った。パラソルが開いて凧のように空高く舞い上がり、下水口から溢れだした水に押し流された自動車が刺身屋の水槽に突っ込んだ。その風雨の中でも、生活力のある中年女が数人飛び出してきて、割れた水槽から流れ出たシマダイを籠に入れて持ち去った。ヒスは、台風であらゆるものが飛び交う風景を見ながら、かえって好都合だと思っていた。台風でも来なかったら、人々が笊に金をかき集めているこの猛暑に、クアムのやくざだけが開店休業をする羽目になるところだった。

ホジュンとパクの死体が浮かんだ。ホジュンはウォルロンの下水口で発見され、パクは自分が信じていた密室で発見された。ソンおやじはホン街金から警察に自首する借金持ち二人を買い取った。ホン街金が引き渡したならば、どん底まで落ちた奴のはずで、臓器を売っても返済しきれないギャンブル狂かヤク中だろう。彼らにとってはいいチャンスかもしれない。腎臓と眼球を取り出したり、幼い娘を風俗街に売ったりするよりは、刑務所で供されるバランスのとれた一汁三菜の食事をしながら、何年かうんとくすぶって出所するほうが遙かにましなはずだ。

ホジュンとパクの死体が浮かぶと、街にはたちまちひやりとした空気が流れた。みないつどこで刺されるかわからない状況ゆえに、影島、クアム、ウォルロンのあらゆる歓楽街からやくざが消えた。クアムのやくざはソンおやじが新たに作った密輸倉庫に集まっている。一度も使ったことのない倉庫だったから、ヒスもそんなところにカッコウ倉庫があったことを初めて知った。林業道路沿いに延々と上っていかねばならない山の中腹にあるため、誰が出入りするのか調べるのに格好の場所だ。影島とウォルロンの連中がどこに隠れているのかはわからない。だが、じきにわかるだろう。義理はまるで金にならないが、裏切りは大金になるからだ。しかも、今は情報の値段が青天井になっている裏切りの絶好期であり、いつものごとくこの世界には、はした金でも回収しようとする裏切り者たちが溢れかえっている。影島にせよクアムにせよ、やくざの隠れ家が明らかになるのは時間の問題だろう。

ヒスの娯楽機械の工場は稼働を停止した。ヤンドンの酒類蔵置所も休業状態だ。噂がどれほど瞬時に広がったのか、注文がぱったり途絶えた。たとえ注文があっても、いつ奇襲されるかわからないこの殺伐とした状況で、それを売るためにトラックを運転して配達して回る奴はいない。配達する運転手がいないから、酒類蔵置所の庭は空のトラックばかりで埋まっている。だが、万里荘ホテルは門を閉めなかった。ホテルにいたやくざがみな引き揚げ、怯えた職員数人が辞表を出したが、ソンおやじはホテルの門を開け続けた。植民地から解放された直後は木造だった建物をコンクリートとレンガで改装補修した時を除いては、万里荘ホテルが門を閉めたことは一度もなかった。もちろん、ソンおやじはさしたる栄光もない伝統を守るために門を開けているわけではないのだろうとヒスは思った。

ソンおやじは万里荘にとどまった。いつもどおり出勤し、いつもどおりテラスでコムタンを食べ、いつもどおり自分の部屋でひとり碁を打った。危険ではないのかとヒスが訊くと、ソンおやじは「攻め込んできたところで、イスとテーブル、それに力のない年寄りしかおらんのに、何が危険なんや」と答えた。自分は安全だと思っているらしい。仮にチョン・ダルホが手下を送り込んだとしても、自分を殺しはしないだろうと考えている。クアムがチョン・ダルホやナム・ガジュを殺せばこの争いを止められないように、影島がソンおやじを殺せばこの争いを止められないからだ。チョン・ダルホにはソンおやじを殺す理由がない。要するに、金にならないのだ。やくざは登記を持っている者を殺さない。ドッと押しかけてテーブルを壊し、誰かを刺したからといって、所有権が自分に移るわけではないからだ。ナイトクラブの所有権を奪うにしろ営業権を奪うにしろ、登記を持っている業主は常に生きていなければならない。生きていてこそ、脅迫するなり懐柔するなり何なりできるからだ。だから、クアムの数多(あまた)ある事業所の登記を持っている限り、ソンおやじはチョン・ダルホから安全だろう。避暑客でごったがえすこの夏に、しかも海辺のど真ん中にある万里荘ホテルにやくざたちを送り込むのも容易ではないはずだ。

戦いは始まった。どのみち避けられない戦いであり、変わったことはなかった。チョン・ダルホよりもずっと老獪なナム・ガジュにメインの選手が替わっただけだ。始めからこの戦いを知っていたソンおやじはヒスに一言も話さなかった。正直なところ、ナム・ガジュと戦って勝つ自信はない。この戦いが続けば、ヒスは影島の抹殺者リストの筆頭に載るだろう。ヒスは登記を持っていないし、クアムのやくざたちを動かす実質的な総合責任者であるうえに、依然として、あるいは再びソンおやじの手下だからだ。ソンおやじに揺さぶりをかけるなら自分を殺すのが一番いい方法だろうとヒスは思った。今やヒスはかつてない危険にさらされているが、ソンおやじはいつもそうであったように安全である。そう思うと、ヒスはソンおやじがひどく憎らしかった。

ホテルの入口にタンカの車が急速度で入ろうとしていた。旧式のマフラーが黒い煤煙を激しく吐き出している。タンカはがらんとしたホテルの入口に適当に停め、あたふたと降りてきた。暫くして息をはずませながら二階のレストランに入ってきた。

「えらい早う来たなあ、この大事な日に」ヒスが嫌味を言った。

「公務員の野郎どもがえらい臆病で鈍くさくて、この時間に来られただけでも殆ど奇跡やで」

約束より一時間も遅れて来たのを悪いと思ったのか、タンカが大げさに言い募った。

「議事録は持ってきたか？」

タンカが鞄から分厚い書類の束を取り出した。

「いちおう持ってはきたけど、こんな書類がいったいなんで要るんや？　引っ張り出すのにえらい苦労したで」

ヒスは書類をひったくるようにして急いで何ページか読んだ。殆どが役に立たない話で、理解できない専門用語である。しかし、会議の主な内容は、釜山港を加徳島（カドクト）方面に移転する新港湾建設の案件と古くて狭い北港を再開発するという案件だ。二十兆ウォンという天文学的な金がつぎ込まれる大工事だった。ヒスはじっくり調べているうちに頭が痛くなったのか、書類を閉じた。

「これはいったいどういうことや？」

「俺にもよう解らん。新しい政府になって、いろいろと国策事業を始めとるけど、そのうちの一つが釜山に新しい港をつくることや言うとるで？」

「いきなりなんで新しい港や？」

「近頃、コンテナの物量も増えて船体もデカくなったのに、日帝時代にできた釜山港は狭いやろ。コンテナに積み込むスペースも足りんし、貨物トラックで混雑しとる市内を通らなあかんから、市民も不便やし。最近の船は、サッカー場の三倍か四倍くらいあるで。北港には、そんなにデカい船は入れん」

「で、どこに作るんや？」

「ほら、鳴旨（ミヨンジ）の向こうに加徳島いう島があって、そこと陸地の間を埋め立てて作るそうや」

「これは通った話か？」

「まだ完全に決まったわけやないけど、ほぼ通る方向で詰めてくそうや」

相変わらず理解ができないらしく、ヒスが首をひねった。島と陸地の間を埋め立てて新しい港を作ろうと思ったら、今日すぐに始めても十年以上かかる。

「税関や釜山港に変わったことはないんか？」

「港の移転いうたらハンパなことやないやろ。中央庁から上の人間が大勢やってきて、税関の職員どもは慎重になっとるみたいやで」

「影島は北港からブツを運んでくるやろ？　主に入ってくるのはなんや？」

「あいつらは金塊も密輸するし、クスリも密輸するし、レントゲンやＭＲＩみたいな高い医療機器まで、カネになるもんはなんでも密輸する。中国の胡麻（ごま）や粉唐辛子みたいなもんばっかり仕入れとるうちのケチなおやっさんとは、規模からして比べものにならんやろ」

「なら今、影島のほうの港は塞がっとるな？」

「そこまではわからん。影島の連中がブツを仕入れるルートは会長の姐さんも知らんで」

ヒスが頷いた。影島の使っている港が塞がったとすれば、並たいていのことではないはずだ。チョン・ダルホの主な収入源はパチンコ、ナイトクラブ、風俗街といった場所だが、ナム・ガジュの主な収入源は北港の密輸である。昔から日本のヤクザ、ロシアのマフィアと取引をしてきた。密輸はナイトクラブのようなものとは比較にもならないほど巨額の収入になる。十件のうち一件だけでも上手く当たれば美味しい商売と言われるほどだ。北港のルートが塞がったならば、ナム・ガジュの事業全体が塞がったということである。バラバラになっていたパズルのピースがぴたりと納まった。ナム・ガジュはクアムの港を必要としている。北港の補助港に過ぎない小さな港だが、ナム・ガジュがコンテナをいくつかこっそり持ち込むぶんには何ら問題にならないだろう。だがソンおやじは、他のものならともかく、港だけは貸してやる人間ではない。それは確実すぎて、ナム・ガジュはソンおやじに打診さえもしなかったはずだ。クアムの海にヨンガンのような糞兵を放っておき、ヤンドンにウォッカの密輸業者と成人娯楽室の技術者をあてがって肺に風をたっぷり吹き込む。すると、この貧しいクアムのやくざはみなつられてあたふたし始める。その中には、哀しいことにヒスも含まれていた。

影島とクアムが唸りあっているだけでもナム・ガジュの戦略は充分に成功している。

ソンおやじはそれを知らなかっただろうか？　まさか、部屋の隅でひとり碁を打ってばかりいても、この界隈で起こることに関しては知らないことはない人間である。ソンおやじは全てを知っていたはずだ。肺に風が入ったヤンドンの事業がどこから始まったのか、それに付いていったヒスが終いにどうなるか、はっきりわかっていたのだ。通りで手下が刺されて死んでいくのに、知っていて知らぬふりで口をぎゅっとつぐんでいるのである。

ヒスは呆然として窓の外を眺めた。タンカは待ちくたびれたのか、咳払いをした。ヒスは、まだ言うことがあるのかと言いたげにタンカを見た。

「なんや？」

「なんやて？　カネをもらわんと」

「なんのカネや？」

「この書類を引っ張り出すのに五百万ウォンかかったんやで」

「ぬかしよってからに。これっぽっちの紙切れになんの五百や」

「これは国家機密やで。この情報が漏れてみい。加徳島の前の地価が跳ね上がるやないか。公務員の奴らが絶対にやれん言うもんを、宥めすかしてようやっと引っ張り出したんやで。掛け値なしに公務員にやったぶんだけでぴったり五百万ウォンや」

ヒスは財布を開いた。中に百万ウォンの小切手が三枚ある。ヒスは小切手三枚を渡そうとして、二枚だけを取り出し、タンカに差し出した。タンカは受け取るまいと粘った。

「近頃のこと、知っとるやないか。兄貴はホンマしんどいんや」

タンカは目をつり上げて不服そうにヒスを睨みつけ、しぶしぶ小切手を受け取って財布に入れた。

「ちいと上手いことといきそうや思うと、すぐに水の泡やな。兄貴の人生は、なんでそういつもしんどいんやろ」

「ホンマや。いつもしんどいなあ」ヒスが力なく言った。

タンカは内ポケットから煙草を取り出すと、ヒスに一本差し出して自分も口に咥え、ヒスの煙草に火をつけてやった。

「兄貴はどうするつもりや？」

「何をどうするんや？」

「もうすぐ、なんかどえらいことが起こりそうやけど、上手いこと列に並ばなあかんやろ。やくざは列やないか」

「もう並んどるやろ」

「書類をざっと見たとこでは、ソンおやじとナム・ガジュ会長が戦争しそうやけど、ソンおやじがナム・ガジュ会長に勝てるか？　ナム・ガジュ会長はチョン・ダルホやウォルロンのポン引きどもとはレベルが違う。言うたら、ソンおやじはええ親父のおかげで、あの地位にタダで座っとる人間やろ。ナム・ガジュ会長は満州から身ひとつで避難してきて、魚臭いチャガルチ市場のどん底からあの位置まで上りつめた人間やで。勝負になるわけないやろ」

察しのいいタンカはすでに状況をすっかり把握したらしい。タンカの言うとおりだろう。チョン・ダルホならばどうにか方法もあるが、ナム・ガジュでは厳しい。

「どうする？　今からでも列を替えるか？」

「替えられるもんなら替えなあかんやろ。命綱が懸かっとる状況やのに。しかも、ナム・ガジュ会長はヒス兄貴のことは可愛がっとるやろ。俺みたいな奴は、六年物の紅参を馬の背中にてんこ盛りにして貢いだところで、目もくれんやろうけどな」

「列を替える前に、ソンおやじに刺されるかもしれん。あのおやじ、ふわふわしとるようで、えらい残忍な人間やで」

「それでも何かはやらな。このまま犬死にするわけにはいかんやろ？」

ヒスはタンカの顔をまじまじと見つめた。

「なあタンカ、俺の話をようく聞け。この台風が通り過ぎるまで、おまえは何もするな。今回はホンマに一歩しくじっただけでも即死やで」

「包丁と斧がブンブン飛びかっとるこの危なくてしゃあないときに、何もせんでじっとしとれ言うんか？」

「ああ、そのまんま、じっとしとれ」

「ええい、ちくしょう、やっと卵を孵（かえ）してケンタッキー・フライドチキンが食える思たのに。前では虎が見張って、後ろでは雑犬の野郎までケツの穴に噛みつくんやな」

タンカが煙草を放り投げた。

「帰るわ」

「まっすぐ安家（安全家屋の略。特殊情報機関が隠れ家として利用する一般の家屋から転じた）に戻れ。無駄にフラフラせんと」

「あそこは窮屈で嫌なんやけどなあ。むさ苦しい野郎が集まって座り込んで毎日カップ麺ばっか食うて。兄貴は戻らんのか？」

「俺は今日、おやっさんに用がある」

「兄貴もさっさと戻れや。ここは危ないで。兵力もおらんのに、兄貴ひとりでブラブラしとってどうするんや」

「今日は大丈夫やろ」

少なくとも今日は何事もないはずだ。夕方にナム・ガジュ会長とチョン・ダルホが万里荘に来ることになっている。ソンおやじが予想したとおり、ナム・ガジュ会長はこの戦いに何ら関係がないかのごとく仲裁を申し出てきた。この消耗戦を終わらせて感情的な問題と事業上の計算を片付ける席である。組織暴力団の戦争とは、ちょうど核爆弾のようなものだ。実際に爆発することはない。テーブルの上で交渉の手札としてのみ使われるだけだ。核爆弾の威力は恐怖と危機感であって、実際の火力ではない。本当にクアムと影島のあいだで戦争が勃発（ぼっぱつ）したら、それによってテーブルの外で本当に核爆弾が爆発したら、勝者も敗者もなく全員死ぬだけなのだ。老人たちはそれを正確に理解していた。

　草場洞のホジュンが死に、ウォルロンのパクも死んだ。残ったポン引きたちは動かないだろう。生まれつき信義や義理みたいな概念はそもそも頭脳に刻まれていない者たちが、この消耗戦に加わるはずがない。だから今、影島が動かせるのは本家の兵力とダルホ派の連中だけだ。本家のやくざたちは今やクアムのやくざ同様に老いさらばえ、チョン・ダルホの手下は盧泰愚（ノテウ）が犯罪との戦争をしたときにごっそりしょっ引かれて大半が刑務所にいる。ナム・ガジュの下から這い出した組織は数多あるが、みな自分を食わせるのに忙しい。よき時代の舎兄と舎弟に過ぎず、橋ひとつ渡った戦いになまじ関われば、組織が丸ごと吹っ飛ぶかもしれない。かつて多くの組織がそうやって空中分解した。「屁（へ）でもないクアムの奴らが畏れおおくも影島と戦争をするなんて、たいした世だ」とほざきながら酒を飲むことはできるだろうが、それだけのことだ。

　だが、クアムにはかつてないほど多くの兵力がある。何人かは負傷したが、アミの仲間の核心メンバーたちも健在だし、ヤンドンの酒類業の連中とヒスの事務所の兵力と万里荘ホテルのやくざたち、ソンおやじが長年使っているタルチャのような老いたナイフ使いもいる。戦いにはさほど役に立たないだろうが、トダリとチョンべが連れ歩く連中も頭数は多い。加えて、疎遠になっていたタンと和解すれば、ベトナムの連中も使える。

しかも昨夜は、警察が踏み込んでチョン・ダルホの違法の事業所を三ヶ所押さえた。ただでさえ兵力が足りないうえに、部長クラスの組員が三人もしょっ引かれた。恐ろしくてできないと言うク班長に一億もつぎ込んで宥めすかし、ようやっと仕組んだことだった。長くは拘留できないだろうが、夏のあいだは留置場に閉じ込めておけるだろう。もう影島が動かせる兵力は殆どない。チョン・ダルホがその名を振りかざして虚勢を張ることはできるだろうが、その手札が空っぽであることはソンおやじも知っているし、ナム・ガジュも知っている。当然、老獪なナム・ガジュがこの状況で全面戦争を起こすことはないだろう。今夜、ソンおやじとナム・ガジュが合意さえすれば、当分の間は休戦だ。勝機を摑んだとは言えないが、影島を相手にこの程度だけでもたいしたものである。

だが、ヒスの心の片隅では、ずっと不安が蠢いていた。ナム・ガジュが今さら「おお、これは申し訳ありませんでした」と引き下がる人間だろうか？　ナム・ガジュがどんな手札を握っているのか気になる。狸のように陰険なソンおやじの腹のうちもひどく気になる。だが、その二人の腹のうちは、まるっきり推測さえもできない。この戦いは、はなから、ウォルロンのウォッカの商圏を押さえようとしていたホジュンとアミの戦いでも、ヤンドンとウォルロンのポン引きたちの戦いでもなかった。ゲーム工場をめぐってチョン・ダルホとヒスが繰り広げる戦いでもなかった。これはナム・ガジュとソンおやじが港をめぐって繰り広げる王同士のチェスのようなものだ。ヤンドンにせよヒスにせよチョルチンにせよチョン・ダルホにせよ、それ以外の者は王が好き勝手に使い捨てる卒に過ぎない。ヒスはその将棋盤に身のほども知らずに上がり込み、突然の災禍に見舞われているのである。口癖のようにソンおやじは言っていたものだ。「そうしてみたところで、それがなんぼのもんや？　せいぜいデデムシの頭の上で、俺のツノのほうがええ、おまえのツノのほうがええ言うて、いがみ合うようなもんや」くだらないプライド争いやみみっちい利益争いから一歩退くべきときに、ソンおやじはそう言いながら逃げ出した。まるでカタツムリのその小さなツノの片方を守ろうと命を賭けてひとりであがいている惨憺たる気分だった。

　午後のあいだじゅうヒスはホテルの部屋に籠もっていた。何を思ったか、ソンおやじも部屋に閉じこもって出てこず、ヒスもあえてソンおやじを訪ねなかった。ヤンドンと今回の合意において何を譲歩し、何を得るかも相談しなかった。ヒスは全てに対して沈黙していた。ヤンドンにウォッカと娯楽室の事業はナム・ガジュの撒いた餌だと話すこともなかったし、ソンおやじに港の情報を話すことも確かめることもなかった。ナム・ガジュも、ソンおやじも、チョン・ダルホも、ヤンドンもみな、おのおの異なる欲望と異なる手札を握っている。この世界でヒスが知った真理は、生き延びたやくざは口が重いということだ。口をつぐむ者だけが生き残る。今は、どんなときよりも口をぐっとつぐんでいるべきときだった。

午後六時、ヒスはホテルのレストランに下りた。レストランは食事の準備の真っ最中だ。ヒスは主任を呼んだ。

「何人ぶん用意した？」

「フルコースはたっぷり二十人ぶんです。もっと用意しましょうか？」

「いや。結婚式やあるまいし、充分や」

二十人ぶんなら充分だろう。仲裁のために温泉場（オンチヨンジヤン）から年寄りの顧問が来て、ナム・ガジュ、チョン・ダルホ、ファン、ヤンドン、ウォルロンのポン引きが一人か二人、そしてソンおやじとヒスで全員のはずだ。運転手やボディーガードたちは気にしなくていい。ヒスは厨房（ちゆうぼう）に入った。料理人たちは料理の準備に忙しい。ヒスは厨房長に近づいた。

「料理はよろしいでしょうか？」

「夏やから魚がパッとせんな。肉はええんやけど」

「それでは、肉をメインにして魚はサイドに入れましょう」

そう言って厨房長が頷いた。

七時になると、駐車場に車が集まり始めた。ソンおやじが若い頃から尊敬してきたという温泉場の老いぼれ顧問が真っ先に到着し、その次にヤンドン、そしてウォルロンのポン引き二人もやってきた。温泉場の顧問には、実は何の力もなかった。やくざの間で広く尊敬されてきて、ナム・ガジュも温泉場の顧問だけは丁重に扱うという話があったが、実際は、尊敬なんぞこれっぽっちもしておらず、合意の証拠を残すためにソンおやじが連れてきた当て馬だろう。組織もなく、他に営んでいる事業もない。単にやくざの世界で歳をとったという理由で、あちこちの結婚式や還暦の祝いに雇われマダムのごとく呼ばれ、こういった仲裁の席に鎮座するのが全てだ。

テーブルについたのは六人である。レストランの主任がヒスのところに来て、いつコースを始めるのか、と耳打ちした。ヒスは三つの空席を指して、あの席に客が着いたら始めろ、と静かに答えた。影島からは、まだ一人も来ていない。ナム・ガジュ、チョン・ダルホ、ファンが到着したら会議が始まるだろう。緊張しきったウエイトレスが空のコップに水を注いでいた。

テーブルの中央には、自分の杖もろくに摑めない温泉場の顧問がつき、左側にソンおやじ、ヤンドン、ヒスがいる。右側のナム・ガジュ、チョン・ダルホ、ファンの席は空いている。末席に座ったウォルロンのポン引き二人が、ひょっとして何かが起こるのではないかと様子を探っている。今日の顧問はとりわけ機嫌が良さそうだ。こんな重要な仲裁を任される自負に満ちた顔である。ソンおやじは少し疲れているようだったが、いつもと変わらない。顧問は、身体にいい薬草の話、ゴルフの話、テニスの話、釣りの話なんぞを一時間も続けた。主に顧問が喋り、ソンおやじが相槌を打つ形だ。ヤンドンとヒスは黙って座っていた。ウォルロンのポン引きシンは始終一貫してジッポライターを指先で少しずつ回しながら煙草を吸っているばかりで、たまに顔を上げて不満そうな表情で一同を睨みつけた。ウォルロンのポン引きイは首を十度くらい傾けたまま、まるでマジカルアイでもするようにテーブルの上の一点をぼんやりと見つめていた。二人はウォルロンの権利を主張しにきたというよりは、ホジュンとパクがいなくなったウォルロン界隈で、せめてきな粉でも奢ってもらうつもりらしかった。

入ってきたときには今にも倒れそうだった温泉場の顧問は、何がそんなに楽しいのか、薬草について長々と熱弁をふるっていた。「で、わしが飲み続けて詳しく研究してみたとこでは、六年物だの十年物だのいうパッとせん人参よか、いっそ三十年物の桔梗の方がええ、いう話や」すると、隣にいたソンおやじは、実に意義のある情報でも得たかのように「顧問みたいに慎重で細やかなお方がそないに長いこと研究をされたんやったら間違いないですなあ」と相槌を打ってやった。時計の針が八時を回りつつあった。厨房からたびたび人が来て、主任に何かを言っていた。前菜として用意した料理はもう干からびているだろう。時計の針が八時半を指すと、そわそわしながら座っていたヤンドンがついに文句を言った。

「ったく、この忙しいときに何をしくさっとるんですか？　桔梗の話なんかするために呼びつけたんですか？」

その瞬間、和気藹々としていた顧問とソンおやじの笑い声が止んだ。ウォルロンのシンがヤンドンをひどく癪に障るような表情で見た。中央に座って桔梗礼賛論を繰り広げていた顧問がヤンドンに向かって顔をちょっと突き出した。

「あのいらちは誰や？　ヒスは判るけど、あいつは初めて見るわ」

ソンおやじが笑いながら顧問の言葉を受けた。

「昔いちど会っとるはずですよ。ヤンドンいうて、二十年前だったか、一緒に狩りに行ってノロジカの肉を食うたやないですか？　あんときに顧問が仕留めたノロジカを料理したんがあれですわ」

顧問はよく思い出せないというように首をひねった。暫くして、古い蛍光灯が点くように思い出したのか、宙に向かって指を立てた。

「ああ！　あんとき死にかけのノロジカに後ろ足で顔を蹴られたベルボーイ？」

「ええ、そいつです」

「チッチッ、あんときも今も、なんであんなに落ち着きがないんや。だからノロジカに顔面を蹴られるんやで」顧問がやれやれと首を振ると、再びソンおやじの方を向いた。「つまり、ああいう奴も三十年物の桔梗をじっくり煎じて飲ませたら、下腹が丈夫になって落ち着いて、ああいう乱暴な気質が消えるっちゅうことや」

顧問の言葉に再びソンおやじが「ええ、ええ」と頷いた。ウォルロンのシンがヤンドンを見ながらプッと噴き出した。ヤンドンの顔が赤くなったり青くなったりした。ソンおやじは落ちくぼんだ目をヒキガエルのように何度かしばたたくと、ヤンドンを見て時計を確かめた。

「顧問、影島は遅くなるようです。お腹も空かれているでしょうに、先に召し上がりませんか？」

「若いもんたちが血を流して死んどるときに、年寄りが一食くらいどうってことない。それに、こういう重大なことは、なんといっても一緒に食事をしながら議論するんが肝心や。敵同士でも一緒に飯を食えば憎しみが落ち着くいうんが韓国人の特徴っちゅうことやな」顧問が気取って厳かに言った。

ソンおやじは至極もっともなお言葉だと言わんばかりに頭を下げた。顧問はヤンドンとウォルロンのポン引きたちを眺め回した。

「まだナム・ガジュやチョン・ダルホが来とらんけど、不満があるんやったら先に言うてみい。あいつらもわしが言えばパッと従うからな」顧問が肩をいからせた。

その様子が可笑しかったのか、ウォルロンのシンが再びプッと噴き出した。そのとき、レストランの主任が電話機を持って入ってきた。

「影島から電話が入っとりますが」

主任は誰に渡せばいいのか判らず、所在なげに立っている。ソンおやじはヒスに電話を受けるよう手振りをした。

「万里荘のヒスです」

「チョン・ダルホや」

「ご用件は」

「ナム・ガジュ兄貴と俺は今日、忙しくて行かれん」

電話機の向こうに暫し静寂が流れた。

「お伝えするのはそれだけですか？」

「ソンおやじに言うとけ。今からでも遅くないから、土下座すれば命は助けたる。いろんな命がかかっとる問題やから、旨いもん食うてよう考えろ、てな」

チョン・ダルホが電話をガチャンと切った。レストランに集まった人々が一斉にヒスを見た。

「ナム・ガジュ会長とチョン・ダルホ会長は今日、忙しくてお越しになれんそうです」

「他には？」ソンおやじが訊いた。

ウォルロンのシンとイが唾をごくりと飲み込んでヒスを見た。

「美味しい食事をどうぞ、と」ヒスが落ち着いてはっきりした口調で言った。

糞兵

ヨンガンが出所した。

少なくとも五年は刑務所でくすぶるだろう、とク班長は豪語して請け合った。だが、あの騒動でぶち込んで、たった四ヶ月で出てきた。ク班長は、証拠物が足りなくて仕方がなかったのだ、と後から言い訳をした。ヨンガンが直接オク社長を殺したわけでもないし、麻薬も量が少なすぎて製造業者や流通業者として放り込むには力不足だったと言うのである。ヨンガンを五年くらいくすぶらせるだけの証拠は充分にあった。ナム・ガジュが裏で手を回したに違いなかった。

出所したヨンガンが最初にしたのは、裏切ったタンを殺すことだった。タンの死体は、マンションの工事現場で三つの鉄筋に貫かれた状態で発見された。屋上から放り投げたのか、地面に落ちたタンの死体は、まるで潰れたトマトのようだった。タンの隣にぴったり付いて歩いていた背の低い男も死んだが、ヒスは名前を思い出せなかった。名前を聞いたことがあり、何度か一緒に酒を飲んだのに、いくら考えても思い出せなかった。タンは葬儀も行われずに遺体保管所に入れられた。ラッキーだとヒスは思った。仮に葬儀が行われたとしても行けなかっただろう。オク社長を殺した日に電話をしなければ、タンは今でも生きていたはずだ。ベトナムの仲間を引き取って安家に一緒に隠れていれば、あれほどあっさりヨンガンに報復されなかっただろう。だが、ヒスは何もせずにタンを放置した。好意と思ってしたことが悪意となることはままある。いざタンが死んでみると、ヒスはふと、あれは好意だったのか、自分でもわからなくなった。実は何でもないのだろう。あれは好意でも悪意でもなく、ただ生きていくことに過ぎないのだ、とヒスは無理やり自分を慰めた。

ヨンガンが出所すると、散り散りになっていた東南アジアの連中が再集結した。タンのベトナムの連中もヨンガンのところに戻った。ヨンガンがいないあいだに飢えていたせいか、再集結した東南アジア連合は、まるで山犬の群れのようだった。タンが餅のように潰されて死んだから、もう裏切る連中もいない。飢えた山犬たちはあっさり団結する。もう東南アジア連合には、頼るものも引き下がる場所もない。やくざの消えたクアムの海辺を自分の庭のごとく徘徊(はいかい)した。かつての、道端で出会うと怯えて先に身を縮めた連中ではない。今や、どんな餌でも平らげる用意ができているかのように痩(や)せこけて力強い眼差しをしていた。

ヤンドンの使いに出たセチョルは安家に戻ってこなかった。翌朝、セチョルはテトラポットが途切れる防波堤の奥にある空き地で、脇腹を何度か刺されて首を絞められた状態で見つかった。セチョルは運転席に座っていた。脇腹から流れ出た血で布製のシートがぐっしょり濡れていた。おそらく、セチョルを脅して閑散とした場所まで運転させた後、後ろの座席に座った奴が紐で首を絞め、助手席に座った別の奴が脇腹を刺したのだろう。

洗濯工場もヨンガン一味に襲撃された。ソンおやじが当分のあいだ門を閉めて安家に避難しているよう言ったのに、はした金を稼ごうと粘っていたチョンベがヨンガンに捕まった。チョンベは夜通しぶん殴られた後、左足のアキレス腱を切られた状態で救急室に運ばれていった。セチョルは死んだのに、チョンベは生き延びた。せいぜい足の一本を失くして生き延びたとすれば、ヨンガンに何かを売ったはずだとヒスは考えた。だが、ヨンガンが探しているのは洗濯工場に隠しておいた麻薬の鞄のはずで、それはヒスが持っている。とすると、チョンベはいったいヨンガンに何を売ったのだろう。

洗濯工場でヨンガンに捕まっていたやくざの一人が戻ってきた。傷だらけの顔で、ヨンガンからヒスに伝言があると言った。

「なんやて？」

「次はヒス兄貴の番や、て。補薬みたいなもんでも飲みながら身体をしっかり管理しとけ言うとりました」

「補薬？」

「はい、補薬だそうです。肉が新鮮でないと上手いこと切れんから、きちんと飲んで健康でいろ、と」

肉が新鮮でないと上手く切れないという、面白くもないし理解もできないヨンガン流の冗談を、ヒスは鼻で嗤った。さらに翌朝、安家に向かう林業道路で、死体が四体載ったトラックが見つかった。まるで、おまえらがそこに隠れているのはお見通しだと言わんばかりに、トラックの位置は安家から三百メートルも離れていなかった。安家に食糧を運び込むトラックで、殆どがヤンドンの酒類業の連中だった。ヨンガン流の冗談がどういうものか教えてやろうとしたのか、何体かは本当に手足が切断されていた。刺青を入れて粋がっているだけで一度も死体を見たことのない若いやくざたちは、ジャングルナイフで切り落とされた手足と死体の山を前にして真っ青になった。荷台は死体から流れ出た血でいっぱいだった。トラックの後部から流れ出した血の滴が乾いた土の上にポタポタ落ちた。夏の興奮した蝿たちが腐りゆく死体に卵を産みつけようとブンブン飛び回った。安家に集まったやくざたちは、まるでカンボジアのキリング・フィールドでしか見られないようなこの奇怪な光景を腑抜けた顔で見つめていた。誰も何も言わなかった。ヒスは折り重なった死体の山の底に見慣れた顔を見つけた。トラックに近づいて額を覆っている髪をかき上げた。マナだった。現実離れしたものが押し寄せてきてヒスの目の縁に黒い霧をつくった。やくざでもないのに、いったいこんな奴をヨンガンはなぜ殺したのか。何の考えも、何の欲もない奴を、ホテルのロビーでゴムの木を育てさせておけば勝手に喜んでいるだけの奴を。ヒスの瞼（まぶた）がぷるぷる震えてドッと涙が溢れた。俯いたヒスの頬をつたって涙が落ちていった。ぶるぶる震えていた若いやくざが何人かヒスの赤い顔を見た。ヒスは手の甲で慌てて涙を拭い、事務所に戻った。

かつてこの場所には動物検疫所があった。別の場所に移転してからは、犬の飼育場として使われていた。主に闘犬用の犬を育てていたが、時折ここで賭けが行われた。方々の野山に闘って死んだ犬たちが埋められている。森に闇（やみ）が降りると、荒涼とした雰囲気が押し寄せてきた。老いたやくざが集まり、死体をどうすべきか議論した。やむなくここに埋めるべきだという意見と、葬儀だけでも出せるよう遺族に返すべきだという意見が伯仲した。殺したのはヨンガンなのに死体は自分らが片付けるのか、同じ釜（かま）の飯を食った仲間を犬の飼育場なんかにこっそり埋めるのか、と誰かが大声で喚いた。だが、このことが警察の耳に入ったら、自分たちがやったことも、自分たちがやろうとしていることも、まとめて露見するだろう。今まで金で抑えていた事件も、埋めておいた奴らも、燃やして砕いた奴らも、まとめて露見するはずだ。ヨンガンはそれを知らない奴ではない。罵倒と怒声が飛び交う舌戦の果てに、この飼育場に死体を埋めることになった。若者たちが怯えているので、経験のある老人たちが穴を掘って死体を埋めた。

安家に集まったやくざは四十人を超えていた。クアムの海にいるやくざの殆どが集まったわけだ。この数年間にこれほど多くの人数が集まったことはなかった。空き地で鉄パイプや刺身包丁を振り回しながら、この人数ならば誰が相手でも簡単に潰れるものかと自信満々に喋り立てていた。だが、死体の山が載ったトラックが見つかると、その自信満々な姿は見る影もなくなった。若いやくざは生死のかかった大きな戦争を経験したことがなく、戦争を経験したやくざは殆どが年老いていた。

何人かの若いやくざが集まって、今夜ことが起きそうだと心配した。こんな有様なのにヤンドンの性格で黙っているわけがないだろう、今夜にでも武装してヨンガンの事務所に踏み込むのではないか、と囁きあった。だが、ヤンドンは微動だにしなかった。右腕のセチョルがあんな死に方をし、安家の庭に四体の死体が積まれたトラックが入ってきたのに、何もしなかった。呆然と日がな一日、椅子に座っていただけだった。ヤンドンとヨンガンは同い年で、同時にやくざ稼業を始めた。ヤンドンはヨンガンがどんな人間か誰よりもよく知っていた。ヨンガンは鉱物のような人間だ。憐れみと愛情を持たないように、畏れも恐怖も知らない。しかも沈着冷静だ。妻子もいないし恋人もいない。面倒なものを持たない。煙草の吸い殻のように簡単に捨てられるものだけをポケットに入れて歩く。その中には自らの命も含まれていた。明日を考えない人間、失うもののない人間とは決して戦ってはならない。そんな奴と戦えば、勝とうが負けようが、ぬかるみに落ちることになる。ヨンガンはそういう奴だった。

ヤンドンの身体には、胸から下腹まで一筋の長い刀傷があった。ヨンガンが刻みつけたものだ。ポーカーで自分を嗤ったというだけで、ヨンガンはヤンドンを拳でしこたま殴ってから、胸から下腹まで四十センチメートルにも及ぶ長い刀傷をつけた。子供の頃に黒犬に嚙まれた者は、一生、黒犬を恐れるようになる。その黒犬がヤンドンをつまんで飲み込んでいるらしかった。午後が過ぎて夜になるまで、ヤンドンは腑抜けた顔で椅子に座ったままだった。

ヒスは庭のベンチに座って煙草を吸った。死体を埋めた年寄りのやくざたちは、作業が終わったのか、森の中で煙草を吸っていた。暗い森の中で、くたびれた煙草の火が三つ、四つと、ホタルのように瞬いている。ヤンドンがのろのろとジャンパーの襟を合わせながらヒスに近づき、差し出された煙草を受け取った。数日のあいだにげっそりやつれて頬が落ちくぼんでいた。

「どうするつもりや」

ヤンドンがヒスの顔色を窺いながら訊いた。まるで自分はこの件から退いてヒスに主導権を譲ったようなかたちだ。

「考えとるとこです」

「ヨンガンに全部バレとるのに、安家から移らなあかんのとちゃうか?」

「この大勢の仲間を連れてどこに移りますか? 移ったところですぐにバレます」

「間違いなくチョンベが吹き込んだんやろ。あのクソ野郎、とっとと捕まえてシメなあかんかったのに」

まるでセチョルと他のやくざたちの死が全てチョンベのせいだと言わんばかりにヤンドンが怒りを爆発させると、再びこそこそヒスの顔色を窺った。

「ヨンガンと合意はでけへんやろ?」

「合意ですか?」

何を話にもならないことを、と言いたげにヒスがふんと笑った。

「兄貴はこないだ、今は頭やなくて身体を使うときや言わはりましたなあ? 相手が指を切ったらこっちは腹を掻っ捌いて腸を取り出せばええ、て」

「糞兵とは戦えんやろ。糞尿(ふんにょう)をぶちまけて天下を獲る奴らやのに、そんな奴らとどうやって勝負するんや。おまえ、ヨンガンがどんな奴か知らんやろ? あの野郎は、前後の見境がない奴や。人をドスで刺して腹を掻っ捌くとこを見るに、はなから感情なんてもんはあらへん」

「ヤンドン兄貴、あの勇敢で敵なしやった性格はどこに行ってもうたんですか？　今さら退いたところで、ヨンガンが兄貴を生かしてくれると思いますか？　今こそ腹を搔っ捌いて腸を取り出すときです。でなければ生き延びられませんで」

「ヨンガンは人の子やないで」ヤンドンが涙声になった。

ヤンドンはすっかり怯えた顔だった。この大きなオランウータンが涙声で怖いと訴える姿は、目を開けて見られたものではなかった。ヒスは哀れむ顔でヤンドンを見た。この図体ばかりが大きな世間知らずの勇ましさは弱さからくるものだった。畏れと劣等感に満ちた内側から意地になって飛び出す虚勢だった。それはホジュンやパクのようなちんけなポン引きたちにしか通じない蛮勇だから、ヨンガンのような本物が現れると、すぐに尻尾を下げる。こういう類いの人間をヒスはあまりにも多く見てきた。大半のやくざはこういう人間だからだ。背中に派手な龍の刺青を入れるのも、険しい表情でやたらと脅すのも、実は弱さからくるものなのである。

「すまんな、ヒス。俺はここまでや」ヤンドンが卑屈な表情で言った。

日の出前にヤンドンは逃げ出した。ヤンドンの下にいた連中も一緒に逃げた。日が昇ると、残ったやくざたちがざわつき始めた。かつてヒスにお盆で顔を叩かれたチャンスが躊躇いながら近づいてきた。

「ヒス兄貴」

「なんで兄貴や？　同い年やろ」

「その、ですから……」

「言うてみい」

「ヤンドン兄貴もおらんようになったのに、自分らだけでどうしますか。ようご存じのとおり、自分らは頭数を揃えてついてきただけで、こんなきつい戦いの役にも立ちそうにないですし」

「そらあ、よかった」

「へ？」

「おまえがどんな奴か自分でよう解っとってよかった、いうことや」

チャンスが決まり悪そうな表情になった。ヒスは歯を食いしばって暫く考えた。

「帰りたい奴は帰るように言え」

チャンスの言うとおり、どうせ役にも立たない奴らだ。ヤンドンとチャンスの仲間が抜けると、安家にはアミの仲間と年寄りのやくざ数人を合わせて十人も残らなかった。十人にもならない兵力でヨンガンの東南アジア連合と戦わねばならず、チョン・ダルホとナム・ガジュとも戦わねばならない。勝機が完全に移れば、きな粉でも奢ってもらおうとするウォルロンのポン引きまで加勢するだろう。まるで勝ち目のない戦いだ。ヒスは煙草を咥えた。形勢が良くない。ヨンガンを消さねばならない。ヨンガンを消さずしては交渉もクソもない。だが、ヨンガンのような化け物をどんな手で消すというのだ。

明くる日の朝、アミがヒスのそばにやってきた。もじもじする様子が、逃げ出す前のヤンドンとチャンスに似ていた。

「なんや？　おまえらも出ていくんか？」

「そうやなくて、食糧が尽きました」

「食うもんがないやと？」

「へえ」

「ラーメンもないんか？」

「カップ麺が二つ残っとったんですが、今朝、ヒンガンが一人で食うてもうて。ええい、ヒンガン、あの野郎、憎たらしくてかないませんわ。ちっこいくせして二つも食いよって。一つは残してくれたらええのに」

「おまえは人の命がかかっとるときに飯が喉を通るんか？」

「死ぬときは死んでも飯は食わなあかんでしょう。自分はその、刺されるのはなんとか我慢できますけど、腹が減るのは絶対に我慢できまへん」

アミはどうにも腹が減って死にそうだと言わんばかりに顔を顰めながら腹をさすった。この状況で一人でカップ麺を二つ食う奴に、飯が食えないなら刺されるほうがましな奴。ふと、こいつらこそヨンガンより凄い化け物ではないだろうかと思った。ヒスはやれやれと首を振った。

「おまえは心配やないのか？」

「心配ですよ」どう見ても心配なんぞはひとつもしていない顔でアミが言った。

「おまえはどうしたらええと思う？」

「正直に言いましょうか？」

「正直に言うてみい」

「自分は食うものがいっこもない冷蔵庫と親父が心配やけど、ヨンガンみたいなのはいっこも怖くないです。言うて、ヤンドン兄貴たちのどこがやくざですか？　一緒に働いてみましたけど、頭数ばっかり多くて、たいして役にも立たない連中でっせ」

「そうか？」

「今まで仕事がなくて呼べなかっただけで、このアミがいっぺん口笛吹いたら、仲良うしとった馬山、金海（キメ）、釜山の連中がみんな飛び出してきまっせ。ソッキと一緒に運動しとった連中はみんな柔道の無差別級やそうですわ。それにヒンガンのナイフ使いの仲間を呼べば、あのちんけな東南アジア連合？　いや、拳骨の恥ですわ。ですから親父、あんまり心配せんでください。このアミですよ？　親父の息子は、他のことはパッとせんでも、喧嘩だけは神やないですか？」

「うちのアミがなんで他のことはパッとせんのや。背もすらっとしとるし、顔もどえらい可愛いし」

「ですやろ！　やっぱり親父はよう解っとる。可愛いのにタフ！　両立はホンマ簡単なことやないのに、親父の息子はその難しい道をまっすぐ歩いて行くタイプやないですか。だから親父は、この可愛くて勇敢なアミだけを信じとればええんです」

　アミは平べったい顔でおどけた表情をした。アミのやることが腹の立つほど可愛らしくて、ヒスはプッと噴き出した。再び煙草を取り出して咥えた。

「なあアミ、俺はおまえの親父やな？」

「そらあ、うちのお袋と結婚したんやから、もうホンマもんの親父でっせ」

「親父として一つだけ頼みたいことがある」

「二つでもええですよ」

「いや、一つだけや。真面目に聞け」

「言うてみてください」

　アミが好奇心いっぱいの顔でヒスをじっと見た。

「何があってもヨンガンとは戦ったらあかん。たとえ俺がヨンガンの野郎に刺されてくたばっても、復讐（ふくしゅう）やいうて騒ぐのもあかん」

「なんででっか？　自分がヨンガンに負けると思いますか？　ヨンガンの野郎、痩せっぽちのくせに何をそんなに脅すんですか？　一発で風車みたいにさあっと飛んでいきそうやのに」

「勝っても負けても、ヨンガンみたいな奴とは関わらんほうがええ。奴と関わると人生が汚れる。お袋もジェニーもみんな一緒にや。どういうことか解るか？」

プライドを傷つけられたらしく、アミはすぐに約束できずに口籠もった。ヒスはアミをじっと見た。

「解るか訊いとるんや！」

アミは答えなかった。いきなりヒスの口から煙草を奪い取って地面に投げ捨てた。

「何するんや？」

「一本吸うたばかりやないですか。身体にも良うない煙草を、なんでそう続けて吸いますか？　ようけ煙草を吸うと精子の数が減るそうやないですか？」

「おい、この野郎、自分の心配でもしとれ」

「心配せんでください。自分のはバケツに溢れるくらいありまっせ」

ヒスは吸っていた煙草がなくなって口さみしいのか、掌で口の周りを拭った。

「親父、自分の欲しいもん、わかりますか？」

「なんや？」

「お袋に似とる可愛い妹です。お袋の子供んときの写真見たら、どえらい可愛かったです」

「可愛かったで」

「だから、お袋に似とるちっちゃくて色白の女の子が生まれたら、どんだけ愛しくて可愛いやろか。自分はその子をこの世の何よりも大事にしまっせ」

「それがなんでおまえの欲しいもんや？　聞いとると、俺の欲しいもんみたいやけどな」

「お袋は可哀想な人生やったでしょう。それでも親父と結婚したし、ああいう綺麗で可愛い娘も生まれたら、お袋の人生も明るくなるような気がするんですわ」

アミの話がもっともらしくて、いや、実際にそうなれば自分の人生も明るくなりそうで、ヒスは自然と笑みがこぼれた。

「だから親父、今からでもちゃんと精子の管理をしてください」

「俺に似た娘が生まれたらどうするんや？」

アミが首をかしげると暫く想像にふけった。

「ああ！　それはちょっと惨いな」アミが言い、暫くして癇癪を起こした。「親父はなんでそんな想像をしますか。ええい！」

　飼育場の柵の横にある空き地では、このさなかにヒンガンとソッキがバドミントンをやっていた。カップ麺を二つも平らげたヒンガンがひらひら飛び回る姿には力が溢れており、朝から食いそびれたソッキはバテ気味である。暫くしてソッキが、どうにも腹が減ってやっていられないと言わんばかりに、ラケットを放り投げて地面にしゃがみこんだ。ヒンガンは、これから面白くなるのにもう少しやろうとせがんでいる。ソッキは鬱陶しそうにヒンガンの腕を振り払った。飼育場へ正午の強烈な夏の日射しがふり注いでいる。ヒスはアミを見た。

「荷物をまとめろ。戻るで。ここでヘビ獲って食うわけやないし」


　安家を引き払って万里荘ホテルに戻ってきたのは午後三時だった。台風が過ぎ去って再び猛暑が訪れた。海辺は台風で壊れたパラソルと割れたガラス窓を取り替えるべくてんやわんやだが、どこ吹く風で押し寄せた避暑客たちでごったがえしていた。ホテルの前には海岸警備隊のテントが張られていた。夏のシーズンにだけ海水浴場の安全と事故を担当する海岸警備隊は本来、共用シャワー場の前に設置されていたのだが、おそらくソンおやじが手を回して万里荘の前に本部を移したのだろう。

　いつもホテルの入口まで走り出てきて、くだらないことを喋り立てながらはしゃいでいたマナはもういない。マナはいないのに、コーヒーショップとレストランは晩夏の休暇を過ごすために訪れた避暑客たちで満席だ。この状況でも商売をするソンおやじの度胸はたいしたものだとヒスは思った。逆に、この状況で商売をして人々がごったがえすから万里荘が安全なのかもしれない。いつ替わったのか、ホテルにはウエイターやらベルボーイやらコーヒーショップのウエイトレスやら、初めて見る職員が大勢いた。出ていった職員のかわりに急いで採ったアルバイトらしい。研修も受けずにいきなり投げ込まれたのか、みな右往左往する有様だ。マナの下にいたウエイターがロビーを見張っていた。ヒスは社長室の隣にある部屋を二つ空けさせ、そこにアミの仲間を押し込んだ。

ソンおやじはホテルにいなかった。警察署長が訪ねてきてゴルフに行ったようだとウエイターに聞かされた。わかったというようにヒスは頷き、バーに入ってウイスキーのダブルを注文した。バーテンダーはオンザロックのグラスに半分も注いでヒスの前に置いた。だが、ヒスは飲まずに指先でグラスをグルグル回しているだけだった。安家に行ってからヒスは一滴も酒を飲んでいない。他の連中にも飲ませなかった。ヒスは禁じたが、安家にいたやくざの大半はこっそり酒を飲んで酔っ払っていた。他に時間を潰せることがなかったからでもあっただろうが、大半が怖かったからだろう。こういうことに直面すると、やくざは怖くなって酒を飲み、酒の勢いでしくじる。ヒスはグラスをじっと見つめた。切実に飲みたかった。四方八方からヒスを狙っている。酔えば反射神経が鈍って刃物を避けられないだろう。だが、しらふで粘ったところで避けられそうもない。ヒスはグラスを前にして、木のカウンターを指先でトントン叩きながら長いこと座っていた。どうにかしてヨンガンを殺さねばならない。状況が悪化する前に何とかしなくてはならない。ヒスは一時間ほどしてから立ち上がった。バーテンダーが一口も飲んでいないグラスを怪訝そうな目で見た。

ヒスがホテルのロビーに出るとヒンガンが待っていた。

「どうした?」

「おひとりで行かれるのは寂しいかと思いまして」

どうしてわかったのだろう? ヒンガンは目端の利く奴だ。カップ麺を一人で二つも食う悪い癖を除けば、欠点らしきものは見当たらない。聡くて、正確かつ迅速に状況を把握し、いちいち指示をしなくても、すべきことをさっさと済ませる。自分も二十年前には、ソンおやじにとって、こんなふうに聡くて飲み込みのいい可愛い部下だったのだろう、とヒスは思った。だからこそソンおやじのかわりに窮地に追い込まれて刺されるのだろう、とも。ヒスはヒンガンを見た。ヒンガンは、指示さえ下れば何でもやると言いたげなキラキラした眼差しでヒスの前に立っている。

「たいしたことやない。ひとりで行ってくるから、おまえはここにおれ」

ヒンガンはなおも不安なのか一歩近づいた。ヒスは手で制した。ヒンガンはヒスの断固としたジェスチャーに歩みを止めた。

ヒスは万里荘ホテルを出て海辺をゆっくりと歩いていった。ホテルの入口からヨンガンのフィリピンの男三人がのそのそとヒスについてきた。右に一人、左に一人、そして後ろに一人。もしかしたら路地にも商店街の屋上にもいるかもしれない。この三伏の暑さでも分厚いジャンパーを着ているところをみると、脇のどこかに銃か刃物を忍ばせているに違いない。ヒスはまるで観光にでも来たかのように、ゆったりした足取りで海辺を歩いた。台風が通り過ぎた場所に、人々は再び壊れたテーブルを載せ、破れたパラソルを広げて丸鶏を売り、アイスクリームを売り、ビールとピーナッツを売っていた。

ヒスが海岸を回って洗濯工場に着くと、入口には青いシャッターが下りていた。シャッターの真ん中にぞんざいな筆跡の《営業中止。内部修理中》という貼り紙があった。フィリピンの男が二人、固く閉ざされたシャッターの前で入口を見張っている。ヒスは入口へ向かった。見張りの一人が手を上げてヒスを制止した。先刻からついてきていた男二人はジャンパーの内ポケットに手を突っ込み、いざとなれば後ろから刺そうとでもするかのように緊張しきった表情で立っている。

「ヨンガンと話があって来た」

男はシャッターの穴に向かって何かを伝えた。暫くしてシャッターが開いた。中へ入ると、ぶらぶらしていた東南アジアの男二十人が一斉にヒスを見た。みな片手にジャングルナイフ、鉄パイプ、斧と鎌（かま）を持っている。閉めきっていたせいなのか、洗濯工場の中は熱気と湿気でむんむんしている。奥の事務所から背の高いフィリピンの男がつかつか歩み寄ると、ナイフや銃を持っているか確かめるようにヒスの身体の隅々を探り、ついてこいと手招きした。ヒスは平然とした表情で男に従った。先導する男は時折ちらちらと後ろを振り返った。ヒスが鞄を盗った七番の機械はすっかり分解されていた。他の機械も稼働を中止した状態だ。ヨンガンはドアの前まで出てきてヒスを待っていた。まるで休暇にでも来たかのように、花柄入りの白いアロハシャツに白いパンツを穿き、頭に黒いサングラスを載せている。

「ブラザー・ヒスのお出ましや。いつぶりやろなあ」

ヨンガンは腕を広げて歓待した。なぜか近づいたら抱擁（ほうよう）でもしそうな格好だったので、ヒスはたじろいで立ち止まった。

「最近のムショは一汁三菜で豪勢や聞きましたけど、ええ恰幅（かっぷく）ですなあ」

「弟分のおかげで、祖国が提供する豪勢なもん食って養生したし、今まで犯した心の罪も洗ってきたんや。近頃は教会にも通っとるで」ヨンガンが冗談を言った。

「教会にも通うお方が、ムショから出るなり随分と罪を犯して回っとられるようで」

「貧乏が敵なんや。食うていこう思たら、せっかく洗い流した罪がまた腹の肉みたいにぶよぶよへばりつきよる」

ヨンガンはおどけて見せると事務所に入った。日除けが下りていて暗かった。窓の前で拳銃を持った男がヒスをそれとなく見ている。ヨンガンがソファにどっかと座った。ヒスは向かい側に座った。

「俺が必死こいて探しとる鞄がある。なんとなくヒス、おまえんとこにあるような気がしてなあ」座るなりヨンガンが言った。

「鞄があるにはありますけど、誰のもんかは判りません。名札になんも書かれとらんので」

「俺が名前を書いておくんをうっかりしとったらしいな」

「お返ししたら頼みを聞いてくれますか？」

「自分のブツを返してもらうのに代金を払わなあかんのか？」

「失くしたブツが戻ってきたら礼くらいはするもんやないですか？」

「そやな。礼をせなあかん。このヨンガンが何をして差し上げたらええんや？」

「鞄を受け取ったら静かにこの国を出てください。そうすれば、タイやフィリピンの施設が整った養老院で平和に余生を送れるでしょう」

ヨンガンが目を細めてヒスを見た。

「でけへん言うたら？」

「還暦までは粘らんと養老院に入る資格がないそうです。それまでは命がないとあかんでしょう？」

ヨンガンは腰を反らしてソファに寄りかかった。何が可笑しいのか、ニコニコしながらヒスを見ている。

「明け方にヤンドンがビビってケツの穴が抜けるくらい必死こいて逃げとって、そのケツの穴に杭をぶち込んだろか思たけど、我慢したわ。助かりたくてジタバタしとるんが哀れでな。何時間か遅れて逃げたチンピラ野郎どもには笑いしか出んし。こんな状況でも弟分はえらい淡々としとる。たったひとりで勇ましく乗り込んできて、そそられるような脅迫もできるしな。うちのヒスは洟(はな)たれ小僧やったのに、随分と月日が経ったんやなあ。大人になった。痺(しび)れるわ」

ヨンガンが拍手をして、アロハシャツのポケットからキャメルを取り出すと口に咥えた。後ろで拳銃を持って立っていたフィリピンの男が右手に握った拳銃を左手に持ち替えると、ポケットからライターを取り出して火をつけようとした。そのとき、銃口がうっかりヨンガンの顎を向いた。煙草に火をつけようとしていたヨンガンは、自分の首を狙っている銃を見て呆れたのか、男をじっと見た。男はぎょっとして銃を持った手を下げた。「ああ！　この野郎、怖くて煙草も吸えんわ」怯えきった男がもたもたしながら再びライターをつけた。ヨンガンは火をつけてから男を睨みつけ、ヒスを指さした。

「このお方はおまえが考えるような危険なお方やない。どんだけジェントルでイカしとるか。拳銃でえらいオーバーせんでもええんやで。アンダースタンド？」

解ったというのかどうだというのか、フィリピンの男は曖昧に頷いた。ヨンガンが手を振ると、男は窓辺に行き、さっきとまったく同じ姿勢で拳銃を握って立った。ヨンガンがその様子を見て、まるで話が通じないと言わんばかりにやれやれと頭を振り、天井に向かって長く煙を吐き出した。

「どれもムカつくけど、なかでも話が通じん奴が一番ムカつく。ここには話の通じる奴が一人もおらんから、イライラしてかなわん」ヨンガンが苦情の窓口か何かに向かって訴えるかのようにヒスに言った。「それでも、連中のなかではタンが一番きびきびしとって話もよう通じたのに、あの世に送ってみると、ふっと懐かしくなるなあ」

ヨンガンは思い出にふけるように目を細めた。ヒスは下唇を嚙んだ。

「うちのヒスは話が通じるイカした奴やから、ひとつ美味い話をしたろか？」

ヨンガンは何が楽しいのか、顔を前に突き出した。ヒスが気乗りしない表情でヨンガンを見た。

「これは並の話やない。母子園出の無礼もんが王になる美談や。気になるやろ？」

「気になりますな」

「もう、おまえも大概のことは解っとるやろうけど、これはソンおやじとナム・ガジュ会長の戦いやろ。その下で俺らみたいなイヌ畜生同士で血を流しても、なんも意味がない。この画はどこに行き着く？　ナム・ガジュ、チョン・ダルホ、ソンおやじ、ヒス、ヤンドン、アミ、ウォルロンのポン引き野郎に街金のやくざ、それから俺みたいな傭兵まで揃ってそわそわしとってサマになるか？」

「それで？」

「さあて！　これから美しい画を描いてみよか。ナム・ガジュ会長が欲しいのは港だけ。クアムの海みたいな田舎くさいシマに興味はない、いう話や。ソンおやじは絶対に港は譲らんお人やし。港を譲らんとこの戦いは終わらんのや。で、誰か一人だけおとなしく消えれば、みんな幸せになる。ナム・ガジュ会長は港を手に入れ、チョン・ダルホはウォルロンを手に入れ、コムタンばっかり食うとるクアムの年寄りどもは懐があったまる。そしてヒス、おまえはクアムの海の主になるんや」

呆れたようにヒスが鼻で嗤った。

「ソンおやじが消えれば、自分が自動でクアムの主になりますか？」

「心配せんでええ。ナム・ガジュ会長が錚々たる弁護士をようけ連れてきてきっちり書類をつくってくれる。元々はトダリを抱き込んで仕掛けるつもりやったけど、能無しのくせして欲ばっかりかきよるあのクズ野郎は、要求する条件が厳しくてな」

ヒスはぎょっとしてヨンガンを見た。

「トダリは知っとったいうことですか？」

知らないにもほどがあると言わんばかりにヨンガンが失笑した。

「この件はトダリがナム・ガジュ会長の誘いに乗って始まったことやで。ソンおやじの血族いうのを抜いたら使えるとこはいっこもないけど、しゃあない、相続させるには、あの腐った血が要るんやから」

「なら、たわけのトダリを使って仕掛けたらええ。全部済んだ頃にトダリの腸を掻っ捌いて海にぷかぷか浮かべたるわ」

ヒスが歯を剝(む)きながら言った。ヨンガンは興奮するなというように掌を広げてみせた。

「クアムの海は複雑なところや。登記さえ持っとれば丸ごと食えるわけでもないし。ところで、最近、書類を洗ってみたら、ソンおやじが戸籍に息子をもうひとり載せとった。誰かわかるか？」

「誰です？」

「ヒス、おまえや」

人生というのは実に面白いじゃないかというように、ヨンガンはヒスに向かって片目をつぶった。

「だからヒス、おまえは生き残っとるんや。その戸籍に名前がなかったら、この戦争が始まってすぐ真っ先に死んどったで」

「なのにソンおやじの背中を刺せと?」

「刺すんは俺らがやる。後始末も俺らがやる。おまえはじっと座っとって万里荘ホテルの社長室に入ればええ。これはコムタン爺さまたちとクアムの金主たちもみんな同意したことや」

「自分がそんなふざけたことをすると思いますか?」ヒスは歯がみしながら訊いた。

「もちろん、おまえは十二分にやれる奴や」ヨンガンは一秒の躊躇いもなく答えた。ヒスはヨンガンを睨みつけた。ヨンガンは顎を上げてヒスの目を見つめた。ヨンガンの目には何の感情もない。羞恥(しゅうち)も、憤怒(ふんぬ)も、期待も、憎悪も、同情や憐憫(れんびん)もない。長いあいだ見つめていたヨンガンが再び口を開いた。

「なんでかわかるか? おまえはこのヨンガンと似とるからや」

「俺がなんで、てめえなんかと似とるんや」

「おまえは自分を軽蔑しとるくせに他人を羨まんからや。そういう人間が行くのは、たった二ヶ所だけや。どん底へ転がり落ちるか、でなかったら、てっぺんまで上りつめて王になるか。どっちも、どえらい寂しくて無意味な場所や。それでも死ぬわけにはいかんから、どこかには行かなあかんやろ？　俺は転がり落ちたついでに、どん底まで行ってみるつもりや。ヒス、おまえは上りつめて王になれ。もう自分を騙さんでな」

ヒスはガバッと立ち上がった。窓辺に座ったフィリピンの男が拳銃を握った手に力を込めた。ヨンガンは座ったままヒスを見ていた。

「いっぺん腹をくくれば済むことや。そうすればもう、罪のない若い連中が死ぬこともないし、潰されてムショに行くこともない。何ヶ月か過ぎてみい。まるでなんもなかったみたいに、みんな自分の場所に収まってちゃんと暮らすやろ。世間が上手いこと回って、ヒス、たぶんおまえはたまげるやろな」

ヒスは踵を返してドアを押し、事務所の外に出た。洗濯工場に散っていたフィリピンの男たちが一斉にヒスを見た。ヒスはどういうわけか全身がガクガクと震え始めた。稼働を止めた機械の立ち並ぶ洗濯工場の通路が、なぜかひどく長く感じられた。

料理人

明け方の二時。白地浦の船着場には誰もいなかった。夜釣りを楽しむ釣り人が二人、岩場の上で釣り竿を垂れている。目障りだったが、ヒスはやむなしと顔を背けた。月が出ていないので海は暗い。やるのであればもう少し遠くへ出るべきだとヒスは言った。タルチャは布巾で屋形船のテーブルを拭きながら黙って頷いた。船着場の杭にロープで繋がれているにもかかわらず、波がぶつかるたびに大きく揺れる。ロープを何本か先にほどいてあるせいかもしれないとヒスは思った。この十年、タルチャの屋形船は沖に出たことがなかった。十数年前には、クアムの海だけでも数十隻（せき）の屋形船がぷかぷか浮いて流れて営業をしていたが、区庁が環境汚染と船舶の違法改造といった法令を盾に取締りを強化してから、海の上の仙人遊びといわれる屋形船は急速に途絶えた。今では何艘かが船着場にしっかり固定したまま屋形船の真似事をしているだけだ。タルチャの屋形船もそのうちの一つだった。ヒスは足で甲板（かんぱん）を何度か踏んだ。タルチャはヒスの動作を何気なく見た。

「これで沖に出られますか？」

「水は漏れんから心配せんでええ」

どこか不安だと言いたげにヒスが首をひねった。

「何時や？」

「二時になりました」

「気づいて来んのとちゃうか？」

「ヨンガンは気づいても来る奴です」

今夜、ヨンガンは屋形船にやって来るだろう。影島から幹部クラスの組員も一人来るはずだ。来るとすれば、おそらく先日会ったファンだろうとヒスは思った。ファンはナム・ガジュとチョン・ダルホの二人の会長に仕えた。今はどちらの組にも属さないまま顧問役をしているが、ヒスの目には二人の狭間で危険な綱渡りをしているように見えた。この場は、表向きは影島とクアムが戦争を終わらせるために予め合意内容を調整する事前会議のようなものだが、みなそれぞれ目論見があるはずだ。ヨンガンは麻薬の入った鞄を持ち帰り、ファンはチョン・ダルホへの土産として補償金と工場を、ナム・ガジュへの土産として港を持ち帰るつもりだろう。そしてヒスはこの二人を殺すつもりでいる。

昨夕、ソンおやじは自室にヒスを呼んだ。ヒスがドアを開けて入ると、ソンおやじはひとりで碁を打っていた。ヒスは碁盤の前に座った。

「この状況で碁とはどういうことですか？」

「もともと碁いうんは、むかし将軍たちが兵法を練習するためにつくったもんや」

「なら、早う妙手を出してください。死にかかっとりますんで」

これといった妙手がないのか、ソンおやじは持っていた碁石を碁笥に投げ戻した。

「ナム・ガジュの方が上手やな。ヨンガンをムショから引っ張り出すとは考えもつかんかったわ」

ソンおやじが感心した。

「煙草を一本よこしてみぃ」

ヒスは煙草を渡して火をつけた。ソンおやじは久々のように煙草を長く吸い込んでから長く吐き出した。

「トダリはどこか行きましたか？」

「フィリピンにやった。ここにおっても邪魔なだけで、ちっとも役に立たんやないか」

ソンおやじは無理やりトダリを庇った。ヒスは頷いただけだった。暫くのあいだソンおやじは何も言わずに煙草を吸ってばかりいた。ソンおやじの老いて濁った眼は空っぽで、そこからは何も読み取れなかった。ヒスは、ソンおやじの戸籍に自分が養子として載っているのはどういうことなのか考えた。本当に血が繋がった血族はフィリピンに安全に身を隠している。偽物の息子は明日すぐにでも刺される状況だ。ソンおやじは灰皿で煙草を揉み消した。

「ヨンガンに会ったそうやな?」

肯定するようにヒスが黙って頷いた。

「なんか目処が立ちそうなネタがあったか?」

「港を渡すか、ヨンガンを殺るか、二つに一つです」ヒスの声は淡々としていた。ヒスがこの戦いの本質が港であることに気づいたにもかかわらず、ソンおやじはさほど驚いた表情ではなかった。実のところ、ここまできたら、みなこの戦いがナム・ガジュとソンおやじの二虎の戦いであることを察しているだろう。

「港はやれん」

ソンおやじの口ぶりは落ち着いて断固としていた。ヒスは唇を噛んだ。

「ヨンガンを殺ったからて、この戦いが終わる保障もありません」

「それでも港はあかん。港を渡せば、この海で守るもんはなんもなくなる」

ヒスは黙ってソンおやじの顔を見た。あなたにとって港はどういう意味があるのかと訊きたかったが、訊かなかった。このクアムの海でケチなおやじのあなた以外は誰も中国の粉唐辛子なんかを持ち込む港なんぞに関心がない。毎朝一緒に飯を食うコムタン爺たちも、地元の有志たちも、はてはあなたの血族であるトダリの野郎もすでにあなたに背を向けたのだ、と言いたかったが、ヒスは何も言わなかった。訊くまでもなく、ソンおやじが言うことは明らかだった。港にどえらいものが入ってくれば、つられてどえらい山犬たちも一緒に入ってくる。この臆病で軟弱なクアムの地元民がその山犬たちと戦ってこの海を守れるのか、と言うだろう。だが、今のソンおやじは、クアムの海ではなく自分の命を心配すべきだ。ソンおやじは暫く時間稼ぎをしてから臆面もなく口を開いた。

「ヨンガンを始末できるか？」

ヒスは指で碁盤を軽くトントン叩いた。実の甥をフィリピンに避難させておいて、自分にはヨンガンのような化け物と刃傷沙汰を起こせるかとは、心の底から怒りがこみ上げてきた。

「乗りかかった船やのに、最後までいかなあかんのとちゃいますか？」

「しくじったら、もう後がないで」

「死ぬ以上のことがありますか？」

ソンおやじは、さしたる意味もなく碁石を摑んでは碁笥に入れた。

「わしは近頃、ヒス、おまえに合わせる顔がないわ」

「なんでも言いよりますなあ。おやっさんは近頃だけやなくて、昔からずうっと図々しかったですよ」

　確かに、というようにソンおやじが笑った。

「やるんやったらタルチャを連れていけ」

「タルチャ叔父貴は年が寄りすぎです。ヨンガンは銃を持っとるのに、年寄りのナイフ使いを連れていって済むことですか？」

「年寄りのナイフ使いやから連れていけ言うとるんや。ナイフ使いとして長生きするんは容易なことやない」

　なるほど、とヒスは頷いた。言うべきことが済んだのか、それとも本当にヒスに合わせる顔がないからなのか、ソンおやじは再び碁盤へ視線を向けて碁石をつまみ上げた。つまみ上げてはみたものの、どこに打てばいいのかわからないのか、うーんと呻った。髪が薄くなった頭のてっぺんが蛍光灯の明かりを受けて貧相に見える。ヒスはふと、このおやじは今までひどく淋しかったのだろうな、と思った。

　タルチャは刺身包丁三本と中華包丁一本を取り出して砥石で研いでいた。おそらく前夜に丁寧に研いだものを研ぎ直しているのだろう。神経が何本か切れているかのように、この老いたナイフ使いの動作は果てしなくのろかった。あののろのろした動きでどうやって生き残ったのだろう？　もちろん死ななかったから生き残った。相手より先に刺し、背後から刺されず、証拠を残すこともなかったから生き残ったのだろう。タルチャは数十年をナイフ使いとして生きたが、手足も指も無事で、顔に傷一つなかった。ただの一度も刑務所に行ったこともなかった。ソンおやじがタルチャを信用するのは、まさにそれ故なのだろう。この老いたナイフ使いは常に生き残り、一度もしくじったことがなかった。だがそれは、タルチャが不死身だからではなく、まだ順番が来ていないからだ。誰でも最後には順番が来る。もしかしたらそれは今日かもしれない、とヒスは思った。

船着場に黒い乗用車が一台停まった。前の座席から男二人が先に降り、暫くして後の座席からヨンガンとファンがドアを開けて出てきた。ヨンガンが船着場を見回した。タルチャが目配せをすると、片腕のトルボが素早く船から降りてヨンガンに走り寄った。トルボは昔、タルチャと一緒に働いていたナイフ使いだった。腕がそうなってからは、やくざ界隈の仕事は一切やっていない。遠くでトルボがぺこぺこしながら何かを頼んでいるようだ。刃物や銃器類といった武器は持って入れないとか、船が小さいので三人しか乗れないとか、まあそういったことをぐだぐだと話しているのだろう、とヒスは思った。ヨンガンは男一人を車に残し、一人だけを連れて船に向かって歩いてきた。タルチャは淡々とアイスボックスの蓋(ふた)を開け、奮発した鮮魚のサクを取り出した。ヒスは自分の右手が震えているのに気づき、左手で擦って揉んだ。その昔に靫帯が切られてから右手がたびたび震える。もしかしたら、そのせいではないのかもしれない。タルチャはいつもと変わりなく落ち着いて卸したマダイから刺身を一切れずつそぎ取って皿に載せていた。刺身の支度が済むと、炭火で焼く牛肉の下拵え（したごしら）えを始めた。あの落ち着きはどこからくるのだろう。ヒスはタルチャの果てしなくのろい動作に驚き、不思議に思った。

ヨンガンは、なんでここまで呼びつけるのかとぶつぶつ言いながら船着場に向かっていた。トルボは、もうすぐ着くと言いながらぺこぺこし続けていた。いつもとは違って饒舌（じょうぜつ）だ。おそらく緊張しているのだろう、とヒスは思った。ヨンガンが船に上った。ヨンガンの後ろにいるフィリピンの男は大層な大男だ。

「ここです。船が揺れますんで、気いつけて上ってください」

トルボが案内した。ヨンガンが用心深い顔つきで船を調べて甲板に上った。ヨンガンに続いて大男が上ろうとしてロープに引っかかって転び、悪態をついた。

「山みてえな図体して調子乗りやがって」ヨンガンが大男に向かって言った。

最後にファンが船に乗った。L字形のテーブルには四人が着ける。タルチャは内側におり、ヒスは端に座っていた。ヒスは立ち上がってヨンガンとファンにお辞儀をした。

「ようおいでになりました」

「黴臭い雰囲気が人殺しにぴったりな場所やなあ?」ヨンガンが笑いながらファンに言った。

ファンは返事をしなかった。自分のような正統なやくざが糞兵なんぞと冗談を交わすのはプライドが傷つくと言いたげな表情だ。かわりに、テーブルの前に立っているタルチャに深々とお辞儀をした。

「タルチャ先輩やないですか。影島のファンと申します。遠くから何度か拝見したことはありますが、こんなに近くでお会いできて光栄です」

その憎たらしい処世はうんざりするものだったが、ファンは本気でタルチャを尊敬しているらしかった。

「とんでもない。自分は牛や豚なんぞを締める、ただの年寄りですわ」

タルチャが席を勧めた。ファンとヨンガンが席に着いた。フィリピンの大男は後ろに立っている。タルチャがテーブルの上に白炭の入った七輪を載せて扇ぎ始めた。ヨンガンは扇ぐタルチャを何気なく見た。

「ひゃあ、これは海の上の仙人遊び言われる、まさにあのタチ船やないですか? タルチャ叔父貴の屋形船に乗れんとクアムの海で成功したとは言われへんそうですけど、今日は身に余る贅沢ですなあ」ヨンガンがはしゃいで見せた。

「昔は判事に検事、郡守、将軍くらいにならんと、この船には乗れんかったです」タルチャが笑いながら答えた。

「タルチャ叔父貴は人を殺る前に自分で料理した珍しいもんを食わせるそうですけど、今日はこのヨンガンがそれを食ってあの世に行くんですかね？」ヨンガンが冗談めかして訊いた。

　まるで動じない表情でタルチャがヨンガンに向かってそっと微笑んだ。

「まさか。よう食ってよう遊んで、殆どは生きて戻りました」

「殆ど？」

「何をそんなくだらんことを」ファンが独特の高圧的な口調でヨンガンの話を遮った。

「やかましいわ。くだらんかどうかは、この席が終わらんとわからんやろ」ヨンガンがファンの頭を睨みながら言い返した。

　トルボがロープをほどき、竹竿で船をそっと押し出した。長いあいだ繋がれていたからか、船のあちこちが軋む音がした。フィリピンの大男がトルボを疑わしそうな目つきでじっと見た。

「沖に出るのですか？」ファンが訊いた。

「もともと屋形船は夜の沖にぷかぷか浮かんで遠い陸地の灯りを眺めながら食うんが醍醐味です。船着場に繋がれては気分が出んでしょう」タルチャが答えた。

「まあ、海を行ったり来たりするから船なんやし、陸地にへばりついとったら船やないな」ヨンガンが相槌を打った。

「ぼちぼち出発しますか?」タルチャが訊いた。

「そうしましょう」ヨンガンが答えた。

トルボが竹竿を船の縁に引っかけて操舵室に入り、エンジンをかけた。船が防波堤を抜けると、タルチャがテーブルに擂った山芋とアワビの肝粥を載せた。さらにホヤ、ユムシ、ウニを載せ、真ん中には冷蔵室で冷やしておいた陶器の皿を置いた。ヨンガンは調理台に準備された食材をじっくり見た。タルチャは解凍した本マグロの大トロを出して、刺身包丁で巧みに切り分けて皿に盛った。

「この仕事は長いですか?」ヨンガンがタルチャに訊いた。

「かれこれ四十年くらいになります」

「刺身は切れ味やいいますけど、どうりで並やないですな」

「とんでもない。後ろにいる方にも一緒に召し上がるよう仰ってください。席も料理も余っとりますし」

ヨンガンは後ろにぼんやり立っている大男を見た。

「ああ、キマイ（気前。大盤振る舞いの意）や。おまえもここに来て座れ。フィリピンのチンピラの分際でこんな貴重なもんを食えて、宝くじに当たったと思え」

ファンがひどく不快そうにヨンガンに向かって露骨に顔を顰めた。ヨンガンはファンの表情なんぞは眼中にもないかのように、真ん中の席を掌でポンポン叩いた。大男は近づいて様子を窺い、ファンとヨンガンの間に座った。脇腹で膨らんでいるのは拳銃らしい。船に乗せる前に銃や刃物といった武器の類いは押収(おうしゅう)するようトルボに伝えたのだが、できなかったようだ。船はクアムの沖を過ぎて多大浦(タデポ)のほうへゆっくりと進んでいった。まもなく長子島(チャンジャド)と百合嶝(ペガプトウン)の間を抜けてパムソムに着くはずだ。遠くに多大浦港の灯りが見える。トルボは舵を固定して煙草を取り出して咥えた。

「鞄は持ってきたか?」ヨンガンがヒスに向かって訊いた。

「鞄を受け取ったら出ていきますか?」

「受け取ってから考えてみるかな」

ファンはどうにも不愉快で耐えられないと言わんばかりにヨンガンを睨みつけた。

「おいヨンガン、この場がおまえのヤクの取引なんかのために設けられたと思うてるんか?」

ヨンガンはファンの言葉を全く気にとめていないらしい。

「まあ、いろいろまとめてやればええんとちゃいますか。石ころ一つで鳥が二羽捕まればええし、カエルまでおまけに捕まればもっとええし」

ヨンガンは一人でへらへら笑っている。どういうわけかヨンガンは今日、ひどく機嫌が良さそうだ。逆にファンは非常に不安そうである。

ヒスは鞄を取り出してテーブルに載せた。ヨンガンは鞄を開けて中に入ったものを調べた。麻薬の袋を一つ取り出し、開封されていないビニール包装が自分のものなのか、重さが合っているかを確かめて満足そうに頷いた。

「出てったら戻ってこんといてください」

「心配せんでええ。油をマンタンクにしたら、脚にしがみつかれても、こんなシケた国におらんわ」

「それで満タンになったのとちゃうんですか?」

「これで半タンにはなったな。残りはナム・ガジュからもろたらええし」

ファンが再び顔を顰めた。肩書きを付けずに会長の名前を口にしたからか、それとも、この糞兵のすることが無作法だからか。ファンは水を一口飲んでヒスを見た。

「今日はどんな場か解って来たんやろな?」

ファンの言い方は、なぜか質問というより命令のように聞こえた。不思議とこいつの言い方は聞いただけでも気分が悪い。ヒスはファンに向かって頷いた。

「なら、ソンのおやっさんは、この戦争を終わらせる気はおおありかな？」

「ナム・ガジュ会長こそ、この戦争を終わらせる気がおおありですか? 影島が起こした戦争やのに、終わらせる気があるか訊くんは、このまま黙って降伏せえいう話やないですか?」

「ホジュンとパクが死んだんは、うちのことやないから知らんで。ところでチョルチンも近頃、話を聞かんけど、影島が始めた戦争なんか？」

「お互いようわかっとることで言葉遊びみたいなもんはやめましょう。死ぬ前にホジュンが言うとりましたで。雑犬でもホームグラウンドを守るんは罪やない、て」

一人でせっせと料理を食べていたヨンガンが笑い出した。

「虎は死んで皮を残し、人は死んで名言を残す言うけど、いやあ、俺らのホジュンは最期に言葉らしい言葉をひとつ残していったんやな。そらあ、雑犬でもホームグランドを守るんは罪やないわ」

ファンがひどく癪に障った顔でヨンガンを見て、再びヒスを睨みつけた。そのとき、タルチャがほどよく熱した白炭の上に牛肉を載せて焼いた。扇がれて赤くなった炭火の上でジュッと肉が焼ける音は匂いよりも香ばしい。ヨンガンが炭火の上で焼けていく肉に目を向けた。タルチャは表面だけを炙った肉をトングで摑むとファンの前の皿に載せた。ヨンガン、フィリピンの大男、ヒスの皿にも順に一切れずつ載せた。肉の上に血が溜まっている。

「ザブトンです。粗塩を少し付けて召し上がると旨いです」タルチャが言った。

ヨンガンが牛肉に粗塩を付けて口の中に入れた。旨いのか、表情が明るくなった。

「ひゃあ、これは締めたばかりの牛肉ですか？　えらい新鮮ですなあ」

「一週間前に締めて熟成したもんです。締めたばかりのは意外と旨くないです」

「ああ！　どこかで聞いたような気もしますなあ。ホンマに旨いですわ」

「こう見えても、うちの兄貴は料理をきちんと習うた方でっせ。先生は日本でも有名なスモウ選手で、有名な料理人ですけど、ヤクザとしてのほうが有名なお方だそうですわ」

　操舵室にいたトルボが口をすべらせた。タルチャがトルボを睨みつけた。ヒスもトルボを見た。これほど饒舌なトルボを見るのは初めてだった。

「ヤクザに料理を習うたんですか？」ヨンガンが訊いた。

「ただの元スモウ選手です。ごっつうええがたいで、ようヤクザと間違えられたもんです」

　タルチャがヨンガンの様子を窺った。ヨンガンは自分のグラスをタルチャに渡し、酒瓶を持って勧めた。

「一杯やってください」

「では一杯だけ」

　タルチャがグラスを差し出すとヨンガンが酒を注いだ。タルチャは一気に空けてグラスをヨンガンに返し、アイスボックスから本マグロを取り出した。そして、薄すぎず厚すぎずトロの部分を切り取った。

「ホンマグロ、ホンマグロの大トロです」

「ああ！　大トロ」ヨンガンが復唱した。

「大トロ(テペッサル)は腹(ベ)やと思われとりますけど、実はカマに近いとこです」

ヨンガンが本マグロの大トロを口に入れると、表情が明るくなった。隣の大男は、味はともかく、料理が少しずつ出てくるのに多少うんざりしているようだった。

「鯨肉はお好きですか？」

「ああ、ええですねえ」

タルチャは冷蔵庫から油紙に包んだ鯨肉を取り出してヨンガンの目の前で切り、皿に盛って置いた。ヨンガンは箸で鯨肉を一切れ食べた。フィリピンの大男はせかせかと箸を動かしながら鯨肉を食べ、立て続けに酒を飲んだ。ファンはヨンガンと男を不安そうな眼差しで見守り、ヒスを見てからヨンガンを見た。みな食事をしているのに、ファンだけが酒も肉も全く口にしていない。休みなくきょろきょろしながら周りを窺っているだけだ。ファンの用心深さは異様だとヒスは思った。ファンはすでに、この場でヒスがヨンガンと自分を殺すつもりであることに気づいているらしい。ファンが気づいているならば、ヨンガンも気づいているだろう。だが、緊張しきったファンに比べ、ヨンガンは近所の酒場に遊びに来たようにのんびりして楽しそうだ。まるで伸びた蘭(らん)の葉のごとく、ほどよい緊張感を密かに楽しんでいるように見える。ヨンガンは鯨肉を最後の一切れまで平らげてからグラスを空けた。

「ホンマにどれも旨いわ。そのヤクザ先生に料理をきちんと習うたんやな」

「ヤクザやなくて、日本の相撲を少しやっとっただけです。噂が間違って広まったんですわ」

「まあ、どうでもええわ。とにかくその先生のおかげで、死ぬ前にこんなに旨いもんを食い尽くせたんやないか」

ファンの皿では一切れも減っていない牛肉と大トロがぐんにゃりしていた。牛肉から流れ出た肉汁が皿の縁に溜まっている。ファンが酒のかわりに唾を飲み込み、再び口を開いた。

「今回の戦争で影島もクアムも大勢怪我したけど、これ以上、血を流すことがないようにせなあかんのとちゃうか」

ヒスはファンを見た。

「問題になったウォルロンのシマとウォッカの商権は譲ります。工場も差し上げます。チョン・ダルホ会長の甥に当たる方の慰労金も別に用意します。それでいかがですか？」

ファンは、ようやく話が少し通じたというように、そっと安堵のため息をついた。

「会長はクアムの港も少し使いたいと言われとるんやけど、全部よこせいうわけやなくて分けて使おう、いうことや」

手前勝手なことを図々しくスラスラと言うのがファンの特徴らしい。腹の中から（おい、このクソったれ、それが話になると思て言いよるんか）と罵倒したい気持ちが煙突のごとくこみ上げてきた。ヒスはグラスを持ち上げ、飲まずにテーブルに戻した。

「おやっさんと相談してみます」

「相談は先にしてから来なあかんやろ。相談してみるいう話を聞きにここまで来たわけやないで」

ヨンガンはヒスとファンのこういった会話がひどく退屈なのか、さっきからしきりにグラスを空けては酒を注いでいる。この頑固者のようにまどろっこしい言い争いに我慢できないと言わんばかりに横で口を開いた。

「ちきしょう、何をまどろっこしくグルグル遠回しに言うとるんや。若い娘でもあるまいし」

ファンがヨンガンを睨みつけた。ヨンガンは、ファンなんぞは気にも止めず、ヒスの顔を拝み倒すかのようにじっと見た。

「なあヒス、来る前にナム・ガジュが言うとったで。今日、港を獲ってこれんのやったら、ヒス、おまえの命でも獲ってこい、てな。正直言うて、俺はここらへんで手を引いて残りのカネをもらいたい。ヒス、おまえが粘ったら、俺みたいな傭兵はどないする。しゃあない、ヒス、おまえも殺らなあかんし、アミも殺らなあかんし、ソンおやじも殺らなあかん。最初は、こんなにやることがようけあるとは知らんかったんやで。ちいと脅せばええ言うから始めたのに、やらなあかんことがてんこ盛りや。待てよ、言うてみたら、ちくしょう、ナム・ガジュと契約し直さなあかんのとちゃうか？」

「おいこの野郎、会長はおまえの友達か？」ファンがカッとなった。

黙れと言わんばかりにヨンガンが手の甲でファンの顔を叩いた。軽く叩いたふうだったのに、鼻の骨が折れる音が聞こえた。ファンはウッと声をあげながら鼻を掴んだ。口と鼻から掌いっぱいに血が流れ出た。ファンはその最中にもハンカチを取り出して流れ出る血を押さえている。ヨンガンがつまらなそうにファンを見た。

「あーあ、あの野郎、口ばっか達者で。もういっぺんほざきやがれ。歯（トウキビ）をごっそり吹っ飛ばしたる」ヨンガンがヒスのほうに向き直った。「そうしようや、ヒス。おまえさえ腹をくくれば、この戦争は終わる」

「すっかり勝ったみたいに言われますなあ」

「一人殺っても二人殺っても、もらえるカネは一緒やのに、いらん仕事を増やすもんやないで」

「でけへん言うたら？」

「旨いもん食って家に帰ってぐっすり寝よう思たのに、今日も難しそうやな」

ヨンガンが大げさなジェスチャーで腕をスッと上げ、左腕に嵌めていた時計を外してテーブルに置いた。料理を食べていたフィリピンの大男が手の甲で口をさっと拭うと、拳銃を取り出した。ヨンガンが腰のあたりからナイフを取り出してテーブルに載せた。米軍の特殊部隊員あたりが使いそうな軍用ナイフだ。ヒスはヨンガンの載せたナイフをぼんやりと見た。急に心臓が狂ったように鼓動し始めた。

「今日のこの席は和平交渉かと思うとりましたけど、ちゃいますなあ？」ヒスが訊いた。

「おまえらも和平交渉なんぞをしにきた様子やないなあ」ヨンガンがタルチャを見ながら答えた。

　タルチャは中華包丁で黙々と玉葱を切っていた。まな板の上で玉葱がスライスされていく音がリズミカルに聞こえてくる。この状況でいったいなぜ玉葱を切っているのだろう。フィリピンの大男は度胸があるのか何も考えていないのか、拳銃を構えたまま欠伸をした。ヒスは腕を下ろし、椅子の下に予め刺してあったナイフを摑んだ。

「タルチャ叔父貴の名声はガキの頃からよう聞いとったからええとして、ヒスはナイフが少しは使えるんか？」

ヨンガンがテーブルの上にある軍用ナイフを人差し指の先でトントン叩いてタルチャを見た。

「タルチャ叔父貴、このヨンガンは、こういう日がわくわくして好きですわ。このピンとした空気を見なはれ。身体中の細胞が生きて息してるみたいやないですか?」

「空気て、なんの寝言や?」タルチャがそっけなく答えた。

「他の奴らはともかく、タルチャ叔父貴にはこの感触がわかる思たのに」ヨンガンが不満げに言った。

ヨンガンとタルチャの間に暫し沈黙が流れた。タルチャがまな板の上に中華包丁を突き刺し、左手に小さな刺身包丁を隠し持った。操舵室では、トルボが片手で撃てるように銃床を改造した猟銃を構えているだろう。トルボがフィリピンの大男を吹っ飛ばしてさえくれたら、タルチャとヒスがヨンガンひとりくらい始末するのは訳もないはずだ。心臓が狂ったようにバクバクしている。ヒスは落ち着いて自分がすべきことの動線を思い浮かべた。フィリピンの大男は口の中に料理が残っているのか、頬をもぐもぐさせている。大きな波で船が揺れた。大男は重心を失ってよろめき、ヨンガンの肩を思わず摑んだ。ヨンガンはうんざりした表情で男を見た。その瞬間、タルチャが左手の刺身包丁をヨンガンの手の甲に突き刺した。包丁が手の甲を突き抜けてテーブルに刺さる鈍い音がした。驚いたフィリピンの大男がタルチャに向かって拳銃を撃った。するとタルチャは身体を横にひねりながら中華包丁を男の手首に振り下ろした。信じられないくらい素早い動作だった。ヒュンッと中華包丁が下りると、大男の手首が銃を握ったままテーブルの上にぽとんと落ちた。大男は自分の手首がすっ飛んだのが信じられないのか、悲鳴すらあげなかった。ファンはようやくスーツの内ポケットから慌てて拳銃を取り出そうとあたふたし始めた。ポケットのどこかに引っかかったのか、拳銃はなかなか抜けない。タルチャが持っていた中華包丁の峰でファンの頭を殴りつけ、テーブルに飛び乗ってフィリピンの大男に飛びかかった。それと同時に、ヒスは椅子の下に隠しておいたナイフでヨンガンの脇腹を刺した。ヨンガンが刃を手で摑んだので、それより深く刺さらない。ヒスが力を込めると、刃を握ったヨンガンの指からガリガリと骨の音がした。ヨンガンの指から流れ出した血がヒスの握ったナイフの持ち手の方へ伝ってくる。ヒスは左手でヨンガンの首を摑んだ。ヨンガンはテーブルに串刺し(くしざし)にされている手を外そうと力を振り絞った。ナイフはなかなか抜けない。ヨンガンは手の甲を無理やり柄まで引き上げて刃先をへし折り、手の甲に刺さったままのナイフをヒスの鎖骨にぶつけた。刃が鎖骨に当たって首の中へ潜り込んでくる。ヒスは左手でヨンガンの手を摑んだ。ヨンガンの手の甲とヒスの首から同時に血が流れた。ヒスはヨンガンの脇腹を刺したナイフを捩(よじ)ったが、ヨンガンは呻き声もあげない。無表情な顔でヒスの鎖骨へなおも刃を押し込む。ヒスがうぐっと呻いた。ヨンガンがヒスの向こう脛を蹴った。ヒスは膝をついた。鎖骨に刃がどんどん食い込んでくる。甲板のほうでは、タルチャの中華包丁に切られたフィリピンの大男が首を摑んでもがいていた。そのさなかに意識をとり戻したファンが拳銃を抜こうと慌てふためいている。タルチャはファンの頭に中華包丁を振り下ろしてから、斧のごとくヨンガンの背中に向かって中華包丁を投げつけた。中華包丁が空中でくるくる回りながら飛んでいくと、ヨンガンの背中にザクッと刺さった。ヨンガンが小さく呻いてよろめいた。タルチャはつかつか歩み寄ってヨンガンの背中から中華包丁を外した。そして、テーブルの上にある刺身包丁を摑み、ヨンガンの心臓や肺を狙って突き刺そうとするようにひねって握り直した。そのとき突然、銃声が響いた。トルボが撃った銃弾がタルチャの腹部を貫いた。トルボの手がぶるぶる震えている。タルチャは怪訝そうな目で銃弾が打ち込まれた自分の腹を見てからトルボを見た。再び銃声が響いた。銃弾が胸を貫いたのか、衝撃でタルチャの身体がビクリとした。ヨンガンは自分の手の甲を貫いてヒスの鎖骨に刺さっているナイフを左手で抜き、そのナイフでヒスの脇腹を刺した。全身の力が抜けていくようにヒスは床にぺたりと座り込んだ。ヨンガンはふらふらしながら甲板へ歩いて行くと、持っていたナイフでタルチャの首を掻き切った。ヒスがテーブルを摑んで立ち上がろうとすると、トルボが猟銃で頭を後ろから殴りつけた。血が流れ出したのか、首の付け根がベタベタして温かい。目の前が次第に霞んでいくと共に意識が薄らいでいくようだった。

「今すぐ殺るか、それとも止血するか？」トルボが訊いた。

木の床にヨンガンがコツコツと歩いてくる音が響いた。

「あーあ！ 融通の利かんやっちゃ、えらいややこしくしよってからに」ヨンガンがいつもの口調で文句を言った。

ヒスは船窓に顔を押しつけて気を失った。

木の柱

気がつくとパムソムの小屋だった。ヒスはかつてチョルチンを縛り付けた木の柱に後ろ手のまま縛られていた。尻をついている床から悪臭が立ち上っている。チョルチンは何日もの間この柱に縛られたまま、その場で糞をたれ、小便をたれたのだろう。身体を少し動かそうとすると、脇腹と首の付け根に痛みが走った。フィリピンの男が一人、正面にしゃがみ込んでヒスの顔を穴の開くほど見つめている。背が低くて眉毛が濃い目の落ち窪(くぼ)んだ男は、ヒスの動作一つ一つを逃さず監視してやろうというように、よそ見もせずヒスだけを見ている。眉間にほくろのような大きくて黒い点があるので、まるで目が三つあるようだ。ほくろ男の横には、いざとなればヒスの首でもぶった切るつもりのようにジャングルナイフが一本、床にしっかりつき刺さっていた。

どのくらい眠っていたのだろう。板がきちんと揃っていない壁の隙間から日の光が差し込んでいる。湿気と猛暑で小屋の中はまるで黴臭(くさ)いサウナのようだ。背中と尻が、汗か血かわからない液体でびっしょり濡れている。小屋の外からファンベルトの回る音が聞こえてきた。フィリピンの言葉で喋る男たちの声も聞こえる。テヨンがタルチャの死体を飼料粉砕機に放り込んで挽いているかもしれないとヒスは思った。タルチャを挽き終わったら、次はヒスの番だろう。だが、小屋の中があまりにも暑くて、恐怖よりも喉の渇きのほうが切実に迫ってきた。ヒスの前に座っているほくろ男はこういう暑さに慣れているらしい。汗一滴流すことなく、相変わらずヒスの顔を穴の開くほど見つめている。

「水をくれ」ヒスが言った。

ほくろ男は顔を十度くらい横に傾けると、立ち上がってヒスに近づいた。そして、長靴を履いた足でヒスの顔を蹴飛ばした。鼻から血が出ているのか、しょっぱくて温かい液体が口の中に沁みこんでくる。ほくろ男は元の位置に戻ると、さっきのようにしゃがみ込んでヒスの顔を穴の開くほど見つめた。

「水をくれ言うとるんや」ヒスが再び言った。

ほくろ男は再び顔を十度くらい横に傾けた。立ち上がって近づくと、ヒスの顔を蹴飛ばした。自分の長靴にヒスの鼻血が飛んだのを見て、毒蜘蛛(どくぐも)か何かでもへばりついたかのように慌てて床を二、三回ドンドン踏んで血をふり落とした。それからヒスの顔をもう一度蹴飛ばすと、元の位置に戻ってしゃがみ込み、ヒスの顔を見つめた。男の規則的な動作に呆れたのか、ヒスはプッと噴き出した。イライラさせるタイプの人間だろうとヒスは思った。あんなふうに融通が利かず息のつまる男と結婚して暮らす女は一生が地獄だろうとも思った。ヒスは水を諦めて首を後ろに反らした。ヨンガンに刺された肩と脇腹は、汚れた雑巾のようなもので止血されていた。息をするたびに鎖骨のほうから痛みがのぼってくる。破傷風の注射でも打つべきではないだろうか？　どうやら刃物に刺されてではなく、この汚い布巾と小屋の汚れた空気に感染して死ぬらしいと思うほどだった。

トルボが裏切った。人の心はわからないものだ。タルチャとトルボは四十年以上、一緒に働いていた。ヒスは常々この寡黙な片腕の男だけは信じられると思っていた。ソンおやじもそう思っていたはずだ。だが、人間というのは容易に理解できる動物ではない。すっかり主導権を握った戦いだったのに、トルボの裏切りによって全てが水の泡になったらしい。トルボは何のために裏切ったのだろう？　片腕だからと馬鹿にされたのが悲しくて？　それとも家族が脅されて？　報償金？　それが何であろうと、トルボは自分の全人生を海の向こうにある島のやくざたちに売った。はした金を少しばかり摑んでクアムの海を去れば、もう永遠に戻ってこられないだろう。ナム・ガジュは、ソンおやじとヒスが何をしようとも、クアムの海を手相のごとくよく解っていた。常に一歩先を行き、どんな攻撃をしてもぴたりぴたりと対応した。だから裏切り者はもっといるはずだ。誰がそういう情報を与えられるだろう？　おそらくトダリだろうとヒスは思った。もしかしたらチョンベかもしれない。あるいはヤンドン、でなければタンカ、それが誰であっても、ヒスよりは賢い奴だろう。彼らはまだ生きており、ヒスはあらゆる愚行を働いてまもなく飼料粉砕機に入ろうとしている身なのだから。

ドアが開いて、フィリピンの男たちが騒々しく喋りながらどやどやと小屋の中に入ってきた。それぞれジャングルナイフや斧といったものを握っている。彼らの言葉が解らないので、喋り声がひときわ騒々しく感じられた。ほどなく一人が米麺を山盛りにした笊を運び込み、続く男はバケツにスープを入れてきた。笊を持った男が器に麺を盛ると、柄杓(ひしゃく)を持った男が鶏肉を数切れとスープをかけて配った。器を受け取った男たちは方々に座り込んで食べ始めた。鶏のスープの匂いが小屋いっぱいに広がった。ヒスは、もうすぐ死ぬか生きるかわからないこの状況で腹がへってきた。だが、フィリピンの男たちは麺を分けてやる気はないらしい。ヒスを監視していたほくろ男も、麺を受け取るとヒスの前にしゃがみ込み、啜り込んで平らげた。男たちが食べ終えて出ていくと、再び例のほくろ男がジャングルナイフを床に突き立ててヒスを見た。ヒスと目が合うと、ほくろ男は再び首を十度くらい傾け、立ち上がって近づくと、ヒスの顔を蹴飛ばした。まったくもって気が狂いそうな奴だとヒスは思った。

日が昇って暮れた。また日が昇っては暮れた。ヒスは眠ったり目覚めたりを繰り返していた。大量に出血したからか、疲れやすくてすぐに朦朧となる。目覚めているときも、まるで眠っているかのように意識が朦朧としていた。クアムの海はまだ戦争をしているだろうか？　まだ終わっていないだろう。終わったならば自分を放すか殺すか二つに一つのはずだとヒスは思った。ソンおやじがナム・ガジュに降伏宣言して、譲り渡す事業と登記を整理しているかもしれない。それともアミがありったけの仲間を呼び寄せて、最後の一戦を用意しているかもしれない。どちらもヒスにとっては最悪の結論だった。

眠ったり目覚めたりを繰り返して何日経ったのだろう。たまに、ほくろ男にかわって、顔の半分に刺青の入った男がヒスを監視した。男はヒスの包帯を剝がして傷をチェックし、薬を塗ったり抗生剤の注射を打ったりした。厳めしい顔立ちとは違い、繊細で優しいところのある男だった。自分も退屈なのか、たまにヒスに話しかけることもあったが、フィリピンの言葉なので、何を言っているのかは解らなかった。刺青男がいるときだけは水を飲むことができた。水を飲めるのは助かるが、飲むと小便が出る。仕方なくヒスはズボンに小便をした。

夜になると、テヨンが様子を窺いながら小屋に入ってきた。フィリピンの連中にひどく殴られたのか、あちこちが傷だらけで、顔がパンパンに腫れている。テヨンは刺青男にぺこぺこしながら、ヒスに粥をやってもいいか、というジェスチャーをした。男は快く、そうしろと応じた。テヨンはヒスの前に膝をつき、ひと匙ずつ粥を食べさせた。ヒスは器に顔をうずめてガツガツ食った。粥にはアサリが入っていた。温かい粥から胡麻油の匂いが立ち上ってきた。笑い話のようだが、丁寧に擂った米粒と胡麻油で炒めた弾力のある貝があまりにも香ばしくて美味しくて、ヒスは不意に、絶対に生きてこの島を脱出したいと思った。粥一杯を平らげてから、ようやくヒスは顔を上げた。

「タルチャ叔父貴は？」

フィリピンの男に気づかれるからか、ヒスに事実を告げるのがつらいからか、テヨンは殆ど声を出さずに唇を震わせているだけだった。唇を震わせるだけでテヨンが語らんとするのはどういうことか、正確にはわからなかった。おそらくタルチャは死んだのだろう。テヨンの表情がひどく苦しそうなので、飼料粉砕機に入ったのかとは訊かなかった。

「申し訳ありません、ヒス兄貴」

テヨンがスプーンを空の器に入れた。大丈夫だ、仕方ないじゃないか、というようにヒスが頷いた。どうしてもヒスと目を合わせられず、テヨンはうなだれたまま立ち上がった。顔を背けるテヨンの目に涙が溜まっていた。

何日か絶食して急に食べたからか、夕方に腹痛が起きた。食べたものを殆ど吐き、その晩に下痢をした。我慢しようとしたのに、このクズみたいな奴らの前で糞なんかできないと思ったのに、どうしても我慢できなかった。ふと、葬儀場でヤンドンに言われた言葉を思い出した。「犬みてえにひとの下でうろうろしとってズボンにクソをたれたまま死ぬわけにはいかん」ヒスはまさにその有様だった。犬のように生きてズボンにクソをたれたまま死ぬ状況である。ズボンから便の臭いが立ち上ってくると、ほくろ男が歩み寄り、罵倒しながら長靴でヒスの顔を何度も蹴飛ばした。だが、ズボンを履き替えさせることも、ヒスが座っている場所を拭くこともない。飢えと渇きと脱水のせいでヒスは再び眠りに落ちた。

気がつくとチョルチンが小屋に入ってきていた。パムソムから脱出した後、手当てを受けて風呂にも入ったのか、さっぱりした身なりだ。スーツからは香水のいい匂いがする。いつからいたのか、チョルチンは椅子を持ってきて、眠っているヒスを静かに見つめていた。チョルチンはヒスの身体から出る臭いに吐き気がするのか、ハンカチで鼻を覆っている。

「大丈夫か?」

「大丈夫そうに見えるか?」ヒスが歯を食いしばって言った。チョルチンを睨みつけるヒスの目つきが生意気に見えたのか、急にほくろ男が近づくと長靴でヒスの顔を蹴飛ばした。チョルチンが怪訝そうな顔で男を見た。男は、何か間違ったことをしたか、という顔でチョルチンを見た。チョルチンは椅子から立ち上がり、男の頭を後ろから掌で叩いた。

「この野郎、俺が話をしとるやないか!」チョルチンが怒鳴りつけた。

だが、ほくろ男はチョルチンの言うことが理解できなかったのか、肩を震わせて悔しそうな表情をした。チョルチンは男に、隅へ行くよう手振りをした。男はぶつぶつ言いながら小屋の隅へ行った。チョルチンはスーツのポケットから煙草を取り出し、ヒスの口に咥えさせて火をつけた。ヒスは煙草を吸い込んだ。空きっ腹で、あまりにも久々だったからか、一口しか吸っていないのに目眩(めまい)がした。ヒスは繋がれた木の柱に頭をもたせた。チョルチンは自分も煙草を咥えて火をつけた。

「あいつ、もっと殴ったれ。気い狂いそうや」ヒスが言った。

チョルチンが振り返ってほくろ男を見た。呆れたのか、それとも、ちゃんと監視をして偉いというのか、チョルチンがニヤッとした。男は訳もわからないまま、びくりとした。

「パムソムはうんざりやろうに、何しに来たんや?」ヒスが訊いた。

「ナム・ガジュ会長から言われたんや。もういっぺんチャンスをやってみろ、てな」

「チャンス？」

「この戦いは終いや。まさか勝てると思ったんか。ナム・ガジュはいっぺん決めたら絶対に諦める人間やない。なあヒス、もう降参せんか。そしたらアミも助かるし、インスクも助かるし、みんな助かる。おまえは今が最悪やと思とるやろうけど、今よりもっと最悪のことが起こるかもしれんで」

「おやっさんの背中にドス刺してこのクアムの海で暮らせ言うんか？　一生、陰でガタガタ言われながら？」

「おまえは独立運動かなんかをしとるつもりか？　これになんの意味がある？　どうせさんざん生きた年寄りや。王様役であんだけ生きたから、思い残すこともないやろ。ヒス、おまえがせんのやったら、どのみち、そのポストはトダリが手に入れるんやで」

ヒスは奥歯で煙草を噛んだ。そして、何か面白いものでも見つけたかのようににくっと笑った。

「チョルチン、おまえの人生はえらい楽チンやなあ。ガキの頃から頭もええし、話も上手いし、いつも立派な言い訳も用意しとった。だがなチョルチン、生きとったらなんでもええんか。息して飯食ってモチ搗けば生きとることになるんか？　やくざになってても最後まで守るべきもんがあるんやで。どういう意味か解るか、このクソ野郎が」

チョルチンは認めるというように頷き、スーツの内ポケットから財布を取り出してヒスに見せた。財布の内側には、チョルチンが双子の娘を抱いている家族写真があった。

「うちの娘ら、可愛いやろ？」

ヒスは家族写真を覗き込んでからチョルチンの顔を見た。

「親父になるいうんはどういうことかわかるか？　自分がこの世で屁でもない奴いうのを知ることや。ヒス、おまえはええカッコするんが大事やろうけど、俺はそんなもん、どうでもええ。生きとるんが大事や。ただ、息して飯食って、無様でも生きとるんが大事なんや」

チョルチンは長いあいだヒスを見ていた。

「最後に訊くで。やらんのか？」

ヒスが軽蔑の眼差しでチョルチンを見た。仕方ないというようにチョルチンが椅子から立ち上がった。

「アミが仲間を集めた。影島と一戦交えるらしいで」

一瞬、金槌で頭を殴られたように、ヒスが呆然とした目でチョルチンを見た。

「こないだは助かったけど、今回は死ぬ」

「アミは簡単に死なへん。アミがチョロかったら、おまえがここまで来れるもんか」

「わかっとる。アミんとこはチョロくない。それでも今回は厳しいやろな」

ヒスは歯を食いしばった。チョルチンの言うとおりだ。影島も、怖いもの知らずのアミたちと全面戦争をするのはひどく厄介なはずだ。だが、結局は影島が勝つだろう。この老獪な山犬たちと戦うには、アミたちは純真すぎた。

「アミは殺らんでくれ。アミが死んだら、チョルチン、おまえを絶対に赦さんで」

チョルチンは哀れむ顔でヒスとヒスが繋がれている木の柱を見た。

「そこは我慢できそうか？　俺は自分のたれたクソの上に座っとるのは我慢できたけど、いつまでもブンブンいうとる蝿には我慢でけへんかったわ。俺も生き残ったんやから、おまえも生き残ってみい。そしたら、そんときに赦すかどうか話そうや」

チョルチンは小屋の外に出た。ドアが閉まると、小屋の隅にいたほくろ男がヒスの前に近づいてきて、持っていた工兵シャベルで頭を殴りつけた。ヒスはすぐに気を失った。

　翌日からヒスはうなされた。高熱と脱水で気絶したり目を覚ましたりを繰り返した。火がついたように熱が四十度まで上がり、たちまち歯がガチガチいう寒気に襲われた。

ヒスは脂汗を流したり悪寒に身を震わせたりを繰り返した。全身の骨がバラバラにされて金床に載せられ、金槌で叩かれているようだった。身体中の動いてきしむ箇所がズキズキ痛んだ。ヒスが高熱に苦しんで呻き声を上げると、ほくろ男がバケツ一杯の水をぶっかけて工兵シャベルで頭を殴った。たまにテヨンが粥や水を持って小屋の中に入ってきたが、殆ど吐いてしまう。どうせ殺す奴だと思ってか、フィリピンの連中は何の手当てもしなかった。次第に意識が遠のき、昼なのか夜なのか区別もつかなかった。甚だしくは、起きているのか眠っているのかも区別がつかなかった。頭の中でしきりに水滴が跳ねている。全身が洗濯物のようにくたっとなっても、背後の木の柱は硬い。とても逃げられない。死んだ木はこんなに硬いんか、とっくに死んだもんがこんなに硬いんやな、とヒスは呟いた。時折、夢の中にインスクが現れた。インスクの膝を枕(まくら)に寝そべっている。ふとももがしっとりと温かい。インスクはヒスの耳垢を取ってくれた。インスクの股の奥から日光でよく乾いた赤ん坊のお襁褓(むつ)の匂いがする。俺たちの赤ん坊はおまえのように清潔だから腹の中からお襁褓をしているらしいとヒスが冗談を言った。インスクは日の光のように明るく笑い、すぐに悲しげな顔になった。ヒスは寝返りをうちながら、チョルチンが戻ってきたら、ナム・ガジュに降伏すると言おうと思った。もうこの忌々しい戦争は終わりにしよう、老いぼれ爺がどうなっても構わない、アミを助けてくれ、と。だが、チョルチンは来なかった。

その夜、フィリピンの男たちが一斉に入ってきた。ジャングルナイフと斧と銃を持っている。刺青男がヒスを木の柱からほどいて立ち上がらせた。脚に力が少しも入らず、立っていられない。ヒスはバランスを崩して床に倒れた。ほくろ男がヒスの腹を蹴飛ばした。テヨンが駆け寄ってヒスを抱きしめて蹴られるのを防ぎ、「自分が連れていきます」と必死に訴えた。刺青男は、そうさせるようほくろ男に指示した。テヨンはヒスの脇に自分の首を突っ込んで立ち上がらせた。ヒスはテヨンの肩にもたれたまま、ぐだぐだ喋り続けた。「チョルチンに言え。俺の負けや。全部言うとおりにする。一緒にアサリ粥でも食おう」テヨンは何も言わずに小屋の外へヒスをずるずる引きずり出した。船着場に船があった。そこに向かう通路は竹と発泡スチロールでできていて、狭くて揺れた。テヨンはヒスを支えながら何度も転んだ。後をついてきたフィリピンの男たちが癇癪を起こした。「チョルチンを呼べ。俺はやめる、アミは殺さんよう言え」テヨンはヒスから必死に顔を背けた。「アミは、アミは死にました」テヨンが呟くように言った。脚から力が抜けてヒスはその場にへたり込んだ。ジャングルナイフを持った男が、早く立てというようにテヨンの背中をぐいぐい押した。テヨンは再びヒスを立たせて船着場まで行った。モーター付きのゴムボートにフィリピンの男二人が待機していた。ジャングルナイフの男はテヨンを後ろに押しのけ、ヒスを投げるようにボートの中に放り込んだ。フィリピンの男四人がボートに乗った。ジャングルナイフの男はヒスを足でぎゅうぎゅう踏んでボートの底まで押し込んだ。暫くして騒々しいモーターの音が聞こえてきた。風の音とモーターの音と船縁（ふなべり）にぶつかる波の音を聞きながら、ヒスはアミが死んだという言葉はどういう意味なのか必死に理解しようとした。それは現実離れしていて、それゆえにさほど悲しくなかった。ヒスは波の上をポンポン飛び跳ねるゴムボートの底に顔を埋めて再び眠りに落ちた。

二股よりは空振りのほうがマシだ

　ヒスはチェ医員の病院で意識を取り戻した。病室には、クアムのやくざのかわりに影島のやくざが集まってヒスを監視していた。ときどき看護師が体温と脈拍を測りに来て、点滴をチェックして戻っていった。病室と廊下を見張っているやくざたちのせいで、看護師は少し怯えているようだ。どのくらい意識を失っていたのかヒスが尋ねると、「三日」と短く答えた。午後になって、影島のやくざをかき分けてタンカが病室に入ってきた。ヒスを見るなり泣き出しそうになった。

「すっかり満身創痍やなあ。まったく、やれ言うとおりにしたらええのに、映画やあるまいし、なんでこんな意地を張ったんや」

　ヒスの有様のせいか、クアムの海に吹き荒れた血飛沫(ちしぶき)のせいか、タンカは長いことめそめそ泣き、袖先で涙を拭った。ヒスが手招きすると、タンカはベッドを三十度くらい起こした。

「うちの連中とソンおやじはどうなった？」

「みんな終いや。アミの仲間は散り散りやし、ソンおやじは交通事故で今日明日の命や。飲酒運転しとった奴がはねたらしいけど、形ばっかで、あれのどこが事故や？」

ヒスは黙って天井を見つめた。悲しみも怒りも力がなければ湧いてこないのか、体内に力がまるでなくて無感覚だった。

「アミが死んだの、聞いたやろ？」

ヒスが頷いた。

「兄貴が捕まったいう知らせを聞いて、おやっさんがホテルの名義を兄貴に移したそうや。おかげで兄貴は命拾いしたんやで」タンカが後ろで病室を見張っている影島のやくざたちをちらりと見た。ヒスに近づくと手で口を覆い、小声で耳打ちした。「登記を移したらナム・ガジュがソンおやじを生かしておく必要ないやろ。その日の晩に事故に遭ったんやで」

ヒスはぼんやりした表情で壁を見ているだけだった。頭の中に何の考えも浮かばない。アミが死に、ソンおやじが事故に遭って今日明日の命だというのに、全てが遠くの山にある木や岩のように感じる。ヒスが暫くしてようやく口を開いた。

「インスクは？」

「家におる。ホン街金がよこしたやくざとナム・ガジュの手下ががっつり囲んで見張っとって、ちっとも動けん」

看護師が入ってきて点滴のチューブに注射を挿し、一掴みぶんの飲み薬をよこした。何の注射で何の薬か説明されたが、ヒスの耳の中には、送信の途絶えた電話のようなツーという音だけが聞こえてきて、何を言っているのか聞き取れなかった。タンカがヒスを憐れむように見た。アミが死に、ソンおやじも死につつあるのに、ヒスは眠くなった。目を閉じると、タンカがベッドを元通りに倒し、布団を掛けてヒスの額を撫でた。

「兄貴、しっかり腹くくるんやで。ここで倒れたらあかん」

二日後、ヒスは退院した。チェ医員には、まだ歩き回ると大変なことになると言われたが、ヒスは意地を通した。タンカが下着と上に着る服を調達してきた。タンカが持ってきた服はどれもデパートで新しく買ったものだった。インスクに合わせる顔がなくて家に寄れなかった、とタンカが気まずそうに言った。ヒスは着替えを済ませて病院を出た。入口からナム・ガジュの手下がヒスに付いてきた。ヒスがタンカの車に乗ろうとすると、手下が遮った。

「申し訳ありません。会長から、ようお守りするよう言われまして」若手が言った。動作は礼儀正しいが、口調は固かった。

見張りの連中は四人。そのうちカンイという奴はナム・ガジュ派の中間幹部で、ヒスとは以前から知り合いだ。ヒスはカンイに手招きした。カンイが駆け寄ってきてお辞儀をした。

「寄りたいとこがあるんやけど、この車でちょっと行ってきたらあかんか？」

カンイが少し困った顔になり、ほどなく明るい表情でヒスを見た。

「ヒス兄貴、他の車はちょっとまずいですけど、行かれたいところがあるんでしたら、自分らの車でお連れしたらあかんでしょうか？」

ヒスはタンカを見て、カンイに向かって頷いた。カンイは自分の部下に向かって手を振った。

「おーい！　車をよこせ」


ナム・ガジュの手下が運転する車に乗ってヒスが到着したのはソンおやじが入院している病院だった。集中治療室にいるソンおやじは意識がなかった。運転手はその場で死に、ソンおやじだけが辛うじて生き残った。カルテを見ていた若い医者は、ヒスが集中治療室に入ることを許さなかった。

「いっぺんでも意識が戻りましたか？」

「戻っていません。意識が戻っても、生き延びるのは難しいでしょう」医者はカルテから目も離さずそっけなく答えた。

　タンカに支えられてヒスが山五六五番地の絶壁の家に戻ると、正門の前はホン街金のやくざたちが見張っていた。縁台ではホン街金がスキットルに入ったウイスキーを飲んでいた。ヒスは縁台に座った。ホン街金がヒスにスキットルを差し出した。ヒスが受け取って一口飲んだ。身体の中を沁みわたるウイスキーの香りは、この上なく強烈でヒリヒリした。

「ムチャクチャや」ホン街金が言った。

　ヒスが力なく頷いた。

「ここで何しとるんですか？　うちのインスクを警護してくれとるんですか？」

「いろいろついでや。ヒス、おまえも待つし、インスクの顔も見るし」

　ヒスはウイスキーをもう一口飲んだ。二度目のほうがきつく感じられた。ホン街金はヒスの手からスキットルを受け取って蓋を閉めた。

「ナム・ガジュ会長と合意は済んだんか？」

「もう合意せなあかんでしょう」

「なら、それまで少しおまえんちで世話になるで。ナム・ガジュは頑固一徹やからな。解るやろ？」

　解るというようにヒスが頷いた。

　ヒスは縁台から立ち上がって部屋に入った。部屋の中にはキャリーバッグが二つ、ぽつんと置かれていた。インスクはその傍らで膝を抱えたまま蹲っていた。おそらくクアムの海を去ろうとしたが、ホン街金に捕まってここに閉じ込められているのだろう。ヒスが部屋の中に入ったが、インスクは膝の上に額を載せたまま、ぴくりともしなかった。ヒスはインスクの隣に座った。インスクが力なく顔を向けた。インスクの瞳は魂を失ったように虚ろだった。

「なんで意地を張ったんや？」インスクが訊いた。

「なんのことや？」

「アミを助けられたそうやないの？」

　ヒスが首を振った。

「あの老いぼれ爺を助けるためにうちのアミを殺したんか？」

　インスクの声は冷ややかだ。

「そういうんやない」

「なら、万里荘ホテルの社長の席が欲しくてアミを殺したんか？」

「そういうんやない言うとるやろ」

「なら、なんや？」インスクはヒスの髪を摑んで揺さぶり始めた。「言うてみい。なら、なんやの」ヒスはインスクが髪を揺さぶるままに任せた。暫くして力が尽きたのか、インスクは摑んでいた髪を離した。数日ひとりでアミの葬儀を済ませて一気に力が抜けたのか、あの剛毅果断なインスクの身体に何の気力もなかった。

「おまえは解らんやろうけど、インスク、おまえが思っとるようなことやない。これはそんなに簡単な問題やない」ヒスが浅ましく言い訳をした。

インスクの目から涙がこぼれ落ちた。

「それがあんたにとって、どんだけ難しいことでも、どんだけ大事なことでも、うちは解りたくない。解らんし、赦さんよ」

インスクは立ち上がった。そして、決然たる表情で重いキャリー二つをずるずる牽いて外に向かった。ホン街金とやくざ一人が玄関のドアの前で立ち塞がった。インスクはやくざを見て、ヒスを見た。ホン街金はヒスの顔を見て、ドアの横によけた。インスクはホン街金とやくざを押しのけて庭をずんずん歩いていった。ヒスはインスクの断固たる足どりをぼんやりと見ていた。あの数々の侮辱と陰口の中でも、インスクは一度もこの海を去ったことはなかった。だからインスクはもう戻ってこないだろうとヒスは思った。この海にも、ヒスのところにも。

翌日の午後、小高い絶壁の家へナム・ガジュが訪ねてきた。ヒスは縁台に座って焼酎を飲んでいた。正門から入ってきたナム・ガジュが笑いながらヒスを見た。ヒスは驚いて立ち上がった。

「いやあ、えらい高いとこに住んどるな。避難してきたときに暮らして以来、このへんに来るのは、ほぼ四十年ぶりや」

ナム・ガジュに付き添っているボディーガードのサンは片手に果物の籠を持っていた。ヒスと同い年か、一、二歳年下だ。ナム・ガジュが万里荘に遊びにくるたびに、ちょくちょく顔を見ているが、話を交わしたことはない。もともと無口なタイプで韓国語が拙い。在日三世の元ヤクザだ。日本で相撲取りとして活躍していたが、聞いた話によると、剣道も相当の腕前らしい。それでボディーガードとして連れ歩くのだろう。ボディーガードがいないのはソンおやじだけだった。ひょっとしたらヒスがソンおやじのボディーガードだと思われていたのかもしれない。この十年間、ヒスは常にソンおやじのそばに張り付いて歩いたからだ。とすれば、チョン・ダルホやナム・ガジュ、はてはホン街金をひっくるめて、ボディーガードとしては自分が一番劣っているだろうと思った。サンは山のように肉付きがよく、じっと座っていても汗をだらだら流す体質で、この小高い丘まで上って、まるで水から這い上がってきたように全身が汗でびっしょり濡れている。すらりとしたナム・ガジュは、ひとり息を切らせているサンを見て、情けないという表情をした。

「その体力で夜に励めるんか？」

　サンがバツの悪そうな表情になった。若いサンは死にそうなのに、ナム・ガジュは少しもきつくないのか、四十年ぶりにかつて住んでいた界隈に来てむしろ満足そうな顔だ。まるで山の頂上を征服したかのように腕を横に広げながら、軽くストレッチをした。

「うちの連中の合宿所はここにつくらなあかんなあ。ここで暮らせば、わざわざ運動させせんでもええな。一番近いスーパーも毎回、三百段上り下りせなあかんのやったら、まあ、それだけで海兵隊並みの訓練やろ」

　ナム・ガジュがつまらないことを喋り、縁台の上にあるキムチと焼酎を見て舌打ちした。

「なんや、このあては？」

「出すのが面倒で……」ヒスが口籠もった。

「わしにも一杯くれ」

　ナム・ガジュはヒスが飲んでいたグラスを持ち上げた。ヒスは焼酎の瓶を持ってグラスに注いだ。ナム・ガジュは一息に飲み干し、キムチを手でちぎって口に入れた。

「女房が漬けたんか？」

「はい」

「料理が上手いな」

ナム・ガジュはグラスをヒスに返して酒を注いだ。ヒスはグラスを空けた。ナム・ガジュは持参した果物の籠からバナナを一本取り出して皮を剝き、先をポキンと折ってヒスに渡した。ヒスは受け取って口に入れた。ナム・ガジュはヒスの前にあるグラスを自分の前に引き寄せて酒を注ぐと口の中に放り込み、バナナを少し齧った。意外と合うのか頷いた。

「わしをごっつう恨んどるやろ?」ナム・ガジュが一段と温かい声で訊いた。

ヒスは答えずに、ぐずぐずと首を縦に振った。

「構わん。恨まんかったら人間か? ケダモノやろ」

ヒスは黙って焼酎を空けた。

「アミのことは気の毒やった。あんなふうに逝ったらあかん奴やのに、ホンマ惜しいわ。ヒスとアミには手をつけんよう、はっきり言うたのに、チョン・ダルホの奴が、いっぱしになったからか、わしの言うことも聞かんのや。やくざの世界で争いが起これば、こっちで死にあっちで死にするのに、ええ大人が復讐なんぞしよって。だからチョン・ダルホは大物になれんのや」

ナム・ガジュは向こうの海から山頂までひしめいている山五六五番地の家々を眺めた。

「あれを見い。生きるために山のてっぺんまで家を建てたんやなあ。元は全部バラック街やったのに。ホンマはバラック街ですらなかったんやで。当時はベニヤがえらい貴重でな。米軍のCレーションの段ボール箱に、雨ガッパ、その、よそんちからこっそり剝がしてきたベニヤ、看板、そういうもんをびっしりくっつけて家を建てたんや。建築許可もないし、行き当たりばったりで建てたのに、あの危なっかしい家が崩れんで今まで踏ん張っとるのをみると、あんな奇跡はあらへん」

実際にヒスもそう思ったことがあった。あの斜面に行き当たりばったりで建てた危なっかしい家々が、度重なる台風にも耐えていることがいつも不思議だった。一九五九年の台風サラで、几帳面(きちょうめん)な日本の技術者たちが建てた万里荘ホテルさえ半分も吹き飛んだというのに。

「あのひん曲がった松の下に家があるやろ。わしの故郷はもともと満州やけど、六・二五のときにここまで避難してきて、あそこで暮らしとったんや」

「満州のご出身でしたか?」

「親父が満州におるときに生まれたんや。なんで吸える汁もないソウルに来て、共産党に追われてここまで逃げてきたんやろな。ヒス、おまえはここが故郷か?」

ヒスは頷いた。

「ええとこで生まれたな。満州は風ばっかりよう吹く荒れ果てたとこや。木も殆ど生えとらんし、進めど進めど地平線しか見えんで、寒うて、食うもんもなくてな。そこに馬賊がおったんやけど、今時のやくざは、馬賊に比べたら、みんなガキんちょや。えらい怖かったわ」

ナム・ガジュは果物の籠からトマトをいくつか取り出して庭の水道で洗い、サンとヒスに一つずつ渡した。サンが恐縮しながらトマトを受け取るとガブリと噛みついた。この小高い場所で水が出るのが不思議なのか、ナム・ガジュは蛇口を何度かひねり、水受けにしゃがみ込んで顔を洗った。ヒスは物干しロープにかかっていたタオルを取って渡した。

「ここは意外とええな。情緒がある。小高くて景色もええし」

「脚が丈夫になるだけです」

「脚が丈夫なら、なんでもできるやろ。男は下半身や」

「そうですか?」

「もちろんや。こいつを見い。相撲取りやったくせして、やくざ暮らし何年かであの弱りようや。ここまで上ってくるのに、えらい難儀しよる。あんなのをボディーガードやいうて連れ歩くから、チョン・ダルホみたいな後輩野郎にやられてばかりなんや」

ナム・ガジュは再びグラスに焼酎を注いで飲んだ。全てが思いどおりに運んだからなのか、ホッとしているらしい。何よりも、あと三十年は生きそうなくらい丈夫そうだ。あんなに丈夫だからあの歳になっても欲が深いのだとヒスは思った。縁台に置かれた小さな膳には、焼酎のグラスが一つきりで、箸も一膳きりだ。ヒスは台所に行って焼酎のグラスと箸を取り出し、冷蔵庫のドアを開けた。冷蔵庫の中には、インスクが作り置きした惣菜がどっさり入っている。誰のために作り置いたのか、いつ作り置いたのかさえわからない。ヒスは茹で蛸、タチウオの煮付け、シジミの唐辛子和えといったものを手当たり次第に取り出した。それらを膳の上に載せると、ナム・ガジュがびっくりした表情になった。

「なんやこれは？　おまえは普段こんなもんを食っとるんか？」

「普段はずっとええもんを食って、こういうんはラーメンを食うときの口慰みです」

ヒスが冗談を言った。ナム・ガジュはヒスの顔を暫く見つめた。

「ヒス、結婚してよかったなあ。女房がしっかりしとる」

ナム・ガジュは箸で蛸を一切れ食べ、タチウオも少しほぐして食べた。

「こんなにええあてがあるのに、なんでキムチだけで飲むんや？」

「さんざん食うて飽きましたんで」ヒスが再び冗談を言った。

ナム・ガジュは、今度はうんざりした表情でヒスを見た。

「まったく！　こいつ、歌は出だしでやめとくもんやで。サビが終わるまで歌いよる」

ナム・ガジュはヒスの冗談に気を許したように大きく息を吸い込んで吐き出し、山五六五番地に急勾配（きゅうこうばい）で連なる家々を眺めた。なぜかいつもとはひどく違う感じだ。ナム・ガジュはグラスを一気に空け、酒をなみなみと注いでヒスの前に置いた。

「飲んですっかり払い落とせ。四十年前やったか、わしが避難してきた頃に野垂れ死んだもんだけで何十万人や。道ばたにジャガイモの株みたいにゴロゴロ死体が転がっとっても、生きとる人間は飯食って生きなあかん。ヒス、おまえがしがみついているんは、どれも役に立たんもんや。それを全部払い落とせば、ヒス、もうおまえの時代やないか」

ヒスはナム・ガジュがよこしたグラスを眺めた。グラスの中に入っている焼酎はあまりにも澄んでいて透明で、そこには一点の嘘もないような気がした。ヒスはグラスを持ってきれいさっぱり飲み干した。ナム・ガジュは言うべきことが済んだのか、立ち上がった。

「ソンのおやっさんが意識を取り戻したそうや。亡くなる前に挨拶でもせなあかんやろ」

夕方になると、絶壁の家を見張っていたナム・ガジュのやくざはみな撤収した。ホン街金のやくざも見当たらない。ナム・ガジュのやくざも消え、ホン街金のやくざも消えると、おかしなことに、ヒスは急に淋しくなった。この絶壁の家はもう、インスクも去り、賑やかだったアミとジェニーも去ってしまい、本当に絶壁にでも立っているかのように危なげに感じられた。ヒスは縁台に座ってもう一本焼酎を空け、インスクが作り置いた茹で蛸とタチウオの煮付けと煮付けに入っているジャガイモと大根を喉へぎゅうぎゅう押し込んだ。焼酎を飲み干して、ヒスは誰もいない絶壁の家の縁台に寝そべり、長いあいだ夜空の星を見ていた。

ボンクラ船

影島が決めた合意の場所はボンクラ船だった。正方形に作られたこの木造の船は、エンジンも、櫓も、帆も、舵輪もない。自力で動くための動力が何もないから、曳船が曳いてくれなければ動けず、錨をいったん下ろしたら、その場で釘付けにされたように過ごさねばならない。人々は、船と称するには少し気恥ずかしいこの船をボンクラ船と呼んだ。西海と南海の海岸では、この無動力船で主に海老を獲った。悪徳な街金業者に返済できない人々、人身売買の集団に捕まった人々、障害者たちがこの船に連れてこられて、潮目に合わせて一日に四回、網を曳いて海老を獲った。ボンクラ船は人生の底辺に落ちた人々だけが来るところだから、待遇は酷いものだった。陸地から何キロメートルも離れていて脱出も不可能だ。時折、嵐が来ても曳船が来ず、海のど真ん中をあてどなく流されて死ぬことも茶飯事だった。一九八七年の台風セルマでは、なんと十二艘のボンクラ船が沈没して五十人が死んだ事件もあった。

影島は、重要な仲裁をしたり降伏をさせたりするときに、この船を利用した。相手方としては、仲裁の場所がボンクラ船であるのは、ひどく屈辱的なことだった。陸地から小さなボートに乗ってこの巨大なボンクラ船に着くと、乗ってきたボートは再び陸地に戻ってしまう。いったんボンクラ船に乗り込めば、逃げる場所もないし、後ろに退ける場所もない。たとえ船の上にいる奴らをブルース・リーのようにすっかり叩きのめしたとしても、エンジンも舵もなく帆もないこのボンクラ船から抜け出す手立てはないのだ。影島は、相手方を窮地に追い込み、やれというとおりに判子を押さなければにっちもさっちもいかないこの場所で合意をした。下手に客気(かっき)に駆られれば刃物や銃にやられ、身体に石を括りつけられて海に放り込まれるから、実のところ、合意というより脅迫に近い場所だった。

　ヒスがボートに乗ってボンクラ船に着いたのは夜の八時だった。船縁に待機していた黒いスーツの男たちがロープを投げてよこした。ヒスがボンクラ船の階段に降りると、ボートは旋回して戻っていった。大柄な男が刃物や銃がないかヒスの身体をチェックした。船内にはすでに多くの人々が来ていた。真ん中に丸いテーブルが広げられており、ナム・ガジュ会長が白いスーツを着て十二時の方角に座っていた。彼の右側にはチョン・ダルホとチョルチンがいて、左側にはヨンガンとウォルロンのポン引きシンとイがいた。そして向かい側には、笑えることに、クアムのコムタン爺二人と、怖じ気づいて逃げ出したヤンドンが舞い戻って座っていた。テーブルの上には酒と肴が山のように置かれているが、食べているのはナム・ガジュとヨンガンだけだ。空いているのはチョン・ダルホの隣だけである。ヒスは仕方なくその席についた。すると、ナム・ガジュがグラスを持ち上げた。

「もう来るべき人は揃ったようですから始めましょう」

人々が形ばかりグラスを持ち上げて下げた。チョン・ダルホが目配せをすると、大柄な男が錨を揚げた。ボンクラ船が潮の流れに従って漂い始めた。もう、信号機を点けて曳船が戻ってくるまで、どこに行くのか誰にもわからないわけだ。

ヒスはテーブルを見回した。みな緊張しきった顔だ。この場で全く緊張していないように見えるのもナム・ガジュとヨンガンだけである。ヨンガンはいつものように淡々とした顔で酒を飲みながらひとりで食事をしていた。ナム・ガジュは装いも気分も軽やかそうだ。すでに一杯ひっかけたのか、顔がほんのり赤い。ナム・ガジュが口火を切った。

「これまで、要らん誤解と感情のもつれで惜しい若者たちをようけ亡くしました。そこまでせんでもええのに、えらい残念で気が重いですなあ。自分は一線を退いてだいぶ経ちますけど、先輩としての道理で黙って見ておれんかったので、この席を設けました。ですから今日、この席で虚心坦懐(きょしんたんかい)に話し合って、今まで積もった恨みはすっかり払い落とすことにしましょう」

そうは言ったものの、誰もにわかには口を開かない。ナム・ガジュが微笑んだ。

「ざっくばらんに話してみなされ。騒がん奴には配給が少ない言うやないですか？」

ぐずぐずしている人々の中からウォルロンのポン引きシンが最初に口を開いた。

「やたら自分らウォルロンが今回の戦争を起こしたみたいに言わはりますけど、ホンマ言うたら、この騒動は全部ヤンドンから始まったもんやないですか？　なんでひとのシマに入ってきて、許しもなく酒を売りますか？　れっきとした自分の飯碗をぶんどられて黙っとる奴がどこにおりますか？」

ウォルロンのポン引きイも話を続けた。

「そうですわ。酒の流通にも、きちんとした秩序いうもんがあるのに、ヤンドンは自分んちも他所んちも関係なく回りよって、こんなもんが通りますか？　正直言うて、酒がなくて売れんわけやないです。お互い他所のシマに欲を出さんで自分のシマで信念に従って売るんが、流通の秩序を確立して一緒に食うていくことやないですか？」

シンが再び口を開いた。

「自分らウォルロンはどえらい損害ですわ。ヤンドン、あの野郎がシノギを十個も潰すわ、商圏をガタガタにするわ。近頃、ウォルロンの業主たちは、おまえらは何かしてくれたことがあるんか言うて、もう上納金も納めようとせんのです。今回の戦争で若い連中が山ほど怪我して死んでいきましたけど、正直、ヤンドンさえ欲かいて暴れんかったら、こんなことになりましたか？」

聞いていたヤンドンの顔が赤くなったり青くなったりした。最初は怯えきっていたが、窮地に追い込まれると思ったのか、ガバッと立ち上がった。

「黙って聞いとったら、このポン引き野郎どもがふざけたことをぬかしよって。いつからウォルロンがおまえらのシマになったんや？」

「なら、おまえのシマか？」シンが訊いた。

「俺がいつウォルロンをよこせ言うた？　ウォッカ何本かねじ込んだんを、おまえらが大騒ぎしよってこうなったんやないか？」ヤンドンが声を張り上げた。

「会長の顔を立てて紳士的に話そうとしたのに、ヤンドン、この野郎はホンマ、口ではあかん奴やな。あの言いぐさを見てくださいよ。この騒ぎを起こしといて、ちっとも反省しとらんやないですか？」シンがまるでナム・ガジュに訴えるかのように言った。

「口であかんなら？　どないするつもりや？」

「どないするか、ホンマにいっぺん見せたろか？」

「また戦争しようういうんか？　よっしゃ！　女の乳なんぞ吸うて飯食うてるおまえらみたいなポン引き野郎が百人かかってきても、俺はちっとも怖ないで」

ガチガチに緊張して様子を窺ってばかりいたコムタン爺のキムは、恐ろしくなったのかヤンドンに手を振った。

「おいヤンドン、やめんか。ここに会長も座っとられるのに、畏れおおくも怒鳴り散らしよって」

「おやっさんこそ、やめなはれ」ヤンドンが怒った。「浮気しても、喧嘩になったら亭主は女房の肩を持つもんで、妓生の肩を持ってええんですか？」

ヤンドンの言いぐさが可笑しかったのか、黙って座っていたナム・ガジュがプッと噴き出して頷いた。

「確かに、浮気しても亭主はとにかく女房の肩を持たなあかんな、うん」

「会長もそんな言わんでください。夏になるたんび、影島の連中と、ウォルロンの連中、釜山界隈のあらゆる雑魚どもがみんなクアムの海に来て、許可も取らずに商売しとったやないですか？ ヤク売って、ブッ回して、オンナねじ込んで、がっつり商売しとったやないですか？ 他所のシマでしっかり商売しといて、こっちに一銭でも税金を払いましたか？ あんとき、これはあんまりやないか思て訪ねていったとき、会長は自分らのためにいっぺんでも仲裁してくれはりましたか？ 自分らが言うたときは知らんぷりやのに、なんでこのポン引き野郎どもがギャアギャア言うときだけ仲裁を買って出ますか？ ホンマさみしいですわ」

ナム・ガジュは落ち着いてヤンドンの話を聞きながら、ずっと頷いている。まるでよく相談にのってくれる不動産屋の老人のようだ。

「それはヤンドンの言い分が正しいな。聞いてみると、あれこれ気が利かんかったところもあるし、間違ったことも多いなあ。でも、わしは別に誰かの肩を持ったわけやないで。ヤンドンもウォルロンの社長もええ大人やのに、ああせえこうせえ言う状況でもないし、実際、もうそんな力もあらへん。とにかく、今さら昔のことを正しいの間違っとるのと晒してどうする。過ぎたことは過ぎたことやし、この先食うてくことを考えなあかんやろ。さあ、なら、こうしたらどうや。どうせやっとった仕事やから、ウォッカの供給はヤンドンが続ける。そのかわり、直に売らんで地元の酒類業者に卸す。そしたら、地元の業者たちは安定してウォッカの供給を受けられるし、おまえは争わんでウォッカを売れるから、お互いにええんとちゃうか」

「いくつも手を通ったら何が残りますか？　しかも、自分がようやっと密輸で持ち込んだもんを、あいつらは座ったまま食うだけでウハウハやないですか？」ヤンドンが不平を言った。

「シノギをやるんやったらお互い少しずつ譲歩するもんやで。やくざはシノギをせなあかん。毎日ドスを振り回すわけにはいかんやろ」ナム・ガジュが窘めた。

「なあヤンドン、会長が言いはるとおりにせえ。今回折れたら、後でええ機会をくださらんはずないやろ」コムタン爺のキムが会長に調子を合わせた。

提案が気に入らないのか、ヤンドンは粘った。ナム・ガジュはグラスを持ち上げると、乾いた口を湿らすように少し飲んだ。チョン・ダルホが鵜の目鷹の目でナム・ガジュとヤンドンを見ている。ヒスは、ヤンドンがナム・ガジュの前で粘っていることが、あの臆病者がこのボンクラ船までしょっ引かれてあんなふうに言い募っていることが最初は不思議だったのが、次第にどういうことなのか解る気がした。前に座っているチョン・ダルホも、おそらくヒスと同じことを考えているだろう。

「わかりました。会長の言いはるとおりにします」口を尖らせたままヤンドンが言った。

ウォルロンのシンとイも同意するように頷いた。ナム・ガジュはグラスを持って、もう一口飲んでから話を続けた。

「それから、ダルホとヒスの問題は、こうしよう。ヒスが娯楽室を始めるために今までえらい苦労したのに、いっぺんに持っていかれたら、お先真っ暗やないか。ヒスが連れとるんも一人二人やないし。どのみち影島は、娯楽機の製作より営業が主なシノギやし、ダルホ、おまえは成人娯楽室の経験も多いし、営業先も広いから、ヒスと一緒にやったらどうや。生産はヒスに任せて、流通と営業のほうは、ダルホ、おまえが引き受けたら、近頃流行っとる言葉でシナジー効果がありそうやな」

チョン・ダルホがヒスの顔を見た。チョン・ダルホとナム・ガジュはすでに話をつけているはずだ。チョン・ダルホは、さほど拒む様子も見せなかったが、この芝居のようなポーズはちょっと笑えると言いたげに頷いた。

「そうしましょう」

ナム・ガジュが今度はヒスを見た。

「ヒス、おまえの考えはどうや？」

「自分はどうでもええです」ヒスが淡々と答えた。

ナム・ガジュは明るく笑いながら拍手をした。

「さあ、だいたい話は済んだな？　もう喧嘩せんで、気張って働いて稼いでみようや」ナム・ガジュが満足げな顔で言った。

そのとき、隣にいたチョン・ダルホが口を開いた。

「シノギの問題は解決しましたから、これから感情の問題も解決しましょう」

「ガキんちょでもあるまいし、感情の問題とはまた、なんのことや？」ナム・ガジュが不愉快そうな顔で訊いた。

「帳簿の数字さえ合えばパッパと払って立ち上がるんは商売人なんぞがやることで、やくざはやくざらしく、吐き出すもんがあれば吐き出すべきでしょう」

チョン・ダルホはヤンドンを見ている。チョン・ダルホの眼差しにヤンドンがビクッとした。

「おいヤンドン、クソを塗られた俺の名誉はなんで返すつもりや?」

「なんのことでっか?」ヤンドンはおどおどと聞き返した。

「聞いたとこでは、ホジュンがおまえの屁でもない名前に墨を塗ったからて俺の甥っ子の腹を刺したそうやけど、正直言うて、ヤンドン、おまえよか、このチョン・ダルホの方が高値とちゃうか? やくざのカシラともあろうもんが家族ひとり面倒みれんて年寄りどもに責められとるんやけど、クソの値段がついた俺の名前はどないしてくれるんや?」

ヤンドンはすっかり済んだと思っていた合意にいきなりチョン・ダルホが踏み込んできて、少なからず当惑した顔だ。

「も、申し訳ありません。補償金は用意してみます」

チョン・ダルホがニヤリとした。

「カネを持ってくるんか? なんぼや?」

「めいっぱい礼を尽くして用意します」

「ハッ、こいつ、カネが好きやなあ。カネさえ払えば、俺の死んだ甥っ子が生き返るんか?」

チョン・ダルホはヤンドンを睨みつけた。ヤンドンの眼差しが激しく揺れている。

そのとき、隣に座っていたヒスが低い声で言った。

「アミが死んだやないですか」

チョン・ダルホは首をかしげながら、急に割り込んできたヒスを見た。おまえがこの場になぜ割り込むのかという顔だ。

「自分の息子のアミが死んだのに、それでは足りまへんか?」ヒスが尋ね直した。

チョン・ダルホは、その場に凍りついたようにじっとしている。ヒスは顔をまっすぐ上げたまま、チョン・ダルホを睨みつけた。だが、ヒスの怒りに満ちた眼差しは、すぐに悲しみに変わったようだった。チョン・ダルホは歯を食いしばってヒスを見ていたが、それでいい、というように頷いた。それと同時に、救急室の前でチョン・ダルホの甥を刺したチョルチンが安堵のため息をつき、ヤンドンが安堵のため息をつき、コムタン爺のキムとナム・ガジュも安堵のため息をついた。

「そうや、ダルホ、もうやめや。ようやっと和解して握手したのに、おまえがまたいちゃもんつけたら、ここに座っとるわしの名前の値段はどうなる。血はもう充分流したんやから、今日はここらへんで気分よく締めようや、な?」

ナム・ガジュがチョン・ダルホの肩をやんわりと叩くと、グラスを摑んで立ち上がった。

「さあ、楽しくいきましょう。うちのダルホは短気なとこがあるだけで、性根は悪うない奴ですわ」

人々は急いでグラスを持ち、ぎこちなく乾杯した。チョン・ダルホはグラスを持つふりをしただけだった。グラスを持っていないのはヨンガンとヒスだけだ。ナム・ガジュは、無表情で座っているヒスをちらりと見た。

「それから、ご存じの方はご存じでしょうが、このたびヒスが万里荘ホテルの社長に就任することになりました。四十年も親しくしとったソンのおやっさんがあんな事故に遭って、自分もつくづく残念ですわ。ですけど、若い顔が新しい時代を開くんですから、それはそれで祝わなあかんのとちゃいますか？」

みなヒスのためにグラスを持った。今度はチョン・ダルホとヨンガンもグラスを持ってヒスを見た。ヒスは立ち上がって恭しくお辞儀をした。ナム・ガジュが拍手をすると、テーブルの人々はみなとっさに拍手をした。まだ何かあるのか、ナム・ガジュは後ろに手招きした。黒いスーツのやくざが木箱を持ってきた。ナム・ガジュは蓋を開けて感嘆した。

「朝鮮人参か？」ナム・ガジュが訊いた。

「天然物です」チョン・ダルホが答えた。ナム・ガジュは頷くと、一同に向き直り、口を開いた。

「実は、これは自分やなくて、弟分のチョン・ダルホがヒスのために用意してきた贈り物です。ダルホが言うとりました。『ヒスいう人間は若いのにえらい頼もしくて信頼できる』今まで悪縁も多く、恨みもあったやろうけど、これからは二人で仲良くやるべきやないですか？」

ナム・ガジュは箱の蓋を閉め、おまえが持ってきた贈り物だから直接渡してやれというように、チョン・ダルホに目配せをした。チョン・ダルホは恥ずかしいのか手を振って断ったが、しぶしぶ箱を受け取ってヒスに渡した。木箱は意外に重かった。ヒスは蓋を開けて中を見た。チョン・ダルホの言うとおり、本物の天然物のような朝鮮人参が六本入っていた。

「根っこが細いんは長脳参（天然物の種を山奥に蒔いて育てた人工栽培の朝鮮人参）やないですか？」ヒスが訊いた。

「それでも十年くらいは経っとるで」チョン・ダルホが答えた。

「温泉場の顧問が言わはるに、安物の長脳参よか三十年物の桔梗のほうがええそうやけどな」ヒスが嫌味を言った。

「今回は黙って食え。次は百年物の白桔梗を用意したるわ」

「これ食うたら死ぬんやないでしょうな？」

「そんな、死ぬわけあるか？　たまに体質に合わんで口が曲がる奴もおるそうやけどな」

チョン・ダルホの言葉に、前に座ったヨンガンがフッと笑った。ヒスは長脳参の根を一つ摑んで口に押し込み、がしがし嚙んだ。思ったより不味くないというように頷いた。ヒスはもう一つつまんでチョン・ダルホに差し出した。チョン・ダルホは手を振って断った。そのとき、ウォルロンのポン引きシンが立ち上がり、今日この席を設けるために苦労されたナム・ガジュ会長のために乾杯しようと提案した。人々は快く乾杯した。ヒスもグラスを満たして乾杯した。潮の流れに乗って流れていたボンクラ船が少し揺れた。この茫々たる海原で、ボンクラ船以外には何の灯りも見当たらなかった。後からどうやって見つけるつもりなのか、夜の海のどこにも曳船の灯りは見当たらなかった。難しい取り決めを全て済ませ、ボンクラ船にピンと張りつめていた緊張感は多少なりとも消えたようだった。緊張感が消えると、人々はテーブルの料理を食い漁りながら酒を飲み始めた。コムタン爺たちがウォルロンのポン引きたちとグラスを当てながら話を交わし、チョン・ダルホとナム・ガジュも話を交わした。ヨンガンはずっとひとりでグラスを空けていた。前の席に座ったチョルチンは、ヒスと目を合わせまいと必死だった。ナム・ガジュは、さっきから口を尖らせて座っているヤンドンを傍らに呼んで酒を注いでやった。

「そんだけ歳を食うたら、ええかげん大人にならんか？　おまえはなんで気分を丸出しにするんや」

「申し訳ありません、会長」ヤンドンがペコペコしながら言った。

「もう厳しい時代は過ぎたんやから、仲良うしとれば、ええ仕事がぎょうさんできるはずや。心配せんでええ」

ヤンドンはナム・ガジュの言葉にひたすらペコペコしながら「はい、はい」と答えると、酒を一気に飲んでナム・ガジュにグラスを返し、丁寧な手つきで酒を注いだ。ナム・ガジュはヤンドンの肩を親しげに叩いた。ヒスのグラスは空になっている。隣に座ったチョン・ダルホがヒスのグラスに酒を注いでやった。ヒスは半分ほど飲んでテーブルに置いた。チョン・ダルホはナム・ガジュのほうに顔をそっと向けた。

「ところで、兄貴とヤンドンはいつからそんなに親しかったですか？　横で見とったら、まあ、実の兄弟みたいですわ」

「むかしソンおやじとゴルフや狩りに通っとった頃に、ヤンドンも一緒になんべんも行ったんや」

ヤンドンが隣で頷いた。

「やれやれ、兄貴がヤンドンの肺に風ばっかりちいと入れてやったと思とったのに、今見るに、予めケツの穴まですっかり合わせとったんですなあ」チョン・ダルホが軽くナム・ガジュを詰った。

「えらい恥ずかしいわ。もうみんな終わったことやから、ふたり仲良うするんやで」

チョン・ダルホはヤンドンに乾杯でも促すようにグラスを持ち上げた。ヤンドンは恭しくチョン・ダルホのグラスに自分のグラスを当てた。

「味方とも知らんで殴り合いしたんやなあ。これからは仲良うしましょう」チョン・ダルホが言った。

「甥御さんの件はホンマに申し訳ありませんでした。わざとやなくて……」

チョン・ダルホは、その話はもういいというように手を振った。ヒスはチョン・ダルホがくれた贈り物の箱をぼんやり見ていた。箱を持ち上げてみると、朝鮮人参の入った木のケースの下から別の箱が出てきた。蓋を開けると、養生テープでグリップをぐるぐる巻いた安物のリボルバーがある。おそらくロシアの船員たちが一挺、二挺と持ち込む三八口径だろう。でなければ、大連から釜山港に入ってくる中国の安い改造銃かもしれない。ヒスは銃を持ってシリンダーを開けた。笑えることに、シリンダーには銃弾が五発だけ入っていた。金がなくて充塡しきれなかったのか、それとも五人以上殺すなという意味なのか。ヒスは銃を取り出し、まるで発射できるか点検でもするように耳に当てて揺すってみた。みな酒を飲んで笑って喋っていて、ヒスが何をしているのか気づきもしない。ヨンガンは席についたままヒスの動作を落ち着いて見ている。コムタン爺のキムがグラスを持って来てナム・ガジュの隣で媚を売っている。ヤンドンも相変わらずナム・ガジュの隣で機嫌を取りながら、その大きな体軀で媚を売っている。ヒスは拳銃を上げてヨンガンに狙いを定めた。ヨンガンは、自分の胸を撃ってみろと言わんばかりに、おどけた表情で腕を大きく広げた。そのとき、ナム・ガジュがコムタン爺のキムのくだらない世間話を上の空で聞きながら、ヒスの手にある拳銃を怪訝そうな顔で見た。

「ヒス、それはなんや？」

「銃です」

ナム・ガジュは首をかしげた。

「だから、そんな物騒なもんを、なんで持っとるんや？」

「会長、やくざは登記を持っとる奴を殺らん言いますけど、なんでかご存じですか？」

ナム・ガジュは相変わらず怪訝そうな顔でゆっくりとかぶりを振った。

「欲が深いからですわ」

「人間はみんな欲がある。それの何があかんのや？」

「欲が深くなれば悩みが増えて、悩みが増えれば臆病になります。臆病になったらもう、やくざやないんですわ」

「で？」

「それでは守るべきもんを守れんのです」

「ヒス、おまえは何を守りたいんや？」

ヒスは何を守るべきかをじっくり考えるように、上目遣いで夜空を眺めた。

「さあ。昔は自分にも、そんなもんがあったような気がしますけど、クソみたいな人生ばっかり送って、すっかり忘れちまいました」

ヒスは立ち上がり、拳銃でナム・ガジュの胸を撃った。ナム・ガジュがマネキンのように固まった顔でヒスを見た。ヒスは続けてナム・ガジュの額にもう一発撃った。銃弾が額を突き抜けて頭の後ろから出ていった。ナム・ガジュの頭の後ろから、まるで果汁搾り器から流れ落ちるトマトのように血の塊と骨髄が溢れ出した。ナム・ガジュは手にしていたグラスを落とし、テーブルの上に突っ伏した。ヤンドンは呆然とした顔でヒスを見た。ヒスはヤンドンの腹へ二発撃った。ヤンドンは床に転げ落ちると、腹を摑んで悲鳴を上げながらのたうち始めた。ナム・ガジュのボディーガードのサンがテーブルに駆け寄った。ヒスを押さえ込もうとしたのか、倒れたナム・ガジュの様子を見ようとしたのか。サンがテーブルに近づく前に、チョン・ダルホの手下の一人がサンの襟首を摑んだ。もう一人はサンの腕を折り、別の一人はサンの脇腹に深く刺身包丁を突き刺した。予行演習をしてあったかのように、三人の動作は一糸の乱れもない。サンは脇腹を刺されたにもかかわらず、右の拳で、刺したナイフ使いの顔を殴った。さらに、身体を揺すって、腕を折ったやくざと首を摑んだやくざを振り落とした。サンの身体にしがみついていた二人は床に投げ出されて転がった。サンがテーブルに近づこうとすると、別のナイフ使いが再びサンの背中を刺した。サンは肘をナイフ使いの頭上に振り下ろした。後ろにいたやくざの一人が鉤をサンの肩口に振り下ろした。床に転がっていたナイフ使いが起き上がって再び刺身包丁でサンの腹と脇を何度か刺した。サンはじりじりと何歩か進み、テーブルの前で膝をついた。

手下たちのやり方が気に入らないのか、チョン・ダルホが立ち上がると、ナイフ使いの手から刺身包丁をひったくり、サンの首を左から右へと一文字に長く切りつけた。サンの首から、洗面台の排水口から水が抜けていく音がした。サンは悲鳴もあげずにじっとしていて、やがて俯けに倒れた。

チョン・ダルホは席に戻ると、テーブルの上に倒れているナム・ガジュの髪をひっつかんで下に落とした。その手は血まみれだ。チョン・ダルホは酒瓶を摑むと手にふりかけ、ナプキンで血を拭き取った。

「あーあ、このクッソ野郎、どえらい勝手な野郎が死ぬまで公平なふりしやがって。こいつを片付けろ」

チョン・ダルホの手下たちは、床に倒れているナム・ガジュとサンの死体をずるずる引きずってボンクラ船の端に持って行った。ヤンドンはずっと床でのたうち回っている。チョン・ダルホはナム・ガジュの座っていた席に座ると、水用のコップに酒をなみなみと注いで一気に飲み干し、ヤンドンの様子を見て舌打ちした。

「あの野郎はなんでまだあそこでジタバタしとんのや？　酒が不味くなるわ」チョ

ン・ダルホが鬱陶しそうに言い、酒を再びなみなみと注いで一気に飲んだ。「あいつは熊や思っとったけど、蓋を開けたら狐野郎やったな。人はまったく見かけによらんとは言うたもんや」

ヒス、痙攣を起こしたのか、ヤンドンが足をブルッと震わせた。

「ヒス、さっきの話の続きやけど、理解でけへんから訊くわ。つまり、俺の甥っ子が死んだのとアミが死んだのとでチャラにしよう、いう話か？」

ヒスは何も答えなかった。

「正直言うたら、俺の甥やけど、アミみたいなとびっきりのやくざに見合うタマにはなれん奴やったから、俺に損はない。だけどヒス、おまえはええんか？」

ウォルロンのポン引きとコムタン爺たちとチョルチンは、どういう状況なのか解らず、ひどく当惑した表情だ。テーブルに緊張が流れた。唯一、ヨンガンだけは何の感情もなくその光景を見ている。ヒスは、もういいと言いたげにテーブルに拳銃を置いた。

「まだ一発残っとるやないか」チョン・ダルホが言った。

「俺は済んだ。要るなら、持って帰るなりせえ」

「俺がおまえの痒いとこを掻いてやったら、おまえも俺の痒いとこを掻いてくれんとな」

「痒いとこがあるんやったら自分で掻けばええ。ひとの手を借りんで。どうしてもあかんのやったら、孫の手でも買うとか」

「いや、いや。そういう意味とちゃうやろ。用意してもろた飯を食うたら、片付けくらいはせな。でなかったら、飯を用意した奴は、なんかさみしいで」

チョン・ダルホはヒスを睨みつけた。何のことかわかる気がするが、気が進まない。暫くヒスとチョン・ダルホの間に静寂が流れた。ヒスが粘ってみたところで死んだ奴が生き返ることはない。ここはボンクラ船で、仕事がすっかり片付くまでは降りられないからだ。ヒスはテーブルの拳銃を摑み上げた。円筒形のシリンダーを押すと、中に一発だけ銃弾が残っている。

「誰を撃ってもええんですか？」ヒスがニヤリとしながら訊いた。

「もちろん、摑んだもんの勝手や。それが銃のええとこやないか。俺を撃ってもええし、ヨンガンを撃ってもええし、チョルチンを撃ってもええし、それから、おまえを撃ってもええ」

チョン・ダルホはこのゲームがひどく面白いというように笑った。顔に刀傷が二つもあって、笑っている様子はたまらなくゾッとする。ヒスは銃の撃鉄を引き起こして自分の耳に当て、どんな音がするのか確かめるように二、三度振った。

「ヨンガン兄貴は出ていかれますか？」ヒスが訊いた。

「油が満タンになったら出ていく言うたやないか」

「そのいらん油はまだ満タンにならんのですか？」

「おまえがナム・ガジュを殺っちまったから、残りの油は誰が入れてくれるんやろなあ」

ヨンガンはチョン・ダルホとヒスの顔を交互に見た。チョン・ダルホは呆れたのかニヤリとした。

「もう一発やるから、あいつから撃ってまえ」

「情報は誰からもろたんですか？」ヒスが訊いた。

「そんなもん知ってどうする。済んだことやのに」

「気になっただけです。チョンべですか、トダリですか」

「トダリや」

そうか、とヒスは頷いた。そして銃を上げてチョルチンに狙いを定めた。ついさっきまでは震えていたのに、銃を向けられたとたん、身体から何かがどっと消えてしまったかのようにチョルチンの顔が穏やかになった。疲れて観念したような顔だった。

「なあチョルチン、次は母子園みたいなとこやなくて、ええ親父の元に生まれるんやで。金持ちで義理がたくて力を持っとる親父の元にな」

ヒスを見るチョルチンの目に涙が溜まっている。チョルチンはヒスに向かって微かに笑った。

「この世にええ親父なんかおらん。親父は力を持っとらんのに子供らはぐずりよる。クソみたいに持っとらんのに」チョルチンは呟くように言った。

もしかしたらチョルチンの言うとおりかもしれないとヒスは思った。父親とは糞みたいなものだ。元から糞みたいだったのか、それとも、父親になって次第に糞みたいになるのか。ドアの外では突風が吹き荒れ、凶暴な山犬の群れがうろついている。父親は少しも力を持っていないのに、子供らはぐずり続ける。チョルチンがヒスに向かって頷いた。ヒスはチョルチンの心臓に狙いを定めて引き金を引いた。


曳船が迎えにくるまでボンクラ船は暫く夜の海を漂っていた。船の後尾には、パムソムにあるものとは比べものにならない大きな飼料粉砕機がある。チョン・ダルホの手下が死体を引きずっていった。ヒスは煙草を吸うふりをして船首に来ていた。遠くから飼料粉砕機の回る音が聞こえてくる。腹の中からしきりに吐き気がこみ上げてくるようだった。チョン・ダルホがヒスに近づくと煙草を咥えた。

「ヒス、昨晩、おまえが訪ねてきて、正直、驚いたわ。おまえは当然、ナム・ガジュにつくと思っとったのに」

ヒスは波のうねる海を無心に見ていた。飼料粉砕機から流れ出した血が船体に沿って広がっている。今夜中に黒い魚の群れが押し寄せて、あの血と骨と肉をすっかり平らげるだろう。

「今日、魚の餌になった人が言うとりました。この世はカッコええ奴やなくてシーバルな奴が勝つんや、て」

チョン・ダルホが首をかしげた。

「で？」

「チョン・ダルホ会長は自他共に認めるくそったれ（シーバル）な奴やないですか？」

気分を害したようにチョン・ダルホがヒスの顔を睨みつけ、暫くして歯を剝きだして陰惨な顔で笑った。

「イヌ畜生めが、少しは人を見る目があるな」

その夏の終わり

夏が終わりつつあった。ソンおやじはホテルに戻ってきた。意識は戻ったが長くはないだろうと医者は言った。ソンおやじは、病院では死なないと意地を張り、ホテルの職員たちが午前いっぱいかけて、集中治療室にありそうな装備を運んできた。医者一人と看護師二人が社長室に張り付いていた。

ヒスが部屋に入ると、ソンおやじは酸素マスクを付けたまま、ぼんやりと天井を見つめていた。全ての荷を下ろしたように、おやじの顔は穏やかに見えた。ヒスはベッドの脇に腰かけた。

「片付いたか?」酸素マスクを持ち上げてソンおやじが訊いた。

「片付きました」

よかった、というようにソンおやじが安堵のため息をついた。

「チョン・ダルホは少々荒っぽい性格やけど、相手にするんはナム・ガジュよか楽なはずや。古いタイプのやくざやからか、感傷的なとこもあるしな」

息が苦しいのか、ソンおやじは酸素マスクを口に当てた。ヒスは痛ましげにソンおやじの顔を見た。

「大丈夫や。身体はこうでも気分はええ。頭にあった心が膀胱まで下りてきたみたいにうんと低くて楽や」

「心がどうやって膀胱まで下りていきましたか？」

「そんな気がするんや。こんなにええもんとわかっとったら、とっととおまえにそっくり譲って、釣りにでも通えばよかったわ」

「まあ、人生いうんはそういうもんやないですか。女もよこせ言うときは、ようよこさんかったですわ」

ソンおやじは笑いながらヒスの手を握った。もう骨しか残っていないソンおやじの青い血管は依然として脈打っていた。

「これからうちのヒスはえらい難儀するなあ。意外と寂しくて大変なとこやで」

「わかっとります。心配せんで、せいぜい養生してください」ヒスはソンおやじの手を軽くぽんぽん叩きながら言った。

ソンおやじは再び酸素マスクを当てて暫く息を吸っていた。天井に向かっているその目には、本当にもう、ひとつも欲がなさそうに見えた。ソンおやじが酸素マスクを外してヒスを見た。

「ヒス、うちのトダリは助けてくれ。トダリはアホやから、おまえの邪魔はでけへんはずや。だから、うちの足らん憐れなトダリは、中古のベンツなんぞ乗り回して女遊びでもさせて生かしといたらあかんか？」

ソンおやじの声は切実だった。ヒスは、それがソンおやじのこの世に遺す最後の気がかりなのだろうと思うと、ぐっと胸に込み上げるものがあった。そうする、というようにヒスが頷いた。言いたいことを言い尽くしたからか、それとも、たくさん話して疲れたのか、ソンおやじの目がすうっと閉じた。ヒスは酸素マスクを直してやり、その手を布団の中にそっと押し込んだ。そして、眠るソンおやじの傍らに長いこと佇（たたず）んでから外に出た。

ヒスはホテルの庭に降りて煙草を咥えた。午前零時に近かった。地下のルームサロンから音楽が聞こえてくる。向かいの奥にあるベンチで女が煙草を吸っていた。暗闇の中で、女はヒスをまじまじと見つめていた。自分の姿が木の陰に隠れて見えないと思っているらしい。女の顔に見覚えがあった。おそらくルームサロンで働いている娘だろう。名前は思い出せなかった。女は煙草を吸い終わっても地下に戻らない。ヒスの側に近寄ることもしない。まるで野良猫のように、近寄りもせず遠ざかりもしない曖昧な距離にいた。ヒスは女に手招きした。女はちょっと驚いた表情になってヒスに近づき、隣にドスンと座った。すでに酒をしこたま飲んだのか、息をするたびに酒臭い。

「なんであの隅っこからチラチラ見とるんや？」

「見てませんけど？」

「見とるのを俺が見たんやけどな」

ヒスがムキになって訊いたが、女はまるで驚いた表情ではなかった。

「ちょっとくらい見たらダメですか？　お兄さん(オッパ)が好きだから見ただけなのに」

ヒスはニヤリとした。ここにもまた世間知らずの女がいるな、といった感じだ。

「あたし、ずっと前からオッパが好きでした」女が重ねて言った。

「そういうんは俺が結婚する前に言わなあかんやろ。今さらどないせい言うんや」

ヒスの言葉に女が笑った。女は脚を長く伸ばして、何度か開いたり閉じたりした。

短いスカートがふとももの内側までずり上がっていた。

「いくつや？」

「二十六」

「カネが少しは貯まったか？」

「借金しかありませんよ」

「必死こいて貯めるんやで。そして、ここから出ていけ」

「必死こいても貯まらないんですけど？」

「なら、そのまんま出ていけ」

ヒスが立ち上がった。女はヒスをぼんやり見ている。酔っぱらって、どことなく身体のあらゆるところに水気がたっぷりある感じがする。あっさり破れて、あっさりその全てをつぎ込みそうだ。

「うちに来ない？」女が訊いた。

「おまえんちはどこや？」

「あっち。近いわよ」

女は肩の上で適当に手を振りながら自分の家だと指さした。ヒスは女の顔を暫く見ていた。

「飲み屋の女がなんでカネを貯められんのかわかるか？　俺みたいなクズを家に連れ込むからや。絶対にやくざを連れ込んだらあかん。付き合うのもあかん」

「ここにはやくざしかいないのに、じゃあ、誰と付き合うの？」

「公務員！　下戸で煙草を吸わんで仲間にハブられる公務員がおったら、それが新郎候補ナンバーワンや」

ヒスは万里荘ホテルの中へずんずん歩いていった。

ソンおやじは一週間後に死んだ。葬儀は三日葬（韓国の葬儀は儒教に従って三日間が基本）だった。なるべく静かにやれという遺志に従い、何も特別なことはしなかった。新聞に訃報を載せることさえもなかった。オク社長と同じクアムの奥まった土手の葬儀場で葬儀を執り行い、火葬をした。噂を聞いて、クアムの海の人々が続々と訪れた。焼酎でユッケジャンを食べ、笑って騒いで語り合い、膳をひっくり返して喧嘩をして帰っていった。ソンおやじが望んだとおりの平凡な葬儀だった。余分にユッケジャンを作らねばならず、余分に焼酎を飲み、余分に喧嘩が起きただけだった。

＊

葬儀が終わって一週間後、ヒスの就任式があった。当日の朝、ヒスは赤い灯台の前に座って海を見ていた。まだ暑かったが、休暇のシーズンが終わったからか、灯台には誰もいなかった。ヒスは立ち上がって影島側の海を見た。クアムの防波堤の端には赤い灯台があり、影島の防波堤の端には白い灯台がある。防波堤の一方には赤い灯台が、反対側には白い灯台があると決まっているが、それにどういう意味があるのだろう。航海上の記号か、港に入る船舶に何か合図を送るものなのかもしれない。それについてヒスが知っていることは何もない。いつも見ているくせに、一度も気にならなかった。なのに今朝は、今更それが気になった。

空には雲ひとつない。スンベクがぶくぶく太ったカモメをぽかんと見ている。スンベクはこの海が好きらしい。ソンおやじもこの海が好きだった。ヒスはこの海が好きではない。特に夏の海が嫌いだ。夏の海のぬるぬるべたつく風と身体のあちこちにへばりつくクラゲのような空気が嫌だ。だがソンおやじは、べたつくがゆえにこの海を愛していると言った。

「海を初めて見たんはいつや？」ヒスがスンベクに訊いた。

さほど考える質問でもないのに、スンベクは首をひねりながら暫く何かを考え込んでいる。

「テレビではよく見ました」

「テレビで海を見たことになるんか」

「みんな虎とかキリンみたいなもんをテレビで見て、実物を見たように言うやないですか」

ヒスはきょとんとしてスンベクの顔を見た。こいつの頭の中にはいったい何が入っていて質問をするたびにそういう答えが飛び出してくるのだろう。ヒスは指でスンベクを呼んだ。スンベクが近づくと、ヒスは掌をパッと広げた。スンベクが何事かとヒスの掌をじっと見た。スンベクの顔が近づくと、ヒスは広げた掌でスンベクの顔を正面から叩いた。スンベクは雷にでも打たれたようにびっくりして後ろにひっくり返った。

「俺が訊いたら、考えんで答えろ。わかったか?」

スンベクが頷いた。

「どうしろ言うた?」

「考えんで答えろ」

「本物の海を初めて見たんはいつや?」

「クアムに来て初めて見ました」スンベクが少し悔しそうな表情で答えた。

「そう言えばええもんを、なんで遠回しに言うて手間かけさせるんや?」

「この歳になるまでいっぺんも海を見たことないのが恥ずかしくて」

その歳で海を初めて見たことが恥ずかしいのか、それとも、それを知られたことが恥ずかしいのか、スンベクが沈痛な表情になった。だが、すぐに気を取り直したように活気に満ちた表情でヒスに質問した。

「ヒス兄貴は海をいつ初めて見ましたか?」

「この海で生まれてから、ずっとおる」

「わあ、いいですねえ。自分は窮屈な山奥にずっとおりました」

「こんな海、うんざりや」

自動車が一台、防波堤に走ってくると、ヒスのいる赤い灯台の前で停まった。車から降りてきたのはヒンガンだ。素早い動きでテトラポットをいくつかポンポン飛び越え、軽々とやってくる。ヒスは隣のスンベクを見た。

「スンベク、あそこから水を買ってきてくれんか」

ヒスは指先で防波堤の端にあるスーパーマーケットを示した。

「一本あればいいですか?」

「ああ、一本でええ」

「ベンツで行ってきてもいいですか?」

ヒスが怒りを抑えようとするかのように深く息を吸った。だが、深く息を吸っても怒りが収まらない。

「走って行ってこい、このデブ野郎!」

スンベクは沈痛な面持ちになり、肩をがっくり落としたまま防波堤に向かってのろのろ歩き始めた。だが、二十メートルも歩かないうちに、また何か楽しいことが思い浮かんだのか、頭を振りながら軽快な足どりで走り始めた。ヒンガンはスンベクの走る姿を長いこと見つめていた。

「あいつは忠清道から来たんとちゃいますか?」

「ちゃうけど、だいだいそこらあたりや」

「ああいう斬新なキャラクターは洛東江以南にしかおらん思うとりましたけど、だいぶ才能ありますな」

「そやろ？　あいつを見るたんび、斬新すぎて死にたなるわ」

ヒスは煙草を取り出して咥えた。ヒンガンは煙草を吸わないのでライターを持っていない。ヒスはライターを取り出して火をつけようとした。海風が吹いてくるので、たびたび火が消える。ヒンガンが服で風よけをつくった。ようやく火がついて、ヒスは煙草を一口長く吸い込んだ。ヒンガンがヒスのスーツをちらりと見た。

「やっぱりヒス兄貴はスーツがお似合いです」

「そうか？」

「今日は就任式やのに、行けなくて申し訳ありません」

「構わん。就任式なんかどうってことないわ」

時間が迫っているのか、ヒンガンが時計を見た。

「すぐ戻らなあかんのか？」

「はい」

「パムソムには誰と誰がおる？」

「トダリとチョンベがおります。片腕のトルボは昨日捕まりましたんで、今頃来とるでしょう」

ヒスは黙って煙草を吸い続けた。ヒンガンはヒスの指示を待ちつつも気が急くのか、再び時計を見た。ヒスは煙草の吸い殻を地面に落として靴で揉み消した。

「チョンべは生かしとけ」

ヒンガンが困惑した表情を浮かべた。

「始末するんやったらいっぺんに済ます方がええんとちゃいますか？　あの中でもチョンべがいっとうのろくでなしやのに」

「確かにチョンべはホンマもんのろくでなしや。だから、どこかに使えるやろ」

ヒンガンはさらに何か言いたそうだったが、ヒスのがんとした表情にしぶしぶ頷いた。

「ほな、行ってきます」

「ああ、頼む」

ヒンガンは来たときのように素早い動きで灯台下の防波堤まで下りていき、車を出して道路に抜けていった。ヒスは陰りひとつない海を眺めた。暑い夏が終わりつつあった。気温が下がれば、この海へ押し寄せていた多くの人々も去っていくだろう。そして冬が来る。ヒスは冬の海が好きだ。冬の海はべたつかないし、へばりつかない。最初から寒くて孤独で寂しい場所だから、誰も来ないし、誰も去っていかない。冬の海は寡黙で静かだ。夏の海のように、ひしめきあって、愛していると喚いて、争って、泣いて、裏切ることがない。べたついて熱くへばりつくものたちを、ヒスはもはや愛する気になれなかった。そういったものたちが身体の中に入り込んでから出ていった後の巨大な空洞に耐えられそうもなかった。涙が一粒、ヒスの頬をつたって流れ落ちた。続けて、どうしようもなく大量の涙が溢れ出した。ヒスは胸をぐっと摑んで地面に座り込んだ。噴き出す涙を押しとどめようとするようにコンクリートの地面を拳で強く叩いた。何度も叩いたが、いったん噴き出した涙はとどまることなく流れ続ける。鼻水と涙でぐしゃぐしゃになったまま、ヒスは長いあいだ泣き続けた。

スンベクがそっと近づいてきて、ヒスにペットボトルを差し出した。

「兄貴、就任式が始まります」

わかったというようにヒスが頷いた。

「国会議員や区長が揃ってお待ちだそうです」

ヒスは立ち上がって防波堤の階段を伝って海へ下り、汚い苔（こけ）の間で揺れる海水で顔を洗った。塩気と強烈な太陽のせいで、この夏の全ての罪が洗われる気がした。ヒスはハンカチを取り出して顔を拭き、就任式の開かれる万里荘ホテルに向かってゆっくりと歩いていった。

解説

霜月　蒼（ミステリ評論家）

長い。厚い。ひょっとすると今あなたは書店の店頭で、本書の分厚さに恐れをなしているところかもしれない。何せ七百ページ超えである。私も最初に見たとき、あまりの物量に腰が引けたから、その気持ちはよくわかる。でも安心いただきたい。逃げ腰になりつつ本書を読みはじめた私は、ほんの二十ページも読んだ頃にはすっかり前のめりになっていたし、二百ページあたりまで読んだときには、このままこの話が終わらなければいいのに、と願うようになっていた。

この七百ページ超えの巨体には、物語を読むことの楽しさがみっちり詰まっている。ユーモアから憎悪まで。人間の気高さからゲスさまで。コメディからノワールまで。善から悪まで。きれいごとでは動かないこの世界の複雑性を、清濁そのまま併せ呑んで描き出したがゆえの深く忘れがたい味わい。『野獣の血』はそういう小説である。

この威容に臆せず、お読みいただきたい。いい小説です。

本書は韓国の小説家キム・オンスが二〇一六年に発表した第三長編小説뜨거운 피(「熱い血」「滾る血」の意)の全訳である。キム・オンスの長編小説が邦訳されるのはこれが初めてではなく、第一長編『キャビネット』(二〇〇六年。邦訳は二〇二一年、論創社)と、第二長編『設計者』(二〇一〇年。邦訳は二〇二三年、クオン)、本書に先立つ二長編はいずれも日本で刊行されている。とくに後者は欧米で高く評価されており、仏訳版がフランス推理小説大賞の最終候補作となったり、アメリカではニューヨークタイムズ・ブックレヴューなどで高評を受けた。

つまりキム・オンスは現代韓国文学の実力者のひとりであるわけだが、これまでに紹介された二作はいずれも、いわゆるリアリズムとは距離をおいたタイプの作品だった。『キャビネット』は同一の世界観にもとづく短編をモザイク状に配置して構成した連作で、SF的な小道具を導入した思弁的な作品だったし、世界で暗躍する陰謀の実行犯をめぐる『設計者』は、犯罪小説的な意匠を持ちつつも、シュールレアリスティックでシニカルな陰謀論スリラーとでもいうべき小説だった。ところが本書『野獣の血』は趣が違う。著者によれば、本書は自伝的な要素が含まれており、愛憎半ばする故郷と和解するような気持ちで執筆したのだというが、そのせいだろう、過去二作が知的な計算にもとづく観念的なクールさを全体的なトーンとしていたのに対し、本書には生々しく熱っぽく匂うような人間の体温がみなぎっている。

物語は一九九三年、港町・釜山の下町クアムを舞台とする。主人公はヒスという四十歳前後の男で、彼は地元の港湾利権を押さえている組織のボス、〝ソンおやじ〟の右腕として、ボスの所有する万里荘ホテルの支配人を任されている。このホテルはソンおやじの率いる犯罪組織の象徴であり本拠のようなものなので、ヒスは実質的なナンバー2として組織を切り盛りする立場にある。対立組織との軋轢に対応したり、傘下のシノギの世話を焼いたり、警察や税関などに接待したりなどなど、あちこちににらみを利かせたりご機嫌をとったりする激務にも追われている。少年時代をシングルマザーとその子たちが住む施設「母子園」で過ごしたヒスには、その頃から心を寄せる同い年の女インスクがいて、その息子で近々に刑務所から出所する予定のアミからは父親のように慕われていた。

ソンおやじは十八歳で裏社会に入り、以来五十年にわたってしたたかに生き抜いてきた。一方で野心はもう消え失せてしまったのか、地味なシノギをつつがなく回すことのみを重視して、周囲から挑発されても受け流したり譲ったりする。その態度がヒスには苛立たしい。折しもクアムの対岸にある影島のボス、ナム・ガジュと、その分派を率いるチョン・ダルホが、ソンおやじとヒスの縄張りをことあるごとに狙いに来ていた。そこへ五年前にダルホ派に殴りこみをかけて懲役を食らった若者アミの出所が迫ってきた……。

本書は扶桑社ミステリーの「ノワール・セレクション」の一冊として日本では刊行される。本作を原作とした映画『野獣の血』（日本公開は二〇二三年一月）の公式サイトでも「ノワール小説」と呼ばれている。けれども本書は、ジェイムズ・エルロイや馳星周やデイヴィッド・ピースといった作家が書くダークで熾烈でヴァイオレントな現代ノワールとは趣が違う。もちろんノワールには違いないが、むしろ、さらにその源流たるアウトロー文学のほうに近い。例えば冒頭の章、「カッコウ倉庫」をご覧いただきたい。ソンおやじの所有する倉庫で、シノギのひとつが行われている場が描かれているのだが、倉庫にひそかに運び込まれ、混ぜ物でかさ増しされている最中のブツは、覚醒剤でも麻薬でもなく、粉唐辛子なのである。安い中国産を仕入れて国内産と偽って高値で売っているのだ。他にもここでは同様にカリフォルニア産の大豆が国産に偽装されたり、偽物の胡麻油が作られたりしている。あと密輸の煮干しが保管されたりもするという。

しょぼい。つい「ちっさ（笑）」と笑ってしまいそうになる。序章を終えて本編開始というタイミングで登場する本章が、全体のトーンを早々に決定づけている。等身大といえば聞こえがいいが、要するにカッコ悪くてダサくて汚くてしょぼい。だが、それがいい。立川談志は「落語とは業の肯定である」と定義したというが、本作にあるのもそれ。これを源泉として独特のユーモアが生まれているのが本書の美点である。

登場人物のキャラがいちいち濃いのも楽しく、事なかれ主義のソンおやじの他、何かあると即座にテンパって騒ぎまわる部下のマナ、死体を餌にしているという噂のヒラメ養殖場をまかされているテヨンとテソンの兄弟、博打のカタで右手の指をごっそり失っていて、「わしは左利きや」とうそぶくオク社長。毎朝ソンおやじと一緒に万里荘ホテルのコーヒーショップでコムタンを食べている「コムタン爺」たちは、どうやら裏社会での発言力を持っているらしかったり、ヤクザ担当の警察官ク班長は酔うと「アレが勃たん」と泣いて暴れる――ときおり噴出する暴力が、こうした間抜けなユーモアと交錯する加減は、深作欣二の『仁義なき戦い』一作目を思わせたりもする。そもそもソンおやじとヒスの関係は、金子信雄と菅原文太の関係にそっくりである。

そういう意味でも本書のプロットは目新しいものではない。無責任なボス、貧乏くじばかり引かされる主人公、敵は悪辣で無慈悲、恋人は元娼婦――どこかで聞いたようなものばかりだ。だが、それを演じる人物がいずれも生きている。さきに挙げたキャラの濃さ、一筋縄で行かない感じは、つまり登場人物たちをありがちなパターンに落とし込んでいないということである。人間も世界も物語も単純化されていない。単純化していない複雑怪奇なままのそれを、伸縮自在のユーモアをはらんだ語り口が、咀嚼し、飲み込み、描き出している。さきほど本書を「アウトロー文学」と呼んだのは、本書を読んで連想するのが梁石日の『血と骨』や、阿佐田哲也の『麻雀放浪記』などだからだ。無頼で苛烈でありつつも（あるいは無頼で苛烈であるがゆえに）ふてぶてしいユーモアを湛（たた）えた小説たち。本書『野獣の血』は、そうした系譜に連なる小説だと思うのだ。

　そうしたふてぶてしくしたたかな可笑しみを増幅しているのが、関西弁で訳された会話であることも指摘しておきたい。原文がどうなっているのかはわからないが（韓国のネットメディアChannel Yesによるインタビューを見ると、どうやら会話は釜山の方言を活かして書かれているようである https://ch.yes24.com/Article/View/32039）、本書のキャラたちの会話はこうでしかありえないと思わせる説得力があるし、韓国語のカラフルな罵倒のバリエーションを快活に躍動させるという意味でも、本書を読んでしまうと関西弁以上の策がちょっと思いつかないほどである。これは間違いなく翻訳者の手柄で、会話のみならず、一種クロニクル的な性格を持つ本書の、柄の大きな語り（とくにクアムという町の来歴を語る冒頭を見よ）も、堂々として飄々とした訳文によって魅力を増している。

　そんなふうに、序盤から中盤にかけては大きな出来事はほとんど起こらない。なのに読んでいるとすこぶる心地よく、また楽しいのは、キム・オンスの構えの大きな悠然たる語り口（と、それを日本語に落とし込んだ加来順子の翻訳）ゆえである。この語り口に身をまかせて、ヒスの体験する悲喜劇をずっと眺めていたくなる。苦味も甘味も多様に取り揃え、単純な刺激から複雑な滋味までを楽しめる。このまま終わらないでいい、このまま展開しなくてもいい、というふうに思わされるのである。しかし悲劇の種はすでにある。「霧」と題された章では、己の罪深い行いをヒスが内省する場面があり、彼の苦悩が――そう、まるで近代文学のような生真面目さで――綿密に描かれている。ここを読むと、本書が古風な小説であることがあらためてわかる。

古風に、正面から、まじめに人間の生々しい生活と感情を積み重ねていく。だからこそ、ついに終盤に訪れるシリアスな破局がよけい胸を打つのである。五百ページにわたって積み重ねられてきた物語の総体は、敵のみならずソンおやじやコムタン爺までが意想外の顔を見せることで、あたかも取り返しのつかない角度まで傾いた巨船のように、徐々に破滅の速度を上げながらクライマックスに突入していく。ここに来て、キム・オンスの文章力が、これまでのしたたかなユーモアとは別種の粘り腰を見せるのだ。この長い物語が残り百ページほどになってからの「料理人」の章。ここからが白眉である。

文字通り呉越同舟状態の船の上で、ヒスと敵とがにらみあう。もてなしの料理を調(ととの)えているのは元凄腕のナイフ使い。その手には包丁。途方もない緊張感ののちに、ついに事態が動き出すと、それを描き出す文章は改行のないまま三ページにわたって一気にすべてを語りきるのである。この膂力。同じような改行なしのアクション描写はこののちにも登場する。映画でいえばワンカットに相当するこれらの描写は、きわめて映像的だが、しかし同時に、文字でしか実現できない効果を備えている。かつて私は、やはり韓国産ノワールの傑作『破果』（ク・ビョンモ　岩波書店）について、「ノワールのプロットにバリエーションはそう多くなく、物を言うのはその語り口である」と書いたことがある（翻訳ミステリー大賞シンジケート　書評七福神の二〇二二年十二月度ベスト https://honyakumystery.jp/21793）。詩的なイメージと癖のある語りを見せるク・ビョンモと異なり、本書でのキム・オンスの文体は近代文学直系の古風なもので、アクロバティックではない。しかし、ダークさ、コミカルさ、会話、アクション、これらすべてを自在に描き切る、この弾力性に富んだ懐の深い文章こそが、本書のキモなのは間違いない。この広く大きな小説は、キム・オンスのこの腕力あってこそ成立しているのだ。

韓国ミステリの日本での紹介は、まだ端緒についたばかりである。『種の起源』（早川書房）のチョン・ユジョン、『誘拐の日』（ハーパーBOOKS）のチョン・ヘヨン、『あの子はもういない』（文藝春秋）のイ・ドゥオンといった作家たちは、躍進しはじめた韓国エンタテインメント小説の波から登場してきた。一方で本書のキム・オンスや『破果』のク・ビョンモのように、主流文学の書き手としての膂力を犯罪小説に活かす作家も登場した。映画やポップ・カルチャーで世界を挑発している韓国から、さらなる野心的で新しい犯罪文学が登場してくることに期待したい。本書は明らかに、その最良の作例のひとつである。

なお、さきほど触れたように、本書は二〇二二年に映画化され、『野獣の血』のタイトルで二〇二三年一月に日本でも公開されている。韓国のベストセラー作家チョン・ミョングァンが初めて監督としてメガホンをとり、チョン・ウ、キム・ガプス、イ・ホンネらが出演。影島とクアムの縄張り争いに焦点を当てた一一〇分の犯罪映画に仕上げている。物語のスタートが「オク社長は左利きだ」の章で開始されているなど、ヒスを中心とする人間模様やユーモラスな緩和の部分が刈り込まれて、タイトかつスタイリッシュな肌合いで、いかにも韓流ノワールらしい映画になっている。個々のパーツは原作に忠実なので、比較してみると面白いだろう。

釜山の風景、とくに「一番近いスーパーも毎回、三百段上り下りせなあかん」と言われる急勾配に位置する、ヒスがインスクと住むことになる家のようすが見られるのが、本書を読んだ者にはありがたい。

◉訳者紹介　**加来順子（かく　じゅんこ）**
1989年、東京外国語大学朝鮮語学科卒業。訳書にチョ・チャンイン『この世の果てまで』、パク・ワンソ『慟哭―神よ、答えたまえ』、キム・オンス『キャビネット』等がある。

野獣の血
発行日　2023年7月10日　初版第1刷発行

著　者　キム・オンス
訳　者　加来順子

発行者　小池英彦
発行所　株式会社 扶桑社
〒105-8070
東京都港区芝浦1-1-1　浜松町ビルディング
電話　03-6368-8870(編集)
03-6368-8891(郵便室)
www.fusosha.co.jp

印刷・製本　株式会社広済堂ネクスト

ISBN 978-4-594-09499-7　C0197